D0930235

JOHN GRISHAM

EL JURADO

EDICIONES B
GRUPO ZETA

Título original: *The Runaway Jury*
Traducción: Mercè López
1.ª edición: mayo 1996

© 1996 by John Grisham
© Ediciones B, S.A., 1996
   Bailén 84 - 08009 Barcelona (España)
Printed in Spain
ISBN: 84-406-6434-6
Depósito legal: B. 23.621-1996
Impreso por Printer Industria Gráfica, S.A.

Todos los derechos reservados. Bajo las sanciones establecidas
en las leyes, queda rigurosamente prohibida, sin autorización
escrita de los titulares del *copyright*, la reproducción total o parcial
de esta obra por cualquier medio o procedimiento, comprendidos
la reprografía y el tratamiento informático, así como la distribución
de ejemplares mediante alquiler o préstamo públicos.

JOHN GRISHAM

EL JURADO

1

Un expositor de teléfonos inalámbricos de diseño estilizado impedía ver el rostro de Nicholas Easter en su totalidad. El sujeto, además, no miraba directamente a la cámara oculta, sino más a la izquierda, fuera del alcance del objetivo. Tal vez estuviera siguiendo los movimientos de algún cliente o, quién sabe, observando a un corro de muchachos embobados ante los últimos juegos electrónicos llegados de Asia. Pese a la considerable distancia a la que se hallaba en el momento de accionar el obturador —unos cuarenta metros—, el fotógrafo había conseguido esquivar las idas y venidas del público que llenaba el centro comercial y obtener una buena instantánea. La foto en cuestión revelaba un rostro agradable, de mejillas rasuradas, facciones definidas y atractivo juvenil. Easter tenía veintisiete años; eso les constaba. No llevaba gafas, ni pendientes en la nariz, ni un corte de pelo estrafalario. Su aspecto desmentía las sospechas de que pudiera tratarse de un loco de la informática como los que solían trabajar en la misma tienda por cinco dólares la hora. Según el cuestionario correspondiente, Nicholas Easter ocupaba aquel puesto desde hacía cuatro meses y compaginaba la actividad laboral con sus estudios a tiempo parcial. Su nombre, sin embargo, no figuraba entre los de los alumnos matriculados en las universidades de quinientos kilómetros a la redonda. No cabía duda, por tanto, de que el joven no había sido del todo sincero.

No podía ser de otro modo. A su eficiente servicio de información no le habría pasado por alto un dato semejante. Si el joven hubiera dicho la verdad, sabrían ya en qué universidad estudiaba, qué curso, qué carrera, y hasta con qué resultado. Lo sabrían. Nicholas Easter vendía artículos electrónicos en un centro comercial; para ser exactos, en una tienda de la cadena Computer Hut. Era dependiente, ni más ni menos. Puede que tuviera pensado matricularse en algún centro. O que hubiera colgado los libros y fingiera seguir en la universidad porque eso lo animaba, le recordaba su meta y le daba cierto empaque.

En cualquier caso, las veleidades universitarias de Nicholas Easter no se habían materializado, ni durante aquel año académico ni en un pasado reciente, en una inscripción formal. ¿Y bien? ¿Se podía confiar en él a pesar de todo? Tal era la duda que asaltaba a los presentes cada vez que tropezaban con el nombre de Easter en la lista —con aquélla iban ya dos— y veían su cara proyectada en la pantalla. Con todo, estaban casi convencidos de que se trataba de una mentirijilla sin importancia.

Nicholas Easter no fumaba, y la tienda donde trabajaba observaba una política muy estricta en ese sentido. Sin embargo, sí se le había visto —aunque no había constancia fotográfica del hecho— comiendo un taco en el mismo centro comercial junto a una colega que acompañó su limonada con dos cigarrillos. A Easter no pareció molestarle el humo. Eso descartaba, al menos, la posibilidad de que estuvieran ante un fanático antitabaco.

El rostro fotografiado sonreía ligeramente, sin separar los labios, y pertenecía a un joven delgado y bronceado. Además de la chaqueta roja de su uniforme, Easter llevaba una camisa blanca sin botones en el cuello y una corbata a rayas escogida con buen gusto. Nada que objetar en ese aspecto. En cuanto a la personalidad del sujeto, el hombre de la cámara oculta había logrado entablar conversación con él fingiendo estar interesado en adquirir cierto artilugio pasado de moda y, en su opinión, Easter era un joven despierto, servicial, eficiente y, en definitiva, agradable. En la pechera de la americana llevaba una plaquita que lo elevaba a la categoría de encargado, aunque en la tienda había al menos dos dependientes más con el mismo título.

El día después de que fuera tomada aquella fotografía, entró en la tienda una atractiva joven vestida con pantalones vaqueros. Mientras curioseaba entre los programas informáticos expuestos, la chica encendió un cigarrillo. Como fuera que Nicholas Easter era el dependiente —o el encargado, lo mismo da— más cercano, fue él quien se dirigió amablemente a la joven para pedirle que apagara el cigarrillo. Ella fingió contrariedad, se hizo la ofendida e intentó provocar una pelea. Sin olvidar en ningún momento sus buenos modales, Easter le explicó que estaba estrictamente prohibido fumar en aquella tienda, pero que era muy libre de ir a hacerlo a cualquier otra parte.

—¿Te molesta que la gente fume? —preguntó la chica después de dar otra calada.

—A mí, no —respondió él—. Pero al dueño, sí.

A continuación, Easter volvió a insistir en que apagara el cigarrillo. La chica le dijo entonces que quería comprar una radio digital y que tuviera la amabilidad de llevarle un cenicero. Nicholas sacó una lata de refresco vacía de debajo del mostrador, cogió el cigarrillo y lo apagó. Hablaron de radios durante veinte minutos, los que ella tardó en elegir uno de los modelos. Easter respondió con simpatía a las insinuaciones de la chica, que no dejó de flirtear con total descaro hasta haber hecho efectivo el importe de su compra y dado al joven su número de teléfono. Él prometió llamarla.

El incidente duró veinticuatro minutos y fue registrado por una pequeña grabadora escondida en el bolso de la chica. El contenido de la cinta había sido reproducido en dos ocasiones, tantas como la cara de Easter había sido sometida al escrutinio del equipo de abogados y peritos. El informe redactado por la joven de los vaqueros también formaba parte de la ficha de Easter, y comprendía seis hojas mecanografiadas donde se había hecho constar hasta el último de los detalles relativos al sujeto: desde los zapatos que llevaba —unas viejas zapatillas Nike— hasta el olor de su aliento —chicle de canela—, su vocabulario —nivel universitario— y la manera en que había cogido el cigarrillo. Según la experta opinión de la chica, Easter no había fumado jamás.

Todos los presentes se dejaron seducir por Easter, por el tono de su voz, su labia de vendedor profesional y su don de gentes. Era un joven inteligente y no aborrecía el tabaco. No coincidía exactamente con las características de su jurado ideal, pero valía la pena no perderlo de vista. Lo malo de Easter, jurado potencial número cincuenta y seis, era lo poco que se sabía de él. Estaba claro que había llegado a la costa del golfo de México hacía menos de un año, pero su procedencia era un misterio, igual que todo lo que hacía referencia a su pasado. Tenía alquilado un apartamento de una sola habitación a ocho manzanas del juzgado de Biloxi —había fotos del edificio—, y su primera oportunidad laboral se la había ofrecido un casino de la playa. Pese a su rápido ascenso de camarero a crupier de la mesa de black-jack, Easter había abandonado el empleo al cabo de dos meses.

Poco después de que el estado de Misisipí legalizase el juego, abrieron las puertas de la noche a la mañana una docena de casinos. Con ellos llegó una nueva ola de prosperidad que atrajo a parados de todo el país. Era lógico, pues, suponer que Nicholas Easter se había mudado a Biloxi por la misma razón que otros muchos. Lo extraño de su caso es que no hubiera esperado algún tiempo antes de darse de alta en el censo electoral.

Easter conducía un escarabajo, un modelo Volkswagen del año 69. El rostro que ocupaba la pantalla fue reemplazado inmediatamente por una foto del vehículo en cuestión. No era un gran descubrimiento. Veintisiete años, soltero, presunto estudiante... Nicholas era el tipo de persona de quien podría esperarse una elección semejante. En el parachoques no había ningún adhesivo, nada que pudiera dar indicios sobre la filiación política de Easter, su conciencia social o su equipo favorito. Tampoco llevaba adhesivos del aparcamiento de la universidad; ni siquiera una calcomanía gastada con el nombre del concesionario. En pocas palabras, el coche no aportaba nada nuevo a la investigación; nada excepto la certeza de que su dueño tenía un bajo nivel de renta.

El tipo que manejaba el proyector y llevaba la voz cantante era Carl Nussman, un abogado de Chicago que había abandonado el ejercicio del derecho para fundar su propia asesoría jurídica. A cambio de una pequeña fortuna, Carl Nussman y su equipo se comprometían a escoger el jurado más favorable a la causa de su cliente. Recababan información, hacían fotografías, grababan voces y enviaban a rubias con vaqueros ceñidos allá donde hiciera falta. Carl y sus socios se movían siempre en la periferia de las normas legales y éticas, pero habría sido imposible encontrar la manera de llevarlos ante los tribunales. Al fin y al cabo, no había nada ilegal ni inmoral en el hecho de fotografiar a los futuros miembros de un jurado. La asesoría había llevado a cabo una serie exhaustiva de encuestas telefónicas a lo largo y ancho del condado de Harrison: de la primera hacía seis meses; de la segunda, dos; y de la tercera, apenas uno. El objetivo de tales encuestas había sido evaluar el estado de opinión de la comunidad respecto a varios temas relacionados con el tabaco, a fin de definir el perfil de los candidatos más adecuados. Movidos por el mismo afán, habían hecho todas las fotografías imaginables y averiguado hasta el último trapo sucio del condado. En aquel momento, la asesoría disponía de un informe sobre cada uno de los miembros del futuro jurado.

Carl apretó de nuevo el botón. El escarabajo dejó paso enseguida a una instantánea anodina de un bloque de apartamentos de paredes desconchadas. Uno de ellos era el hogar de Nicholas Easter. El rostro del joven reapareció al cabo de un segundo por obra y gracia del proyector.

—Del número cincuenta y seis sólo tenemos estas tres —dijo Carl algo contrariado.

Nussman se volvió hacia el autor de las fotos, uno de los innumerables fisgones a sueldo que trabajaban para él. Al parecer, el riesgo de ser descubierto le había impedido realizar un reportaje más amplio. El fotógrafo estaba sentado de espaldas a la pared, al fondo de la sala, frente a la mesa que ocupaban abogados, ayudantes y expertos en selección de jurados. Estaba aburrido, se moría de ganas de salir de allí. Eran las siete de la tarde del viernes y, teniendo en cuenta que quien ocupaba la pantalla era el candidato número cincuenta y seis, aún quedaban otros ciento cuarenta por evaluar. El fin de semana iba a ser una pesadilla. Necesitaba una copa.

Media docena de abogados en mangas de camisa y con aspecto desaliñado garabateaban notas interminables; sólo de vez en cuando levantaban la vista de la mesa para examinar el rostro de Nicholas Easter, proyectado detrás de Carl. Expertos en selección de jurados de casi todas las especialidades imaginables —psiquiatras, sociólogos, grafólogos, catedráticos de derecho y un largo etcétera— barajaban papeles y hojeaban los dos centímetros y medio de información que habían vomitado los ordenadores. No sabían qué hacer con Easter. Sospechaban que mentía y que escondía deliberadamente su pasado, pero sobre el papel —y sobre la pantalla— seguía pareciendo un buen candidato.

Tal vez no estuviera mintiendo. Tal vez el año anterior hubiera estado matriculado en alguna escuela universitaria de bajo presupuesto del este de Arizona. Tal vez se les había pasado por alto aquel detalle.

Dejad en paz al pobre muchacho, pensó el fotógrafo sin atreverse a compartir sus pensamientos con los demás. Era consciente de que, entre tanto petimetre bien educado y bien pagado, él no era más que un cero a la izquierda. Además, no le pagaban por hablar.

Carl lanzó otra mirada al fotógrafo y carraspeó.

—Número cincuenta y siete —anunció.

La cara sudorosa de una joven progenitora ocupó la pantalla y provocó la hilaridad de al menos dos de los presentes.

—Traci Wilkes —dijo Carl como si la conociera de toda la vida.

Hubo un ligero movimiento de papeles sobre la mesa.

—Treinta y tres años, dos hijos, casada con un médico, dos clubs de campo, dos gimnasios y una lista completa de otras asociaciones.

Mientras enumeraba estos datos de memoria, Carl jugueteaba con el botón del proyector. El rostro sonrosado de la pantalla fue sustituido por una instantánea en la que Traci aparecía haciendo *jogging* por la calle. Estaba pletórica con su conjunto de lycra rosa y negro, sus zapatillas Reebok impecables, su visera blanca sobre el último grito en gafas de sol deportivas reflectantes y la melena recogida en una pulcra coleta. En el cochecito de *jogging* que empujaba frente a ella iba un niño pequeño. Era evidente que Traci vivía para sudar. Estaba bronceada y en forma, pero no tan delgada como habría cabido esperar.

Al parecer, tenía algunas malas costumbres. La fotografía siguiente mostraba a Traci en su furgoneta Mercedes de color negro, con niños y perros asomados a todas las ventanillas. Otra instantánea había sorprendido a Traci en el momento de depositar la compra en el mismo vehículo; llevaba unas zapatillas diferentes y unos pantalones cortos muy ajustados, y tenía el aspecto de quien aspira a conservar eternamente una apariencia atlética. Había sido fácil seguirle la pista porque no paraba de hacer cosas hasta que caía rendida, y porque nunca tenía tiempo de fijarse en lo que sucedía a su alrededor.

Carl pasó rápidamente las imágenes correspondientes a la residencia de los Wilkes, un caserón de tres plantas construido en las afueras y cubierto de placas que anunciaban la profesión del cabeza de familia. Ninguna de estas fotografías mereció los comentarios de Nussman, que había reservado lo mejor para el final. En la última instantánea, tomada en el parque, Traci volvía a aparecer empapada en sudor, a escasos metros de una bicicleta de diseño tirada sobre la hierba. Sentada a la sombra de un árbol, a cubierto de miradas indiscretas y medio escondida, la joven fumaba un cigarrillo.

El fotógrafo esbozó una sonrisa estúpida. Aquél era su mejor trabajo, una instantánea obtenida a cien metros de distancia que mostraba a la esposa del doctor fumando a hurtadillas. La verdad es que no sospechaba siquiera que la joven fumara. Él mismo estaba fumando tan tranquilo cerca de una pasarela del parque cuando Traci pasó por su lado a toda prisa. El fotógrafo siguió merodeando por el parque media hora, hasta que la vio detenerse y buscar algo en la bolsa de la bici.

Durante un instante fugaz, mientras contemplaban la imagen de Traci sentada bajo el árbol, los presentes dejaron a un lado su mal humor.

—Supongo que todos estamos de acuerdo en escoger a la número cincuenta y siete —dijo Carl.

Nussman tomó nota del nombre de la candidata y bebió un sorbo de café frío de un vaso de papel. Pues claro que escogería a Traci Wilkes. ¿Quién no iba a querer a la esposa de un médico en el jurado cuando los abogados del demandante pedían millones en concepto de daños y perjuicios? ¡Ojalá todo el jurado estuviera compuesto por esposas de médicos! Lástima que eso no fuera posible. El hecho de que Traci tuviera debilidad por los pitillos no era sino una ventaja adicional.

El candidato número cincuenta y ocho era un trabajador de los astilleros Ingalls de Pascagoula. Cincuenta años, varón, de raza blanca, divorciado y dirigente sindical. Carl proyectó una imagen de la camioneta Ford del candidato, y ya estaba a punto de resumir la vida del mismo cuando la puerta se abrió para dejar paso al señor Rankin Fitch. Carl se detuvo. Los abogados se irguieron de repente y demostraron un súbito interés por la pantalla. Acto seguido empezaron a escribir febrilmente, como si aquella camioneta Ford fuera a convertirse en una pieza de museo. Los expertos en selección de jurados también pusieron manos a la obra y empezaron a tomar notas en serio, cuidándose mucho de no cruzar su mirada con la del recién llegado.

Fitch había vuelto. Fitch estaba en la habitación.

El intruso cerró la puerta tras de sí, sin prisas, dio unos cuantos pasos en dirección a la mesa y miró a todos los presentes. Aquello parecía más un gruñido que una mirada. La carne hinchada que rodeaba sus ojos oscuros se contrajo hacia el centro; los profundos pliegues que le surcaban la frente se estrecharon aún más. Mientras su gran caja torácica aumentaba y disminuía de tamaño acompasadamente, los demás dejaron de respirar durante un par de segundos. Fitch abría la boca para ingerir alimentos y bebidas, y también para hablar de tarde en tarde, pero jamás para sonreír.

Fitch estaba malhumorado, como de costumbre. ¿Qué otra cosa podía esperarse de un hombre que no desfruncía el entrecejo ni para dormir? Sólo quedaba por ver si la emprendería a insultos y amenazas —quizás incluso a golpes— con todo quisque o si se conformaría con tragar bilis. Uno nunca sabía a qué atenerse con aquel tipo. Fitch se detuvo junto a la mesa, entre dos jóvenes abogados asociados al bufete, dos socios comanditarios remunerados con sueldos de seis cifras, copropietarios de aquella sala y del resto del edificio. Fitch no pasaba de ser un forastero llegado de Washington, un intruso que llevaba un mes gruñendo y ladrando por los pasillos. Y sin embargo, ninguno de los dos licenciados se atrevió a mirarlo.

—¿Qué número? —preguntó Fitch.

—El cincuenta y ocho —respondió Carl al punto, deseoso de complacer al recién llegado.

—Volvamos al cincuenta y seis —exigió Fitch. Carl pasó las últimas imágenes hacia atrás hasta que el rostro de Nicholas Easter volvió a aparecer en la pantalla. Abogados y peritos rebuscaron entre sus papeles.

—¿Qué se sabe de él? —preguntó Fitch.

—Nada nuevo —admitió Carl con la mirada baja.

—Espléndido. ¿Cuántos misterios quedan por resolver entre los ciento noventa y seis?

—Ocho.

Fitch soltó un bufido y demostró su decepción con un movimiento de cabeza. Todos esperaban un acceso de cólera, que finalmente no se produjo. Fitch se acarició la canosa y acicalada perilla durante unos segundos y, sin apartar la vista de Carl, esperó hasta que la gravedad del momento se hubo hecho patente.

—Quiero a todo el mundo trabajando hasta la medianoche —ordenó entonces— y mañana por la mañana desde las siete en punto. Y lo mismo el domingo.

Dicho esto, dio media vuelta y abandonó la sala dando un portazo. El aire dejó de ser irrespirable de inmediato. Los abogados, los asesores, Carl y todos los demás consultaron al unísono sus relojes. Acababan de conminarlos a permanecer treinta y nueve de las cincuenta y tres horas siguientes en aquella habitación, mirando fotografías ampliadas de caras que ya habían visto, memorizando el nombre, la fecha de nacimiento y el estado civil de casi doscientas personas.

Y lo peor era que ninguno de los presentes albergaba ni la más pequeña duda de que todos cumplirían las órdenes recibidas. Ni la más pequeña duda.

Fitch descendió la escalera que conducía hasta la planta baja del edificio. Allí le esperaba su chófer, un hombre corpulento llamado José. Además de las gafas oscuras, que sólo se quitaba en la ducha y en la cama, José llevaba un traje negro y unas botas vaqueras del mismo color. Fitch abrió una puerta sin llamar e interrumpió una reunión. Cuatro abogados y sus respectivos ayudantes llevaban varias horas encerrados estudiando las declaraciones grabadas de los primeros testigos del demandante. La cinta de vídeo acabó segundos después de la irrupción de Fitch, que se fue por donde había venido tras dirigir cuatro palabras a uno de los juristas. José siguió a su jefe a través de un corredor lleno de libros que los condujo hasta otro pasillo, donde Fitch abrió otra puerta y asustó a otro puñado de abogados.

Whitney & Cable & White era el bufete más grande de la Costa del Golfo. Fitch había escogido personalmente a los ochenta miembros que lo integraban, y esa elección les reportaría varios millones de dólares en concepto de honorarios. Para hacerse con el dinero, sin embargo, tendrían que soportar primero las injerencias de aquel tirano inmisericorde llamado Rankin Fitch.

Cuando ya no quedaba en el edificio un solo empleado que no estuviera al tanto de su presencia y aterrorizado por sus movimientos, Fitch decidió marcharse. Salió a la calle y esperó a José bajo el tibio sol de octubre. Tres manzanas más lejos, en la mitad superior de un edificio ocupado anteriormente por una entidad bancaria, divisó las ventanas iluminadas de otras oficinas. Sí, el enemigo seguía al pie del cañón. Tras aquellos cristales, los abogados del demandante y varios grupos de peritos examinaban conjuntamente un montón de fotografías tomadas con teleobjetivo. En otras palabras, hacían básicamente lo mismo que su propio equipo. El juicio iba a empezar aquel mismo lunes con el proceso de selección del jurado, y Fitch sabía que sus adversarios también trabajaban sin descanso para memorizar los nombres y las caras de los candidatos. Estaba seguro de que ellos también se estaban preguntando quién demonios era ese tal Nicholas Easter y de dónde había salido. ¿Y Ramon Caro, Lucas Miller, Andrew Lamb, Barbara Furrow y Delores DeBoe? ¿Quién era toda aquella gente? Sólo en un estado como Misisipí, en un rincón dejado de la mano de Dios, podían encontrarse listas de candidatos tan poco actualizadas. Fitch había dirigido con anterioridad la defensa de otros ocho casos, cada vez en un estado diferente, y le constaba que otras jurisdicciones ya habían informatizado el censo y se ocupaban de actualizarlo periódicamente de manera que, cuando uno recibía la lista con los nombres de los futuros jurados, no tuviera que preocuparse de averiguar cuántos habían muerto ya.

Rankin Fitch siguió contemplando las luces distantes con expresión perpleja. Le habría gustado saber cómo pensaban repartirse el botín aquel atajo de buitres, si lograban salirse con la suya, claro está. ¿Cómo iban a ponerse de acuerdo a la hora de dividir las ganancias? Comparado con la degollina que tendría lugar si obtenían un veredicto favorable y conseguían hacerse con el ansiado despojo, aquel juicio parecería una simple escaramuza.

Fitch resumió la repugnancia que le inspiraban las maniobras de sus oponentes en un escupitajo. Después encendió un cigarrillo y lo sostuvo con fuerza entre sus dedos gordezuelos.

José aparcó junto a la acera un coche familiar de cristales ahumados, alquilado y reluciente, para que Fitch pudiera ocupar su lugar en el asiento delantero. También levantó la vista hacia las oficinas de los abogados del enemigo al pasar por delante, pero sabía que su jefe no era amigo de charlas y se abstuvo de hacer ningún comentario al respecto. Pronto dejaron atrás el juzgado de Biloxi y un baratillo semiabandonado cuya trastienda albergaba otras dependencias pertenecientes a Fitch y los suyos. El mobiliario era precario y alquilado, y nunca faltaba una capa de serrín en el suelo.

Al llegar a la playa, el automóvil se dirigió hacia el oeste por la autopista 90 y siguió avanzando con dificultad en medio de un intenso tráfico rodado. Era viernes por la noche, y los casinos estaban abarrotados de gente que apostaba el poco dinero que tenía y era capaz de perderlo todo menos la esperanza de recuperarlo al día siguiente. Fitch y José tardaron un buen rato en salir de Biloxi y atravesar Gulfport, Long Beach y Pass Christian. Poco después abandonaron la costa y pasaron un control de seguridad establecido a orillas de una laguna.

2

La casa de la playa, una construcción moderna compuesta por varios bloques dispersos, no gozaba en realidad del privilegio de una playa. Por más que el embarcadero de madera blanca se perdiera en las aguas tranquilas y algosas de la bahía, el arenal más cercano se encontraba a tres kilómetros de distancia. Un pesquero de seis metros y medio de eslora era el único barco amarrado en el muelle. El arrendador de la propiedad era un magnate del petróleo de Nueva Orleans que había aceptado cobrar el alquiler de tres meses en efectivo a cambio de no hacer preguntas. Al parecer, ciertos peces gordos utilizaban temporalmente la casa como lugar de retiro, escondrijo o domicilio de paso.

En una terraza elevada varios metros sobre el agua, cuatro hombres de aspecto respetable conversaban y bebían mientras esperaban la llegada de una visita. Aunque las exigencias del negocio los convertían a menudo en adversarios acérrimos, aquella tarde habían dejado a un lado sus diferencias para jugar al golf —un recorrido de dieciocho hoyos— y compartir un piscolabis de gambas y ostras a la plancha. Más tarde, reunidos en la terraza, amenizaban la espera con unas copas y la contemplación de las aguas negras de la laguna. La sola idea de estar un viernes por la noche lejos de casa, en la Costa del Golfo nada menos, los ponía de mal humor.

Con el negocio en juego, sin embargo, y dada la importancia crucial de los asuntos que se traían entre manos, la tregua y la compañía se hacían llevaderas. Cada uno de aquellos cuatro hombres presidía una gran sociedad anónima —una de las quinientas empresas más rentables según la clasificación de la revista *Fortune*— con cotización en la Bolsa de Nueva York. La menor de las sociedades había obtenido el año anterior ventas por valor de seiscientos millones de dólares; la mayor, por valor de cuatro mil millones. Las cuatro eran sinónimos de pingües beneficios, grandes dividendos, accionistas satisfechos y presidentes con ganancias millonarias.

Cada una de aquellas sociedades era un conglomerado —por llamarlo de alguna manera— de empresas articuladas en varias divisiones, con una producción muy diversificada, grandes presupuestos publicitarios y nombres tan insípidos como Trellco o Smith Greer, nombres escogidos para disimular el hecho de que, en el fondo, no eran más que compañías tabacaleras. Las cuatro —en círculos financieros se las conocía como las Cuatro Grandes— podían declararse herederas directas de los comerciantes de tabaco que operaban en Virginia y las Carolinas durante el siglo diecinueve. Producían cigarrillos —juntas abastecían el noventa y ocho por ciento de la demanda en Estados Unidos y Canadá— y otras manufacturas como palancas, cortezas de maíz o tinte capilar, pero bastaba escarbar un poco en los libros para ver que el grueso de sus beneficios procedía de la venta de tabaco. Las Cuatro Grandes se habían sometido a fusiones, cambios de nombre y otras operaciones para mejorar su imagen pública, pero las asociaciones de consumidores, los médicos y hasta los políticos seguían adelante con su campaña de aislamiento y desprestigio.

Desde hacía algún tiempo, además, los abogados venían pisándoles los talones. Viudas y huérfanos de todo el país se dedicaban a interponer demandas y pedir enormes sumas de dinero so pretexto de que los cigarrillos causaban cáncer de pulmón. Dieciséis de las demandas habían prosperado y, aunque las tabacaleras habían ganado todos los juicios, lo cierto es que se sentían cada vez más acosadas; sabían que una sola sentencia millonaria provocaría una auténtica reacción en cadena.

Los picapleitos iniciarían una ofensiva publicitaria sin precedentes para convencer a fumadores y familiares de fumadores fallecidos de la oportunidad de acudir a los tribunales mientras soplaran vientos favorables.

Por regla general, aquellos cuatro hombres procuraban no sacar a relucir el tema cuando estaban a solas. En aquella ocasión, sin embargo, el alcohol los empujaba a dejar a un lado la discreción y echar sapos y culebras por la boca. Apoyados en la barandilla de la terraza, con la mirada fija en la superficie del agua, dejaron la abogacía y el sistema americano de reparación de daños a la altura del betún. Cada año invertían millones en subvencionar a varios grupos que, desde Washington, intentaban influir en la reforma de las leyes de responsabilidad extracontractual de modo que sus empresas quedaran libres del acoso de los picapleitos. Necesitaban con urgencia un escudo que los protegiera de tanta presunta víctima, pero, por el momento, todos sus esfuerzos habían sido en vano. Allí estaban, sin ir más lejos, reunidos en un rincón perdido del estado de Misisipí y angustiados por el desenlace del enésimo litigio.

En respuesta a la persecución creciente de que eran objeto por parte de los tribunales, las Cuatro Grandes habían decidido presentar un frente común. El Fondo —nombre con el que era conocida la aportación monetaria conjunta a dicho frente— no tenía límites y no dejaba rastro. Dicho de otro modo: no existía. El Fondo servía para sufragar operaciones comprometidas durante los juicios; para dotar a la defensa de los mejores y más taimados abogados, los peritos más hábiles, los asesores más sutiles. Las actividades financiadas por el Fondo no conocían restricción alguna. Después de dieciséis victorias, los miembros del Fondo empezaban a preguntarse si habría algo que el Fondo no fuera capaz de conseguir. Cada sociedad anónima desviaba tres millones anuales hacia el Fondo, pero el dinero no llegaba a su destino hasta haber completado un recorrido tortuoso. Ningún contable, ningún auditor, ningún representante de la ley y el orden había llegado a sospechar siquiera la existencia de aquel fondo de reptiles.

El administrador del dinero era Rankin Fitch, un hombre al que todos despreciaban pero cuyas decisiones acataban sin rechistar. Él era la visita que esperaban. De hecho, se habían reunido en aquel lugar porque Fitch lo había dispuesto, y no se separarían ni volverían a encontrarse hasta que él lo creyera oportuno. Si soportaban la humillación de estar siempre a su disposición era porque aún no había perdido ningún juicio. Fitch tenía en su haber ocho sentencias desestimatorias, y también había que agradecer a sus artes dos juicios nulos —aunque de esto último, lógicamente, no había pruebas.

Un subalterno llevó a la terraza una bandeja con cuatro combinados distintos, preparados siguiendo escrupulosamente las instrucciones de cada uno de los interesados.

—Ya ha llegado Fitch —dijo alguien mientras se vaciaba la bandeja. Los cuatro apuraron las bebidas a la vez y de un solo trago para dirigirse inmediatamente al gabinete.

Entre tanto, Fitch bajó del coche justo delante de la puerta. Nada más cruzar el umbral, un esbirro le ofreció un vaso de agua mineral sin hielo. Fitch nunca bebía, aunque en cierto período de su pasado había consumido el alcohol suficiente para mantener un barco a flote. El recién llegado no dio las gracias al camarero ni dio muestras siquiera de haberlo visto. En vez de eso, se dirigió hacia la falsa chimenea y esperó a que los cuatro hombres de negocios ocuparan sus asientos. Otro lacayo se aventuró a acercarse a Fitch con una bandeja que contenía las sobras del piscolabis y fue rechazado con un gesto. Aunque nunca se le había sorprendido con las manos en la masa, circulaban rumores de que Fitch comía de vez en cuando. Eran prueba fehaciente de ello su volumen pectoral, el perímetro de su cintura, la papada que la perilla no acababa de disimular y un amondongamiento general. Con todo, Fitch ponía un especial cuidado en elegir siempre trajes oscuros y no desabrocharse la chaqueta, y sabía llevar su humanidad con notable empaque.

—Últimas noticias —dijo Fitch cuando consideró que los mandamases habían tenido tiempo suficiente para sentarse—. En estos momentos, la defensa en pleno está trabajando a toda máquina, y seguirá haciéndolo durante el fin de semana. La selección de jurados avanza a buen ritmo. El equipo de asesores está preparado. Todos los testigos saben qué deben decir, y todos los expertos han llegado a la ciudad. Hasta ahora no ha habido ningún problema.

—¿Qué hay de los miembros del jurado? —preguntó D. Martin Jankle al cabo de unos segundos, cuando se hubo asegurado de que Fitch había terminado.

Jankle era el elemento más inestable del grupo. Presidía la U-Tab, abreviatura de una antigua empresa que durante años se llamó Union Tobacco pero que, de resultas de una reciente campaña de imagen, operaba entonces con el nombre de Pynex. Las partes enfrentadas en el juicio que estaba a punto de empezar eran precisamente Wood y Pynex, de modo que en aquella ocasión Jankle se encontraba en primera línea de fuego. Pynex ocupaba el tercer lugar del grupo en tamaño, y había efectuado ventas por valor de casi dos mil millones a lo largo del año anterior. También era, desde el último trimestre, la mayor de las Cuatro Grandes en cuanto a reservas en metálico. Así pues, el litigio no podía ser más inoportuno. A poco que se lo propusieran sus adversarios, el jurado pronto estaría al corriente de la situación financiera de Pynex. Unas cuantas fotocopias ampliadas, y los más de ochocientos millones de líquido dejarían de ser un secreto.

—Estamos en ello —respondió Fitch—. Hay ocho nombres que aún se nos resisten. Cuatro podrían haber muerto o cambiado de domicilio. Los otros cuatro están vivos y se espera que se presenten en el juzgado el lunes.

—Un solo jurado con ideas propias puede contagiar al resto —dijo Jankle, que había ejercido la abogacía en Louisville antes de fichar por U-Tab y se empeñaba en recordar a Fitch que no trataba con un vulgar leguleyo.

—Me doy perfecta cuenta de ello —lo atajó Fitch.

—Necesitamos saber quiénes son.

—Estamos haciendo todo lo posible. No tenemos la culpa de que este estado no actualice las listas igual que los demás.

Jankle tomó un buen trago de su bebida y se quedó mirando fijamente a Fitch. Al fin y al cabo, él era el presidente de una de las empresas más importantes del país, mientras que aquel tipo era un matón de lujo que no le llegaba ni a la suela de los zapatos. Fuera cual fuese su cargo —asesor, agente, intermediario—, el caso es que trabajaba para ellos. En aquel momento disfrutaba de cierta influencia, claro está, y le gustaba pavonearse y tratar a la gente a gritos para demostrar que tenía la sartén por el mango, pero qué demonios, eso no significaba que no fuera un gorila venido a más. Jankle no consideró oportuno compartir con los demás estas reflexiones.

—¿Alguna otra duda? —le preguntó Fitch dando a entender que su pregunta había sido fruto de la irreflexión y que, si no tenía nada más productivo que decir, era mejor que no abriera la boca.

—¿Son de fiar esos abogados? —preguntó Jankle no por primera vez.

—Creo que de eso ya hemos hablado —respondió Fitch.

—Pues volveremos a hacerlo si a mí me da la gana.

—¿Por qué le preocupan nuestros abogados? —le preguntó Fitch.

—Porque..., bueno, porque son de por aquí.

—Entiendo. Y sin duda es usted de la opinión que, dada la composición del jurado, sería aconsejable traer unos cuantos abogados de Nueva York. ¿Le gustaría llamar a alguien de Boston?

—No, no, lo que quiero decir es que..., en fin, que nunca han llevado un caso como éste.

—Eso es porque nunca había habido un caso como éste en la Costa del Golfo. ¿Debo interpretar sus palabras como una queja?

—Estoy preocupado, eso es todo.

—Hemos contratado a los mejores abogados de esta parte del país —dijo Fitch.

—¿Y por qué trabajan por tan poco dinero?

—¿Poco dinero? La semana pasada le preocupaban los gastos. Y ahora resulta que los abogados no cobran bastante. ¿En qué quedamos?

—El año pasado pagamos a los abogados de Pittsburgh a cuatrocientos pavos la hora. En cambio, éstos trabajan por doscientos. No me parece lógico.

Fitch frunció el entrecejo y miró a Luther Vandemeer, presidente de la Trellco.

—No estoy seguro de haberlo entendido bien —dijo—. O a lo mejor es que está de guasa. Resulta que nos gastamos cinco millones de dólares en este caso y ahora le da miedo que esté escatimando.

Fitch dedicó un gesto de desdén a Jankle. Vandemeer sonrió y tomó un trago.

—El caso de Oklahoma costó más de seis millones —insistió Jankle.

—Y ganamos. No recuerdo haber oído ninguna queja después del fallo...

—No me estoy quejando. Sólo digo que estoy preocupado.

—¡Estupendo! Ahora mismo vuelvo al despacho, convoco a todos los abogados y les digo que mis clientes no están contentos con la factura. «Mirad, ya sé que os estáis forrando a nuestra costa, pero tenéis que esforzaros un poco más. Mis clientes quieren que subáis los precios. Aprovechad la ocasión, chicos; nos estáis saliendo demasiado baratos.» ¿Le parece buena idea?

—Cálmate, Martin —intervino Vandemeer—. El juicio aún no ha comenzado. Ya verás como estaremos hartos de abogados antes de irnos de aquí.

—Sí, ya lo sé, pero este juicio es diferente. Todos lo sabemos. —El eco de estas palabras se fue apagando mientras Jankle levantaba el vaso.

Jankle era el único miembro del grupo que tenía problemas con la bebida. La empresa había conseguido que se sometiera a una discreta cura de desintoxicación seis meses atrás, pero la tensión del pleito había vuelto a hacer mella en sus nervios.

Fitch, alcohólico redimido, sabía que Jankle estaba en apuros, y también que tendría que testificar al cabo de algunas semanas. Como si no tuviera bastante de qué preocuparse, ahora le tocaba cargar con la responsabilidad de que D. Martin Jankle llegara sobrio al estrado. La flaqueza de su cliente lo sacaba de quicio.

—Supongo que el demandante también estará preparado —dijo otro de los mandamases.

—Supone bien —concedió Fitch encogiéndose de hombros—. Lo que es abogados no le faltan.

Según el último recuento, el equipo del demandante contaba

con ocho abogados. Al parecer, ocho de los bufetes especializados más grandes del país habían desembolsado un millón de dólares por cabeza para financiar aquella confrontación con la industria tabacalera. Habían escogido el demandante más adecuado, la viuda de un hombre llamado Jacob L. Wood, y el escenario más propicio, la Costa del Golfo. Las leyes de responsabilidad extracontractual del estado de Misisipí eran las más jugosas del país, y los jurados de Biloxi tenían cierta reputación de generosidad. Y por si todo eso fuera poco, les había tocado en suerte el juez que, de haber podido, ellos mismos habrían elegido. El abogado Frederick Harkin había defendido ante los tribunales muchas reclamaciones de daños y perjuicios antes de que un ataque al corazón lo empujara hacia la judicatura.

A ninguno de los presentes se le escapaba que aquel caso no era como los que habían superado anteriormente.

—¿Cuánto se han gastado?

—No tengo acceso a esa información —respondió Fitch—, aunque ha llegado a nuestros oídos que su provisión de fondos podría ser más modesta de lo que se ha divulgado. Es posible que hayan tenido problemas para recaudar la aportación inicial de algunos abogados. En cualquier caso, llevan invertidos varios millones. Y cuentan con el apoyo de una docena de asociaciones de consumidores dispuestas a prestarles asesoramiento.

Jankle hizo tintinear los cubitos de hielo y apuró las últimas gotas de su bebida, la cuarta. La habitación quedó en silencio durante un instante. Fitch se puso de pie. Los otros miembros del grupo bajaron la vista.

—¿Cuánto durará? —preguntó Jankle al fin.

—De cuatro a seis semanas. El proceso de selección suele ser rápido por estos lares. Seguramente ya tendremos jurado el miércoles.

—El juicio de Allentown duró tres meses —arguyó Jankle.

—Esto no es Kansas, señor sabelotodo. ¿Preferiría un juicio de tres meses?

—No, si yo sólo... —Jankle enmudeció avergonzado.

—¿Cuánto tiempo tenemos que quedarnos aquí? —preguntó Vandemeer mientras consultaba el reloj en un acto reflejo.

—Me da exactamente igual. Pueden irse ahora mismo o esperar hasta que haya terminado la selección del jurado. Para eso tienen aviones privados. Si les necesito, ya sé dónde encontrarlos. —Fitch dejó el vaso de agua en la repisa de la chimenea y echó un vistazo a su alrededor.

—¿Algo más? —preguntó antes de irse. Al no obtener respuesta alguna, añadió—: Así me gusta.

Los cuatro hombres oyeron que Fitch le decía algo a José mientras abría la puerta y salía. En silencio, todos fijaron la vista en la elegante moqueta que cubría el suelo. Estaban preocupados por el juicio que empezaba el lunes y por otras muchas otras.

Jankle encendió un cigarrillo con manos trémulas.

Wendall Rohr amasó su primera fortuna en el negocio de las demandas judiciales a raíz de un incendio en una plataforma petrolífera del Golfo que causó quemaduras graves a dos trabajadores de la Shell. Rohr logró embolsarse casi dos millones de dólares, y eso le valió de inmediato un puesto entre los abogados estrella. A la edad de cuarenta años, al cabo de unos cuantos casos más y de algunas inversiones, Rohr era conocido por la política agresiva de su bufete y por sus habilidades retóricas en el estrado. Entonces llegaron las drogas, el divorcio y una serie de fracasos que lo arruinaron financiera y personalmente. A sus cincuenta años, se encontró haciendo encargos de pasante y defendiendo a ladronzuelos como tantos otros colegas. Hasta que una ola de amiantosis barrió la Costa del Golfo y Wendall Rohr aprovechó la oportunidad para volver al candelero. El amianto le sirvió para amasar una segunda fortuna que se propuso no echar a perder. Así pues, organizó otro bufete, reformó unas oficinas e incluso encontró una joven esposa. Sin alcohol y sin pastillas, Rohr empleó toda su energía en demandar a la empresa americana en nombre de la ciudadanía damnificada. Su segundo ascenso a la gloria de los letrados fue aún más rápido que el primero. Rohr se dejó crecer una barba venerable, se engominó el pelo, se volvió radical y se convirtió en un asiduo conferenciante.

Rohr conoció a Celeste Wood, viuda de Jacob Wood, a través del joven abogado a quien el difunto había confiado la redacción de su testamento al ver acercarse el final. Jacob Wood falleció a la edad de cincuenta y un años después de haber fumado tres paquetes de cigarrillos diarios durante casi tres décadas. En el momento de su muerte, desempeñaba el cargo de jefe de producción en un astillero y ganaba cuarenta mil dólares al año.

En manos de un abogado menos ambicioso, la cosa podría haber quedado en un cadáver con los pulmones llenos de humo, uno entre tantos otros. Pero Rohr había sabido tejer una red de amistades profesionales a partir de un gran sueño común. Todos los miembros del círculo eran abogados especializados en demandas de responsabilidad civil interpuestas contra fabricantes de diferentes productos. Todos se habían hecho millonarios gracias a los implantes de silicona, los revestimientos Dalkon y el amianto. Varias veces al año se reunían para buscar la manera de explotar el único filón que aún se les resistía, el de la industria tabacalera. Ningún otro producto manufacturado legalmente en la historia de la humanidad había matado a tanta gente como el tabaco. Y los fabricantes de cigarrillos tenían los bolsillos tan hondos que los billetes se les enmohecían en el fondo.

Rohr aportó el primer millón, y con el tiempo consiguió la colaboración de otros siete bufetes. El grupo obtuvo entonces sin dificultad el apoyo del Grupo Operativo contra el Tabaco, la Coalición por un Mundo sin Humo, el Fondo pro Compensación de las Víctimas del Tabaco y un puñado de asociaciones de consumidores y organismos de control. Acto seguido se procedió a organizar el consejo que asesoraría a la demandante durante el juicio. Como era de esperar, Wendall Rohr fue nombrado presidente de dicho consejo y representante legal del caso. Finalmente, y con la máxima notoriedad posible, el grupo de Rohr interpuso la demanda correspondiente en el juzgado del condado de Harrison, en el estado de Misisipí. De eso hacía ya cuatro años.

Según las investigaciones llevadas a cabo por Fitch, el caso Wood sería el número cincuenta y cinco en su género. Con anterioridad, y por razones varias, los tribunales no habían admitido a trámite treinta y seis demandas similares; de las restantes, dieciséis habían prosperado sin merecer sentencias estimatorias, y dos se habían saldado con una declaración de nulidad de actuaciones. En resumen, hasta la fecha ningún jurado había emitido un veredicto desfavorable a los intereses que él defendía; ni un solo centavo había ido a parar a los bolsillos de un litigante de resultas de un pleito contra la industria tabacalera.

Según la teoría de Rohr, sin embargo, ninguno de los cincuenta y cuatro intentos precedentes había contado con el respaldo de un grupo como el suyo; ningún demandante había sido representado por abogados con medios suficientes para tratar a la defensa de igual a igual.

En eso, Fitch y Rohr estaban de acuerdo.

El plan de Rohr —o, mejor dicho, su estrategia a largo plazo— era tan sencillo como brillante. En Estados Unidos había cien millones de fumadores. No todos padecían cáncer de pulmón, cierto, pero sí más de los que necesitaba para no tener que buscar trabajo hasta el día de su jubilación. Una vez ganado el primer caso, sólo le restaría sentarse a esperar la avalancha de clientes. Cualquier abogaducho con pretensiones y una viuda desconsolada a mano se vería capaz de promover un pleito por cáncer de pulmón. Rohr y los suyos podrían incluso permitirse el lujo de elegir los casos más suculentos.

El cuartel general de Rohr se encontraba a escasos minutos del juzgado y ocupaba las tres últimas plantas de la antigua sede de una entidad bancaria. Aquel viernes por la noche, ya tarde, Wendall Rohr abrió una puerta y entró discretamente en una sala oscura donde Jonathan Kotlack, de San Diego, dirigía una sesión de visionado de diapositivas. Kotlack se encargaba del proceso previo de investigación y selección del jurado, mientras que a Rohr le correspondía llevar el peso del interrogatorio. La larga mesa que ocupaba el centro de la habitación estaba cubierta de papeles y tazas de café. Distribuido alrededor de la mesa, un grupo de expertos contemplaba con ojos somnolientos otra cara proyectada en la pared.

Era Nelle Robert, de origen francés, cuarenta y seis años, divorciada, víctima de una violación, empleada de banca, no fumadora, muy obesa y, por consiguiente, no apta como jurado según el método Rohr. Wendall Rohr nunca escogería a una mujer gorda fuera cual fuese la opinión de los expertos y hasta del mismísimo Kotlack. No quería gordas en el jurado, sobre todo si estaban solteras, porque —decía— tendían a ser tacañas e intransigentes.

Rohr se sabía de memoria los nombres de todos los candidatos, tenía grabadas sus caras, y ya no podía más. Estaba harto de ellos y de todos los detalles que había tenido que memorizar. Salió al pasillo, se frotó los ojos y bajó la escalera de sus lujosas oficinas para dirigirse a la sala de conferencias. Allí, el Comité de Documentación intentaba poner en orden miles de papeles bajo la atenta mirada de André Durond, de Nueva Orleans. En aquel momento —eran casi las diez de la noche del viernes—, había más de cuarenta personas trabajando sin descanso en el bufete de Wendall H. Rohr.

Sin perder de vista a sus subordinados, Rohr habló con Durond durante algunos minutos. A continuación salió de la habitación y puso rumbo a la siguiente. Había acelerado el paso. Su nivel de adrenalina estaba llegando al máximo. Sabía que los abogados de las compañías tabacaleras estaban trabajando en la otra punta de la calle con el mismo ahínco.

Wendall H. Rohr pensó que ninguna otra cosa en la vida era comparable a la emoción de participar en un gran pleito.

3

La sala principal del juzgado de Biloxi estaba en el primer piso del edificio. A ésta y a otras dependencias, distribuidas alrededor de un patio central soleado, se accedía a través de una escalera embaldosada. Las paredes habían recibido no hacía mucho un capa de pintura blanca, y el suelo parecía recién encerado.

A las ocho de la mañana del lunes ya había empezado a congregarse en el patio, al otro lado de las grandes puertas de madera que conducían a la sala de vistas, una pequeña multitud. En un rincón, por ejemplo, se había formado un corrillo de jóvenes uniformados con trajes oscuros. Todos guardaban un enorme parecido entre sí: aspecto cuidado, pelo corto y engominado, gafas con montura de concha o, en su defecto, un par de tirantes asomando por debajo de la chaqueta entallada. Eran analistas financieros especializados en valores de industrias tabacaleras, y habían llegado al Sur procedentes de Wall Street para seguir de cerca los primeros pasos del caso Wood.

Otro grupo, más numeroso que el anterior pero mucho menos compacto, iba ocupando por momentos el centro del patio. Todos sus miembros sostenían en la mano, como si de un incómodo apéndice se tratara, la citación que los convertía en candidatos a miembros de un jurado. Pocos se conocían entre sí, pero les había sido fácil entablar conversación gracias a una especie de solidaridad fomentada por aquellas hojas de papel. La cháchara nerviosa que iba invadiendo el patio atrajo la atención de los jóvenes trajeados del rincón. Los analistas interrumpieron su conversación y se concentraron en la observación de los jurados potenciales.

El tercer grupo, encargado de controlar el acceso a la sala de vistas, lucía uniforme oficial y una expresión circunspecta. Al menos siete agentes de la ley habían sido movilizados para mantener el orden durante el primer día del juicio. Dos de ellos andaban toqueteando el detector de metales instalado frente a la puerta. Dos más resolvían cuestiones de papeleo tras un escritorio improvisado. Se esperaba un lleno absoluto. Los otros tres agentes bebían café en vasos de papel y contemplaban el gentío.

A las ocho y media en punto, una vez abiertas las puertas de la sala, los celadores procedieron a comprobar las credenciales de los candidatos y a hacerlos pasar, uno a uno, por el detector de metales. El resto del público, analistas y reporteros incluidos, tendría que esperar fuera.

Contando tanto los bancos acolchados como las sillas plegables colocadas en los pasillos para la ocasión, la sala de vistas podía albergar a unas trescientas personas. Frente a la tribuna, tras las mesas de los letrados, pronto se congregarían otras treinta en representación de ambos litigantes. La secretaria judicial del distrito, elegida por sufragio, comprobó de nuevo las citaciones de los candidatos y —entre sonrisas e incluso abrazos en el caso de algunos conocidos— los condujo con experimentada presteza hasta los bancos que debían ocupar. Se llamaba Gloria Lane, y había desempeñado el cargo de secretaria de juzgado del condado de Harrison durante los once últimos años. Gloria no habría desperdiciado por nada del mundo aquella oportunidad de organizar y dar instrucciones a diestro y siniestro, relacionar caras y nombres, estrechar manos, hacer campaña y, en general, ser el centro de la atención durante los prolegómenos del juicio más sonado de su vida profesional. Con la ayuda de tres jóvenes ayudantes, Gloria Lane logró tener a todos los candidatos numerados, sentados y concentrados en las preguntas de un segundo cuestionario en menos de media hora.

Habían acudido todos los convocados excepto dos. De Ernest Duly se rumoreaba que se había trasladado a Florida y que allí había muerto. Y nada se sabía del paradero de la señora Tella Gail Ridehouser, que figuraba en el censo electoral desde 1959 pero que no había ejercido su derecho al voto desde que Carter derrotara a Ford. Gloria Lane declaró a ambos candidatos inexistentes. A su izquierda, ciento cuarenta y cuatro candidatos ocupaban las filas uno a doce; a su derecha, los cincuenta restantes habían sido distribuidos entre las filas trece a dieciséis. Tras consultarlo brevemente con uno de los agentes armados, y de conformidad con la orden redactada por el juez Harkin, la secretaria del juzgado dejó entrar a cuarenta espectadores y los acomodó en los asientos del fondo de la sala.

Los cuestionarios, velozmente completados por los candidatos, fueron recogidos por los ayudantes de la secretaria. A las diez de la mañana llegó a la sala el primero de una larga nómina de abogados. Los letrados no entraban por la puerta principal, sino por alguno de los dos accesos que comunicaban la parte posterior del estrado con un laberinto de despachos y dependencias menores. Todos los abogados sin excepción lucían traje oscuro y aires de suficiencia, y hasta el último de ellos intentaba llevar a cabo la inalcanzable hazaña de aparentar indiferencia sin quitar los ojos de encima a los jurados. Mientras repasaban expedientes y conferenciaban en voz baja, todos simulaban en vano preocupación por asuntos mucho más serios. Uno a uno, los letrados fueron entrando en la sala y ocupando sus puestos tras las mesas. A la derecha se sentaba la representación del demandante, y a escasos metros la defensa. El espacio que quedaba entre las mesas de los letrados y la barandilla de madera que delimitaba la tribuna estaba abarrotado de sillas.

La fila número diecisiete estaba vacía, también por orden expresa del juez Harkin, mientras que la dieciocho albergaba a los estirados cachorros de Wall Street, que no apartaban la vista de la espalda de los jurados. Detrás había algunos periodistas, una hilera de abogados locales y una muestra surtida de tipos curiosos. En la última fila estaba Rankin Fitch fingiendo leer el periódico.

Siguieron llegando más abogados y, tras ellos, los especialistas en selección de jurados, a quienes correspondieron las sillas encajonadas entre la barandilla y las mesas de los litigantes y también la desagradable tarea de escrutar los rostros inquisitivos de ciento noventa y cuatro desconocidos. Los asesores estudiaban los rasgos de los candidatos por dos razones; la primera era que les pagaban enormes sumas de dinero por hacerlo; la segunda, que se declaraban capaces de prever las reacciones de cualquier persona mediante los datos proporcionados por la expresión corporal. Sin disimular apenas su impaciencia, los especialistas se dispusieron a esperar hasta que alguno de los candidatos cruzara los brazos sobre el pecho, se llevara los dedos a la boca, inclinara la cabeza con suspicacia, o hiciera cualquier otro gesto de los varios centenares que, según los expertos, delatarían sus más íntimos prejuicios.

Los asesores no se cansaban de garabatear notas ni de examinar en silencio las caras de los candidatos, sobre todo la del número cincuenta y seis, Nicholas Easter, que acaparó buena parte de todas aquellas miradas de preocupación. Easter estaba sentado en el centro de la quinta fila. Era un joven apuesto, vestido con pantalones almidonados de color caqui y una camisa con botones en el cuello. De vez en cuando echaba un vistazo a su alrededor, pero su atención parecía centrada en la novela barata que llevaba consigo aquel día. A nadie más se le había ocurrido ir provisto de un libro.

Se llenaron las últimas sillas disponibles frente a la barandilla. En la mesa de la defensa había al menos seis expertos pendientes de los tics faciales y los rigores hemorroidales del jurado; en la del demandante sólo había cuatro.

La mayoría de los candidatos no estaba del todo conforme con semejante método de evaluación, y respondía a las miradas indiscretas de los peritos frunciendo el entrecejo. La broma de un abogado provocó carcajadas entre sus colegas e hizo disminuir la tensión por primera vez en un largo cuarto de hora. A diferencia de los abogados, que cotilleaban en voz baja, los jurados no se atrevían a abrir la boca.

Como era de esperar, el último de los letrados en entrar en la sala fue Wendall Rohr, quien, para no cambiar de costumbre, llegó precedido de su propia voz. En vez de elegir un traje oscuro, Rohr se había inclinado por el conjunto de las grandes ocasiones: chaqueta deportiva a cuadros grises, pantalones grises de otro tono, chaleco blanco, camisa azul, y pajarita roja y amarilla con estampado de cachemir. Llegó dando grandes zancadas e increpando a uno de sus ayudantes, y los dos pasaron por delante de los abogados de la defensa sin dignarse siquiera a mirarlos, como si acabaran de mantener una discusión acalorada fuera de la sala. Rohr dijo algo en voz alta a otro abogado de su equipo y, una vez atraída la atención de la sala, dirigió su mirada hacia los candidatos. Aquélla era su gente, y aquél era su pleito, el que había querido promover en su ciudad natal para poder presentarse algún día en aquella sala y pedir a sus paisanos que hicieran justicia. Saludó con la cabeza a un par de candidatos y guiñó el ojo a un tercero. No estaba tratando con desconocidos, y tenía la seguridad de que juntos encontrarían la verdad.

La entrada de Rohr causó cierto alboroto entre los peritos de la defensa, que nunca hasta entonces habían visto a Wendall Rohr pero habían sido largamente informados sobre su reputación. Vieron sonreír a varios jurados, personas que lo conocían personalmente, e interpretaron los correspondientes mensajes corporales mientras ellos, los candidatos, parecían relajarse ante la visión de una cara conocida. Rohr era una leyenda en la localidad. Fitch lo cubrió de maldiciones desde la última fila.

Por fin, a las diez y media, un agente irrumpió en la sala por una de las puertas que había tras el estrado y gritó: «¡En pie!» Trescientas personas se levantaron como un solo hombre. Su Señoría el juez Frederick Harkin subió al estrado y les dio permiso para sentarse de nuevo.

A sus cincuenta años, Harkin era un magistrado relativamente joven. De ideología demócrata, había sido nombrado primero interinamente por el gobernador del estado para, más tarde, ser elegido por sufragio. Durante su carrera como abogado había interpuesto numerosas demandas, o al menos eso decían los que hacían circular rumores maliciosos sobre la imparcialidad de sus sentencias. Se trataba, naturalmente, de una hábil maniobra del equipo de la defensa. En realidad, Frederick Harkin había ejercido la abogacía en un pequeño bufete que nunca destacó por su acción en los tribunales. Había sido un abogado competente y trabajador, pero su verdadera pasión no era el derecho, sino la política local, un juego que dominaba a la perfección. Un buen día, el azar le había puesto al alcance de la mano la magistratura y un sueldo de ochenta mil dólares anuales, una cifra que nunca habría soñado ganar en la abogacía.

¿Qué funcionario electo no se enternecería ante la visión de una sala abarrotada de votantes? Su Señoría no pudo evitar desplegar una gran sonrisa mientras daba la bienvenida a los jurados. Viéndole, cualquiera habría creído que se habían presentado voluntarios. La sonrisa del juez fue desvaneciéndose a medida que éste se acercaba al final de un breve discurso de bienvenida, destinado a convencer a los candidatos de la importancia de su presencia en la sala. Harkin, que no era conocido por su simpatía ni por su buen humor, no tardó en ensombrecer el semblante.

Y no sin razón: había tantos letrados en la sala que las mesas se habían quedado pequeñas. Según la información que obraba en manos del tribunal, ocho eran abogados del demandante, y nueve, de la defensa. Cuatro días antes, a puerta cerrada, el juez Harkin había determinado el lugar que ocuparían ambas partes en la sala. Una vez seleccionado el jurado e iniciado el juicio propiamente dicho, sólo seis abogados por bando podrían seguir ocupando las mesas de los letrados. El resto tendría que conformarse con las sillas que dejarían vacantes los expertos en selección de jurados. Harkin también había asignado sendos asientos a las partes implicadas: Celeste Wood, la viuda demandante, y un representante de Pynex. La distribución de los asientos figuraba en el pequeño manual de instrucciones que Su Señoría había redactado especialmente para la ocasión.

La demanda en cuestión había sido interpuesta cuatro años atrás, y desde el principio había despertado opiniones encontradas. En el momento de celebrarse la vista preliminar, la documentación del caso ocupaba ya once archivadores, y la inversión realizada por ambas partes ascendía a varios millones de dólares. El juicio duraría un mes como poco, y reuniría en la misma sala a algunos de los juristas más brillantes del país, así como algunos de sus egos más sobresalientes. Sea como fuere, Fred Harkin estaba decidido a imponer su autoridad con mano de hierro.

Su Señoría se acercó al micrófono e hizo una breve sinopsis del caso con fines meramente informativos. Digamos que era todo un detalle explicar a aquellos pobres candidatos por qué estaban allí. Entre otras cosas, el juez dijo que estaba previsto que el juicio durara varias semanas y que no sería necesario aislar a los jurados. Añadió que la ley contemplaba ciertas excepciones al deber cívico de formar parte de un jurado, y preguntó si el ordenador había seleccionado por error a alguien con más de sesenta y cinco años. Seis manos se alzaron al punto. El juez, sorprendido, dirigió una mirada perpleja a Gloria Lane, que se encogió de hombros como si aquello fuera su pan de cada día. En vista de que tenían la posibilidad de hacerlo, cinco de los seis candidatos mencionados decidieron abandonar la sala inmediatamente. Ya sólo quedaban ciento ochenta y nueve. Los asesores tacharon de la lista los nombres correspondientes y siguieron haciendo sus garabatos. Los abogados tomaron nota de lo acontecido con aire severo.

—Sigamos —dijo el juez—. ¿Algún ciego en la sala? Legalmente ciego, se entiende. —Era una pregunta intrascendente, y provocó algunas sonrisas. ¿Para qué iba a querer un ciego estar en un jurado? Sería algo inaudito.

Uno de los candidatos que se sentaban en el centro del grupo, en la fila siete para ser exactos, levantó la mano tímidamente. Era el número sesenta y tres, un tal Herman Grimes, de cincuenta y nueve años, programador informático, de raza blanca, casado y sin hijos. ¿Qué demonios significaba eso? ¿Es que nadie se había dado cuenta de que aquel tipo era ciego? Los expertos de ambas partes conferenciaron por separado. Las fotografías del expediente Grimes comprendían varias panorámicas de su casa y un par de instantáneas del interesado en el porche. Llevaba unos tres años viviendo en aquella zona. No había mencionado ningún impedimento físico en los cuestionarios.

—Tenga la amabilidad de ponerse en pie —dijo el juez.

Herman Grimes se levantó despacio, sin sacar las manos de los bolsillos. Llevaba ropa deportiva y gafas corrientes. No parecía ciego.

—¿Su número, por favor? —preguntó Harkin, que, a diferencia de los abogados y sus asesores, no había tenido que memorizar vida y milagros de todos los candidatos.

—El... sesenta y tres.

—¿Y su nombre? —El juez seguía hojeando el listado producido por el ordenador del juzgado.

—Herman Grimes.

Harkin encontró el nombre que buscaba y levantó la vista hacia los casi dos centenares de caras.

—¿Y dice que es usted legalmente ciego?

—Sí, señor.

—En tal caso, señor Grimes, está usted exento. Puede marcharse.

Herman Grimes no se movió ni un milímetro de donde estaba. Se limitó a mirar lo que fuera que veía y decir:

—¿Por qué?

—¿Cómo dice?

—¿Por qué tengo que marcharme?

—Porque es usted ciego.

—No hace falta que me lo diga.

—Y porque... en fin, porque los ciegos no pueden ser miembros de un jurado —insistió Harkin mirando a derecha e izquierda en busca de aprobación—. Le repito que puede usted marcharse, señor Grimes.

Herman Grimes vaciló unos segundos, los que tardó en decidir su réplica. El resto de la sala, entre tanto, había enmudecido por completo.

—¿Y quién dice que los ciegos no pueden ser miembros de un jurado? —dijo al fin.

Para entonces Su Señoría ya había echado mano de un código. ¡Y pensar que había preparado meticulosamente aquel caso! Hacía un mes que no presidía ningún juicio y vivía recluido en sus dependencias estudiando minuciosamente todo lo que tuviera que ver con alegatos, secreto de sumario, jurisprudencia y normas de enjuiciamiento. A lo largo de su carrera había seleccionado muchos jurados, jurados de todo tipo para todo tipo de casos, y había llegado a creer que ya no le quedaba nada nuevo por ver. ¿Acaso merecía caer en semejante emboscada nada más empezar la selección? ¡Y con la sala llena a rebosar, nada menos!

—¿Me está usted diciendo que quiere formar parte de este jurado, señor Grimes? —preguntó el juez en tono distendido mientras pasaba páginas a toda velocidad y miraba de reojo a la pléyade de jurisperitos reunida en la sala.

Grimes empezaba a sulfurarse.

—Adelante, explíqueme por qué una persona ciega no puede ser jurado. Si hay una ley que dice tal cosa, es una ley discriminatoria y la impugnaré. Y si no está escrito en ninguna parte y es sólo cuestión de uso, estoy dispuesto a meterle un pleito ahora mismo.

No cabía duda de que el señor Grimes no era lego en materia de litigios.

En un lado de la sala había doscientos ciudadanos de a pie, los que la ley había llevado a la fuerza hasta el juzgado. En el otro estaba la ley personificada: el juez, elevado por encima del resto de los mortales; un puñado de letrados envarados y engreídos; el personal de justicia, los celadores, los alguaciles... El señor Herman Grimes acababa de asestar un duro golpe al sistema en nombre de sus conciudadanos, y no le importaba haber recibido en pago de su hazaña poca cosa más que risas y cuchufletas.

Frente a la tribuna, los abogados sonreían porque sonreían los candidatos, pero también se movían inquietos y se rascaban la cabeza sin saber qué hacer.

—Nunca había visto algo así —susurraban entre ellos.

La ley establecía que una persona ciega podía ser eximida de la obligación de prestar servicio al Estado como miembro de un jurado. Al llegar a la palabra «podía», el juez optó por salir del paso y dar la razón al candidato. Demandado en su propia sala..., ¡hasta ahí podríamos llegar! Tiempo habría de hacer entrar en razón al tal señor Grimes. Además, había otras maneras de librarse de él. Discutiría el tema con los letrados.

—Pensándolo mejor —rectificó el juez—, creo que sería usted un magnífico jurado, señor Grimes. Tome asiento, por favor.

Herman Grimes hizo un gesto afirmativo con la cabeza y sonrió.

—Gracias, señor —dijo educadamente.

¿Cómo valorar a un candidato ciego? Ésa es la pregunta que se planteaban los expertos mientras Grimes volvía a sentarse sin prisas. ¿Cuáles serían sus prejuicios? ¿De qué lado estarían sus simpatías? Uno de los pocos axiomas universalmente aceptados en aquel juego sin reglas era que la presencia de jurados con minusvalías —propensos a abrazar la causa del más débil— beneficiaba los intereses del demandante. Las excepciones, sin embargo, habían sido muchas.

Desde su asiento en la última fila, Rankin Fitch se esforzaba en vano por captar la atención de Carl Nussman, el hombre que se había embolsado un millón doscientos mil dólares a cambio de seleccionar al jurado ideal. Arropado como siempre por su equipo de expertos, Nussman seguía observando a los candidatos y tomando notas como si la noticia de que Herman Grimes era ciego no lo hubiera pillado por sorpresa. Nussman disimulaba, y Fitch lo sabía perfectamente. Su complejo sistema de información había sido incapaz de detectar aquel pequeño detalle. ¿Qué más se les habría pasado por alto? —se preguntaba Fitch—. Tan pronto como el juez levantara la sesión, ese Nussman se iba a enterar de lo que valía un peine.

—Damas y caballeros —prosiguió el juez en un tono menos cordial, impaciente por seguir adelante con el juicio una vez salvada la amenaza de una demanda por discriminación—, la próxima fase del proceso de selección del jurado llevará bastante tiempo. Se refiere a la existencia de impedimentos físicos que pudieran entorpecer su labor de jurado. Nuestra intención no es poner a nadie en evidencia, pero si tienen ustedes algún problema debemos saber de qué se trata. Empezaremos con la primera fila.

Mientras Gloria Lane se colocaba junto a la fila indicada por el juez, un hombre de unos sesenta años levantó la mano, se puso en pie y abandonó la tribuna por la portezuela de vaivén que llevaba al estrado. Un alguacil lo acompañó hasta la silla de los testigos y apartó el micrófono. El juez se desplazó hasta el extremo de su tarima y se inclinó para poder hablar en voz baja con el candidato; dos abogados, uno por cada litigante, se situaron frente al estrado para interponerse entre el jurado y el público; y el relator de la sala completó la barrera. Cuando todos estuvieron en su sitio, el juez preguntó al candidato por su enfermedad.

El hombre dijo padecer una hernia discal, y aportó el certificado médico correspondiente. El juez lo declaró exento y permitió que abandonara la sala, cosa que hizo a toda prisa.

A mediodía, cuando Harkin ordenó un receso para almorzar, trece candidatos habían obtenido la exención por motivos de salud. El resto de los presentes había sido presa del tedio, y todo hacía pensar que volverían a aburrirse a partir de la una y media.

Nicholas Easter salió del juzgado solo y se dirigió a pie a un Burger King que estaba a seis manzanas de distancia. Pidió un Whopper y una Coca-Cola, y escogió una mesa al lado de la ventana. Contempló a los niños que se columpiaban en el parque, hojeó un ejemplar del *USA Today* y comió sin prisas. Al fin y al cabo, disponía de una hora y media.

La rubia de los vaqueros ajustados que había hablado con Nicholas en la tienda entró en el local luciendo un pantalón corto y ancho, una camiseta holgada y unas zapatillas Nike recién estrenadas, y con una bolsa de deporte al hombro. El segundo encuentro con Easter se produjo cuando la chica pasó con su bandeja junto a la mesa del joven y se paró al reconocerlo.

—¿Nicholas? —preguntó fingiendo cierta vacilación.

Easter la miró. Estaba seguro de haberla visto antes, pero no recordaba su nombre.

—Ya veo que no te acuerdas de mí —dijo la chica sin perder la sonrisa—. Estuve en tu tienda hace un par de semanas. Buscaba una...

—Sí, ya me acuerdo —la interrumpió Easter tras echar una breve mirada a sus bonitas piernas bronceadas—. Te llevaste una radio digital.

—Exacto. Me llamo Amanda. Y si no recuerdo mal, te dejé mi número de teléfono. Debes de haberlo perdido...

—¿Quieres sentarte?

—Gracias. —La chica se sentó rápidamente y cogió una patata frita.

—Aún tengo el número —dijo Easter—. De hecho...

—Tranquilo, seguro que has llamado varias veces. Tengo el contestador estropeado.

—No, no te he llamado. Pero estaba considerando esa posibilidad.

—Ya —respondió la chica casi riendo. Tenía una dentadura perfecta, y parecía empeñada en que él se diera cuenta. Llevaba el pelo recogido en una coleta. Era demasiado guapa y demasiado peripuesta para ser aficionada al *jogging*, y no tenía ni una sola gota de sudor en la cara.

—¿Qué te trae por aquí? —preguntó el joven.

—Tengo clase de aerobic.

—¿Y te pones a comer patatas fritas justo antes de la clase?

—¿Y por qué no?

—Pues no lo sé, pero no parece muy lógico.

—Necesito hidratos de carbono.

—Claro. ¿También fumas antes de ir a clase?

—A veces. ¿Por eso no me has llamado? ¿Porque fumo?

—No, no es eso.

—Anda, Nicholas, di la verdad. —La chica seguía sonriendo y tratando de aparentar timidez.

—Bueno, confieso que me pasó por la cabeza.

—Números cantan. ¿Con cuántas fumadoras has salido?

—Con ninguna, que yo recuerde.

—¿Y eso?

—No sé, a lo mejor es que no me gusta tragar humo de segunda mano. Bueno, la verdad es que me trae sin cuidado.

—¿Has fumado alguna vez? —La rubia cogió otra patata y lo miró a los ojos.

—Sí, claro. Todos los niños lo hacen. A los diez años le robé un paquete de Camel a un fontanero que vino a casa. Me lo fumé todo en dos días. Me sentó como un tiro y pensé que me estaba muriendo de cáncer. —Nicholas tomó un bocado de hamburguesa.

—¿Nada más?

Nicholas estaba masticando la comida.

—Creo que no —dijo después de reflexionar unos segundos—. No me acuerdo de ningún otro cigarrillo. ¿Y tú? ¿Cómo empezaste a fumar?

—Fue una tontería. Estoy intentando dejarlo.

—Mejor para ti. Eres demasiado joven.

—Gracias... No me lo digas. Cuando lo deje, me llamarás. ¿A que sí?

—Igual te llamo de todas maneras.

—Ese cuento me suena —replicó la rubia, toda dientes y descaro, antes de coger una pajita y tomar un buen sorbo de su refresco—. Por cierto, ¿puede saberse qué estás haciendo aquí?

—Comiéndome un Whopper. ¿Y tú?

—Ya te lo he dicho. Voy de camino al gimnasio.

—Es verdad. Yo pasaba por aquí. He venido al centro a hacer un recado, me ha entrado hambre y...

—¿Por qué trabajas para Computer Hut?

—¿Quieres decir que por qué malgasto mi vida trabajando por cuatro perras en un vulgar centro comercial?

—Más o menos.

—También estudio.

—¿Dónde?

—En ninguna parte. Tengo que pedir el traslado.

—¿De dónde?

—De North Texas State.

—¿Y dónde quieres matricularte ahora?

—Seguramente en Southern Mississippi.

—¿Qué estudias?

—Informática. Oye, haces muchas preguntas...

—Pero todas son fáciles, ¿no?

—Puede. ¿Y tú? ¿Dónde trabajas?

—En ninguna parte. Acabo de divorciarme de un hombre rico. No hemos tenido hijos. Tengo veintiocho años, estoy soltera y no me gustaría dejar de estarlo, pero tampoco me importaría echar una cana al aire de vez en cuando. ¿Por qué no me llamas?

—¿Cómo de rico?

La pregunta de Nicholas hizo reír a la chica.

—Tengo que irme —dijo tras consultar el reloj—. La clase empieza dentro de diez minutos. —Y de pie, mientras cogía la bolsa y olvidaba la bandeja—: Ya nos veremos.

Easter la vio alejarse a bordo de un pequeño BMW.

El juez eximió al resto de los enfermos tan deprisa como pudo, de modo que a las tres de la tarde ya sólo quedaban en la sala ciento cincuenta y nueve candidatos. De regreso en el estrado tras un receso de quince minutos, Harkin comunicó a los presentes el inicio de otra fase del proceso de selección. Mediante un grave sermón sobre el ejercicio de la responsabilidad cívica, el juez trató de disuadir a los candidatos de alegar otros impedimentos que los estrictamente físicos. El primer intento en ese sentido llegó de parte de un ejecutivo atribulado que subió al estrado y confesó en voz baja al juez, a los dos letrados y al relator que trabajaba ochenta horas a la semana para una gran empresa que sufría grandes pérdidas. Si algo le impedía acudir a la oficina, se produciría un verdadero desastre. El juez le dijo que volviera a su sitio y que ya se vería.

El segundo intento fue protagonizado por una mujer de mediana edad que regentaba una guardería pirata en su domicilio.

—Me gano la vida cuidando niños, Señoría —susurró con lágrimas en los ojos—. No sé hacer otra cosa. Gano doscientos dólares a la semana y casi no llego a fin de mes. Si tengo que venir aquí todos los días, tendré que contratar a alguien para que cuide a los niños, y a los padres no les va a gustar encontrarse con una desconocida. Además, no sé con qué dinero iba a contratarla. ¡Me quedaría sin un céntimo!

Los candidatos restantes siguieron con gran interés los movimientos de la mujer, que avanzó por el pasillo, pasó de largo su fila y, finalmente, salió de la sala. Debía de haber contado una buena historia. El ejecutivo atribulado echaba chispas.

A las cinco y media el tribunal había eximido a un total de quince personas. Dieciséis más habían sido enviadas de vuelta a su asiento al no resultar sus excusas suficientemente lastimeras. Por orden del juez, Gloria Lane repartió entre los candidatos otro cuestionario, más largo que el anterior. Debían entregarlo cumplimentado a las nueve de la mañana del día siguiente. Acto seguido, Harkin levantó la sesión, no sin antes recordar a los presentes la prohibición de hablar del caso fuera de aquella sala.

Rankin Fitch ya se había marchado cuando el juez ordenó el último receso el lunes por la tarde. Estaba en su despacho, pocas travesías más abajo. El nombre de Nicholas Easter no figuraba en los archivos de la Universidad de North Texas State. La rubia había grabado la breve charla de la hamburguesería, y Fitch acababa de escuchar la cinta correspondiente por segunda vez. Aquel encuentro casual había sido idea suya. Era una maniobra arriesgada, pero había dado buen resultado. En aquel momento la chica estaba a bordo de un avión de vuelta a Washington. Su contestador de Biloxi estaba conectado, y lo seguiría estando hasta que hubiera concluido la selección del jurado. Si Easter se decidía a llamarla, cosa que Fitch dudaba, le sería imposible hablar con ella.

4

Las preguntas del cuestionario eran del tenor de: ¿Fuma usted? En caso afirmativo, ¿cuántos paquetes al día? ¿Cuánto hace que empezó a fumar? ¿Le gustaría dejarlo? ¿Ha fumado alguna vez de forma compulsiva? ¿Algún miembro de su familia o de su entorno más inmediato ha padecido dolencias relacionadas directamente con el consumo de tabaco? En caso afirmativo, especifique el grado de parentesco. (Indique a continuación el nombre de la persona, la naturaleza de la enfermedad, el tratamiento recibido si procede y el resultado del mismo.) ¿Cree usted que el consumo de tabaco provoca: *a)* cáncer de pulmón, *b)* insuficiencia cardíaca, *c)* hipertensión, *d)* ninguna de las enfermedades mencionadas, *e)* todas las enfermedades mencionadas.

La página tres abordaba cuestiones más peliagudas: ¿Le parece bien que las personas con problemas de salud relacionados con el tabaco reciban atención médica financiada con el dinero de los impuestos? ¿Le parece bien que los productores de tabaco reciban subvenciones financiadas con el dinero de los impuestos? ¿Qué opina de la posibilidad de prohibir el consumo de tabaco en todos los edificios de uso público? ¿Qué derechos cree usted que deberían tener los fumadores? Cada una de estas preguntas iba seguida de un gran espacio en blanco.

En la página cuatro se enumeraban los nombres de los diecisiete abogados habilitados oficialmente para intervenir en el juicio, y los de ochenta más relacionados de un modo u otro con los primeros. ¿Conoce personalmente a alguno de estos abogados? ¿Ha sido usted representado alguna vez por alguno de estos abogados? ¿Ha mantenido usted algún tipo de contacto profesional con alguno de estos abogados?

No. No. No. Nicholas marcó sin vacilar las casillas correspondientes.

La página cinco contenía otra lista, la de los testigos que podían ser llamados a declarar durante el juicio: sesenta y dos personas, incluida la propia Celeste Wood, viuda y demandante. ¿Conoce a alguna de las personas mencionadas en la lista? No.

Nicholas Easter se preparó otra taza de café instantáneo endulzado con dos sobres de azúcar. La noche anterior había pasado sesenta minutos contestando preguntas, y aquella mañana —el sol acababa de salir— llevaba ya otros tantos haciendo lo mismo. El resto de su desayuno consistía en un plátano y una rosquilla añeja. Nicholas mordisqueó la rosquilla mientras rumiaba su última respuesta, que anotaría a lápiz y con una escritura clara y monótona. Como tenía una letra irregular y poco legible, había decidido utilizar sólo mayúsculas. Sabía que antes de llegar la noche sus palabras serían escudriñadas por dos brigadas de grafólogos —una por cada litigante—, y sabía también que los peritos prestarían más atención a su letra que al contenido de las respuestas. Así pues, procuraría ofrecer la imagen de una persona formal y reflexiva, inteligente y abierta, dispuesta a escuchar sin prejuicios y a actuar con justicia. ¿Quién se atrevería a prescindir de un árbitro semejante? No en vano había leído tres libros sobre los pormenores del análisis grafológico.

Nicholas volvió a la pregunta relativa a las subvenciones. Había dado muchas vueltas al asunto y tenía una respuesta preparada, pero quería asegurarse de exponer sus argumentos con toda claridad. Aunque, pensándolo bien, tal vez fuera mejor mostrarse ambiguo. De esa manera contentaría a las dos partes sin llegar a traicionar sus verdaderos sentimientos.

Muchas de las preguntas contenidas en el cuestionario eran idénticas a las del caso Cimmino, un juicio celebrado el año anterior en Allentown, en el estado de Pensilvania. Por aquel entonces Nicholas era David, David Lancaster, un joven barbudo con gafas de montura de pasta y cristales sin graduación, que compaginaba sus estudios de cinematografía con su trabajo en un videoclub. David se había tomado la molestia de fotocopiar el cuestionario antes de devolverlo al personal del juzgado el segundo día del juicio. Ambos casos se parecían mucho, aunque la viuda y la compañía tabacalera habían cambiado y el centenar de abogados implicados era diferente. Fitch era el único repetidor.

En el caso Cimmino, Nicholas/David había conseguido pasar las dos primeras cribas, pero se había quedado a cuatro filas del último jurado seleccionado. Al cabo de un mes, se afeitó la barba, archivó las gafas y dejó la ciudad.

La superficie sobre la que estaba escribiendo vibraba ligeramente. Aquella mesa plegable, junto con tres sillas desparejas, constituía el área destinada a comedor. Los muebles que llenaban el minúsculo cuarto de estar que había más a la derecha eran una mecedora endeble, un televisor instalado sobre un cajón de madera, y un sofá polvoriento adquirido por quince dólares en un mercadillo. Podría haber conseguido muebles más decentes de haber querido alquilarlos, pero había preferido comprar éstos al contado para no tener que rellenar impresos y no dejar rastro. Era consciente de que, en aquel momento, había gente dispuesta a hurgar en su cubo de la basura para averiguar quién era.

Nicholas se acordó de la rubia y se preguntó dónde se la encontraría aquel día, sin duda con un pitillo al alcance de la mano y las mismas ganas de sacar a relucir el tema del tabaco. La idea de llamarla ni siquiera le había pasado por la cabeza, pero sí le habría gustado saber para cuál de los dos bandos trabajaba. Para las tabacaleras, seguramente, porque era justo la clase de agente que utilizaría Fitch.

Nicholas había leído lo suficiente para saber que la conducta de aquella rubia —o de cualquier otro mercenario que abordara interesadamente a un miembro potencial del jurado— era del todo inmoral. Pero también sabía que Fitch tenía bastante dinero como para retirarla de la circulación y hacerla reaparecer en el juicio siguiente transformada en una pelirroja aficionada a la horticultura y consumidora de otra marca de cigarrillos. Había cosas imposibles de sacar a la luz.

El gran protagonista del dormitorio era un colchón extragrande que yacía en el suelo, sin soporte de ninguna clase, y ocupaba casi toda la habitación. Otro hallazgo procedente del mercadillo. Varias cajas de cartón apiladas hacían las veces de cómoda, y aún había más ropa tirada por el suelo.

El apartamento era un arreglo temporal, la clase de alojamiento que uno escogería para pasar un par de meses si supiera que al cabo de ese tiempo tendría que desaparecer en plena noche. Ése era precisamente el caso de Nicholas, aunque él ya llevaba seis meses viviendo allí. Aquel apartamento era su domicilio oficial, o al menos el que hizo constar al darse de alta en el censo electoral y solicitar el permiso de conducir de Misisipí. La verdad es que a pocos kilómetros tenía a su disposición una residencia mejor, pero no podía correr el riesgo de que lo vieran allí.

Así pues, aceptaba de buen grado vivir en la miseria, como cualquier estudiante sin ingresos, con pocas responsabilidades y menos propiedades. Nicholas estaba casi seguro de que los sabuesos de Fitch no habían entrado en el apartamento, pero —por si acaso— prefería no dejar nada al azar. Era barato, qué duda cabe, pero disponía de todo lo necesario. Y no contenía ni un solo detalle que pudiera comprometerlo.

A las ocho dio por terminado el cuestionario y lo repasó por última vez. El del caso Cimmino lo había escrito con letra normal y un estilo completamente distinto. Después de meses de práctica con la letra de imprenta, estaba seguro de poder engañar a los expertos. Además, el juzgado de Allentown había convocado a trescientos candidatos, y el de Biloxi, a casi doscientos. ¿Por qué iba a sospechar alguien que él había participado en ambos sorteos?

Sin descorrer la cortina —una funda de almohada colgada de la ventana de la cocina—, echó un vistazo al aparcamiento para ver si había fotógrafos u otros intrusos. Tres semanas atrás ya había sorprendido a uno agachado tras la rueda de una camioneta.

No había moros en la costa. Nicholas cerró la puerta del apartamento con llave y echó a andar en dirección al juzgado.

El segundo día del juicio, Gloria Lane se mostró mucho más eficiente al frente de la intendencia. Por de pronto, acomodó a todos los candidatos supervivientes del día anterior —ciento cuarenta y ocho— en la mitad derecha de la sala: doce jurados en cada una de las doce filas más cuatro sentados en el pasillo. Estaban algo apretujados, pero resultaban más fáciles de manejar. Los cuestionarios fueron recogidos a medida que los candidatos accedían a la sala, fotocopiados rápidamente y entregados a los representantes de ambas partes. A las diez de la mañana los equipos asesores ya se habían encerrado en sendas habitaciones sin ventanas para evaluar las respuestas.

Al otro lado del pasillo, una multitud civilizada formada por financieros, periodistas, curiosos y espectadores variopintos seguía con atención los movimientos de los abogados, quienes a su vez estaban absortos en la observación de los jurados. Fitch, como quien no quiere la cosa, se había trasladado hasta la primera fila para vigilar más de cerca al equipo de la defensa. Dos esbirros trajeados le guardaban los flancos a la espera de sus órdenes.

Aquel martes el juez Harkin se sentía llamado a cumplir una misión trascendental. Al cabo de una hora escasa de trabajo, había oído ya el resto de las alegaciones de carácter no médico. Seis candidatos más fueron declarados exentos. Quedaban aún ciento cuarenta y dos.

Y por fin llegó el momento de la verdad. Wendall Rohr —se diría que ataviado con la misma chaqueta de cuadros, el mismo chaleco blanco y la misma pajarita roja y amarilla del primer día— se puso en pie y se acercó a la tribuna del público para dirigirse a sus paisanos. A continuación chascó los nudillos, mostró las palmas de las manos y exhibió una tenebrosa sonrisa. «Bienvenidos», dijo con exagerada teatralidad, como si el proceso que estaban a punto de presenciar tuviera que convertirse en el más preciado recuerdo de sus vidas. Luego se presentó, presentó a los miembros de su equipo y, por último, pidió a la demandante, Celeste Wood, que se pusiera en pie. En su corta intervención a propósito de la señora Wood, Rohr se las apañó para mencionar no menos de dos veces la palabra «viuda». Celeste Wood era una mujer menuda, de cincuenta y cinco años, vestida con un discreto vestido negro, medias negras y zapatos del mismo color que quedaban ocultos tras el barandal de la tribuna. La viuda acompañó la exposición del letrado con una sonrisa lastimera, como si aún no hubiera aliviado el luto. Lo cierto era, sin embargo, que su marido llevaba muerto cuatro años y que ella ya había estado a punto de casarse por segunda vez. Una oportuna intervención de Wendall había impedido *in extremis* las nupcias. El abogado tuvo que explicar a su representada que no había nada malo en querer a otro hombre, pero que le convenía hacerlo discretamente y retrasar la boda hasta después del juicio. El factor lástima podía ser decisivo en un caso como aquél; al fin y al cabo, se suponía que estaba atravesando un mal momento.

Fitch había tenido noticia de los abortados esponsales, pero era consciente de que sería difícil sacar a colación el asunto durante el juicio.

Una vez que hubo presentado formalmente a todos los miembros visibles de su equipo, Rohr resumió —desde su particular punto de vista— el caso que debía ser juzgado. Su intervención despertó enorme interés entre los abogados de la defensa, quienes, lo mismo que el juez, no desaprovecharían la mínima oportunidad de interrumpir al letrado si éste osaba pasar de los hechos a las argumentaciones. Rohr se guardó muy mucho de hacerlo, pero disfrutó lo suyo haciéndolos sufrir.

Siguió un largo discurso que exhortaba a los jurados a actuar con honestidad, a ser sinceros, y a levantar sin miedo la mano si algo les preocupaba lo más mínimo. ¿Cómo podrían los abogados penetrar en su interior, si ellos, los candidatos, renunciaban al uso de la palabra?

—No creerán que nos basta con mirarlos —dijo Rohr mostrando de nuevo su dentadura. En aquel momento había al menos ocho personas en la sala haciendo elucubraciones cada vez que uno de ellos arqueaba una ceja o torcía el gesto.

Rohr cogió su bloc de notas, le echó un vistazo y puso manos a la obra.

—Bueno, veo que hay aquí varias personas que ya han participado en otras causas civiles. Hagan el favor de levantar la mano.

Una docena de manos se levantaron obedientemente. Rohr estudió a los veteranos y fijó su atención en la mano más cercana, la de una mujer sentada en la primera fila.

—Señora Millwood, ¿verdad? —La señora Millwood asintió mientras sus mejillas enrojecían. Todos los presentes estaban mirándola o estirando el cuello para poder verla—. Tengo entendido que formó usted parte de un jurado hace algunos años —dijo Rohr con voz cálida.

—Así es —admitió la candidata tras carraspear y hacer un esfuerzo por levantar la voz.

—¿Qué clase de caso era? —preguntó el letrado pese a conocer ya prácticamente todos los detalles.

El juicio había tenido lugar siete años atrás, en la misma sala de vistas pero con otro juez, y el demandante no había conseguido llevarse ni un céntimo. Hacía semanas que la fotocopia del expediente obraba en poder del equipo de Wendall Rohr, quien había llegado incluso a entrevistarse con el abogado —amigo suyo— que en su día interpusiera la demanda.

La pregunta y el jurado escogido por Rohr eran parte de una primera fase de calentamiento, de una maniobra para demostrar a los demás candidatos qué fácil era levantar la mano y hablar.

—Un accidente de coche —respondió la señora Millwood.

—¿Dónde se celebró el juicio? —preguntó Rohr como si no lo supiera.

—Aquí mismo.

—Vaya, en esta misma sala... —Rohr aparentó sorpresa, pero los abogados de la defensa sabían de sobra que estaba fingiendo.

—¿Hubo acuerdo en el jurado?

—Sí.

—¿Y cuál fue el veredicto?

—No le dimos nada.

—¿Se refiere usted al demandante?

—Sí, nos pareció que no se había hecho tanto daño.

—Ya veo. ¿Diría usted que formar parte de aquel jurado fue una experiencia agradable?

—Más o menos —respondió la candidata tras reflexionar unos instantes—. También perdimos mucho el tiempo. Ya sabe lo que pasa cuando los abogados se ponen a discutir...

—Sí —concedió Rohr con una sonrisa de oreja a oreja—, a veces no podemos evitarlo. ¿Cree usted que haber participado en aquel juicio le impediría ser imparcial en éste?

—No, no veo por qué.

—Gracias, señora Millwood.

El marido de la señora Millwood había trabajado como contable en un pequeño hospital comarcal que tuvo que cerrar sus puertas de resultas del pago de una indemnización por negligencia médica. Así pues, la señora Millwood tenía motivos para estar en contra de los fallos generosos, aun cuando no quisiera admitirlo. Jonathan Kotlack, que era quien tenía la última palabra en materia de selección de jurados por parte del demandante, había tachado ese nombre de la lista hacía mucho tiempo. Los abogados de la defensa, en cambio, sentados a menos de tres metros de Kotlack, tenían a la señora Millwood en gran estima. Para ellos, conservar a JoAnn Millwood en el jurado sería todo un éxito.

Rohr hizo las mismas preguntas a otros veteranos de la tribuna, y la sesión cayó en una cierta monotonía. Después le llegó el turno a un tema espinoso, el de la reforma de la Ley de Responsabilidad Extracontractual, y Rohr atacó a los candidatos con una retahíla de preguntas intrincadas sobre los derechos de las víctimas, los pleitos puestos a la ligera y el precio de los seguros. Algunas de las preguntas iban envueltas en medias argumentaciones, pero el letrado procuró en todo momento no pasarse de la raya. Cuando Rohr acabó era ya casi la hora de comer y los jurados habían dejado de prestarle atención hacía un buen rato. El juez Harkin ordenó un receso de una hora y los agentes se encargaron de desalojar la sala.

Gloria Lane y sus ayudantes empezaron a repartir bocadillos grasientos y manzanas rojas entre los abogados, que no habían podido abandonar sus puestos como los demás. Iba a ser un almuerzo de trabajo. Había muchas peticiones pendientes de resolución, y Su Señoría estaba impaciente por discutirlas. Los letrados tenían a su disposición jarras llenas de café y té helado.

El uso de cuestionarios facilitaba en gran manera el proceso de selección del jurado. Mientras Rohr interrogaba a los candidatos en la sala, decenas de especialistas en otras disciplinas examinaban las respuestas escritas e iban tachando nombres de la lista. La hermana de uno de los candidatos había muerto de cáncer de pulmón. Otros siete tenían familiares o amigos íntimos con graves problemas de salud que ellos achacaban al tabaco. Al menos la mitad de los jurados fumaba o había fumado regularmente en el pasado. La mayoría de los incluidos en este colectivo admitía su deseo de dejar el tabaco.

Los datos fueron analizados e introducidos en el ordenador. A media tarde del segundo día, los resultados impresos pasaban ya de mano en mano a la espera de ulteriores enmiendas. Después del receso de las cuatro y media del martes, el juez Harkin hizo desalojar la sala para llevar a cabo ciertas diligencias que debían constar en acta. Durante casi tres horas, las respuestas escritas de los candidatos fueron examinadas y discutidas, con el resultado final de otros treinta y un nombres apartados del proceso. Gloria Lane recibió instrucciones de telefonear de inmediato a los candidatos exentos para comunicarles la buena noticia.

Harkin estaba decidido a poner punto final a la selección de jurados a lo largo del miércoles, y tenía previsto escuchar las exposiciones preliminares de los letrados el jueves por la mañana. También había insinuado algo sobre trabajar el sábado.

A las ocho de la noche del martes el juez atendió una última petición, una rápida, y dejó marchar a los abogados. Los que trabajaban para Pynex se reunieron con Fitch en las oficinas de Whitney & Cable & White, donde les esperaba otro delicioso festín de bocadillos fríos y patatas pasadas. Fitch quería ponerse a trabajar enseguida, de modo que, mientras los exhaustos abogados cogían platos de papel y se servían, dos procuradores se apresuraban a distribuir entre los presentes copias de los últimos análisis grafológicos. Más que para complacer a su jefe, los abogados comieron deprisa porque no habría tenido sentido saborear aquella bazofia. A lo largo del día el número de jurados potenciales había bajado a ciento once, y la selección definitiva empezaría al día siguiente.

La mañana estuvo en manos de Durwood Cable, conocido como Durr en toda la Costa del Golfo, su hogar durante sesenta y un años. Socio fundador de Whitney & Cable & White, sir Durr había sido seleccionado personalmente por Fitch para representar a Pynex en la sala de vistas. Primero como abogado, después como juez y de nuevo como abogado, Durr había pasado buena parte de los últimos treinta años enfrente de un jurado. Sabía cómo mirarlos y cómo dirigirse a ellos. Las salas de vistas habían llegado a parecerle lugares relajantes, sin teléfonos, sin peatones ajetreados, sin secretarias correteando arriba y abajo, escenarios donde todo el mundo interpretaba su papel de acuerdo con un guión establecido y donde los abogados eran las estrellas del reparto. Durr se movía y hablaba con gran parsimonia, pero entre pasos y palabras sus ojos grises no perdían detalle. Si su oponente, Wendall Rohr, era vocinglero, sociable y tirando a vulgar, Durr, por el contrario, era retraído y más bien estirado. Vestía traje oscuro, una corbata gualda bastante atrevida y la camisa blanca de rigor, que contrastaba agradablemente con su piel bronceada. Durr era un gran aficionado a la pesca en agua salada y se pasaba muchas horas al sol, a bordo de su barco. Su coronilla, calva y tostada, daba fe de ello.

Después de no perder un solo caso durante seis años consecutivos, Durr había encajado una amarga derrota a manos de su adversario, y, antaño amigo, Wendall Rohr. El demandante —conductor de un vehículo de tres ruedas— logró embolsarse dos millones de dólares a costa de su defendido.

Durr dio unos pasos hacia la tribuna y miró con gesto adusto las caras de aquellas ciento once personas. Sabía dónde vivía cada una de ellas, si tenían hijos o nietos y hasta cuántos. Se cruzó de brazos, se pellizcó la barbilla como un académico meditabundo, y dijo con voz sonora:

—Me llamo Durwood Cable y represento a Pynex, una vieja empresa que lleva noventa años fabricando cigarrillos.

Ya lo sabían: no le daba vergüenza admitirlo. Cable habló de Pynex durante diez minutos, y en ese tiempo supo presentar a su cliente bajo un prisma positivo, difuminar sus defectos, convertirlo en algo cercano y prácticamente simpático.

Finalizada la benévola presentación, Durr acometió sin vacilar el tema de la libre elección. Rohr había hecho hincapié en la adicción; Cable habló de la libertad de escoger.

—¿Estamos todos de acuerdo en que el tabaco puede ser peligroso si se abusa de él? —preguntó. Todas las cabezas asintieron. ¿Quién iba a discutir semejante perogrullada?—. Muy bien. ¿Estamos todos de acuerdo en que el riesgo que comporta el consumo de tabaco es del dominio público y en que, por lo tanto, los fumadores fuman a sabiendas del peligro que corren? —Más asentimientos y ninguna mano todavía.

Durr estudiaba las reacciones de los jurados y sobre todo las de Nicholas Easter, que lo miraba inexpresivo desde la tercera fila, el octavo empezando a contar desde el pasillo. A causa de las exenciones, Easter ya no era el candidato número cincuenta y seis, sino el treinta y dos, y con cada nueva criba se acercaba más al principio de la lista. Su cara no revelaba más que una atención absoluta.

—La pregunta siguiente es de una gran importancia —anunció Cable sin apresurarse, dejando que el silencio se hiciera eco de sus palabras—. ¿Hay alguien entre ustedes —dijo mientras apuntaba al jurado con el dedo— que no crea que las personas que fuman lo hacen a sabiendas del riesgo que corren?

Esperó, observó, tiró un poco más del hilo y, finalmente, alguien mordió el anzuelo. Una mano pedía la palabra desde la cuarta fila. Cable sonrió y dio un paso hacia delante.

—Si no me equivoco —dijo—, es usted la señora Tutwiler. Póngase en pie, si es tan amable.

Si lo que el letrado quería era un voluntario, la alegría le duró bastante poco. La señora Tutwiler era una mujer menuda y frágil de sesenta años con cara de muy malas pulgas.

—Quiero hacerle una pregunta, señor Cable —dijo irguiéndose y levantando la barbilla.

—Adelante.

—Si es verdad que todo el mundo sabe que los cigarrillos son peligrosos, ¿por qué sigue fabricándolos su cliente?

Hubo unas cuantas sonrisas entre los demás candidatos. Todas las miradas estaban fijas en Durwood Cable, que había encajado el revés sin dejar de sonreír.

—Buena pregunta —dijo en voz alta, aunque no tenía ni la más mínima intención de responderla—. ¿Cree usted que debería estar prohibida la fabricación de cigarrillos, señora Tutwiler?

—Sí.

—¿Aunque haya personas que quieran ejercer su derecho a la libre elección fumando?

—Los cigarrillos crean adicción, señor Cable, y usted lo sabe tan bien como yo.

—Nada más, señora Tutwiler.

—Los fabricantes aumentan el nivel de nicotina para que la gente se enganche y se anuncian como locos para seguir vendiendo.

—Gracias, señora Tutwiler.

—Aún no he terminado —protestó la mujer en voz alta, agarrándose al respaldo del banco anterior para ponerse de puntillas—. Los fabricantes siempre se han negado a reconocer que el tabaco crea adicción. Mienten, y usted lo sabe. ¿Por qué no lo ponen en las etiquetas?

La expresión de Durr no había cambiado un ápice. El letrado esperó pacientemente hasta que la candidata hubo terminado.

—¿Es eso todo, señora Tutwiler? —preguntó sin acritud.

Había otras cosas que quería decir, pero cayó en la cuenta de que tal vez aquél no fuera el lugar más indicado para hacerlo.

—Sí —musitó.

—Gracias. Reacciones como ésta son vitales para el proceso de selección de jurados. Muchísimas gracias, señora Tutwiler. Puede volver a sentarse.

La anciana miró a su alrededor como si esperara que sus compañeros se levantasen y se unieran a su causa. Al darse cuenta de que estaba sola, se dejó caer en su asiento. Dadas sus posibilidades de ser elegida, podría haber abandonado la sala en aquel mismo instante.

Cable repasó rápidamente otros temas menos espinosos. Hizo muchas preguntas, provocó unas cuantas reacciones más y dio mucho que hacer a sus expertos en expresión corporal. Su intervención acabó al mediodía, a tiempo para un almuerzo rápido. Harkin pidió a los jurados que estuvieran de vuelta a las tres, pero dijo a los abogados que comieran deprisa y regresaran al cabo de tres cuartos de hora.

A la una en punto, a puerta cerrada, con los abogados apretujados alrededor de las mesas de sus respectivos equipos, Jonathan Kotlack se puso en pie e informó al tribunal de que el demandante aceptaba al jurado número uno.

Nadie pareció sorprendido. Todo el mundo anotó algo en un listado, incluido el juez Harkin.

—¿Tiene la defensa algo que objetar? —preguntó Su Señoría después de una breve pausa.

—La defensa acepta al jurado número uno.

Tampoco hubo sorpresa. La candidata número uno era la joven Rikki Coleman, casada y madre de dos hijos, que nunca había fumado y trabajaba en la sección de admisiones de un hospital. Kotlack y su equipo le habían dado un 7 de 10 teniendo en cuenta sus respuestas escritas, su experiencia en sanidad, su título universitario y su interés por todo lo dicho en la sala hasta entonces. La defensa le daba sólo un 6, y la habría recusado de no ser por la presencia de una serie de candidatos francamente indeseables que compartían con ella la fila número uno.

—Ésta ha sido fácil —murmuró el juez—. Sigamos adelante. El candidato número dos, Raymond C. LaMonette.

El señor LaMonette fue objeto de la primera escaramuza estratégica del día. Ninguna de las dos partes lo quería; las dos le habían dado un 4,5. Fumaba como un cosaco, pero estaba intentando dejar el tabaco por todos los medios. Sus respuestas escritas eran ininteligibles y absolutamente lamentables. Según los peritos en expresión corporal de ambos bandos, el señor LaMonette odiaba a todos los abogados y todo lo que tenía relación con ellos. Al parecer, años atrás había sufrido un grave accidente por culpa de un conductor borracho y no había sacado ni un céntimo de indemnización.

Las normas que regulan el proceso de selección de un jurado establecen que ambas partes pueden vetar determinado número de candidatos sin tener que dar explicación alguna al respecto. Dada la importancia del caso, el juez Harkin había elevado de cuatro a diez el número de recusaciones permitidas a cada litigante. Todos querían librarse de LaMonette, pero ambas partes querían reservar su derecho a veto para caras más desagradables.

Era el turno del demandante, de manera que era Kotlack quien tenía la palabra.

—El demandante recusa al número dos —dijo con algo de retraso.

—Un veto menos para el demandante —repitió Harkin mientras tomaba nota del hecho.

Había sido una pequeña victoria para la defensa, ya que a última hora Durr Cable había decidido recusar él mismo al candidato si llegaba el caso.

El demandante decidió recusar a la candidata número tres, la esposa de un ejecutivo, y también al número cuatro. Los vetos estratégicos continuaron hasta diezmar la fila número uno. Sólo dos jurados sobrevivieron a la masacre, que no fue tan notable en la fila número dos, con cinco supervivientes de doce, incluidas dos exenciones otorgadas por el tribunal. Al llegar a la fila tres, las partes ya habían aceptado a siete jurados en firme. Faltaban sólo ocho nombres para llegar al gran desconocido, Nicholas Easter. Hasta el momento, el candidato número treinta y dos había prestado atención y no presentaba ningún defecto insalvable. Con todo, ponía los pelos de punta a los expertos de ambos bandos.

Wendall Rohr, que tuvo que ocupar momentáneamente el puesto de portavoz del demandante mientras Kotlack conferenciaba con un perito sobre dos de los ocupantes de la fila cuatro, recusó al candidato número veinticinco. Era el noveno veto del demandante. El último —si es que la selección llegaba tan lejos— lo reservaban para un republicano de la fila cuatro cuya reputación era de temer. La defensa rechazó al número veintiséis, quemando para ello su octavo cartucho. Los candidatos veintisiete, veintiocho y veintinueve fueron aceptados. Fue también la defensa quien solicitó que se recusara al jurado número treinta por causa justificada, es decir, que el tribunal eximiera a la candidata en cuestión sin que ninguna de las partes tuviera que consumir munición. Durr Cable anunció su deseo de discutir el asunto en privado y pidió que sus palabras no constaran en acta. Rohr estaba un poco sorprendido, pero no se opuso. El relator dejó de escribir. Cable puso un breve informe en manos de Rohr y dio otro idéntico al juez Harkin.

—Señoría —dijo Cable en voz baja—, hemos sido informados por ciertas fuentes de que la candidata número treinta, Bonnie Tyus, es adicta a un medicamento llamado Ativan. Nunca ha recibido tratamiento, nunca ha sido arrestada y nunca ha admitido su problema. Tampoco lo mencionó en el cuestionario ni durante nuestro intercambio de impresiones. Tiene trabajo y vive tranquilamente con su marido. Con el tercero, para ser exactos.

—¿Cómo se ha enterado de todo eso? —preguntó Harkin.

—Gracias a la investigación exhaustiva que llevamos a cabo con todos los jurados potenciales. Su Señoría puede tener la seguridad de que en ningún momento se ha producido un contacto no autorizado con la señora Tyus.

Lo había descubierto Fitch. El segundo marido de Bonnie Tyus había sido localizado en Nashville, donde vivía lavando remolques en un aparcamiento nocturno para camioneros. Por cuatrocientos dólares en metálico, no había tenido inconveniente en contar todo lo que sabía de su ex mujer.

—¿Qué dice usted a eso, señor Rohr? —preguntó Su Señoría.

—A nosotros también nos consta —mintió Rohr sin vacilar un instante. Con el mismo aplomo miró a Jonathan Kotlack, que a su vez fulminó al encargado de investigar vida y milagros del grupo que incluía a Bonnie Tyus. ¡Llevaban gastado más de un millón de dólares en aquel proceso de selección! ¿Cómo podía haberles pasado por alto un dato de tamaña importancia?

—De acuerdo. La candidata número treinta, recusada por causa justificada. Que conste en acta. ¿El jurado número treinta y uno?

—¿Podríamos disponer de unos minutos, Su Señoría? —preguntó Rohr.

—Sí, pero sean breves.

Al cabo de treinta nombres, diez habían sido seleccionados; nueve habían sido recusados por el demandante, ocho por la defensa y tres por el tribunal. Era improbable que la selección llegara hasta la cuarta fila, así que no había que preocuparse por el republicano. Rohr, con un solo veto disponible, repasó los nombres de los jurados treinta uno a treinta y seis

—¿Cuál os da más mala espina? —susurró a su equipo.

Todos los dedos apuntaron unánimemente a la candidata número treinta y cuatro, una mujer de raza blanca, corpulenta y mezquina, que los llevaba a mal traer desde el primer día. Se llamaba Wilda Haney, y hacía un mes que habían decidido prescindir de ella. Tras repasar la lista una vez más, el equipo del demandante acordó aceptar a los números treinta y uno, treinta y dos, treinta y tres y treinta y cinco, que, aun no siendo perfectos, eran infinitamente mejores que Wilda.

En un corrillo más denso, unos metros más allá, Cable y los

suyos habían decidido recusar al treinta y uno, aceptar al treinta y dos, vetar al treinta y tres —el señor Herman Grimes, el ciego—, aceptar a la treinta y cuatro —Wilda Haney— y recusar, si hacía falta, al treinta y cinco.

Así es como Nicholas Easter se convirtió en el undécimo jurado seleccionado para el caso Wood. Cuando la sala de vistas volvió a abrirse a las tres y todos los candidatos hubieron tomado asiento, el juez Harkin leyó en voz alta los nombres de los doce elegidos. A medida que eran nombrados, los jurados abandonaban la tribuna del público y ocupaban los puestos que les habían sido asignados en la del jurado. A Nicholas le había correspondido la segunda silla de la primera fila. Con sus veintisiete años de edad, era el segundo miembro más joven del jurado, compuesto por nueve blancos y tres negros; había siete mujeres y cinco hombres, y uno de estos últimos era ciego. Además de los doce elegidos, había tres suplentes sentados en sillas plegables en una esquina de la tribuna del jurado. A las cuatro y media, los quince se pusieron en pie para pronunciar el debido juramento. Acto seguido, jurados, abogados y litigantes tuvieron que escuchar durante media hora las duras advertencias del juez Harkin. Cualquier intento de influir en los jurados sería castigado con graves sanciones y penalizaciones económicas, tal vez con la anulación del juicio y la inhabilitación profesional, e incluso con la pena capital.

Su Señoría recordó a los jurados la prohibición de hablar sobre el caso incluso con sus cónyuges y amigos. Luego les dedicó una alegre sonrisa, les deseó felices sueños y se despidió de ellos hasta las nueve en punto de la mañana del día siguiente.

Los abogados contemplaron el éxodo del jurado y sintieron envidia. Ellos aún tenían trabajo que hacer. Cuando en la sala no quedaron ya más que abogados y personal de justicia, Su Señoría dijo:

—Caballeros, ustedes han presentado estas peticiones. Ahora les toca argumentarlas.

5

Movido a partes iguales por la impaciencia, el aburrimiento y la corazonada de que no sería el primero en llegar, Nicholas Easter se deslizó por la puerta trasera del juzgado a las ocho y media de la mañana. Las escaleras de servicio, poco utilizadas, le sirvieron para llegar sin ser visto hasta el estrecho corredor por el que los letrados accedían a la sala de vistas. La mayoría de las dependencias oficiales estaban abiertas desde las ocho, y por eso se oía movimiento en la planta baja. El primer piso, en cambio, estaba prácticamente en silencio. Nicholas echó una mirada furtiva a la sala y vio que estaba vacía. Los maletines de los abogados habían llegado y parecían distribuidos aleatoriamente sobre las mesas, pero ellos debían de estar aún en la parte de atrás, junto a la máquina de café, contándose chistes y aprestándose al combate.

Easter conocía bien el terreno. Tres semanas antes, al día siguiente de haber recibido su valiosa citación, había empezado a fisgonear por el juzgado. Encontró la sala de vistas desierta y ociosa, sin vigilancia que le impidiera explorar los pasillos y cuartos anexos: el exiguo despacho del juez; la sala donde los abogados se reunían para chismorrear y tomar café mientras hojeaban un periódico o alguna de las revistas antediluvianas que sepultaban las viejas mesas de la habitación; los cubículos sin ventilación y con unas cuantas sillas plegables habilitados como sala de espera de los testigos; la celda en que los detenidos peligrosos aguardaban su sentencia con las manos esposadas; y, por supuesto, la sala del jurado.

Su corazonada de aquella mañana resultó ser acertada. Se llamaba Lou Dell, y era una mujer de unos sesenta años, más bien achaparrada, de pelo gris con flequillo, que llevaba pantalones de tergal y playeras viejas. Sentada en el corredor, junto a la puerta de la sala del jurado, se entretenía leyendo una novela barata y manoseada a la espera de que alguien penetrara en sus dominios. Al ver llegar a su primera víctima se puso en pie de un salto y recogió apresuradamente la hoja de papel que había estado utilizando como asiento.

—Buenos días —dijo con una sonrisa de oreja a oreja y un punto de malicia en la mirada—, ¿qué se le ofrece?

—Me llamo Nicholas Easter —contestó mientras correspondía a la mano que le tendía la mujer. Lou Dell estrechó con fuerza la mano del joven y prolongó el saludo exageradamente antes de ponerse a buscar el nombre de Nicholas en la lista.

—Bienvenido a la sala del jurado —anunció desplegando una sonrisa aún mayor que la anterior—. ¿Es su primer juicio?

—Sí.

—Adelante —lo invitó la mujer mientras lo empujaba hacia el interior de la habitación—. Ahí tiene el café y los donuts —dijo señalando un rincón y tirando del brazo del joven—. Las he hecho yo misma —añadió con orgullo mientras le mostraba una cesta llena de magdalenas aceitosas—. Es una especie de tradición, ¿sabe? Siempre las traigo el primer día de un juicio. Son mis magdalenas del jurado. Ande, coja una.

Sobre la mesa había distintas clases de donuts distribuidas en varias bandejas, así como dos cafeteras humeantes y a punto. También había platos, tazas, cubiertos, azúcar, leche y edulcorantes surtidos; y, por supuesto, ocupando un lugar destacado, las magdalenas del jurado. Nicholas cogió una. Qué remedio.

—Las hago desde hace dieciocho años —le aseguró Lou Dell—. Antes les ponía pasas, pero tuve que dejar de hacerlo. —La mujer levantó la vista al cielo como si el resto de la historia fuera demasiado escandaloso para contarlo.

—¿Y eso? —Nicholas se sintió obligado a demostrar interés.

—Les daba flato. Y desde la sala, según y cómo, se oye todo..., usted ya me entiende.

—Eso creo.

—¿Le apetece un café?

—Ya me serviré yo mismo.

—Muy bien. —Lou Dell dio media vuelta e indicó unos impresos apilados en el centro de la larga mesa destinada a los jurados—. Son las instrucciones del juez Harkin. Hay una para cada uno. Su Señoría quiere que todos se las lean con mucha atención y que después firmen el impreso a pie de página. Vendré a recogerlos más tarde.

—Gracias.

—Estaré en mi puesto, al lado de la puerta, si me necesita para algo. ¿Sabe que voy a tener un celador pegado a mis faldas durante todo el juicio? Algún zoquete con menos puntería que un topo. Me pongo mala con sólo pensarlo. Pero qué se le va a hacer, por algo es el proceso más sonado que hemos tenido hasta ahora. Civil, se entiende. En cuestión de penales tenemos más experiencia. Si yo le contara... —Lou Dell agarró el tirador y abrió la puerta—. Si me necesita, ya sabe dónde estoy.

La puerta se cerró y Nicholas se quedó mirando la magdalena. No sin reservas, se decidió a probarla. Sabía a salvado y a azúcar, y le hizo pensar en los sonidos de que había hablado la mujer. Nicholas tiró el bollo a la papelera y se sirvió un poco de café en una taza de plástico. Era la primera y la última vez. Si querían que se pasara entre cuatro y seis semanas acampado en aquella sala, tendrían que darle tazas como Dios manda. Y si el condado podía permitirse el lujo de comprar donuts, no veía por qué no podía hacer lo mismo con las rosquillas y los cruasanes.

No había café descafeinado. Nicholas tomó nota de ello. Y si alguno de sus compañeros era poco cafetero, se iba a encontrar con que tampoco había agua caliente para el té. En cuanto al almuerzo, más les valía esmerarse, porque no estaba dispuesto a comer ensaladilla durante seis semanas seguidas.

Alrededor de la mesa, situada en el centro de la sala, había doce sillas espaciadas de forma regular. La gruesa capa de polvo que Nicholas observara durante su primera visita había desaparecido, y la habitación en general ofrecía un aspecto mucho más ordenado y funcional. De una pared colgaba una gran pizarra equipada con borradores y tiza nueva. Al otro lado de la mesa, tres ventanales de la misma altura que la pared proporcionaban una vista del exterior del juzgado. El césped, aún verde y lozano, había conseguido sobrevivir al final del verano. Nicholas se acercó a una de las ventanas y contempló durante unos instantes el vaivén de los peatones.

La última obra del juez Harkin era una lista de instrucciones y preceptos negativos. A saber: organícense; elijan un portavoz; en caso de no poder alcanzar un acuerdo, hablen con Su Señoría y él se encargará de designarlo; lleven siempre el distintivo rojo y blanco que les entregará Lou Dell y que les acredita como miembros del jurado; traigan algo para leer durante los recesos; no duden en pedir lo que necesiten; no comenten el caso entre ustedes antes de que Su Señoría así lo disponga; no comenten el caso con nadie y punto; no abandonen el edificio del juzgado sin permiso; no hagan uso de los teléfonos sin la debida autorización; el almuerzo les será servido en la sala del jurado; cada día podrán escoger el menú correspondiente antes de entrar en la sala de vistas a las nueve de la mañana; informen inmediatamente al tribunal si alguien intenta ponerse en contacto con ustedes o con las personas de su entorno por algún motivo relacionado con el juicio; informen inmediatamente al tribunal si ven, oyen o notan algo sospechoso que pueda estar relacionado con su participación en el juicio.

Leídas por un profano, las dos últimas instrucciones podían parecer un poco raras. Pero Nicholas estaba al corriente de los pormenores de un juicio similar que tuvo que ser declarado nulo a los pocos días de haber dado comienzo. El proceso se celebraba en el este de Tejas, y los problemas empezaron al llegar a oídos del tribunal que agentes misteriosos recorrían la ciudad ofreciendo grandes sumas de dinero a los parientes de los jurados. Los agentes se esfumaron antes de que la policía pudiera dar con ellos y, en medio de la confusión causada por las mutuas acusaciones de ambas partes, nunca llegó a saberse cuál de los litigantes había contratado sus servicios. Con todo, voces autorizadas se inclinaban a imputar los hechos a la industria tabacalera. Al parecer, el jurado se mostraba muy comprensivo con el demandante, y la defensa no pudo ocultar su júbilo al conocer la decisión del tribunal.

Aunque no tenía manera de probarlo, Nicholas estaba seguro de que Rankin Fitch era el hombre de los sobornos y de que no tardaría en volver a las andadas.

Nicholas acababa de firmar su impreso y depositarlo sobre la mesa cuando oyó voces y unos golpecitos en el corredor. Lou Dell se estaba presentando a otro jurado. La puerta se abrió para dejar paso a Herman Grimes, que entró en la sala precedido de su bastón y seguido de cerca por su esposa. La señora Grimes se apresuró a describir la habitación a su marido. Le hablaba en voz baja y sin tocarlo.

—Es una sala alargada, de unos ocho por cinco, con el largo frente a ti y el ancho a derecha e izquierda. Hay una mesa de punta a punta con sillas alrededor. La silla más cercana está a dos metros y medio.

Grimes procesó esta información sin alterar la expresión de su rostro y acompañando con movimientos de cabeza las palabras de su mujer. Lou Dell seguía en la puerta, detrás de la señora Grimes, esperando con los brazos en jarras el momento de ofrecer una magdalena al ciego.

Nicholas dio unos pasos adelante y se presentó a Grimes, que le tendió la mano. Él la estrechó, y ambos intercambiaron las cortesías de rigor. Después saludó a la señora Grimes y acompañó a Herman hasta el bufé del desayuno. Allí le sirvió una taza de café con leche azucarado y le describió los donuts y las magdalenas; un ataque preventivo contra Lou Dell, que aún no había regresado a su puesto. Herman dijo que no tenía hambre.

—Mi tío favorito también es ciego —anunció Nicholas—. Sería un honor para mí que me permitiera ayudarlo durante el juicio.

—Puedo apañármelas yo solo —replicó Herman algo indignado. Su esposa, por el contrario, agradeció el gesto del joven con una sonrisa y un guiño.

—De eso no me cabe la menor duda —insistió Nicholas—, pero sé que a veces hay pequeñas dificultades... Sólo quiero ayudarlo.

—Gracias —dijo Grimes al cabo de unos segundos.

—Muchas gracias, joven —repitió la señora Grimes.

—Estaré en el pasillo si me necesitan para algo —intervino Lou Dell.

—¿A qué hora tengo que pasar a buscarlo? —preguntó la señora Grimes.

—A las cinco. Si hubiera algún cambio, ya la avisaría. —Lou Dell cerró la puerta mientras daba las últimas instrucciones.

Herman ocultaba sus ojos tras unas gafas oscuras. Tenía el cabello castaño, abundante, engominado y ligeramente canoso.

—Hay que cumplir otro trámite —dijo Nicholas cuando los dos estuvieron a solas—. Tiene una silla enfrente de usted; siéntese y le leeré el impreso. Herman puso una mano sobre la mesa, dejó el café y buscó a tientas una silla; recorrió el respaldo con las yemas de los dedos, se orientó y tomó asiento. Nicholas cogió la lista de instrucciones del juez y empezó a leer.

Después de los millones invertidos en el proceso de selección del jurado, nadie se mostró avaro con las palabras. Todo el mundo parecía tener su opinión acerca del resultado. Los expertos de la defensa se congratulaban del jurado elegido y de su propia habilidad, aunque lo hacían sobre todo para contentar a la legión de abogados que seguía trabajando veinticuatro horas al día. Durr Cable había tenido que vérselas con jurados peores, pero también los había visto mejores. Con todo, desde hacía muchos años era consciente de que es prácticamente imposible saber de antemano cómo va a reaccionar un jurado. Fitch también estaba satisfecho —dentro de los límites que le imponían su posición y su carácter—, pero eso no le impedía seguir haciendo la vida imposible al resto de su equipo. Cuatro de los miembros del jurado eran fumadores. Además, dada la reputación permisiva de la Costa del Golfo, con sus locales de strip-tease, sus casinos y el influjo de la cercana Nueva Orleans, Fitch empezaba a creer que, después de todo, tal vez Biloxi no fuera un mal sitio para celebrar un juicio como aquél.

En la acera de enfrente, Wendall Rohr y su equipo de asesores también se declaraban contentos con la composición del jurado. La inesperada inclusión de Herman Grimes, el primer jurado ciego de la historia si la memoria no les fallaba, había sido un auténtico golpe de suerte. Grimes había insistido en ser medido con el mismo rasero que los candidatos videntes, y había amenazado con emprender acciones legales si la justicia lo discriminaba. Aquella muestra de confianza en la utilidad de los pleitos había llegado a lo más hondo del corazón de Rohr y los suyos. Y por si eso fuera poco, estaba lo de su minusvalía. No cabía duda de que el señor Grimes representaba el sueño de cualquier picapleitos. La defensa, por su parte, había hecho todas las objeciones imaginables, y había esgrimido como argumento en contra de la presencia de Grimes el hecho de que no pudiera ver las pruebas. El juez Harkin permitió que los letrados interrogaran discretamente al señor Grimes sobre este particular, y él les aseguró que podría ver las pruebas si éstas le eran descritas detalladamente por escrito. Su Señoría decidió entonces asignar a un relator especial la tarea de redactar descripciones de todas las pruebas presentadas. De este modo Grimes podría introducir la información resultante en su ordenador de braille y leer las descripciones por la noche. La idea del juez hizo tan feliz al señor Grimes que éste nunca volvió a hablar de pleitos por discriminación. La defensa también moderó su oposición, sobre todo al enterarse de que el candidato había fumado durante muchos años y no le importaba que otras personas siguieran fumando a su alrededor.

Ambas partes, pues, estaban relativamente satisfechas del jurado que habían elegido. Habían excluido a todos los radicales y no habían detectado ninguna actitud hostil entre los candidatos supervivientes. Los doce miembros del jurado tenían certificado de enseñanza secundaria, dos de ellos poseían también un título universitario, y otros tres tenían cierto número de créditos acumulados. Según los cuestionarios escritos, Nicholas Easter había completado su educación secundaria. Su paso por la universidad, sin embargo, seguía siendo un misterio.

Y así, con la primera vista oral en puertas, mientras estudiaban la distribución de los asientos y las caras de los jurados por enésima vez, ambas partes daban vueltas a la gran pregunta y se disponían a emitir sus pronósticos.

—¿Quién será el líder? —se preguntaban una y otra vez.

Todos los jurados tienen un líder, y ésa y no otra es la clave del veredicto. ¿Emergería enseguida esta vez? ¿O se mantendría al margen hasta el momento de las deliberaciones? Ni siquiera los jurados lo sabían.

A las diez en punto, con la sala abarrotada, Su Señoría decidió que había llegado el momento de empezar y dio unos golpecitos con el mazo para acallar los últimos murmullos. Todo el mundo estaba preparado.

—Haz pasar al jurado —dijo el juez Harkin a Pete, un alguacil veterano vestido con un uniforme marrón desteñido.

Todos los ojos se volvieron hacia la puerta que daba acceso a la tribuna del jurado. Lou Dell precedía a los jurados igual que una gallina a sus polluelos. Los doce elegidos entraron en la sala y se dirigieron a los asientos que les habían sido asignados mientras los tres suplentes volvían a ocupar sus sillas plegables. Tras unos momentos de desorden —empleados en colocar un almohadón, tirar del borde de una falda, dejar el bolso y los libros en el suelo—, los jurados se dispusieron a prestar atención al juez. Pronto se dieron cuenta de que eran el blanco de todas las miradas.

—Buenos días —dijo Su Señoría en voz alta y con una gran sonrisa en los labios, saludo al que gran parte del jurado correspondió con un movimiento de cabeza—. Confío en que habrán encontrado la sala del jurado y habrán empezado a organizarse. —El juez hizo una pausa e indicó, por alguna razón, los quince impresos firmados que Lou Dell había recogido—. ¿Tenemos ya un portavoz? —preguntó.

Los doce jurados asintieron al unísono.

—Muy bien. ¿De quién se trata?

—Soy yo, Su Señoría —anunció Herman Grimes desde la primera fila.

Abogados, asesores y representantes de la industria tabacalera, es decir, la defensa en pleno, sufrieron una taquicardia colectiva. Cuando recuperaron el aliento, lo hicieron lentamente, sin dejar traslucir en ningún momento el menor indicio de que no estaban precisamente encantados de que el jurado ciego se hubiera convertido en portavoz del grupo. Tal vez a los otros once les había dado lástima el pobre hombre.

—Espléndido —dijo el juez, aliviado al saber que su jurado había sido capaz de cumplir con aquel trámite rutinario sin más problemas.

Su Señoría había visto casos mucho peores. Se acordó, por ejemplo, de un jurado medio blanco y medio negro que no se había puesto de acuerdo a la hora de elegir portavoz y que se había amotinado a causa del menú de mediodía.

—Supongo que habrán leído mis instrucciones —continuó, y eso le dio pie a repetir al menos dos veces todo lo que ya había puesto por escrito.

Nicholas Easter se sentaba en la primera fila, en el segundo asiento empezando por la izquierda para ser exactos. Mientras el juez Harkin castigaba a la concurrencia con su perorata, el joven puso cara de póquer y se dedicó a observar al resto de los jugadores recorriendo la sala con la mirada y sin apenas mover la cabeza. Agazapados tras sus mesas como fieras al acecho, todos los abogados sin excepción escrutaban impertérritos a los jurados. Pronto dejarían de hacerlo, pensó Nicholas.

En la segunda fila de la tribuna del público, detrás de la defensa, estaba Rankin Fitch, con su cara oronda y su siniestra perilla, la mirada fija en la espalda del hombre que tenía frente a él. Fitch intentaba no prestar atención a las advertencias de Harkin y fingía el más absoluto desinterés por el jurado. Pero Nicholas no era un pardillo: sabía que Fitch no se estaba perdiendo detalle.

Catorce meses atrás Nicholas lo había visto en la sala de vistas de Allentown, en el estado de Pensilvania, durante el juicio Cimmino. Fitch no había cambiado mucho desde entonces; seguía siendo el mismo personaje enigmático. Y también lo había visto cerca del juzgado de Broken Arrow, en el estado de Oklahoma, durante el juicio Glavine. Dos veces habían sido más que suficientes para grabar su rostro en la memoria. Nicholas estaba seguro de que Fitch ya había averiguado que nunca había ido a la universidad de North Texas State, y también sabía que le estaba causando más quebraderos de cabeza que cualquier otro jurado. Y con razón.

Detrás de Fitch había dos filas de trajes pertenecientes a otros tantos clones presumidos y avinagrados. Nicholas sabía que eran los inquietos enviados de Wall Street. Según el periódico de la mañana, el mercado no había reaccionado de ninguna manera especial al conocerse la composición del jurado y las acciones de Pynex seguían cotizándose a ochenta dólares. Nicholas no pudo contener una sonrisa. Si de repente se levantara y gritase: «¡Creo que el demandante tiene razón!», todos aquellos trajes saldrían disparados hacia la puerta y Pynex habría bajado diez puntos antes de la hora de comer.

Las acciones de las otras tres tabacaleras —Trellco, Smith Greer y ConPack— también cotizaban sin novedad.

En las primeras filas de la tribuna se distinguían varios grupos de espíritus agitados. En opinión de Nicholas se trataba de los peritos. Había terminado la selección del jurado y empezado la fase siguiente: la observación de sus reacciones. Correspondía a aquel colectivo la ardua tarea de escuchar todas las declaraciones de los testigos y predecir su efecto en el jurado. Lo más probable es que la estrategia consistiera en descartar a los testigos que causaran una pobre o mala impresión en el jurado y compensar su actuación mediante la intervención de otros testigos, pero Nicholas no lo sabía con certeza. Había leído mucho sobre el trabajo de los expertos en selección de jurados, e incluso había asistido a un seminario en St. Louis para oír contar batallitas a célebres abogados, pero seguía dudando que aquellos asesores de última generación fueran poco más que farsantes.

Se decían capaces de evaluar a los jurados con sólo observar cómo reaccionaba su cuerpo ante lo que se decía en la sala de vistas. Nicholas volvió a sonreír. ¿Qué pasaría si se hurgara la nariz durante cinco minutos seguidos? ¿Cómo interpretarían los expertos esa pequeña muestra de expresión corporal?

Nicholas no pudo identificar con exactitud al resto del público, que sin duda incluía a varios periodistas, al grupo de abogados locales de rigor y a otros asiduos de los juzgados. La esposa de Herman Grimes estaba entre las últimas filas, orgullosa y radiante porque su marido había sido llamado a ocupar un puesto de tamaña responsabilidad. Al cabo de un rato, el juez Harkin dejó de divagar e hizo una seña a Wendall Rohr. El letrado se puso en pie con cierta parsimonia, se abrochó la chaqueta de cuadros escoceses mientras deslumbraba al jurado con la blancura de su dentadura postiza, y avanzó hacia el atril con aires de superioridad. Rohr explicó a los jurados que lo que estaban a punto de oír era su escrito de exposición, un alegato destinado a presentar un resumen del caso. La sala enmudeció por completo.

El demandante se proponía demostrar que el tabaco provoca cáncer de pulmón y, más concretamente, que el difunto Jacob Wood, buen hombre donde los hubiera, había desarrollado un cáncer de pulmón tras haber fumado cigarrillos Bristol durante casi treinta años. Lo mataron los cigarrillos, sentenció Rohr mientras tiraba del extremo de su perilla canosa. Tenía la voz áspera, pero sabía modularla con precisión, subir y bajar de tono hasta conseguir el efecto deseado. Rohr era un actor, un intérprete experimentado que no dejaba nada al azar. La pajarita torcida, la dentadura tintineante y aquella colección de prendas incompatibles formaban parte de un atrezzo pensado para atraerse las simpatías del ciudadano medio. Wendall Rohr no era perfecto. Los abogados de la defensa, con sus trajes oscuros e impecables y sus corbatas de seda, podían hablar al jurado por encima del hombro. Rohr nunca lo haría. Rohr era un hombre del pueblo.

¿Que cómo se las ingeniaría para demostrar que el tabaco provoca cáncer de pulmón? Pruebas no le faltaban. Por de pronto, llamaría a declarar a algunos de los oncólogos más distinguidos del país. Sí, aquellos hombres tan importantes se hallaban en aquel momento camino de Biloxi para hablar con ellos, el jurado, y demostrarles de manera inequívoca y con un montón de estadísticas que, efectivamente, los cigarrillos provocan cáncer.

Más adelante —y Rohr no pudo reprimir una sonrisa traviesa al llegar a aquel punto—, el demandante llevaría ante el jurado a varias personas que habían trabajado para la industria tabacalera. Se airearían muchos trapos sucios, y todos los presentes verían con sus propios ojos las pruebas condenatorias.

El demandante se proponía demostrar, en pocas palabras, que el humo de los cigarrillos, dado su contenido en sustancias cancerígenas naturales, pesticidas, partículas radiactivas y fibras afines al amianto, provoca cáncer de pulmón.

Llegados a este punto, Wendall Rohr había logrado convencer a casi todos los presentes no sólo de que sería capaz de demostrar lo que se proponía, sino también de que lo haría sin la menor dificultad. Era el momento de hacer una pausa. El letrado se arregló la pajarita con diez dedos regordetes y consultó su bloc de notas. Acto seguido, con gran solemnidad, empezó a glosar la figura de Jacob Wood, el difunto, padre y abuelo bienamado, hombre de familia, trabajador infatigable, católico devoto, miembro del equipo de béisbol de la parroquia y veterano de guerra, que había empezado a fumar cuando era niño y, como el resto del mundo en aquella época, desconocía los perniciosos efectos del tabaco. Y etcétera, etcétera.

Rohr cargó un poco las tintas, pero dio la impresión de hacerlo a sabiendas. Después pasó de puntillas sobre el tema de los daños. Aquél iba a ser un gran juicio —anunció—, un proceso muy importante. El demandante exigiría y esperaba conseguir mucho dinero. Pero no bastaba con reparar el evidente perjuicio causado a la familia de Jacob Wood teniendo en cuenta el valor económico de su vida y la pérdida de amor y afecto que había representado su muerte. El castigo debía ser ejemplar.

Rohr siguió insistiendo en la idea del castigo ejemplar, tanto que hasta llegó a perder los papeles en más de una ocasión. La mayoría de los jurados se dieron cuenta de que la perspectiva de un fallo millonario le había hecho perder la concentración.

El juez Harkin había dispuesto por escrito que las primeras intervenciones de los litigantes durarían una hora como máximo. Y se había comprometido, también por escrito, a interrumpir a los letrados si éstos osaban extenderse demasiado. Pese a adolecer de cierta desmesura, lo mismo que casi todos los miembros de su profesión, Rohr sabía que no debía tentar a la suerte ni al reloj de Su Señoría. Así pues, transcurridos cincuenta minutos desde el inicio de su alegato, concluyó con una sombría apelación a la justicia, agradeció a los jurados la atención prestada, sonrió, hizo tintinear su dentadura y volvió a su asiento.

Cincuenta minutos pueden parecer horas si uno tiene que

permanecer sentado en una silla sin poder hablar ni estirar las piernas. El juez Harkin lo sabía muy bien; por eso anunció un receso de quince minutos antes de dar paso a la defensa.

La intervención de Durwood Cable duró menos de treinta minutos. Fría y deliberadamente, la defensa aseguró al jurado que Pynex llevaba a cabo sus propias investigaciones científicas y que sus expertos estaban en disposición de demostrar sin lugar a dudas que los cigarrillos no provocan cáncer de pulmón. Cable daba por descontado el escepticismo de los jurados, y les pidió tan sólo que fueran pacientes y dejaran a un lado sus prejuicios. Sir Durr habló sin recurrir a nota alguna, dirigiendo cada palabra al fondo de los ojos de un jurado. Su mirada recorrió la primera fila y después la segunda, y correspondió puntualmente a la curiosidad de los doce rostros. Su voz y sus ojos eran capaces de hipnotizar, pero al mismo tiempo parecían sinceros. Sin saber por qué, uno sentía la necesidad de creerlo.

6

La primera crisis tuvo lugar durante la hora del almuerzo, poco después de que el juez Harkin anunciara el receso de mediodía a las doce y diez. El resto de los presentes aguardó en silencio hasta que los miembros del jurado hubieron abandonado la sala. Lou Dell los esperaba en el corredor para acompañarlos de vuelta a la habitación que tenían reservada.

—Siéntense, por favor; el almuerzo llegará enseguida —dijo al llegar a la sala del jurado—. El café está recién hecho.

La celadora cerró la puerta tras el último de los doce jurados y fue a ocuparse de los tres suplentes. Tras conducirlos a una habitación más pequeña en el mismo pasillo, volvió a su puesto de vigilancia y lanzó una mirada hostil a Willis, el retrasado mental que había recibido órdenes de permanecer a su lado para proteger a no se sabía quién con el arma que llevaba al cinto.

Los doce miembros del jurado fueron dispersándose paulatinamente por la sala. Algunos bostezaban o se desperezaban, otros seguían con las presentaciones, la mayoría charlaba del tiempo y más de uno hablaba y se movía con evidente tirantez. ¿Qué otra cosa podía esperarse de un puñado de desconocidos obligados a permanecer juntos en la misma habitación? Sin otra cosa que hacer aparte de esperar la llegada inminente del almuerzo, la comida cobró la importancia de un gran acontecimiento. ¿Cuál sería el menú? Algo aceptable, seguro.

Herman Grimes se sentó a la cabeza de la mesa, el puesto más adecuado para el portavoz —pensó—, y no tardó en entablar conversación con Millie Dupree, un alma cándida de cincuenta años que —hay que ver lo pequeño que es el mundo— conocía a otro ciego. Nicholas Easter se presentó a Lonnie Shaver, el único hombre de raza negra que formaba parte del jurado y no precisamente por voluntad propia. Shaver era el encargado de una de las sucursales de una gran cadena regional de alimentación, el puesto más importante alcanzado jamás por un negro en aquella empresa. Era un hombre enjuto y nervioso, y le costaba mucho relajarse. La sola idea de tener que pasar cuatro semanas enteras lejos de su tienda le daba escalofríos.

Pasaron veinte minutos y el almuerzo prometido brillaba aún por su ausencia.

—¿Qué pasa con esa comida, Herman? —preguntó Nicholas desde el otro extremo de la habitación a las doce y media en punto.

—Yo sólo soy el portavoz —respondió jovialmente Grimes.

El resto del jurado había enmudecido de repente. Nicholas se dirigió hacia la puerta, la abrió y llamó a Lou Dell.

—Tenemos hambre —protestó.

La celadora abandonó un momento la lectura y levantó la vista hacia las otras once caras.

—Ya deben de haber salido —dijo la mujer.

—¿Quién? —preguntó Nicholas.

—Los de la charcutería de O'Reilly. Está muy cerca de aquí, a la vuelta de la esquina. —A la celadora no le gustaban las preguntas.

—¡Nos tienen aquí encerrados como si fuéramos perros tiñosos! —insistió el joven—. No sé por qué no podemos ir a comer por ahí como todo el mundo. ¿Por qué no se fían de nosotros y nos dejan salir a comer como Dios manda? Órdenes de Su Señoría, ya lo sé. —Nicholas dio otro paso hacia Lou y lanzó una mirada desafiante al flequillo gris que le tapaba los ojos—. No tendremos el mismo problema todos los días, ¿verdad?

—No, claro que no.

—Le sugiero que coja un teléfono y averigüe dónde está nuestro almuerzo. De lo contrario, tendré que hablar del tema con el juez Harkin en persona.

—Está bien.

Nicholas cerró la puerta y se dirigió hacia la cafetera.

—Ha sido un poco maleducado, ¿no le parece, joven? —lo riñó Millie Dupree. Los otros jurados se limitaron a seguir escuchando.

—Puede. Si es así, me disculparé. Pero si no nos ponemos firmes desde el principio, se olvidarán de nosotros.

—En cualquier caso, esa mujer no tiene la culpa del retraso —dijo Herman.

—Le pagan para que se ocupe de nosotros. —Nicholas se acercó a la mesa y se sentó al lado de Herman—. Herman, ¿se da cuenta de que en casi todos los demás juicios los miembros del jurado pueden salir a comer? ¿Por qué cree que nos obligan a llevar estos distintivos? —Los otros se aproximaron a la mesa.

—¿Cómo sabe usted eso? —inquirió Millie Dupree desde la silla de enfrente.

Nicholas se encogió de hombros como si supiera muchas cosas más pero no estuviera autorizado a contarlas.

—Digamos que conozco un poco el sistema.

—¿Y eso? —preguntó Herman.

Nicholas guardó unos segundos de silencio para dar mayor relieve a sus palabras.

—Hice dos años de derecho —confesó el joven.

Nicholas tomó un buen sorbo de café mientras los demás jurados calibraban la importancia de aquella interesante revelación. En pocos segundos, la talla moral de Easter había aumentado considerablemente entre sus iguales. Ya les había demostrado que era simpático, atento, cortés e inteligente. Ahora, además, su familiaridad con las leyes acababa de colocarlo en una especie de pedestal.

A la una menos cuarto la comida seguía sin llegar. Nicholas dejó a un colega con la palabra en la boca y salió otra vez al pasillo. Lou Dell estaba mirando el reloj.

—He enviado a Willis a ver qué pasa —dijo azorada—. Ya no puede tardar. Crea que lo siento muchísimo.

—¿Dónde está el lavabo de caballeros? —preguntó Nicholas.

—Al fondo del pasillo, a la derecha —señaló la mujer, visiblemente aliviada.

Nicholas siguió las instrucciones de la celadora, pero no se detuvo en el lavabo. En vez de eso, bajó silenciosamente los peldaños de la escalera de servicio y salió del juzgado. Anduvo dos manzanas por Lamuese Street hasta llegar al Vieux Marché, una zona peatonal jalonada de tiendas elegantes cerca del antiguo centro neurálgico de Biloxi. Nicholas conocía bien aquella área porque estaba a sólo cuatrocientos metros de su apartamento. Los cafés y las charcuterías del Vieux Marché le gustaban mucho, lo mismo que su librería.

Nicholas torció a la izquierda y pronto se encontró frente al viejo edificio blanco que albergaba el reputado restaurante de Mary Mahoney. Siempre que se reunía el tribunal, buena parte de la comunidad legal de la ciudad se daba cita en aquel local a la hora del almuerzo. Una semana antes, Easter había comprobado cuánto se tardaba en llegar desde el juzgado hasta el restaurante, e incluso había comido en una mesa cercana a la de Su Señoría el juez Harkin.

Nicholas entró en el restaurante y preguntó a la primera camarera que se cruzó en su camino si el juez Harkin estaba allí. Lo estaba. ¿Dónde? La camarera le indicó la dirección. Nicholas atravesó rápidamente el bar y un pequeño vestíbulo, y llegó a un comedor amplio y soleado con ventanales y muchas flores recién cortadas. La sala estaba abarrotada, pero el joven divisó a Su Señoría sentado a una mesa con otras tres personas. Al ver acercarse a uno de los miembros de su jurado, el juez se quedó petrificado, lo mismo que la rolliza gamba que tenía pinchada en el tenedor y que estaba a punto de llevarse a la boca. Harkin reconoció la cara de Easter, además del distintivo rojo y blanco que ostentaba.

—Lamento interrumpirlo, señor —se disculpó Nicholas apenas detenerse junto a la mesa del juez.

Sobre el mantel había pan recién hecho, ensaladas frondosas y vasos grandes de té helado. Gloria Lane, la secretaria judicial del distrito, también se había quedado sin habla. Las otras dos comensales eran una relatora y una auxiliar de justicia.

—¿Se puede saber qué está usted haciendo aquí? —preguntó Harkin con un trocito de queso de cabra adherido al labio inferior.

—He venido a hablar con usted en nombre del jurado.

—¿Qué pasa?

Nicholas se inclinó hacia el juez para no llamar la atención de los demás clientes.

—Que tenemos hambre —masculló para sorpresa de los cuatro comensales y sin tratar de disimular su enfado—. Mientras ustedes se dan la gran vida, nosotros tenemos que quedarnos en aquel cuchitril esperando una comida precocinada que, por alguna razón, no acaba de llegar. Con el debido respeto, señor, el jurado tiene hambre. Y estamos hasta las narices de tanto esperar.

Harkin soltó el tenedor y vio cómo su gamba salía disparada hacia el suelo. Luego dejó la servilleta sobre la mesa y murmuró algo ininteligible.

—Bueno —dijo con las cejas arqueadas y dirigiéndose a las tres mujeres—, vamos a ver qué pasa.

El juez y sus acompañantes se pusieron en pie y salieron del restaurante a toda prisa seguidos por Nicholas Easter. Cuando los cinco llegaron al corredor y abrieron la puerta de la sala del jurado, Lou Dell y Willis habían desaparecido. La mesa continuaba vacía, sin rastro de comida, y ya pasaban cinco minutos de la una. Los jurados dejaron de hablar y se volvieron hacia Su Señoría.

—Llevamos casi una hora esperando —protestó Nicholas mientras señalaba la mesa vacía. La sorpresa inicial de sus colegas al ver al juez se tornó pronto en ira.

—Tenemos derecho a que se nos trate con dignidad —le espetó Lonnie Shaver. Harkin no salía de su asombro.

—¿Dónde está Lou Dell? —preguntó a las tres mujeres de su séquito.

Todos se volvieron hacia la puerta, por donde apareció de repente la celadora. Lou Dell tuvo que parar en seco para no darse de bruces con Su Señoría.

—¿Qué está pasando aquí? —la interrogó Harkin con autoridad pero sin perder la calma.

—Acabo de hablar con los de la charcutería —respondió jadeando la celadora, visiblemente asustada y con gotas de sudor en las mejillas—. Ha habido un malentendido. Dicen que alguien llamó para pedir que no trajeran la comida hasta la una y media.

—Esta gente se está muriendo de hambre —constató Harkin, como si Lou Dell no lo supiera ya de sobra—. ¿Hasta la una y media?

—Ha sido sólo un malentendido. A alguien se le deben de haber cruzado los cables...

—¿De qué charcutería se trata?

—De la de O'Reilly.

—Recuérdeme que hable con el dueño.

—Sí, señor.

—Les ruego —dijo el juez dirigiéndose de nuevo a los miembros del jurado— que acepten mis disculpas. Les aseguro que esto no volverá a ocurrir. Mientras tanto —continuó tras consultar brevemente el reloj y desplegar una amable sonrisa—, les agradecería que me acompañaran al restaurante de Mary Mahoney y tuvieran la bondad de compartir nuestro almuerzo. —Acto seguido se volvió hacia la actuaria y dijo—: Llama a Bob Mahoney y dile que prepare el comedor de atrás.

El jurado almorzó ostras, pastel de cangrejo, pescado a la parrilla y la famosa sopa de marisco de Mahoney. Nicholas Easter se había convertido en el héroe de la jornada. Terminado el postre —minutos después de las dos y media—, los miembros del jurado siguieron tranquilamente al juez Harkin de vuelta al juzgado. Para cuando se reanudó la sesión aquella misma tarde, toda la sala estaba al corriente del banquete.

El juez Harkin se reunió horas más tarde con el propietario de la charcutería. Neal O'Reilly juró y perjuró que una joven que dijo trabajar para la secretaria judicial había hablado con él y le había dado instrucciones de no entregar la comida hasta la una y media en punto.

El primer testigo del juicio fue precisamente el difunto, Jacob Wood, cuyo testimonio había sido grabado en vídeo pocos meses antes de su muerte. El jurado podría ver la filmación gracias a dos monitores de veintiuna pulgadas instalados frente a la tribuna, y el resto de la sala tenía a su disposición media docena de aparatos más. Los preparativos se habían llevado a cabo mientras el jurado se ponía las botas en el restaurante de Mary Mahoney.

Jacob Wood se mantenía incorporado con la ayuda de varias almohadas en lo que parecía ser la cama de un hospital. Llevaba puesta una camiseta blanca lisa, y una sábana le tapaba el resto del cuerpo hasta la cintura. Estaba pálido y muy delgado, francamente demacrado. El tubito que se perdía tras su cuello descarnado y le llegaba hasta la nariz era el encargado de suministrarle oxígeno. Cuando así se lo indicaron, el enfermo miró a la cámara y dejó constancia de su nombre y dirección con voz muy ronca. También tenía un enfisema pulmonar.

Aunque era obvio que la habitación estaba llena de abogados, la cara de Jacob era la única que aparecía en la pantalla. De vez en cuando se les oía hablar fuera de campo, pero el enfermo no prestaba atención a sus escaramuzas. Había cumplido cincuenta y un años —aunque aparentaba por lo menos veinte más—, y no hacía falta ser médico para ver que el pobre hombre tenía un pie en la tumba.

Con su abogado Wendall Rohr en el papel de apuntador, Wood había contado ante la cámara la historia de su vida empezando por el día en que nació. Durante casi una hora, el difunto pasaba revista a su infancia, la escuela primaria, los amigos, las casas, la Marina, el matrimonio, la vida profesional, los hijos, los vicios, las aficiones, los amigos de la edad adulta, los viajes, las vacaciones, los nietos y hasta algunos planes para la jubilación. Al principio, los jurados quedaron bastante impresionados por el hecho de ver hablar a un muerto, pero pronto se dieron cuenta de que la vida del difunto Jacob Wood había sido tan aburrida como la suya propia. Además, había llegado la hora de digerir aquel opíparo almuerzo y estaban impacientes por levantarse. Cerebros y párpados pedían a gritos un descanso. Herman Grimes, que sólo oía la voz del testigo y tenía que imaginarse el resto, también acabó por aburrirse. Por suerte para el jurado, Su Señoría, presa de la misma modorra, ordenó un breve receso al cabo de una hora y veinte minutos.

Los cuatro fumadores del jurado necesitaban un cambio de aires. Lou Dell los acompañó con expresión risueña hasta una habitación —contigua al servicio de caballeros— donde había una ventana abierta. Era el cubículo donde los delincuentes juveniles esperaban el momento de comparecer ante el tribunal.

—Si no dejan de fumar después de este juicio —comentó Lou Dell con dudoso sentido del humor—, es que son un caso perdido... Huy, lo siento —se excusó mientras cerraba la puerta al salir. Nadie había celebrado su ocurrencia.

Jerry Fernandez era un vendedor de coches de treinta y ocho años, con muchas deudas de juego y cuyo matrimonio estaba a punto de irse a pique. Él fue el primero en encender un cigarrillo, y el mismo mechero sirvió también para dar fuego a sus compañeras. Los cuatro aspiraban profundamente y soltaban grandes bocanadas de humo por la ventana.

—A la salud de Jacob Wood —brindó Jerry. Las tres mujeres no se inmutaron. Estaban demasiado ocupadas fumando.

Don Portavoz ya había empezado a sermonearlos sobre las contraindicaciones legales de hablar del caso antes del momento de las deliberaciones. El juez Harkin había hecho hincapié en ese punto, y Grimes no estaba dispuesto a tolerar ni el más pequeño desliz. Pero Jerry sentía curiosidad y decidió aprovechar que Herman no podía oírlo.

—¿Creéis que Jacob intentó dejarlo alguna vez? —preguntó sin dirigirse a nadie en particular.

Le respondió Sylvia Taylor-Tatum, una mujer pegada al extremo de un cigarrillo esbelto y emancipado.

—Estoy segura de que pronto lo sabremos —dijo antes de expulsar un torrente impresionante de vapores azulados por su nariz larga y puntiaguda.

Jerry era muy aficionado a poner apodos, y una de sus primeras víctimas de la semana había sido precisamente Sylvia. Su cara alargada, su nariz prominente y afilada, y su abundante melena gris con la raya en medio le habían valido en secreto el sobrenombre de Caniche. Medía al menos un metro ochenta, era muy desgarbada y repelía cualquier intento de aproximación mediante una perpetua expresión de enojo. Caniche quería que el resto del mundo la dejara en paz.

—Me gustaría saber a quién le tocará ahora. —Jerry intentaba entablar conversación a toda costa.

—A los médicos, supongo —contestó Caniche sin desviar la mirada de la ventana.

En vista del interés demostrado por sus compañeras —las dos fumadoras seguían sin hacerle caso—, Jerry tiró la toalla.

Se llamaba Marlee, o al menos ése era su último alias. Treinta años, cabello corto y castaño, ojos del mismo color, estatura mediana y complexión esbelta. La ropa que llevaba había sido cuidadosamente escogida para no llamar la atención, cosa que Marlee no habría conseguido en minifalda ni con unos vaqueros ceñidos. De hecho, Marlee era capaz de deslumbrar al personal con y sin ropa, pero lo que quería en aquel momento era que nadie se fijara en ella. Aquélla era la tercera vez que pisaba el juzgado. La primera había sido dos semanas atrás, mientras se celebraba otro juicio, y la segunda, durante el proceso de selección del jurado del caso Wood. Marlee conocía bien el terreno. Sabía dónde estaban las dependencias del juez y dónde almorzaba Su Señoría; había llevado a cabo la ingente tarea de memorizar los nombres de todos los abogados del demandante y de la defensa; había tenido acceso al sumario del caso y hasta sabía en qué hotel se escondía Rankin Fitch durante el juicio.

Marlee aprovechó el receso para pasar por el detector de metales y colarse en la sala de vistas. El público se desperezaba y los abogados conferenciaban en diversos corrillos. Fitch estaba en un rincón, hablando con dos tipos con aspecto de asesores. Había más de un centenar de personas en la sala, y no la vio entrar.

Así pasaron unos cuantos minutos. Marlee no perdía de vista la puerta que conducía al estrado. Por fin apareció uno de los relatores con una taza de café; eso significaba que el juez no podía estar lejos. La chica sacó un sobre del bolso, esperó un instante y se dirigió hacia la salida.

—¿Podría usted hacerme un favor? —preguntó sonriente a uno de los celadores.

—Lo intentaré —dijo el agente mirando el sobre y reprimiendo otra sonrisa.

—¿Le importaría entregar este sobre al caballero del rincón? Es que tengo mucha prisa y no quisiera interrumpirlo.

El agente entrecerró los ojos y miró en la dirección que señalaba Marlee, al otro lado de la sala.

—¿A cuál de ellos?

—Al que está en medio, el más corpulento, con perilla y traje oscuro.

En aquel momento subía al estrado el alguacil.

—¡Orden en la sala! —gritó.

—¿Cómo dice que se llama ese tipo? —preguntó el agente en voz más baja.

Marlee le entregó el sobre y señaló el nombre escrito en el papel.

—Rankin Fitch. Muchísimas gracias. —La chica dio unas palmaditas en el brazo del celador y se esfumó.

Fitch se inclinó para decir algo al oído de uno de sus empleados y puso rumbo a la puerta de la sala mientras el jurado regresaba a sus puestos. Ya había tenido bastante por un día. Una vez seleccionado el jurado, Fitch solía pasar poco tiempo en la sala de vistas. Utilizaba otros métodos para seguir el desarrollo del juicio.

El mismo agente que había hablado con Marlee lo detuvo en la puerta y le hizo entrega del sobre. Fitch no daba crédito a sus ojos. ¿Quién osaba sacarlo del anonimato? Él era un perfecto desconocido, una sombra incógnita que procuraba por todos los medios no revelar siquiera su nombre ficticio. Su bufete se llamaba Arlington West Associates, que era lo mismo que no decir nada, y sólo sus empleados, sus clientes y algunos de los abogados que contrataba sabían su nombre. Fitch lanzó una mirada hostil al agente y salió al patio sin darle las gracias. No podía apartar la vista del sobre. El nombre del destinatario había sido escrito por una mano de mujer, de eso no cabía duda. Fitch abrió el sobre sin apresurarse y extrajo la única hoja de papel que contenía. En el centro de la página, alguien había escrito el texto siguiente: «Apreciado señor Fitch. Mañana por la mañana, el jurado número dos, Easter, llevará un polo gris con ribete rojo, pantalones almidonados de color caqui, calcetines blancos y zapatos de piel marrón con cordones.»

José vio a su jefe desde la fuente, se acercó a él sin prisa y esperó a su lado como un perro obediente. Fitch leyó la nota y miró al chófer con cara de perplejidad. Luego volvió sobre sus pasos, entreabrió la puerta de la sala y pidió al celador que saliera un momento.

—¿Qué ocurre? —dijo el agente. Su puesto estaba al otro lado de la puerta y no le gustaba contravenir las órdenes.

—¿Quién le ha dado este sobre? —preguntó Fitch con toda la amabilidad de que era capaz. Los dos agentes encargados del detector de metales observaban la escena con curiosidad.

—Una mujer. No me dijo cómo se llamaba.

—¿Cuándo se lo dio?

—Justo antes de que usted saliera, hace sólo un momento.

Fitch miró inmediatamente a su alrededor.

—¿Sigue aquí?

—No —respondió el agente sin demostrar demasiado interés.

—¿Podría describírmela?

Menuda pregunta. Era policía, y los policías están entrenados precisamente para eso.

—Desde luego. Veintitantos, metro sesenta y seis... sesenta y siete, cabello castaño, corto, ojos castaños, delgada... despampanante.

—¿Cómo iba vestida?

En eso no se había fijado, pero no podía admitirlo.

—Mmm..., un vestido de color claro..., beige, me parece, de algodón, con muchos botones.

—¿Qué le dijo exactamente? —preguntó Fitch después de procesar la información recibida y reflexionar un instante.

—Poca cosa. Me pidió que le entregara el sobre y ya está. Luego se fue.

—¿Notó algo especial en su manera de hablar?

—No. Oiga, tengo que volver adentro.

—Claro, muchas gracias.

Fitch y José bajaron la escalera y recorrieron los pasillos de la planta baja. Después abandonaron el juzgado y dieron una vuelta a la manzana fumando y haciendo ver que habían salido a tomar un poco el aire.

Jacob Wood había tardado dos días y medio en hacer su declaración ante la cámara de vídeo. La versión del juez Harkin —una vez suprimidas las peleas de los abogados, las interrupciones de las enfermeras y las divagaciones irrelevantes del propio testigo— duraba sólo ciento cincuenta y un minutos.

Dos horas y media que parecieron días. Escuchar la historia de un fumador de boca de su protagonista no dejaba de tener cierto interés documental, pero el jurado pronto llegó a la conclusión de que el juez Harkin había sido demasiado benévolo con la tijera. A la edad de dieciséis años, Jacob había empezado a fumar cigarrillos Redtop porque ésa era la marca favorita de toda su pandilla. Al cabo de poco tiempo se había convertido en un adicto capaz de fumar hasta dos paquetes diarios. Más tarde dejó la Marina y la marca Redtop porque su flamante esposa lo convenció de que fumara cigarrillos con filtro. De hecho, ella intentó que lo dejara por completo, pero Jacob no se sentía con fuerzas. En vez de eso, cambió de marca: según los anuncios, los cigarrillos Bristol tenían menos alquitrán y menos nicotina. A la edad de veinticinco años Jacob fumaba tres paquetes al día. Se acordaba de la edad exacta porque fue entonces cuando nació su primer hijo. El día en que dio a luz, Celeste Wood le advirtió que no viviría para conocer a sus nietos si no dejaba de fumar. Jacob compraba el tabaco personalmente, ya que su mujer se negaba a incluir los cigarrillos en la lista del supermercado. Solía consumir dos cartones por semana, es decir, veinte paquetes, aunque a menudo compraba un par de paquetes sueltos antes de empezar el siguiente cartón.

Jacob Wood había intentado dejar el tabaco por todos los medios. Una vez estuvo dos semanas sin fumar, hasta que una noche se levantó para hacerlo a hurtadillas. En otras dos ocasiones había logrado reducir la dosis de tres a dos paquetes diarios y luego de dos a uno, pero siempre volvía a las andadas. Había recurrido a la medicina e incluso a la hipnosis. Había probado la acupuntura y el chicle de nicotina. Pero el vicio era más fuerte que él. De nada sirvió que le diagnosticaran un enfisema, y nada cambió tampoco cuando supo que tenía cáncer de pulmón.

Empezar a fumar era una de las cosas más estúpidas que había hecho jamás, un error que estaba pagando con la vida a la edad de cincuenta y un años. Entre accesos de tos, Jacob Wood suplicó a los presentes que no siguieran su triste ejemplo.

Caniche y Jerry Fernandez se miraron de reojo.

Jacob se puso melancólico al hablar de las cosas que echaría de menos: su mujer, sus hijos, sus nietos, sus amigos, los días de pesca en Ship Island, etcétera. Celeste empezó a llorar en silencio al lado de Rohr, y Millie Dupree, jurado número tres, sentada junto a Nicholas Easter, tuvo que enjugarse las lágrimas con un pañuelo de papel.

Cuando por fin el testigo pronunció sus últimas palabras y los monitores se quedaron a oscuras, Su Señoría dio las gracias al jurado y prometió volver con más diversión al día siguiente. A continuación se puso serio y los conminó a respetar su prohibición de hablar sobre el caso aun con sus cónyuges. Y ya para terminar, insistió de nuevo en que debían denunciar inmediatamente cualquier intento de influir en su decisión. La amonestación sobre este particular duró al menos otros diez minutos, al final de los cuales el juez levantó la sesión hasta las nueve de la mañana del día siguiente.

Fitch llevaba algún tiempo acariciando la idea de registrar el apartamento de Nicholas Easter, pero llegado aquel momento lo consideró absolutamente necesario. La operación no pudo resultar más fácil. Fitch envió a José y a un esbirro llamado Doyle al bloque de apartamentos donde vivía Easter. El joven, mientras tanto, compartía el sufrimiento de Jacob Wood confinado en la tribuna del jurado. Dos hombres lo observaban de cerca por si al juez Harkin se le ocurría levantar la sesión de improviso.

José se quedó en el coche, con el teléfono al alcance de la mano, para vigilar la entrada. Doyle se coló en el edificio, subió un tramo de escalera y recorrió un pasillo en penumbra hasta dar con el apartamento que buscaba, el número 312. En los apartamentos contiguos no se oía ni una mosca: todo el mundo debía de estar trabajando.

Doyle comprobó que la puerta estaba cerrada, agarró el pomo con una mano y con la otra deslizó una tira de plástico de veinte centímetros entre la hoja y el marco. La cerradura hizo un ruidito seco y el pomo quedó libre. Doyle empujó la puerta unos centímetros y se preparó para oír sonar algún tipo de alarma. Silencio. Era un edificio viejo y sin pretensiones, así que no era de extrañar que los apartamentos no dispusieran de sistemas de seguridad.

Ya estaba dentro. Con una pequeña cámara provista de flash, Doyle procedió a fotografiar rápidamente la cocina, la sala de estar, el baño y el dormitorio. Sacó primeros planos de las revistas que cubrían la mesita, de los libros apilados en el suelo, de los discos compactos que había sobre el equipo de música y de los disquetes esparcidos alrededor de un ordenador personal bastante potente. Teniendo cuidado de no tocar nada, encontró un polo gris con ribete rojo colgado en el armario y lo fotografió. Luego sacó fotos del contenido de la nevera y de los armarios de la cocina, incluido el de debajo del fregadero.

Era un apartamento pequeño y decorado con muebles baratos, pero se notaba que su inquilino se esforzaba por mantenerlo limpio. El aire acondicionado no funcionaba o estaba desconectado. Doyle fotografió el termostato. En total, había estado en el apartamento menos de diez minutos, tiempo suficiente para gastar dos rollos de película y llegar a la conclusión de que Easter vivía solo. Allí no había ni rastro de un segundo inquilino, y menos aún de una mujer.

Doyle cerró la puerta con cuidado y se alejó del apartamento en silencio. Diez minutos más tarde ya estaba en la oficina de Fitch.

Nicholas salió del juzgado y decidió volver a casa andando. Por el camino se paró por casualidad en la charcutería O'Reilly del Vieux Marché y compró media libra de pavo ahumado y una bandeja de ensalada de pasta. No parecía tener ninguna prisa por llegar a su apartamento. Sin duda quería disfrutar un poco del sol después de haber pasado todo el día encerrado entre cuatro paredes. Al cabo de un rato entró en una tienda a comprar una botella de agua fría que se bebió mientras paseaba. También estuvo mirando a unos cuantos chicos de color que disputaban un partido de baloncesto en el aparcamiento de una iglesia. Poco después se metió en un parque donde estuvo a punto de despistar al hombre que lo seguía. Pero Nicholas sólo quería estar seguro de que lo vigilaban. Cuando lo estuvo, volvió a salir del parque bebiendo de la misma botella de agua. El sabueso que le habían asignado era un tipo menudo, de rasgos orientales, que llevaba una gorra de béisbol. Se llamaba Pang, y era uno de los esbirros de Fitch. A través de unos setos de boj del parque, Nicholas había visto cómo se alarmaba al creer que le había dado esquinazo.

Al llegar a su apartamento, Nicholas introdujo un código de cuatro dígitos en un pequeño teclado numérico, esperó a que la lucecita roja se pusiera verde, y abrió la puerta.

La cámara de vigilancia estaba escondida tras una rejilla de ventilación justo encima de la nevera, y desde su silenciosa atalaya dominaba la cocina, la sala de estar y la puerta del dormitorio. Nicholas se fue derecho hacia el ordenador. En unos pocos segundos comprobó que: uno, nadie había intentado poner en marcha la máquina; y dos, se había producido una ENA —es decir, una entrada no autorizada— en el apartamento a las cuatro y cincuenta y dos minutos de la tarde.

Nicholas respiró hondo y miró a su alrededor. No esperaba encontrar pruebas de lo sucedido, pero aun así decidió inspeccionar el apartamento. La puerta tenía el mismo aspecto de siempre, con el pomo suelto y fácil de forzar. La cocina y la sala de estar estaban tal y como las había dejado. Sus únicas posesiones —el equipo de música, los discos, el televisor y el ordenador— estaban intactas. En el dormitorio tampoco había señales de robo. Satisfecho de la inspección, Nicholas volvió a sentarse frente al ordenador y contuvo la respiración a la espera de que diera comienzo el espectáculo. Pasando de un fichero a otro llegó hasta el programa que buscaba e hizo que la cámara de vídeo dejara de filmar. Luego tocó dos teclas para rebobinar la grabación y buscó el punto correspondiente a las cuatro y cincuenta y dos. *Et voilà!* En blanco y negro y en una pantalla de dieciséis pulgadas. Alguien forzaba la cerradura. La cámara enfocaba inmediatamente la puerta, que permanecía unos segundos entreabierta mientras el intruso esperaba que sonase la alarma. Silencio. La puerta se abría y un hombre entraba en el apartamento. Nicholas congeló la imagen y miró atentamente la cara que había aparecido en el monitor. Era la primera vez que la veía.

A continuación el intruso se sacaba una cámara del bolsillo y empezaba a fisgar y a fotografiarlo todo; se metía en el dormitorio y seguía haciendo fotos. Luego se acercaba al ordenador, pero no se atrevía a tocarlo. Nicholas sonrió. Su ordenador estaba programado a prueba de intrusos, pero aquel gorila no habría sido capaz ni de encontrar el interruptor.

El registro había durado exactamente nueve minutos y trece segundos. Nicholas no sabía con certeza por qué había tenido lugar precisamente aquel día, pero imaginó que Fitch había supuesto que el apartamento estaría vacío hasta que se levantara la sesión.

La visita no le asustaba; más bien la había estado esperando. Nicholas vio la grabación por segunda vez y, riéndose entre dientes, la archivó por si le hacía falta más adelante.

7

A las ocho de la mañana del día siguiente, cuando Nicholas Easter echó un vistazo al aparcamiento al salir de casa, Rankin Fitch en persona supervisaba la operación de vigilancia desde la parte de atrás de una furgoneta estacionada al sol. Según el logotipo dibujado con pintura verde en la puerta del vehículo, la furgoneta pertenecía a un fontanero con un número de teléfono inexistente.

—Ahí está —anunció Doyle. Los demás ocupantes de la furgoneta se sobresaltaron. Fitch agarró el teleobjetivo y enfocó rápidamente al joven jurado a través de una portilla ahumada.

—¡Mierda! —exclamó.

—¿Qué pasa? —preguntó Pang, el técnico coreano que había seguido a Nicholas el día anterior.

Fitch se inclinó hacia el ojo de buey con la boca abierta y el gesto torcido.

—¡Por todos los demonios! Polo gris, pantalón caqui, calcetines blancos y zapatos de piel marrón.

—¿El mismo jersey de la foto? —preguntó Doyle.

—Ajá.

Pang pulsó uno de los botones de un transmisor portátil y avisó a otro sabueso que esperaba instrucciones a dos manzanas de allí. Easter iba a pie; seguramente se dirigía hacia el juzgado.

Nicholas entró en la misma tienda del día anterior y compró

un vaso grande de café solo y un periódico. Luego estuvo sentado en el parque durante veinte minutos hojeando el periódico que había comprado. Llevaba gafas oscuras, y miraba sin ser visto a los demás paseantes.

Fitch regresó de inmediato a su cuartel general de la calle del juzgado, y convocó a Doyle, a Pang y a un ex agente del FBI llamado Swanson a una reunión urgente.

—Tenemos que encontrar a esa chica —repetía Fitch una y otra vez.

Los cuatro trazaron un plan intensivo de vigilancia. Uno de sus hombres se mantendría siempre al fondo de la sala; otro, en el patio, cerca de la escalera; un tercero, al lado de las máquinas expendedoras de refrescos de la planta baja; y el último, en la calle con una radio. Se acordó también que los sabuesos intercambiarían sus puestos cada vez que hubiera un receso, y se les facilitó la somera descripción de la misteriosa desconocida. Fitch decidió sentarse en el mismo sitio y repetir todos los movimientos de la jornada anterior.

Swanson, el experto en temas de vigilancia, no estaba muy convencido de que valiera la pena armar tanto alboroto.

—No servirá de nada —dijo.

—¿Por qué no? —preguntó Fitch.

—Es evidente que hay algo de lo que quiere hablar, pero sólo se dejará ver cuando le convenga. Es ella quien lleva la iniciativa.

—Puede, pero yo quiero saber quién es.

—Tranquilo. Ya ve que sabe dónde encontrarle.

La discusión duró hasta casi las nueve. Fitch tuvo que apresurarse para acudir al juzgado. Doyle se encargó de hablar con el agente para convencerlo de que delatase a la chica si ésta volvía a aparecer.

El viernes por la mañana, mientras el jurado desayunaba café y cruasanes, Nicholas decidió entablar conversación con Rikki Coleman. Rikki era una hermosa rubia de treinta años, casada y con dos hijos pequeños, que trabajaba en la sección de admisiones de una clínica privada de Gulfport. Era una obsesa de la salud y no tomaba cafeína, alcohol ni, por supuesto, nicotina. Llevaba un corte de pelo de chico, y sus grandes ojos azules parecían aún más bonitos tras sus gafas de diseño. Nicholas la vio sentada en un rincón, bebiendo zumo de naranja y leyendo el *USA Today*, y se le acercó.

—Buenos días —le dijo—. Creo que ayer no nos presentaron oficialmente.

Rikki sonrió, algo que hacía con extrema facilidad, y le tendió la mano.

—Me llamo Rikki Coleman.

—Nicholas Easter, ¿qué tal?

—Gracias por el almuerzo de ayer —bromeó la joven.

—No hay de qué. ¿Te importa que me siente aquí? —preguntó Nicholas señalando una silla plegable.

—No, adelante —respondió ella mientras guardaba el periódico.

El resto de los jurados también había llegado, e intercambiaba en voz baja los comentarios propios de aquella hora temprana. Herman Grimes presidía la mesa en solitario, orgulloso de su cargo, y se calentaba las manos con una taza de café mientras aguzaba el oído por si algún colega díscolo osaba desafiar las instrucciones del juez Harkin. Lonnie Shaver también se había sentado solo, y aprovechaba los minutos previos a la reanudación del juicio para ponerse al día de la marcha de su supermercado. Jerry Fernandez y Caniche estaban en la habitación del final del corredor fumando un último cigarrillo a toda prisa.

—¿Qué te parece esto de ser jurado? —preguntó Nicholas.

—Mucho ruido y pocas nueces.

—¿Intentaron sobornarte ayer por la noche?

—Qué va. ¿Y a ti?

—Tampoco. El juez Harkin se sentirá muy decepcionado. ¡Lástima!

—¿Por qué nos da tanto la lata con eso de los contactos ilícitos?

Nicholas se inclinó un poco hacia delante. Rikki, temerosa de ser pillada en falta, hizo otro tanto sin perder de vista al portavoz. Ambos compartieron aquellos instantes de intimidad con la misma satisfacción con que dos personas atractivas disfrutan mutuamente de su compañía. Al fin y al cabo, ¿qué hay de malo en flirtear un poco?

—Porque no sería la primera vez —respondió Nicholas casi susurrando—. Ni la segunda. —Hubo un estallido de carcajadas junto a las cafeteras. Gladys Card y Stella Hulic habían leído algo divertido en el periódico local.

—¿La primera vez que qué? —insistió Rikki.

—Que alguien intenta manipular el veredicto del jurado. La defensa, normalmente. De hecho, lo raro es que no pase.

—No lo entiendo —dijo Rikki sin dudar en ningún momento de las palabras del joven con dos años de derecho. Quería saber más.

—Ha habido varios casos como éste en otros estados, y la industria tabacalera ha conseguido salir airosa de todos los pleitos. Invierten millones en la defensa porque no pueden permitirse el lujo de perder ni una sola vez. Un solo veredicto favorable al demandante y todos los picapleitos del país verían el cielo abierto. —Nicholas hizo una pausa, miró a su alrededor y tomó un trago de café—. Por eso utilizan todos los medios a su alcance, tanto si son legales como si no.

—¿Por ejemplo?

—Por ejemplo, ofrecer dinero a los parientes de los jurados; o hacer circular rumores de que el difunto, quienquiera que fuese, tenía cuatro queridas, pegaba a su mujer, robaba a sus amigos, no iba a la iglesia los domingos y tenía un hijo homosexual.

Rikki frunció el entrecejo con expresión incrédula.

—En serio —continuó Nicholas—. En círculos legales lo sabe todo el mundo. Y estoy seguro de que el juez Harkin también está al corriente; por eso insiste tanto en la cuestión.

—¿Y nadie ha podido pararles los pies?

—Hasta ahora, no. Son tipos muy astutos; no tienen escrúpulos y es muy difícil seguirles la pista. Y además están forrados. —Nicholas guardó silencio mientras la chica lo observaba—. Puedes estar segura de que te estuvieron vigilando antes de la selección del jurado.

—¡No es posible!

—Ya lo creo que sí. En juicios importantes, es el pan nuestro de cada día. La ley les prohíbe hablar personalmente con los candidatos a jurado, pero aparte de eso, hacen todas las pesquisas imaginables. Seguramente sacaron fotos de tu casa, de tu coche, de tus hijos, de tu marido, del lugar donde trabajas... Puede que incluso hayan hablado con tus compañeros de trabajo, o que te hayan estado espiando en la oficina o en el restaurante donde comes al mediodía. Vete a saber.

Rikki dejó su zumo de naranja en el alféizar de la ventana.

—Eso debe de ser ilegal, o inmoral, o algo así.

—Algo así. Pero se salen con la suya porque la mayoría de la gente no se da cuenta.

—¿Y tú sí?

—Ajá. Un día vi a un tipo que sacaba fotos de mi apartamento desde un coche. Y también enviaron un gancho a la tienda donde trabajo para que nos montara un numerito sobre los derechos de los fumadores. Pero a mí no me la dan con queso.

—¿No has dicho que estaba prohibido hablar personalmente con nosotros?

—Sí, pero eso no significa que jueguen limpio. Más bien al contrario. Serían capaces de cualquier cosa con tal de ganar.

—¿Y por qué no se lo has contado al juez?

—Porque me pareció algo inofensivo y, además, no me dejé engañar. Desde que formo parte del jurado, ando con cien ojos.

Nicholas decidió no satisfacer la curiosidad de la joven de una sola vez. Ya habría ocasión de comentar más trapos sucios.

—Será mejor que haga una visita al servicio antes de volver a la tribuna —dijo mientras consultaba el reloj y se ponía en pie de repente.

Lou Dell irrumpió en la habitación haciendo crujir los goznes de la puerta.

—Andando —dijo arrogándose la misma autoridad que el monitor de un campamento de verano.

El número de espectadores se había reducido a la mitad desde el jueves. Nicholas recorrió la tribuna del público con la vista mientras el resto del jurado colocaba a su gusto los cojines gastados antes de sentarse. Como era de esperar, Fitch ocupaba el mismo asiento que el día anterior. El periódico que leía le ocultaba media cara y le servía para dar la impresión de que le importaban un rábano el jurado y la ropa de Easter. Ya se fijaría más adelante. No había casi ningún periodista, aunque lo más seguro era que fueran apareciendo a lo largo del día. Los tipos de Wall Street ya parecían aburridos antes de empezar la sesión. Eran jóvenes recién licenciados, enviados al Sur para hacer méritos mientras sus jefes se ocupaban de asuntos más importantes. La esposa del portavoz tampoco había cambiado de sitio. Nicholas se preguntó si la señora Grimes seguiría asistiendo al juicio todos los días; si tendría la paciencia de escuchar todos los testimonios en su empeño de ayudar a su marido.

Nicholas estaba convencido de que volvería a ver al hombre que había entrado en su apartamento; tal vez no aquel mismo día, pero sí antes de que acabara el juicio. De momento, el tipo no había hecho acto de presencia.

Cuando la sala estuvo en silencio, el juez Harkin dio los buenos días al jurado en tono afectuoso. Todo el mundo se deshacía en sonrisas: Su Señoría, el personal de justicia y hasta los abogados, que habían dejado a un lado sus cuchicheos para aparentar simpatía ante el jurado.

—¿Se encuentran todos bien? —preguntó Harkin. Quince rostros sorprendidos respondieron afirmativamente—. Me alegro. La señora Dell me ha dicho que están preparados para afrontar el día. —Por alguna razón, Lou Dell y la palabra «señora» no parecían estar hechas para la misma frase.

Su Señoría cogió una hoja de papel —la que contenía la lista de preguntas que los jurados no tardarían en aborrecer—, carraspeó y dejó de sonreír.

—Bien, damas y caballeros del jurado, voy a hacerles una serie de preguntas, preguntas muy importantes, y les ruego que hagan uso de la palabra siempre que lo estimen necesario o tengan alguna duda. Les recuerdo también que la omisión deliberada de una respuesta podría ser considerada por este tribunal un acto de desacato merecedor de pena de prisión.

Harkin dejó que los presentes tomaran conciencia de la gravedad de su advertencia. Satisfecho de la rotundidad de su intervención —los jurados ya empezaban a sentirse culpables—, el juez empezó a leer las preguntas: ¿Ha intentado alguien hablar de este caso con ustedes? ¿Han recibido alguna llamada de teléfono extraña desde que se levantó la sesión anoche? ¿Han notado que algún desconocido les siga o vigile a algún miembro de su familia? ¿Ha llegado a sus oídos algún rumor sobre cualquiera de las partes implicadas? ¿Sobre cualquiera de los letrados? ¿Sobre alguno de los testigos? ¿Ha intentado alguien hablar de este caso con algún amigo o pariente suyo? ¿Ha intentado algún amigo o pariente suyo hablar con ustedes de este juicio desde el receso de ayer? ¿Han visto o recibido algún escrito que pueda tener relación con este juicio?

Tras leer cada una de las preguntas contenidas en el cuestionario, Su Señoría se detenía y se volvía hacia la tribuna del jurado con la esperanza de obtener alguna respuesta afirmativa. Al cabo de unos segundos leía la pregunta siguiente como si el silencio lo hubiera decepcionado.

Los jurados se sorprendieron al ver cuánta expectación despertaba en la sala aquel interrogatorio. Los letrados, conscientes de que una sola palabra de algún miembro del jurado bastaba para condenarlos, eran todo oídos. El personal de justicia, por lo general ocupado en revolver papeles o en atender a asuntos ajenos al juicio, esperaba en silencio la primera confesión procedente de la tribuna. Con cada nueva pregunta, la mirada encendida y las cejas arqueadas del juez ponían a prueba la integridad de los jurados, cuyo silencio era interpretado como signo inequívoco de engaño.

Cuando Su Señoría llegó al final de la lista y dio las gracias en voz baja, todos los presentes dejaron de contener la respiración. Los miembros del jurado se sentían ultrajados. El juez Harkin bebió un poco de café de un vaso largo y dedicó una sonrisa a Wendall Rohr.

—El letrado puede llamar a su próximo testigo.

Rohr se puso de pie. Llevaba una camisa blanca arrugada con una gran mancha pardusca en la pechera, la pajarita torcida como de costumbre y unos zapatos gastados que pedían a gritos una capa de betún. Wendall aceptó la invitación del juez y sonrió afectuosamente a los miembros del jurado, que no pudieron reprimir una sonrisa de respuesta.

Uno de los asesores de Rohr se dedicaba exclusivamente a

tomar nota de la ropa que llevaban los jurados. Por si a alguno de los cinco varones del grupo se le ocurría aparecer un buen día calzado como un vaquero, el letrado tenía siempre a mano un par de botas viejas; dos pares, para ser exactos: uno puntiagudo y otro con la puntera redondeada. Rohr estaba dispuesto a ponerse playeras si las circunstancias así lo requerían, tal como ya había hecho en otra ocasión a imitación de un miembro del jurado. El magistrado que presidía el tribunal —uno de los colegas de Harkin— le llamó la atención en privado, pero Rohr se defendió alegando cierta dolencia en los pies y presentando un escrito de su podólogo. El vestuario de Rohr incluía, entre otras prendas, pantalones militares, corbatas de punto, americanas de tergal, cinturones de vaquero, calcetines blancos y dos pares de mocasines, uno reluciente y otro estropeado. El propósito de tan ecléctico guardarropa era ganarse las simpatías de aquellas doce personas obligadas por la ley a escucharle durante seis horas al día.

—El demandante llama a declarar al doctor Milton Fricke —anunció Rohr.

Fricke pronunció el juramento de rigor, tomó asiento y dejó que el alguacil corrigiera la posición del micrófono. Los presentes no tardaron en darse cuenta de que el currículo del doctor habría podido evaluarse a peso: títulos sin cuento otorgados por un sinfín de instituciones, cientos de artículos publicados, diecisiete libros en el mercado, muchos años de experiencia docente y décadas de investigación dedicadas a estudiar los efectos del humo de los cigarrillos. Fricke era un hombre de poca estatura y cara de pan que llevaba gafas de pasta negra. En pocas palabras, tenía aspecto de genio. A Rohr le llevó casi una hora enumerar los méritos de su testigo, y para cuando hubo terminado y todos estuvieron convencidos de que Fricke era un auténtico experto, Durr Cable ya no podía verlo ni en pintura.

—Queda establecida la competencia del doctor Fricke en su campo —concedió Cable, un tanto parco en el halago.

El doctor Fricke había ido delimitando su campo de interés a lo largo de los años, y en el momento del juicio había llegado al extremo de dedicar diez horas diarias al estudio de los efectos del tabaco en el cuerpo humano. Fricke dirigía el Instituto de Investigación para un Mundo sin Humo de Rochester, en el estado de Nueva York. Los miembros del jurado fueron informados enseguida de que Rohr había contratado los servicios del doctor antes de que Jacob Wood falleciera, y de que aquél había presenciado y dejado constancia fotográfica de la autopsia practicada al difunto cuatro horas después de producirse la muerte.

Rohr mencionó varias veces la existencia de tales fotografías, signo evidente de que pensaba mostrarlas al jurado tarde o temprano, pero no cometió el error de precipitarse. Antes dejó que su experto ilustrara a los presentes sobre los entresijos químicos y farmacológicos del tabaquismo. Fricke hizo gala de un gran sentido didáctico y supo resumir con acierto varios estudios soporíferos, dejando a un lado los términos técnicos y dosificando la información de manera que el jurado pudiera entenderlo. Se le vio relajado y seguro de sí mismo en todo momento.

Cuando Su Señoría anunció el receso del mediodía, Rohr informó al tribunal de que el doctor Fricke seguiría ocupando el estrado durante el resto del día.

Easter y sus once colegas se encontraron con la grata sorpresa de que el almuerzo los aguardaba ya en la sala del jurado. O'Reilly, que había decidido hacerse cargo personalmente de la presentación del menú, pidió mil perdones por el malentendido del día anterior.

—¿Platos de papel y cubiertos de plástico? —protestó Nicholas mientras sus compañeros se sentaban a la mesa.

—¿Qué pasa? —dijo Lou Dell acudiendo en ayuda del charcutero.

—Pasa que dijimos claramente que no estábamos dispuestos a comer con platos y cubiertos de juguete. ¿Es verdad o no? —Nicholas hablaba a voz en cuello, y algunos jurados sintieron cierta vergüenza ajena. Ellos sólo querían comer.

—¿Qué tienen de malo los platos de papel? —le preguntó Lou Dell, con el flequillo revolucionado y hecha un manojo de nervios.

—Que absorben la grasa. Se reblandecen y dejan manchas en la mesa. Eso es lo que tienen de malo. Por eso pedí expresamente platos de verdad. Y cubiertos de verdad. —Nicholas cogió un tenedor de plástico, lo partió en dos y tiró las mitades a la papelera—. Y lo que más me cabrea, Lou Dell, es que ahora mismo Su Señoría, los abogados, los litigantes, los testigos, los espectadores y hasta el último chupatintas están en un buen restaurante comiendo un almuerzo decente con platos de verdad, copas de cristal y tenedores que no se parten en dos. Y escogiendo lo que más les apetece de un buen menú. Sí, eso es lo que más me cabrea. Porque mientras tanto nosotros, los jurados, las personas más importantes de este juicio de mierda, tenemos que estar aquí encerrados como parvulitos a la hora de la merienda.

—La comida es buena —se defendió O'Reilly.

—Creo que está usted llevando las cosas demasiado lejos, joven —intercedió Gladys Card, una viejecita remilgada de sienes plateadas y voz aterciopelada.

—En ese caso, cómase su bocadillo asqueroso y no se meta donde no la llaman —replicó Nicholas con demasiada aspereza.

—¿Tiene usted intención de ponerse en evidencia todos los días? —preguntó Frank Herrera, un coronel retirado procedente del norte del país.

Herrera era un hombre bajo y corpulento, de manos pequeñas e ideas fijas. Fue el único miembro del jurado que se sintió decepcionado al no ser elegido portavoz. Jerry Fernandez ya lo había apodado Napoleón. Napo para abreviar y «el coronel retardado» para variar.

—No oí que nadie se quejara ayer —contraatacó Nicholas.

—Empecemos a comer de una vez. Me estoy muriendo de hambre —dijo Herrera mientras desenvolvía un bocadillo. Otros jurados lo imitaron.

El olor de pollo asado y patatas fritas invadió la sala.

—El lunes traeré platos y cubiertos —prometió O'Reilly mientras abría un recipiente lleno de macarrones fríos—. Será un placer.

—Gracias —musitó Nicholas antes de tomar asiento.

El trato no podía haber sido más fácil. Dos viejos amigos se encargaron de pulir los últimos detalles durante una sobremesa de tres horas en el Club 21 de la calle Cincuenta y dos. Luther

Vandemeer, presidente de Trellco, y su antiguo pupilo Larry Zell, presidente de Listing Foods, ya habían discutido los puntos esenciales por teléfono, pero preferían ultimar el trato en la intimidad, sentados a una buena mesa y ante una botella de buen vino. Vandemeer explicó al segundo comensal el peligro surgido en Biloxi sin molestarse en ocultar su preocupación. Si bien era cierto que Trellco no estaba directamente implicada en el proceso, no lo era menos que la industria tabacalera en pleno se sentía amenazada. De momento, las Cuatro Grandes habían logrado mantenerse firmes. Zell estaba al corriente. Había trabajado para Trellco durante diecisiete años, y la aversión que sentía hacia los picapleitos no era cosa reciente.

En las afueras de Pensacola se encontraba la sede de una pequeña cadena de supermercados llamada Hadley Brothers y propietaria de varios establecimientos a lo largo de la costa de Misisipí. Casualmente, una de estas tiendas estaba en Biloxi, y su encargado era un joven de color llamado Lonnie Shaver. Y por un capricho del destino, Lonnie Shaver era uno de los miembros del jurado encargado del caso Wood. Vandemeer quería que SuperHouse, una cadena mucho mayor radicada en Georgia y las Carolinas, adquiriera a cualquier precio las propiedades de Hadley Brothers. SuperHouse era una de las veintitantas sociedades filiales de Listing Foods, y la transacción —el equipo de Vandemeer ya había calculado las cifras— sería insignificante: apenas seis millones de dólares. Además, Hadley Brothers estaba en manos privadas, de modo que la operación ni siquiera atraería la atención de los círculos financieros. ¿Y qué eran seis millones comparados con los dos mil millones brutos que había movido Listing Foods el año anterior? La empresa de Zell disponía de un líquido de ochenta millones de dólares y tenía pocos acreedores. Para hacer el acuerdo aún más apetitoso, Vandemeer se había comprometido en nombre de Trellco a comprar Hadley Brothers al cabo de un par de años si Zell no quedaba satisfecho con la operación.

Nada podía fallar: Listing Foods y Trellco eran totalmente independientes la una de la otra; Listing ya era propietaria de otras cadenas de establecimientos de alimentación; y Trellco ni siquiera estaba directamente implicada en el litigio planteado en

Biloxi. Dos viejos amigos sellaban su pacto con un apretón de manos. ¿Qué mal podía haber en ello?

Más adelante, por supuesto, Hadley Brothers debería someterse a una remodelación de personal a gran escala, algo habitual en cualquier proceso de absorción o fusión o como quiera que se llamara aquello. Llegado el momento, Vandemeer daría instrucciones a Zell para que éste las transmitiera a sus empleados y Lonnie Shaver se encontrara entre la espada y la pared.

La operación debía llevarse a cabo de forma inmediata. Si no surgía ningún imprevisto, el juicio duraría sólo cuatro semanas más, ya que la primera semana estaba a punto de llegar a su fin.

Tras descabezar un sueñecito en su oficina del centro de Manhattan, Luther Vandemeer marcó un número de teléfono de Biloxi y dejó un mensaje para Rankin Fitch. Pasaría el fin de semana en la costa de Virginia.

El cuartel general de Fitch estaba en la trastienda de un viejo almacén, un baratillo cerrado desde hacía años. A cambio de un módico alquiler, él y su equipo disponían de unas instalaciones discretas muy cerca del juzgado y sin problemas de aparcamiento. El local, dividido en cinco habitaciones amplias, había sido acondicionado a toda prisa. Las placas de contrachapado que hacían las veces de paredes estaban sin pintar, y aún había serrín en el suelo. El mobiliario era barato y de alquiler, y consistía básicamente en varias mesas plegables y un buen número de sillas de plástico. Unos cuantos fluorescentes habían bastado para iluminar todos los rincones del local. Las puertas exteriores eran infranqueables, y dos hombres armados se encargaban de controlar el acceso al cuartel general las veinticuatro horas del día.

El dinero escatimado en la decoración del local se había gastado a manos llenas a la hora de adquirir el equipamiento electrónico. Había ordenadores y pantallas por todas partes. Los cables de las fotocopiadoras, los teléfonos y los aparatos de fax surcaban el suelo sin obedecer a ningún trazado evidente. Fitch disponía de las últimas novedades en tecnología, y también del personal necesario para manejarlas.

Las paredes de una de las salas estaban empapeladas con fotografías ampliadas de los quince jurados. Otra pared estaba cubierta de listados de ordenador. En otra había un diagrama gigantesco que mostraba la situación de los diversos miembros del jurado dentro de la tribuna. Uno de los hombres de Fitch añadía nuevos datos al informe de Gladys Card.

El grueso de los empleados tenía terminantemente prohibida la entrada a la habitación del fondo, la menor de las cinco, aunque a ninguno se le escapaba lo que ocurría en ella. La puerta se cerraba automáticamente desde el interior, y la única llave existente estaba en poder de Fitch. Era una sala de proyección, sin ventanas, con una gran pantalla en la pared y media docena de sillas relativamente cómodas. Aquel viernes por la tarde, Fitch y dos de sus asesores contemplaban a oscuras las imágenes de la pantalla. Los expertos preferían no hablar con Fitch más de lo estrictamente necesario, y él no se consideraba obligado a darles conversación, de manera que la habitación estaba en silencio.

Las imágenes procedían de una Yumara XLT-2, una cámara diminuta para la que no había escondrijo demasiado pequeño. Llevaba incorporada una lente de poco más de un centímetro de diámetro y pesaba unos cuatrocientos gramos en total. El aparato, cuidadosamente instalado por uno de los hombres de Fitch, se hallaba en aquel momento en el interior de una vieja cartera de piel marrón depositada en el suelo del juzgado de Biloxi, bajo la mesa del equipo de la defensa. El encargado de proteger la cámara sin despertar sospechas era Oliver McAdoo, un abogado de Washington, el único forastero seleccionado por Fitch para formar parte del equipo de Cable. El trabajo de McAdoo consistía en colaborar en el diseño de la estrategia de la defensa, sonreír a los jurados e ir pasando papeles a Cable. Pero su auténtico cometido, conocido sólo por Fitch y unos pocos elegidos, consistía en acudir a la sala con su arsenal —dos carteras idénticas, una de ellas con cámara incluida— a cuestas y sentarse más o menos en el mismo sitio. McAdoo era el abogado más madrugador de la defensa. Esos pocos minutos de ventaja le permitían colocar la cartera —siempre vertical— frente a la tribuna del jurado y llamar a Fitch con un teléfono celular para corregir el enfoque.

Durante cualquier sesión del juicio había por lo menos veinte carteras repartidas por la sala de vistas. La mayoría estaban encima o debajo de las mesas de los letrados, pero también había algunas cerca del estrado, bajo las sillas de los abogados de segunda categoría, e incluso junto a la barandilla de la tribuna del público, como si alguien las hubiera extraviado. Las había de varios tamaños y colores, pero todas se parecían mucho, incluidas las de McAdoo. Una de las dos carteras gemelas contenía papeles que McAdoo consultaba de vez en cuando; la otra, la de la cámara, tenía una cerradura a prueba de bomba. El plan de Fitch era de lo más simple. Si, por alguna razón inimaginable, la cámara llegara a atraer la atención de algún funcionario demasiado celoso, McAdoo debía aprovechar el altercado subsiguiente para dar el cambiazo con cuidado de no ser descubierto.

Con todo, las posibilidades de que se produjera dicha detección eran francamente remotas. La cámara funcionaba sin hacer ruido alguno, y las señales que emitía eran inaudibles para las personas. Era sólo una cartera entre otras muchas, y si alguien la desviaba o la derribaba de un empujón era fácil volver a enfocarla. McAdoo sólo tenía que esperar un momento de calma y llamar de nuevo a Fitch. Ambos habían perfeccionado el sistema durante el juicio Cimmino, celebrado en la localidad de Allentown el año anterior.

Aquella pequeña cámara ofrecía prestaciones increíbles. Su objetivo abarcaba la tribuna en toda su longitud y profundidad, y los quince rostros de los jurados llegaban, en color, hasta la sala de proyección de Fitch, donde dos asesores en guardia permanente se encargaban de analizarlos gesto por gesto y bostezo por bostezo.

Si las reacciones del jurado así lo requerían, Fitch hablaba luego con Durr Cable, siempre atribuyendo la procedencia de la información a alguno de los esbirros presentes en la sala de vistas. Ni Cable ni ningún otro abogado de la defensa, excepto McAdoo, sabía ni sabría nunca de la existencia de la cámara oculta.

Aquel viernes por la tarde llegaron a la sala de proyección escenas de gran intensidad dramática. Por desgracia, la cámara no dejó de enfocar en ningún momento la tribuna del jurado

—los japoneses aún no habían inventado un modelo susceptible de manipulación a distancia—, de modo que Fitch y sus dos asesores no pudieron ver las fotografías ampliadas de los pulmones renegridos y apergaminados de Jacob Wood. Pero el jurado sí las vio; de eso no cabía duda. Mientras Rohr y Fricke interpretaban su papel a la perfección, el jurado —todos sus miembros sin excepción— contemplaba con horror y repugnancia las heridas infligidas por el tabaco a lo largo de treinta y cinco años.

Rohr había calculado la duración de aquel segundo testimonio con absoluta precisión. La intervención del doctor Fricke, con los pulmones de Jacob Wood de fondo, acabó a las cinco y cuarto, justo antes de que el juez levantara la sesión hasta el lunes. Así pues, la última imagen que recordarían los jurados, la que los acompañaría a sol y a sombra durante los dos días siguientes, sería la de aquellos pulmones carbonizados, extraídos de un cadáver para ser expuestos sobre una sábana blanca.

8

Easter se preocupó de dejar un rastro fácil de seguir durante todo el fin de semana. El viernes salió del juzgado y fue andando hasta la charcutería de O'Reilly, donde se le vio hablando y bromeando con el dueño. Allí compró algo de beber y una bolsa entera de comida. Después siguió andando hasta su apartamento, en el cual permaneció hasta las ocho de la mañana del día siguiente. El sábado fue en coche hasta el centro comercial donde trabajaba vendiendo ordenadores y chismes varios en turnos de doce horas. Al mediodía se le vio comiendo tacos y fríjoles fritos en un restaurante del mismo centro en compañía de un adolescente llamado Kevin, también empleado de la tienda. No se detectó comunicación alguna con ninguna fémina que se pareciera remotamente a la chica que andaban buscando. Después del trabajo, Easter regresó a su apartamento y no volvió a salir.

El domingo deparó una grata sorpresa a los sabuesos que seguían la pista de Nicholas. A las ocho de la mañana, el joven salió de casa y cogió el coche hasta el puerto deportivo de Biloxi, donde lo esperaba nada más y nada menos que el mismísimo Jerry Fernandez. Se les vio por última vez zarpando del embarcadero en un pesquero de nueve metros de eslora junto con dos hombres más, seguramente amigos de Jerry. Regresaron a puerto al cabo de ocho horas y media con la cara enrojecida, una nevera grande llena de ejemplares de una variedad indeterminada de pescado y la cubierta sembrada de latas de cerveza vacías.

La pesca era el primer pasatiempo de Easter del que se tenía noticia, y Jerry, el único amigo que se le había descubierto hasta la fecha.

De la chica, en cambio, no había ni rastro, y no puede decirse que Fitch esperara otra cosa. El fuerte de Marlee parecía ser la paciencia, lo que ya de por sí bastaba para desquiciar al más pintado. Seguramente, su primera aparición no sería otra cosa que una excusa para una segunda intervención, y así sucesivamente. La espera se estaba convirtiendo en una auténtica tortura.

A Swanson, sin embargo, el ex agente del FBI, no le cabía la menor duda de que la chica volvería a dar señales de vida antes del fin de semana siguiente. Sus planes, cualesquiera que fuesen, se basaban precisamente en mantenerse en contacto con ellos.

Fitch y los suyos sólo tuvieron que esperar hasta el lunes por la mañana, treinta minutos antes de que se reanudara el juicio. Los abogados ya habían formado varios corrillos alrededor de la sala de vistas y ultimaban la estrategia del día. El juez Harkin estaba en su despacho, ocupado en resolver algún problema urgente relacionado con un caso criminal. Los miembros del jurado iban haciendo acto de presencia en la sala correspondiente. Fitch estaba a pocos metros del juzgado, en el búnker que utilizaba como cuartel general, cuando entró en su despacho —la puerta estaba abierta— uno de sus esbirros, un joven llamado Konrad, genio de la telefonía, los cables, los magnetófonos y los aparatos de vigilancia de alta tecnología.

—Hay una llamada que tal vez quiera atender personalmente —anunció Konrad.

Fitch, como era costumbre en él, se quedó mirando fijamente al joven mientras analizaba la situación a toda velocidad. Todas sus llamadas, incluso las de su hombre de confianza en Washington, eran filtradas por la centralita y enviadas a su teléfono mediante un telecomunicador. El sistema no admitía excepciones.

—¿Qué te hace pensar eso? —preguntó Fitch con gran suspicacia.

—La chica dice que tiene otro mensaje para usted.

—¿Te ha dado algún nombre?

—No ha querido decir cómo se llama. De hecho, no ha dicho prácticamente nada, excepto que tiene algo muy importante que contarle.

Hubo otra pausa mientras Fitch contemplaba la lucecita parpadeante de uno de los teléfonos.

—¿Se sabe cómo consiguió el teléfono?

—No.

—¿Estáis localizando la llamada?

—Sí, pero aún no hemos terminado. Que no cuelgue.

Fitch pulsó la tecla iluminada y cogió el auricular.

—¿Sí? —dijo con su mejor tono de voz.

—¿Es usted el señor Fitch? —preguntó la chica con toda amabilidad.

—El mismo. ¿Con quién hablo?

—Marlee.

¡Un nombre, al fin! Fitch esperó un instante. Hacía grabar todas sus llamadas para poder estudiarlas más tarde.

—Buenos días, Marlee. ¿Tiene usted apellido?

—Naturalmente. El jurado número doce, Fernandez, entrará en la sala dentro de unos veinte minutos con un ejemplar del *Sports Illustrated* bajo el brazo. El número del 12 de octubre, con Dan Marino en la portada.

—Entiendo —dijo Fitch como si estuviera tomando apuntes—. ¿Algo más?

—No. Eso es todo por ahora.

—¿Y cuándo cree que volverá a llamar?

—No lo sé.

—¿Cómo ha conseguido este número de teléfono?

—No tiene importancia. Recuerde: el número doce, Fernandez. —Se oyó un clic y la comunicación quedó interrumpida. Fitch pulsó otra tecla y un código de dos dígitos. Un altavoz instalado sobre los teléfonos reprodujo al instante toda la conversación.

Konrad volvió a aparecer con un listado entre las manos.

—Llamaba desde Gulfport, desde el teléfono público de una tienda.

—No me digas —masculló Fitch mientras cogía la chaqueta y se ajustaba la corbata—. Será mejor que vaya al juzgado a comprobarlo.

Nicholas esperó hasta que la mayoría de sus colegas se hubieron sentado a la mesa o al menos acercado a ella.

—Bueno —exclamó aprovechando un momento de silencio—, ¿algún soborno durante el fin de semana? —El joven obtuvo algunas sonrisas y risitas en respuesta a su pregunta, pero ninguna confesión.

—Mi voto no está a la venta —sentenció Jerry Fernandez—, pero no tengo nada en contra de los alquileres. —Era una broma que le había oído a Nicholas el día anterior. Herman Grimes fue el único de los presentes que no celebró la ocurrencia.

—¿Por qué se preocupa tanto el juez? —preguntó Millie Dupree, contenta de que alguien hubiera roto el hielo e impaciente por empezar a cotillear.

Otros miembros del jurado se acercaron a la mesa para escuchar lo que el ex estudiante de derecho tenía que decir sobre la cuestión.

Rikki Coleman se quedó en un rincón leyendo el periódico. Ella ya estaba al cabo de la calle.

—Ya se han dado casos como éste en otros estados —explicó Nicholas—, y siempre ha habido algún que otro chanchullo.

—No creo que debamos hablar de ello —intervino Grimes.

—¿Por qué no? No tiene nada de malo. Mientras no comentemos las pruebas ni los testimonios...

Nicholas hablaba como si estuviera seguro de tener razón, pero Herman no se dejaba convencer.

—El juez dijo que no hablásemos del juicio —protestó de nuevo el portavoz, con la esperanza de que alguien acudiera en su ayuda. Nadie lo hizo, sin embargo. Nicholas dominaba la situación.

—Tranquilo, Herman, esto no tiene nada que ver con las pruebas ni con las deliberaciones. Se trata sólo de... —vaciló un segundo para captar la atención de la sala— intentos de manipulación del jurado.

Lonnie Shaver dejó a un lado el inventario del supermercado y acercó su silla a la mesa. Rikki también estaba oído al parche. Jerry Fernandez ya había oído la misma historia en el barco el día anterior, pero aun así no pudo resistirse a escucharla de nuevo.

—Hace unos siete años se celebró un juicio muy parecido a éste en Misisipí, en el condado de Quitman, en el Delta. Puede que muchos de ustedes aún lo recuerden. La compañía tabacalera era otra, pero algunos de los interesados siguen siendo los mismos. En ambas partes. Pues bien, tanto durante la selección del jurado como después de que empezara el juicio, pasaron cosas bastante escandalosas. El juez Harkin está al corriente de todo, por descontado, y por eso nos vigila de cerca. Y no es el único.

Millie miró a su alrededor.

—¿Quién más nos vigila? —preguntó.

—Las dos partes. —Dados los antecedentes de ambos litigantes, Nicholas optó por ser ecuánime—. Todos contratan a unos tipos que se llaman «asesores en selección de jurados» y que se desplazan hasta cualquier rincón del país para escoger el jurado ideal. Y ni que decir tiene que el jurado ideal no es el más justo, sino el que les parece que emitirá el veredicto que ellos quieren. Por eso nos vigilan antes de hacer la selección y...

—¿Cómo lo hacen? —lo interrumpió Gladys Card.

—Bueno, sacan fotografías de las casas, de los coches, del vecindario, de la oficina, de los niños, las bicicletas, y hasta de los mismos candidatos. Nada de eso es estrictamente ilegal, pero se acerca bastante. También consultan toda la información que está a disposición del público..., antecedentes penales, declaraciones de hacienda y demás, para conocernos mejor. Puede que incluso hayan hablado con algún amigo nuestro, con los compañeros de trabajo o con los vecinos. Pasa en todos los grandes juicios.

Los once jurados escuchaban atónitos las palabras de Easter, mientras se acercaban cada vez más a él e intentaban recordar si habían visto merodear a algún desconocido cerca de su casa con una cámara colgada al cuello. Nicholas tomó un sorbo de café antes de proseguir.

—Una vez que empieza el juicio, las cosas cambian un poco.

Ya no tienen que vigilar a doscientas personas, sino a quince solamente, y les resulta mucho más fácil. Durante todo el juicio, los dos equipos de expertos estarán en la sala observándonos e intentando analizar nuestras reacciones. Suelen sentarse en las dos primeras filas, aunque cambian bastante de sitio.

—¿Y sabe quiénes son? —preguntó Millie con incredulidad.

—Bueno, no sé cómo se llaman, pero no hace falta ser un lince para reconocerlos. Van bien vestidos y no nos quitan los ojos de encima.

—Creí que ésos eran los periodistas —intervino el coronel retirado Frank Herrera, incapaz de mantenerse al margen de la conversación.

—Pues yo no he visto nada —bromeó Herman Grimes. Todos sonrieron, incluso Caniche.

—Estén atentos a partir de ahora —dijo Nicholas—. A primera hora de la mañana se sientan casi siempre detrás de los letrados. De hecho, se me ocurre algo divertido. Hay una mujer... Estoy casi seguro de que asesora a la defensa. Tendrá unos cuarenta años, con el pelo corto y unos cuantos kilos de más. Hasta ahora la he visto siempre sentada detrás de Durwood Cable. ¿Qué les parece si esta mañana cambiamos los papeles? Si la miramos fijamente los doce a la vez, ya verán como se aturulla.

—¿Yo también tengo que mirar? —preguntó Herman.

—Sí, usted también. Vuélvase cuarenta y cinco grados a la izquierda y haga lo mismo que todos los demás.

—No veo por qué tenemos que hacer el indio —se opuso Sylvia Taylor-Tatum, alias Caniche.

—¿Y por qué no? No tenemos nada mejor que hacer durante las próximas ocho horas.

—A mí me gusta la idea —dijo Jerry Fernandez—. Así a lo mejor dejan de mirarnos.

—¿Cuánto tiempo lo hacemos? —preguntó Millie.

—Hagámoslo al empezar la sesión, mientras el juez Harkin nos lee la cartilla. Serán unos diez minutos. —Todos estuvieron más o menos de acuerdo con Nicholas.

Lou Dell entró a buscarlos a las nueve en punto. Nicholas salió de la habitación con dos revistas en la mano. A su lado iba Jerry Fernandez. Una de las revistas era el número del 12 de octubre del *Sports Illustrated*. Cuando llegaron a la puerta de la sala de vistas, mientras se colocaban en fila, Nicholas se volvió como quien no quiere la cosa hacia su nuevo amigo y le dijo:

—¿Quieres algo para leer?

Nicholas le puso la revista prácticamente entre las manos, de modo que fuera fácil aceptar su ofrecimiento.

—Sí, gracias —dijo Jerry.

Fitch sabía que Fernandez, el jurado número doce, entraría en la sala de vistas con la revista bajo el brazo, pero eso no le evitó cierto sobresalto. La mirada de Fitch siguió a Jerry hasta la última fila de la tribuna y después hasta su asiento. Había visto la portada del *Sports Illustrated* en un kiosco, a cuatro manzanas del juzgado, y sabía que el personaje de la camiseta verde azulada era Marino, el jugador número 13, con el brazo atrás y listo para soltar un buen cañonazo.

La sorpresa no tardó en dejar paso a la intriga. Marlee, la chica, operaba desde el exterior mientras algún miembro del jurado lo hacía desde dentro. O puede que más de uno. Tal vez hubiera dos, tres o más jurados conchabados con ella. A Fitch no le importaba. En realidad, cuantos más fuesen, mejor. Marlee y los suyos estaban preparando el terreno; ya se encargaría él de negociar llegado el momento.

La víctima escogida por Nicholas era una asesora del equipo de Carl Nussman en Chicago. Se llamaba Ginger, y había prestado sus servicios en infinidad de juicios. Solía pasar al menos la mitad de la jornada en la sala de vistas, y aprovechaba los recesos para cambiar de sitio, quitarse la chaqueta o las gafas y cosas por el estilo. Había sido pionera en su campo, y podría decirse que lo había visto todo. Aquel lunes se sentó en la primera fila, detrás de los abogados de la defensa. Unos metros más allá, un colega suyo hojeaba el periódico mientras los miembros del jurado iban tomando asiento.

Ginger se volvió hacia la tribuna y esperó a que Su Señoría saludara a los jurados, cosa que hizo sin tardanza. La mayoría devolvieron el saludo con un gesto de la cabeza o una sonrisa. Acto seguido, todos —hasta el ciego— fulminaron a Ginger con la mirada. Hubo un par de sonrisas furtivas, pero casi todos representaron su papel con el semblante serio.

Ginger desvió la mirada.

El juez Harkin acometió la penosa tarea de interrogar nuevamente a los miembros del jurado, pero pronto se dio cuenta de que no le hacían caso; uno de los espectadores monopolizaba su atención.

En efecto, los doce seguían mirando a Ginger impertérritos. Nicholas tuvo que hacer un esfuerzo para no gritar de alegría. Qué suerte la suya. Debía de haber unas veinte personas sentadas en el sector izquierdo de la sala, el de los abogados de la defensa, y dos filas detrás de Ginger destacaba la figura corpulenta de Rankin Fitch. Visto desde la tribuna del jurado, Fitch quedaba en el mismo ángulo que Ginger, y lo más probable era que, a quince metros de distancia, le fuera difícil saber si el jurado lo miraba a él o a otra persona.

A Ginger no le cabía ninguna duda de que la miraban a ella, pero no se atrevió a imitar a su colega y cambiar de sitio. En vez de eso, se puso a revisar unas notas con gran interés.

Al notar que doce rostros lo escrutaban desde la tribuna, Fitch se sintió totalmente desnudo. Empezó a sudarle la frente. El juez seguía haciendo preguntas. Un par de abogados se volvieron para ver qué pasaba.

—Un poco más —susurró Nicholas sin mover los labios.

Wendall Rohr miró por el rabillo del ojo para ver quién se había sentado a su espalda. Ginger decidió anudarse los cordones de los zapatos. El jurado seguía mirándola.

Harkin ya había estado tentado de llamar al orden a algún miembro del jurado en otras ocasiones, aunque hasta entonces había sido siempre a raíz de algún que otro ronquido improcedente causado por un testimonio particularmente soporífero. Pero llamar al orden al jurado en pleno... ¡Eso habría sido realmente inaudito! Así pues, Su Señoría se apresuró a terminar el interrogatorio.

—Gracias, damas y caballeros —dijo por fin—. Tiene la palabra el doctor Milton Fricke.

Ginger sintió entonces la necesidad imperiosa de visitar el lavabo de señoras. Mientras el doctor Fricke entraba en la sala por una puerta lateral y volvía a tomar asiento en el banco de los testigos, la azorada asesora aprovechó para escabullirse.

Durwood Cable anunció que sólo tenía un par de preguntas que hacer al testigo. Lo hizo utilizando un tono muy amable y demostrando en todo momento gran deferencia hacia el doctor Fricke. Evidentemente, no tenía intención de entrar en polémicas científicas con un profesional. Tan sólo esperaba anotar algún que otro tanto en el marcador del jurado. Fricke admitió que las lesiones pulmonares de Jacob Wood no podían atribuirse exclusivamente al hecho de que éste hubiera fumado cigarrillos Bristol durante casi treinta años. Wood había trabajado muchos años en una oficina, al lado de otros fumadores, y parte de los daños causados a su aparato respiratorio podía achacarse, efectivamente, a su situación de fumador pasivo.

—Pero sigue siendo humo —recordó al letrado el doctor Fricke. Cable no lo puso en duda.

¿Y la contaminación atmosférica? ¿No era posible que respirar aire contaminado hubiera empeorado el estado de los pulmones de Wood? El doctor Fricke admitió tal posibilidad.

Cable se arriesgó a hacer una pregunta peligrosa, pero salió bien parado del lance.

—Doctor Fricke —se aventuró—, si consideramos todas las causas posibles, como ser fumador, ser fumador pasivo, respirar aire contaminado y otras que no hemos mencionado, ¿podría usted decirme hasta qué punto el deterioro pulmonar del señor Wood es atribuible a los cigarrillos Bristol?

—En buena parte —respondió el doctor Fricke tras reflexionar un momento.

—¿Qué porcentaje? ¿El sesenta por ciento, el ochenta? Sin duda, un doctor en medicina como usted podrá darnos una cifra aproximada...

Cable pedía un imposible, y a sabiendas. De todos modos, si Fricke se hubiera pasado de la raya con sus especulaciones, Durwood contaba con el testimonio de dos expertos dispuestos a refutar en cualquier momento los argumentos del doctor.

—Me temo que no puedo —reconoció el testigo.

—Gracias. Una última pregunta, doctor. ¿Qué porcentaje de fumadores padecen cáncer de pulmón?

—Depende de las estadísticas que uno quiera creer.

—¿Quiere decir que no lo sabe?

—Digamos que tengo una idea bastante aproximada.

—En ese caso, responda la pregunta, por favor.

—Un diez por ciento, más o menos.

—No tengo más preguntas.

—Doctor Fricke, puede usted retirarse —dijo Su Señoría—. Letrado Rohr, llame a su próximo testigo.

—Doctor Robert Bronsky.

Mientras los dos testigos se cruzaban frente al estrado, Ginger volvió a entrar en la sala y se sentó en la última fila, tan lejos del jurado como pudo. Fitch, por su parte, aprovechó la pausa para largarse y reunirse con José en el patio. Los dos salieron del juzgado a toda prisa para llegar al baratillo cuanto antes.

Bronsky era otro investigador insigne poseedor de tantos títulos y autor de tantos artículos como Fricke. Ambos se conocían bien porque trabajaban en el mismo centro de investigación de Rochester. Rohr repasó el impresionante currículo de Bronsky sin ocultar su satisfacción. A continuación, una vez demostrado que el doctor era un auténtico experto en la materia, dio comienzo la lección.

La composición del humo que desprenden los cigarrillos es extremadamente compleja. Se han identificado al menos trescientos elementos distintos, entre ellos un total de dieciséis agentes cancerígenos, varios metales alcalinos y muchos otros compuestos de acción biológica conocida. El humo de los cigarrillos es una mezcla de pequeñas gotitas gaseosas que, tras ser inhalada, es retenida por los pulmones en un cincuenta por ciento. Algunas de esas gotas quedan depositadas directamente en las paredes de los bronquios.

Con gran diligencia, dos abogados del equipo de Rohr colocaron un gran caballete en el centro de la sala. El doctor Bronsky abandonó el estrado para seguir ilustrando a los presentes con ayuda de varios gráficos. El primero era una lista de todos los compuestos identificados hasta la fecha entre los elementos que integran el humo de los cigarrillos. El doctor no los leyó todos, y lo cierto es que tampoco hacía falta: todos y cada uno de aquellos trescientos nombres tenían el mismo aspecto amenazador. El conjunto parecía mortal de necesidad.

La segunda lista comprendía solamente los agentes cancerígenos conocidos, y Bronsky consideró oportuno glosar brevemente cada uno de los dieciséis elementos incluidos. Mientras se daba golpecitos en la palma de la mano izquierda con el puntero, el doctor insinuó a los presentes que tal vez no se hubiesen detectado todavía todas las sustancias cancerígenas presentes en el humo de los cigarrillos. Y tampoco podía descartarse la posibilidad de que dos o más agentes vieran multiplicado su poder maléfico al actuar conjuntamente.

La lección duró toda la mañana. Jerry Fernandez y los demás fumadores se iban mareando por momentos, y Caniche estuvo a punto de desmayarse mientras salía de la sala de vistas a la hora del receso. Como era de esperar, los cuatro fumadores se reunieron enseguida en su escondite —Lou Dell lo llamaba ya el «pozo de humo»— para echar una caladita antes de comer.

La voluntad de limar asperezas por parte de los proveedores era evidente: cuando los otros miembros del jurado entraron en la sala de deliberaciones, se encontraron con que el almuerzo ya los esperaba. La vajilla era de loza, y había doce vasos de verdad llenos de té helado. El señor O'Reilly sirvió bocadillos a la carta a los jurados que los habían pedido, y pasta y verdura aún humeante a los demás. Nicholas se deshizo en alabanzas.

Fitch se hallaba en la sala de diapositivas con dos de sus asesores cuando le pasaron la llamada. Konrad llamó tímidamente a la puerta. Sabía que había órdenes estrictas de no acercarse a aquella sala sin la autorización expresa de Fitch.

—Es Marlee, por la línea cuatro —susurró el joven.

No esperaba que volviera a llamar tan pronto. Fitch regresó rápidamente a su despacho por un corredor improvisado.

—Localizad la llamada —ordenó.

—Estamos en ello.

—Estoy seguro de que está en una cabina.

Fitch apretó la tecla con el número cuatro.

—¿Diga?

—¿El señor Fitch? —preguntó la voz familiar de Marlee.

—Al habla.

—¿Sabe por qué lo estaban mirando?

—No.

—Se lo contaré mañana.

—Dígamelo ahora.

—No. Sé que están intentando localizar la llamada. Si siguen haciéndolo, tendré que dejar de llamar.

—Usted gana. Dejaremos de hacerlo.

—¿De veras espera que lo crea?

—¿Qué es lo que quiere?

—Mañana, Fitch.

Fin de la comunicación. Rankin Fitch volvió a escuchar la conversación mientras su equipo seguía tratando de localizar la llamada. Konrad apareció al punto con la noticia nada sorprendente de que Marlee había llamado desde un teléfono público. Estaba en Gautier, a treinta minutos de Biloxi.

Fitch se dejó caer en una gran silla giratoria de alquiler y contempló la pared durante unos instantes.

—Esta mañana no estaba en la sala —pensó en voz alta mientras se acariciaba el extremo de la perilla—. ¿Cómo sabía que me estaban mirando?

—¿Quién le estaba mirando? —preguntó Konrad. Sus quehaceres no incluían el de hacer guardia en la sala de vistas. Él nunca salía del baratillo. Fitch le explicó el curioso episodio ocurrido aquella mañana.

—¿Quién le pasa la información? —dijo Konrad.

—Buena pregunta.

El tema de la tarde fue la nicotina. Entre la una y media y las tres, y desde las tres y media hasta el receso de las cinco, los jurados aprendieron sobre esta sustancia mucho más de lo que habrían querido saber. La nicotina que contiene el humo que desprenden los cigarrillos es un veneno. Cada pitillo lleva de uno a tres miligramos de nicotina, y los pulmones de los fumadores que se tragan el humo —como hacía Jacob Wood— absorben hasta el noventa por ciento de la misma. Bronsky se pasó casi toda la tarde de pie, señalando diferentes partes del cuerpo humano en una ilustración de tamaño natural y brillante colorido colocada en el caballete. El doctor explicó con todo lujo de detalles cómo la nicotina contrae los vasos superficiales de los miembros, eleva la presión arterial, acelera el pulso y, en general, obliga al corazón a realizar un sobreesfuerzo. Los efectos de la nicotina en el aparato digestivo son insidiosos y complejos. Los primeros cigarrillos suelen ocasionar náuseas y vómito, pero eso es sólo el principio. La nicotina empieza activando la secreción de saliva y el movimiento intestinal para luego ralentizarlos. También actúa como un estimulante del sistema nervioso central. Bronsky parecía metódico y sincero; en sus manos, un cigarrillo se convertía en una dosis de veneno letal.

Y aún quedaba lo peor: el problema de la adicción. Durante la última hora de la sesión —de nuevo la mano maestra de Rohr—, Bronsky trató de convencer al jurado de que la nicotina es una sustancia altamente adictiva, algo que —según él— se sabe con certeza desde hace al menos cuatro décadas.

Por si eso fuera poco, manipular el nivel de nicotina durante el proceso de elaboración de los cigarrillos no presenta ninguna dificultad.

Si alguien aumentara de manera artificial la cantidad de nicotina contenida en los cigarrillos, dijo Rohr haciendo hincapié en el condicional, el proceso de adicción sería mucho más rápido. Y no había que olvidar que más fumadores adictos significaban más cigarrillos vendidos.

Rohr no podría haber encontrado un colofón mejor.

9

El martes por la mañana Nicholas llegó temprano a la sala de vistas. Lou Dell acababa de poner a hervir el agua de los primeros descafeinados de la jornada y estaba arreglando con el mismo esmero de siempre la bandeja de panecillos y donuts recién hechos. Al lado del desayuno había un flamante juego de tazas y platos relucientes. ¿La razón? El día anterior Nicholas había comentado su aversión por el menaje de plástico y, para su satisfacción, otros dos jurados se habían mostrado de acuerdo con él. A Su Señoría le había faltado tiempo para dar el visto bueno a una lista que contemplaba ésta y otras mejoras.

La celadora se apresuró a terminar su tarea al ver llegar a Nicholas. El joven la saludó con su mejor sonrisa, pero ella aún le guardaba rencor por las pasadas escaramuzas. Una vez solo, Nicholas se sirvió una taza de café y se dispuso a leer el periódico.

Tal como Easter había previsto, el coronel retirado Frank Herrera llegó al juzgado poco después de las ocho, casi una hora antes de lo debido. Llevaba dos periódicos: el *Wall Street Journal* y otro. Al coronel no le gustó la idea de tener compañía, pero, lejos de demostrarlo, saludó al joven con una sonrisa.

—Buenos días, coronel —dijo Nicholas con voz afectuosa—. Llega usted temprano.

—Lo mismo digo.

—Sí, no podía dormir. No hacía más que pensar en nicotina y pulmones negros. —Nicholas se concentró en la página deportiva.

Herrera removió su café y se sentó frente al joven.

—Yo también fumé durante diez años, cuando estaba en el Ejército —confesó con la espalda erguida y la barbilla alta, herencia de su pasado marcial—. Pero supe dejarlo a tiempo.

—Supongo que a algunos no les resulta tan fácil. A Jacob Wood, por ejemplo.

El coronel soltó un gruñido de contrariedad y se puso a leer el periódico. Para él, abandonar una mala costumbre era simplemente cuestión de fuerza de voluntad. El cuerpo no podía oponerse a la disciplina de la mente.

—¿Por qué lo dejó? —preguntó Nicholas mientras pasaba a la página siguiente.

—Porque es perjudicial para la salud. No me parece que haga falta ser un genio para darse cuenta de eso. El tabaco mata: lo sabe todo el mundo.

Si Herrera se hubiera mostrado igual de tajante en cualquiera de los cuestionarios previos al juicio, nunca habría pisado la sala del jurado. Nicholas recordaba bien las preguntas, y aquello sólo podía significar una cosa: Herrera se había propuesto llegar a la tribuna. Lo que no dejaba de ser comprensible tratándose de un militar retirado que debía de estar harto del golf, de su mujer y de andar buscando siempre algo que hacer. Además, era evidente que estaba resentido por algo.

—¿Cree que los cigarrillos deberían estar prohibidos? —preguntó Nicholas. Se había hecho aquella misma pregunta frente al espejo un millar de veces, y tenía una réplica preparada para todas las respuestas posibles.

Con gran parsimonia, Herrera dejó el periódico sobre la mesa y tomó un buen sorbo de café.

—No, pero creo que ninguna persona con dos dedos de frente debería fumar tres paquetes al día durante casi treinta años. ¿Qué demonios esperan conseguir con eso? ¿Una salud de hierro? —El tono sarcástico del coronel demostraba que había aceptado formar parte del jurado a pesar de tener una opinión formada sobre el caso.

—¿Hace mucho que piensa así?

—¿Es usted duro de entendederas, joven? Es una cuestión de lógica.

—Puede que a usted se lo parezca, pero ¿no cree que debería haberlo dicho durante la vista preliminar?

—¿Cómo dice?

—Durante el proceso de selección del jurado. Nos interrogaron explícitamente sobre la cuestión y no recuerdo que usted tomara la palabra...

—No me pareció necesario.

—Pues debería habérselo parecido.

Herrera se ruborizó y vaciló un instante. Al fin y al cabo, ese Easter sabía de lo que estaba hablando, al menos más que el resto del grupo. Tal vez tuviera razón. ¿Y si había hecho algo malo? ¿Lo expulsarían del jurado si Easter se iba de la lengua? A lo mejor el juez lo condenaba por desacato y hasta lo metía entre rejas o lo obligaba a pagar una multa.

El coronel siguió pensando. ¿Acaso no se suponía que los miembros del jurado no debían hablar del caso? Easter no se atrevería a ir con el cuento a Su Señoría. Sólo conseguiría buscarse problemas. Así pues, no había nada que temer.

—A ver si lo adivino —dijo el coronel—. Usted quiere un gran veredicto, ¿no? Un castigo ejemplar y todo eso.

—Se equivoca, señor Herrera. A diferencia de usted, yo aún no he decidido mi voto. Hasta ahora sólo hemos escuchado el testimonio de tres testigos, todos a favor del demandante, y aún queda mucho juicio por delante. Cuando las dos partes hayan aportado todas las pruebas, ya veré qué hago. Eso es lo que prometimos hacer, ¿no?

—Sí, bueno, yo no tengo intención de hacer otra cosa. Aún están a tiempo de convencerme.

El coronel sintió un súbito interés por el contenido del editorial. Al cabo de unos segundos, la puerta de la sala se abrió de repente y Herman Grimes apareció en el umbral precedido de su bastón. Lou Dell y la señora Grimes lo seguían a pocos pasos. Nicholas se levantó, como todas las mañanas, para cumplir con el ritual de preparar una taza de café al portavoz.

Fitch no apartó la vista del teléfono hasta que dieron las nueve. Marlee le había insinuado que llamaría.

Aquella chica no sólo le obligaba a jugar al gato y al ratón, sino que además le mentía cuando le daba la gana. Fitch cerró con llave la puerta de su despacho y, como no le apetecía volver a ser el blanco de todas las miradas, se dirigió a la sala de proyección en vez de ir al juzgado. Sentados a oscuras y con la cabeza ladeada, dos peritos contemplaban la pantalla a la espera de que alguien rectificara el enfoque desde la sala de vistas. Al parecer, alguien había dado una patada a la cartera de McAdoo, dejando fuera de campo a los jurados uno, dos, siete y ocho, y cortando por la mitad a Millie Dupree y a Rikki Coleman.

Los miembros del jurado llevaban ya dos minutos en sus puestos, con lo que McAdoo se encontraba inmovilizado y sin posibilidad de utilizar el teléfono celular. De todas maneras, él aún no sabía que algún patoso había tropezado con su cartera. Fitch maldijo la pantalla y regresó a su oficina para escribir una nota que entregó enseguida a un recadero. El mensajero salió disparado a la calle, entró en el juzgado, se confundió entre la multitud de procuradores y abogados jóvenes gracias a su aspecto impecable, e hizo llegar la nota de Fitch hasta la mesa de la defensa.

La cámara se desvió de inmediato hacia la izquierda, y el jurado volvió a aparecer al completo. McAdoo siguió moviendo la cartera hasta dejar fuera de campo la mitad de Jerry Fernandez y de Angel Weese, el jurado número seis. Fitch soltó otro par de improperios. Llamaría a McAdoo tan pronto como el juez ordenara el primer receso.

Bronsky parecía fresco y a punto para otra larga sesión de sensibilización sobre los efectos nocivos del tabaco. Tras haber despachado el tema de los agentes cancerígenos y el de la nicotina, el doctor se disponía a pasar revista a otros compuestos de interés médico: las sustancias irritantes.

Mientras Rohr le preparaba el terreno con su labia característica, Bronsky se balanceaba sobre los talones. El jurado se enteró de que el humo del tabaco contiene varios compuestos

—amoníaco, ácidos volátiles, aldehídos, fenoles y cetones— que ejercen un efecto irritante sobre la membrana mucosa. De nuevo, Bronsky cogió el banco de los testigos para comentar una lámina que reproducía el torso y la cabeza de un hombre en un corte transversal. Quedaban a la vista las vías respiratorias, la garganta, los bronquios y los pulmones. Según el doctor, el humo de los cigarrillos estimula la secreción de mucosidad en esta parte del cuerpo, al tiempo que entorpece el proceso de limpieza al ralentizar la acción de los cilios bronquiales.

Bronsky poseía una notable habilidad para utilizar la jerga médica de manera que resultara comprensible para el ciudadano de a pie, pero aun así tuvo que hacer un esfuerzo extra para explicar qué pasa exactamente en los bronquios de un fumador que se traga el humo. Otros dos diagramas, tan grandes y multicolores como el primero, fueron situados frente a la tribuna. Bronsky cogió el puntero y puso manos a la obra. Los bronquios están recubiertos por una membrana dotada de unos filamentos llamados cilios, que se mueven formando olas y controlan la concentración de mucosidad en la superficie de la membrana. Este movimiento de los cilios es el encargado de librar a los pulmones de casi todos los gérmenes y partículas de polvo que se hallan suspendidos en el aire que respiramos.

El tabaco, por supuesto, da al traste con todo el proceso. Tan pronto como creyeron estar seguros de que el jurado había entendido esa parte de la lección, Bronsky y Rohr se pusieron a explicar hasta qué punto el humo altera el funcionamiento normal del organismo y llega a causar auténticos estragos en el aparato respiratorio.

La mañana iba transcurriendo entre mucosidades, membranas y cilios.

El primer bostezo llegó desde la última fila de la tribuna. Jerry Fernandez había pasado la noche del lunes en el casino, viendo un partido de fútbol americano y bebiendo algo más de lo previsto. Jerry fumaba dos paquetes de cigarrillos al día, y era perfectamente consciente de que aquélla no era una costumbre saludable. Con todo, nada en aquel momento le parecía tan apetecible como un pitillo.

Los bostezos no tardaron en multiplicarse. A las once y media el juez Harkin anunció un merecido receso de dos horas y dejó salir al jurado a comer.

Lo del paseo por el centro de Biloxi también fue obra de Nicholas. El joven había participado su idea al juez mediante una carta enviada el día anterior. Era absurdo confinar al jurado en una pequeña habitación donde no entraba un soplo de aire fresco en todo el día. No se trataba de un caso de vida o muerte: no habían recibido amenazas ni corrían peligro de ser atacados al salir a la calle. Y si tanto preocupaban a Su Señoría las medidas de seguridad, no tenía más que organizar una patrulla —Lou Dell, Willis y algún otro agente en período de letargo—, establecer la ruta de antemano —seis o siete manzanas, por ejemplo— y prohibir a los jurados que abrieran la boca, como de costumbre. Media hora de ejercicio para digerir el almuerzo sería muy de agradecer. El juez no pudo encontrar ningún argumento para rechazar la propuesta de Nicholas; tanto es así que llegó a considerarla idea suya.

Nicholas, sin embargo, había mostrado la carta a Lou Dell, y ésta explicó a los jurados que podrían dar un paseo después de comer gracias, precisamente, al señor Easter y a la carta escrita al juez. Cuesta creer que muestras de admiración como las que provocó aquella noticia fueran el resultado de una idea tan simple.

La temperatura en el exterior rondaba los treinta grados, el aire era fresco y transparente y los árboles se esforzaban por cambiar de color. Lou Dell y Willis abrían la marcha; Fernández, Caniche, Stella Hulic y Angel Weese la cerraban y aprovechaban la ocasión para entregarse a su vicio con evidente fruición. Al diablo Bronsky, sus mucosidades y sus membranas. Al diablo Fricke y sus fotos repugnantes de los pulmones negros y pringosos del señor Wood. Nada podían contra ellos ahora que estaban en la calle. Además, la luz, el aire salobre y las condiciones atmosféricas de aquella sobremesa invitaban a fumar.

Fitch envió a Doyle y a un esbirro local llamado Joe Boy a fotografiar al grupo desde lejos.

A medida que avanzaba la tarde, Bronsky iba quedándose sin pilas. El doctor pareció abandonar su querencia por las palabras llanas, y el jurado le correspondió con una total pérdida de interés. Esquemas y diagramas de costosa realización empezaron a mezclarse los unos con los otros, igual que las partes del cuerpo, los compuestos químicos y las sustancias venenosas. No hacía falta recurrir a la opinión de los peritos —ni disponer de su misma preparación, ni cobrar sus mismos honorarios bochornosos— para darse cuenta de que los miembros del jurado se morían de aburrimiento. Rohr estaba utilizando el argumento favorito de muchos abogados: la saturación.

Su Señoría levantó la sesión antes de lo previsto, a las cuatro de la tarde, con la excusa de que tenía que ocuparse de ciertas diligencias a puerta cerrada durante el siguiente par de horas. Harkin despachó a los jurados con la habitual retahíla de admoniciones, una letanía que a estas alturas todos se sabían de memoria y a la que ninguno prestaba atención.

La decisión del juez alegró a todos los jurados, y a Lonnie Shaver más que a ningún otro. Diez minutos después del anuncio del receso, Shaver ya estaba aparcando el coche en el espacio que tenía reservado en la parte de atrás de su supermercado. El celoso encargado entró en el establecimiento por la puerta del almacén, movido por la secreta esperanza de atrapar a algún empleado díscolo descabezando un sueñecito junto al cajón de las lechugas. La oficina de Shaver estaba en el segundo piso, justo encima de la carne y los productos lácteos, y desde ella, gracias a un falso espejo, se dominaba toda la planta baja.

Lonnie era el único directivo de raza negra de una cadena de diecisiete tiendas. La empresa le pagaba un sueldo de cuarenta mil dólares anuales, un seguro médico y un plan de pensiones aceptable. Lonnie sabía que le correspondía un aumento al cabo de tres meses, y tenía motivos para creer que, si el balance de su gestión era positivo, podía llegar a supervisor regional. Le constaba, aunque no por escrito, que sus superiores estaban muy interesados en colocar a un negro en los peldaños más altos del escalafón.

Shaver casi siempre dejaba abierto el despacho, ya que la media docena de subordinados con que contaba entraba y salía de él a todas horas. Al verlo llegar aquel día, uno de sus ayudantes lo saludó y le indicó la puerta con un gesto de la cabeza.

—Tenemos invitados —anunció con el entrecejo fruncido.

Lonnie dudó un segundo antes de mirar la puerta cerrada que conducía a lo que era, en realidad, una sala multiuso: lo mismo se utilizaba para celebrar una fiesta de cumpleaños o una reunión sindical que para recibir a los jefes cuando iban de visita.

—¿Qué clase de invitados? —preguntó Lonnie.

—Son de la sede central. Quieren hablar contigo.

Lonnie llamó a la puerta y entró sin esperar respuesta. Al fin y al cabo, aquél era su despacho. Los tres hombres en mangas de camisa que lo esperaban entre un montón de listados y papeles varios se pusieron de pie. Parecían algo incómodos.

—Lonnie, ¿qué tal estás? —dijo Troy Hadley, hijo de uno de los propietarios y única cara conocida del trío.

Lonnie estrechó la mano de los dos desconocidos mientras Hadley hacía las presentaciones de rigor a toda prisa. Se llamaban Ken y Ben; Lonnie aún no tenía motivos para recordar sus apellidos. Tal como había sido planeado, Lonnie ocupó el asiento que le cedió el joven Hadley en un extremo de la mesa; en el otro estaban Ben y Ken, uno a cada lado.

Troy fue el encargado de romper el hielo.

—¿Qué tal la vida de jurado? —preguntó con voz nerviosa.

—Un asco.

—Me lo imagino. Mira, Lonnie, Ken y Ben trabajan para SuperHouse, una gran cadena de Charlotte, y hemos venido porque..., bueno, porque mi padre y mi tío han decidido venderles el negocio. Toda la cadena, con las diecisiete tiendas y los tres almacenes.

Lonnie se dio cuenta de que Ken y Ben estaban pendientes incluso de su respiración, así que procuró encajar la noticia sin parpadear. Incluso se encogió un poco de hombros, como si la cosa no fuera con él. La verdad, sin embargo, es que acababa de hundírsele el mundo.

—¿Y eso? —fue todo cuanto pudo decir.

—Por muchas razones. Te diré las dos más importantes. Mi padre tiene sesenta y ocho años, y Al acaba de salir del quirófano, ya lo sabes. Ésa es la primera razón. La segunda es que SuperHouse les ha hecho una buena oferta. —Troy se frotó las manos como si ya estuviera impaciente por gastarse el dinero—. Ha llegado la hora de vender, Lonnie, ni más ni menos.

—La verdad es que me sorprende. Nunca...

—Sí, ya lo sé. Cuarenta años en el negocio para pasar de un puesto de frutas a una empresa con sucursales en cinco estados y sesenta millones en ventas. Cuesta creer que vayan a tirar la toalla precisamente ahora. —Los esfuerzos de Troy por parecer sentimental resultaban ridículos. Lonnie sabía de sobra el motivo de la venta. Troy no era más que un pobre imbécil, un niño bien que se pasaba el día jugando al golf y quería dar la imagen de ejecutivo agresivo. Su padre y su tío habían decidido vender porque Troy estaba a punto de tomar las riendas del negocio y preferían no ver cómo cuarenta años de esfuerzo y prudencia se convertían en veleros de regata y apartamentos en la playa.

Se produjo una pausa. Los dos representantes de Super-House seguían mirando a Lonnie.

Uno de ellos tenía cuarenta y tantos años, llevaba el pelo mal cortado y el bolsillo lleno de bolígrafos baratos. Puede que fuera Ben. El otro era un poco más joven, tenía la cara alargada y encajaba mejor en el prototipo ejecutivo de ropa elegante y mirada implacable. Lonnie los observó durante un instante. Le había llegado el turno.

—¿Piensan cerrar esta tienda? —preguntó temiéndose lo peor.

—Dicho con otras palabras —intervino Troy al punto—, ¿qué va a pasar contigo? Lonnie, quiero que sepas que he contado auténticas maravillas de ti..., es decir, la pura verdad, y que he recomendado que te mantengan en el mismo puesto. —Ben, o Ken, asintió ligeramente mientras Troy se ponía la chaqueta—. Pero eso ya no es asunto mío. Voy a dar una vuelta para que podáis hablar de vuestras cosas. —Troy salió del despacho como alma que lleva el diablo.

Por alguna razón, los dos desconocidos acogieron la marcha de Hadley con sonrisas.

—¿No tienen tarjetas de visita? —preguntó Lonnie.

—Sí, claro —dijeron mientras se las sacaban del bolsillo y las lanzaban al otro extremo de la mesa.

Ben era el mayor. Ken era el más joven y el encargado de dirigir la entrevista.

—Será mejor que le cuente algo sobre la empresa —dijo—. Empezamos en Charlotte, pero tenemos ochenta tiendas en las Carolinas y en Georgia. SuperHouse pertenece a Listing Foods, un conglomerado de empresas con sede en Scarsdale que el año pasado obtuvo un volumen de ventas de dos mil millones. Es una sociedad anónima que cotiza en el mercado de valores. Seguramente ha oído hablar de ella. Yo soy el vicepresidente de operaciones comerciales de SuperHouse, y Ben es el vicepresidente regional. Queremos expandirnos hacia el sur y hacia el oeste, y Hadley Brothers nos pareció una buena inversión. Por eso estamos aquí.

—¿Significa eso que no piensan cerrar la tienda?

—Así es. Al menos de momento. —Ken miró a Ben como si ésa fuera sólo parte de la respuesta.

—¿Y qué va a pasar conmigo? —preguntó Lonnie.

Ken y Ben parecieron avergonzados. Ben se puso a juguetear con uno de los bolígrafos de su colección. Ken siguió llevando la voz cantante.

—Bueno, señor Shaver, tiene usted que entender que...

—Llámenme Lonnie, por favor.

—Bueno, Lonnie, ya sabes que siempre hay algún que otro susto cuando se producen operaciones de esta envergadura. Son gajes del oficio. Tiene que haber despidos, contratos, traslados...

—¿Qué pasará conmigo? —insistió Lonnie. El pobre presentía lo peor y tenía ganas de dejar atrás aquel mal trago.

Con parsimonia, Ken cogió una hoja de papel e hizo ver que la leía.

—Bueno —dijo blandiendo la misma hoja—, tienes un buen currículo.

—Y muy buenas recomendaciones —añadió Ben.

—Nos gustaría que siguieras donde estás. Al menos por ahora.

—¿Por ahora? ¿Qué quiere decir eso?

Ken dejó el papel sobre la mesa y, con la misma parsimonia de antes, apoyó los codos en la mesa y se inclinó hacia delante.

—Dejémonos de tapujos, Lonnie. Creemos que tienes futuro en nuestra empresa.

—Y nuestra empresa es mucho mejor que ésta —intervino Ben con otra de sus réplicas perfectamente sincronizadas—. Cobrarás más, tendrás más prestaciones, podrás comprar acciones de la compañía, qué sé yo...

—Lonnie, nos da un poco de vergüenza admitirlo, pero en nuestra empresa aún no hay ningún afroamericano en un cargo directivo. Nuestros jefes y nosotros mismos queremos que esto cambie de inmediato, y queremos que tú seas ese cambio.

Lonnie examinó las caras de sus interlocutores y reprimió un millar de preguntas.

En menos de un minuto, había pasado del desempleo a la oportunidad de su vida.

—No tengo ningún título universitario, y sé que hay un límite...

—Olvídate de los límites —dijo Ken—. Tienes dos años de primer ciclo y, si hace falta, aún estás a tiempo de acabar la carrera. La empresa correrá con los gastos.

Lonnie no pudo contener una sonrisa. Sentía una mezcla de alivio y alegría desbordante. Con todo, decidió actuar con cautela. Estaba hablando con un par de desconocidos.

—Adelante, le escucho —dijo.

Ken tenía cuerda para rato.

—Hemos estado estudiando el personal de Hadley Brothers y..., bueno, digamos que la mayoría de los cuadros tendrán que empezar a buscar trabajo. Tú y otro encargado de Mobile seréis las excepciones. Nos gustaría que los dos vinierais a Charlotte lo antes posible y pasarais unos días con nosotros. Así conoceríais a nuestra gente, nuestra empresa, y podríamos hablar del futuro. Lo que sí tengo que advertirte desde ahora mismo es que no podrás quedarte en Biloxi el resto de tu vida si quieres seguir subiendo. Tienes que estar dispuesto a viajar.

—Lo estoy.

—Ya nos lo parecía. ¿Cuándo te enviamos el avión?

Lonnie vio pasar ante sus ojos la imagen de Lou Dell y de una puerta cerrada. Frunció el entrecejo y respiró hondo.

—Es que —se disculpó con voz quejosa— esto del juicio me

tiene atado de pies y manos. Troy ya os lo debe de haber contado.

—Pero eso no te llevará más de un par de días, ¿no? —replicaron Ken y Ben con aparente sorpresa.

—¡Qué va! Está previsto que dure un mes, y sólo llevamos dos semanas de juicio.

—¿Un mes? —repitió Ken—. ¿De qué clase de juicio se trata?

—La viuda de un fumador ha demandado a una compañía tabacalera.

La reacción de Ken y Ben fue casi idéntica y no dejó lugar a dudas sobre la opinión que les merecía ese tipo de pleitos.

—Hice todo lo que pude para escabullirme —explicó Lonnie en un intento de suavizar la situación.

—¿Un caso de responsabilidad extracontractual? —preguntó Ken sin disimular su enojo.

—Sí, algo así.

—¿Y aún durará tres semanas más? —añadió Ben.

—Eso es lo que nos dijeron. ¡Cómo pude ser tan tonto! —se quejó Lonnie con un hilo de voz.

Hubo una larga pausa que Ben aprovechó para estrenar un paquete de Bristol y encender un pitillo.

—Pleitos —masculló con amargura—. Cada semana hay algún imbécil que tropieza y luego echa la culpa de la caída al vinagre o las uvas. El mes pasado explotó una botella de agua con gas en una fiesta privada en las Rocosas. Pues adivina quién les vendió el agua. Y adivina a quién le han puesto un pleito de diez millones. A nosotros y a la empresa embotelladora. Responsabilidad extracontractual. —Una larga calada seguida de un mordisco a la uña del pulgar. Ben echaba chispas—. En Athens, una mujer de setenta años dice que se fastidió la espalda al coger una lata de cera para muebles de un estante. Su abogado afirma que le debemos un par de millones.

Ken fulminó a su compañero con la mirada para que se callara, pero era evidente que éste había puesto el dedo en la llaga.

—Abogados de mierda... —dijo Ben mientras expulsaba el humo por la nariz—. El año pasado tuvimos que gastarnos más de tres millones en seguros. Una fortuna malgastada por culpa de esa pandilla de buitres...

—Ya basta —lo interrumpió Ken.

—Lo siento.

—¿Qué hay de los fines de semana? —preguntó Lonnie con impaciencia—. Estoy libre desde el viernes por la tarde hasta el lunes por la mañana.

—En eso estaba pensando. Te diré lo que podemos hacer. El sábado por la mañana te mandamos un avión, os llevamos a ti y a tu mujer a Charlotte, nos damos una vuelta por la sede central y os presentamos a los jefazos. Como de todas maneras la mayoría trabaja los sábados... ¿Qué te parece? ¿Te va bien este fin de semana?

—Pues claro.

—Trato hecho, entonces. Me ocuparé de lo del avión.

—¿Estás seguro de que no habrá problemas con el juicio? —preguntó Ben.

—No veo por qué.

10

El miércoles por la mañana, tras varios días de notable puntualidad, el juicio tropezó con el primer escollo de importancia. La defensa presentó un alegato contra el testimonio del doctor Hilo Kilvan, de Montreal, una supuesta eminencia en el campo de las estadísticas relacionadas con el cáncer de pulmón, y la discusión de esta petición acabó en una batalla campal. Al parecer, la táctica de la defensa de poner trabas a todos los testigos propuestos por el demandante había logrado enfurecer a Wendall Rohr y a su equipo de colaboradores. Lo cierto es que, a lo largo de los últimos cuatro años, la defensa había demostrado una gran habilidad a la hora de retrasarlo y obstaculizarlo prácticamente todo. Rohr insistió ante Su Señoría en que Cable y su cliente estaban entorpeciendo deliberadamente el desarrollo del proceso, y solicitó del tribunal la imposición de las sanciones pertinentes. Las acusaciones mutuas que se dedicaban ambas partes y a las que el juez había hecho oídos sordos hasta entonces se remontaban prácticamente al momento mismo de la interposición de la demanda. Y, como en muchas otras causas civiles importantes, el argumento secundario que constituían las sanciones tendía a consumir tanto tiempo como el juicio propiamente dicho.

Frente a la tribuna vacía y con profusión de aspavientos, Rohr invitaba al juez Harkin a contar las peticiones presentadas por los representantes de la tabacalera en su ánimo de invalidar las pruebas. ¡Con aquélla iban ya setenta y una!

—Se oponen a que presentemos pruebas relacionadas con otras enfermedades causadas por el tabaco, a que hagamos referencia a las advertencias de las autoridades sanitarias, a que hablemos de la publicidad, a que sustentemos nuestros argumentos en estudios epidemiológicos y en tablas estadísticas, a que mencionemos siquiera las patentes no usadas por su cliente, a que aportemos pruebas sobre las medidas de saneamiento aplicadas por la tabacalera, a que difundamos los resultados de las pruebas efectuadas con cigarrillos, a que utilicemos ciertos párrafos del informe de la autopsia, a que presentemos pruebas sobre la adicción, a que...

—Todo eso me consta, señor Rohr —intervino Su Señoría al ver que el letrado estaba dispuesto a enumerar todos los alegatos uno por uno.

Wendall Rohr no se arredraba.

—¡Pero es que la cosa no acaba ahí, Su Señoría! Además de los setenta y un alegatos contra las pruebas..., ¡ni uno más ni uno menos!..., llevan presentadas dieciocho peticiones de aplazamiento.

—Lo sé tan bien como usted, señor Rohr. Siga, por favor.

Rohr se dirigió hacia la mesa abarrotada de carpetas que ocupaba su equipo y cogió un abultado informe de manos de uno de los abogados más jóvenes.

—Y por si eso fuera poco, ¡cada alegato de la defensa va acompañado de uno de estos mamotretos! —gritó mientras dejaba caer el informe sobre la mesa—. Su Señoría sabe perfectamente que no tenemos tiempo de leerlos porque estamos demasiado ocupados preparando el juicio. En cambio, estoy seguro de que alguno de los mil y un abogados de la defensa debe de estar redactando en este preciso instante otra petición disparatada que pesará por lo menos tres kilos y nos hará perder un tiempo precioso...

—Vaya usted al grano, letrado.

Rohr ni siquiera oyó las palabras del juez.

—Y como no tenemos tiempo de leerlos, Su Señoría, ¡nos limitamos a pesarlos! De modo que ésta es nuestra brevísima respuesta: «Interesa al derecho de esta parte que se acepte este escrito como respuesta al descabellado informe de dos kilos y medio de la defensa en apoyo de su más reciente y frívolo alegato.»

Lejos de la mirada coercitiva del jurado, las sonrisas y los buenos modales caían en el más absoluto olvido. Las caras de todos los presentes reflejaban la tensión del momento, y hasta el personal de justicia y el relator tenían los nervios a flor de piel.

El genio ya legendario de Wendall Rohr estaba alcanzando su punto culminante. Hacía mucho, sin embargo, que el veterano abogado había aprendido a hacer buen uso de su temperamento. Cable, su amigo de antaño, mantenía las distancias pero tampoco se mordía la lengua, de manera que los espectadores tuvieron ocasión de presenciar un auténtico duelo de titanes.

A las nueve y media Su Señoría hizo que Lou Dell comunicara al jurado el término inminente de las diligencias y la pronta reanudación del juicio. A las diez, con un poco de suerte. El jurado aceptó dócilmente aquel primer retraso. Los grupitos habituales se reorganizaron y reanudaron la charla con que entretenían la espera forzada. El elemento que determinaba la formación de dichos grupos no era la raza, sino el sexo: los hombres tendían a reunirse en un extremo de la sala, y las mujeres, en el otro. Los fumadores seguían con sus idas y venidas. Herman Grimes era el único que no se movía nunca de su sitio, a la cabeza de la mesa. En aquel momento estaba concentrado en el teclado de su ordenador braille portátil. Grimes acababa de comentar a sus compañeros que había estado despierto hasta altas horas de la madrugada leyendo las farragosas descripciones de los diagramas de Bronsky.

En un rincón de la sala había otro ordenador y una oficina en miniatura improvisada por Lonnie Shaver con tres sillas plegables. Lonnie aprovechaba los ratos de espera para comprobar existencias, repasar inventarios y hacer otras tareas por el estilo. Agradecía que los demás miembros del jurado respetaran su aislamiento, y no parecía un tipo huraño sino más bien un hombre ensimismado.

Frank Herrera, sentado junto al portavoz, consultaba las cotizaciones de cierre en el *Wall Street Journal* e intercambiaba algún que otro comentario con Jerry Fernandez, quien, a su vez, repasaba los resultados de las apuestas de la liga universitaria desde el otro lado de la mesa. El único varón que parecía disfrutar de la compañía de las señoras era Nicholas Easter. Él y Loreen Duke, una alegre matrona de color que trabajaba de secretaria en la base aérea de Keesler, llevaban rato hablando del caso en voz baja. En su calidad de jurado número uno, Loreen ocupaba el asiento contiguo al de Nicholas en la tribuna, y ambos habían adquirido la costumbre de cuchichear durante el juicio y no dejar títere con cabeza. Loreen Duke tenía treinta y cinco años, dos hijos, un certificado de matrimonio en blanco y un buen trabajo de funcionaria que no echaba ni pizca de menos. Había llegado a decir a Nicholas que podía ausentarse de la oficina durante un año entero con la total seguridad de que nadie se daría cuenta. Nicholas, por su parte, le había contado historias extraordinarias sobre las fechorías cometidas por las tabacaleras en pasados juicios, y le había confesado que, cuando estudiaba derecho, había analizado a fondo muchos litigios parecidos a aquél. También le había dicho que tuvo que colgar los libros por falta de recursos económicos. Nicholas y Loreen procuraban mantener el volumen de su voz por debajo del alcance del oído de Herman Grimes, que seguía aporreando las teclas de su ordenador.

Así fueron pasando los minutos. Al dar las diez, Nicholas se dirigió a la puerta e interrumpió la lectura de Lou Dell. La celadora no sabía cuánto tardaría el juez en mandarlos llamar y no podía hacer nada al respecto.

Nicholas se sentó a la mesa y se puso a hablar con Herman de cuestiones estratégicas. Sería una injusticia tenerlos encerrados en la sala cada vez que se produjera un retraso como aquél. La propuesta de Nicholas consistía en solicitar paseos matinales con escolta análogos a los de la sobremesa. El jurado acordó seguir el procedimiento habitual: Nicholas redactaría la petición por escrito y la plantearía al juez Harkin durante el receso del mediodía.

A las diez y media, cuando el jurado entró por fin en la sala, el aire seguía enrarecido después de la cruenta batalla. La primera cara que vio Nicholas al levantar la vista no fue otra que la del hombre que había registrado su apartamento. Estaba sentado en la tercera fila, detrás del sector del demandante, e iba vestido con camisa y corbata. Tenía en las manos un periódico abierto que apoyaba en el respaldo del asiento de la fila anterior. Estaba solo, y casi no reparó en los miembros del jurado mientras éstos se acomodaban. Nicholas no lo miró fijamente; un par de ojeadas le bastaron para estar seguro de haberlo reconocido.

Con toda su astucia, pues, Fitch también era capaz de cometer algún que otro disparate. Desde luego, enviar a aquel gorila a la sala de vistas había sido un movimiento arriesgado con el que poco se podía ganar. Pues ¿qué iba a ver u oír un simple matón que no vieran u oyeran los abogados, los asesores o los demás esbirros de Fitch que montaban guardia en la sala a todas horas?

Tras la sorpresa inicial, Nicholas se puso a pensar qué camino debía tomar. Ya tenía varias estrategias preparadas de antemano, una para cada escenario donde pudiera aparecer el sujeto, pero la verdad es que no esperaba encontrárselo precisamente en la sala de vistas. De todos modos, sólo tardó un minuto en decidirse. Era de todo punto imprescindible que el juez Harkin supiera que uno de los gorilas que tanto le preocupaban estaba sentado en aquel momento entre varias decenas de espectadores anónimos. Sí, Harkin tenía que ver aquella cara a toda costa. ¿Cómo, si no, iba a reconocerla luego en el vídeo?

El honor de abrir la sesión volvió a corresponder al doctor Bronsky. Era su tercer día en el estrado y el primero dentro del turno de repreguntas. Sir Durr se acercó al testigo con parsimonia y lo saludó con gran cortesía, como si lo embargara la emoción de encontrarse ante un experto de la categoría de Bronsky. Un segundo más tarde le estaba haciendo preguntas que la mayoría de los jurados habrían podido responder por sí solos. Cable empleaba un tono hasta entonces desconocido. Había tratado al doctor Milton Fricke con deferencia, pero ante Bronsky, en cambio, se le veía dispuesto a luchar.

Cable sacó a colación el asunto de los trescientos compuestos detectados en el humo de los cigarrillos, escogió uno de los nombres al azar —o al menos eso pareció— y preguntó al testigo qué efecto producía el tentiolato en los pulmones. Bronsky

— 141 —

dijo que no lo sabía, e intentó explicar por qué era imposible calcular el daño infligido al organismo por una sustancia aislada. ¿Y en el caso de los bronquios, la membrana y los cilios? ¿Qué efecto producía en ellos el tentiolato? Bronsky repitió que las investigaciones realizadas hasta la fecha no podían determinar los efectos de un solo compuesto.

Cable insistió. Eligió el nombre de otra sustancia y obligó a Bronsky a admitir que no podía explicar al jurado qué efecto causaba en los pulmones, los bronquios o las membranas. Al menos, no de una manera específica.

Rohr protestó, pero el juez denegó la protesta por tratarse del turno de repreguntas. Durante las réplicas, los letrados podían preguntar al testigo cualquier cosa que tuviera un mínimo de relevancia.

Doyle seguía en su sitio, en la tercera fila, aburrido y a la espera de que se le presentara una ocasión de esfumarse. Su misión —desde hacía cuatro días— consistía en dar con la chica. Había estado merodeando por los pasillos de la planta baja durante horas; se había pasado una tarde entera sentado en un cajón lleno de botellas, al lado de las máquinas expendedoras, dándole conversación a un conserje para no perder de vista la puerta principal; había tomado café en todas las cafeterías de los alrededores... En fin, Pang, él y dos hombres más habían hecho todo lo posible por encontrar a Marlee. La búsqueda había sido en vano, una auténtica pérdida de tiempo, pero si eso era lo que quería el jefe...

Al cabo de cuatro días de contemplar el mismo panorama durante seis horas casi seguidas, Nicholas había empezado a entender la estrategia de Fitch. Sus empleados, ya fueran peritos o esbirros de a pie, cambiaban de sitio con frecuencia. No tenían predilección por ningún sector de la sala, se sentaban en grupo o solos, entraban y salían con sigilo cuando había alguna pausa, y procuraban no hablar entre ellos. A ratos estaban pendientes de las palabras de los testigos y de las reacciones de los jurados, a ratos se les veía haciendo crucigramas o mirando por la ventana.

Nicholas sabía que su hombre no permanecería mucho tiempo en la sala. Por eso se decidió a escribir una nota. Luego la dobló y convenció a Loreen Duke para que se la guardara sin leerla. Al cabo de unos minutos, mientras Cable hacía una pausa para consultar su cuaderno, le pidió que la entregara al agente Willis, que estaba de guardia junto a la bandera. Willis, sorprendido mientras soñaba despierto, tardó unos segundos en reaccionar y entender lo que tenía que hacer.

Doyle vio que Loreen pasaba la nota, pero no vio quién la había escrito.

El juez Harkin cogió el papelito de manos de Willis casi sin darse cuenta, mientras Cable hacía otra de sus preguntas incisivas. Su Señoría desdobló la nota muy despacio. Era de Nicholas Easter, el jurado número dos, y decía así:

Su Señoría:

Hay un hombre a su izquierda, en la tercera fila empezando por delante, al lado del pasillo, con camisa blanca y corbata azul y verde, que me estuvo siguiendo ayer. Era la segunda vez que lo veía. ¿No habría manera de averiguar quién es?

Nicholas Easter

Harkin miró a Cable antes de volver la vista hacia la tribuna del público. El tipo en cuestión estaba solo, con la mirada fija en el estrado, como si supiera que lo estaban observando.

Frederick Harkin se enfrentaba a un nuevo desafío. De hecho, no recordaba haber oído hablar de ningún incidente remotamente parecido. Era consciente de que no tenía mucho margen de maniobra, y cuanto más pensaba más se daba cuenta de ello. Su Señoría sabía perfectamente que la sala de vistas y el resto del edificio estaban plagados de peritos, abogados y sicarios al acecho. Por eso, y porque procuraba estar siempre muy atento, ya se había percatado de las idas y venidas sigilosas de algunos veteranos que preferían pasar inadvertidos.

Así pues, Su Señoría también sabía que el tipo de la camisa blanca podía desaparecer de un momento a otro. Sobre todo si él se dejaba llevar por los nervios y ordenaba un receso en aquel mismo instante.

¡Cuánta emoción! Después de todas las historias, de todos los chismes y rumores que circulaban a propósito de otros juicios, después de todas aquellas advertencias —injustificadas, según algunos— dirigidas al jurado, he ahí que en aquella misma sala, en aquel preciso instante, se encontraba uno de esos agentes misteriosos, uno de los sabuesos contratados por alguno de los litigantes para vigilar la tribuna.

Por regla general, y pese al hecho de ir armados y uniformados, los agentes destinados a los juzgados suelen ser inofensivos. Mientras los jóvenes se enfrentan a la calle y al rigor de los elementos, los que ven cercana la jubilación se inclinan por misiones menos arriesgadas, como la de garantizar la seguridad en los juzgados. El juez Harkin echó un vistazo a su alrededor y se sintió más impotente que nunca.

Ahí estaba Willis, por ejemplo, apoyado contra la pared, al lado de la bandera. El hilillo de baba que le brotaba de la comisura derecha de la boca parecía indicar que ya había caído en su estado habitual de semiinconsciencia. Al fondo de la sala, justo enfrente del juez pero al menos a treinta metros de distancia, Jip y Rasco vigilaban la entrada. Jip estaba sentado en la última fila, cerca de la puerta, hojeando el periódico local con las gafas de leer apoyadas en la punta de su narizota. Hacía apenas dos meses que le habían practicado una operación de cadera y, como le resultaba difícil estar mucho rato de pie, Su Señoría le había dado permiso para sentarse durante el desarrollo de las sesiones. Rasco, el benjamín, tenía casi sesenta años y no era conocido por su agilidad. En cuanto al agente más joven, el que solía ocuparse de controlar el acceso a la sala, en aquel momento se hallaba en el patio al mando del detector de metales.

Durante la vista preliminar, Harkin había requerido la presencia masiva de personal uniformado, pero, al cabo de una semana de declaraciones, la expectación de los primeros días había desaparecido. A pesar de lo mucho que había en juego, el juicio en sí había quedado reducido a una simple y tediosa causa civil.

Harkin evaluó el potencial de las fuerzas disponibles y desestimó cualquier posibilidad de intervención directa sobre el objetivo. A continuación garabateó una nota, la sostuvo un momento en la mano sin dejar que su mirada lo delatara y la entregó a Gloria Lane, la secretaria de juzgado, que ocupaba un pequeño escritorio en la parte baja del estrado, al otro lado del banco de los testigos. La nota del juez contenía la descripción del sospechoso y varias instrucciones dirigidas a Gloria Lane. La secretaria debía memorizar el rostro del sujeto sin llamar la atención, salir por una de las puertas laterales con idéntico disimulo e ir en busca del sheriff. Su Señoría también había redactado instrucciones para el sheriff, pero, por desgracia, no hubo necesidad de seguirlas.

Después de soportar durante más de una hora el despiadado interrogatorio al doctor Bronsky, Doyle decidió que había llegado el momento de irse. Al fin y al cabo, y como era de esperar, allí no había ni rastro de la chica. Aunque eso tampoco era asunto suyo, porque él se limitaba a cumplir órdenes... El caso es que tanto trapicheo cerca del estrado empezaba a darle mala espina. Sin hacer ruido, Doyle cogió su periódico y salió de la sala. Nadie se interpuso en su camino. Harkin no daba crédito a sus ojos. Incluso llegó a coger el micrófono con la mano derecha como si fuera a detener al fugitivo de un grito para ordenarle que volviera a sentarse y contestara unas cuantas preguntas. Pero el juez supo conservar la sangre fría. De todas formas, lo más probable era que el tipo volviera a aparecer tarde o temprano.

Nicholas miró a Su Señoría. Los dos estaban decepcionados. Aprovechando una de las pausas que Cable hacía entre pregunta y pregunta, el juez dio un golpecito con el martillo.

—Receso de diez minutos. Creo que el jurado necesita un descanso.

Cuando Willis le transmitió el mensaje del juez, Lou Dell entreabrió la puerta de la habitación y dijo:

—Señor Easter, ¿puede salir un momento?

Nicholas tuvo que seguir a Willis a través de un laberinto de corredores estrechos hasta llegar a la puerta lateral del despacho del juez. Harkin estaba solo, se había quitado la toga y sostenía en la mano una taza de café.

—Siéntese, por favor, señor Easter —dijo tras despedir a Willis y cerrar la puerta con llave, ofreciéndole una silla al otro lado de su escritorio.

Aquella habitación no era el despacho permanente del juez Harkin. De hecho, él lo compartía con otros dos magistrados del mismo juzgado.

—¿Un café?

—No, gracias.

Harkin se dejó caer en su silla, apoyó los codos sobre la mesa y se inclinó hacia delante.

—Bueno, dígame, ¿dónde vio a ese tipo?

Nicholas no tenía intención de utilizar el vídeo hasta el momento oportuno, y ya había planeado con todo detalle la historia que iba a contar.

—Fue ayer, después de que usted levantara la sesión. Cuando me dirigía de vuelta a casa entré en Mike's, muy cerca de aquí, para comprarme un helado. Al mirar hacia la calle desde la tienda, vi a un tipo curioseando. Entonces me di cuenta de que ya lo había visto antes... Bueno, compré el helado y continué andando hacia mi casa. Me pareció que aquel tipo me estaba siguiendo, así que volví sobre mis pasos y di algunas vueltas absurdas para comprobar si era verdad. Y me estaba siguiendo, Su Señoría, no le quepa la menor duda.

—¿Y dice que no era la primera vez que lo veía?

—No. Yo trabajo en una tienda de ordenadores que hay en el centro comercial, y una noche ese tipo..., estoy seguro de que era el mismo..., estuvo merodeando cerca de la puerta y asomando la nariz a la tienda. Al cabo de un rato fui a tomarme una Coca-Cola al otro extremo del centro y volví a encontrarme con él.

El juez se relajó un poco y se peinó con los dedos.

—Sea sincero conmigo, señor Easter. ¿Alguno de sus colegas ha mencionado algún incidente parecido?

—No, señor.

—¿Me lo dirá si llega a darse el caso?

—Desde luego.

—No hay nada malo en que usted y yo hablemos un rato, y si pasa algo ahí dentro, tengo que estar al corriente.

—¿Cómo puedo ponerme en contacto con usted?

—Déle una nota a Lou Dell. Diga que tiene que hablar conmigo, pero no escriba nada importante porque bien sabe Dios que la leerá.

—De acuerdo.

—¿Trato hecho?

—Trato hecho.

Harkin respiró hondo y se puso a rebuscar algo en un maletín. Por fin sacó un periódico y lo deslizó hasta el otro lado de la mesa.

—¿Lo ha leído? Es el *Wall Street Journal* de hoy.

—No, no lo leo nunca.

—Han publicado un reportaje sobre este juicio y las posibles repercusiones de una sentencia favorable en la industria del tabaco.

Nicholas no podía permitirse el lujo de dejar pasar una oportunidad como aquélla.

—Sólo hay un miembro del jurado que lee el *Wall Street Journal*.

—¿Quién?

—Frank Herrera. Lo lee todas las mañanas, de la primera página a la última.

—¿Esta mañana también lo ha leído?

—Sí, mientras esperábamos. Ha tenido tiempo de leérselo dos veces.

—¿Ha hecho algún comentario?

—No, que yo sepa.

—Vaya por Dios.

—De todas maneras, ya no tiene importancia —dijo Nicholas con la mirada perdida.

—¿Por qué no?

—Porque Frank ya ha decidido qué va a votar.

Harkin volvió a echarse hacia delante.

—¿Qué quiere decir? —preguntó con los ojos entrecerrados.

—En mi modesta opinión, Frank no debería formar parte del jurado. No sé cómo contestaría los cuestionarios, pero estoy seguro de que no dijo la verdad. Si no, no estaría aquí. Y aún recuerdo varias preguntas de la vista preliminar que debería haber respondido.

—Siga, le escucho.

—Como usted quiera, Su Señoría, pero luego no la tome conmigo. Ayer por la mañana, temprano, estuvimos hablando un rato los dos. No había nadie más en la habitación y..., le juro que no estábamos hablando del caso, pero no sé cómo salió el tema del tabaco. Frank dejó de fumar hace años y no comprende que otras personas no sean capaces de hacerlo. Es un militar retirado... Bueno, usted ya me entiende, quiero decir que es bastante estirado e intransigente con...

—Yo estuve en la Marina.

—Perdone. ¿Quiere que me calle?

—No, siga.

—De acuerdo, pero que conste que esto no me gusta nada. Si prefiere que me calle...

—Ya le avisaré.

—Ya. Bueno, en pocas palabras: Frank opina que cualquier persona capaz de fumar tres paquetes al día durante casi treinta años se merece lo que le pase. Así de claro. Yo intenté llevarle un poco la contraria, sólo por pasar el rato, y entonces me acusó de estar a favor del demandante.

El juez Harkin se tomó muy en serio las palabras del jurado número dos.

—Lo que nos faltaba —dijo tras hundirse un poco en la silla, cerrar los ojos, frotarse los párpados y dejar caer los hombros.

—Siento habérselo contado, Su Señoría.

—No, no lo sienta. Yo se lo he pedido. —Harkin volvió a erguirse, se retocó el peinado con los dedos y esbozó una sonrisa de compromiso—. Mire, señor Easter, no le estoy pidiendo que se convierta en un chivato, pero me preocupan las presiones que puedan recibir los miembros del jurado desde el exterior. Digamos que ha habido malos precedentes. Si ve u oye algo que pueda parecerse remotamente a un contacto ilícito, quiero que me lo comunique. Y ya veremos qué pasa.

—Lo que usted diga, Su Señoría.

El artículo al que hacía referencia el juez, publicado en primera página por el *Wall Street Journal*, era obra de Agner Layson, un periodista con mucha experiencia a sus espaldas que había presenciado casi todo el proceso de selección del jurado y había oído todos los testimonios. Layson, además, había ejercido la abogacía durante diez años y pisado muchos juzgados. El artículo en cuestión, el primero de una serie, exponía los elementos fundamentales del caso y algunos detalles sobre las partes litigantes. No incluía ninguna opinión sobre la marcha del juicio ni pronósticos de ninguna clase; se limitaba a resumir objetivamente las rotundas pruebas médicas presentadas hasta entonces por el demandante.

A consecuencia de la publicación de dicho artículo, la sesión bursátil había empezado con una bajada de un dólar en la cotización de las acciones de Pynex. Al mediodía, sin embargo, hechas las correcciones pertinentes, el mundillo financiero consideraba que la tabacalera había conseguido capear aquel pequeño temporal.

El artículo de Layson desencadenó una avalancha de llamadas telefónicas de los agentes de bolsa de Nueva York a los analistas destacados en Biloxi. Cinco minutos de cotilleo absurdo se convertían en horas de especulación inútil. Los atribulados financieros neoyorquinos repetían una y otra vez la única pregunta que tenían en mente: ¿qué iba a hacer el jurado?

Al otro lado del hilo telefónico, los jóvenes enviados a efectuar el seguimiento del juicio se confesaban incapaces de predecir su comportamiento.

11

La defensa dio por terminado el interrogatorio de Bronsky a última hora de la tarde del jueves, y Marlee no tardó en atacar de nuevo. Su primera llamada se produjo el viernes por la mañana, a las siete y veinticinco. Konrad la pasó rápidamente con Fitch, que en aquel momento hablaba con alguien de Washington, y se quedó escuchando la conversación.

—Buenos días, Fitch —dijo una dulce voz.

—Buenos días, Marlee —respondió Fitch como si se alegrara de oírla y tratando de parecer simpático—. ¿Cómo está usted?

—Estupendamente. El número dos, Easter, llevará una camisa tejana desteñida, unos vaqueros gastados, calcetines blancos y un par de zapatillas viejas. Nike, creo. Y también un ejemplar del *Rolling Stone*. Del número de octubre, con Meat Loaf en la portada. ¿Entendido?

—Sí. ¿Cuándo podremos vernos y charlar un rato?

—Cuando yo quiera. *Au revoir.*

La llamada de Marlee procedía del vestíbulo de un motel de Hattiesburg, en el estado de Misisipí, a una hora y media en coche de Biloxi por lo menos.

Pang estuvo haciendo tiempo en una cafetería situada a tres manzanas del bloque de apartamentos donde vivía Easter. Ir desde allí hasta la sombra de un árbol a pocos metros del viejo Volkswagen de Nicholas sólo le llevaba unos minutos. A la hora prevista, las ocho menos cuarto, Easter salió por la puerta del edificio para dar su habitual paseo matutino de veinte minutos. Camino del juzgado se detuvo en la misma tienda de siempre para comprar el café y los periódicos del día.

Y, por supuesto, iba vestido exactamente tal como había anunciado Marlee.

La segunda llamada de la chica procedía también de Hattiesburg, pero de un teléfono distinto.

—Tengo algo nuevo para usted, Fitch, y estoy segura de que le va a encantar.

—Soy todo oídos —dijo Fitch sin atreverse apenas a respirar.

—¿Sabe qué va a hacer hoy el jurado cuando entre en la sala?

Fitch tenía la mente en blanco. Sabía que no se trataba de una adivinanza, pero aun así se sentía incapaz de articular una sola palabra.

—Me rindo —dijo al fin.

—Saludar la bandera.

Fitch lanzó una mirada perpleja a su ayudante.

—¿Me ha oído bien, Fitch? —preguntó Marlee con sorna.

—Sí.

Fin de la comunicación.

Marlee hizo una tercera llamada aquella mañana. Según un secretario del bufete de Wendall Rohr, el letrado estaba muy ocupado y no podía ponerse al aparato. Marlee se hizo cargo de las circunstancias, pero insistió en que tenía que darle un mensaje urgente. Unos cinco minutos más tarde —explicó la chica— llegaría al bufete un fax dirigido a su jefe. ¿Tendría la amabilidad de recogerlo y entregarlo al señor Rohr antes de que éste saliera hacia el juzgado? El secretario accedió de mala gana. Cinco minutos después encontró una hoja de papel en la bandeja del fax. No contenía el número del teléfono emisor ni ningún otro dato que indicara el autor o la procedencia del envío. Mecanografiado a un solo espacio en el centro de la página, había este mensaje:

WR: El jurado número dos, Easter, vestirá hoy camisa tejana, vaqueros gastados, calcetines blancos y zapatillas Nike. Le gusta leer el *Rolling Stone* y demostrará ser muy patriótico.

MM

El secretario se apresuró a llevar el mensaje al letrado, que estaba atiborrando una cartera con todo lo necesario para la batalla del día. Rohr leyó la nota, hizo algunas preguntas al secretario y convocó al abogado que compartía con él la representación del demandante a una reunión de emergencia.

Aunque el ambiente de la sala no habría podido calificarse precisamente de festivo, sobre todo teniendo en cuenta que aquellas doce personas se encontraban allí en contra de su voluntad, se notaba que era viernes y que se acercaba el fin de semana: los saludos y la charla eran más joviales que de costumbre. Nicholas se sentó en una de las sillas que había alrededor de la mesa, al lado de Herman Grimes y enfrente de Frank Herrera, y esperó hasta que se produjo una pausa en la conversación. Entonces se volvió hacia Herman, que estaba trabajando en su ordenador, y dijo:

—Herman, tengo una idea.

Grimes ya había memorizado las voces de sus once compañeros, y su mujer se había encargado de proporcionarle las descripciones físicas correspondientes. El timbre de Easter le resultaba particularmente fácil de reconocer.

—¿De qué se trata, Nicholas?

El joven subió el tono de voz para captar la atención de todos los presentes.

—En la escuela a la que iba cuando era pequeño, saludábamos siempre la bandera antes de empezar las clases por la mañana. Por eso, cada vez que veo una bandera a esta hora, me entran ganas de recitar el saludo. —Caniche había salido de la habitación para fumar, pero la mayoría de los jurados le estaban escuchando—. Y me da pena ver esa preciosa bandera en la sala de vistas, a la izquierda del juez, sin que nadie le haga ni caso.

—No me había fijado —bromeó Herman.

—¿Quiere usted saludar la bandera delante de toda esa gente? —preguntó Herrera, alias Napoleón, el coronel retirado.

—Sí. ¿Por qué no lo hacemos una vez a la semana?

—A mí me parece buena idea —dijo Jerry Fernandez, cuyo apoyo había sido reclutado en secreto.

—¿Y si al juez no le parece bien? —preguntó Gladys Card.

—¿Por qué iba a parecerle mal? ¿Qué puede tener nadie en contra de que nos levantemos un momento y rindamos honor a nuestra bandera?

—No se tratará de una broma... —desconfió el coronel.

Nicholas puso cara de ofendido y lanzó una mirada doliente al otro lado de la mesa.

—Mi padre murió en Vietnam —protestó—. Lo condecoraron. ¡Esa bandera significa mucho para mí!

La cuestión había quedado zanjada.

El juez Harkin fue saludando a los jurados con una afectuosa sonrisa de viernes mientras entraban en la sala de uno en uno. Estaba pensando en pasar de puntillas sobre las preguntas de rutina e indicar que llamasen al siguiente testigo en cuanto le fuera posible, por eso tardó unos segundos en percatarse de que el jurado no se había sentado, como era habitual, sino que seguía de pie en la tribuna. Cuando todos estuvieron en su sitio, los doce miembros del jurado se volvieron hacia la pared que quedaba a la izquierda del juez, detrás del banco de los testigos, y se llevaron una mano al corazón. Easter fue el encargado de dirigir una sentida recitación del saludo a la bandera.

La primera reacción de Harkin fue de incredulidad. Jamás había presenciado una ceremonia semejante en una sala de vistas, y menos aún protagonizada por el jurado. De hecho, ni siquiera había oído hablar de algo parecido, y a estas alturas de su carrera creía haberlo visto o al menos oído todo. Aquello no formaba parte del protocolo judicial, no contaba con su aprobación, no aparecía mencionado en código o manual alguno. Superada la sorpresa inicial, Harkin pensó en llamar al orden al jurado y poner fin al espectáculo. Ya hablarían del tema más adelante. Pero Su Señoría se dio cuenta enseguida de que alguien podría interpretar su decisión como algo antipatriótico e incluso sacrílego. ¿Qué tenía de malo que un grupo de ciudadanos bienintencionados dedicaran unos segundos a rendir homenaje a su bandera? Harkin miró a los letrados de ambas partes. Rohr y Cable estaban boquiabiertos.

Su Señoría se inclinó hacia delante, se levantó tambaleándose y haciendo ondear la toga, se volvió hacia la pared, apoyó una mano en el pecho y se sumó al recital. ¿Qué otra cosa podía hacer?

Al ver que tanto el juez como el jurado saludaban la bandera de las barras y estrellas, todo el mundo se sintió obligado a hacer lo mismo, sobre todo los abogados, que no podían permitirse el lujo de caer en desgracia ni de parecer desleales a la patria. Así pues, los equipos de ambos litigantes se pusieron en pie derribando sillas y carteras en su afán de granjearse la simpatía del jurado. Gloria Lane, sus ayudantes, el relator y Lou Dell, que estaba sentada en la primera fila, también se levantaron y se unieron a los demás. Por suerte para algunos, el fervor patriótico no se extendió más allá de la tercera fila de la tribuna del público. Fitch celebró no tener que ponerse en pie como un boy scout principiante y farfullar palabras que apenas recordaba. Había vuelto a ocupar su sitio en la última fila, entre José y una bonita abogada llamada Holly. Pang, por su parte, montaba guardia en el patio, y Doyle había regresado a su cajón de botellas de la planta baja, cerca de las máquinas expendedoras de Coca-Cola, vestido como un peón de albañil bromeaba con los conserjes y vigilaba el acceso al vestíbulo.

Fitch presenció la escena sin dar crédito ni a sus ojos ni a sus oídos. Le costaba creer que un jurado fuera capaz de actuar por propia iniciativa y tomar posesión de la sala de vistas de aquel modo. Que Marlee lo supiera con antelación rayaba en lo sobrenatural. Que estuviera utilizando aquella información con algún propósito secreto le ponía la carne de gallina.

Fitch contaba con la ventaja de haber sido prevenido. Wendall Rohr, en cambio, se sentía víctima de una emboscada. Aún no había conseguido salir de su asombro al ver a Easter con la ropa y la revista indicadas, cuando el saludo a la bandera lo dejó de piedra. Tanto que sólo pudo mover los labios al compás de las palabras finales. Y sin mirar siquiera la bandera, porque no podía apartar los ojos del jurado —de Easter en particular— ni dejar de preguntarse qué demonios estaba pasando.

«... y justicia para todos.» Mientras la última frase del himno resonaba aún en la sala, los jurados se sentaron y echaron un vistazo a su alrededor para evaluar la reacción de los presentes. El juez Harkin se arregló la toga y se puso a revolver unos papeles como si no hubiera ocurrido nada fuera de lo normal. ¿Acaso podía hacer otra cosa? Además, la ceremonia había supuesto un retraso de apenas treinta segundos.

La mayoría de los abogados consideraba ridículo aquel acceso de patriotismo, pero, por supuesto, todos se guardaban muy mucho de demostrarlo. Si a los jurados les parecía bien..., allí se las dieran todas. Wendall Rohr parecía ser el único incapaz de disimular su perplejidad. Un codazo lo ayudó a recuperar el habla. Mientras el letrado y su colaborador hablaban en voz baja, Su Señoría hizo las preguntas de rigor al jurado a toda velocidad.

—Creo que ya estamos preparados para escuchar al siguiente testigo —dijo con impaciencia al llegar al final del cuestionario.

Rohr se puso en pie.

—Llamamos a declarar al doctor Hilo Kilvan —anunció todavía algo aturdido.

Mientras el perito en cuestión era acompañado hasta el estrado desde una sala de espera anexa a la de vistas, Fitch y José se escabulleron sigilosamente del juzgado y pusieron rumbo al viejo baratillo.

Los dos genios confinados en la sala de proyección trabajaban en perfecto silencio. Uno de ellos seguía el interrogatorio del doctor Kilvan en la pantalla grande; el otro repasaba la escena de la bandera en un monitor más pequeño. Fitch se acercó al segundo experto.

—¿Cuándo fue la última vez que vio algo parecido? —preguntó.

—Ha sido cosa de Easter —anunció el experto—. Ha sido idea suya.

—Pues claro que ha sido Easter —replicó Fitch—. Eso se veía hasta desde la última fila.

Como de costumbre, Fitch jugaba con ventaja. Ninguno de los asesores jurídicos del caso estaba al corriente de las llamadas de Marlee. Fitch sólo había compartido esa información con sus colaboradores directos: Swanson, Doyle, Pang, Konrad y Holly.

—¿Y qué pasa con el pronóstico que dio el ordenador? —preguntó Fitch sin ahorrarse el sarcasmo.

—Que podemos echarlo al cubo de la basura.

—Ya me lo suponía. No pierdan detalle.

Fitch dio un portazo y se dirigió a su despacho.

La tarea de interrogar al doctor Hilo Kilvan recayó en el segundo abogado del demandante, el letrado Scotty Mangrum, de Dallas. Mangrum había conseguido hacer fortuna interponiendo demandas por daños y perjuicios a las empresas petroquímicas. A la edad de cuarenta y dos años, sin embargo, se confesaba más preocupado por el riesgo que entrañaban los productos de consumo, que en algunos casos podían llegar a provocar incluso la muerte de sus usuarios. Después de Rohr, Mangrum había sido el primer abogado en aflojar el millón de dólares necesario para contribuir a la financiación del caso Wood, y ya entonces se decidió que se especializaría en estadísticas relacionadas con el cáncer de pulmón. Durante los cuatro años siguientes había invertido un sinfín de horas en leer todos los estudios habidos y por haber sobre el tema, así como en viajar por todo el mundo para conocer la opinión de los mejores expertos. Tras largas reflexiones y sin reparar en gastos, Mangrum se había inclinado por el doctor Kilvan a la hora de seleccionar a la persona más adecuada para desplazarse hasta Biloxi y compartir sus conocimientos con el jurado.

El doctor Kilvan dominaba el inglés a la perfección, pero lo hablaba despacio y con un cierto deje foráneo que causaba una impresión indeleble en el jurado. Pocas cosas resultan más convincentes en una sala de vistas que la opinión de un perito con muchos kilómetros a su espalda, un nombre exótico y un acento a juego. El doctor Kilvan había llegado a Biloxi procedente de Montreal, la ciudad donde residía desde hacía cuarenta años, y el hecho de que fuera extranjero acrecentaba su credibilidad hasta el punto de tener al jurado en el bote antes incluso de empezar a hablar. Con la ayuda del propio interesado, Mangrum expuso el impresionante currículo del doctor e hizo hincapié en la cantidad de estudios publicados por el testigo sobre el riesgo de contraer cáncer de pulmón según las estadísticas y el cálculo de probabilidades.

Cuando el juez requirió su opinión, Durr Cable aceptó el testimonio de Kilvan sin poner ningún impedimento. Scotty Mangrum dio las gracias a su colega y empezó a pasar revista a los estudios del doctor. El primero comparaba los porcentajes de mortalidad entre enfermos de cáncer de pulmón según fumaran o no. Kilvan llevaba veinte años trabajando sobre esa cuestión en la Universidad de Montreal, y se le vio muy relajado mientras explicaba al jurado los fundamentos de su investigación. En el caso de los hombres nacidos en Estados Unidos —el doctor había estudiado grupos de hombres y de mujeres de todo el mundo, pero sobre todo de Canadá y sus vecinos del sur—, el riesgo de contraer cáncer de pulmón fumando quince cigarrillos al día durante diez años era diez veces mayor que si no se fumaba. Si la dosis aumentaba a dos cajetillas diarias, el riesgo era veinte veces mayor. Si se hablaba de tres paquetes al día —es decir, de la cantidad que fumaba Jacob Wood—, el riesgo era veinticinco veces mayor.

Nuevos diagramas de colores con sus respectivos caballetes aparecieron ante la tribuna. El doctor Kilvan, despacito y buena letra, mostró sus descubrimientos al jurado.

El segundo estudio comentado comparaba los porcentajes de mortalidad entre enfermos de cáncer de pulmón según el tipo de tabaco consumido. Kilvan explicó la composición del humo emitido por puros y pipas distinguiéndolo del de los cigarrillos, y ofreció también los porcentajes de mortalidad correspondientes. Había publicado dos libros sobre el tema, y se le veía impaciente por mostrar al jurado otra serie de gráficos y diagramas. Las cifras pronto empezaron a acumularse y a hacerse borrosas.

Loreen Duke fue la primera que reunió el valor necesario para coger su almuerzo e irse a comer sola a un rincón, con el plato apoyado en el regazo. Como cada miembro del jurado podía escoger entre los diferentes platos de un menú elaborado diariamente, y dado que Lou Dell, Willis y la charcutería de O'Reilly se habían empeñado en servir la comida a las doce en punto, se había impuesto la necesidad de establecer cierto orden. Así pues, a cada jurado le fue asignado un asiento fijo a la hora de sentarse a la mesa. Loreen se sentaba justo enfrente de Stella Hulic, que tenía la mala costumbre de comer con la boca abierta y a dos carrillos. Stella era una mona vestida de seda, una arribista que se pasaba el día intentando convencer al resto del jurado de que ella y su marido Cal, un jubilado que había practicado el arte de la fontanería, tenían más dinero que ellos. El hotel de Cal, los apartamentos de Cal, el tren de lavado de Cal, el avión de Cal, los barcos de Cal... La lista de las propiedades familiares salía de la boca de Stella con la misma facilidad que la comida a medio masticar. Y luego estaban los viajes, porque Cal y ella viajaban mucho. Sin parar. Grecia era uno de sus rincones favoritos.

Según la opinión más aceptada en la Costa del Golfo, unos cuantos años atrás Cal había utilizado un viejo pesquero para transportar marihuana desde México. Verdad o no, lo cierto es que los Hulic estaban forrados y que Stella no desperdiciaba ninguna oportunidad de mencionarlo.

Stella esperó hasta que los demás miembros del jurado tuvieron la boca llena y la sala quedó en silencio.

—Ojalá acabemos pronto esta tarde —dijo entonces con un acento nasal y repelente que resultaba ridículo en aquella parte del país—, porque Cal y yo queremos ir a pasar el fin de semana a Miami. Dicen que han abierto unas tiendas preciosas...

Los demás jurados mantenían la cabeza gacha para no ver el medio panecillo que Stella acababa de meterse en la boca. Ella siguió hablando sin inmutarse, dejando que el sonido de sus palabras se mezclara con el que producía la comida al pegársele a los dientes.

Loreen se levantó de la mesa antes de probar el primer bocado. Rikki Coleman siguió su ejemplo con la excusa poco convincente de que tenía que sentarse junto a la ventana. Lonnie

Shaver dijo que tenía trabajo, pidió disculpas y se llevó un muslo de pollo al rincón donde tenía el ordenador.

—Menudo testigo el tal doctor Kilvan —comentó Nicholas a los comensales supervivientes.

Algunos de los jurados se volvieron automáticamente hacia Herman. El portavoz estaba dando cuenta de su tradicional bocadillo de pan blanco y fiambre de pavo, preparado sin mayonesa, mostaza o cualquier otro condimento susceptible de adherirse al paladar. Un bocadillo partido por la mitad y un montoncito de patatas fritas eran un menú agradecido para alguien que, como él, no disponía del sentido de la vista. El comentario de Easter hizo que Herman masticara más despacio, pero no provocó ninguna otra reacción.

—Después de ver esas estadísticas... —insistió Nicholas mientras dedicaba una sonrisa cómplice a Jerry Fernandez. El joven intentaba deliberadamente provocar al portavoz.

—Basta ya, Nicholas —lo reprendió Grimes.

—¿Basta ya de qué?

—De hablar del juicio. Ya has oído al juez.

—El juez no está aquí ahora, ¿verdad que no? Y no tiene por qué saber de qué hablamos, ¿no es cierto? A no ser que alguien se lo cuente, claro...

—Si sigues por ese camino, no tendré más remedio que hacerlo.

—Pues muy bien. Usted dirá de qué otra cosa quiere que hablemos.

—De cualquier cosa menos del juicio.

—Adelante, escoja un tema. El fútbol, el tiempo...

—Veo poco la tele.

—Muy gracioso.

Hubo una pausa tensa, un silencio roto únicamente por los maxilares de Stella Hulic. La escaramuza entre Easter y el portavoz había caldeado el ambiente. Stella empezó a masticar a toda velocidad.

—¡Haga el favor de no hacer tanto ruido! —bramó Jerry Fernandez. Se le había agotado la paciencia.

Stella se quedó boquiabierta, mostrando a todos la porción de comida que acababa de llevarse a la boca. Jerry la fulminó con la mirada como si estuviera a punto de abofetearla.

—Lo siento —dijo después de respirar hondo—. Siento tener que decírselo, pero sus modales dejan mucho que desear.

Stella pasó de la estupefacción a la vergüenza en menos de un segundo. Luego decidió lanzarse al contraataque, pero antes tuvo que hacer un esfuerzo para tragarse la comida que tenía en la boca.

—Puede que a mí tampoco me gusten los suyos —replicó con las mejillas encendidas. Los demás jurados agacharon la cabeza. Todos sentían vergüenza ajena.

—Al menos a mí no se me oye masticar. Ni se me cae la comida de la boca —dijo Jerry, perfectamente consciente de la ingenuidad de su protesta.

—Ni a mí —se defendió Stella.

—No diga mentiras, señora —intervino Napoleón, que compartía con Loreen Duke la desgracia de sentarse frente a Stella—. Arma usted más barullo que un niño de tres años.

Herman interrumpió la pelea con un carraspeo.

—¿Qué les parece si respiramos hondo y acabamos de comer en paz? —propuso.

No se oyó ni una palabra más. Todos estaban concentrados en la tarea de terminar el almuerzo sin hacer ningún ruido. Jerry y Caniche fueron los primeros en levantarse de la mesa para dirigirse a la sala de fumadores. Los siguió Nicholas Easter, que no fumaba pero necesitaba cambiar de aires. Había empezado a lloviznar, de manera que hubo que cancelar el breve paseo diario por el centro de la ciudad.

Jerry, Caniche y Nicholas se sentaron en las sillas plegables de aquel cubículo cuadrado donde siempre había una ventana abierta. Angel Weese, el miembro más silencioso del jurado, se unió enseguida al grupo. Stella, la cuarta fumadora, se quedó atrás en protesta por el trato recibido.

Caniche no tuvo inconveniente en hablar del juicio. Angel tampoco. ¿De qué otra cosa podían hablar si no? Todos parecieron estar de acuerdo con Jerry en que la relación entre el tabaco y el cáncer no era ninguna novedad.

Si los fumadores sabían perfectamente a lo que se exponían, ¿qué derecho tenían a ser indemnizados los herederos de un hombre que había fumado durante treinta y cinco años de su vida? Haberlo pensado antes.

12

Aunque los Hulic se morían de ganas de tener su propio reactor, un modelo pequeño y coquetón con tapicería de piel y cabina para dos pilotos, de momento tenían que conformarse con un viejo bimotor Cessna. Cal se ponía al volante cuando brillaba el sol y no había nubes en el horizonte, pero nunca se habría atrevido a volar de noche, sobre todo en una ruta tan transitada como la de Miami. Por eso se dirigieron al aeropuerto municipal de Gulfport y compraron billetes para un vuelo de cercanías que los dejó en Atlanta. Allí cogieron otro avión en dirección al aeropuerto internacional de Miami. Viajaron en primera clase, y Stella dio cuenta de dos martinis y un vaso de vino en menos de una hora. Había sido una semana muy larga, y cumplir con sus deberes cívicos le había destrozado los nervios.

Al bajar del segundo avión, los Hulic metieron el equipaje en un taxi y pusieron rumbo a Miami Beach, donde se registraron en un nuevo Sheraton.

Marlee los había seguido. Había estado sentada tras ellos en el primer avión y ocupado uno de los asientos de clase turista en el vuelo entre Atlanta y Miami. También estuvo haciendo tiempo en el vestíbulo del Sheraton hasta estar segura de que los Hulic se registraban en el hotel, pero luego cogió el taxi que había dejado esperando en la puerta y se fue a buscar alojamiento más barato en un complejo turístico situado a un kilómetro y medio. Era viernes. Marlee esperó hasta las once de la noche y los llamó por teléfono.

Stella estaba cansada y no había querido salir. Había pedido que le subieran la cena y una copa a la habitación. Varias copas, para ser exactos. El sábado tendría tiempo suficiente para ir de compras. Por de pronto, lo que necesitaba era ingerir líquidos. Cuando sonó el teléfono, Stella ya estaba en la cama, prácticamente inconsciente. Cal atendió la llamada en calzoncillos.

—¿Diga?

—Señor Hulic —dijo la voz clara y profesional de una joven—, tengan cuidado.

—¿Cómo dice?

—Les están siguiendo.

Cal se frotó los ojos.

—¿Con quién hablo?

—Escúcheme con atención, por favor. Hay unos tipos vigilando a su mujer. Aquí, en Miami. Saben que cogieron el vuelo 4476 de Biloxi a Atlanta, y el vuelo 533 de la compañía Delta hasta Miami, y saben exactamente en qué habitación se encuentran ahora. Les vigilan de cerca.

Cal miró el teléfono y se dio un golpecito en la frente.

—Espere un momento...

—Y lo más seguro es que mañana les intervengan el teléfono —añadió la joven en tono servicial—. Tengan mucho cuidado, por favor.

—¿Quiénes son esos tipos? —preguntó Cal en voz alta.

Stella se incorporó ligeramente y consiguió reunir las fuerzas necesarias para deslizar los pies hasta el suelo. Luego miró a su marido con los ojos vidriosos.

—Son agentes contratados por las empresas tabacaleras —respondió la chica—. Y son peligrosos.

La joven colgó. Cal contempló el receptor durante unos segundos y se volvió hacia su mujer. La señora Hulic estaba intentando alcanzar un paquete de cigarrillos y tenía un aspecto lamentable.

—¿Qué pasa? —preguntó con la boca pastosa.

Cal le refirió palabra por palabra la conversación telefónica con Marlee.

—¡Dios santo! —exclamó Stella mientras se acercaba a la mesita que había al lado del televisor para servirse otro vaso de vino—. ¿Por qué me siguen a mí? —preguntó segundos antes de dejarse caer en una silla y derramar parte de aquel cabernet barato sobre el albornoz del hotel—. ¿Por qué a mí?

—No dijo que quisieran matarte —la tranquilizó Cal—. Sólo que te estaban siguiendo —añadió como si lo lamentara.

—¿Pero por qué? —repitió Stella con lágrimas en los ojos.

—¡Y yo qué coño sé! —gruñó Cal mientras cogía otra cerveza del mueble bar.

Marido y mujer bebieron en silencio durante unos minutos, evitando mirarse a los ojos. No sabían a qué atenerse.

Entonces volvió a sonar el teléfono. Stella soltó un grito. Cal se dirigió despacito hacia el aparato.

—¿Diga?

—Hola, soy yo otra vez —dijo la misma voz de antes en un tono más alegre—. Olvidé decirle algo. Será mejor que no se pongan en contacto con la policía, porque esos tipos no están haciendo nada ilegal. Hagan ver que no pasa nada, ¿de acuerdo?

—¿Quién es usted? —preguntó Cal.

—Adiós —dijo la chica antes de cortar la comunicación.

Uno de los tres reactores que poseía Listing Foods fue el encargado de recoger a Lonnie Shaver el sábado por la mañana temprano y llevarlo hasta Charlotte. Lonnie tuvo que hacer el viaje solo porque su mujer no había encontrado quien cuidara de los tres hijos del matrimonio en su ausencia. Los pilotos saludaron a su pasajero con simpatía y le ofrecieron fruta y café antes de despegar.

Ken fue a recoger a Lonnie al aeropuerto en una furgoneta de la empresa conducida por un chófer también de la empresa. Quince minutos después del aterrizaje, ambos estaban en los cuarteles generales de SuperHouse, en las afueras de Charlotte. Ben, el otro tipo de la primera entrevista en Biloxi, salió a recibirlos y los acompañó en un rápido recorrido por las instalaciones. El edificio era nuevo y de una sola planta, construido a base de ladrillo y cristal y difícil de distinguir de otras muchas construcciones cercanas. Los corredores eran amplios, con suelos embaldosados y relucientes. Las oficinas tenían un aspecto aséptico y contaban con los últimos avances tecnológicos. El dinero casi se podía oler.

Más tarde George Teaker, presidente de SuperHouse, los invitó a tomar café en su oficina, una sala con vistas a un pequeño vergel de plástico. Teaker era un tipo juvenil, lleno de energía y vestido de manera informal. Según explicó él mismo, los vaqueros eran su uniforme del sábado. Los domingos prefería el chándal. Teaker repitió a Lonnie lo que parecía ser la frase del día: SuperHouse estaba creciendo a marchas forzadas y querían que él formara parte de la empresa. Teaker terminó su café y se ausentó para acudir a una reunión.

En una pequeña sala de juntas de paredes blancas y lisas —sin ventanas—, Lonnie fue agasajado con un desayuno a base de café y donuts. Ben se despidió. Ken se sentó a su lado mientras las luces se apagaban y una imagen aparecía en la pantalla. Era el principio de un reportaje en vídeo sobre SuperHouse. En sólo media hora, la cinta pasaba revista a la breve historia de la empresa, su situación en el mercado y sus ambiciosos planes de expansión. Sin olvidar, claro está, a los empleados, la mejor «inversión» de SuperHouse.

Según el autor del reportaje, SuperHouse tenía previsto crecer tanto en volumen bruto de ventas como en número de tiendas a razón de un quince por ciento anual durante los seis años siguientes. Se esperaba que los beneficios fueran astronómicos.

Cuando las luces volvieron a encenderse, un joven de aspecto serio y nombre difícil de recordar entró por la puerta y se sentó frente a Lonnie. Era el especialista en prestaciones sociales y lo sabía todo sobre atención médica, planes de pensiones, vacaciones, días libres, bajas por enfermedad y opciones de compra de acciones. Uno de los cartapacios que había sobre la mesa contenía todos los detalles referentes a la cobertura social de los empleados de SuperHouse. Lonnie ya tendría tiempo de leerlo con calma más adelante.

Después de compartir un largo almuerzo con Ben y Ken en un restaurante de lujo de las afueras de Charlotte, Lonnie volvió a la misma sala de juntas de antes para entrevistarse con varias personas más. La primera reunión giró en torno al programa de formación que estaban ultimando para él. En la siguiente se le explicó, previo visionado de un vídeo de presentación, el organigrama de la empresa en relación con la sociedad matriz y en comparación con el de la competencia. Lonnie fue presa del aburrimiento. Para un hombre que llevaba una semana entera escuchando los regateos de abogados y peritos, ésa no era manera de pasar un sábado por la tarde. Por más que lo emocionaran la visita a Charlotte y la perspectiva de un nuevo trabajo, lo que Lonnie necesitaba de verdad era un poco de aire fresco.

Ken lo sabía, claro está, y en cuanto terminó la reunión sugirió ir a jugar una partida de golf, un deporte en el que Lonnie era completamente neófito. Ken también lo sabía, por supuesto, y ya tenía preparada su réplica: al menos tomarían un poco el sol. A bordo del automóvil de Ken, un BMW azul impoluto, se alejaron aún más de la ciudad y dejaron atrás granjas, fincas y autovías hasta llegar a un club de campo.

Para un negro de clase media baja de Gulfport, la sola idea de poner los pies en un club de campo ya imponía respeto. A Lonnie no le hizo mucha gracia la propuesta de Ken y se prometió a sí mismo dar media vuelta si no veía otras caras de color. Por otro lado, sin embargo, también se sentía halagado de que sus nuevos jefes lo tuvieran en tan alta consideración. Todos eran la mar de simpáticos y se desvivían por ayudarle a encajar en el mundo de la alta empresa. Cierto es que aún no habían mencionado el tema del sueldo, pero ¿cómo iba a ser menos de lo que ganaba en Biloxi?

Ken y Lonnie entraron en el salón del club, una habitación enorme con butacas de piel y ciervos disecados en las paredes. El humo de los habanos formaba una nube azul a escasa distancia del techo. Era un refugio sólo para hombres. En una gran mesa cercana a una de las ventanas, justo delante del decimoctavo green, vieron a George Teaker vestido de jugador de golf. El presidente estaba tomando una copa con dos caballeros de color, igualmente bien vestidos y con aspecto de pertenecer al mismo círculo. Los tres se pusieron de pie para saludar a Lonnie, que sintió un gran alivio al encontrarse nada menos que con dos almas gemelas. De hecho, el peso que se le había quitado de encima era tal que aceptó de buen grado el ofrecimiento de una bebida alcohólica. Con todo, se propuso no abusar. El tipo más corpulento era Morris Peel, un personaje vocinglero y campechano con una sonrisa permanente en los labios. Peel presentó al segundo desconocido, un tal Percy Kellum, de Atlanta. Los dos rondaban los cuarenta y cinco años. Mientras esperaban la primera ronda de bebidas, Peel explicó que era uno de los vicepresidentes de Listing Foods, la sociedad matriz de SuperHouse en Nueva York. Kellum, por su parte, ocupaba un cargo regional indefinido dentro del organigrama de Listing Foods.

Aunque todos los presentes parecían pasarla por alto, era evidente que existía cierta jerarquía. Peel, el representante de la sociedad matriz, estaba por encima de Teaker, que ostentaba el título de presidente pero sólo controlaba una división. Kellum ocupaba un puesto algo inferior, y Ken era el último en el escalafón. Lonnie estaba contento de compartir con ellos aquella velada. Con la segunda copa, una vez olvidadas las formalidades y las frases de cortesía, Peel contó la historia de su vida haciendo gala de un gran sentido del humor. Dieciséis años atrás, había sido el primer gerente negro admitido en los cuadros de Listing Foods. La empresa lo había contratado sólo por razones de imagen, y él tuvo que luchar tanto por el reconocimiento de sus méritos profesionales que seguramente se arrepintieron de haber dado aquel paso. Después de ser castigados con dos sentencias estimatorias a raíz de las demandas interpuestas por Peel, los mandamases de Listing Foods se dieron cuenta de que su empleado estaba empeñado en ser uno de ellos y de que no le faltaba el talento necesario para conseguirlo. Así pues, dieron su brazo a torcer. Peel admitió que a veces aún notaba cierto recelo en el trato personal, pero al menos se había granjeado el respeto general. Teaker, que iba ya por el tercer escocés de la noche, se inclinó hacia el centro de la mesa y dio a entender que Peel tenía posibilidades de llegar a lo más alto.

—Puede que estés hablando con el futuro presidente —le dijo a Lonnie en tono estrictamente confidencial—. Uno de los primeros negros en acceder a la lista de *Fortune*.

A instancias de Peel, Listing Foods había decidido apostar

fuerte por los ejecutivos de color. De ahí el interés por Lonnie. Hadley Brothers no era una mala empresa, pero se había quedado bastante anticuada y adolecía de ciertos vicios sureños. Los hombres de Listing no se habían sorprendido en absoluto al ver que la mayoría de los empleados negros se dedicaban a barrer el suelo.

Durante dos horas, mientras la noche se abatía sobre el decimoctavo green y el pianista del club entonaba una canción tras otra, los cinco hombres bebieron, charlaron e hicieron planes para el futuro. La cena fue servida en otra habitación, un comedor privado con una chimenea presidida por la cabeza de un alce. El plato fuerte era un gran bistec con guarnición de setas en salsa. Lonnie pasó la noche en una suite del tercer piso del mismo club, y se despertó ante una espléndida vista del campo de golf y con una ligera resaca.

El programa del domingo por la mañana sólo incluía dos reuniones de corta duración. La primera, que volvió a contar con la presencia de Ken, fue una sesión de planificación dirigida por George Teaker. El presidente acababa de correr siete kilómetros e iba en chándal.

—Es lo mejor contra la resaca —confesó.

Teaker quería mantener a Lonnie al frente del supermercado de Biloxi durante un período de noventa días, al término del cual se procedería a una evaluación de los resultados obtenidos. Si la valoración era favorable —y no había razón para esperar lo contrario—, Lonnie sería trasladado a un establecimiento mayor, probablemente en el área de Atlanta. Una tienda más grande significaba más responsabilidad y un sueldo mejor. Tras un año de rodaje, Lonnie tendría que pasar por un segundo examen y, seguramente, por un segundo traslado. Durante este período de quince meses, la empresa le pediría que pasara al menos un fin de semana al mes en Charlotte para participar en un programa de formación. El cartapacio que había sobre la mesa contenía una descripción exhaustiva de dicho curso.

Teaker puso fin a la reunión pidiendo otra ronda de café solo.

La última persona con la que Lonnie tuvo que entrevistarse fue un joven calvo y enjuto de raza negra, vestido con traje y corbata impecables. Se llamaba Taunton y ejercía la abogacía en Nueva York, en Wall Street para ser exactos. El joven explicó con gesto grave que su bufete se encargaba exclusivamente de los asuntos legales de Listing Foods. Su misión consistía en hacerle llegar el borrador de un contrato, un trámite rutinario pero de gran importancia. Taunton entregó a Lonnie un documento de tres o cuatro páginas. El nombre de Wall Street en el membrete hacía que pareciera mucho más pesado. Lonnie estaba mudo de emoción.

—Échele un vistazo —dijo Taunton mientras se daba golpecitos en la barbilla con una pluma de diseño—. Ya hablaremos la semana que viene. Es un contrato corriente. En el párrafo de la indemnización hay varios espacios en blanco. Ya los llenaremos más adelante.

Lonnie ojeó la primera página y colocó el contrato junto con los demás papeles, cartapacios y memorandos recibidos durante el fin de semana. El montón crecía por momentos. Entonces Taunton sacó un cuaderno y puso la misma cara que el letrado de la defensa antes de empezar el turno de réplica.

—Sólo un par de preguntas —amenazó.

Lonnie sintió una punzada de dolor. Los abogados de Biloxi también decían lo mismo. Sólo un par de preguntas más...

—Adelante —dijo Lonnie sin poder evitar una miradita al reloj.

—¿Tiene antecedentes penales?

—No, sólo unas cuantas multas por exceso de velocidad.

—¿Hay alguna demanda interpuesta contra usted en este momento?

—No.

—¿Contra su mujer?

—No.

—¿Ha presentado alguna vez expediente de quiebra?

—No.

—¿Le han detenido alguna vez?

—No.

—¿Y acusado?

—No.

Taunton pasó a la página siguiente.

—¿Ha tomado parte en algún litigio en calidad de empleado de Hadley Brothers?

—Sí, déjeme pensar... Hace cuatro años un anciano sufrió una caída en el supermercado. El suelo estaba mojado y nos demandó. Yo tuve que hacer una declaración.

—¿El caso llegó a los tribunales? —preguntó el abogado con gran interés. Taunton ya había leído el informe correspondiente, y su abultado maletín contenía una copia del sumario. Dicho de otro modo, conocía hasta el último detalle de la demanda.

—No. La compañía de seguros llegó a un acuerdo con el viejo. Creo que le pagaron unos veinte mil dólares.

Veinticinco mil para ser exactos. Taunton anotó la cifra correcta en su cuaderno. El guión de la escena anunciaba una intervención de Teaker.

—Pandilla de picapleitos... Son una lacra social.

Taunton miró a Lonnie y después a Teaker.

—A mí no me miren, yo no he puesto nunca los pies en una sala de vistas —se defendió el abogado.

—No lo decía por ti —lo apaciguó Teaker—. Tú estás en el lado de los buenos. Me refería a esa pandilla de buitres que echan a correr cada vez que oyen la sirena de una ambulancia.

—¿Sabe cuánto se gastó Listing Foods en seguros el año pasado? —preguntó Taunton a Lonnie. Era una pregunta retórica, y Lonnie se limitó a decir que no con la cabeza.

—Más de veinte millones de dólares.

—Es el precio que hay que pagar para mantener alejados a los carroñeros —sentenció Teaker.

Se produjo un silencio calculado para conseguir un efecto dramático. Taunton y Teaker se mordieron el labio y pusieron cara de impotencia, como si toda aquella fortuna desperdiciada en seguros estuviera pasando por delante de sus ojos en aquel preciso instante. Taunton echó un vistazo a su cuaderno y miró a Teaker.

—Supongo que aún no habrán hablado del juicio... —dijo.

Teaker fingió sorpresa.

—No me parece necesario. Lonnie está de nuestra parte. Es uno de nosotros.

Taunton no hizo caso de la intercesión del presidente.

—El juicio de Biloxi puede tener graves consecuencias en la economía, sobre todo para empresas como la nuestra. —Lonnie asintió ligeramente y trató de imaginar cómo podía afectar el caso Wood a otra empresa que no fuera Pynex.

—No creo que estén autorizados a hablar del tema —advirtió Teaker al abogado.

—No se preocupe —prosiguió Taunton—. Conozco las normas. Siempre y cuando Lonnie no tenga ningún inconveniente. Supongo que podemos confiar en su discreción...

—Por supuesto, no diré ni una palabra —dijo Lonnie.

—Si el demandante obtiene una sentencia estimatoria y hay un fallo millonario, se sentará un precedente nefasto. Los abogados especializados en daños y perjuicios se lanzarán a la yugular de las tabacaleras y no se darán por satisfechos hasta haberlas arruinado.

—La venta del tabaco da mucho dinero —añadió Teaker en una intervención oportunísima.

—Cuando el filón del tabaco se agote, lo más probable es que se dediquen a demandar a las granjas lecheras con el cuento del colesterol. —Taunton iba subiendo el tono de voz y acercándose cada vez más a Lonnie. Estaba claro que el asunto no lo dejaba indiferente—. Hay que poner coto a este tipo de juicios. Por suerte, hasta ahora la industria del tabaco no ha perdido nunca. Creo que llevan ganados cincuenta y cinco pleitos. A la hora de la verdad, el jurado siempre ha llegado a la conclusión de que uno tiene que cargar con las consecuencias de sus actos.

—Lonnie ya lo sabe —intervino Teaker en defensa de Shaver.

Taunton respiró hondo.

—Claro. Perdónenme si he hablado demasiado. Ya saben cuánto nos jugamos en ese juicio.

—Por mí no se preocupe —dijo Lonnie con total sinceridad. No le importaba haber hablado del tema. Al fin y al cabo, Taunton era abogado y sabía hasta dónde podía llegar. Tal vez el problema no estuviera en hablar del caso en general, sino en contar los pormenores del juicio. Lonnie estaba tranquilo. Estaba de su parte. Por él no habría ningún problema.

En menos de un segundo, Taunton desplegó una sonrisa de oreja a oreja, recogió sus notas y prometió a Lonnie que lo llamaría a mediados de semana. La reunión había terminado y Lonnie había recuperado la libertad. Ken lo llevó en coche hasta el aeropuerto, donde ya lo estaban esperando el mismo avión y los mismos pilotos del vuelo de ida.

El hombre del tiempo insinuó la posibilidad de que cayeran algunos chubascos por la tarde; justo lo que Stella necesitaba. Cal insistió en que no había ni una sola nube en el cielo, pero Stella ni siquiera se dignó mirar por la ventana. En vez de eso, bajó las persianas y se puso a ver la tele hasta el mediodía. A la hora de comer pidió un bocadillo caliente de queso y un par de combinados, y luego se echó una siesta con la puerta cerrada a cal y canto. Cal decidió aprovechar la ocasión para ir a una playa seminudista de la que había oído hablar, pero que nunca había podido visitar por culpa de su mujer. Mientras Stella permanecía encerrada en la habitación de un décimo piso, su marido se dedicó a dar largos paseos por la arena contemplando la oferta de carne joven. Con una cerveza en la mano y apoyado en la barra de un bar con techumbre de paja, Cal Hulic se felicitó por el resultado de la excursión a Miami. Para colmo de bienes, Stella tenía tanto miedo de salir a la calle que ni siquiera tendría que preocuparse por las tarjetas de crédito.

El matrimonio Hulic regresó a Biloxi el domingo por la mañana. Stella tenía resaca y acusaba la tensión de un fin de semana de intensa vigilancia. Pensar en el lunes y en el juzgado le daba escalofríos.

13

Aquel lunes por la mañana, los saludos de los miembros del jurado sonaron algo apagados. La ceremonia de reunirse alrededor de la cafetera y escoger entre el surtido de bollería no despertó su interés como en jornadas precedentes, y no tanto por la reiterada falta de sorpresas como por la desazón de no saber cuánto podía alargarse aquella situación. Divididos en pequeños grupos, los jurados se contaron las peripecias vividas durante el fin de semana. La mayoría había empleado sus horas de libertad en hacer recados, ir de compras, visitar a la familia o ir a la iglesia. Cosas poco extraordinarias que cobraban una importancia inusitada ante la perspectiva de pasar otra semana en el juzgado. Herman llegó con un poco de retraso, lo que permitió algún que otro cuchicheo sobre el juicio. Nada del otro mundo, en realidad, porque todos estaban de acuerdo en que el demandante estaba enterrando sus argumentos bajo un alud de diagramas y estadísticas. ¿A qué tanto insistir en que el tabaco provoca cáncer? Lo que ellos querían era oír algo que no supieran ya.

Nicholas consiguió quedarse a solas con Angel Weese a primera hora de la mañana. Hasta entonces habían intercambiado los saludos de rigor, pero no habían entablado nunca conversación. Loreen Duke y Angel eran las únicas mujeres negras del jurado y, en contra de lo que cabría esperar, no se las veía nunca juntas. Angel era una chica delgada y discreta que trabajaba para un distribuidor de cerveza. Estaba soltera, y su cara tenía siempre una expresión torturada que no invitaba a acercarse a ella.

Stella también llegó tarde. Estaba pálida como un muerto y tenía los ojos hinchados e inyectados en sangre. Después de servirse una taza de café con manos temblorosas, se fue derechita a la sala de fumadores, donde Jerry Fernandez y Caniche llevaban un rato charlando y flirteando como de costumbre.

Nicholas estaba impaciente por oír lo que contaría Stella del fin de semana.

—¿Salimos a echar una caladita? —propuso a Angel, la cuarta fumadora oficial del jurado.

—¿Desde cuándo fumas? —preguntó la chica esbozando una de sus escasas sonrisas.

—Desde la semana pasada. Lo dejaré cuando acabe el juicio.

Angel y Nicholas abandonaron la sala del jurado bajo la atenta mirada de Lou Dell y se unieron a los demás fumadores. Jerry y Caniche seguían hablando. Stella se mantenía al margen; estaba a punto de sufrir un ataque de nervios.

Nicholas gorroneó a Jerry uno de sus Camel y lo encendió con una cerilla.

—¿Qué tal Miami? —preguntó a Stella.

La mujer no esperaba que se dirigieran a ella y levantó la cabeza con brusquedad.

—Llovió —dijo.

Luego mordió el filtro del cigarrillo e inhaló con todas sus fuerzas. No tenía ganas de hablar. La conversación languideció a medida que los fumadores se concentraban en sus cigarrillos. Faltaban diez minutos para las nueve. Era el momento de absorber la última dosis de nicotina.

—Creo que alguien me anduvo siguiendo este fin de semana —anunció Nicholas tras un minuto de silencio.

Los demás continuaron fumando como si tal cosa, pero el joven había conseguido despertar su curiosidad.

—¿Qué has dicho? —preguntó Jerry.

—Que alguien me estuvo siguiendo —repitió Nicholas sin apartar la vista de Stella, que lo escuchaba con los ojos desorbitados por el miedo.

—¿Quién? —se interesó Caniche.

—No lo sé. Fue el sábado, cuando salí de casa para ir a trabajar. Había un tipo merodeando cerca del coche, y luego volví a verlo en el centro comercial. Lo mandarían los de la tabacalera, supongo.

Stella abrió la boca. Le temblaba la mandíbula inferior y le salía humo por los orificios de la nariz.

—¿Piensa contárselo al juez? —le preguntó conteniendo la respiración. Cal y ella habían tenido una fuerte discusión sobre el tema.

—No.

—¿Por qué no? —preguntó Caniche sin demostrar demasiada curiosidad.

—Porque no estoy seguro. Sé que me siguieron, eso sí, pero no sé quién. ¿Qué voy a contarle al juez?

—Dile que te siguieron y punto —sugirió Jerry.

—¿Por qué iban a seguirte? —preguntó Angel.

—Por la misma razón por la que nos siguen a todos.

—Eso son patrañas —replicó Caniche.

Stella no estaba de acuerdo con Sylvia, pero si Nicholas, el ex estudiante de derecho, tenía intención de ocultárselo al juez, ella no iba a ser menos.

—¿Por qué dices que nos están siguiendo? —insistió Angel con cierta aprensión.

—Pues porque se dedican a eso. Las tabacaleras se gastaron una fortuna durante el proceso de selección, y ahora se están gastando el doble en vigilarnos.

—¿Y qué esperan encontrar?

—La manera de acercarse a nosotros. Saber adónde vamos, con quién hablamos... Difunden rumores allí donde pueden llegar a nuestros oídos, ensucian el nombre del difunto, cuentan los pecadillos que cometió en vida... Tratan de encontrar nuestro punto débil. Por eso ningún jurado ha votado nunca contra ellos.

—¿Cómo sabes que son los de la tabacalera? —preguntó Caniche mientras encendía un último pitillo.

—No sé si son ellos. Sólo sé que tienen más dinero que la otra parte. En casos como éste, cuentan con recursos ilimitados.

—Pues ahora que lo dices —intervino Jerry Fernandez, siempre dispuesto a colaborar—, este fin de semana vi a un tipejo mirándome desde una esquina.

Jerry miró a Nicholas en busca de aprobación, pero el joven sólo tenía ojos para Stella. Entonces hizo un guiño a Caniche, pero ella tampoco se dio cuenta.

Lou Dell llamó a la puerta.

El lunes por la mañana no hubo saludos a la bandera ni himnos de ninguna clase. El juez Harkin y los abogados estuvieron un rato a la expectativa, dispuestos a demostrar su patriotismo al menor síntoma de interés por parte del jurado, pero la espera fue en vano. Los jurados tomaron asiento en la tribuna con aire de resignación. La sola idea de tener que soportar otra larga semana de testimonios los dejaba sin fuerzas. Su Señoría desplegó una deslumbrante sonrisa de bienvenida y recitó su monólogo *made in Harkin* sobre contactos ilícitos. Stella no se atrevió a levantar la vista del suelo ni a decir esta boca es mía. Cal la había acompañado hasta el juzgado para darle apoyo moral y la contemplaba desde la tercera fila.

Scotty Mangrum se puso en pie e informó al tribunal de que el demandante quería seguir interrogando al doctor Hilo Kilvan. El testigo salió de la sala de espera y fue conducido hasta el estrado, desde donde saludó al jurado con una inclinación de la cabeza. Nadie le devolvió el saludo.

Wendall Rohr y su equipo no habían dejado de trabajar en todo el fin de semana. Como si el juicio no presentara ya bastantes dificultades de por sí, el viernes había llegado aquel fax enviado por MM. Los técnicos habían localizado la llamada: procedía de un bar de camioneros cercano a Hattiesburg. Con ayuda de unos cuantos billetes, uno de los empleados había recordado a una joven morena de veintitantos años, treinta tal vez, que llevaba una gorra marrón como las que se usan para ir de pesca y unas gafas oscuras que le ocultaban el rostro. Era de estatura baja o tal vez media: metro sesenta y cinco o sesenta y seis. Tenía buena figura, de eso se acordaba bien. Y había sido el viernes por la mañana, antes de las nueve, la hora de más trabajo. La chica le había pagado cinco dólares por enviar un fax de una sola página a cierto número de Biloxi, a un bufete. Eso le pareció raro y se le quedó grabado, porque la mayoría de sus envíos tenían que ver con permisos, combustible y cargas especiales.

El empleado no recordaba haber visto el vehículo que conducía la chica, pero con el aparcamiento abarrotado no era de extrañar.

Los ocho abogados que encabezaban la representación del demandante —ciento cincuenta años de experiencia en los tribunales en total— estaban de acuerdo en que se enfrentaban a un reto sin precedentes. Nadie recordaba otro caso en que los abogados hubieran recibido soplos del exterior sobre las acciones de un jurado. Todos coincidían también en que la chica, MM, volvería a ponerse en contacto con Rohr. Y aunque al principio se negaron a aceptarlo, a lo largo del fin de semana habían acabado por llegar a la preocupante conclusión de que probablemente pediría dinero y ofrecería un trato. Dinero a cambio de un veredicto favorable.

Wendall y los suyos no habían podido reunir el valor necesario para establecer una estrategia de negociación llegado el caso. De momento tenían otras cosas en que pensar.

Fitch, en cambio, no pensaba en nada más. En aquel momento el Fondo disponía de seis millones y medio de dólares, dos de los cuales habían sido presupuestados para cubrir los restantes gastos del juicio. Era dinero en efectivo —o casi— y muy fácil de mover. Fitch había pasado el fin de semana vigilando a los jurados, reuniéndose con abogados y escuchando informes de asesores. También había hablado largo y tendido por teléfono con D. Martin Jankle, el presidente de Pynex. El numerito de Ben y Ken en Charlotte había obtenido el resultado apetecido, y George Teaker le había asegurado que podían contar con Lonnie Shaver. Fitch había visto la grabación secreta de la última reunión: a Taunton y Teaker sólo les había faltado convencer a Shaver de poner sus promesas por escrito.

Los acontecimientos de la semana no habían quitado el sueño a Rankin Fitch —cuatro horas en la cama el sábado y cinco el domingo no se salían de lo normal—, pero tampoco lo habían ayudado a conciliarlo. Había soñado con Marlee y con lo que la chica quería ofrecerle. El caso Wood podía acabar resultando el más fácil de la historia del Fondo.

El lunes por la mañana Fitch contempló la reanudación del juicio desde la sala de proyección, en compañía de un experto en jurados. La cámara oculta de McAdoo había dado tan buen resultado que habían decidido probar otra con una lente más potente y una transmisión más nítida. La nueva cámara estaba escondida en la misma cartera y colocada bajo la misma mesa que su predecesora, y ninguno de los mirones que abarrotaban la sala de vistas tenía la más remota idea de su existencia.

Fitch no se sorprendió de que no hubiera saludos a la bandera ni otros hechos extraordinarios. Marlee habría llamado de haber algo especial en el programa.

Fitch escuchó la continuación del testimonio del doctor Hilo Kilvan y casi sonrió al ver la cara de terror con la que lo recibían los jurados. El equipo de la defensa, asesores y abogados incluidos, era de la opinión unánime que los testigos del demandante no habían conseguido granjearse el favor del jurado. Las credenciales y los recursos audiovisuales de los peritos eran ciertamente impresionantes, pero nada que la defensa no hubiera visto ya antes.

La estrategia de Cable era simple y sutil. Sus doctores repetirían hasta la saciedad que no era cierto que el tabaco provocase cáncer. Peritos tan venerables como los de Rohr afirmarían que los fumadores disponían de toda la información necesaria para decidir con conocimiento de causa. Los abogados insistirían en que, suponiendo que los cigarrillos fueran tan peligrosos como decían algunos, la gente que se decidía a fumar ya sabía a lo que se exponía.

Fitch había pasado por todo aquello muchas veces. Podía repetir las declaraciones de memoria, estaba harto de oír los alegatos de los letrados, sabía lo que era sudar esperando el final de las deliberaciones del jurado y lo que se sentía luego, una vez pronunciado el veredicto. Pero nunca hasta entonces había tenido la oportunidad de comprar su tranquilidad.

Según el doctor Kilvan y cuatro tablas de estadísticas descomunales, los cigarrillos matan a cuatrocientos mil estadounidenses cada año. El tabaco es, con mucho, el producto más letal del mercado; excepción hecha, claro está, de las armas, que se supone que uno no debe usar indiscriminadamente. Los cigarrillos, en cambio, se fabrican precisamente para que uno los encienda y aspire el humo. Lo que distingue al tabaco de otras sustancias tóxicas es, pues, que su peligrosidad no radica en su mala utilización sino en todo lo contrario.

Aunque este argumento hizo mella en todos los presentes, el tentempié de la mañana y la escapada al servicio eran lo único que los jurados tenían en mente al dar las diez y media. El juez Harkin ordenó un oportuno receso de quince minutos. Nicholas lo aprovechó para hacer llegar una nota a Lou Dell. La celadora la confió a Willis, quien, aprovechando un momento de vigilia, la entregó a Su Señoría. Easter solicitaba una entrevista en privado al mediodía. Era urgente.

Nicholas puso la excusa de que tenía el estómago revuelto y no le apetecía comer nada. Cuando anunció que iba al lavabo y que volvería enseguida, nadie se inmutó. De todas maneras, casi todos pensaban levantarse de la mesa para no estar cerca de Stella Hulic.

Nicholas cogió un atajo y llegó a las dependencias del juez a través de varios corredores estrechos. Harkin lo esperaba sin otra compañía que un bocadillo frío. Se saludaron con cierta tirantez. Nicholas llevaba una pequeña bolsa de piel marrón.

—Tenemos que hablar —dijo mientras tomaba asiento.

—¿Saben los demás que está usted aquí? —preguntó Harkin.

—No, pero tengo que volver enseguida.

—Adelante.

Harkin se puso un grano de maíz en la boca y alejó el plato.

—Tres cosas. Stella Hulic, la número cuatro, de la primera fila, estuvo en Miami este fin de semana. Dice que la siguieron unos desconocidos contratados por la tabacalera.

Su Señoría dejó de masticar.

—¿Cómo se ha enterado?

—Lo he oído por casualidad esta mañana. Se lo estaba contando en voz baja a otro miembro del jurado. No me pregunte cómo sabía ella que la seguían. No he podido oír toda la conversación. Pero la pobre está hecha polvo. Si quiere que le diga la verdad, creo que esta mañana ha llegado al juzgado con un par de copas en el cuerpo. Vodka, juraría. Seguramente Bloody Mary.

—Siga.

—La segunda es que Frank Herrera, el número siete..., ¿recuerda que hablamos de él la última vez?..., bueno, pues ya ha tomado una decisión y me temo que está intentando influir en la opinión de los demás.

—Le escucho.

—Llegó al juicio con una idea fija. Creo que quería formar parte del jurado a toda costa. Está retirado y debe de morirse de aburrimiento, pero el caso es que está a favor de la defensa. La verdad es que me preocupa. No sé qué se puede hacer con jurados así.

—¿Ha comentado el desarrollo del juicio?

—Conmigo, una vez. Herman se toma muy en serio lo de su cargo de portavoz y no deja que nadie se vaya de la lengua.

—Así me gusta.

—Pero Herman no puede estar en todo, y... Bueno, quien más quien menos, a todos nos gusta cotillear. Herrera es una manzana podrida.

—Entendido. ¿Y la tercera cosa?

Nicholas abrió la bolsa y sacó de ella un videocasete.

—¿Funciona este trasto? —preguntó mientras señalaba con la cabeza un pequeño monitor de vídeo colocado sobre un carrito, en una esquina.

—Creo que sí. Al menos funcionaba la semana pasada.

—¿Puedo...?

—Por favor.

Nicholas pulsó la tecla de encendido e insertó la casete.

—¿Recuerda al tipo que vimos en la sala la semana pasada? ¿El que me había estado siguiendo?

—Sí. —Harkin se levantó y se acercó hasta quedar a medio metro de la pantalla—. Lo recuerdo.

—Pues aquí lo tiene.

La imagen era en blanco y negro y estaba un poco borrosa, pero no lo bastante para impedir que se distinguieran los rasgos de una cara. La puerta que aparecía en la pantalla —la del apartamento de Easter— se abría para dejar paso a un hombre que, tras echar un vistazo a su alrededor con expresión inquieta, miraba directamente —o eso parecía— a la cámara escondida en el respiradero de encima de la nevera. Nicholas pulsó la tecla de pausa para que el juez viera el primer plano del tipo.

—Es él —dijo.

—Sí que lo es —repitió el juez Harkin sin atreverse a respirar.

El resto de la cinta mostraba al mismo hombre —Doyle— entrando y saliendo de campo, tomando fotos, acercándose al ordenador y, finalmente, saliendo del apartamento. Todo ello en menos de diez minutos.

—¿Cuándo...? —empezó a preguntar el juez Harkin sin dejar de mirar la pantalla negra.

—El sábado por la tarde, mientras estaba en la tienda. Hice un turno de ocho horas. —No era estrictamente cierto, pero Harkin no podía saberlo. Nicholas había reprogramado el vídeo para que la fecha que aparecía en la esquina inferior derecha de la pantalla correspondiera a aquel sábado.

—¿Y por qué...?

—Hace cinco años, cuando vivía en Mobile, unos tipos entraron en mi apartamento para robar y me dieron una paliza. Estuve entre la vida y la muerte, y... Bueno, desde entonces tomo mis precauciones.

Eso lo explicaba todo: el sofisticado equipo de vigilancia instalado en un cuchitril, las cámaras y los ordenadores adquiridos con un salario mínimo... El pobre muchacho vivía en un estado de terror permanente. Y era comprensible.

—¿Quiere verlo otra vez?

—No, es él.

Nicholas sacó la cinta del aparato y se la dio al juez.

—Quédesela, tengo otra copia.

Fitch se estaba comiendo un bocadillo de rosbif cuando lo interrumpió un golpecito en la puerta. Konrad pronunció las palabras que Fitch tanto ansiaba oír:

—La chica al teléfono.

Fitch se limpió la boca y la perilla con el dorso de la mano y descolgó el auricular.

—¿Diga?

—Hola —dijo la voz—. Soy yo, Marlee.

—Hola.

—No sé cómo se llama, pero es el matón que envió al apartamento de Easter hace once días, el jueves diecinueve, a las cuatro cincuenta y dos para ser exactos. —Fitch notó que le faltaba el aire y tuvo que toser para recuperar el aliento. Regurgitó, blasfemó para sus adentros y se puso derecho—. Fue justo después de que le dijera que Nicholas llevaría una camisa gris y unos pantalones almidonados —siguió la chica—. ¿Se acuerda?

—Sí —dijo Fitch con la voz quebrada.

—Varios días después envió al mismo gorila a la sala de vistas. Para dar conmigo, supongo. Fue el miércoles pasado, el día veinticinco. No actuó usted de un modo muy inteligente, Fitch, porque Easter reconoció al tipo y se lo comunicó al juez. Harkin también le echó el ojo. ¿Me oye, Fitch?

—Sí —respondió él bruscamente. La oía perfectamente. Lo que le costaba trabajo era seguir respirando.

—Pues bien, resulta que el juez sabe que su hombre entró en el apartamento de Nicholas y ha firmado una orden de detención contra él. Será mejor que lo saque de la ciudad cuanto antes, si no quiere pasar un mal rato. Quién sabe, podrían arrestarlo a usted también.

Fitch trató de no hacer caso del centenar de preguntas que se le ocurrieron; sabía que no obtendría respuesta si las hacía. Si era verdad que Doyle había sido reconocido, si lo arrestaban y se iba de la lengua..., no se atrevía ni a imaginarlo. El allanamiento de morada era un delito grave en todos los rincones del globo. Tenía que moverse deprisa.

—¿Algo más? —preguntó.

—No. Eso es todo por ahora.

En teoría, Doyle estaba almorzando en un restaurante vietnamita de mala muerte que había a cuatro manzanas del tribunal, en una mesa al lado de la ventana si seguía las instrucciones al pie de la letra. En vez de eso, cuando sonó el busca que llevaba en el cinturón estaba jugando al black-jack a dos dólares la partida en el Lucy Luck. Era Fitch, desde la oficina. Tres minutos más tarde Doyle iba camino de Alabama por la autopista 90. De Alabama, y no de Louisiana, porque ésta estaba más lejos. Al cabo de dos horas ya se encontraba a bordo de un avión con rumbo a Chicago.

Fitch tardó una hora en averiguar que no había tal orden de detención contra Doyle Dunlap ni contra ninguna persona anónima que coincidiera con su descripción. No era un gran consuelo, porque el problema seguía siendo el mismo: Marlee sabía que habían registrado el apartamento de Easter.

Pero ¿cómo se había enterado? He ahí la cuestión. La gran y preocupante cuestión. Fitch se encerró con Pang y Konrad en su despacho. Se le oía gritar desde el otro lado de la puerta. La respuesta a su pregunta llegaría tres horas más tarde.

El lunes a las tres y media el juez Harkin interrumpió el testimonio del doctor Kilvan y le dio el resto del día libre. A continuación anunció, para sorpresa de los abogados de ambas partes, que un par de problemas importantes relacionados con el jurado reclamaban su atención. Harkin envió a los jurados de vuelta a la sala de espera y ordenó a todos los espectadores que abandonaran la sala de vistas. Jip y Rasco desalojaron la sala y cerraron la puerta.

Oliver McAdoo estiró el pie izquierdo bajo la mesa y empujó la cartera hasta enfocar el estrado. Al lado de la cartera había más bolsas y maletas, y dos cajas grandes de cartón llenas de declaraciones y otros desperdicios legales. McAdoo no sabía con certeza qué es lo que iba a ocurrir, pero supuso —con gran acierto— que a Fitch le gustaría verlo.

El juez Harkin carraspeó antes de dirigirse a aquella pléyade de abogados que no le quitaba los ojos de encima.

—Caballeros, ha llegado a mi conocimiento que algunos jurados, por no decir todos, sospechan que se les vigila y se les sigue. Además, tengo pruebas fehacientes de que en al menos un caso ha habido allanamiento de morada.

El juez dejó que los abogados se hicieran cargo de la situación, cosa que no les llevó mucho tiempo. Aun así, no salían de su asombro. Ambas partes estaban convencidas de su inocencia y, por lo tanto, de la culpabilidad de los ocupantes de la otra mesa.

—Tengo dos opciones: declarar el juicio nulo o bien aislar al jurado. Personalmente, y por más desagradable que pueda resultar, me inclino por la segunda posibilidad. ¿Señor Rohr?

Rohr se levantó a cámara lenta. Por primera vez en su vida no se le ocurría qué decir.

—Bueno, ni que decir tiene que un juicio nulo no nos haría ni pizca de gracia. Además, estoy seguro de que nosotros —dijo mirando a la defensa— no hemos hecho nada malo. ¿Allanamiento de morada? —repitió incrédulo.

—Así es. Les mostraré la prueba dentro de un momento. ¿Señor Cable?

Sir Durr se puso en pie y se abrochó los botones de la chaqueta.

—Todo esto es muy irregular, Su Señoría.

—Dígamelo usted a mí.

—Me temo que no estaré en condiciones de pronunciarme sobre la cuestión hasta que no sepa más al respecto —arguyó mientras devolvía la mirada de sospecha a los que a todas luces eran los verdaderos culpables, los abogados del demandante.

—Muy bien. Haga pasar a la jurado número cuatro, Stella Hulic —ordenó Su Señoría a Willis. Antes incluso de poner los pies en la sala, Stella ya estaba lívida y muerta de miedo.

—Por favor, suba al estrado, señora Hulic. Sólo será un momento. —El juez señaló el banco de los testigos y sonrió para tranquilizar a la jurado. Stella miró a su alrededor con los ojos desorbitados y se sentó.

—Gracias. Señora Hulic, quisiera hacerle unas cuantas preguntas.

La sala de vistas estaba en completo silencio. Los abogados sostenían los bolígrafos en alto sin hacer caso de sus sacrosantos cuadernos, a la espera de que les fuera revelado el gran secreto. Después de cuatro años de preparación, sabían de antemano todo lo que iban a decir los testigos, y la perspectiva de oír un testimonio no ensayado les resultaba simplemente fascinante. ¿Qué crimen abyecto habría cometido la otra parte?

Stella dedicó al juez una mirada lastimera. Sin duda alguien le había olido el aliento y la había delatado.

—¿Estuvo usted en Miami este fin de semana?

—Sí, señor —contestó insegura.

—¿Con su marido?

—Sí. —Cal había abandonado el juzgado antes de la hora de comer porque tenía otros asuntos que atender.

—¿Cuál fue el propósito del viaje?

—Ir de compras.

—¿Vio usted algo raro durante su estancia en la ciudad?

Stella respiró hondo y miró a los abogados que se apiñaban impacientes tras las dos mesas.

—Sí, señor —admitió volviéndose de nuevo hacia el juez.

—Explíquenos qué pasó exactamente, por favor.

Stella notó que se le llenaban los ojos de lágrimas. Estaba a punto de venirse abajo. El juez Harkin se dio cuenta y acudió en su ayuda:

—No se preocupe, señora Hulic. Usted no ha hecho nada malo. Sólo queremos que nos cuente qué pasó.

Stella se mordió el labio inferior y apretó los dientes.

—Llegamos al hotel el viernes por la noche. Al cabo de dos o tres horas sonó el teléfono. Era una mujer. Dijo que los de las tabacaleras nos estaban vigilando. Que nos habían seguido desde Biloxi y que sabían nuestro número de vuelo y todo lo demás. Que nos vigilarían todo el fin de semana y que hasta nos pincharían el teléfono.

Rohr y su equipo suspiraron aliviados. Un par de abogados lanzaron miradas hostiles a la mesa de la defensa. Cable y los suyos se habían quedado de una pieza.

—¿Notó que alguien la siguiera?

—La verdad es que no me atreví a salir de la habitación. Me puse tan nerviosa que... Mi marido, Cal, salió unas cuantas veces y vio a un tipo en la playa, un cubano, con una cámara en la mano. El domingo, mientras devolvíamos las llaves en recepción, lo vio otra vez.

Stella se dio cuenta de que aquélla podía ser su escapatoria. Si la veían lo bastante alterada, no la dejarían continuar. Le costó poco echarse a llorar.

—¿Algo más, señora Hulic?

—No —respondió entre sollozos—. Es horrible, no puedo más... —La congoja no la dejó seguir.

Su Señoría miró a los abogados.

—Voy a enviar a casa a la señora Hulic y a reemplazarla por el suplente número uno.

Stella ahogó un gemido. Con la pobre mujer en aquel estado era imposible defender su continuidad en el jurado. No resistiría dos semanas de aislamiento.

—Señora Hulic, puede usted volver a la sala del jurado, recoger sus cosas e irse a casa. Gracias por su colaboración. Siento que haya tenido que pasar por esto.

—Lo siento —musitó Stella antes de levantarse, bajar del estrado y abandonar definitivamente la sala de vistas.

La marcha de la señora Hulic era un duro golpe para la defensa. Había partido con buena puntuación del proceso de selección y, tras dos semanas de observación ininterrumpida, casi todos los expertos de ambas partes habían llegado al convencimiento de que no veía con buenos ojos la reclamación del demandante. Stella había empezado a fumar hacía veinticuatro años y no había intentado dejar el tabaco ni una sola vez.

Su sustituto era una incógnita temida por todos y muy especialmente por la defensa.

—Haga pasar al jurado número dos, Nicholas Easter —ordenó Harkin a Willis, que aguardaba de pie junto a la puerta abierta.

Mientras su compañero iba a buscar a Easter, Gloria Lane y una de sus ayudantes arrastraron un gran monitor de vídeo hasta el centro de la sala. Los abogados empezaron a mordisquear los bolígrafos, sobre todo los de la defensa.

Durwood Cable se puso a leer unos papeles que tenía sobre la mesa. Quería aparentar que tenía otras cosas en mente cuando la verdad es que sólo podía pensar en una cosa: ¿qué habría hecho Fitch? Él se había ocupado de todo antes de que comenzara el juicio: elegir a los abogados del equipo de la defensa y a los peritos, contratar a los expertos en selección de jurados y dirigir la investigación de todos los candidatos a miembros del jurado. También se encargaba personalmente de la delicada cuestión de tratar con el cliente, Pynex en este caso, y de seguir paso a paso el trabajo de los abogados de la otra parte. Una vez iniciado el juicio, sin embargo, los movimientos de Fitch eran un misterio. Cable prefería mantenerse al margen y hacer bien su papel de abogado defensor. Los chanchullos y los bajos fondos quedaban para Fitch.

Easter se sentó en el banco de los testigos y cruzó las piernas. Si estaba asustado o nervioso, sabía disimularlo muy bien. Cuando el juez le preguntó por el misterioso desconocido que lo había estado siguiendo, Easter dio fechas y lugares concretos. Luego explicó con todo detalle qué había ocurrido el miércoles anterior: al mirar casualmente hacia la tribuna del público, había descubierto al mismo hombre sentado entre los demás espectadores, en la tercera fila para ser exactos.

Easter describió las medidas de seguridad que había adoptado en su apartamento, cogió una casete de manos del juez Harkin y la introdujo en el aparato de vídeo. Los abogados se incorporaron en sus asientos. Al cabo de nueve minutos y medio, cuando la cinta llegó al final, Nicholas volvió al banco de los testigos y confirmó la identidad del intruso: era el mismo hombre que lo había estado siguiendo, el mismo que había aparecido en el juzgado el miércoles de la semana anterior.

Fitch se quedó con las ganas de ver la cinta porque el torpe de McAdoo o algún otro ganso había desviado la cámara de una patada. Sin embargo, sí oyó todo lo que dijo Easter. Si cerraba los ojos, hasta le parecía estar viendo lo que sucedía en la sala. De pronto se dio cuenta de que se le estaba formando una ligera jaqueca en la base del cráneo. Se tragó una aspirina con un sorbo de agua mineral. Habría dado cualquier cosa por poder preguntar a Easter por qué alguien tan preocupado por la seguridad como para instalar cámaras ocultas no se había tomado la molestia de instalar un sencillo sistema de alarma en la puerta. Desgraciadamente para Fitch, nadie más reparó en aquel pequeño detalle.

—Yo mismo puedo dar fe de que ese hombre estuvo en esta misma sala el miércoles —afirmó Su Señoría.

Pero para entonces Doyle ya estaba lejos de la ciudad. Mientras los abogados lo veían entrar en el apartamento de Easter y fisgarlo todo con la seguridad de que nadie descubriría nunca su visita, el esbirro de Fitch respiraba tranquilo en su escondite de Chicago.

—Puede usted regresar a la sala del jurado, señor Easter.

La hora siguiente transcurrió entre débiles e improvisados alegatos a favor y en contra del aislamiento. El ambiente se fue caldeando y ambos equipos empezaron a acusarse mutua y vagamente de haber empleado malas artes. Huelga decir que a quien más perjudicó el fuego cruzado fue a la defensa. Dada la improcedencia de formular acusaciones sin base legal, sin embargo, todo quedó en agua de borrajas.

Nicholas informó largamente a sus compañeros del contenido de la cinta y de lo sucedido en la sala de vistas. Con las prisas, el juez Harkin había olvidado prohibirle que hablara del asunto, una omisión de la que Nicholas se había percatado enseguida y que representaba una oportunidad perfecta para contar las cosas a su manera. El joven Easter también se tomó la libertad de relatar la rápida marcha de la jurado número cuatro. Stella —les dijo— se había ido hecha un mar de lágrimas.

Fitch debió de superar al menos dos amagos de infarto durante el rato que estuvo andando a grandes zancadas por su despacho, pasándose la mano por la nuca y las sienes, tirándose de la perilla y exigiendo respuestas imposibles a Konrad, Swanson y Pang. Aunque la nómina de sus colaboradores, por supuesto, era mucho más larga. Por de pronto, estaban la joven Holly, Joe Boy, un detective local con los pies muy ligeros, Dante, un ex policía negro importado de Washington, y Dubaz, otro hombre de la Costa del Golfo con un historial kilométrico. También contaba con las cuatro personas asignadas a la oficina de Konrad, con otra docena más que podían hacer acto de presencia en Biloxi en cuestión de horas y con un sinfín de abogados y asesores. En pocas palabras, Fitch tenía mucha gente a sus órdenes, gente que cobraba elevadas sumas por prestarle sus servicios. ¿A santo de qué, pues, iba a enviar un solo agente a

Miami a pasarse el fin de semana viendo cómo Stella y Cal Hulic iban de tiendas?

—¡Qué cubano ni qué niño muerto! —protestó Fitch segundos antes de lanzar un listín telefónico contra la pared.

—¿Y si fuera la chica? —preguntó Pang mientras se incorporaba después de haber esquivado el disparo.

—¿Qué chica?

—Marlee. ¿No dijo Hulic que la llamada la había hecho una mujer? —La flema de Pang contrastaba con el genio explosivo de su jefe. Fitch se detuvo a media zancada y se sentó. Luego se tomó otra aspirina y bebió más agua mineral.

—Creo que tienes razón —admitió al fin.

Fitch creía bien. El cubano trabajaba en una «agencia de seguridad» de tres al cuarto que Marlee había encontrado en las páginas amarillas. A cambio de doscientos dólares, el tipo tenía que ofrecer un aspecto sospechoso —lo que no debió de costarle mucho— y dejarse sorprender con una cámara en la mano mientras los Hulic abandonaban el hotel.

Los once jurados restantes y los tres suplentes fueron conducidos de nuevo a la sala de vistas. La silla que Stella había dejado vacía en la primera fila fue ocupada por Phillip Savelle, un excéntrico de cuarenta y ocho años a quien nadie sabía por dónde coger. Savelle se describía a sí mismo como arboricultor en régimen autónomo, pero no se tenía noticia de que nadie hubiera desempeñado dicha actividad en la Costa del Golfo durante los últimos cinco años. También ejercía como soplador de vidrio vanguardista especializado en piezas amorfas y de fuerte colorido; sus creaciones recibían oscuros nombres acuáticos y eran expuestas, muy de tarde en tarde, en galerías marginales de Greenwich Village. Savelle se jactaba, asimismo, de ser un experto marino y de haber construido un velero que lo llevó hasta Honduras para hundirse luego en las tranquilas aguas del mar Caribe. Y eso no era todo: sus veleidades arqueológicas le habían costado once meses de reclusión en una prisión hondureña, acusado de llevar a cabo excavaciones ilegales.

Phillip estaba soltero, se declaraba agnóstico, poseía un título universitario expedido en Grinnell, no fumaba y tenía a todos los abogados de la sala con el alma en vilo.

El juez Harkin pidió disculpas por lo que estaba a punto de hacer, pero afirmó no tener otra salida. El aislamiento de un jurado era una medida extrema y poco frecuente, forzada por circunstancias extraordinarias y casi siempre reservada para juicios por asesinato de gran notoriedad. Su Señoría era consciente de los inconvenientes, pero —repitió— no tenía otra salida. Se habían producido contactos ilícitos con los jurados y, a pesar de sus repetidas advertencias, no había motivos para esperar un cambio a mejor. Sentía tener que adoptar aquella medida y lamentaba mucho las molestias que se derivarían de su decisión, pero su deber en aquel momento era garantizar un juicio justo.

Harkin explicó que meses atrás ya se había elaborado un plan de acción en previsión de aquella contingencia. El condado había reservado alojamiento para los jurados en un motel cercano al juzgado, y a partir del día siguiente se reforzarían las medidas de seguridad. Él mismo había redactado una lista de normas que repasaría con la ayuda del jurado. El juicio acababa de entrar en la segunda semana de declaraciones, y Su Señoría se comprometía a contribuir y a hacer contribuir en lo posible a un pronto desenlace del mismo.

Todos los jurados recibieron órdenes de regresar a casa, hacer las maletas, dejar sus asuntos en orden y presentarse en el juzgado a la mañana siguiente dispuestos a pasar dos semanas en total aislamiento.

No hubo ninguna reacción inmediata por parte de ninguno de sus miembros. De hecho, la mayoría ni siquiera daba crédito a sus oídos. Nicholas Easter fue el único que acogió la noticia con alegría.

14

Dado el apego de Jerry a la cerveza, las apuestas, el fútbol y la disipación en general, Nicholas propuso a su amigo pasar la noche del lunes disfrutando de sus últimas horas de libertad en un casino. Ni que decir tiene que a Jerry le pareció una idea estupenda. Mientras se disponían a salir del juzgado, ambos consideraron la posibilidad de invitar a algunos de sus colegas. La idea parecía buena en teoría, pero resultó poco viable a la hora de llevarla a la práctica. Herman, por de pronto, quedaba fuera de la lista. Lonnie Shaver había salido de la sala como alma que lleva el diablo y sin dirigir la palabra a nadie. Savelle era un recién llegado, un desconocido, y parecía la clase de persona que uno no quisiera tener por amigo. Eso reducía la lista a un solo nombre: Herrera. Pero la verdad es que no estaban de humor para aguantar a Napo, y bastante tendrían con vivir con él durante dos semanas.

Jerry invitó a Sylvia Taylor-Tatum. Caniche y él se estaban haciendo amigos, por decirlo de algún modo. Tenían en común que ella se había casado y divorciado dos veces, y él estaba a punto de divorciarse de su primera mujer. Como Jerry ya había estado en todos los casinos de la Costa, sugirió que probaran uno nuevo, The Diplomat. El local tenía un bar con una gran pantalla de televisión para los aficionados al deporte, bebidas baratas, el punto justo de intimidad y un ejército de camareras con las piernas muy largas y las faldas muy cortas.

Nicholas entró en el casino a las ocho y se encontró con que Caniche ya había llegado y les estaba guardando una mesa. El bar estaba abarrotado. Sylvia bebía cerveza de barril y sonreía a sus semejantes, algo que Nicholas nunca le había visto hacer en el juzgado. Se había recogido el pelo en la nuca, e iba vestida con unos tejanos viejos y ajustados, un suéter amplio y unas camperas de color rojo. Sin llegar a parecer bonita, resultaba mucho más atractiva en un bar que en la tribuna del jurado.

Sylvia tenía los ojos oscuros y la mirada triste y elocuente de una mujer castigada por la vida, y Nicholas estaba decidido a escarbar en su pasado tanto y tan deprisa como pudiera antes de que llegase Fernandez. El joven pidió otra ronda y fue directamente al grano.

—¿Estás casada? —le preguntó, a sabiendas de que no lo estaba.

Sylvia se casó por primera vez a los diecinueve años, y su matrimonio dio como resultado unos gemelos que ya habían cumplido los veinte. Uno de ellos trabajaba en aguas del Golfo, en una plataforma petrolífera, y el otro estudiaba en la universidad. No se parecían en nada. Su primer marido la abandonó al cabo de cinco años de casados, de modo que tuvo que criar a los chicos ella sola.

—¿Y tú? —preguntó Caniche.

—No. En teoría aún soy estudiante, pero estoy trabajando.

El segundo marido de Sylvia era un hombre mayor, y gracias a Dios el matrimonio no produjo frutos. Estuvieron casados siete años, hasta que él la cambió por un modelo más reciente. Sylvia juró que nunca volvería a casarse.

En aquel momento empezaron a jugar los Bears y los Packers, y Sylvia se concentró en el partido. Le gustaba mucho el fútbol porque sus chicos habían jugado en la liga cuando iban al instituto.

Jerry llegó acalorado y lanzando miradas sospechosas a su espalda. Se disculpó por llegar tarde y dio cuenta de la primera cerveza en cuestión de segundos. Entonces explicó que creía que lo estaban siguiendo. Caniche se rió. A algunos miembros del jurado les iban a salir ojos en el cogote de tanto buscar a esos sabuesos que les pisaban los talones.

—Esto no tiene nada que ver con el juicio —se defendió Jerry—. Creo que es cosa de mi mujer.

—¿De tu mujer? —se extrañó Nicholas.

—Sí, creo que ha contratado a un detective privado para que me siga.

—En ese caso, el juez Harkin te ha hecho un favor —bromeó Nicholas.

—Ya lo creo que sí —asintió Jerry mientras guiñaba un ojo a Caniche.

Jerry había apostado quinientos dólares a que los Packers llegarían al final del primer tiempo con una ventaja de seis puntos o más. Durante el descanso volvería a apostar. Según explicó Jerry a sus dos amigos neófitos, cualquier partido de la liga profesional o universitaria ofrecía posibilidades infinitas a la hora de apostar, y las apuestas pocas veces tenían que ver con quién ganara el partido. Se podía intentar adivinar quién dejaría escapar el primer balón, quién marcaría el primer gol de campo, quién interceptaría más jugadas... Por la inquietud con la que seguía el partido, se notaba que Jerry se había jugado un dinero que no se podía permitir el lujo de perder. Al final del primer tiempo se había bebido cuatro cervezas y había dejado muy atrás a Nicholas y a Sylvia.

Tantas veces como se lo permitió la incesante cháchara de Jerry sobre el fútbol y el arte de apostar con acierto, Nicholas sacó a relucir el tema del juicio. Sin éxito. El aislamiento era una cuestión peliaguda, y tampoco daba mucho de sí dada la falta de experiencia. Por otro lado, la sesión de aquel día había sido muy dura, y dedicarse a hacer un refrito de las opiniones del doctor Kilvan durante las horas libres no parecía buena idea. En general, ni Jerry ni Sylvia demostraron gran interés en hablar del tema, y Sylvia llegó a enfadarse por una simple pregunta sobre el concepto global de responsabilidad extracontractual.

La señora Grimes había sido obligada a abandonar la sala de vistas, de modo que se hallaba en el patio cuando el juez Harkin anunció las condiciones del aislamiento. Mientras Herman y ella volvían a casa en el coche, él le explicó que iba a pasar dos semanas en la habitación de un motel, en territorio desconocido y sin su ayuda. Al poco rato, la señora Grimes ya había localizado al juez Harkin por teléfono y empezado a exponerle sus quejas. Su marido era ciego —le recordó más de una vez—, y necesitaba cuidados especiales. Herman, mientras tanto, se bebía su ración diaria de cerveza en el sofá, enfurruñado y molesto por la intrusión de su mujer.

El juez Harkin llegó enseguida a un acuerdo. La señora Grimes podría hospedarse con su marido en el motel; podría atenderlo, desayunar y cenar con él, pero sin mantener ningún contacto con los demás jurados. No podría, en cambio, seguir el desarrollo del juicio, porque así no habría peligro de que hablara del caso con Herman. Esta prohibición no le hizo ninguna gracia a la señora Grimes, uno de los pocos espectadores que no había perdido detalle de todo lo dicho en la sala de vistas hasta entonces. Además, y aunque se guardó muy mucho de comentarlo con Su Señoría o con Herman, la señora Grimes ya se había formado una opinión sobre el caso. El juez no dio su brazo a torcer en este punto. Herman se puso furioso, pero la señora Grimes se había salido con la suya y se fue al dormitorio para preparar el equipaje.

El lunes por la noche Lonnie Shaver se encerró en su despacho e hizo el trabajo de una semana. Después de mucho intentarlo, consiguió localizar a George Teaker en su casa de Charlotte y le explicó que el jurado iba a ser aislado hasta el final del juicio. Lonnie tenía una entrevista pendiente con Taunton aquella misma semana, y le preocupaba pensar que estaría ilocalizable. El juez había prohibido a los jurados hacer o recibir llamadas directas mientras permanecieran en el motel, de modo que le sería imposible ponerse en contacto con ellos hasta después del juicio. Teaker se mostró comprensivo, y no dejó de expresar los temores que albergaba sobre el desenlace del juicio a lo largo de toda la conversación.

—En Nueva York creen que una sentencia estimatoria haría que se tambaleara el comercio minorista, sobre todo en nuestro sector. Sabe Dios cuánto subirían los seguros.

—Haré todo lo que pueda —prometió Lonnie.

—Me niego a creer que el jurado esté a favor de un fallo millonario. No puede ser, ¿verdad que no?

—Es difícil de decir en estos momentos. Sólo hemos escuchado a la mitad de los testigos del demandante. Aún es demasiado pronto.

—Necesitamos tu ayuda, Lonnie. Sé que te pongo en un compromiso, pero ya que estás ahí... Lo entiendes, ¿verdad?

—Claro. Haré todo lo que pueda.

—Contamos contigo, chico. No nos falles.

La confrontación con Fitch fue breve y del todo improductiva. El lunes por la noche Durwood Cable esperó casi hasta las nueve antes de invitar a Fitch a entrar en su despacho. Los empleados del bufete trabajaban a marchas forzadas, y la sala de conferencias estaba siendo habilitada como comedor. Fitch accedió a la petición del letrado pese a que tenía prisa por volver al baratillo.

—Me gustaría hablar con usted —dijo fríamente Durr, de pie tras su escritorio.

—¿Qué pasa? —rugió Fitch, también de pie y con los brazos en jarras. Sabía exactamente lo que Cable iba a decir.

—Esta tarde nos hemos puesto en evidencia.

—Nadie se ha puesto en evidencia. Si no recuerdo mal, el jurado no estaba presente, así que, fuera lo que fuera lo que pasó, no tiene ninguna importancia de cara al veredicto.

—Le han pillado, Fitch. Nos hemos puesto en evidencia.

—No me han pillado.

—¿Ah, no? ¿Cómo definiría usted lo que ha pasado?

—Como una mentira. Nosotros no mandamos a nadie a vigilar a Stella Hulic. ¿Por qué íbamos a hacerlo?

—¿Quién la llamó?

—No lo sé, pero desde luego no era uno de los nuestros. ¿Alguna otra pregunta?

—Sí. ¿Quién era el tipo del apartamento?

—No era uno de mis hombres. No hará falta que le diga que no he visto el vídeo ni, por lo tanto, la cara del tipo, pero tenemos razones para creer que se trata de un matón contratado por Rohr y los suyos.

—¿Puede probarlo?

—No tengo por qué probar nada de nada. Y no tengo por qué responder más preguntas. Usted haga su trabajo en el juzgado y deje que yo me ocupe de los temas de seguridad.

—No vuelva a ponerme en evidencia, Fitch.

—No me ponga usted en evidencia perdiendo.

—No estoy acostumbrado a perder.

Fitch dio media vuelta y se dirigió hacia la puerta.

—Lo sé, Cable. Y hasta ahora lo ha hecho muy bien. Sólo necesita un empujón.

Nicholas fue el primero en llegar. Iba cargado con dos bolsas de deporte repletas de ropa y otros efectos personales. Lou Dell, Willis y otro celador esperaban junto a la puerta de la sala del jurado para recoger los equipajes y guardarlos, de momento, en una sala de espera vacía. Eran las ocho y veinte del martes.

—¿Cómo llevarán las bolsas desde aquí hasta el motel? —preguntó Nicholas con desconfianza, sin soltar su equipaje.

—Ya encontraremos el momento de llevarlas —respondió Willis—. Primero tenemos que inspeccionarlas.

—Que se lo han creído.

—¿Perdón?

—Nadie va a tocar mi equipaje —sentenció Nicholas mientras entraba en la sala del jurado, aún vacía.

—Son órdenes del juez —dijo Lou Dell a su espalda.

—Me importan un bledo las órdenes del juez. Ya le he dicho que nadie va a tocar mi equipaje.

Nicholas dejó las bolsas en un rincón y se dirigió hacia la cafetera.

—Salgan de aquí —ordenó a Lou Dell y a Willis, que se habían quedado en la puerta—. Ésta es la sala del jurado.

Los celadores dieron marcha atrás y Lou Dell cerró la puerta. Al cabo de un minuto volvieron a oírse voces en el corredor. Nicholas abrió la puerta y vio a Millie Dupree con la frente sudorosa. Llevaba dos maletas Samsonite enormes y estaba discutiendo con Lou Dell y Willis.

—Si creen que van a registrar nuestro equipaje, están muy equivocados —dijo Nicholas—. Pongamos esto aquí.

Nicholas escogió la maleta más cercana, la levantó como pudo y la llevó hasta el mismo rincón donde había dejado sus bolsas.

—Son órdenes del juez —se oyó murmurar a Lou Dell.

—No somos terroristas —le espetó Nicholas mientras tiraba de la otra maleta—. ¿Qué esperan encontrar? ¿Armas, drogas o algo así?

Millie cogió un donut y agradeció a Nicholas que hubiera protegido su intimidad. Había cosas en aquellas maletas que... En fin, no le gustaba la idea de que hombres como Willis andaran tocando sus cosas.

—¡Fuera! —gritó Nicholas señalando con el dedo a Lou Dell y a Willis. Los celadores volvieron a batirse en retirada hacia el pasillo.

A las nueve menos cuarto los doce jurados habían llegado ya y la sala estaba abarrotada de equipajes gracias a la labor de rescate de Nicholas, cuyo enfado había ido en aumento a medida que las maletas pasaban por sus manos, y que había estado despotricando hasta convertir al resto del jurado en un puñado de amotinados dispuestos a todo. A las nueve en punto, cuando llamó a la puerta e hizo girar el pomo para entrar, Lou Dell se encontró con que la puerta estaba cerrada por dentro.

La celadora volvió a llamar. Nicholas fue el único jurado que reaccionó ante la insistencia de la mujer.

—¿Quién va? —dijo acercándose a la puerta.

—Lou Dell. Es hora de salir. El juez ya está listo para empezar.

—Dígale al juez que se vaya al cuerno.

Lou Dell se volvió hacia su compañero. A Willis se le salían los ojos de las órbitas y ya se había llevado la mano al revólver. La dura réplica de Nicholas sorprendió incluso a algunos de los jurados más enojados, pero no se abrió ninguna brecha.

—¿Cómo dice? —preguntó Lou Dell.

La cerradura crujió y el pomo cedió. Nicholas salió al pasillo y cerró la puerta tras él.

—Dígale al juez que no pensamos salir —afirmó desafiando a la pequeña Lou Dell y su flequillo grasiento.

—No pueden hacer eso —dijo Willis con su registro más agresivo, que no dejaba de ser pusilánime.

—Cierre la boca, Willis.

Las noticias sobre los conflictos con el jurado hicieron que la sala de vistas se volviera a llenar el martes por la mañana. Habían circulado habladurías de que uno de los miembros había sido expulsado, de que otro había sido víctima de un registro ilegal y de que el juez estaba tan enfadado que los había mandado encerrar a todos. Los rumores se extendían como la pólvora. Uno de los más difundidos era que un gorila contratado por Pynex había sido sorprendido *in fraganti* en el domicilio de un jurado, y que se había dictado una orden de busca y captura en su contra. La policía y el FBI lo andaban buscando por todas partes.

Los periódicos de la mañana de Biloxi, Nueva Orleans, Mobile y Jackson publicaron largos artículos sobre el caso en primera página.

Los asiduos fueron regresando paulatinamente. La plana mayor de la abogacía local dijo tener que atender asuntos urgentes en el juzgado y se dedicó a merodear por la sala de vistas. Media docena de reporteros enviados por distintos periódicos ocuparon la primera fila del sector correspondiente a la mesa del demandante. Los cachorros de Wall Street, un grupo que había ido menguando a medida que sus miembros descubrían los casinos, la pesca submarina y las largas noches de Nueva Orleans, hicieron acto masivo de presencia.

El espectáculo, pues, contó con muchos testigos. Lou Dell asomó hecha un manojo de nervios por la misma puerta que utilizaban los miembros del jurado, atravesó de puntillas la sala de vistas, llegó hasta el estrado e hizo señas al juez Harkin para que se agachase. Ambos estuvieron conferenciando durante unos minutos. Al principio Su Señoría ladeó la cabeza como si no entendiera qué estaba pasando. Luego volvió la vista hacia la puerta del jurado; seguía sin comprender. Willis esperaba instrucciones con los hombros encogidos, en un gesto de perpetua impotencia.

Lou Dell acabó de transmitir el mensaje de Nicholas y regresó rápidamente al lado de Willis. El juez Harkin contempló la expresión interrogante de los abogados y echó un vistazo a la tribuna de los espectadores. Mientras garabateaba en un papel algo que ni siquiera él mismo habría sido capaz de leer, pensó qué camino debía tomar.

¡El jurado se había declarado en huelga! ¿Qué decían sobre eso los manuales de derecho?

Harkin se acercó el micrófono a la boca para hacer un anuncio:

—Caballeros, ha surgido un pequeño problema entre los miembros del jurado. Me gustaría que el señor Rohr y el señor Cable me acompañaran a hablar con ellos. El resto de ustedes puede permanecer en la sala.

La puerta volvía a estar cerrada. Harkin llamó cortésmente tres veces e intentó hacer girar el pomo. No cedía.

—¿Quién es? —preguntó una voz masculina desde el interior de la habitación.

—El juez Harkin —respondió Su Señoría con voz potente.

Nicholas estaba junto a la puerta. Antes de abrir se volvió y sonrió a sus colegas. Millie Dupree y Gladys Card se habían refugiado en un rincón, cerca de los equipajes amontonados; temían que el juez las enviara a la cárcel o algo peor. Los demás jurados, sin embargo, no cejaban en su indignación.

Nicholas quitó el seguro y abrió la puerta. Al ver al juez Harkin sonrió como si no hubiera pasado nada, como si las huelgas fueran moneda corriente en todos los juicios.

—Adelante —dijo.

Harkin, vestido con un traje gris y despojado de la toga, entró en la habitación seguido de Rohr y Cable.

—¿Qué sucede? —preguntó mientras echaba una ojeada a su alrededor. Había muchos jurados sentados a la mesa con una taza de café entre las manos, y también platos vacíos y periódicos esparcidos por todas partes. Phillip Savelle estaba solo, al lado de la ventana. Lonnie Shaver trabajaba en un rincón con el ordenador en el regazo. Easter era sin duda el portavoz del jurado, y probablemente el instigador del motín.

—No nos parece justo que nos registren el equipaje.

—¿Por qué no?

—¿Y a usted qué le parece? Pues porque son nuestros efectos personales. Porque no somos terroristas, ni contrabandistas, ni traficantes de drogas, y porque usted no es ningún agente de aduanas.

Easter hablaba con autoridad. El hecho de que se enfrentara con semejante desparpajo a un magistrado distinguido hacía sentirse orgullosos a la mayoría de sus compañeros. Nicholas estaba de su parte y era su líder, al margen de lo que Herman creyera o dejara de creer. Nicholas les había dicho más de una vez que ellos, no el juez, ni los abogados, ni los litigantes, sino ellos, el jurado, eran la pieza más importante del juicio.

—Es una precaución de rutina en todos los casos de aislamiento —explicó Su Señoría mientras daba otro paso hacia Easter, que le sacaba diez centímetros y no estaba dispuesto a dejarse amedrentar.

—No creo que el registro sea obligatorio. Es más, apostaría algo a que la decisión se deja a la discreción del juez. ¿Me equivoco?

—Hay buenas razones para...

—No lo bastante buenas, Su Señoría. No saldremos de aquí si no nos da garantías de que nadie tocará nuestras maletas —gruñó Nicholas en tono desafiante.

El juez y los abogados se dieron cuenta de que la amenaza iba totalmente en serio. Easter hablaba en nombre de todo el grupo, y nadie se atrevía a llevarle la contraria.

Harkin cometió entonces el error de mirar al letrado que tenía a su espalda. Wendall Rohr estaba impaciente por participar en el debate.

—Vamos, juez —intercedió—, ¿qué más le da? Estoy seguro de que no llevan explosivos plásticos.

—Silencio —ordenó Harkin.

Demasiado tarde. Rohr ya había conseguido anotar un punto en el marcador del jurado. Cable también se había dado cuenta, por supuesto, y quería expresar su total y absoluta confianza en la lealtad de los jurados. Por desgracia para él, sin embargo, Harkin no le dio la oportunidad de intervenir.

—De acuerdo —resolvió Su Señoría—. No habrá registros. Pero si llega a mis oídos que alguno de ustedes está en poder de cualquiera de los objetos enumerados en la lista que les entregué ayer, les juzgaré por desacato al tribunal. Un delito castigado con pena de prisión. ¿Estamos?

Easter miró a su alrededor y evaluó la reacción de cada uno de sus colegas. La mayoría parecían aliviados, y varios asentían ya con la cabeza.

—Estamos —aceptó Nicholas.

—Estupendo. ¿Podemos seguir con el juicio?

—Verá, es que... hay otro problema.

—¿De qué se trata?

Nicholas cogió una hoja de papel que había sobre la mesa y leyó algo en voz baja.

—Según estas normas —dijo—, sólo se nos permite una visita conyugal por semana. Creemos que deberíamos tener más.

—¿Cuántas más?

—Tantas como sea posible.

La petición cogió a muchos jurados por sorpresa. El asunto había sido objeto de algunos cuchicheos entre los hombres —Easter, Fernandez y Lonnie Shaver en particular—, pero las mujeres ni siquiera lo habían mencionado. Gladys Card y Millie Dupree se ruborizaron con sólo pensar que el juez podía creer que exigían más relaciones sexuales. El señor Card había tenido problemas de próstata años atrás, y Gladys estaba decidida a limpiar su buen nombre a la menor oportunidad. La intervención de Herman se lo impidió.

—A mí me vale con el doble —dijo el portavoz.

La imagen del viejo Herman buscando a la señora Grimes bajo las sábanas recorrió la sala y provocó carcajadas entre todos los presentes. La risa contribuyó a la distensión.

—No creo que haga falta hacer una encuesta al respecto —bromeó el juez—. ¿Digamos dos visitas? Sólo estamos hablando de un par de semanas, señores míos.

—Dos, y tres en casos excepcionales —fue la contraoferta de Nicholas.

—Me parece bien. ¿Todos de acuerdo, entonces?

Su Señoría volvió a mirar a su alrededor. Loreen Duke se

reía por lo bajini en la mesa. La señora Card y Millie hacían lo imposible por confundirse con la pintura de las paredes. Por nada del mundo se habrían atrevido a mirar al juez a los ojos.

—De acuerdo —aceptó Jerry Fernandez con los ojos enrojecidos y una resaca de campeonato.

Jerry sabía que veinticuatro horas sin sexo le suponían un ataque de migraña, pero también sabía otras dos cosas: que su mujer estaría encantada de librarse de él durante dos semanas, y que Caniche y él ya se las compondrían para hacerse compañía.

—Protesto por la redacción de este punto —declaró Phillip Savelle desde la ventana, con la lista de normas en la mano. Eran las primeras palabras que pronunciaba desde el inicio del juicio—. Su definición de las personas susceptibles de ser incluidas en la categoría de visitas conyugales deja mucho que desear.

El párrafo causante de la polémica venía a decir lo siguiente: «Durante las visitas conyugales, los jurados podrán permanecer dos horas a solas en su habitación con su esposo o esposa, o con su pareja.»

Los dos letrados estiraron el cuello para ver el papel por encima del hombro del juez. Su Señoría, Cable, Rohr y el resto de los jurados leyeron el párrafo con atención y se preguntaron qué demonios tendría en mente aquel bicho raro. Al juez Harkin no le apetecía saberlo.

—Les aseguro, señor Savelle y demás miembros del jurado, que no es mi intención restringir de ninguna manera sus visitas conyugales. Francamente, me trae sin cuidado en qué inviertan su tiempo y en compañía de quién.

La declaración del juez satisfizo a Savelle tanto como humilló a Gladys Card.

—¿Algo más?

—Eso es todo, Su Señoría, muchas gracias —dijo Herman en voz alta. El portavoz volvía a tomar las riendas.

—Gracias —repitió Nicholas.

Scotty Mangrum anunció al tribunal, tan pronto como los miembros del jurado hubieron ocupado sus puestos, que daba por terminado el interrogatorio del doctor Hilo Kilvan. Durr

Cable empezó su turno de repreguntas con tanta delicadeza que dio la impresión de que el gran experto lo intimidaba de veras. Letrado y doctor se pusieron de acuerdo en varias cifras totalmente irrelevantes. Kilvan afirmó que, de aquella plétora de estadísticas, se deducía que un diez por ciento de todos los fumadores contraía cáncer de pulmón.

Cable insistió en su argumento original, el mismo que pensaba seguir esgrimiendo hasta el último día.

—Doctor Kilvan, si es verdad que el tabaco provoca cáncer de pulmón, ¿por qué hay tan pocos fumadores que contraigan dicha enfermedad?

—El tabaco aumenta considerablemente el riesgo de contraer cáncer de pulmón.

—Pero no lo provoca en todos los casos.

—No, no todos los fumadores contraen cáncer de pulmón.

—Gracias.

—Pero sí corren un riesgo mucho mayor.

Después de calentar motores, había llegado el momento de emplearse a fondo. Cable preguntó al doctor Kilvan si conocía un estudio —publicado hacía veinte años por la Universidad de Chicago— según el cual se registraba una mayor incidencia de cáncer de pulmón en fumadores residentes en áreas metropolitanas que en aquellos que vivían en áreas rurales. Kilvan conocía el estudio, aunque no había participado en su elaboración.

—¿Puede explicarnos el porqué de este hecho? —preguntó Cable.

—No.

—¿Puede aventurar alguna conjetura al respecto?

—Sí. El estudio de Chicago levantó mucha polémica porque tomaba en consideración otros factores aparte del tabaco a la hora de determinar las causas del cáncer de pulmón.

—¿Factores como la contaminación atmosférica, por ejemplo?

—Sí.

—¿Cree usted que existen tales factores?

—Creo que es una posibilidad.

—¿Admite, por tanto, que la contaminación atmosférica provoca cáncer de pulmón?

—Puede. Yo me limito a exponer los resultados de mi investigación. Los fumadores rurales contraen cáncer de pulmón con más facilidad que las personas no fumadoras de su mismo entorno, y lo mismo sucede con los fumadores urbanos.

Cable cogió otro mamotreto de su mesa y se puso a hojearlo para llamar la atención. Acto seguido preguntó al doctor Kilvan si conocía otro estudio —publicado en 1989 por la Universidad de Estocolmo— que establecía una relación entre la herencia, el hábito de fumar y el cáncer de pulmón.

—Lo leí en su día —respondió Kilvan.

—¿Tiene usted alguna opinión al respecto?

—No. La genética no es mi especialidad.

—Entonces, ¿no está en condiciones de decirnos si la herencia puede tener algo que ver con el tabaco y el cáncer de pulmón?

—No.

—Pero no desmiente las conclusiones de este estudio. ¿O sí?

—No tengo ninguna opinión al respecto.

—¿Conoce usted a los investigadores que lo redactaron?

—No.

—¿No puede decirnos qué opinión tiene de ellos la comunidad científica?

—No. Estoy seguro de que usted los conoce mejor que yo.

Cable se acercó a su mesa, barajó varios informes y volvió a ocupar su puesto frente al estrado.

Después de dos semanas de vigilancia intensiva pero escaso movimiento, los accionistas de Pynex tenían por primera vez motivos para echarse a temblar. Saludos a la bandera aparte —un fenómeno tan inusitado que nadie supo interpretar su significado—, el juicio no había registrado altibajos espectaculares hasta última hora de la tarde del lunes, cuando se produjo la drástica decisión del juez Harkin. Alguno de los innumerables abogados de la defensa había comentado a alguno de los muchos analistas financieros presentes en la sala que se consideraba a Stella Hulic un jurado favorable a la defensa. A medida que el comentario iba pasando de boca en boca, la importancia de Stella para el futuro de la industria del tabaco aumentaba hasta alcanzar cotas impensadas. Cuando la crónica de la sesión del lunes llegó a Nueva York por vía telefónica, la noticia de la marcha de Stella sólo podía interpretarse como una pérdida irreparable para la defensa. Tendida en el sofá de su casa, mientras tanto, la señora Hulic se precipitaba hacia el coma etílico de la mano de su coctelera.

La noticia del registro del apartamento de Nicholas Easter vino a sumarse a los rumores ya existentes sobre el juicio. Era lógico pensar que el intruso actuaba bajo las órdenes de la industria del tabaco, y esa sospecha —certeza, para algunos— hizo que las cosas empezaran a ponerse feas para la defensa. Habían perdido un jurado clave. Les habían pillado haciendo trampas. Todo se les venía encima.

Las acciones de Pynex abrieron el martes a setenta y nueve puntos y medio, y cayeron rápidamente hasta setenta y ocho. Las transacciones aumentaron a medida que pasaban las horas y los rumores se intensificaban. A media mañana, cuando se recibió una nueva llamada de Biloxi, Pynex estaba a setenta y seis puntos y veinticinco centésimas. Aquella misma mañana, uno de los analistas que seguían el desarrollo del juicio había presenciado *in situ* el motín del jurado. Según su interpretación, los doce miembros del jurado se habían declarado en huelga porque estaban hartos de los testimonios soporíferos aportados por los peritos del demandante.

La noticia fue repetida un centenar de veces en pocos segundos, y Wall Street no tardó mucho más en dar por sentado que el jurado de Biloxi se enfrentaba abiertamente al demandante. El valor de las acciones saltó a setenta y siete puntos, pasó de largo los setenta y ocho, subió hasta los setenta y nueve y estaba a punto de alcanzar los ochenta a la hora de comer.

15

De las seis mujeres que seguían formando parte del jurado, Fitch tenía especial interés en echar el lazo a Rikki Coleman. Rikki tenía treinta años, dos hijos y un físico agraciado. Llevaba una vida sana y la sección de admisiones de una clínica local, y esta última actividad le reportaba veintiún mil dólares al año. Su marido era piloto y ganaba treinta y seis mil dólares anuales. La familia Coleman vivía en un bonita casa de las afueras, cortaba el césped con puntualidad religiosa y tenía a su nombre una hipoteca de noventa mil dólares. Rikki y su marido conducían sendos coches japoneses por los que no debían ni un solo centavo; ahorraban con moderación e invertían el dinero con tiento: ocho mil dólares en fondos de inversión mobiliaria el año anterior. También colaboraban con asiduidad en las actividades de la parroquia: ella daba clases en la escuela dominical y él cantaba en el coro. Vistos desde fuera, los Coleman llevaban una existencia modélica. Ninguno de los dos fumaba, y no había indicios de que bebieran. Les gustaba hacer *jogging* y jugar al tenis, y ella se pasaba una hora diaria en el gimnasio. Su conducta intachable y su experiencia profesional en el sector sanitario convertían a Rikki en un jurado temido por la defensa.

La ficha ginecológica de Rikki Coleman era normal: sus dos embarazos habían acabado en partos y recuperaciones ejemplares. No se saltaba ningún chequeo. Dos años atrás se había sometido a una mamografía que no reveló problema alguno. Medía metro sesenta y dos y pesaba cincuenta y dos kilos.

Fitch disponía del historial clínico de siete de los doce jurados. El de Easter, por razones obvias, no había aparecido por ninguna parte. Herman Grimes era ciego y no tenía nada que ocultar. Savelle era nuevo y Fitch estaba investigando para averiguar cuanto pudiera sobre él. Lonnie Shaver no había estado enfermo en los últimos veinte años. El médico de Sylvia Taylor-Tatum había muerto meses atrás en un accidente de navegación, y su sucesor era un novato que aún no conocía las reglas del juego.

Un juego muy serio y unas reglas hechas a la medida de Rankin Fitch. El Fondo aportaba un millón de dólares anuales a una organización con sede en Washington conocida con el nombre de Coalición por la Reforma Judicial, una presencia ruidosa financiada fundamentalmente por compañías de seguros, colegios médicos, asociaciones de fabricantes y, por supuesto, empresas tabacaleras. Las Cuatro Grandes declaraban una contribución anual a la Coalición de cien mil dólares por cabeza, y Fitch se ocupaba de redondear la cifra con otro milloncejo procedente del Fondo. El propósito de la Coalición era conseguir la promulgación de leyes que restringieran el monto de las indemnizaciones otorgadas en pleitos por daños y perjuicios; y más concretamente, erradicar la práctica del castigo ejemplar.

Luther Vandemeer, presidente de Trellco, era uno de los vocales del consejo de la Coalición y el encargado de que se hiciera la voluntad de Fitch por encima de la oposición de cualquiera de los demás miembros. Fitch movía los hilos desde la sombra y, gracias a Vandemeer y a la Coalición, ejercía una enorme presión sobre las compañías aseguradoras, las cuales, a su vez, apretaban las clavijas a los médicos para que filtraran informes confidenciales sobre algunos de sus pacientes. Así de fácil. Cuando Fitch quiso que el doctor Dow, de Biloxi, enviara por error el historial clínico de Gladys Card a ciertas señas de Baltimore, no tuvo más que pedirle a Vandemeer que se pusiera en contacto con sus amigos de St. Louis Mutual, la aseguradora de Dow. Los de St. Louis explicaron a su cliente que podía quedarse sin la cobertura de responsabilidad extracontractual si se negaba a cooperar, y el bueno del doctor no puso ninguna pega.

Fitch había reunido una buena colección de historiales clínicos, pero sin conseguir dar por el momento con ningún dato susceptible de inclinar el veredicto. Su suerte cambió el martes, a la hora del almuerzo.

Cuando todavía no se llamaba Coleman, Rikki Weld era una de las alumnas más populares de una pequeña escuela universitaria confesional de Montgomery, en el estado de Alabama. Era del dominio público que las chicas más bonitas de la escuela salían con jóvenes de Auburn. Mientras hacía las averiguaciones de rigor sobre el pasado de Rikki Coleman, el investigador que Fitch había destacado en Montgomery llegó a la conclusión de que Rikki Weld debió de haber salido con muchos chicos. A Fitch le gustó aquella corazonada. Después de dar los pasos necesarios a través de la Coalición y de dos semanas de búsqueda infructuosa, los hombres de Fitch encontraron el dato que esperaban.

Era una pequeña clínica privada para mujeres situada en el centro de la ciudad, uno de los tres centros que practicaban abortos en Montgomery en aquella época. Durante su penúltimo año de estudios, una semana después de su vigésimo cumpleaños, Rikki Weld interrumpió su primer embarazo.

¡Y él tenía a su alcance las pruebas! Una llamada lo informó de que los papeles iban de camino. Mientras recogía las hojas del fax, Fitch no pudo contener una sonrisa de satisfacción. En el informe médico no constaba el nombre del padre, pero eso no importaba. Rikki había conocido a Rhea, su marido, un año después de salir de la universidad. En el momento de practicarse el aborto, Rhea era alumno de último curso de la Escuela Técnica de Tejas, y era poco probable que ya se conocieran.

Fitch se habría jugado cualquier cosa a que aquel aborto —poco más que un vago recuerdo para la interesada— era el trapo sucio que andaba buscando, un secreto que Rikki había ocultado celosamente a su marido.

El motel se llamaba Siesta Inn y estaba en Pass Christian, al oeste de Biloxi, a treinta minutos por la carretera de la costa. Hacían el viaje en autocar. Lou Dell y Willis se sentaban cerca del conductor, y los catorce jurados, contando los dos suplentes, se repartían el resto de los asientos. Nadie quería sentarse con nadie, y el cansancio hacía imposible la conversación. El aislamiento pesaba sobre el ánimo de todos a pesar de que aún no habían visto el que sería su nuevo hogar durante las dos semanas siguientes.

Hasta entonces la suspensión de las cinco había representado la huida, el momento de salir a toda prisa del juzgado y reincorporarse lo antes posible al mundo real, al hogar, los hijos, la comida caliente, los quehaceres domésticos o la oficina. A partir de aquel día no significaría más que un viaje en autocar desde la celda del juzgado hasta otra celda donde vivirían vigilados, controlados y protegidos de las sombras maléficas que acechaban en la oscuridad.

Nicholas Easter era el único que se alegraba de la decisión del juez de ordenar el aislamiento del jurado, pero se las arreglaba para parecer tan contrariado como el resto.

El condado de Harrison había alquilado una de las alas de la planta baja del motel: veinte habitaciones en total de las que sólo se utilizarían diecinueve. Las habitaciones de Lou Dell y de Willis eran las más cercanas a la puerta que conducía al edificio principal, el que albergaba la recepción y el restaurante del motel. Un agente joven y corpulento que respondía al nombre de Chuck ocupaba otra habitación al fondo del pasillo con el obvio propósito de controlar el acceso al aparcamiento.

El juez Harkin se encargó personalmente de la tarea de asignar las diferentes habitaciones. Las maletas, intactas y cerradas, habían llegado al motel con anterioridad. Lou Dell, cada vez más engreída, distribuyó las llaves como quien reparte caramelos. Los jurados comprobaron la dureza de las camas —todas de matrimonio— y encendieron los televisores. En vano. El juez había prohibido las noticias. Sólo se les permitía ver películas por cable. Luego inspeccionaron los respectivos cuartos de baño, probaron los grifos y tiraron de la cadena del inodoro. Dos semanas en aquella cárcel les iban a parecer dos años.

Naturalmente, los hombres de Fitch siguieron el autocar desde el momento mismo en que salió del juzgado acompañado por una nutrida y nada discreta escolta policial motorizada. Dos detectives contratados por Rohr se añadieron a la comitiva. Nadie esperaba que la dirección del motel fuera un secreto.

La habitación de Nicholas estaba entre la de Savelle y la del coronel Herrera. El pasillo quedaba dividido longitudinalmente en dos partes: a un lado dormían los hombres; al otro, las mujeres. Tal vez el juez Harkin se refiriera a esa clase de segregación cuando hablaba de evitar «contactos ilícitos».

Nicholas entró en su habitación y cerró la puerta. Cinco minutos más tarde ya tenía la sensación de que las paredes iban a aplastarlo de un momento a otro. Willis llamó a la puerta al cabo de diez minutos y preguntó si todo estaba en orden.

—Perfecto —dijo Nicholas sin abrir la puerta.

Los teléfonos habían desaparecido de las mesillas de noche, lo mismo que las bebidas del mueble bar. Para compensar, una de las habitaciones del fondo del corredor había sido habilitada como sala de estar: las camas habían sido sustituidas por dos mesas redondas, varios teléfonos, butacas, un televisor de pantalla gigante, y un bar completamente equipado con todas las bebidas no alcohólicas habidas y por haber. Alguien tuvo la ocurrencia de llamarla «sala de fiestas», y ya no se la conoció por ningún otro nombre.

Según las normas establecidas por Su Señoría, no se podía hacer uso del teléfono sin contar con la aprobación previa de uno de los celadores, y estaba terminantemente prohibido recibir llamadas del exterior. En caso de emergencia, debían acudir a recepción. La habitación número cuarenta, justo enfrente de la sala de fiestas, también había sido transformada en un comedor improvisado.

Ningún jurado podía salir del ala del edificio reservada por el condado sin la autorización expresa del juez Harkin o, en su defecto, el permiso de Lou Dell o de otro agente. Dada la oferta lúdica del motel —la sala de fiestas se cerraba a las diez—, no se había creído necesario imponer el toque de queda.

La cena se servía entre las seis y las siete de la tarde; el desayuno, entre las seis y las ocho y media de la mañana. Los jurados no estaban obligados a comer a la misma hora ni a sentarse a la misma mesa; podían ir y venir a su aire. Si lo preferían, podían servirse en el comedor y luego comer en su habitación. El juez Harkin estaba muy preocupado por la calidad de la comida, y quería ser informado puntualmente si se producía la más mínima queja.

El bufé del martes por la noche comprendía pollo frito, pescado a la parrilla, ensaladas varias y un amplio surtido de verduras. Los jurados se sorprendieron de su propio apetito. Para no haber hecho nada en todo el día excepto aguzar el oído y calentar el asiento, la mayoría tuvo dificultades para llegar a las seis sin desfallecer de hambre. Nicholas se sirvió algo de primer plato y se sentó a la cabeza de la mesa. A lo largo de la velada consiguió que todos participaran en la conversación, y no se cansó de insistir en la importancia de no dispersarse a la hora de comer. Se le veía contento y feliz, y se comportaba como si todo aquello no fuera más que una aventura. Su entusiasmo llegaba a ser ligeramente contagioso.

Herman Grimes era el único jurado que comía en su habitación. La señora Grimes llenaba dos platos en el comedor y luego desaparecía a toda prisa. El juez Harkin le había prohibido por escrito que comiera con los miembros del jurado. Lo mismo ocurría con Lou Dell, Willis y Chuck. Aquella primera noche, por ejemplo, cuando Lou Dell entró en la habitación con la intención de cenar y sorprendió a Nicholas contando una de sus historias, los jurados enmudecieron de repente. Lou Dell se sirvió una pechuga de pollo con unas cuantas judías, cogió un panecillo y se fue.

El exilio los había convertido en un grupo compacto. Los habían alejado del mundo real, los habían desterrado en contra de su voluntad a un motel de segunda categoría, pero aún se tenían los unos a los otros. Easter estaba decidido a mantener contentos a sus compañeros, y si no podían ser una familia, al menos intentaría que fueran una hermandad; no quería divisiones ni camarillas a bordo.

Después de cenar, los jurados vieron dos películas en la sala de fiestas. A las diez ya estaban todos durmiendo.

—Ya estoy listo para mi visita conyugal —anunció Jerry Fernandez durante el desayuno con el propósito de sonrojar a Gladys Card.

—¡Habráse visto! —exclamó ella con un gesto de resignación. Jerry le sonrió como si fuera ella el objeto de su deseo.

El desayuno era un auténtico banquete. Había de todo: desde cereales hasta fiambre. Nicholas llegó más tarde que los demás, musitó un saludo y no hizo ningún esfuerzo por disimular su malestar.

—No entiendo por qué no podemos tener teléfono —fueron las primeras palabras que salieron de su boca.

El buen humor que reinaba en la mesa se agrió de repente. Nicholas se sentó frente a Jerry, y su amigo adivinó enseguida sus intenciones.

—¿Por qué no podemos tomarnos una cervecita fría? —preguntó Jerry Fernandez—. En casa me tomo una cada noche. O dos. ¿Quién se ha creído que es este Harkin para decirme qué puedo beber y qué no?

—El juez —respondió Millie Dupree, abstemia por convicción.

—Pues conmigo lo tiene claro.

—¿Y qué hay de la tele? —siguió Nicholas—. ¿Por qué no podemos ver la tele? He estado viéndola hasta ahora y no ha pasado nada. —Nicholas se volvió hacia Loreen Duke, una mujer metidita en carnes que en ese momento se hallaba sentada ante un plato de huevos revueltos—. ¿Ha visto usted muchos avances informativos sobre el juicio?

—Ninguno.

Nicholas miró entonces a Rikki Coleman, que tenía entre las manos un bol diminuto lleno de inofensivos copos de avena.

—¿Y qué me dicen de un gimnasio? Un rincón para hacer un poco de ejercicio después de pasarnos ocho horas en el juzgado. No creo que sea tan difícil encontrar un motel con gimnasio. —Rikki Coleman estaba completamente de acuerdo.

—Lo que no entiendo —dijo Loreen después de tragar un bocado— es por qué no nos dejan usar el teléfono. ¿Y si mis hijos me necesitaran para algo? No creo que ningún matón vaya a llamar a mi habitación para amenazarme...

—Yo me conformaría con una cervecita fría —repitió Jerry—. O dos. Y tal vez unas cuantas visitas más —añadió mirando a Gladys Card.

Las quejas proliferaron. Al cabo de diez minutos de la llegada de Easter, el jurado volvía a estar al borde del motín y el desencanto general se había convertido en un auténtico pliego de cargos. Incluso Herrera, el coronel retirado que en tiempos había dormido al raso en la selva, se mostraba insatisfecho con la selección de bebidas disponible en la sala de fiestas. Millie Dupree echaba en falta los periódicos. Lonnie Shaver tenía asuntos urgentes que atender, y el aislamiento impuesto por el juez le suponía un gran quebradero de cabeza.

—Tengo mi propia opinión —dijo—. No necesito que nadie me proteja de las influencias externas.

Lonnie reclamaba, como mínimo, el libre acceso al teléfono. Phillip Savelle, por su parte, estaba acostumbrado a hacer sus ejercicios de yoga cada mañana: él y el bosque solos al amanecer, la perfecta comunión con la naturaleza... ¡Y en aquel motel no había un solo árbol en doscientos metros a la redonda! Y no se podía olvidar la iglesia. La señora Card era una baptista devota que nunca se perdía la plegaria del miércoles por la noche, ni la visita pastoral del martes, ni la tertulia femenina de los viernes, ni por supuesto las reuniones del domingo.

—Nos conviene dejar las cosas claras desde el principio —afirmó Nicholas—. Aún nos quedan dos semanas por delante..., puede que tres. Propongo que hablemos con el juez.

En el despacho del juez, Harkin y nueve abogados discutían, apretujados, sobre cosas que no debían llegar a oídos del jurado. Su Señoría exigía que los abogados estuvieran al pie del cañón a las ocho de la mañana, y a menudo los obligaba a quedarse en el juzgado una o dos horas más que el jurado. Rohr y Cable mantenían un acalorado debate que fue interrumpido por unos golpes en la puerta. Gloria Lane intentó entrar en el despacho, pero la puerta tropezó con la silla que ocupaba Oliver McAdoo.

—Tenemos problemas con el jurado —anunció con gravedad.

Harkin se puso en pie de un salto.

—¿Qué?

—Quieren hablar con usted. Es todo lo que sé.

Harkin consultó su reloj.

—¿Dónde están?

—En el motel.

—¿Y no podemos hablar aquí?

—No, ya lo hemos intentado. No saldrán del motel hasta haber hablado con usted.

Harkin se había quedado boquiabierto.

—Esto empieza a resultar ridículo —dijo Wendall Rohr a quien quisiera escucharlo.

Los abogados observaron al juez mientras éste contemplaba con expresión ausente los papeles acumulados sobre su escritorio e intentaba tomar una decisión. Al cabo de unos segundos Harkin se frotó las manos y dedicó a los presentes una sonrisa hipócrita.

—¿A qué esperamos? —dijo.

Konrad atendió la primera llamada a las ocho y dos minutos. Marlee no quería hablar con Fitch, sólo quería que le diera un recado de su parte: el jurado volvía a estar alborotado y no saldría del Siesta Inn hasta que Harkin en persona fuera al motel y limara asperezas. Konrad se apresuró a transmitir el mensaje.

A las ocho y nueve minutos Marlee volvió a llamar. Konrad fue informado de que Easter llevaría una camisa tejana oscura sobre una camiseta de color tostado, calcetines rojos y los pantalones caqui de costumbre. «Calcetines rojos», repitió.

A las ocho y doce minutos Marlee llamó por tercera vez y preguntó por Fitch, que estaba dando vueltas alrededor de su escritorio y tirándose de la perilla.

—¿Diga?

—Buenos días, Fitch.

—Buenos días, Marlee.

—¿Ha estado alguna vez en el hotel St. Regis de Nueva Orleans?

—No.

—Está en Canal Street, en el Barrio Francés. Tiene un bar al aire libre en la azotea que se llama Terrace Grill. Esté allí a las siete en punto y ocupe una mesa que dé al Barrio. Yo llegaré un poco más tarde. ¿Me sigue, Fitch?

—La sigo.

—Y venga solo. Lo estaré vigilando cuando entre en el hotel y, si se trae a alguno de sus amigos, no habrá reunión. ¿Entendido?

—Entendido.

—Y si intenta seguirme, no volverá a saber de mí.

—Le doy mi palabra.

—¿Por qué será que eso no me tranquiliza, Fitch? —Marlee colgó.

Lou Dell salió al encuentro de Cable, Rohr y el juez Harkin apenas llegaron al motel. La pobre estaba hecha un manojo de nervios y no paraba de decir que aquella situación era inaudita, que ella siempre había sabido cómo tratar a los jurados. La delegación fue conducida hasta la sala de fiestas, donde se habían hecho fuertes trece de los catorce jurados. Herman Grimes era el único que se había negado a tomar parte en el motín. El portavoz había puesto en duda la bondad de los métodos de Nicholas, y Jerry Fernandez se había enfadado con él hasta el punto de perderle el respeto. Jerry le había dicho que tenía con él a su mujer, que no le importaban la televisión ni los periódicos porque no podía verlos, que no bebía y que tampoco necesitaba un gimnasio. Al final, a instancias de Millie Dupree, había accedido a pedirle disculpas.

El resentimiento de Su Señoría —si alguna vez lo hubo— no duró mucho, aunque el intercambio de saludos fue algo tenso.

—Debo admitir que su conducta me parece un poco fuera de lugar. —Harkin había empezado con mal pie.

—No estamos de humor para regañinas —replicó Nicholas Easter.

Rohr y Cable tenían estrictamente prohibido abrir la boca y se habían quedado en el umbral contemplando la escena con gran interés. Ambos sabían que era difícil que volviera a repetirse.

Nicholas había puesto por escrito la lista de quejas. El juez Harkin se quitó la chaqueta y se sentó para escucharlas. Lo atacaban desde todos los frentes, estaba en clara inferioridad numérica y se sentía prácticamente indefenso.

Lo de la cerveza le parecía bien. Los periódicos podían pasar por una censura previa en recepción. No más restricciones con el teléfono. Ni con la televisión, siempre y cuando se comprometieran a no ver las noticias locales. Lo del gimnasio ya era un poco más difícil, pero vería qué se podía hacer. Y buscaría la manera de organizar las visitas a la iglesia.

Al final todas las normas resultaron flexibles.

—¿Puede explicarnos por qué estamos aquí? —preguntó Lonnie Shaver.

Harkin lo intentó, aunque a regañadientes. Carraspeó. No era fácil justificar las razones de aquel destierro. Insistió en su teoría de los contactos ilícitos, les recordó lo sucedido hasta entonces en aquel mismo juicio, e hizo referencias vagas a hechos similares ocurridos en otros procesos.

El empleo de malas artes por parte de ambos litigantes tenía precedentes debidamente documentados. Fitch había dejado una huella indeleble en el mundo de los pleitos contra tabacaleras, y los subordinados de algunos abogados contratados por el demandante también se habían ensuciado las manos. Pero el juez Harkin no podía comentar estos hechos en presencia del jurado. Tenía que ir con pies de plomo para no predisponerlos en contra de ninguna de las partes.

La entrevista duró una hora. Harkin pidió una tregua que durara hasta el final del juicio, pero Easter no quiso comprometerse.

Las acciones de Pynex bajaron dos puntos por culpa de las noticias del segundo motín. Según un analista presente en la sala, el jurado había reaccionado negativamente ante la táctica empleada por el equipo de la defensa durante el día precedente, si bien la misma fuente de información se confesaba incapaz de describir con exactitud la reacción del jurado y la táctica de la defensa. Un segundo rumor difundido por otro analista destacado en Biloxi aclaró un poco la situación: de hecho, nadie sabía con certeza los motivos que habían empujado al jurado a declararse en huelga. Pynex bajó medio punto más antes de que la tendencia se corrigiera y las acciones empezaran a subir con las primeras operaciones de la mañana.

El alquitrán que contienen los cigarrillos provoca cáncer. Eso indican, al menos, las pruebas practicadas con ratas de laboratorio. El doctor James Ueuker, de Palo Alto, llevaba quince años experimentando con ratas y ratones. Había dirigido numerosos estudios sobre el tema personalmente, y conocía a fondo los trabajos de otros muchos investigadores de todo el mundo. En opinión de Ueuker, al menos seis estudios importantes habían demostrado de manera irrefutable la relación existente entre el consumo de cigarrillos y el cáncer de pulmón. El doctor explicó con todo lujo de detalles que él y los miembros de su equipo habían preparado concentrados de tabaco y los habían aplicado sobre la piel de lo que parecían un millón de ratones albinos. Las fotos mostradas al jurado eran grandes y a todo color. Los ratones más afortunados sólo recibían una pequeña dosis de alquitrán; los demás eran embadurnados. Nadie se sorprendió al oír que, cuanto más gruesa era la capa de alquitrán, menos tardaban los ratones en desarrollar cáncer de piel.

Entre los tumores superficiales de los roedores y el cáncer de pulmón de los humanos parecía haber un gran trecho, pero el doctor Ueuker —siempre de la mano del letrado Wendall Rohr— estaba impaciente por demostrar lo contrario. Según él, la historia de la medicina estaba llena de ejemplos de descubrimientos efectuados en animales de laboratorio que habían resultado igualmente aplicables al género humano. Las excepciones, en cambio, habían sido muy pocas. Y aunque los hombres y los ratones viven en ambientes muy distintos, los resultados de algunos experimentos llevados a cabo con roedores coincidían exactamente con descubrimientos epidemiológicos aplicables a los humanos.

Rohr echó mano de todos sus asesores durante el testimonio de Ueuker. Hacer experimentos con ratas asquerosas era una cosa, y hacerlos con mascotas era otra muy distinta. Sin ir más lejos, uno de los estudios a los que Ueuker debía hacer referencia se había basado en un experimento —de características similares al anterior— realizado con conejos. Los resultados habían sido los mismos que en el caso de los ratones.

Para llevar a cabo su último experimento, Ueuker había enseñado a fumar —a través de un tubo insertado en la tráquea— a un grupo de treinta perros sabuesos. Los ejemplares más activos habían llegado a fumar nueve cigarrillos al día, el equivalente a cuarenta cigarrillos para un hombre de setenta kilos de peso. Después de ochocientos setenta y cinco días de consumo ininterrumpido de tabaco, los sabuesos presentaban graves daños pulmonares en forma de tumores invasivos. Ueuker justificaba el uso de perros en sus experimentos diciendo que cánidos y humanos reaccionaban de la misma manera ante el humo del tabaco.

Pero el jurado nunca llegó a oír hablar al doctor Ueuker de sus conejos y sus sabuesos. No hacía falta ser un experto para darse cuenta de que Millie Dupree sentía mucha lástima por los ratones y no le perdonaba a Ueuker que los hubiera matado. Sylvia Taylor-Tatum y Angel Weese mostraron abiertamente su desagrado. Gladys Card y Phillip Savelle también dejaron traslucir cierto desacuerdo con los métodos del doctor. El resto del jurado escuchó al testigo sin inmutarse.

Durante el receso del mediodía, Rohr y su equipo tomaron la decisión de dar por terminado el interrogatorio del doctor James Ueuker.

16

Los hombres de Fitch aprovecharon la hora de comer para abordar a Jumper, el agente que había hablado con Marlee trece días antes y entregado a su jefe el mensaje de la chica. Le ofrecieron cinco mil dólares en efectivo a cambio de abandonar su puesto con alguna excusa —retortijones en el estómago, diarrea o cualquier otra cosa—, vestirse de paisano, ir con Pang a Nueva Orleans y pasar una velada entretenida en la ciudad con cena, diversión y —si a Jumper le apetecía— compañía femenina incluidas. Pang sólo necesitaba que le echaran una mano durante unas cuantas horas, y a Jumper le hacía falta el dinero.

La expedición partió de Biloxi alrededor de las doce y media del mediodía a bordo de una furgoneta alquilada. Cuando llegó a Nueva Orleans dos horas después, Jumper ya estaba decidido a colgar el uniforme y formar parte de la nómina de Arlington West Associates durante una temporada. Pang le había ofrecido veinticinco mil dólares por seis meses de trabajo, nueve mil más de los que ganaba en el juzgado en todo un año.

Jumper y los demás llegaron al St. Regis y recogieron las llaves de las habitaciones que tenían reservadas. Con todas sus influencias, Fitch sólo había podido conseguir cuatro camas individuales. A Jumper y a Pang les correspondieron sendas habitaciones a derecha e izquierda de la de su jefe; Holly se quedó con otra al final del pasillo; y Dubaz, Joe Boy y Dante tuvieron que alojarse cuatro manzanas más lejos, en el Royal Sonesta. El primer puesto de observación de Jumper fue un taburete del bar del hotel desde donde se dominaba la entrada al edificio.

Empezó la espera. La tarde fue cayendo sin que Marlee diera señales de vida. Lo contrario habría sido una sorpresa. Jumper tuvo que cambiar de sitio cuatro veces, y pronto decidió que el trabajo de detective no estaba hecho para él.

Fitch salió de su habitación pocos minutos antes de las siete y cogió el ascensor para subir hasta la azotea. La mesa que había reservado en un rincón tenía una bonita vista del Barrio Francés. Vestidos para la ocasión y con aire indiferente, Holly y Dubaz ocupaban otra mesa a tres metros de distancia. Dante compartía la suya con una acompañante de alquiler vestida con minifalda negra. Joe Boy era el encargado de realizar el reportaje fotográfico.

A las siete y media Marlee surgió de la nada. Jumper y Pang negaron haberla visto cruzar el vestíbulo, y Fitch ni siquiera se dio cuenta de que había salido a la azotea hasta que la tuvo delante de la mesa. Más tarde llegaría a la conclusión de que la chica debía de haber hecho lo mismo que ellos, es decir, reservar una habitación con un nombre falso y utilizar la escalera. Marlee vestía pantalones y chaqueta de sport, y era muy guapa: cabello corto castaño, ojos del mismo color, barbilla y pómulos marcados. Apenas llevaba maquillaje, y la verdad es que no le hacía falta. Fitch calculó que tendría entre veintiocho y treinta y dos años. Marlee se sentó sin mediar palabra y tan deprisa que Fitch no tuvo tiempo siquiera de invitarla a hacerlo. Y tuvo la precaución de colocar la silla de manera que diera la espalda a las otras mesas.

—Encantado de conocerla —dijo Fitch en voz muy baja, como si temiera que alguien estuviera a la escucha.

—Lo mismo digo —respondió ella mientras apoyaba los codos en la mesa.

Un camarero se les acercó al punto para preguntar qué tomaría la señora. Marlee no quiso nada. El camarero había sido convenientemente sobornado para retirar con sumo cuidado todo cuanto la chica tocara con los dedos: copas, vasos, cubiertos, ceniceros, etcétera. Marlee no le dio la oportunidad de demostrar su eficiencia.

—¿No le apetece comer nada? —preguntó Fitch después de tomar un sorbito de agua mineral.

—No, tengo prisa.

—¿Y eso?

—Cuanto más me quede, más fotos podrán sacar sus gorilas.

—He venido solo.

—Ya. ¿Le gustaron los calcetines rojos?

Un grupo de jazz empezó a tocar al otro lado de la azotea. Marlee no se inmutó ni apartó los ojos de Fitch en toda la entrevista.

Fitch echó la cabeza hacia atrás y soltó un bufido. No se acababa de creer que estuviera hablando con la amante de un miembro del jurado. Había establecido contactos ilícitos otras veces, pero aquello era un auténtico privilegio. ¡Y además había sido ella quien había tomado la iniciativa!

—¿De dónde es Nicholas? —preguntó Fitch.

—¿Qué más da? Lo importante es que ahora vive en Biloxi.

—¿Están casados?

—No.

—¿Enamorados?

—Hace usted muchas preguntas.

—Porque es usted un misterio. Además, la defraudaría si no las hiciera.

—Sólo somos conocidos.

—¿Desde cuándo utiliza el nombre de Nicholas Easter?

—¿Qué más da? Ése es su nombre legal. Reside oficialmente en el estado de Misisipí, consta en el censo electoral... Puede cambiar de nombre una vez al mes si le da la gana.

Marlee mantenía las manos enlazadas bajo la barbilla. Fitch sabía que no cometería el error de dejar huellas dactilares.

—¿Y qué me dice de usted? —preguntó Fitch.

—¿De mí?

—Sí. Usted no figura en el censo electoral de Misisipí.

—¿Cómo lo sabe?

—Porque lo hemos comprobado. Suponiendo, claro está, que se llame realmente Marlee y que no nos hayamos dejado ninguna letra.

—Supone usted demasiado.

—Para eso me pagan. ¿Es usted de por aquí, de la Costa?

—No.

Joe Boy se agachó entre dos matas artificiales de boj el tiempo imprescindible para obtener seis instantáneas del perfil de la chica. Para sacarla de frente habría tenido que hacer un número de funámbulo sobre la barandilla de la azotea, a dieciocho pisos de altura sobre Canal Street. Así pues, decidió quedarse entre las plantas de plástico y esperar que se le presentase una oportunidad mejor cuando Marlee se levantara.

Fitch hizo tintinear los cubitos de hielo de su vaso.

—¿A qué hemos venido? —preguntó.

—Una cosa lleva a la otra.

—¿Y adónde nos llevará la última?

—Al veredicto.

—A cambio de una buena propina, claro está.

—«Propina» suena a poco, ¿no le parece? Por cierto, ¿está grabando esta conversación, Fitch? —Marlee sabía de sobra que sí.

—¿Por quién me toma?

Podía escuchar la cinta hasta en sueños. A Marlee le traía sin cuidado. Fitch no ganaría nada con compartir lo que sabía, y su turbio pasado le impedía acudir al juez o a la policía. Y de todas maneras, ése tampoco era su *modus operandi*. A Fitch ni se le había pasado por la cabeza la idea de amenazarla con presentar una denuncia ante las autoridades. Marlee también lo sabía.

Podían sacarle tantas fotos como quisieran, vigilarla y espiarla tanto como les diera la gana. Ella les seguiría la corriente un rato para que justificaran el sueldo que ganaban y luego les daría esquinazo. No les serviría de nada.

—No hablemos de dinero todavía.

—Hablemos de lo que usted quiera. Ésta es su noche.

—¿Por qué entraron en el apartamento de Nicholas?

—Porque nos dedicamos a eso.

—¿Qué le parece Herman Grimes? —preguntó Marlee.

—¿Por qué me lo pregunta? Usted sabe mejor que yo lo que sucede en la sala del jurado.

—Quiero ver si es tan listo como dicen. Y si vale la pena contratar a todos esos expertos.

—Nunca he perdido. Hasta ahora siempre ha valido la pena.

—¿Qué me dice de Herman?

Fitch reflexionó durante unos segundos y pidió con un gesto que le trajeran otro vaso de agua.

—Será importante a la hora del veredicto porque es un hombre de principios, pero aún no ha tomado una decisión. Asimila todo lo que se dice en la sala y seguramente sabe más que todos los demás jurados. A excepción de su amigo, claro está. ¿Caliente?

—Templado.

—Me alegro. ¿Habla muy a menudo con su amigo?

—De vez en cuando. Herman se ha opuesto a la huelga de esta mañana, ¿lo sabía?

—No.

—El único de los catorce.

—¿Por qué se han amotinado?

—Por las condiciones del aislamiento. Acceso a teléfonos, televisión, cerveza, sexo, iglesia..., las aspiraciones normales del género humano.

—¿Quién ha sido el cabecilla?

—El mismo de siempre.

—Ya veo.

—Por eso estoy aquí, Fitch. Si mi amigo no tuviera la sartén por el mango, yo no tendría nada que ofrecerle.

—¿Y qué es lo que me está ofreciendo exactamente?

—Ya le he dicho que no quiero hablar de dinero todavía.

El camarero dejó el vaso de agua sobre la mesa y volvió a preguntar a Marlee si quería algo de beber.

—Sí, una gaseosa *light* en vaso de plástico, por favor.

—Pues..., me temo que no tenemos vasos de plástico. —El camarero miró a Fitch con expresión perpleja.

—Entonces déjelo —dijo Marlee con una sonrisa dirigida a Fitch.

En este punto Fitch decidió tomar la iniciativa.

—¿Qué ambiente hay en la sala del jurado ahora mismo?

—Se aburren, más que otra cosa. Herrera está de su parte. Está convencido de que todos los picapleitos son escoria y de que habría que acabar con tanta demanda puesta porque sí.

—¡Mi héroe! ¿Cree que podrá convencer a sus colegas?

—No, porque no los tiene. Todos creen que es un ser despreciable. Es el jurado más antipático de todos.

—¿Y quién es la chica más simpática?

—Millie hace de mamá del grupo, pero es un cero a la izquierda. Rikki es muy mona y cae bien a todo el mundo. Y se preocupa mucho por su salud. No le pondrá las cosas fáciles.

—No cuento con que lo haga.

—¿Quiere que le cuente algo que no se imagina?

—Por favor.

—Adivine qué jurado ha empezado a fumar estos días.

Fitch entrecerró los ojos y ladeó un poco la cabeza hacia la izquierda. ¿Habría oído bien?

—¿Alguien ha empezado a fumar?

—Ajá.

—Me rindo.

—Easter. ¿Sorprendido?

—Su amigo...

—El mismo. Bueno, la compañía es muy grata pero tengo que irme. Le llamaré mañana. —Marlee se levantó y se fue con la misma celeridad con la que había llegado.

Fitch se quedó tan pasmado ante aquella despedida intempestiva que no supo reaccionar a tiempo. Su esbirro Dante, en cambio, avisó inmediatamente a Pang, y éste, apostado en el vestíbulo, vio salir a la chica del ascensor y del hotel. Jumper la siguió a pie dos manzanas para después perderla de vista en un callejón lleno de gente.

Siguió una hora de búsqueda infructuosa por calles, aparcamientos y hoteles de toda Nueva Orleans. Fitch ya había vuelto a su habitación del St. Regis cuando recibió una llamada de Dubaz desde el aeropuerto. Marlee estaba aguardando la salida de un avión que despegaría al cabo de una hora y media y aterrizaría en Mobile a las once menos diez. Dubaz recibió instrucciones de no seguirla. Fitch llamó a dos de los hombres que había dejado en reserva en Biloxi y les ordenó que acudieran inmediatamente al aeropuerto de Mobile.

Marlee vivía en un apartamento alquilado con vistas a la bahía de Biloxi. Cuando calculó que estaba a unos veinte minutos de su casa, marcó el 911 —el número de la policía— en su teléfono móvil y denunció que la seguían dos matones en un Ford Taurus. Marlee dijo que los mismos tipos le habían estado pisando los talones desde Mobile, que debían de ser asesinos a sueldo y que temía por su vida. Siguiendo las indicaciones telefónicas del agente, Marlee efectuó una serie de giros que la llevaron hasta una zona con muchos solares no edificados y poco tráfico, y se detuvo sin previo aviso en una gasolinera de servicio permanente. Mientras ella llenaba el depósito, un coche de la policía aparcó detrás del Taurus, que intentaba esconderse tras una esquina ocupada por una tintorería. La policía obligó a los dos gorilas a salir del coche y los condujo frente a Marlee para que ésta pudiera identificarlos.

Marlee estuvo espléndida en su papel de víctima aterrorizada. Cuanto más lloraba ella, más se enfadaba la policía, que acabó por llevarse a los esbirros de Fitch a la comisaría.

Chuck, el agente corpulento con cara de pocos amigos, sacó una silla al pasillo y se dispuso a montar guardia junto a su habitación. Eran las diez de la noche del miércoles, el segundo día de aislamiento, y había llegado el momento de burlar las medidas de seguridad. Nicholas puso en marcha su plan de acción y marcó el número de la habitación de Chuck a las once y cuarto. En cuanto el agente abandonó su puesto para atender la llamada, Jerry y Nicholas salieron al pasillo y se escabulleron por la otra puerta, la que estaba junto a la habitación de Lou Dell. Por suerte para ellos, la celadora dormía a pierna suelta. A juzgar por sus ronquidos, Willis no había tenido bastante con pasarse casi todo el día durmiendo en la sala de vistas y también se había acostado ya.

Jerry y Nicholas evitaron las luces del vestíbulo y salieron del edificio envueltos en las sombras. Un taxi los estaba esperando en el lugar previsto y los llevó hasta el Nugget Casino, situado en plena zona turística de Biloxi, en menos de quince minutos. Tres cervezas más tarde Jerry había perdido cien dólares haciendo apuestas durante un partido de hockey. Nicholas y su amigo estuvieron pelando la pava con dos mujeres casadas cuyos maridos debían de estar ganando o perdiendo una fortuna a los dados. A la una de la madrugada, cuando le pareció que el flirteo estaba tomando un cariz demasiado serio, Nicholas abandonó el bar para jugar una partida de black-jack a cinco dólares la mano y beber café descafeinado. Jugó y esperó un buen rato, y mientras tanto el local se fue vaciando.

Marlee se sentó a su lado sin decir una palabra. Nicholas le pasó un montoncito de fichas. El tercer jugador de la mesa era un estudiante borracho.

—Te espero arriba —susurró Marlee durante una pausa entre dos manos, mientras el crupier se volvía para hablar con el encargado del garito.

Nicholas y Marlee se encontraron en un entrepiso exterior con vistas al aparcamiento y al océano. Había llegado noviembre y empezaba a hacer fresco.

Estaban solos. Acurrucados en un banco, se besaron y charlaron. Ella le contó con pelos y señales el viaje a Nueva Orleans, y ambos se rieron al recordar a los dos matones de Mobile que pasaban la noche en la cárcel del condado. Marlee llamaría a Fitch a primera hora de la mañana y se ocuparía de que fueran puestos en libertad.

No tuvieron mucho tiempo para hablar. Nicholas quería volver al bar enseguida y llevarse a Jerry antes de que se emborrachara, se arruinara o fuera sorprendido por algún marido celoso.

Nicholas y Marlee llevaban consigo sus teléfonos móviles extraplanos. Conscientes del riesgo de que alguien pudiera interceptar sus llamadas, cambiaron por enésima vez los códigos y contraseñas que utilizaban.

Tras un beso de despedida, Marlee se quedó sola en el entrepiso.

Wendall Rohr tenía la impresión de que el jurado empezaba a estar harto de tanto investigador presuntuoso, tanta tabla y tanto gráfico. Su equipo de asesores le decía que los jurados ya habían aprendido bastante sobre el tabaco y el cáncer de pulmón, y que, de todas maneras, no hacía falta ningún juicio para convencerlos de que los cigarrillos causaban adicción y eran peligrosos. Rohr confiaba en haber demostrado ya la existencia de una relación de causa-efecto entre los cigarrillos Bristol y los tumores que habían acabado con la vida de Jacob Wood. Había llegado el momento de asegurarse la victoria. El jueves por la mañana el letrado anunció su intención de llamar a declarar a un nuevo testigo, el señor Lawrence Krigler, y la defensa fue presa de un breve ataque de pánico. El señor Krigler entró en la sala procedente de algún otro lugar del juzgado. Un nuevo representante de la viuda Wood, el letrado John Riley Milton, de Denver, se levantó y sonrió con dulzura al jurado.

Lawrence Krigler era un anciano de piel bronceada y aspecto envidiable. Tenía casi setenta años, iba bien vestido y se le veía muy ágil para su edad. Tras dos semanas de juicio, era el primer testigo sin el título de doctor que subía al estrado. Krigler vivía retirado en Florida desde el día en que dejó de trabajar para Pynex. John Riley Milton no se entretuvo en prolegómenos; tenía prisa por llegar al meollo de la cuestión.

Licenciado en ingeniería por la universidad de Carolina del Norte, Lawrence Krigler había trabajado para Pynex durante tres décadas. Al final de ese período, trece años antes del juicio Wood, había abandonado la industria tabacalera y promovido un pleito contra su empresa. Pynex, a su vez, había respondido con una reconvención. Antes del juicio, sin embargo, las partes consiguieron llegar a un acuerdo. Los términos del mismo nunca fueron revelados.

Al poco de trabajar en la empresa —conocida en aquella época como Union Tobacco o simplemente U-Tab—, Krigler había sido enviado a Cuba con la misión de estudiar la producción de tabaco en la isla. Desde entonces hasta el día de su marcha, había trabajado siempre en el departamento de producción. Krigler había estudiado la hoja del tabaco y desarrollado mil maneras de optimizar su cultivo, pero, aunque se consideraba un experto en la materia, no testificaba como perito. Así pues, dejaría a un lado sus opiniones y se limitaría a explicar los hechos.

En 1969, tras tres años de investigación en la empresa, Krigler completó un estudio sobre la viabilidad del cultivo de una planta experimental llamada Raleigh 4. La nueva hoja contenía sólo un tercio de la nicotina del tabaco normal. La conclusión de Krigler, avalada por numerosos experimentos, era que Raleigh 4 podía cultivarse y procesarse con la misma facilidad que las demás variedades de tabaco utilizadas por U-Tab.

El informe era una obra monumental, y Krigler se sentía muy orgulloso de él. Por eso le dolió tanto que sus superiores hicieran caso omiso de sus recomendaciones y de Raleigh 4. Más tarde, cuando decidió remontar la intrincada jerarquía de la empresa en busca de una explicación, obtuvo los mismos resultados descorazonadores: nadie parecía interesado en su nueva variedad de tabaco baja en nicotina.

Hasta que un día se dio cuenta de lo equivocado que estaba. ¿Quién decía que a los mandamases de la empresa no les importaba la nicotina? ¡Les importaba y mucho! Un buen día del verano de 1971 cayó en manos de Krigler un memorando que instaba a sus superiores a desacreditar su trabajo y Raleigh 4. No podía creer que su propia gente lo estuviera acuchillando por la espalda. Krigler conservó la sangre fría, guardó silencio sobre el memorando y empezó a trabajar en un plan secreto destinado a descubrir los motivos de aquella conspiración.

Llegado este punto del testimonio, John Riley Milton presentó dos pruebas ante el tribunal: el voluminoso estudio que Krigler completara en 1969 y el memorando de 1971.

Con el tiempo, Krigler vio confirmadas sus sospechas: U-Tab no podía permitirse el lujo de producir tabaco bajo en nicotina porque dicha sustancia era sinónima de beneficios. El sector sabía desde finales de la década de los treinta que la nicotina creaba adicción.

—¿Cómo sabe que las empresas del sector lo sabían? —preguntó Milton con toda la intención. Excepto los abogados de la defensa, que hacían lo imposible por aparentar aburrimiento e indiferencia, toda la sala lo escuchaba con gran atención.

—Porque es del dominio público —respondió Krigler—. A fines de los años treinta, una empresa tabacalera financió un estudio secreto que demostró claramente que la nicotina que contienen los cigarrillos crea adicción.

—¿Ha visto usted ese estudio?

—No. Como es lógico, la empresa lo puso a buen recaudo.

—Krigler hizo una pausa y se volvió hacia la mesa de la defensa. El momento se acercaba y él no podía disimular su satisfacción—. Pero vi un memorando que...

—¡Protesto! —gritó Cable puesto en pie—. El testigo no puede hacer afirmaciones basadas en lo que vio o dejó de ver en un documento escrito. Hay reiterada jurisprudencia sobre el particular, tal como expusimos en su día en nuestro informe.

El informe al que hacía referencia Cable tenía ochenta páginas y había sido objeto de discusión durante un mes entero. El juez Harkin ya había redactado la providencia correspondiente.

—Su protesta consta en acta, señor Cable. Señor Krigler, prosiga, por favor.

—En el invierno de 1973 vi un memorando de una página que resumía el estudio sobre la nicotina de los años treinta. El memorando había sido fotocopiado varias veces, estaba muy manoseado y había sufrido algunas alteraciones.

—¿Qué clase de alteraciones?

—Habían borrado la fecha y también el nombre de la persona que lo había redactado.

—¿A quién iba dirigido?

—A Sander S. Fraley, el presidente de Allegheny Growers. Fueron los predecesores de una empresa que se llama ConPack.

—Una tabacalera...

—Básicamente, sí. Se hacen llamar una empresa de bienes de consumo, pero el grueso de sus ingresos procede de la fabricación de cigarrillos.

—¿Cuánto tiempo ocupó la presidencia de la empresa el señor Fraley?

—Desde 1931 hasta 1942.

—¿Sería acertado suponer que el memorando fue enviado antes de 1942?

—Sí, porque el señor Fraley murió ese mismo año.

—¿Dónde vio usted el memorando?

—En las instalaciones de Pynex en Richmond. Cuando Pynex todavía era Union Tobacco, su sede central estaba en Richmond. En 1979 la empresa cambió de nombre y se trasladó a Nueva Jersey, pero Richmond aún se utiliza. Allí es donde yo trabajaba, y donde está la mayoría de los viejos archivos de la empresa. Alguien que conozco me enseñó el memorando.

—¿Quién era esta persona?

—Un amigo. Murió. Le prometí que nunca revelaría su identidad.

—¿Tuvo usted el memorando en sus manos?

—Sí, y saqué una copia.

—¿Dónde está ahora esa copia?

—No duró mucho. El día después de que la guardara bajo llave en el cajón de mi escritorio tuve que salir en viaje de negocios. Mientras estaba fuera alguien registró mi mesa y se llevó varias cosas, incluida la fotocopia del memorando.

—¿Recuerda lo que decía el memorando?

—Lo recuerdo muy bien. Tenga en cuenta que llevaba mucho tiempo investigando para confirmar mis sospechas. Ver ese memorando fue algo inolvidable.

—¿Qué decía?

—Tenía tres párrafos, puede que cuatro. Era breve, y su autor no se andaba por las ramas. Explicaba que el jefe de investigación de Allegheny Growers le había enseñado el informe sobre la nicotina y que acababa de leerlo. No mencionaba el nombre de esa otra persona. En su opinión, el estudio demostraba con toda rotundidad que la nicotina crea adicción. Si no recuerdo mal, ésta era la idea fundamental de los dos primeros párrafos.

—¿Qué hay del tercer párrafo?

—El autor sugería a Fraley que considerara seriamente la posibilidad de incrementar el nivel de nicotina de los cigarrillos. Más nicotina significaba más fumadores, es decir, más ventas y más beneficios.

Krigler supo dar a sus palabras cierto toque dramático que cautivó los oídos de todos los presentes. Los jurados, por primera vez en varios días, escuchaban al testigo sin apartar la vista del estrado. La palabra «beneficios» sobrevoló la sala de vistas como una nube tóxica. John Riley Milton esperó unos segundos antes de seguir adelante con el interrogatorio.

—Permítame recapitular un momento. ¿Dice que el memorando iba dirigido al presidente de una empresa, pero que procedía de otra?

—Exacto.

—Una empresa que era y es rival de Pynex.

—Así es.

—¿Qué hacía ese memorando en los archivos de Pynex en 1973?

—Eso nunca llegué a saberlo. Pero me consta que Pynex conocía ese estudio. De hecho, todo el sector lo conocía desde principios de los setenta o incluso antes.

—¿Cómo lo sabe?

—No olvide que trabajé para ellos durante treinta años, y siempre en el departamento de producción. Tuve ocasión de hablar con mucha gente, con mis colegas de otras empresas... Digamos que a veces las tabacaleras dejan a un lado sus diferencias.

—¿Intentó volver a ponerse en contacto con su amigo para obtener otra copia del memorando?

—Lo intenté, pero no salió bien. Dejémoslo así.

A excepción de los consabidos quince minutos de descanso a la hora del café —las diez y media—, la mañana estuvo dedicada por completo al testimonio de Lawrence Krigler. A los miembros del jurado, aquellas tres horas les parecieron apenas unos minutos. Por desgracia para la defensa, la intervención de Krigler había tenido lugar en un momento crucial del juicio. Milton y su testigo habían representado a la perfección la comedia del ex empleado y los trapos sucios de la empresa. Tanto es así que, en contra de lo habitual, los jurados ni siquiera se dieron cuenta de que se acercaba la hora de comer. Y no fueron los únicos: los abogados estuvieron más ocupados que nunca con las reacciones de la tribuna, y el juez prácticamente tomó al dictado la declaración íntegra del testigo.

Los periodistas hicieron gala de una compostura inusitada, lo mismo que los asesores de ambas partes; los observadores de Wall Street no veían el momento de abandonar la sala y hablar por teléfono con Nueva York; los abogados locales que solían merodear aburridos por el juzgado hablarían de aquel testimonio durante años; e incluso Lou Dell, desde su asiento en la primera fila, levantó la vista y dejó de hacer calceta.

Fitch vio y escuchó la declaración desde la sala anexa a su

despacho. Si Rohr no se hubiera decidido a adelantarlo, el testimonio de Krigler habría coincidido con el principio de la semana siguiente o bien, con un poco de suerte, no se habría producido en absoluto. Fitch era una de las pocas personas aún con vida que había visto el memorando, y habría podido dar fe de que el viejo Krigler no había perdido un ápice de memoria. Era evidente —tanto para Fitch como para los presentes en la sala de vistas— que el testigo decía la verdad.

Una de las primeras misiones encomendadas por las Cuatro Grandes a Fitch había sido localizar y destruir todas y cada una de las copias de aquel famoso memorando. Nueve años después, seguía trabajando en ello.

Ni Cable ni ninguno de los abogados contratados por Fitch para encabezar el equipo de la defensa en otros casos habían visto el memorando, y la posibilidad de que el tribunal admitiera la existencia de tal documento había desencadenado una pequeña guerra. Por una parte —y por razones obvias—, las normas que regulan la presentación de pruebas no admiten la descripción verbal de documentos perdidos; la mejor prueba es siempre el documento mismo. Pero por otra, en éste como en otros puntos del derecho podía haber excepciones y excepciones dentro de las excepciones. Al final, Rohr y compañía habían sabido convencer al juez Harkin de que el jurado debía oír la descripción de Krigler de lo que era, de hecho, un documento perdido.

Cable se mostraría despiadado durante el turno de réplica de la tarde, pero el daño a la defensa ya estaba hecho. Fitch se saltó el almuerzo y se pasó la hora de comer encerrado en su despacho.

El ambiente que se respiraba aquel día en la sala del jurado era muy diferente del de otros almuerzos. Las disputas deportivas y las recetas de cocina habían dejado paso a un silencio casi absoluto. Dos semanas de conferencias tediosas pronunciadas por científicos bien pagados habían conseguido mermar seriamente las facultades deliberativas del jurado. La venganza de Krigler, sin embargo, les había devuelto las ganas de hablar.

Nicholas y sus compañeros comieron menos que de costumbre y se miraron más. ¿Habían oído bien? ¿Lo habían entendido todos? ¡Las tabacaleras aumentaban el nivel de nicotina a propósito para que la gente se enganchara! La mayoría tenía ganas de irse a otra habitación con su mejor amigo para comentar lo que acababa de presenciar.

Y eso es exactamente lo que hicieron muchos. El grupo de los fumadores, reducido a tres miembros desde la marcha de Stella, comió deprisa y se levantó de la mesa. Easter sólo era fumador a medias, pero también los acompañó porque le gustaba la compañía de Jerry, Caniche y Angel Weese. Una vez reunidos, los cuatro se sentaron en las sillas plegables de costumbre y se pusieron a mirar y a echar el humo por la ventana. Conocer la composición exacta de los cigarrillos hacía que el todo pareciera mayor que la suma de sus partes. O al menos se lo parecía a Nicholas. Los demás no estaban de humor para ocurrencias.

Gladys Card y Millie Dupree fueron al lavabo al mismo tiempo. Estuvieron una eternidad haciendo pis y luego aún se pasaron otro cuarto de hora lavándose las manos y hablando frente al espejo. Poco después llegó Loreen Duke, que se quedó junto al dispensador de toallitas de papel comentando el pasmo y la repugnancia que le producía la conducta de las tabacaleras.

Una vez recogida la mesa, Lonnie Shaver abrió su ordenador portátil y se sentó a dos sillas de distancia de Herman, que ya tenía enchufado el suyo y escribía como un loco.

—Para este testimonio —dijo el coronel a Herman— no va a necesitar intérprete.

—No, hay que ver... —respondió Herman con un gruñido. En lo que a comentar el juicio se refiere, no daba más de sí.

Lonnie Shaver no compartía la reacción de sus compañeros.

Phillip Savelle había solicitado y obtenido del juez Harkin permiso para dedicar parte del receso del mediodía a hacer sus ejercicios de yoga al pie de un viejo roble que había tras el edificio del juzgado. Un agente le guardaría las espaldas. Al llegar junto al árbol, el excéntrico Savelle se quitó camisa, calcetines y zapatos, se sentó sobre la hierba fresca y se enroscó como una boa. Cuando se puso a canturrear, el agente que lo escoltaba se sentó disimuladamente en un banco cercano y agachó la cabeza para que nadie pudiera reconocerlo.

Cable saludó a Krigler como si se conocieran de toda la vida. Krigler sonrió y le respondió con la misma confianza. Siete meses atrás, Cable y su equipo habían grabado en vídeo la declaración hecha por Krigler en el bufete de Wendall Rohr durante tres días. La cinta había sido vista y analizada por no menos de dos docenas de abogados, varios expertos en selección de jurados y dos psiquiatras. Krigler decía la verdad, de eso no había duda; y era de todo punto necesario que la hubiera. Se trataba de un turno de repreguntas en un momento crucial del juicio. ¿Qué importaba la verdad? Cable tenía que desacreditar al testigo a toda costa.

Tras cientos de horas de contubernio, la defensa había diseñado una estrategia. Cable empezó por preguntar a Krigler si estaba enfadado con su ex jefe.

—Sí —respondió.

—¿Aún odia a la empresa?

—La empresa es una entidad. ¿Cómo se puede odiar una cosa?

—¿No odia usted la guerra?

—Nunca he estado en una.

—¿No odia el abuso de menores?

—No me cabe duda de que es algo repugnante, pero, por suerte, nunca he tenido nada que ver con eso.

—¿No odia la violencia?

—Estoy seguro de que es algo terrible, pero en eso también he tenido suerte.

—¿No odia absolutamente nada?

—Sí: el bróculi.

Se oyeron risas en toda la sala. Cable sabía que no se lo iban a poner fácil.

—¿No odia a Pynex?

—No.

—¿No odia a ninguna de las personas que trabajan en Pynex?

—No, aunque hay algunas que no me gustan nada.

—¿Odiaba a alguna de las personas que trabajaban en Pynex cuando usted aún formaba parte de la empresa?

—No. Tenía algún que otro enemigo, pero no recuerdo haber sentido odio por nadie.

—¿Qué hay de las personas a las que demandó?

—No los odiaba. Eran mis enemigos, pero sabía que se limitaban a hacer su trabajo.

—Así que ama a sus enemigos...

—Me temo que no. Ya sé que debería amar al prójimo, pero a veces resulta muy difícil. De todas formas, no recuerdo haber dicho que les tuviera ningún cariño.

Cable tenía la esperanza de anotarse un pequeño tanto insinuando la posibilidad de que Krigler actuara movido por el ánimo de lucro o la venganza. Si la repetía lo bastante, tal vez el jurado asociaría a Krigler con la palabra «odio».

—¿Qué le ha traído hasta el estrado, señor Krigler?

—Es difícil de explicar.

—¿El dinero?

—No.

—¿Ha recibido usted dinero del señor Rohr o de algún otro representante de la señora Wood a cambio de acceder a testificar?

—No. Pero se han comprometido a reembolsarme los gastos del viaje. Nada más.

Lo último que quería Cable era dar al testigo la oportunidad de explicar los motivos de su presencia en la sala. Ya los había mencionado de pasada durante el interrogatorio de Milton, y los había enumerado con todo detalle a lo largo de cinco horas de declaración grabada. Quería distraer su atención con otras cuestiones.

—¿Ha fumado alguna vez cigarrillos, señor Krigler?

—Sí, por desgracia. Fumé durante veinte años.

—¿Habría preferido no haber fumado nunca?

—Naturalmente.

—¿Cuándo empezó?

—Cuando entré a trabajar en la empresa, en 1952. Entonces animaban a todos los empleados a fumar cigarrillos. Aún lo hacen hoy en día.

—¿Cree que haber fumado durante veinte años ha perjudicado su estado de salud?

—Desde luego. Me siento afortunado de seguir vivo, no como el señor Jacob Wood.

—¿Cuándo dejó de fumar?

—En 1973, después de enterarme de lo de la nicotina.

—¿Cree que su estado de salud actual se resiente del hecho de haber fumado durante veinte años?

—Naturalmente.

—¿Responsabiliza usted a la empresa de su decisión de fumar?

—Sí. Como ya le he dicho, me animaron a empezar. Todos los demás fumaban. Nos dejaban comprar tabaco a mitad de precio en la tienda de la empresa. Antes de empezar las reuniones se pasaba de mano en mano un bol lleno de cigarrillos. Formaba parte de la política de la empresa.

—¿Estaban ventiladas las oficinas?

—No.

—¿Había mucho humo en el ambiente?

—Mucho. Trabajábamos siempre bajo una nube azul.

—Y ahora le echa la culpa a la compañía de no estar tan sano como le gustaría...

—La empresa tiene mucha parte de culpa. Por suerte, pude dejarlo a tiempo. Aunque no fue fácil.

—¿Y le guarda rencor a la empresa por esa razón?

—Digamos que ojalá hubiera ido a parar a otro sector cuando acabé la carrera.

—¿Otro sector? ¿Le guarda rencor a todo el sector?

—No me considero un fan de la industria tabacalera.

—¿Por eso está hoy aquí?

—No.

Cable echó una ojeada a sus notas y cambió de tercio rápidamente.

—Usted tenía una hermana, ¿verdad, señor Krigler?

—Sí.

—¿Qué le pasó?

—Murió, en 1970.

—¿De qué murió?

—De cáncer de pulmón. Estuvo fumando dos paquetes diarios durante casi veintitrés años. El tabaco la mató, señor Cable. ¿Es eso lo que quiere que diga?

—¿Estaban ustedes muy unidos? —preguntó Cable con menos compasión de la necesaria para compensar la mala voluntad de sacar a relucir el tema.

—Mucho. No teníamos otros hermanos.

—Y su muerte le afectó profundamente, ¿no es así?

—Sí. Mi hermana era una persona muy especial. Aún la echo de menos.

—Siento recordarle todo esto, señor Krigler, pero es relevante.

—Su compasión me conmueve, señor Cable, pero no tiene nada de relevante.

—¿Le parecía bien a su hermana que usted fumara?

—No, no le gustaba. Me pidió que lo dejara en su lecho de muerte. ¿Es eso lo que quiere oír, señor Cable?

—Sólo si es la verdad.

—Lo es, señor Cable. El día antes de que muriera le prometí que dejaría de fumar. Y cumplí mi promesa, aunque me llevó tres largos años conseguirlo. Estaba enganchado al tabaco, ¿se da cuenta, señor Cable? Igual que mi hermana. Porque la empresa que fabricaba los cigarrillos que la mataron y que podrían haberme matado a mí incrementaba a propósito el nivel de nicotina.

—Camb...

—No me interrumpa, señor Cable. La nicotina en sí misma no es cancerígena. Usted lo sabe tan bien como yo. La nicotina es sólo un veneno, un veneno que nos convierte en adictos para que el cáncer pueda acabar con nosotros más adelante. Por eso los cigarrillos son peligrosos.

Cable miró al testigo sin inmutarse.

—¿Ha terminado?

—Estoy a punto para la siguiente pregunta. Pero no vuelva a interrumpirme.

—No se preocupe. Le pido disculpas. Dígame, señor Krigler, ¿cuándo llegó usted al convencimiento de que los cigarrillos eran peligrosos?

—No lo sé con exactitud. Se sabe desde hace tiempo, no tengo que recordárselo... Y no hace falta ser un genio, ni ahora ni en aquel entonces, para deducirlo. Pero diría que fue a principios de los años setenta, después de acabar mi estudio, después de que muriera mi hermana y poco antes de leer aquel memorando infame.

—¿En 1973?

—Más o menos.

—¿Cuándo dejó de trabajar para Pynex? ¿En qué año?

—En 1982.

—Es decir, que siguió trabajando para la empresa a sabiendas de que fabricaba productos que usted consideraba peligrosos.

—Sí.

—¿Cuánto ganaba en 1982?

—Noventa mil dólares al año.

Cable hizo una pausa, se acercó a su mesa, cogió un bloc amarillo de manos de un colaborador y repasó sus apuntes durante unos segundos mientras mordisqueaba una patilla de las gafas. Luego volvió frente al estrado y preguntó a Krigler por qué había demandado a Pynex en 1982. A Krigler no le hizo ni pizca de gracia esa pregunta, y se volvió hacia Rohr y Milton en busca de ayuda. Cable le preguntó entonces sobre las circunstancias —personales e intrincadas— que desembocaron en el litigio, y el interrogatorio acabó por entrar en una vía muerta. Rohr protestó, Milton protestó, y Cable reaccionó como si no tuviera ni idea de por qué demonios protestaban. Los abogados se reunieron en un extremo del estrado para discutir la cuestión en privado, y Krigler empezó a cansarse de estar en el banco de los testigos.

Cable criticó duramente el comportamiento profesional de Krigler durante sus últimos diez años en Pynex, y dejó entrever que otros testigos pondrían en entredicho sus palabras.

La defensa casi se salió con la suya. Incapaz de refutar las acusaciones contenidas en el testimonio de Krigler, Cable se inclinó por confundir al jurado mediante una cortina de humo. Ya se sabe que, cuando uno se enfrenta con un testimonio irrefutable, la única salida es concentrarse en las nimiedades.

El plan de Cable fue desenmascarado por el joven Nicholas Easter, que tuvo a bien compartir sus conocimientos de derecho con el resto del jurado mientras tomaban café durante un receso a última hora de la tarde. A pesar de las protestas de Herman, Nicholas dejó constancia de su desacuerdo con los métodos de Cable: insultar a los testigos e intentar confundir al jurado.

—Ni que fuéramos tontos —dijo con resentimiento.

17

La avalancha de llamadas desde Misisipí creó un clima de pánico que hizo que las acciones de Pynex bajaran hasta setenta y cinco dólares y medio —es decir, casi cuatro puntos menos respecto de la cotización inicial— antes de la hora de cierre del jueves. El incremento del número de operaciones se atribuyó a los últimos hechos acaecidos en el juzgado de Biloxi.

El hecho de que un ex empleado testificara en contra de las tabacaleras no era ninguna novedad. En más de un juicio ya habían salido a la luz acusaciones por el uso de pesticidas e insecticidas en los tabacales, y varios peritos habían establecido una relación entre dichos productos químicos y el cáncer sin conseguir, pese a todo, impresionar al jurado. Durante el desarrollo de uno de los juicios anteriores al de Biloxi, un ex empleado había centrado su denuncia en el tema de la publicidad: la empresa intentaba atraer la atención de los adolescentes con anuncios protagonizados por apuestos mentecatos que lucían sus sonrisas dentífricas al tiempo que se divertían fumando; la misma empresa no tenía reparo en dirigirse a los varones no tan jóvenes con anuncios en que un vaquero o un piloto de coches de carreras se abrían camino en la vida con un cigarrillo pegado a los labios. Tampoco en este caso el jurado había aceptado las pretensiones del demandante.

Pese a estos precedentes, la defensa del caso Wood debía reconocer que ningún otro empleado díscolo había conseguido hasta entonces hacer mella en el jurado en la misma medida que Lawrence Krigler. Aquel infausto memorando de los años treinta había pasado por varias manos, pero nunca nadie se había atrevido a presentarlo como prueba en un litigio. Los abogados del demandante ni siquiera habían visto el documento y tenían que fiarse de la memoria de Krigler. Fuera cual fuese el sentido de la sentencia, el hecho de que el juez Harkin hubiera tolerado la descripción durante el juicio de un documento supuestamente perdido sería duramente contestado por la defensa en una ulterior apelación.

Una vez finalizada su participación en el juicio, Krigler abandonó la ciudad a toda prisa escoltado por los agentes de seguridad de Rohr. Una hora después de bajar del estrado ya se hallaba a bordo de un avión privado camino de Florida. Desde su marcha de Pynex, Krigler había sentido varias veces la tentación de ponerse en contacto con el abogado de un caso como el de Celeste Wood, pero hasta entonces no había reunido el valor necesario.

En su día, Krigler había recibido de Pynex la friolera de trescientos mil dólares a cambio de retirar su demanda. Querían librarse de él a toda costa, e intentaron —sin éxito— que se comprometiera a no testificar nunca en juicios como el de Wood. Su negativa lo convirtió en *persona non grata*.

Lawrence Krigler había recibido amenazas de muerte. A lo largo de los últimos quince años, varias voces anónimas y desconocidas habían tratado de atemorizarlo cuando ya menos se lo esperaba. Pero Krigler no era de los que se esconden. Su reacción, bien al contrario, había sido escribir un libro: unas revelaciones que verían la luz si su autor moría en circunstancias sospechosas. El manuscrito en cuestión estaba en poder de un abogado amigo suyo de Melbourne Beach, el mismo que había preparado el primer encuentro entre Krigler y Wendall Rohr. Por si acaso, el abogado había tenido la precaución de alertar también al FBI.

Hoppy, el marido de Millie Dupree, regentaba una modesta agencia inmobiliaria en Biloxi. Hoppy no era lo que se dice precisamente un ejecutivo agresivo; no tenía una gran clientela ni era amante del riesgo, pero se esforzaba en sacar partido de las pocas oportunidades que se le presentaban.

En una de las paredes de la recepción había un tablón de anuncios con un cartelito que anunciaba OPORTUNIDADES y unas cuantas fotografías clavadas con chinchetas. La mayoría de las ofertas correspondían a casitas de ladrillo rodeadas de césped y a viviendas adosadas y más bien maltrechas.

Con la fiebre de los casinos había llegado hasta la Costa del Golfo una hornada de promotores audaces que no tenían escrúpulos a la hora de pedir préstamos ni a la hora de amortizarlos. Hoppy y otros agentes modestos habían preferido una vez más ir a lo seguro y repartirse una franja de mercado que ya les era de sobra conocida: nidos de amor para los recién casados que se aventuraban en el mundo inmobiliario por primera vez, viviendas salvadas del derribo para los más desesperados y ofertas para los que no podían conseguir un crédito.

Sea como fuere, Hoppy conseguía siempre llegar a fin de mes y sacar adelante a su familia, compuesta por Millie y los cinco hijos de ambos, tres de los cuales estudiaban en la universidad y dos en el instituto. Hoppy siempre trabajaba en colaboración con media docena de agentes autónomos, un puñado de desgraciados que, como él, huían de las deudas al tiempo que ahuyentaban los ingresos. Hoppy era un auténtico forofo del pinacle, y muy a menudo las cartas arrinconaban a los planos en la mesa de su despacho. Por más escasas que sean sus probabilidades de éxito, todos los agentes de la propiedad inmobiliaria sueñan con dar la campanada. Hoppy y su heterogénea pandilla de colaboradores sucumbían de vez en cuando a la tentación de tomarse una copita antes de cerrar y hablar de grandes proyectos con los naipes en la mano.

El jueves, poco antes de las seis, cuando el pinacle ya declinaba y todos se disponían a dar por terminado otro día improductivo, un joven bien vestido con aspecto de ejecutivo y un flamante maletín negro bajo el brazo entró en la oficina y preguntó por el señor Dupree. Hoppy había ido a la trastienda a enjuagarse la boca. Millie no estaba y él tenía que darse prisa en volver a casa. Se hicieron las presentaciones de rigor. Según la tarjeta de visita que entregó a Hoppy, el joven se llamaba Todd Ringwald y trabajaba para la inmobiliaria KLX de Las Vegas, en Nevada. Hoppy se sintió lo bastante impresionado como para despedir a los últimos rezagados y echar el cerrojo. Un traje como aquél y un viaje tan largo sólo podían significar una cosa: negocio a la vista.

Hoppy se ofreció a preparar unas copas o hacer café —sólo tardaría un par de minutos—, pero el señor Ringwald declinó la oferta. Si llegaba en un mal momento...

—No, en absoluto. Ya sabe lo que pasa en las inmobiliarias... Tenemos un horario de locos.

El joven asintió con una sonrisa. Él también había sido A.P.I. hasta hacía no mucho tiempo. Antes de explicar el motivo de su visita, Ringwald insistió en hacer una breve presentación de KLX. Era una empresa privada con propiedades en una docena de estados; no era dueña de ningún casino, ni tenía intención de serlo, pero se había especializado en una actividad muy lucrativa relacionada con el juego. KLX construía urbanizaciones a remolque de la apertura de nuevos casinos. Por la vehemencia con que confirmaba las palabras de Ringwald, cualquiera habría creído que Hoppy no había hecho en su vida otra cosa que construir alojamientos para tahúres.

La inauguración de nuevos casinos suele provocar cambios drásticos a escala local en el mercado inmobiliario. Ringwald dio por descontado que Hoppy lo sabía por experiencia propia, y él lo dejó hablar como si, efectivamente, hubiera ganado una fortuna gracias a los casinos de Biloxi. KLX seguía el rastro de los casinos con sigilo —Ringwald hizo gran hincapié en este punto— y adquiría los terrenos colindantes para después urbanizarlos —centros comerciales, viviendas de alto standing, bloques de apartamentos, etcétera— o explotarlos de otras maneras. Los casinos pagan bien, emplean a mucha gente, reactivan la economía local y hacen que el dinero circule a raudales. KLX se limitaba a reclamar una parte del pastel.

—Somos como un buitre —explicó Ringwald con una sonrisa taimada—. Los casinos abaten la presa y nosotros nos alimentamos de la carroña.

—¡Nunca se me habría ocurrido! —exclamó Hoppy, incapaz de disimular su admiración.

Ringwald siguió con su historia. Inexplicablemente, KLX no se había movido con su habitual rapidez en aquella zona; lo cual —dijo de paso— había hecho rodar más de una cabeza en Las Vegas. Con todo, el Golfo aún ofrecía grandes posibilidades de desarrollo.

—Desde luego —ratificó Hoppy al punto.

Ringwald abrió su maletín, sacó de él un legajo de planos y mapas y los dejó sobre sus rodillas. En su calidad de vicepresidente del departamento de urbanización, dijo, prefería delegar ciertas operaciones en agencias más pequeñas. En las grandes compañías inmobiliarias había demasiada gente, demasiadas matronas aburridas a la caza de un rumor.

—¡Y usted que lo diga! —asintió Hoppy sin apartar la vista del mapa—. Además, las agencias pequeñas, como ésta, siempre ofrecen mejor servicio.

—Nos han hablado muy bien de su trabajo —dijo Ringwald.

Hoppy no pudo reprimir una sonrisa. Entonces sonó el teléfono. Era el mayor de los dos pequeños preguntando qué había de cena y cuándo volvería a casa su madre. Hoppy estuvo cariñoso pero conciso. Explicó a su hijo que en aquel momento estaba muy ocupado y que a lo mejor aún quedaba lasaña del día anterior en el frigorífico.

Ringwald desplegó los mapas sobre la mesa. En el primero aparecía coloreada en rojo una extensa zona comprendida dentro de los límites de Hancock, un condado vecino al de Harrison y el más occidental de los tres que bañan las aguas del Golfo. Cada uno desde su lado de la mesa, los dos hombres se inclinaron sobre el mapa.

—MGM Grand piensa instalarse aquí —anunció Ringwald señalando una gran bahía—, pero nadie lo sabe todavía. No necesito decirle que contamos con su discreción...

Hoppy ya había empezado a decir que sí con la cabeza antes de que Ringwald acabara la frase.

—Será el mayor casino de la Costa. Las obras empezarán a mediados del año que viene, pero el proyecto no se hará público hasta dentro de tres meses. Tienen pensado comprar unas cuarenta hectáreas de terreno en esta zona.

—Buen sitio. Prácticamente virgen —aventuró Hoppy. El

negocio inmobiliario nunca lo había llevado en aquella dirección, pero de algo tenían que servirle cuarenta años de residencia en la Costa.

—Nosotros venderemos aquí. —Ringwald señaló de nuevo la zona marcada en rojo, que lindaba al sur y al este con los terrenos de MGM—. Queremos doscientas hectáreas para construir esto.

Ringwald apartó el mapa de Misisipí y dejó al descubierto el boceto de un proyecto de urbanización integral bastante espectacular. En el margen superior del plano se leía, escrito en grandes letras azules, el nombre de Stillwater Bay. Apartamentos, bloques de oficinas, casas grandes, casas pequeñas, parques, iglesias, una plaza, un centro comercial, una zona peatonal, un muelle, un paseo marítimo, un centro de negocios, zonas verdes, senderos para los amantes del *jogging*, carriles para bicicletas y hasta una escuela secundaria. Parecía un sueño, una auténtica utopía diseñada para el condado de Hancock por unos visionarios de Las Vegas.

—¡Caramba! —exclamó Hoppy al ver aquella inmensa fortuna sobre su mesa.

—Cuatro fases en cinco años. El presupuesto total es de treinta millones de dólares. Será el proyecto de urbanización más ambicioso que hayan visto nunca por aquí.

—Y con diferencia.

Ringwald pasó a los planos siguientes: un boceto de la zona del muelle y otro que mostraba con todo detalle el área residencial.

—Éstos son los bocetos preliminares. Le enseñaré el resto en la oficina central.

—¿En Las Vegas?

—Sí. Una vez que hayamos llegado a un acuerdo sobre su papel como representante de KLX, nos gustaría tenerlo en Las Vegas unos cuantos días. Así conocería a nuestra gente y vería todo el proyecto desde el punto de vista de sus creadores.

A Hoppy le temblaban las rodillas. Respiró hondo. «Calma», se dijo.

—Ya veo. ¿Y en qué tipo de representante están pensando exactamente?

—Por de pronto necesitamos a un intermediario que se ocupe de la operación de compra de los terrenos. El paso siguiente será convencer a las autoridades locales para que den luz verde al proyecto. Esta parte, como usted ya sabe, puede ser lenta y bastante polémica. Nos pasamos muchas horas hablando con las comisiones de urbanismo y negociando recalificaciones. Si hace falta, llevamos el caso a los tribunales. Forma parte del negocio. Usted también intervendría indirectamente en esta fase. Más adelante, cuando el proyecto haya sido aprobado, necesitaremos una agencia inmobiliaria que se encargue de gestionar la venta de las propiedades de Stillwater Bay.

Hoppy apoyó la espalda en el respaldo de la silla para hacer algunos cálculos.

—¿A cuánto piensan comprar los terrenos? —preguntó.

—Ofreceremos un buen precio; muy bueno, si tenemos en cuenta la zona: veinticinco mil dólares la hectárea. Es casi el doble de lo que valen.

Doscientas hectáreas a veinticinco mil dólares la hectárea representaban nada menos que cinco millones de dólares, y una comisión del seis por ciento reportaría a Hoppy unos ingresos de trescientos mil dólares. Suponiendo, claro está, que no tuviera que repartirse el pastel con otras inmobiliarias. Ringwald esperó con cara de póquer hasta que Hoppy hubo acabado de multiplicar.

—Veinticinco mil es un precio excesivo —sentenció Hoppy con seguridad.

—Sí, pero hay que tener en cuenta que los terrenos no están a la venta y los propietarios no tienen ningún interés en desprenderse de ellos. Y tenemos que movernos deprisa y cerrar el trato antes de que trascienda lo de MGM. Por eso necesitamos un representante local. Si llegara a saberse que una inmobiliaria de Las Vegas está interesada en esos terrenos, los propietarios pedirían cincuenta mil dólares por hectárea. Es lo que pasa siempre.

A Hoppy le dio un vuelco el corazón al oír que los terrenos no estaban a la venta. Eso significaba que nadie más estaba al corriente. Sólo él. Sólo el bueno de Hoppy y una comisión íntegra del seis por ciento. Era la oportunidad de su vida. Por fin, al cabo de tantos años de vender casas adosadas a los jubilados, Hoppy Dupree estaba a punto de dar la campanada.

Y eso sin contar «la venta de las propiedades de Stillwater Bay». Todas esas casas y apartamentos y locales comerciales... Treinta millones de dólares, compradores a gogó y el logotipo de la inmobiliaria Dupree por todas partes. Hoppy se dio cuenta de que podía hacerse millonario en menos de cinco años.

—Supongo —intervino Ringwald— que estamos hablando de una comisión del ocho por ciento. Es lo que solemos pagar en estos casos.

—Desde luego —le aseguró Hoppy con la boca seca. Las palabras salieron solas. De los trescientos mil a los cuatrocientos mil en unas décimas de segundo—. ¿Quiénes son los propietarios? —preguntó. Una vez acordada la comisión, le pareció que debía cambiar de tema cuanto antes.

Ringwald suspiró exageradamente y dejó caer los hombros.

—Aquí es donde la cosa se complica —dijo volviendo a erguirse.

«Mi gozo en un pozo», pensó Hoppy.

—Los terrenos se encuentran en el distrito sexto del condado de Hancock —informó Ringwald—. Y el distrito sexto está en poder de un alcalde llamado...

—Jimmy Hull Moke —se adelantó Hoppy con enorme tristeza.

—¿Lo conoce?

—Todo el mundo conoce a Jimmy Hull. Lleva treinta años en la poltrona. Es el sinvergüenza más astuto de toda la Costa.

—¿Lo conoce personalmente?

—No. Sólo de oídas.

—Lo que hemos oído de él es bastante turbio.

—«Turbio» es un cumplido tratándose de Jimmy Hull. Digamos que en el ámbito local es el amo de esta parte del país.

Ringwald reaccionó con perplejidad, como si ni él ni su empresa supieran cómo actuar en esos casos. Hoppy se frotó sus tristes ojos mientras pensaba en la manera de no dejar que se le escapara aquella oportunidad. Durante un largo minuto, ambos evitaron mirarse a la cara.

—No somos partidarios de comprar los terrenos —dijo

Ringwald al fin— si no contamos con ciertas garantías de apoyo por parte del señor Moke y sus conciudadanos. Ya sabe que el proyecto tendrá que pasar por un laberinto burocrático antes de ser aprobado.

—Urbanismo, recalificación, valoración técnica, impacto sobre el medio ambiente y Dios sabe qué más —salmodió Hoppy como si estuviera acostumbrado a enfrentarse con dificultades como aquéllas todos los días.

—Tenemos entendido que el señor Moke es quien lo controla todo.

—Con mano de hierro.

Otra pausa.

—Tal vez deberíamos concertar una entrevista con el señor Moke —propuso Ringwald.

—No se lo aconsejo.

—¿Por qué no?

—Porque las entrevistas no servirán de nada.

—No le entiendo.

—Dinero. Contante y sonante. Y tratándose de Jimmy Hull, sacas grandes y billetes viejos.

Ringwald asintió con una sonrisa solemne, como si la noticia lo entristeciera pero confirmara lo que ya sabía.

—Sí, eso dicen —musitó—. De hecho, suele suceder. Sobre todo si hay casinos en la zona. El dinero fresco hace que la gente se vuelva avariciosa.

—Jimmy Hull ya nació avaricioso. Empezó a trapichear treinta años antes de que abrieran el primer casino.

—¿Nunca ha tenido problemas?

—No. Para ser alcalde, no tiene un pelo de tonto. Cobra en efectivo, sin dejar rastro, y sabe cubrirse las espaldas. De todas maneras, tampoco es que haga falta saber latín para según qué cosas.

Hoppy se secó la frente con un pañuelo. A continuación se agachó y sacó de un cajón dos vasos y una botella de vodka. Sirvió dos medidas de licor y, sin rebajarlo con nada, puso uno de los vasos frente a Ringwald.

—¡Salud! —brindó antes de que Ringwald tocara su vaso.

—¿Qué hacemos entonces? —preguntó Ringwald.

—¿Qué suele hacer KLX en estos casos?

—Normalmente buscamos la manera de llegar a un acuerdo con las autoridades locales. Hay demasiado dinero en juego como para tirar la toalla y volver a casa con las manos vacías.

—¿Y cómo se las apañan para llegar a acuerdos con las autoridades locales?

—Tenemos nuestros métodos: financiación de campañas electorales, vacaciones pagadas en algún lugar exótico, esposas e hijos remunerados en concepto de asesoramiento...

—¿Han llegado a pagar sobornos a tocateja?

—Sin comentarios.

—Pues en este caso no tendrán más remedio que hacerlo. Jimmy Hull es un hombre simple. Sólo le interesa el dinero.

Hoppy tomó un buen trago de vodka e hizo chasquear la lengua.

—¿Cuánto?

—Quién sabe. Pero por la cuenta que les trae, será mejor que no regateen. Aunque consiguieran engañarlo al principio, luego se arrepentirían. Jimmy Hull podría dar al traste con sus planes. Y no piense que recuperarían el dinero: Jimmy Hull no admite devoluciones.

—Da la impresión de que lo conoce bien.

—En la Costa todos sabemos de qué pie cojea ese Jimmy Hull. Es una especie de leyenda local.

Ringwald no daba crédito.

—Bienvenido al estado de Misisipí —dijo Hoppy antes de tomar otro trago. El vaso de Ringwald seguía intacto.

Hoppy llevaba veinticinco años ganándose la vida honradamente y no tenía intención de apartarse del buen camino a esas alturas. No valía la pena arriesgarse a perderlo todo sólo por un puñado de dólares. Tenía que pensar en sus hijos, en la familia, en su reputación. Hoppy se había hecho un lugar en la comunidad, iba a la iglesia de vez en cuando, era miembro del Rotary Club... ¿Y quién demonios era ese desconocido, con su traje caro y sus mocasines de marca, para prometerle el oro y el moro a cambio de una pequeña gestión? En cuanto el tipo saliera por la puerta, a Hoppy le iba a faltar tiempo para coger el teléfono y averiguar quiénes eran el Grupo Inmobiliario KLX y el tal Todd Ringwald.

—No crea que Misisipí es una excepción —dijo Ringwald—. Pasa lo mismo en todas partes.

—¿Y cuál es el procedimiento habitual?

—Bueno, creo que el primer paso debería ser hablar con el señor Moke y ver qué posibilidades existen de alcanzar un acuerdo.

—Por eso no se preocupen. Jimmy Hull estará más que dispuesto.

—Entonces habrá que fijar los términos del acuerdo. O, como diría usted, el precio. —Ringwald hizo una pausa y tomó un sorbito de su bebida—. ¿Le interesa la propuesta?

—No lo sé. ¿En qué consistiría mi participación?

—KLX no tiene ningún contacto en el condado de Hancock, y lo que queremos evitar por todos los medios es llamar la atención. Somos una inmobiliaria de Las Vegas. Si vamos con la verdad por delante, todo el proyecto se irá al garete.

—¿Quieren que hable con Jimmy Hull?

—Sólo si le interesa participar en el proyecto. Si no, tendremos que buscar otro intermediario.

—Tengo una reputación impecable —afirmó Hoppy con una seguridad sorprendente. Después pensó en aquellos cuatrocientos mil dólares que irían a parar a las manos de la competencia y tuvo que tragar saliva.

—No le pedimos que se ensucie las manos. —Ringwald tardó unos segundos en encontrar las palabras que buscaba. Hoppy le ayudaba en silencio—. Digamos que KLX sabrá cómo satisfacer las expectativas del señor Moke sin que el dinero tenga que pasar por sus manos. De hecho, usted ni siquiera estará al corriente de los detalles de la transacción.

Hoppy se incorporó como si alguien, literalmente, acabara de quitarle un gran peso de encima. Tal vez no tendría que renunciar al dinero. Al fin y al cabo, Ringwald y su empresa estaban acostumbrados a resolver ese tipo de problemas. Probablemente habían tratado con sinvergüenzas mucho peores que Jimmy Hull Moke.

—Siga —dijo.

—Usted está al tanto de lo que pasa aquí. Nosotros desconocemos el terreno y tenemos que confiar en su buen criterio.

Hagamos una cosa: yo le propongo un plan de acción y usted me dice si daría resultado. ¿Qué le parecería hablar con el señor Moke, sin testigos, y contarle el proyecto a grandes trazos? El nombre de KLX no tiene por qué salir en la conversación. Usted tiene un cliente que quiere ponerse de acuerdo con él y ya está. Dejemos que él ponga el precio. Si está dentro de nuestro presupuesto, trato hecho. Nosotros nos encargamos de la entrega y usted ni siquiera se entera de si el dinero llegó a cambiar de manos. Usted no habrá hecho nada malo, Moke tendrá lo que quiere y nosotros estaremos a punto de ganar un montón de dinero. Y cuando digo nosotros, me refiero también a la inmobiliaria Dupree.

A Hoppy le gustó la idea. Tal como lo contaba Ringwald, KLX y Jimmy Hull se encargarían de todo el trabajo sucio mientras él se lavaba las manos y se limitaba a hacer la vista gorda. Hoppy dijo al joven ejecutivo que consideraría su propuesta, pero no se comprometió a nada; la situación aconsejaba actuar con cautela.

Ringwald y Dupree hablaron durante otro rato, estudiaron los planos por segunda vez y, finalmente, se despidieron a las ocho. Quedaron en llamarse el viernes por la mañana.

Antes de regresar a casa, Hoppy marcó el número que aparecía en la tarjeta de visita de Ringwald. Una recepcionista muy eficiente respondió desde Las Vegas:

—Buenas tardes. Grupo Inmobiliario KLX.

Hoppy sonrió y dijo que quería hablar con Todd Ringwald. La recepcionista pasó la llamada a la oficina correspondiente. Madeline, una ayudante de funciones indeterminadas, explicó a Hoppy que el señor Ringwald estaba de viaje y que no lo esperaban hasta el lunes. Hoppy colgó cuando Madeline quiso saber quién preguntaba por su jefe.

Vaya, vaya... KLX no era ningún invento.

Todas las llamadas procedentes del exterior eran filtradas en recepción. El mensaje se apuntaba en unas hojas amarillas que luego Lou Dell distribuía entre los jurados como si fueran regalos de Navidad. George Teaker llamó el jueves por la noche, a los ocho menos veinte, y el mensaje correspondiente llegó a manos de Lonnie Shaver mientras éste trabajaba con el ordenador en vez de ver la película como los demás miembros del jurado. Lonnie llamó a Teaker enseguida, y los primeros diez minutos no hizo más que contestar preguntas sobre el juicio. Lonnie tuvo que admitir que había sido un día aciago para la defensa. Lawrence Krigler había logrado impresionar a los jurados. A todos excepto a él, claro está. Lonnie aseguró a su interlocutor que el testigo no le había hecho cambiar de opinión, y Teaker no se cansó de repetirle qué preocupados estaban los de Nueva York. Lo único que les tranquilizaba era saber que Lonnie formaba parte del jurado y que podían contar con él para lo que fuera. De todas formas, la cosa había tomado un mal cariz, ¿verdad?

Lonnie insistió en que aún era demasiado pronto para saber hacia qué lado se decantaría el jurado.

Teaker dijo que había que atar los cabos sueltos del contrato. A Lonnie no se le ocurría otro cabo suelto que el de la cifra del salario. En aquel momento ganaba cuarenta mil dólares al año. Según Teaker, SuperHouse le subiría el sueldo hasta cincuenta mil. Aparte estaban las opciones de compra de acciones y una prima de productividad que podía proporcionarle otros veinte mil dólares.

SuperHouse quería que Lonnie participara en un curso de formación en Charlotte tan pronto como acabara el juicio. La sola mención de esa palabra significó otra ronda de preguntas sobre el estado de ánimo del jurado.

Una hora más tarde, Lonnie estaba de pie junto a la ventana de su habitación, contemplando el aparcamiento y tratando de hacerse a la idea de que estaban a punto de pagarle setenta mil dólares anuales. Tres años atrás cobraba apenas veinticinco mil.

No estaba mal. Nada mal teniendo en cuenta que su padre ganaba tres dólares por hora repartiendo leche.

18

El viernes por la mañana el *Wall Street Journal* publicó en portada un artículo sobre Lawrence Krigler y su testimonio del día anterior. Escrito por Agner Layson, espectador asiduo del juicio donde los hubiera, el artículo describía con precisión lo acontecido en la sala para después especular sobre el impacto de la declaración de Krigler en el ánimo del jurado. Layson dedicaba el resto del artículo —la mitad, aproximadamente— a despellejar al testigo reproduciendo comentarios de varios representantes de ConPack, antes Allegheny Growers. Como era de esperar, los de la tabacalera desmentían con vehemencia prácticamente todo cuanto había dicho Krigler. Por de pronto, la empresa ni siquiera había llevado a cabo el tan cacareado estudio de los años treinta; al menos, nadie sabía nada de él. Además, había llovido mucho desde entonces. Si ningún empleado ni dirigente de ConPack había visto jamás dicho informe, ¿no sería que el infausto memorando era solamente producto de la imaginación de Krigler? Tampoco era del dominio público dentro de la industria del tabaco que la nicotina fuera adictiva. Y, por supuesto, ni ConPack ni ningún otro fabricante —ya puestos— alteraban artificialmente la composición de los cigarrillos por ese motivo. Es más, la empresa llegaba a negar por escrito que la nicotina creara adicción.

Pynex también ponía su granito de arena y arremetía contra

Krigler mediante fuentes anónimas. La presencia de Lawrence Krigler nunca había llegado a cuajar en la empresa. El pobre se las daba de genio cuando no era más que un técnico de laboratorio. De hecho, su informe sobre Raleigh 4 estaba plagado de equivocaciones: la producción de dicha variedad de tabaco era totalmente inviable. Tanto en el trabajo como a nivel personal, Krigler había acusado mucho la muerte de su hermana. También se decía de él que era propenso a esgrimir amenazas de litigio. El artículo de Layson terminaba con la insinuación de que el arreglo extrajudicial alcanzado hacía trece años por Krigler y Pynex había sido claramente favorable a la tabacalera.

En el mismo periódico, otro artículo de menor extensión informaba sobre la cartera de valores de Pynex, que había cerrado la sesión a setenta y cinco dólares y medio —tres puntos por debajo del precio de salida— tras un día de intensa actividad y un ligero repunte a última hora.

El juez Harkin leyó el artículo de Layson una hora antes de la llegada del jurado, y se apresuró a llamar al Siesta Inn para asegurarse de que Lou Dell no permitiría que ninguno de los jurados hiciera lo mismo. La celadora aseguró a Su Señoría que el jurado sólo tendría acceso a los periódicos locales, todos censurados según sus instrucciones. Lou Dell descubrió que recortar las noticias relacionadas con el juicio podía ser un pasatiempo de lo más entretenido. De vez en cuando también se llevaba por delante algún artículo que no tenía nada que ver con el caso. Lo hacía por pura diversión y con la más absoluta impunidad, sólo para que los miembros del jurado se devanaran los sesos preguntándose qué se estaban perdiendo.

Hoppy Dupree durmió poco. Después de fregar los platos y pasar la aspiradora por la sala de estar, había estado hablando por teléfono con Millie durante casi una hora. Su mujer estaba de buen humor.

A medianoche Hoppy se levantó de la cama y se sentó en el porche. Estuvo pensando en KLX, en Jimmy Hull Moke y en la fortuna que tenía casi al alcance de la mano. El dinero sería para los chicos; eso ya lo había decidido antes de salir de la oficina.

Nada de escuelas universitarias de tercera categoría. Nada de trabajillos después de las clases. A partir de aquel día todos podrían ir a las mejores escuelas. Una casa más grande tampoco les iría mal; pero sólo porque los chicos necesitaban más espacio: Millie y él se conformaban con cualquier cosa.

Y nada de deudas. Una vez descontado el porcentaje de los impuestos, Hoppy emplearía el dinero restante en comprar fondos de inversión mobiliaria y bienes raíces. A ser posible, locales comerciales modestos que le proporcionaran buenos alquileres. Ya se le ocurrían al menos media docena.

Lo que le quitaba el sueño era el acuerdo con Jimmy Hull Moke. Hoppy nunca había querido mezclarse, ni por acción ni por omisión, en chanchullos de ninguna clase. Aquella noche se acordó de un primo suyo, vendedor de coches de segunda mano, que había pasado tres años a la sombra por hipotecar dos veces sus pertenencias. Además de la cárcel, sus maniobras le habían costado el cariño de su mujer y la felicidad de sus hijos.

Poco antes de salir el sol, Hoppy empezó a sentirse extrañamente confortado por la mala reputación de Jimmy Hull Moke. No podía negarse que el alcalde había perfeccionado el trapicheo hasta el punto de convertirlo casi en un arte: había logrado enriquecerse con el modesto salario de un funcionario y a la vista de toda la comunidad.

Seguro que Moke sabía exactamente cómo había que hacer las cosas sin levantar sospechas. Además, Hoppy no llegaría a tocar el dinero, ni siquiera sabría si había cambiado de manos o cuándo había tenido lugar la entrega.

Mientras se desayunaba con un pastelito, Hoppy llegó a la conclusión de que el riesgo que corría era mínimo. Decidió mantener una charla inofensiva con Jimmy Hull y dejar que la conversación siguiera el curso que el alcalde quisiera; ésa era la manera más fácil de llegar al tema del dinero. Luego sólo le quedaría informar a Ringwald. Hoppy descongeló unos bracitos de gitano para los chicos, les dejó el dinero del almuerzo sobre el mostrador de la cocina y salió hacia la oficina a las ocho.

Después del testimonio de Krigler, la defensa optó por un estilo más informal. Era de todo punto imprescindible ofrecer una imagen despreocupada que no dejara entrever el duro golpe asestado el día anterior por el demandante. Todos los miembros del equipo de la defensa dejaron a un lado sus trajes oscuros y aparecieron vestidos de gris, azul claro y —en un caso— caqui. Nada de negro ni de azul marino. Nada de entrecejos fruncidos ni de hombres abrumados por su propia importancia. En el preciso instante en que el primer jurado entraba en la sala, la mesa de la defensa desplegó un sonrisa unánime de oreja a oreja, y hasta se oyeron un par de carcajadas. ¡Qué tíos tan cachondos!, debían de pensar los jurados.

Hubo pocas sonrisas en la tribuna en respuesta al saludo del juez Harkin. Era viernes, y eso significaba que el fin de semana estaba a la vuelta de la esquina; un fin de semana de reclusión en el Siesta Inn. Durante el desayuno, los miembros del jurado ya habían decidido que Nicholas pasaría una nota al juez pidiéndole que considerara la posibilidad de trabajar los sábados. Los jurados preferían estar en el juzgado y acabar cuanto antes con aquel suplicio antes que quedarse en el hotel dándole vueltas al caso.

La mayoría de los jurados se percató enseguida de la estúpida sonrisa que adornaba la cara de Cable y los suyos. Y lo mismo podría decirse de los trajes veraniegos, de los cuchicheos jocosos y de ese nuevo aire de jovialidad.

—¿Por qué están tan contentos? —preguntó en voz baja Loreen Duke mientras el juez leía su lista de preguntas.

—Quieren que creamos que lo tienen todo bajo control —susurró Nicholas—. Hay que poner cara de mala leche.

Wendall Rohr se puso en pie y llamó a declarar al siguiente testigo.

—Doctor Roger Bunch —anunció con orgullo antes de mirar al jurado para ver cómo reaccionaba ante aquel nombre.

Pero era viernes, y al jurado ya se le habían acabado las ganas de reaccionar.

Bunch había alcanzado cierta notoriedad diez años atrás, cuando, siendo director general de Salud Pública, se había dedicado a denostar sistemáticamente a la industria del tabaco. Durante seis años —los que estuvo en el cargo—, había promovido la redacción de innumerables estudios en contra del tabaco, atacado frontalmente la industria tabacalera, pronunciado mil discursos y escrito tres libros sobre el tema, y presionado a los organismos estatales para que endurecieran las regulaciones y los controles vigentes. Sin embargo, la balanza se había inclinado a su favor sólo en contadas ocasiones. Tras abandonar el cargo de director general, Bunch había sabido utilizar todos los medios a su alcance para seguir adelante con su cruzada antitabaco.

Roger Bunch tenía opiniones para dar y tomar, y estaba impaciente por compartirlas con el jurado. A su modo de ver, las pruebas eran concluyentes: los cigarrillos provocan cáncer. Todas las organizaciones médicas del mundo que se habían ocupado alguna vez del tema habían llegado a la conclusión de que fumar cigarrillos provoca cáncer. Las únicas voces discordantes eran las de los fabricantes y sus peleles: grupos de presión y demás.

Los cigarrillos crean adicción. Si no, que se lo preguntaran a cualquier fumador que hubiera intentado dejar el tabaco. La industria, en cambio, defendía que fumar era un ejercicio de libertad.

—¡Tonterías! No se puede esperar otra cosa de las tabacaleras —dijo sin ocultar la repugnancia que le inspiraban.

De hecho, durante sus seis años al frente de la Dirección de Sanidad Pública, Bunch había autorizado la publicación de tres estudios diferentes que coincidían en afirmar el carácter adictivo de los cigarrillos.

En su opinión, las empresas tabacaleras invierten millones de dólares en mantener engañada a la opinión pública. Financian estudios que dicen demostrar la inocuidad del tabaco. Se gastan dos mil millones de dólares al año en publicidad y luego salen con el cuento de que la gente está informada a la hora de decidir si quiere fumar o no. Eso son patrañas. El público, y el público adolescente sobre todo, recibe mensajes contradictorios. Fumar les puede parecer divertido, sofisticado e incluso saludable.

Además, se gastan una fortuna en financiar todo tipo de experimentos disparatados que se limitan a corroborar sus consignas. La industria tabacalera en su conjunto es bien conocida por su afición a la falsedad y al encubrimiento, y en cuanto a cada empresa en particular, está claro que todas se niegan a aceptar la responsabilidad de lo que fabrican. Anuncian sus productos a bombo y platillo y luego, cuando uno de sus clientes muere de cáncer de pulmón, dicen que la persona en cuestión debería haberlo pensado antes.

Uno de los estudios que Bunch dirigió personalmente probaba que los cigarrillos contienen residuos de insecticidas y pesticidas, fibras asbestosas e incluso partículas de desecho. Las empresas tabacaleras no reparaban en gastos a la hora de hacer publicidad, pero no se tomaban la molestia de eliminar los residuos tóxicos de sus productos.

Otro estudio de Bunch mostraba cómo las empresas tabacaleras engatusaban a los jóvenes con sus malas artes; cómo atraían a los pobres; cómo producían y promocionaban una marca diferente para cada sexo y cada clase social.

En atención a su ilustre pasado, el doctor Bunch fue consultado sobre una gran variedad de asuntos. A lo largo de la mañana tuvo ocasión de disimular el odio que sentía por la industria tabacalera, pero también de dejar traslucir ese rencor, lo cual perjudicó su credibilidad en algunos momentos. En términos generales, sin embargo, puede decirse que el testigo logró conectar con el jurado. No hubo bostezos ni miradas extraviadas.

Todd Ringwald era de la firme opinión que la entrevista debía tener lugar en la inmobiliaria, en terreno propio, allí donde hubiera más posibilidades de pillar a Jimmy Hull desprevenido. A falta de experiencia en aquella clase de negociaciones, Hoppy tuvo que dar por buena la explicación del enviado de Las Vegas. La mañana empezó bien: Hoppy tuvo suerte y localizó a Moke enseguida; estaba en casa podando el seto. El alcalde estuvo de acuerdo en encontrarse con Hoppy en Biloxi porque tenía pensado pasar por la ciudad de todas maneras. Moke afirmó conocer de oídas la inmobiliaria Dupree. Hoppy le dijo que se trataba de un asunto muy importante relacionado con un proyecto de urbanización para el condado de Hancock, y el alcalde aceptó de nuevo la propuesta de Hoppy de compartir unos bocadillos en la oficina a la hora de comer. Moke no necesitó la dirección de la inmobiliaria: sabía exactamente dónde estaba.

Por alguna razón inexplicable, tres de los colaboradores de Hoppy coincidieron en la oficina poco antes del mediodía. Una vendedora charlaba con su novio por teléfono, otro repasaba los anuncios clasificados y el tercero parecía esperar la partida de pinacle. A Hoppy le costó Dios y ayuda convencer a sus socios de que fueran a patearse las calles en vez de esperar a que los negocios llamaran a la puerta. No quería que hubiese nadie merodeando por los alrededores cuando llegara Moke.

Jimmy Hull entró en la oficina desierta vestido con pantalones tejanos y botas de vaquero. Hoppy lo saludó con un apretón de manos nervioso y le pidió, con voz temblorosa, que lo acompañará a su despacho. Sobre la mesa había dos bocadillos envueltos en celofán y un par de tés helados. Los temas de conversación durante el almuerzo fueron la política local, los casinos y la pesca. Hoppy no tenía apetito. Se le habían puesto los nervios en el estómago y además le temblaban las manos. Después de comer, Hoppy despejó la mesa y sacó de un cajón los bocetos de Stillwater Bay que Ringwald le había traído poco antes. Los dibujos no contenían ninguna indicación sobre el responsable del proyecto. Hoppy resumió en diez minutos la propuesta de urbanización y fue cobrando confianza en sí mismo. Modestia aparte, había hecho una buena presentación del proyecto.

Jimmy Hull se acarició la barbilla sin apartar los ojos del boceto y dijo:

—Treinta millones de dólares...

—Por lo menos —apostilló Hoppy. Los intestinos le estaban jugando una mala pasada.

—¿Y quién está detrás de todo esto?

Hoppy había estado ensayando la respuesta a esa pregunta, y su actuación fue de lo más convincente. No estaba autorizado a divulgar el nombre del responsable; al menos de momento. A Jimmy Hull le gustó la intriga. Hizo varias preguntas, todas relacionadas con el dinero y la financiación. Hoppy las contestó casi todas.

—La recalificación podría ser un problema —advirtió Jimmy Hull con el entrecejo fruncido.

—Sí, es cierto.

—Y la comisión de urbanismo pondrá el grito en el cielo.

—Somos conscientes de ello.

—Aunque, por supuesto, quienes tienen la última palabra son los alcaldes. Como usted ya sabe, los dictámenes de recalificación y planificación son meramente consultivos. O sea, que al final nosotros seis hacemos lo que nos viene en gana.

Moke se rió y Hoppy le siguió la corriente. En el estado de Misisipí, los seis alcaldes ejercían un poder absoluto.

—Mi cliente está al corriente de cómo funcionan las cosas por aquí. Y está impaciente por llegar a un acuerdo con usted.

Jimmy Hull quitó los codos de la mesa y se arrellanó en la silla. Luego entrecerró los ojos, arrugó la frente y volvió a acariciarse la barbilla. Los rayos que salían de sus ojillos negros llegaban hasta el otro lado de la mesa y se clavaban en el pecho de Hoppy como si fueran balas. Éste tuvo que agarrarse al tablero de la mesa con las dos manos para que no le temblaran los dedos.

¿Cuántas veces se habría encontrado en aquellas mismas circunstancias Jimmy Hull? ¿Cómo estudiaba a su presa antes de lanzarse al ataque?

—Ya sabe que en mi distrito se hace lo que yo dispongo —dijo sin mover apenas los labios.

—Sé exactamente cómo funcionan las cosas —replicó Hoppy con todo su aplomo.

—Si me interesa que el proyecto sea aprobado, los trámites se resolverán en un abrir y cerrar de ojos. Si no, háganse a la idea de que el proyecto nunca existió.

Hoppy se limitó a asentir con la cabeza.

Jimmy Hull sentía curiosidad por saber qué otros miembros de la comunidad participaban en el proyecto, quién sabía qué, hasta qué punto se estaba llevando en secreto la operación...

—Sólo yo estoy al corriente —le aseguró Hoppy.

—¿Su cliente se dedica al negocio del juego?

—No, pero es de Las Vegas. Piensa que es muy importante llevar bien las cosas en la esfera local, y está impaciente por poner manos a la obra.

Las Vegas era la palabra clave. Mientras saboreaba el sonido de aquellas dos palabras, Jimmy Hull echó un vistazo a su alrededor. La oficina de Hoppy era un cuartucho amueblado con sobriedad espartana que transmitía una cierta sensación de inocencia, como si nada importante pudiera pasar entre aquellas cuatro paredes. Moke había hecho un par de llamadas, y sus amigos de Biloxi le habían dicho que el señor Dupree era un tipo inofensivo que en Navidad vendía bizcochos para el Rotary Club. Tenía a su cargo una familia numerosa y no se metía en líos..., ni en grandes negocios. La pregunta obligada era por qué los promotores de un proyecto como Stillwater Bay habían querido hacer tratos con una inmobiliaria de tres al cuarto como aquélla.

Moke decidió no compartir sus dudas con Hoppy.

—¿Sabe que mi hijo es un asesor ideal para este tipo de proyectos? —dijo.

—No, no lo sabía, pero estoy seguro de que mi cliente estará encantado de trabajar con él.

—Vive en Bay St. Louis.

—¿Quiere que lo llame?

—No, ya lo haré yo.

Randy Moke era propietario de dos hormigoneras y se pasaba la mayor parte del día en un barco de pesca que alquilaba a los excursionistas. Había dejado el instituto dos meses antes de su primera condena por tráfico de drogas.

Hoppy decidió insistir. Ringwald había hecho hincapié en que el trato con Moke debía cerrarse lo más pronto posible. De lo contrario, el alcalde podía irse de la lengua.

—A mi cliente le interesaría mucho determinar el presupuesto inicial antes de comprar los terrenos. ¿Cuánto cobraría su hijo por asesorarnos?

—Cien mil dólares.

Hoppy no parpadeó siquiera. Se sentía orgulloso del aplomo que estaba demostrando. Ringwald había previsto una cifra del orden de los cien mil o doscientos mil dólares. KLX los pagaría con mucho gusto. La verdad es que era barato comparado con Nueva Jersey.

—Entiendo. Pagaderos...

—En efectivo.

—Mi cliente está dispuesto a discutir el tema.

—No hay nada que discutir. Billetes contantes y sonantes o no hay trato.

—¿Y los términos del acuerdo?

—Cien mil en efectivo ahora y el proyecto se aprueba en un santiamén. Garantizado. Un centavo menos y lo paralizo con una llamada telefónica.

Era curioso constatar que ni en el tono de voz de Moke ni en la expresión de su rostro había el menor rastro de amenaza. Hoppy dijo después a Ringwald que Jimmy Hull había establecido los términos del acuerdo como quien vende neumáticos viejos en un mercadillo.

—Tengo que hacer una llamada —se disculpó—. No se levante.

Hoppy entró en la recepción, que gracias a Dios seguía vacía, y llamó a Ringwald, que estaba en su hotel, sentado junto al teléfono. Ambos discutieron brevemente las condiciones de Moke.

—Trato hecho —anunció Hoppy de vuelta en su despacho—. Mi cliente pagará lo que pide.

Hoppy disfrutó de la sensación de cerrar un trato millonario por una vez en la vida. KLX por un lado, Moke por el otro, y él en medio, en primera línea pero lejos del trabajo sucio.

Jimmy Hull se relajó e incluso llegó a sonreír.

—¿Cuándo? —preguntó.

—Lo llamaré el lunes.

19

Fitch hizo caso omiso del juicio durante todo el viernes por la tarde. Tenía que atender con urgencia otros asuntos relacionados con uno de los jurados. Para hacerlo, se encerró junto con Pang y Carl Nussman en una sala de conferencias del bufete de Cable y se pasó una hora de cara a la pared.

Había sido idea suya, única y exclusivamente. Sabía que daba palos de ciego, que aquélla era una de las corazonadas más descabelladas que había tenido hasta la fecha, pero para eso le pagaban: para llegar hasta donde no llegaba nadie más. Gracias al dinero del Fondo, Fitch podía permitirse el lujo de soñar lo imposible.

Cuatro días antes había ordenado a Nussman que le enviara inmediatamente toda la información que tenían archivada con relación al jurado del juicio Cimmino, celebrado el año anterior en Allentown, en el estado de Pensilvania. Tras cuatro semanas de declaraciones, el jurado del caso Cimmino se había pronunciado de nuevo a favor de las tabacaleras. Entre los trescientos jurados potenciales que acudieron al juzgado durante la vista preliminar había un joven llamado David Lancaster.

El informe sobre Lancaster tenía pocas páginas. El joven trabajaba en un videoclub y afirmaba ser estudiante. Vivía en un apartamento situado encima de una modesta charcutería coreana y, al parecer, no contaba con otro medio de transporte que una bicicleta. Al menos, no se habían encontrado pruebas de que poseyera otro vehículo: en los archivos del condado no constaba ningún coche o camión matriculado a su nombre. Su ficha de jurado decía que había nacido en Filadelfia el 8 de mayo de 1967, aunque este dato no había sido verificado. En el momento de celebrarse aquel juicio no había razón para sospechar que mentía. Los hombres de Nussman acababan de llegar a la conclusión de que la fecha de nacimiento era falsa. La misma ficha decía que Lancaster no tenía antecedentes penales, que no había sido jurado en el mismo condado durante aquel año, que no había ninguna razón médica que le impidiera serlo, y que estaba dado de alta en el censo electoral. De hecho, lo estaba sólo desde cinco meses antes de que empezara el juicio.

El informe no contenía nada raro, a excepción de un memorando escrito a mano por algún asesor que decía que, cuando Lancaster compareció en el juzgado el primer día de la vista preliminar, el secretario de juzgado no encontró su nombre en la lista de convocados. Entonces Lancaster mostró una citación aparentemente auténtica y fue admitido con los demás candidatos. Otro de los asesores de Nussman había advertido que Lancaster parecía interesado en formar parte del jurado.

La única foto incluida en el informe había sido hecha de lejos mientras el joven iba en su bicicleta de montaña hacia el trabajo. Llevaba gorra, gafas oscuras, el pelo largo y una barba poblada. Uno de los esbirros de Nussman estuvo charlando con Lancaster mientras alquilaba unas cintas de vídeo, y su informe del candidato decía que iba vestido con unos vaqueros gastados, botas, calcetines de lana y una camisa de franela, que se había recogido el pelo en una coleta que escondía bajo el cuello de la camisa, y que estuvo amable pero no hablador.

Lancaster tuvo mala suerte en el sorteo y le tocó un número muy alto. Por eso, aunque pasó las dos primeras eliminatorias, se quedó a cuatro filas de distancia del último jurado seleccionado.

Después de eso —y hasta la corazonada de Fitch— la carpeta correspondiente a David Lancaster no había vuelto a abrirse. A lo largo de las últimas veinticuatro horas, el equipo de Nussman había averiguado que el joven se esfumó un mes después del final del juicio. Su casero coreano no sabía nada de él. El encargado del videoclub de Allentown dijo que se había largado por las buenas, sin avisar. Resultó imposible localizar a ninguna otra persona en toda la ciudad dispuesta a reconocer la existencia de Lancaster. Los hombres de Fitch seguían trabajando en ello, pero nadie esperaba encontrar nada. El nombre de Lancaster aún figuraba en el censo electoral, pero eso no significaba nada: según el encargado del registro, las listas se actualizaban cada cinco años.

El miércoles por la noche Fitch ya estaba prácticamente seguro de que David Lancaster era Nicholas Easter.

El jueves por la mañana temprano Nussman recibió un envío de su oficina de Chicago: dos cajas grandes con los informes del jurado del caso Glavine en su interior. El juicio Glavine, celebrado dos años atrás en Broken Arrow, en el estado de Oklahoma, había parecido una batalla campal entre el demandante y Trellco. En realidad, Fitch se había asegurado un veredicto favorable a la defensa mucho antes de que los abogados acabaran de discutir. Nussman había pasado la noche del jueves en vela para poder leer toda aquella información.

Entre los candidatos al jurado de Broken Arrow figuraba un joven de veinticinco años y raza blanca llamado Perry Hirsch. No se había podido comprobar la veracidad de su lugar de nacimiento —St. Louis—, pero sí que la fecha que declaró era falsa. Hirsch dijo que trabajaba en una fábrica de lámparas y que repartía pizzas durante el fin de semana. Era soltero y católico, no había terminado sus estudios universitarios y no había formado nunca parte de un jurado, todo ello según sus respuestas manuscritas a un breve cuestionario que fue entregado a los abogados antes del juicio. Hirsch se había dado de alta en el censo electoral de Oklahoma cuatro meses antes del inicio del proceso, y se suponía que vivía con una tía suya en un cámping para caravanas. Él y otras ciento noventa y nueve personas habían recibido citaciones del juzgado.

Había dos fotos de Hirsch. En la primera aparecía cargando un montón de pizzas en su coche —un Pinto destartalado—, iba vestido con el uniforme multicolor del restaurante —camisa roja y azul y gorra a juego— y llevaba gafas con montura metálica y barba. En la segunda instantánea el joven había sido fotografiado al lado de la caravana donde vivía, pero casi no se le veía la cara.

Hirsch estuvo a punto de formar parte del jurado del caso Glavine, pero fue recusado por el demandante por razones poco claras. Y como era de esperar, abandonó la ciudad poco después del juicio. La fábrica donde trabajaba había tenido un empleado llamado Terry Hurtz, pero ningún Perry Hirsch.

Fitch había contratado a un investigador local para intentar averiguar algo más. Hasta el momento la búsqueda de la anónima tía de Hirsch había sido infructuosa. El cámping no tenía archivos, y ningún empleado de Rizzo's recordaba a un tal Perry Hirsch.

El viernes por la tarde, a oscuras, Fitch, Pang y Nussman se sentaron frente a la pantalla para comparar las fotografías ampliadas de Hirsch, Lancaster y Easter. Nicholas, naturalmente, era el único que no llevaba barba. Se le había fotografiado mientras trabajaba, de modo que tampoco llevaba gafas ni gorra.

Las tres caras pertenecían a la misma persona.

El perito grafólogo de Nussman llegó a Biloxi el viernes después de comer. Un reactor privado de Pynex lo llevó desde la ciudad de Washington hasta el estado de Misisipí. El experto tardó menos de media hora en formarse una opinión. Las únicas muestras caligráficas de que disponían eran las fichas que habían rellenado todos los candidatos a jurado de los casos Cimmino y Wood, y el breve cuestionario de Glavine. Más que suficiente. Al perito no le cupo la menor duda de que Perry Hirsch y David Lancaster eran la misma persona. En cuanto a la caligrafía de Easter, era evidente que distaba bastante de la de Lancaster, pero Nicholas había cometido un error al intentar alejarse de la de Hirsch. Y también era obvio que las precisas mayúsculas de Easter habían sido diseñadas para distinguirse de estilos anteriores. Nicholas había trabajado mucho hasta conseguir crear una caligrafía completamente original que no lo relacionara con su pasado. El error estaba al final de la ficha, en la firma. El palo horizontal de la «t» estaba muy abajo e inclinado de izquierda a derecha, un rasgo muy peculiar. Hirsch utilizaba una letra desmañada, sin duda con la intención de aparentar falta de cultura. Pero para los ojos de un experto en la materia, la «t» de St. Louis, su presunto lugar de nacimiento, era idéntica a la «t» de Easter.

—Hirsch y Lancaster son la misma persona —anunció el perito sin la menor sombra de duda—. Easter y Hirsch son la misma persona. Luego, Easter y Lancaster también deben serlo.

—Los tres son el mismo —repitió Fitch mientras rumiaba la decisión del experto.

—Exacto. Y sea cual sea su verdadero nombre, es muy pero que muy inteligente.

El perito calígrafo abandonó el bufete de Cable tan pronto como acabó su trabajo. Fitch volvió a su oficina, donde permaneció reunido con Pang y Konrad durante el resto de la tarde y parte de la noche del viernes. Había enviado a varios hombres a trabajar sobre el terreno tanto en Allentown como en Broken Arrow, y les había dado instrucciones de husmearlo todo, sobornar a quien hiciera falta y dar con alguna pista relativa a Hirsch o a Lancaster en los archivos de las oficinas de empleo o de Hacienda.

—¿Había oído hablar de alguien que quisiera formar parte de un jurado? —preguntó Konrad.

—Jamás —gruñó Fitch.

Las normas que regulaban las visitas personales eran sencillas. Entre las siete y las nueve de la noche del viernes, los jurados podían recibir en sus respectivas habitaciones a cónyuges, compañeros y demás. Los invitados podían entrar y salir del motel en cualquier momento siempre que respetaran el horario establecido e informaran de su presencia a Lou Dell, que los miraría de arriba abajo como si sólo ella tuviera el poder de aprobar lo que iban a hacer.

El primero en llegar, a las siete en punto, fue Derrick Maples, el apuesto novio de la joven Angel Weese. Lou Dell anotó su nombre, señaló el fondo del pasillo y dijo:

—Habitación cincuenta y cinco.

Derrick no volvió a dar señales de vida hasta que salió a recobrar el aliento a las nueve.

Nicholas no esperaba ninguna visita aquel viernes por la noche. Jerry Fernandez tampoco. Su esposa y él dormían en habitaciones separadas desde hacía un mes, y ella no tenía intención de malgastar su tiempo visitando a un hombre que sólo le inspiraba desprecio. Además, Jerry y Caniche ya ejercían sus derechos conyugales cada noche. La esposa del coronel Herrera estaba de viaje, y la de Lonnie Shaver no había podido encontrar canguro, de modo que los cuatro hombres dedicaron la velada a ver películas de John Wayne en la sala de fiestas y a quejarse del lamentable estado en que se encontraba su vida sentimental. En ese aspecto, hasta el pobre Herman lo tenía más claro que ellos.

Phillip Savelle sí recibió una visita, pero Lou Dell se negó en redondo a desvelar al resto de los hombres el sexo, la raza, la edad o cualquier otro dato de la persona en cuestión, que resultó ser una hermosa damisela de aspecto indio o paquistaní.

Gladys Card estuvo viendo la tele en su habitación en compañía del señor Nelson Card. Loreen Duke, que estaba divorciada, pasó la velada con sus dos hijas adolescentes. Rikki Coleman y su marido Rhea ejercieron sus derechos conyugales y después emplearon el tiempo sobrante —una hora y cuarenta y cinco minutos exactamente— en hablar de sus hijos.

Hoppy Dupree llevó a Millie un ramo de flores y una caja de bombones que ella se comió casi enterita mientras él se paseaba arriba y abajo por la habitación, presa de un entusiasmo inusitado. Los chicos estaban bien, habían salido por ahí con sus novias, y el negocio marchaba viento en popa. De hecho, iba mejor que nunca. Hoppy tenía un secreto, un secreto maravilloso que tenía que ver con un trato que estaba a punto de cerrar. Pero aún no podía contárselo. Tal vez el lunes pudiera. Tal vez más tarde. Pero desde luego no aquel viernes. Hoppy se quedó una hora en el motel y luego volvió corriendo a la oficina para seguir trabajando.

Nelson Card se marchó a las nueve, y su mujer cometió el error de entrar en la sala de fiestas, donde los hombres estaban bebiendo cerveza, comiendo palomitas y viendo combates de boxeo. Gladys cogió un refresco del bar y se sentó en una de las mesas. Jerry la miró con cara de sospecha.

—Ah, pillina... —dijo—. Vamos, cuéntenos cómo ha ido.

Gladys se ruborizó. Estaba boquiabierta y muda de espanto.

—No sea egoísta, Gladys. ¿No ve que no nos hemos comido un rosco?

La señora Card agarró su botella de Coca-Cola y se puso en pie bruscamente.

—Por algo será —le espetó enojada antes de salir de la habitación. Jerry soltó una carcajada, pero los demás estaban demasiado cansados y descorazonados para hacer ningún esfuerzo.

El coche de Marlee era un Lexus alquilado en un concesionario de Biloxi por seiscientos dólares al mes. El contrato era por tres años y estaba a nombre de Rochelle Group, una flamante sociedad anónima sobre la que Fitch no había podido averiguar nada. Gracias a un transmisor de casi medio kilo de peso, suspendido en el hueco de la rueda izquierda trasera mediante un imán, Konrad podía seguir los movimientos de la chica sin salir del despacho. Joe Boy había colocado el artilugio pocas horas después de que sus compañeros la siguieran desde Mobile y anotaran su número de matrícula.

Marlee vivía en un apartamento de lujo alquilado a nombre de la misma sociedad que el coche, y pagaba por él casi dos mil dólares al mes. ¿De dónde sacaba tanto dinero? Ni Fitch ni sus hombres habían podido encontrar indicios de que Marlee llevara a cabo ninguna actividad remunerada.

Marlee llamó el viernes por la noche, muy tarde, minutos después de que Fitch se hubiera quitado la ropa —excepto unos calzoncillos de talla supergrande y unos calcetines negros— y tendido en la cama igual que un cachalote encallado en la playa. En aquellos momentos Fitch era el dueño y señor de la suite presidencial del último piso del Colonial Hotel de Biloxi, construido en una salida de la autopista 90 a cien metros escasos del Golfo. Cuando se tomaba la molestia de asomarse a la ventana, Fitch disfrutaba de una bonita vista de la playa. Nadie fuera de su pequeño círculo de colaboradores sabía dónde se hospedaba.

La llamada —un mensaje urgente para el señor Fitch— llegó a la centralita de la recepción y puso en un brete al conserje de noche. El hotel había recibido una fuerte suma de dinero a cambio de proteger la intimidad y la identidad de su cliente; por lo tanto, el recepcionista no podía admitir que el señor Fitch se contara entre los huéspedes del hotel. Pero la señorita había pensado en todo.

Por órdenes expresas del señor Fitch, la segunda llamada de Marlee —diez minutos después de la primera— hizo sonar inmediatamente el teléfono de la suite presidencial. Fitch estaba de pie junto al aparato, con los calzoncillos subidos casi hasta las axilas y aun así casi tan largos como sus muslos rollizos. Se rascaba la frente y se preguntaba cómo había podido dar con él.

—Buenas noches —dijo.

—Hola, Fitch. Perdone que le llame tan tarde.

Marlee derramaba lágrimas de cocodrilo. Había pronunciado la palabra «hola» con una entonación extraña, algo que hacía de vez en cuando. Al parecer, Marlee trataba de afectar cierto acento sureño. La grabación de sus ocho sucintas conversaciones telefónicas, así como la de su breve charla en Nueva Orleans, habían sido diseccionadas por expertos en fonética y dialectología de Nueva York. Marlee procedía del Medio Oeste; concretando más, del este de Kansas o del oeste de Missouri, seguramente de algún lugar incluido en un radio de ciento cincuenta kilómetros en torno a Kansas City.

—No importa —mintió Fitch mientras comprobaba si el magnetófono que tenía al lado de la cama, sobre una mesita plegable, se había puesto en marcha—. ¿Cómo está su amigo?

—Solito. Esta noche tocaban visitas conyugales, ¿no lo sabía?

—Eso dicen. ¿Y bien? ¿Intimó todo el mundo?

—Más bien no. La verdad es que ha sido bastante triste. Los hombres han estado viendo películas de John Wayne mientras las mujeres hacían calceta...

—¿Nadie se ha comido un rosco?

—Unos pocos afortunados. Angel Weese, que está en mitad de un apasionado romance. Rikki Coleman. El marido de Millie Dupree apareció, pero no se quedó mucho. Los Card estuvieron juntos. No sé qué habrá hecho Herman. Y Savelle tuvo una visita.

—¿Qué clase de ser humano se siente atraído por Savelle?

—No lo sé. No se le vio el pelo.

Fitch acercó su voluminoso trasero al borde de la cama y se cogió el caballete de la nariz con dos dedos.

—¿Cómo es que no ha ido a hacerle compañía a su amigo? —preguntó.

—¿Quién ha dicho que seamos amantes?

—¿Qué son si no?

—Amigos. Adivine qué dos jurados se acuestan juntos.

—¿Cómo quiere que lo sepa?

—Adivínelo.

Fitch sonrió a la imagen que le devolvía el espejo y se maravilló de su suerte.

—Jerry Fernandez y alguien más.

—Bingo. Jerry está a punto de divorciarse y Sylvia también está sola. Tienen las habitaciones una enfrente de otra y..., bueno, el Siesta Inn no ofrece demasiadas alternativas.

—¿No es hermoso el amor?

—Tengo malas noticias, Fitch. Krigler funcionó.

—Así que le prestaron atención...

—Mucho más que eso. Bebieron sus palabras... y le creyeron. Los convenció, Fitch.

—Déme una buena noticia.

—Rohr está preocupado.

La columna vertebral de Fitch se quedó rígida.

—¿Qué mosca le ha picado? —preguntó mientras contemplaba su cara de perplejidad en el espejo. No debería haberle sorprendido que la chica estuviera en contacto con Rohr. ¿A qué venía esa reacción? Se sentía traicionado.

—Puede imaginárselo. A Rohr no le hace ninguna gracia saber que anda usted suelto por las calles tramando mil maneras de influir en el jurado. ¿No estaría usted preocupado, Fitch, si un tipo como usted estuviera trabajando para el demandante?

—Estaría muerto de miedo.

—Rohr no está muerto de miedo; sólo preocupado.

—¿Habla con él muy a menudo?

—Sí. Por cierto, es mucho más cariñoso que usted, Fitch. Es un buen conversador, y además no graba mis llamadas ni envía matones a seguir mi coche ni nada de eso.

—Un auténtico rompecorazones, por lo que veo.

—Sí. Aunque le falta lo más importante.

—¿Qué?

—Un buen talonario. En cuestión de recursos no puede compararse con usted.

—¿Qué porcentaje de mis recursos quiere, Marlee?

—Otro día, Fitch. Ahora tengo que colgar. Hay un coche muy sospechoso al otro lado de la calle. Debe de ser uno de sus payasos.

Marlee colgó. Fitch se duchó e intentó dormir. A las dos de la madrugada cogió el coche y se fue al Lucy Luck a jugar unas cuantas partidas de black-jack a quinientos dólares la mano y beber Sprite a sorbitos hasta el amanecer. Cuando salió del garito, había ganado casi veinte mil dólares.

20

El primer sábado de noviembre llegó a Biloxi con temperaturas del orden de los diez grados, extraordinariamente frías para el clima subtropical de la Costa. Una suave brisa del norte peinó los árboles y esparció las hojas por aceras y calzadas. En el Golfo el otoño solía aparecer con retraso y retirarse en el Año Nuevo para dar paso a la primavera. El invierno no formaba parte de la vida en aquella parte del país.

Los corredores más madrugadores habían salido a hacer *jogging* con los primeros rayos de sol. Pero ni siquiera ellos repararon en el Chrysler negro que aparcó frente a la entrada de una modesta casa de ladrillo. También era demasiado temprano para que los vecinos vieran a los dos jóvenes vestidos con trajes oscuros que bajaron del coche, se dirigieron a la puerta principal, llamaron al timbre y esperaron pacientemente una respuesta. Era demasiado temprano, sí, y sin embargo, antes de una hora, muchos saldrían al jardín a recoger las hojas caídas y las aceras se llenarían de niños.

Hoppy acababa de poner a hervir el agua del café cuando oyó el timbre. Se ciñó el cinturón de su viejo albornoz e intentó arreglarse el cabello con los dedos. A aquella hora intempestiva sólo podían ser los boy scouts vendiendo donuts, pensó. Ojalá no fueran otra vez los Testigos de Jehová, porque si se atrevían a volver, se iban a enterar de lo que valía un peine. Una secta, eso es lo que eran. Hoppy tenía prisa por abrir porque el piso de arriba estaba lleno de adolescentes en estado comatoso. Seis en el último recuento: cinco propios y otro que alguien se había traído prestado de la universidad. Una típica noche de viernes en casa de los Dupree.

Hoppy abrió la puerta y se encontró con dos jóvenes de aspecto severo que por única presentación le mostraron sendos medallones dorados sobre fondo de cuero negro. Hoppy leyó las siglas «FBI» al menos dos veces y poco faltó para que se desmayara.

—¿Es usted el señor Dupree? —preguntó el agente Nitchman.

Hoppy ahogó un grito.

—Sí, pero...

—Nos gustaría hacerle algunas preguntas —dijo el agente Napier dando otro paso en dirección a la puerta.

—¿Sobre qué? —preguntó Hoppy con la boca seca mientras intentaba divisar entre los dos jóvenes la figura de Mildred Yancy, la vecina de enfrente, que ya debía de estar muerta de curiosidad.

Nitchman y Napier intercambiaron una mirada implacable y conspiradora.

—Podemos hablar aquí o en alguna otra parte —dijo Napier a Hoppy.

—Acerca de Stillwater Bay, de Jimmy Hull Moke y de ese tipo de cosas —explicó Nitchman. Hoppy tuvo que agarrarse al marco de la puerta.

—¡Dios mío! —exclamó Hoppy al sentir que los pulmones se le quedaban sin aire y que se le paralizaban los órganos vitales.

—¿Podemos pasar? —preguntó Napier.

Hoppy agachó la cabeza y se frotó los ojos como si fuera a llorar.

—No, por favor, aquí no —suplicó Hoppy pensando en los chicos, que solían dormir hasta las nueve o las diez, o hasta el mediodía si Millie les dejaba, pero que bajarían enseguida si oían voces—. Vayamos a mi oficina.

—Esperaremos aquí —dijo Napier.

—Pero dése prisa —añadió Nitchman.

—Gracias —respondió Hoppy segundos antes de cerrar la puerta con llave.

Hoppy Dupree se dejó caer en un sofá de la sala de estar y contempló el techo de la habitación, que en aquel momento daba vueltas en el sentido de las agujas del reloj. No se oía nada arriba. Los chicos aún estaban durmiendo. El corazón le latía con fuerza. Durante un largo minuto, Hoppy acarició la idea de dejarse morir. Si la tierra se lo hubiera tragado en aquel preciso instante, no le habría importado. Pensó en cerrar los ojos y alejarse flotando de allí. Al cabo de un par de horas uno de los chicos lo encontraría y llamaría al 911. Tenía cincuenta y tres años, y en su familia —por parte de madre— había habido muchos infartos. A Millie le quedarían los cien mil dólares del seguro de vida.

Una vez convencido de que su corazón no tenía intención de pararse, Hoppy se levantó del sofá. Despacio, porque aún se sentía mareado, se arrastró hasta la cocina y se sirvió una taza de café. Pasaban cinco minutos de las siete, según el reloj digital del horno. Era el cuatro de noviembre. Sin duda uno de los peores días de su vida. ¿Cómo podía haber sido tan incauto?

Consideró la posibilidad de llamar a Todd Ringwald y también a Millard Putt, su abogado, pero decidió esperar. De repente, tuvo prisa. Quería salir de casa antes de que se levantaran los chicos, y quería que esos agentes se alejaran de su puerta antes de que los vieran los vecinos. De todas maneras, Millard Putt sólo se dedicaba a temas inmobiliarios, y ni siquiera en eso era muy bueno. Lo suyo era un caso penal.

¡Un caso penal! Hoppy decidió prescindir de la ducha y se vistió en pocos segundos. Estaba a medio cepillarse los dientes cuando se miró por primera vez al espejo. Llevaba la palabra «traición» escrita en la frente, grabada en la mirada, a la vista de todos. No sabía mentir. No había nacido para eso. Él era sólo Hoppy Dupree, un hombre honrado con una familia encantadora, una reputación intachable y ese tipo de cosas. ¡Si ni siquiera había defraudado a Hacienda!

¿Por qué, entonces —se dijo—, había dos agentes del FBI esperando fuera para llevarlo a dar un paseo? No irían directamente a la cárcel —aunque todo se andaría, de eso estaba seguro—, sino a algún lugar discreto donde pudieran merendárselo y poner su falta al descubierto. Hoppy decidió no afeitarse. Tal vez haría bien en llamar a un sacerdote, se dijo. Mientras intentaba poner un poco de orden en su cabello enmarañado, pensó en Millie, en la vergüenza pública, en los niños y en lo que dirían todos. Antes de salir del baño, vomitó.

Una vez fuera, Napier insistió en acompañar a Hoppy. Nitchman les seguiría en el Chrysler negro. El viaje transcurrió en silencio.

La inmobiliaria Dupree no se nutría de una clientela madrugadora, lo mismo el sábado que cualquier otro día de la semana. Hoppy sabía que la oficina estaría desierta hasta al menos las nueve o las diez. Abrió las puertas, encendió las luces y no dijo nada hasta que llegó el momento de ofrecer un café a los dos agentes del FBI, que declinaron su ofrecimiento. Daba la impresión de que estaban impacientes por comenzar con la operación de acoso y derribo. Hoppy se sentó en la silla de su escritorio. Los dos agentes se sentaron juntos, como hermanos gemelos, delante de él. Hoppy no podía mirarlos a los ojos.

—¿Le suena a usted el nombre de Stillwater Bay? —empezó Nitchman.

—Sí.

—¿Conoce a un hombre llamado Todd Ringwald?

—Sí.

—¿Ha firmado algún tipo de contrato con él?

—No.

Napier y Nitchman se miraron como si tuvieran la certeza de que Hoppy mentía.

—Mire, señor Dupree —dijo Napier con aires de suficiencia—, todo será más fácil si no intenta engañarnos.

—Les juro que estoy diciendo la verdad.

—¿Desde cuándo conoce a Todd Ringwald? —preguntó Nitchman mientras se sacaba un cuaderno alargado del bolsillo y empezaba a garabatear.

—Desde el jueves.

—¿Conoce a Jimmy Hull Moke?

—Sí.

—¿Desde cuándo?

—Desde ayer.

—¿Dónde se conocieron?

—Aquí mismo.

—¿Cuál fue el propósito de su entrevista?

—Hablar de la urbanización Stillwater Bay. Se supone que represento a una empresa inmobiliaria llamada KLX. KLX quiere construir Stillwater Bay en el condado de Hancock, que está dentro de la jurisdicción del alcalde Moke.

Napier y Nitchman miraron fijamente a Hoppy y consideraron largamente su respuesta. A Hoppy le pareció una eternidad, y tuvo tiempo de repetir las mismas palabras para sus adentros. ¿Había dicho algo malo? ¿Algo que aceleraría su viaje hacia la cárcel? ¿Y si interrumpía la entrevista en aquel preciso instante y pedía asesoramiento legal?

Napier carraspeó.

—Llevamos seis meses investigando las actividades del señor Moke. Hace dos semanas él mismo se prestó a participar en un programa de colaboración a cambio de una conmutación de pena.

Hoppy no estaba de humor para jergas y, aunque oía lo que decían los agentes, tenía dificultades para procesar la información con claridad.

—¿Ofreció usted dinero al señor Moke? —preguntó Napier.

—No —respondió Hoppy a toda prisa, sin fuerza ni convicción alguna, sólo porque no podía decir que sí—. No —repitió.

Pensándolo bien, era cierto que no había ofrecido dinero al alcalde. Él se había limitado a allanar el camino para que su cliente pudiera hacerlo. Ésa era su interpretación de los hechos.

Nitchman se llevó la mano al bolsillo de la chaqueta y rebuscó en su interior hasta dar con algo parecido a una funda alargada, que depositó acto seguido en el centro de la mesa.

—¿Está seguro? —preguntó casi en tono de burla.

—Completamente —contestó Hoppy sin apartar la vista de

aquel aparatejo de líneas elegantes que no podía significar nada bueno.

Nitchman pulsó una tecla. Hoppy contuvo la respiración y apretó los puños. Luego oyó su propia voz, la de un hombrecillo nervioso que hablaba de política local, casinos y pesca. Moke sólo hacía alguna breve intervención de vez cuando.

—¡Llevaba un micrófono! —exclamó Hoppy con un último soplo de aliento. Estaba acabado.

—Así es —ratificó gravemente uno de los agentes.

Hoppy seguía sin poder apartar los ojos de la grabadora.

—No... —farfulló.

Aquella conversación, grabada hacía menos de veinticuatro horas, había tenido lugar allí mismo, en aquella misma mesa, frente a un par de bocadillos y dos vasos de té helado. Jimmy Hull, sentado donde estaba Nitchman, había aceptado un soborno de cien mil dólares, y lo había hecho con un micrófono del FBI pegado a alguna parte de su anatomía.

La cinta siguió adelante. Después del fragmento más comprometedor, Hoppy y Jimmy Hull se despedían con prisas.

—¿Quiere oírlo otra vez? —preguntó Nitchman al tiempo que pulsaba otra tecla.

—No, por favor —suplicó Hoppy con los dedos sobre el caballete de la nariz—. ¿Creen que debería llamar a un abogado? —preguntó sin levantar la cabeza.

—No es mala idea —respondió Napier con cierta comprensión.

Cuando Hoppy reunió el valor necesario para volver a levantar la vista, tenía los ojos rojos y llenos de lágrimas. Apenas podía contener el temblor del labio inferior, pero apretó los dientes e hizo un último esfuerzo por mantener la compostura.

—¿Qué me va a pasar? —preguntó.

Napier y Nitchman respiraron aliviados. Napier se levantó y se acercó a una estantería.

—Es difícil de decir —dijo Nitchman como si la cosa quedara fuera de su jurisdicción—. El año pasado llevamos a los tribunales a una docena de alcaldes. Los jueces empiezan a estar hartos del asunto y las sentencias son cada vez más largas.

—Yo no soy alcalde —arguyó Hoppy.

—En eso tiene razón. Yo diría que de tres a cinco años de cárcel. Federal, se entiende.

—Conspiración y cohecho —puntualizó Napier antes de volver a su asiento, al lado de Nitchman. Los dos agentes estaban sentados en el borde mismo de la silla, como si de un momento a otro fueran a abalanzarse sobre Hoppy para hacerle pagar por sus pecados.

El micrófono estaba escondido en el capuchón de un Bic azul no recargable, uno de los muchos lápices y bolígrafos baratos que Hoppy tenía sobre la mesa, dentro de un tarro polvoriento. Durante su visita del viernes, Ringwald había aprovechado una necesidad apremiante de Hoppy para colocar el micrófono donde pudiera pasar inadvertido. Precisamente, los lápices y bolígrafos que guardaba Hoppy daban la impresión de no servir para nada, de pasarse meses enteros sin que nadie reparara en ellos. Además, en el caso poco probable de que Hoppy o alguno de sus colaboradores intentara usar el Bic azul para escribir, se encontraría con la desagradable sorpresa de que no tenía tinta y lo tiraría a la papelera. Sólo un técnico habría sido capaz de desmontar el bolígrafo y dar con el micrófono oculto.

El sonido fue enviado desde el escritorio hasta un pequeño pero potente transmisor escondido detrás de una botella de desinfectante y de un ambientador que había debajo del tocador del baño, justo al lado de la oficina de Hoppy. El transmisor, a su vez, hizo llegar la voz hasta una furgoneta aparcada frente al centro comercial que había al otro lado de la calle. En la furgoneta, la conversación fue grabada en una cinta que acto seguido se transportó hasta la oficina de Fitch.

Dicho de otro modo, Jimmy Hull no llevaba ningún micrófono encima ni actuaba de común acuerdo con los federales el día que fue a ver a Hoppy. Él se había limitado a hacer lo que mejor sabía hacer: dejarse sobornar.

Ringwald, Napier y Nitchman eran tres ex policías que trabajaban como detectives privados para una empresa de seguridad internacional con sede en Bethesda. Fitch utilizaba a menudo los servicios de dicha empresa. La operación Hoppy costaría al Fondo unos ochenta mil dólares. Una fruslería.

Hoppy volvió a mencionar la posibilidad de recurrir a un abogado. Napier cambió de tema de inmediato y se puso a recitar una retahíla de operaciones llevadas a cabo por el FBI con el fin de poner coto a la corrupción galopante que asolaba la Costa. Todo por culpa del negocio del juego.

Era de suma importancia convencer a Hoppy de que no se pusiera en contacto con ningún abogado, ya que eso habría significado tener que falsificar nombres, números de teléfono, informes y otros muchos papeles. Napier y Nitchman tenían documentación suficiente para engañar al pobre Hoppy, pero la intervención de un buen abogado los habría obligado a esfumarse.

Según la barroca explicación de Napier, lo que empezó como una investigación de rutina sobre las actividades de Jimmy Hull y otros chanchullos de poca monta había terminado por convertirse en una operación a gran escala contra el juego y —palabras mágicas— el crimen organizado. Hoppy hacía todo lo posible por escuchar lo que le decían, pero no siempre lo conseguía. No podía quitarse de la cabeza a Millie y a los chicos. No podía dejar de pensar en cómo se las apañarían para salir adelante durante los tres, cuatro o cinco años que él pasaría entre rejas.

—Lo que quiero decir —resumió Napier— es que usted no era uno de nuestros objetivos.

—La verdad —añadió Nitchman— es que nunca habíamos oído hablar de KLX. Lo de la urbanización, lo descubrimos por casualidad.

—¿Y no podrían olvidarlo por casualidad? —sugirió Hoppy con una sonrisa indefensa.

—Tal vez —respondió Napier con parsimonia. Luego consultó a Nitchman con la mirada como si aún pesaran acusaciones más graves sobre Hoppy.

—¿Tal vez qué? —preguntó el interesado.

Napier y Nitchman irguieron la espalda a la vez, con una sincronización que sólo podían explicar muchas horas de ensayo o bien años de experiencia. Luego miraron a Hoppy fijamente, obligándolo a bajar la vista hasta el tablero de la mesa.

—Sabemos que no es usted un ladrón, señor Dupree —dijo Nitchman en voz baja.

—Que sólo ha cometido un error —añadió Napier.

—Menudo error —masculló Hoppy.

—Se ha dejado manipular por una banda de maleantes de mucho cuidado. Desembarcan en cualquier parte con sus grandes proyectos y los bolsillos repletos y... En fin, estamos hartos de verlo en casos de tráfico de drogas.

¡Tráfico de drogas! Hoppy estaba horrorizado, pero logró controlarse. Hubo otra pausa en la conversación mientras los tres hombres seguían intercambiando miradas.

—¿Qué le parecería hacer un trato? —sondeó Napier.

—Estoy en sus manos.

—Hagamos una cosa: mantengamos esto en secreto durante veinticuatro horas. No hable con nadie; nosotros tampoco lo haremos. Si no hay abogados de por medio, no habrá denuncia. Al menos durante veinticuatro horas.

—No lo entiendo.

—En este momento no podemos darle más explicaciones. Necesitamos unas horas para estudiar su situación.

Nitchman volvió a inclinarse hacia delante y apoyó los codos sobre la mesa.

—Aún está a tiempo de salir con bien de todo esto, señor Dupree.

Hoppy se sentía algo menos desesperado.

—Le escucho.

—Usted es un pez insignificante atrapado en una red muy grande —explicó Napier—. Tal vez podamos devolverlo al agua.

A Hoppy le pareció bien.

—¿Y qué pasará dentro de veinticuatro horas?

—Por de pronto, que nos volveremos a encontrar aquí. A las nueve en punto de la mañana.

—Trato hecho.

—Una sola palabra a Ringwald, una sola palabra a nadie, incluso a su mujer, y su futuro penderá de un hilo.

—Tienen mi palabra de honor.

El autocar salió del Siesta Inn a las diez. Iban a bordo los catorce jurados, la señora Grimes, Lou Dell y su marido Benton, Willis y su mujer Ruby, cinco agentes vestidos de paisano, Earl

Hutto —el sheriff del condado de Harrison— y su esposa Claudelle, y dos ayudantes de la oficina de Gloria Lane. Veintiocho en total, más el conductor, según la lista de pasajeros aprobada por el juez Harkin. Dos horas más tarde el autocar había llegado a Nueva Orleans y sus ocupantes se disponían a apearse en la esquina de Canal Street con Magazine. El almuerzo —pagado por los contribuyentes del condado de Harrison— les esperaba en un reservado de una ostrería de la calle Decatur, en pleno Barrio Francés.

Los jurados pudieron recorrer la zona a su antojo, hicieron compras en los mercadillos, pasearon con los turistas en Jackson Square, se embobaron ante los cuerpos desnudos que servían de reclamo a los antros de la calle Bourbon y compraron camisetas y otros souvenirs. Algunos se detuvieron a descansar en los bancos del paseo que bordea el río. Otros se metieron en un bar a ver el partido de fútbol. A las cuatro todos se encontraron en el embarcadero para hacer una excursión en barco de vapor, y a las seis cenaron en una pizzería de Canal Street.

A las diez ya volvían a estar encerrados en sus habitaciones del motel de Pass Christian, rendidos de sueño y cansancio. Jurados ocupados, jurados contentos.

21

Con la operación Hoppy marchando viento en popa, a última hora del sábado Fitch tomó la decisión de lanzar el siguiente asalto contra el jurado. Iba a ser un golpe algo improvisado, pero compensaría en rotundidad lo que le faltaría en refinamiento.

El domingo por la mañana temprano, vestidos con camisas de color marrón sobre cuyo bolsillo destacaba el logotipo de una empresa de fontanería, Pang y Dubaz forzaron la cerradura del apartamento de Easter. No se disparó ninguna alarma. Dubaz se fue derechito hacia el respiradero de encima de la nevera, quitó la rejilla y arrancó de cuajo la cámara que había grabado la intrusión de Doyle días atrás. Luego la colocó en una caja de herramientas que había llevado consigo para transportar el botín.

Pang, por su parte, se concentró en el ordenador. Había estado estudiando las fotos que Doyle hizo a toda prisa durante la primera visita y practicando con una máquina idéntica instalada a tal efecto en una oficina contigua a la de Fitch. Primero destornilló la cubierta posterior del ordenador. El disco duro estaba exactamente donde le habían dicho que estaría. En menos de un minuto lo tuvo entre las manos. Luego cogió dos montones de disquetes de 3,5 pulgadas, dieciséis en total, que había en un estante al lado del monitor.

Mientras Pang llevaba a cabo la delicada operación de extraer el disco duro, Dubaz registró los cajones y revolvió sin hacer ruido todos los muebles a la caza de otros disquetes. El apartamento era tan pequeño y tenía tan pocos escondrijos que la cosa no le resultó difícil. Rebuscó en los cajones y la alacena de la cocina, en los armarios, en las cajas de cartón donde Easter guardaba los calcetines y la ropa interior. No encontró nada. Al parecer, toda la parafernalia relacionada con el ordenador estaba almacenada en el mismo sitio.

—Vámonos —dijo Pang mientras arrancaba los cables del ordenador, el monitor y la impresora.

Prácticamente todo el sistema acabó sobre el sofá destartalado de la sala de estar, junto con los almohadones y la ropa de Nicholas. Dubaz roció los enseres amontonados con el líquido de encendedor que llevaba en una garrafa de plástico. Cuando el sofá, la silla, el ordenador, las alfombras baratas y la ropa estuvieron lo bastante empapados de combustible, los dos hombres se encaminaron hacia la puerta. Dubaz arrojó una cerilla encendida a los muebles. La pira prendió rápidamente y casi sin hacer ruido, al menos para los oídos de quien no estuviera en la misma habitación. Pang y Dubaz esperaron hasta que las llamas llegaron al techo y el apartamento se llenó de remolinos de humo negro; entonces salieron a toda prisa y cerraron la puerta tras ellos. A continuación descendieron la escalera hasta la planta baja y accionaron la alarma contra incendios. Dubaz volvió corriendo al piso de arriba, vio que el humo empezaba a filtrarse por las junturas de la puerta del apartamento de Nicholas, y empezó a chillar y a aporrear las demás puertas. Pang hizo lo mismo en los apartamentos de la planta baja. Pronto empezaron a oírse otros gritos y los pasillos se llenaron de inquilinos aterrorizados a los que el fuego había sorprendido en albornoz o en chándal. El timbre metálico y estridente de las anticuadas alarmas del edificio contribuía a aumentar el clima de histeria general.

—Y, por lo que más queráis, no os carguéis a nadie —les había advertido Fitch.

Dubaz siguió aporreando puertas a pesar de que el humo se hacía cada vez más espeso. No paró hasta estar seguro de que no quedaba nadie en los apartamentos contiguos al de Easter. Cuando le pareció que no había más remedio, sacó a los rezagados a empujones, preguntándoles si quedaba alguien más dentro e indicándoles el camino de salida.

Mientras los vecinos del inmueble se congregaban en el aparcamiento, Pang y Dubaz se separaron y se colocaron en un segundo plano. Ya se oían las primeras sirenas. Empezó a salir humo por las ventanas de dos de los apartamentos del piso superior: el de Easter y el de al lado. Aún seguía saliendo gente del edificio, algunos envueltos en mantas y llevando bebés y niños pequeños en brazos. Al llegar a la calle se unían a la multitud y esperaban impacientes la llegada de los coches de bomberos.

Cuando los bomberos hicieron acto de presencia, Pang y Dubaz emprendieron la retirada discretamente hasta esfumarse por completo.

No hubo muertos. No hubo heridos. Cuatro apartamentos quedaron completamente destruidos; once más, seriamente dañados; casi treinta familias tendrían que vivir sin un techo hasta que finalizaran las obras de desescombro y reparación.

El disco duro de Easter resultó ser inexpugnable. El joven había instalado tantas contraseñas, tantos códigos secretos, tantas medidas de seguridad y tantas barreras antivirus que los expertos en informática de Fitch se quedaron con un palmo de narices. Habían llegado en avión desde Washington el sábado. Eran hombres honrados que ignoraban la procedencia del disco duro y los disquetes que estaban manipulando. Sólo sabían que Fitch los había encerrado en una habitación con un sistema idéntico al de Easter y les había pedido que se introdujeran en él. La mayoría de los disquetes presentaban medidas de protección similares. Cuando ya habían examinado más o menos la mitad, sin embargo, vislumbraron un rayo de esperanza: Easter no había tenido la precaución de instalar los controles más perfeccionados en uno de los disquetes más antiguos, y los expertos pudieron acceder por fin a la información que contenía. La lista de archivos comprendía dieciséis entradas, dieciséis documentos con nombres que no parecían significar nada. Fitch fue informado del hallazgo mientras las primeras páginas del primer documento caían ya en la bandeja de la impresora. Se trataba de un resumen de seis páginas que recogía noticias recientes relacionadas con la industria tabacalera. Tenía fecha del once de octubre de 1994, y mencionaba artículos de la revista *Time*, del *Wall Street Journal* y del *Forbes*. El segundo documento describía, en dos páginas llenas de divagaciones, un documental que Easter había visto sobre los litigios generados por los implantes de silicona. El tercero era un poema ripioso que hablaba de ríos. El cuarto era otra compilación de artículos publicados recientemente a propósito de varios pleitos promovidos por víctimas de cáncer de pulmón.

Fitch y Konrad leyeron atentamente todas y cada una de las páginas impresas. Easter escribía con un estilo claro y directo —aunque era evidente que también lo hacía a toda prisa, porque en algunos casos las erratas hacían casi ilegible el texto—, igual que un periodista objetivo. Leyendo sus resúmenes, era imposible saber si Easter simpatizaba con la causa de los fumadores o si simplemente le interesaban los pleitos por daños y perjuicios.

Se encontraron más poemas nefandos, así como un cuento inacabado, y ya casi al final, el premio a sus desvelos. El documento número quince era una carta de dos páginas dirigida a la madre de Nicholas, una tal Pamela Blanchard, residente en la localidad tejana de Gardner. El texto estaba fechado el veinte de abril de 1995 y empezaba así: «Querida mamá, estoy viviendo en Biloxi, en el estado de Misisipí, en la Costa del Golfo.» Luego Easter contaba cuánto le gustaban el mar y las playas, y confesaba que se sentía incapaz de volver a vivir entre granjeros. También se disculpaba largamente por no haber escrito antes, dedicaba dos párrafos interminables a excusarse por su costumbre de andarse por las ramas, y prometía escribir más a menudo. Después preguntaba por un tal Alex, con el que no había hablado desde hacía tres meses, y decía que le costaba creer que se hubiera ido a Alaska a hacer de guía de pesca. Alex parecía ser un hermano. No mencionaba en ningún momento a su padre, ni tampoco a ninguna chica, y menos aún a una chica llamada Marlee.

Nicholas también contaba en su carta que lo habían contratado en un casino, y que era un trabajo divertido pero con poco futuro. Aún soñaba con llegar a ser abogado y sentía mucho haber colgado los libros, pero al mismo tiempo dudaba que se decidiera a volver a la universidad. Admitía que era feliz viviendo a su manera, con poco dinero y menos complicaciones. Y por último decía que tenía que cortar, que muchos besos, recuerdos a la tía Sammie, y que llamaría pronto.

La firma decía simplemente «Jeff». «Besos, Jeff.» No había ni rastro de su apellido en toda la carta.

Dante y Joe Boy salieron de Biloxi a bordo de un reactor privado una hora después de haber leído la carta por primera vez. Fitch les dio instrucciones de contratar hasta el último sabueso que pudieran encontrar en Gardner.

Los informáticos, mientras tanto, lograron entrar en otro disquete, el penúltimo del montón. De nuevo pudieron esquivar las barreras contra intrusos instaladas por Nicholas gracias a una complicada serie de contraseñas. La verdad es que quedaron profundamente impresionados por la habilidad de Easter como pirata informático.

El disquete contenía parte de un documento mayor: el censo electoral del condado de Harrison. De la A a la K, la impresora vomitó más de dieciséis mil nombres con las señas correspondientes. Fitch se acercaba a echar un vistazo a los listados de vez en cuando. Él también tenía en su poder la lista completa de votantes censados en el condado. No se trataba de una lista confidencial. De hecho, cualquiera podía pedírsela a Gloria Lane a cambio de treinta y cinco dólares, y la mayoría de los políticos lo hacían cuando había elecciones.

Pero había dos cosas extrañas en la lista de Easter. Por de pronto, estaba informatizada, lo que significaba que el joven había tenido acceso al ordenador de Gloria Lane y sustraído la información directamente de su disco duro. Y segundo: ¿para qué quería el censo electoral un estudiante a tiempo parcial con veleidades de pirata informático?

Si Easter había logrado entrar en el ordenador de la secretaria del juzgado, con la misma facilidad podía haber alterado las listas de manera que su nombre fuera incluido entre los de los candidatos al jurado del caso Wood.

Cuantas más vueltas le daba al asunto, más piezas del rompecabezas iban encajando en la cabeza de Fitch.

El domingo por la mañana, con los ojos hinchados e inyectados en sangre, Hoppy esperaba a que dieran las nueve sentado frente a su mesa de la oficina. Estaba bebiendo café, y desde el plátano que se comiera el sábado por la mañana mientras se hacía el café, no había probado bocado. Eso había sido minutos antes de que sonara el timbre y Napier y Nitchman entraran en su vida. Tenía el estómago y los intestinos hechos polvo, y los nervios, destrozados. Por si fuera poco, el sábado por la noche había estado dándole al vodka más de la cuenta. Y además lo había hecho en casa, algo que Millie le tenía terminantemente prohibido.

Los chicos se habían pasado el sábado en la cama. Hoppy no había contado a nadie lo ocurrido; ni siquiera había tenido tentaciones de hacerlo. El sentimiento de humillación le ayudaba a mantener en secreto aquella terrible deshonra.

A las nueve en punto, Napier y Nitchman entraron en la inmobiliaria acompañados de un tercer hombre, un hombre mayor que también lucía traje oscuro y rictus a juego, como si el propósito de su visita fuera desollar personalmente al pobre Hoppy. Nitchman lo presentó como George Cristano, del Departamento de Justicia de Washington. ¡Nada menos!

El apretón de manos fue frío, y el tal Cristano no se molestó en hacer ningún comentario trivial.

—Hoppy, ¿le importaría que mantuviéramos esta conversación en alguna otra parte? —preguntó Napier mientras miraba a su alrededor con un mohín de desprecio.

—Es por razones de seguridad —explicó Nitchman.

—Uno nunca sabe dónde puede haber un micrófono —intervino Cristano.

—Dígamelo usted a mí —se lamentó Hoppy, pero nadie captó la ironía—. Podemos ir a donde quieran —dijo. ¿Acaso estaba en condiciones de negarse?

Los cuatro hombres subieron a bordo de un Lincoln inmaculado. Nitchman y Napier se sentaron delante; Hoppy iba en el asiento de atrás con Cristano, quien empezó a explicarle con toda naturalidad que era una especie de hombre de confianza del Fiscal General, un mandamás del Departamento de Justicia. Cuanto más se acercaban al Golfo, más detestable se volvía el cargo. Finalmente Cristano se calló.

—¿Es usted demócrata o republicano, Hoppy? —preguntó al cabo de un rato para romper un silencio demasiado prolongado.

Napier se desvió al llegar a la costa y siguió hacia el oeste por la carretera litoral. Hoppy no quería molestar a nadie.

—No lo sé —respondió—. Yo siempre voto al candidato, ¿sabe? No me caso con ningún partido.

Cristano desvió la vista hacia la ventanilla, como si la respuesta de Hoppy no le hubiera satisfecho.

—Tenía la esperanza de que fuera un buen republicano —insistió sin dejar de contemplar el mar a través del cristal.

Hoppy estaba dispuesto a ser lo que hiciera falta. Cualquier cosa. Por complacer al señor Cristano habría sido capaz de hacerse comunista y tatuarse la hoz y el martillo.

—Voté a Reagan y a Bush —anunció con orgullo—. Y a Nixon. Y hasta a Goldwater.

Cristano asintió ligeramente y Hoppy respiró aliviado.

Los ocupantes del coche continuaron viaje en silencio hasta que Napier aparcó en un muelle cercano a Bay St. Louis, a cuarenta minutos de Biloxi. Hoppy siguió a Cristano a lo largo de un embarcadero hasta llegar a un yate desocupado de dieciocho metros de eslora llamado *Afternoon Delight*. Nitchman y Napier se habían quedado esperando junto al coche, fuera de su vista.

—Siéntese, Hoppy —dijo Cristano señalando un banco acolchado que había en la cubierta.

Hoppy obedeció. El barco se balanceaba ligeramente aunque el agua parecía inmóvil. Cristano se sentó frente a Hoppy y se inclinó hacia delante hasta que las cabezas de ambos quedaron a menos de un metro de distancia.

—Bonito barco —dijo Hoppy mientras acariciaba la tapicería de polipiel del asiento.

—No es nuestro. No lleva ningún micrófono encima, ¿verdad, Hoppy?

Hoppy se incorporó instintivamente, ofendido por la duda.

—Por supuesto que no.

—Lo siento, uno nunca sabe. Supongo que debería cachearlo.

Cristano lo miró de arriba abajo. Hoppy se horrorizó ante la perspectiva de tener que dejarse manosear por aquel desconocido, a solas en un barco.

—Le aseguro que no llevo ningún micrófono —repitió Hoppy con tanta seguridad que se sintió orgulloso de sí mismo.

Cristano se tranquilizó.

—¿Quiere cachearme usted a mí? —preguntó.

Hoppy miró a su alrededor para ver si había alguien al acecho. ¿No llamarían la atención dos hombres hechos y derechos sobándose a plena luz del día en la cubierta de un yate?

—¿Lleva usted micrófonos? —preguntó Hoppy.

—No.

—¿Lo jura?

—Lo juro.

—Con eso me basta. —Hoppy se sintió aliviado. Deseaba con todas sus fuerzas creer en la sinceridad de Cristano. La alternativa era demasiado descabellada.

Cristano sonrió y acto seguido frunció el entrecejo y se inclinó de nuevo hacia delante. Se había acabado la charla.

—Iré al grano, Hoppy. Queremos proponerle un trato, un arreglo que le permitirá salir airoso de todo este embrollo. Completamente airoso. Sin arrestos, sin acusaciones, sin juicio, sin cárcel. Sin que salga su cara en los periódicos. Sin que nadie sepa nunca lo que ocurrió.

Cristano hizo una pausa para recobrar el aliento.

—De momento me parece bien —dijo Hoppy—. Siga.

—Es un trato algo especial. La verdad es que nunca lo hemos probado. No tiene nada que ver con la ley, la justicia, la penitencia y todo eso. Nada que ver. Es un trato político, Hoppy. Washington no se enterará. Nadie lo sabrá nunca. Sólo nosotros dos, los dos que esperan en el coche y un puñado de personas de confianza del Departamento de Justicia. Si llegamos a un acuerdo y usted cumple su parte, nosotros nos olvidaremos de Stillwater Bay.

—La respuesta es sí. ¿Qué tengo que hacer?

—¿Le preocupan a usted la delincuencia, el narcotráfico, la ley y el orden?

—Pues claro.

—¿Está harto de tanto chanchullo y de tanta corruptela?

Extraña pregunta. En aquel momento Hoppy se sentía como el personaje de un anuncio anticorrupción.

—¡Sí!

—En Washington también hay buenos y malos, Hoppy. En el Departamento de Justicia hay gente que, como yo, ha dedicado toda su vida a combatir el delito. Y me refiero a delitos graves, Hoppy. Me refiero a jueces y congresistas que aceptan dinero de los narcotraficantes, de los enemigos de nuestra patria. Le hablo de una actividad delictiva que podría llegar a poner en peligro la democracia. ¿Entiende lo que quiero decir?

Tanto si lo entendía como si no, Hoppy estaba al cien por cien de parte de Cristano y de sus amigos de Washington.

—Sí, sí, por supuesto —respondió impaciente.

—Pero hoy en día todo es política, Hoppy. Tenemos que enfrentarnos constantemente con el Congreso, con el Presidente... ¿Sabe qué es lo que más nos hace falta en Washington, Hoppy?

Fuera lo que fuera, Hoppy deseaba con todas sus fuerzas que lo obtuviesen. De todas formas, Cristano no le dio ocasión de responder a su pregunta.

—Necesitamos más republicanos, más republicanos decentes y conservadores que nos den dinero y nos dejen las manos libres. Los demócratas no saben más que entrometerse y amenazar con recortes presupuestarios y reestructuraciones. Siempre andan preocupados por el bienestar de los pobres maleantes que nosotros nos dedicamos a importunar. Es la guerra, Hoppy, y cada día se libra una nueva batalla.

Cristano miró a su interlocutor como si esperara algún comentario, pero Hoppy estaba demasiado ocupado intentando hacerse cargo de las nuevas circunstancias bélicas. Cristano asintió gravemente y bajó la vista.

—Tenemos la obligación de proteger a nuestros amigos, Hoppy. Y aquí es donde puede usted echarnos una mano.

—Cuente con ello.

—Le repito que es un trato un poco raro. Pero si lo acepta, destruiremos la cinta y nadie sabrá que intentó sobornar a Moke.

—Acepto el trato. Dígame de qué se trata.

Cristano hizo una pausa y se quedó mirando el embarcadero. A lo lejos había algunos pescadores haciendo ruido. Luego se inclinó hacia delante y tocó a Hoppy en la rodilla.

—Se trata de su mujer —susurró, y volvió a incorporarse para que Hoppy tuviera tiempo de pensar.

—¿Mi mujer?

—Sí, su mujer.

—¿Millie?

—La misma.

—¿Qué dem...?

—Deje que se lo explique.

—¿Millie? —Hoppy estaba atónito. ¿Qué podía tener que ver su dulce Millie con aquel desaguisado?

—Se trata del juicio —dijo al fin Cristano. Hoppy estaba a punto de encajar la primera pieza del rompecabezas—. ¿Quién diría usted que da más dinero a los candidatos republicanos al Congreso?

Hoppy estaba demasiado perplejo y confundido para adivinanzas.

—Las tabacaleras, exacto —prosiguió Cristano—. Invierten millones de dólares en las campañas porque tienen miedo de los organismos de control y porque están hartos de tanta normativa gubernamental. Ellos son partidarios de la libre empresa, Hoppy, igual que usted. Creen que si la gente fuma es porque les da la gana, y están hartos de que el Gobierno y los picapleitos intenten arruinarlos.

—Política —ratificó Hoppy sin apartar su mirada incrédula del Golfo.

—Política y nada más que política. Si las tabacaleras pierden este juicio, habrá una avalancha de pleitos como no se ha visto nunca hasta ahora. Las compañías implicadas perderán miles de millones de dólares, y nosotros también echaremos de menos sus millones en Washington. ¿Querrá usted ayudarnos, Hoppy?

Hoppy regresó bruscamente a la realidad al oír su nombre.

—¿Eh? —fue todo cuanto consiguió decir.

—¿Querrá usted ayudarnos?

—Sí, claro, pero ¿cómo?

—A través de Millie. Hable con su mujer, Hoppy, asegúrese de que entienda hasta qué punto son absurdas y peligrosas las pretensiones del demandante. Necesitamos que Millie coja las riendas del jurado, Hoppy. Necesitamos que plante cara a los elementos liberales que están esperando un veredicto millonario. ¿Cree que puede convencerla?

—Por supuesto que puedo.

—¿De verdad querrá hacerlo, Hoppy? Le aseguro que no tenemos ningún interés en utilizar esa cinta. Si nos ayuda, la tiraremos a la basura.

Hoppy se había olvidado momentáneamente de la cinta.

—Sí, trato hecho. Esta misma noche tengo que ver a Millie.

—Hágalo, Hoppy. No se imagina lo importante que es todo esto. Para el Departamento de Justicia, para el bien del país y para usted. ¡Piense que se está ahorrando cinco años de cárcel! —Cristano redondeó la última frase con una sonora carcajada y una palmada en la rodilla de Hoppy. Éste también se rió.

Estuvieron hablando de estrategia durante media hora. Cuanto más tiempo pasaban en el barco, más preguntas se le ocurrían a Hoppy. ¿Y si Millie votaba a favor de la tabacalera, pero el resto del jurado no estaba de acuerdo y otorgaba un veredicto millonario? ¿Qué pasaría entonces con él?

Cristano prometió cumplir su parte del trato fuera cual fuera el veredicto, siempre y cuando Millie votara como debía.

Durante el camino de vuelta al coche, los pies de Hoppy casi no tocaban el suelo. Cuando volvió a ver a Napier y Nitchman, se sentía otro hombre.

A última hora del sábado, después de reconsiderar su decisión durante tres días, el juez Harkin cambió de opinión y retiró a los jurados el permiso previamente concedido para asistir a los oficios religiosos del domingo. Algo dijo a Su Señoría que, a la mañana siguiente, los catorce jurados aislados serían presa de un súbito deseo de estar en íntima comunión con el Espíritu Santo, y el despliegue de medios que exigiría la consiguiente desbandada era simplemente inviable. Harkin se puso en contacto con su párroco, el cual hizo varias llamadas que concluyeron en la localización de un joven estudiante de teología. El domingo por la mañana a las once se celebraría un breve servicio religioso en la sala de fiestas del motel Siesta Inn.

El juez Harkin envió una nota personalizada a cada uno de los jurados. Cuando volvieron de Nueva Orleans el sábado por la noche, se las encontraron debajo de la puerta.

Asistieron al servicio —no muy lucido, por cierto— un total de seis personas. Una de ellas fue Gladys Card, que sorprendió a todos haciendo gala de un humor de mil demonios precisamente el Día del Señor. Gladys llevaba dieciséis años asistiendo con puntualidad religiosa a la escuela dominical de su iglesia, los Baptistas del Calvario; su última ausencia había sido debida a la muerte de una hermana que vivía en Baton Rouge. Dieciséis años sin faltar un solo domingo. Gladys tenía las insignias recibidas como premio a su constancia colocadas en fila sobre el tocador. Esther Knoblach, miembro de la misión femenina, ostentaba el récord de la congregación con veintidós años consecutivos de asistencia perfecta, pero tenía setenta y nueve años y sufría de hipertensión. Gladys sólo tenía sesenta y tres y gozaba de una salud excelente, de modo que la hazaña de Esther no le parecía inalcanzable. Naturalmente, Gladys se negaba a admitir que tuviera la pretensión de batir el récord, pero en la congregación se daba por hecho que era cierto.

Sea como fuere, todo eso se había acabado gracias a la inoportuna intervención de Su Señoría. Harkin nunca había sido santo de la devoción de Gladys, pero la falta de simpatía estaba degenerando en un profundo desprecio. El estudiante de teología tampoco le había caído mucho mejor.

Rikki Coleman asistió al oficio en chándal. Millie Dupree llevó consigo su Biblia. Loreen Duke, practicante devota, quedó horrorizada ante la brevedad del servicio, que empezó a las once y a las once y media ya se había terminado. Estos blancos siempre con prisas, pensó. Loreen había oído hablar de barbaridades semejantes, pero hasta entonces nunca había sido testigo directo de ninguna. El pastor de su iglesia nunca llegaba al púlpito antes de la una, y a menudo no bajaba de él hasta las tres, la hora de comer. Si hacía buen tiempo, la congregación compartía el almuerzo en el jardín de la iglesia, y volvía dentro para otra dosis después de los postres. Mientras pensaba en todo esto, Loreen mordisqueaba un panecillo y sufría en silencio.

El matrimonio Grimes también estuvo presente, pero no tanto por devoción como porque empezaban a caérseles encima las paredes de la habitación cincuenta y ocho. Herman, en concreto, no había pisado de *motu proprio* una iglesia desde su más tierna infancia.

En algún momento a lo largo de la mañana, se supo que la noticia de la celebración religiosa había molestado profundamente a Phillip Savelle. Él mismo había confesado su ateísmo a alguno de sus compañeros, y la noticia había corrido como la pólvora. En señal de protesta, Savelle se había subido a la cama, al parecer desnudo o casi, y tras contorsionar disciplinadamente su enjuto cuerpo de yogui, se había puesto a ejecutar sus cánticos a pleno pulmón y con la puerta abierta de par en par.

Desde la sala de fiestas, durante el servicio, se le oía ligeramente, y ello influyó sin duda en la rapidez con que el joven estudiante de teología liquidó la ceremonia.

Lou Dell fue hasta la habitación de Savelle para decirle que se callara, pero dio media vuelta enseguida al darse cuenta de que iba desnudo. Willis fue el segundo en intentarlo, pero no consiguió que Savelle abriera los ojos ni le prestara la más mínima atención, ni tampoco, lo que es peor, que cerrara la boca. Phillip sabía que el celador no se atrevería a ponerle las manos encima.

Los jurados menos devotos se encerraron a cal y canto en sus respectivas habitaciones con el televisor a todo volumen.

A las dos de la tarde empezaron a llegar los primeros parientes cargados de ropa limpia y vituallas para la semana. Nicholas Easter era el único jurado que no tenía familia en el condado, por lo que el juez Harkin decidió que Willis lo acompañara hasta su apartamento en un coche patrulla.

El fuego se había extinguido horas atrás. Los bomberos y los camiones cisterna se habían ido hacía rato. El minúsculo parterre que adornaba la fachada del edificio y el sector de acera correspondiente estaban cubiertos de escombros calcinados y de montones de ropa empapada. El ajetreo de los vecinos, ocupados en las tareas de limpieza, no ocultaba su estado de asombro.

—¿Cuál es el suyo? —preguntó Willis mientras aparcaba el coche y contemplaba con la boca abierta el cráter que el fuego había abierto en el centro del edificio.

—El de ahí arriba —respondió Nicholas tratando de señalar y asentir al mismo tiempo.

El joven bajó del coche y se acercó al corrillo más cercano con las piernas temblando. Una familia vietnamita contemplaba en silencio una lámpara de plástico derretida.

—¿Cuándo ha sido? —preguntó Nicholas. El olor acre de la madera, la moqueta y la pintura recién quemadas dificultaba la respiración.

No obtuvo respuesta.

—Esta mañana, a eso de las ocho —dijo una mujer que pasaba por allí con una caja de cartón.

Nicholas miró a su alrededor y se dio cuenta de que no sabía el nombre de un solo vecino. En el pequeño vestíbulo del edificio, una mujer hacía anotaciones en una carpeta mientras hablaba por teléfono móvil. El guardia de seguridad que custodiaba la escalera de acceso al primer piso estaba ayudando a una anciana a arrastrar una alfombra mojada hasta la calle.

—¿Vive usted aquí? —preguntó la mujer cuando dejó de hablar por teléfono.

—Sí. Easter, apartamento 312.

—Mala suerte. Totalmente destruido. Es probable que el fuego empezara allí.

—Me gustaría verlo.

El guardia de seguridad subió con Nicholas y la mujer. En el primer piso los daños eran más que evidentes. Los tres se detuvieron ante la cinta amarilla que rodeaba el borde del cráter. Las llamas habían atravesado el techo de yeso y las vigas baratas, y abierto dos boquetes en el tejado, justo encima de donde había estado el dormitorio de Nicholas, a juzgar por lo poco que quedaba de él. El fuego también había causado daños considerables en el apartamento del piso inferior. Del apartamento 312 no quedaba nada excepto la pared de la cocina y el fregadero, que se aguantaba por los pelos. Nada. Ni rastro de los muebles baratos de la sala de estar ni de la sala misma. Ni rastro del dormitorio salvo las paredes ennegrecidas.

Y horror: ni rastro del ordenador.

Prácticamente todos los suelos, techos y paredes del apartamento habían desaparecido. En su lugar sólo había un enorme agujero.

—¿Algún herido? —se interesó Nicholas en voz baja.

—No. ¿Estaba usted en casa? —preguntó la mujer.

—No. ¿Quién es usted?

—Soy de la administración de fincas. Tendrá que rellenar unos papeles.

Los dos volvieron al vestíbulo. Nicholas completó deprisa y corriendo los impresos y abandonó el lugar del siniestro en compañía de Willis.

22

Phillip Savelle informó al juez Harkin, mediante un mensaje escueto y casi ininteligible, que, según la definición del diccionario Webster, la palabra «conyugal» se refería solamente a marido y mujer, y que él se oponía al uso del término ya que no estaba casado ni sentía respeto alguno por la institución matrimonial en general. En el mismo mensaje, Savelle proponía la adopción de la expresión «interludios comunitarios», para pasar acto seguido a despotricar sobre el servicio religioso oficiado en el motel aquella misma mañana. Savelle hizo llegar su misiva al juez a través de Lou Dell, que la transmitió por fax desde la recepción del motel. El juez recibió la carta en su casa durante el cuarto tiempo del partido de los Saints. Veinte minutos más tarde Lou Dell recibió otro fax en el que Su Señoría indicaba que quedaba suprimida cualquier referencia a las palabras «cónyuge» y «conyugal» de su lista de normas. Harkin, además, pedía a Lou Dell que hiciera llegar copias de los artículos reformados a todos los jurados y le hacía saber que, como era domingo, ampliaba el horario de visita de seis a diez de la noche. También pedía a la celadora que preguntara a Phillip Savelle qué más quería y se interesaba por el estado de ánimo del jurado en general.

Lou Dell no se atrevió a contar a Su Señoría que había visto a Savelle desnudo y encaramado a su cama. Se imaginó que el juez ya tenía bastantes cosas en que pensar y le dijo que todo iba bien.

Hoppy fue la primera visita del domingo. Lou Dell lo envió rápidamente a la habitación de Millie, donde de nuevo tuvo lugar la entrega de una caja de bombones y un ramillete de flores. Marido y mujer se besaron brevemente en la mejilla y se pasaron sesenta minutos holgazaneando en la cama sin que les pasara siquiera por la imaginación hacer nada remotamente relacionado con la palabra «conyugal». Hoppy trató de llevar la conversación hasta donde quería y, finalmente, consiguió sacar a colación el tema del juicio.

—No tiene ningún sentido que la gente vaya metiendo pleitos de esta manera. En serio, me parece ridículo. Todo el mundo sabe que el tabaco crea adicción y es peligroso. ¿Por qué fuman, pues? Y acuérdate de Boyd Dogan, que fumó cigarrillos Salem durante veinticinco años y luego lo dejó de un día para otro —dijo mientras hacía chasquear los dedos.

—Sí, lo dejó cinco minutos después de que el doctor le encontrara un tumor en la lengua —puntualizó Millie haciendo chasquear también los dedos a modo de burla.

—Bueno, pero hay mucha gente que deja de fumar. Es cuestión de echarle fuerza de voluntad. Lo que no me parece bien es fumar como un cosaco toda la vida para poder reclamar millones por daños y perjuicios cuando ya estés hecho una mierda.

—Hoppy, no digas palabrotas.

—Perdón.

Hoppy preguntó a Millie sobre las actitudes y las reacciones de los demás miembros del jurado. Cristano era de la opinión que sería mejor intentar ganarse a Millie con argumentos en vez de aterrorizarla con amenazas. Hoppy y él habían hablado del tema durante el almuerzo. Hoppy se sentía como un vil traidor por estar actuando a espaldas de su propia mujer, pero la amenaza de una condena de cinco años acudía en su ayuda cada vez que el sentimiento de culpabilidad parecía a punto de prevalecer.

Nicholas salió de su habitación durante el descanso del partido del domingo por la noche. En el vestíbulo no había guardias ni tampoco otros jurados. Sólo se oían voces procedentes de la sala de fiestas, sobre todo voces masculinas. Los hombres volvían a conformarse con el fútbol y la cerveza mientras las mujeres sacaban el mayor partido posible de sus visitas o interludios comunitarios.

Tras escabullirse por las puertas de cristal que había al fondo del pasillo, Nicholas dobló rápidamente la esquina, pasó por delante de las máquinas de refrescos y subió de dos en dos la escalera que llevaba hasta el primer piso. Marlee lo esperaba en una habitación que había alquilado pagando en efectivo y bajo el nombre de Elsa Broome, uno de sus muchos alias.

Sin más preámbulos que los estrictamente imprescindibles, Nicholas y Marlee se metieron en la cama. Los dos estaban de acuerdo en que pasar ocho noches seguidas separados no sólo marcaba un hito en su relación, sino que resultaba poco saludable.

Marlee y Nicholas se conocieron cuando ambos se llamaban aún de diferente manera. El lugar fue un bar de Lawrence, en el estado de Kansas, donde ella trabajaba de camarera y él trasnochaba en compañía de otros estudiantes de derecho. Marlee ya tenía a sus espaldas dos títulos universitarios en el momento de instalarse en Lawrence, pero, como no tenía ninguna prisa por labrarse un futuro en el mundo profesional, estaba considerando la posibilidad de matricularse también en los estudios de posgrado de la Facultad de Derecho, esa entrañable niñera de los licenciados indecisos. En fin, ya se vería. Su madre había muerto varios años atrás, antes de que ella conociera a Nicholas, y le había dejado casi doscientos mil dólares en herencia. Marlee trabajaba de camarera porque en el local había buen ambiente y porque se habría aburrido mucho estando mano sobre mano. Además, el trabajo la mantenía en forma. Marlee conducía un viejo Jaguar, gastaba el dinero con prudencia y salía única y exclusivamente con estudiantes de derecho.

Nicholas y ella se habían echado mutuamente el ojo mucho antes de decidirse a hablar. Él solía llegar al local bastante tarde en compañía de un pequeño grupo de amigos. Siempre eran las mismas caras, y siempre se sentaban en una mesa del rincón donde se pasaban horas y horas debatiendo teorías legales abstractas y terriblemente aburridas. Ella les servía jarra tras jarra de cerveza de barril e intentaba flirtear con éxito desigual. Durante su primer año en la facultad, Nicholas estuvo enamorado de los libros e hizo caso omiso de las chicas. Ella anduvo preguntando por ahí y se enteró de que el chico era buen estudiante, nada extraordinario pero sí el tercero de su clase. Nicholas sobrevivió al primer curso y regresó al año siguiente. Marlee se había cortado el pelo y había perdido casi cinco kilos de no se sabe dónde.

Al salir de la escuela secundaria, Nicholas había solicitado el ingreso en treinta facultades de derecho de todo el país. Sólo once lo aceptaron, y como ninguna de ellas estaba en la lista de sus diez favoritas, lanzó una moneda al aire y se trasladó a Lawrence, un lugar donde jamás había estado. Alquiló un apartamento de dos habitaciones adosado a la parte de atrás del caserón de una solterona, se aplicó al estudio e hizo muy poca vida social, al menos durante los dos primeros semestres.

Durante las vacaciones de verano del primer curso, trabajó para un gran bufete de Kansas City empujando el carrito de la correspondencia interna de piso en piso. La firma en cuestión empleaba a trescientos abogados, y hubo momentos en que todos parecían estar trabajando en el mismo caso: la defensa de la tabacalera Smith Greer en un juicio que se celebraba en Joplin a raíz de la demanda interpuesta por un enfermo de cáncer de pulmón. El juicio duró cinco semanas y acabó con un veredicto favorable a la defensa. Poco después el bufete organizó una fiesta para un millar de invitados. Se rumoreaba que la celebración había costado a Smith Greer la friolera de ochenta mil dólares, pero ¿a quién le importaba? La experiencia de aquel verano fue descorazonadora.

Nicholas llegó a aborrecer aquel gran bufete, y a mitad de su segundo año en la facultad también se había hartado del derecho en general. No tenía la menor intención de pasarse cinco años de su vida encerrado en un cuchitril escribiendo una y otra vez los mismos informes para que sus superiores pudieran exprimir a sus adinerados clientes.

La primera cita fue en una bacanal organizada por alumnos

de la Facultad de Derecho después de un partido de fútbol. La música era atronadora, la cerveza corría a raudales y la hierba pasaba de mano en mano como si fuese una bolsa de caramelos. Marlee y Nicholas se marcharon temprano porque a él le molestaba el ruido y a ella le daba asco el olor del cannabis. Aquella misma noche alquilaron un par de vídeos y prepararon unos espaguetis en casa de Marlee, un apartamento espacioso y bien amueblado. Nicholas se quedó a dormir en el sofá.

Un mes más tarde se trasladó al piso con todas sus cosas y se atrevió a mencionar por primera vez su intención de abandonar los estudios. Marlee, en cambio, seguía pensando en matricularse. El amor entre ambos floreció en la misma medida en que disminuyó el interés de Nicholas por las cuestiones académicas. Tanto es así que poco faltó para que no se presentara siquiera a los exámenes de otoño. Marlee y él estaban locamente enamorados; el resto no importaba. Además, el hecho de que la joven dispusiera de cierta cantidad de dinero hacía menos apremiantes las necesidades económicas. Las vacaciones de Navidad del segundo y último curso de derecho de Nicholas, las pasaron en Jamaica.

Cuando Nicholas colgó definitivamente los libros, Marlee llevaba ya tres años en Lawrence y empezaba a tener ganas de cambiar de aires. Él, por su parte, estaba dispuesto a seguirla a donde fuese.

Marlee había podido averiguar poca cosa sobre el incendio del domingo por la mañana. Ni que decir tiene que todas las sospechas recaían en Fitch, pero aun así no se les ocurría por qué razón lo habría hecho. El único objeto de valor que había en el apartamento era el ordenador, y Nicholas estaba seguro de que nadie podría burlar los sistemas de seguridad que había instalado. Por lo demás, la información importante estaba almacenada en disquetes, y éstos se hallaban guardados bajo llave en una cámara acorazada del piso de Marlee. ¿Qué iba a ganar Fitch con reducir a cenizas un apartamento destartalado? Intimidarlos, tal vez, pero ¿con qué fin? El cuerpo de bomberos estaba llevando a cabo una investigación de rutina sobre el caso. La posibilidad de que hubiera sido un incendio provocado estaba prácticamente descartada.

Nicholas y Marlee habían dormido en lugares más exquisitos que el Siesta Inn, pero también en sitios peores. En cuatro años habían tenido tiempo de vivir en cuatro ciudades diferentes, viajar por media docena de países, conocer casi toda Norteamérica, recorrer con una mochila a la espalda Alaska y México, bajar en balsa dos veces por el río Colorado y navegar por el Amazonas. También habían seguido de cerca los juicios relacionados con las tabacaleras, lo cual les había obligado a establecerse en lugares como Broken Arrow, Allentown o, el caso más reciente, Biloxi. Juntos sabían más sobre nicotina, agentes cancerígenos, probabilidades estadísticas de contraer cáncer de pulmón, selección de jurados, triquiñuelas judiciales y Rankin Fitch que el mejor grupo de expertos.

Una hora más tarde se encendió una luz junto a la cama y Nicholas emergió de entre las sábanas con el pelo alborotado, en busca de su ropa. Marlee se vistió y echó un vistazo al aparcamiento desde detrás de las persianas.

Justo debajo de ellos Hoppy seguía haciendo todo lo posible por quitar importancia a las escandalosas revelaciones de Lawrence Krigler, el testimonio que parecía haber impresionado más a su mujer. Millie rebatió los argumentos de Hoppy desde todos los puntos de vista, y se sorprendió de que su marido insistiera en hablar tanto sobre el tema.

Por pura diversión, Marlee había dejado el coche aparcado a media manzana de las oficinas de Wendall Rohr. Nicholas y ella partían de la base de que los sabuesos de Fitch la seguían a todas partes, y les divertía imaginarse al todopoderoso Fitch con los pelos de punta, pensando que ella estaba allí dentro, en el despacho de su rival, hablando con Rohr cara a cara y llegando a quién sabe qué tipo de acuerdo. Marlee había ido hasta el motel en otro coche alquilado, uno de los varios que había utilizado durante aquel último mes.

En un momento dado Nicholas se hartó de aquella réplica exacta de su celda de la planta baja y quiso salir de la habitación. Marlee y él dieron un largo paseo en coche por la costa; ella conducía, él bebía cerveza. Anduvieron por un embarcadero y se besaron mientras las aguas del Golfo se balanceaban suavemente a sus pies. Apenas hablaron del juicio.

Eran las diez y media cuando Marlee bajó del vehículo a dos manzanas de la oficina de Rohr. Mientras ella andaba apresuradamente por la acera, Nicholas la seguía de cerca desde el coche. Nadie más había aparcado al lado de Marlee. Joe Boy la vio llegar e informó por radio a Konrad. Tan pronto como ella se perdió de vista, Nicholas puso rumbo al motel.

Mientras tanto, Rohr y los otros siete abogados que habían contribuido con un millón cada uno a la financiación del caso discutían tan acaloradamente como de costumbre. El tema de debate del domingo por la noche era el número de testigos que debían llamar a declarar en nombre de la demandante y, como siempre, había ocho opiniones distintas sobre la mesa. Aunque reducibles en lo básico a dos grandes escuelas de pensamiento, los ocho puntos de vista se mantenían siempre independientes e irreconciliables cuando se trataba de llegar a acuerdos concretos.

Incluyendo los tres días invertidos en la selección del jurado, el juicio duraba ya tres semanas. El día siguiente representaba el principio de la cuarta semana, y el equipo del demandante disponía de suficientes peritos y testigos para seguir adelante durante al menos dos semanas más. Cable también tenía un ejército de expertos no menos nutrido, pero lo normal en casos como aquél era que la defensa utilizara menos de la mitad del tiempo consumido por el demandante. Seis semanas parecía el pronóstico más razonable, pero significaba que el jurado permanecería aislado durante casi cuatro semanas, una circunstancia que nadie veía con buenos ojos. Tarde o temprano el jurado se rebelaría y, como el demandante era el máximo responsable de la duración del juicio, era lógico pensar que también sería el más perjudicado por la rebelión. Por otra parte, había que tener en cuenta que era la defensa quien tomaba la palabra en el último tramo del juicio, cuando el jurado estaba ya más cansado, y podía muy bien suceder que la ira de la tribuna se dirigiera contra Cable y Pynex. La discusión sobre este punto se prolongó durante una hora y caldeó aún más el ambiente.

Lo que hacía único el caso Wood es que era el primer juicio contra una tabacalera en que el tribunal había ordenado el aislamiento del jurado. Se trataba, de hecho, del primer caso de aislamiento durante una causa civil en los anales del estado. Rohr opinaba que el jurado ya había escuchado suficientes testimonios. Él proponía llamar a otro par de testigos como máximo, dar por terminada su actuación el jueves al mediodía, y esperar a ver por dónde salía Cable. Le apoyaban Scotty Mangrum, de Dallas, André Duron, de Nueva Orleans, y Jonathan Kotlack, de San Diego, con la salvedad de que éste último quería llamar a tres testigos más.

El punto de vista contrario era sostenido vehementemente por John Riley Milton, de Denver, y Rayner Lovelady, de Savannah. Después de haber gastado semejante fortuna en reunir la mayor colección de expertos del mundo, ¿a qué venían tantas prisas?, decían. Quedaban aún varios testimonios cruciales y varios testigos sobresalientes. El jurado no se iba a mover de la tribuna. Naturalmente que se cansarían, pero ¿acaso no se cansaban todos los jurados fuera cual fuera la duración del juicio? La opción más recomendable era atenerse al plan de acción original y llegar hasta el final. Nada de abandonar el barco en alta mar porque unos cuantos jurados hubieran bostezado.

Carney Morrison, de Boston, se refirió con insistencia a los informes que venían elaborando semanalmente los expertos en jurados. ¡El jurado no estaba convencido todavía! Según la ley del estado de Misisipí, hacían falta nueve votos de los doce posibles para que el veredicto tuviera validez, y Morrison estaba seguro de que aún no tenían a nueve jurados de su parte. Personalmente, Rohr no prestaba demasiada atención a los análisis de por qué Jerry Fernandez se había frotado los ojos, la oronda Loreen Duke había cambiado de posición y el pobre Herman había retorcido el cuello durante la intervención de cierto doctor. La verdad es que Rohr estaba hasta la coronilla de los peritos y, muy especialmente, de sus escandalosos honorarios. Una cosa era que ayudaran mientras se investigaba a los jurados potenciales, y otra muy distinta que siguieran metiendo las narices por todas partes una vez empezado el juicio. No necesitaba que nadie redactara un informe cada cinco minutos para saber cómo iba el caso. Wendall Rohr podía interpretar las reacciones del jurado mucho mejor que cualquier experto.

Arnold Levine, de Miami, casi no abrió la boca. Todos sabían de sobra cuál era su opinión al respecto. Con una victoria en su haber después de once meses de litigio contra la General Motors, seis semanas le parecían una fruslería.

En caso de que la discusión terminara en un empate, las cosas no se resolverían lanzando una moneda al aire. Los ocho estaban de acuerdo, desde mucho antes de la selección del jurado, en que aquél era el juicio de Wendall Rohr: se celebraba en su ciudad y se veía en su juzgado, ante su juez y sus jurados. El consejo de los abogados del demandante era un órgano democrático hasta cierto punto. Nadie discutía el derecho a veto de Wendall Rohr.

Rohr tomó una decisión a última hora del domingo y, aunque hubo vanidades heridas, no se produjeron daños irreparables. Había demasiado en juego para perder el tiempo en rencillas y críticas a *posteriori*.

23

La cuarta semana de juicio empezó con otra entrevista privada en el despacho del juez Harkin. Su Señoría se interesó por el bienestar de Nicholas después del incendio de su apartamento. Easter le aseguró que se encontraba perfectamente y que se las arreglaría con la ropa que tenía en el motel. Al fin y al cabo, un estudiante no podía tener mucho que perder, excepto —en el caso de Nicholas— un buen ordenador y un sofisticado equipo de vigilancia que, como el resto de sus pertenencias, no estaban asegurados.

La cuestión del incendio pronto fue relegada por otros temas de mayor interés.

—¿Cómo se encuentra el resto de sus compañeros? —preguntó Harkin aprovechando que estaban a solas.

Mantener una charla informal con un miembro del jurado no contravenía expresamente el procedimiento judicial, pero desde luego quedaba en una zona de claroscuro. Una total transparencia habría exigido la presencia de ambos letrados y de un relator que tomara buena nota de todo lo dicho en la entrevista. Pero Harkin sólo quería cotillear un rato, y sabía que podía confiar en su joven amigo.

—Muy bien —respondió Nicholas.

—¿Algún incidente fuera de lo normal?

—Que yo recuerde, no.

—¿Se habla del caso?

—No. La verdad es que, cuando estamos juntos, tratamos de evitar el tema.

—Así me gusta. ¿Alguna discusión? ¿Alguna pelea?

—Aún es pronto para eso.

—¿Y la comida?

—Muy bien.

—¿Hay suficientes visitas personales?

—Creo que sí. Al menos, no he oído ninguna queja al respecto.

A Harkin le habría encantado saber de algún devaneo de los jurados, y no porque ello tuviera ninguna trascendencia para el desarrollo del juicio, sino porque no podía evitar ser malpensado.

—Bien. Póngase en contacto conmigo si hay algún problema. Y no le cuente a nadie que hemos estado hablando.

—Descuide —dijo Nicholas antes de estrechar la mano del juez y salir del despacho.

Harkin saludó afectuosamente a los jurados y les dio la bienvenida a una nueva semana de juicio. La tribuna parecía impaciente por poner manos a la obra y acabar de una vez con aquella tortura.

Rohr se puso en pie y llamó a declarar a Leon Robilio. La sesión estaba en marcha. Leon fue acompañado hasta la sala de vistas desde una habitación contigua, donde había estado esperando. Pasó frente al estrado arrastrando los pies con dificultad, y finalmente llegó al banco de los testigos, donde un agente lo ayudó a tomar asiento. Era un anciano de tez pálida, vestido con traje oscuro y camisa blanca sin corbata. Y tenía un agujero en la garganta, un orificio cubierto con una gasa blanca y mal disimulado con un pañuelo de lino blanco. Robilio pronunció el juramento de rigor sujetando un micrófono del tamaño de un lápiz frente a su cuello. Sus palabras tenían el timbre monótono que caracteriza a los enfermos de cáncer que han perdido la laringe.

Con todo, se le oía y se le entendía bien. Robilio mantenía siempre el micrófono frente a su garganta, y el sonido peculiar de su voz llegaba a todos los rincones de la sala. ¿Qué otra cosa esperaban? Aquélla era su voz, así era como hablaba habitualmente, y si decía algo era para que se le comprendiera.

Rohr fue al grano en cuanto pudo. Leon Robilio tenía sesenta y cuatro años y había sobrevivido al cáncer, pero ocho años atrás le habían extirpado la laringe y había tenido que aprender a hablar con el esófago. Durante cuarenta años había sido un fumador empedernido, y el vicio casi había acabado con él. En aquel momento, además de las secuelas del cáncer, sufría de insuficiencia cardíaca y enfisema pulmonar. Todo por culpa de los cigarrillos.

La sala pronto se acostumbró a la voz robótica y amplificada de Robilio. Él, por su parte, consiguió atraer la atención de los presentes al declarar que, a lo largo de dos décadas, se había ganado la vida trabajando para un grupo de presión que defendía los intereses de la industria tabacalera. Robilio presentó la dimisión cuando le diagnosticaron el cáncer, y entonces se dio cuenta de que, incluso estando enfermo, no podía dejar de fumar. Se había convertido en un adicto y dependía, tanto física como psicológicamente, de la nicotina de los cigarrillos. Durante los dos años que siguieron a la operación y mientras la quimioterapia causaba estragos en su organismo, Robilio siguió fumando. Fue un ataque al corazón que casi le costó la vida lo que lo obligó a dejar de fumar.

Pese a lo precario de su estado de salud, Robilio seguía trabajando a pleno rendimiento en Washington. En el bando contrario, claro está. Tenía fama de ser uno de los activistas más comprometidos en la lucha contra el tabaco, y algunos incluso decían que su presencia había aportado al debate el espíritu de la guerrilla.

En una etapa anterior de su vida, Robilio había trabajado para el Centro del Tabaco.

—Que no era más que un grupo de presión financiado al cien por cien por las tabacaleras —añadió con desdén—. Nuestra misión consistía en asesorar a la industria sobre la legislación vigente y sobre los intentos de aumentar ese control. Teníamos un elevado presupuesto y recursos ilimitados para pagar cenas y copas a los políticos más influyentes. Nos empleábamos a fondo, y enseñábamos a otros defensores del tabaco los entresijos del enfrentamiento político.

Durante su permanencia en el Centro, Robilio había tenido acceso a un número ingente de informes relacionados con los cigarrillos y la industria tabacalera. De hecho, parte de la tarea del Centro consistía en conocer al dedillo todos los estudios, proyectos y experimentos sobre el tema habidos y por haber. Sí, Robilio también había visto el memorando descrito por Krigler sobre los efectos de la nicotina. Lo había visto muchas veces, pero no tenía ninguna copia. Todos los que trabajaban en el Centro sabían que las tabacaleras utilizaban la nicotina para aumentar el número de clientes adictos.

Robilio no se cansaba de utilizar una y otra vez la palabra «adicción». Afirmaba haber visto informes financiados por las tabacaleras que probaban con qué facilidad se convertían en adictos a la nicotina muchos animales. Había visto ocultar informes —y ayudado a hacerlo— que demostraban que los fumadores adictos a la nicotina desde la adolescencia tenían muchas más dificultades para dejar el tabaco, hasta tal punto que se les consideraba clientes vitalicios.

Rohr aportó como prueba una caja llena de informes larguísimos que Robilio identificó uno por uno. El tribunal no tuvo inconveniente en admitir la prueba, como si los jurados fueran a tener tiempo de leer diez mil páginas de documentos antes de pronunciarse sobre el caso.

Robilio se arrepentía de muchas de las cosas que había hecho mientras trabajaba para el grupo de presión, pero una de ellas le pesaba más que cualquier otra: haber negado públicamente que las tabacaleras utilizaran la publicidad para atraer la atención de los adolescentes.

—La nicotina crea adicción, y los adictos son una gran fuente de ingresos. La supervivencia de las tabacaleras depende de que las nuevas generaciones no abandonen el hábito de fumar; por eso la publicidad intenta desorientar a los más jóvenes. El sector se gasta miles de millones al año en hacerles creer que los cigarrillos están de moda, dan buena imagen y son inofensivos. Los jóvenes se enganchan al tabaco con más facilidad y tardan más años en dejar de fumar. Por eso es imprescindible metérselos en el bolsillo. —Robilio consiguió teñir de rencor el timbre artificial de su voz, y supo expresar su desdén hacia los ocupantes de la mesa de la defensa mientras miraba con simpatía a los miembros del jurado—. Invertíamos millones en los jóvenes. Sabíamos que todos ellos eran capaces de nombrar las tres marcas de tabaco más anunciadas. Sabíamos que casi el noventa por ciento de los fumadores menores de dieciocho años preferían precisamente esas tres marcas. ¿Qué tenían que hacer las otras? Fácil: más publicidad.

—¿Sabían qué porcentaje de los ingresos de las empresas tabacaleras procedía del mercado adolescente? —preguntó Rohr como si no se supiera la respuesta de memoria.

—Unos doscientos millones del total anual procedían de ventas a menores de dieciocho años. Pues claro que lo sabíamos. Como que hacíamos un estudio cada año. Teníamos todos los datos en el ordenador. Lo sabíamos todo. —Robilio se calló un momento y señaló la mesa de la defensa con la mano derecha, con la misma expresión despectiva que habría dedicado a un grupo de leprosos—. Y los que trabajan en el Centro siguen sabiéndolo. Saben que cada día empiezan a fumar tres mil niños más, y podrían mostrarnos un desglose de las marcas que prefieren. Saben que casi todos los fumadores adultos empezaron a fumar de adolescentes. Le repito que tienen que conseguir por todos los medios que la nueva generación se enganche, aunque saben que un tercio de esos tres mil niños que empiecen a fumar hoy morirán algún día por culpa de su adicción al tabaco.

Robilio tenía al jurado en el bolsillo. Rohr hojeó sus notas unos segundos para no estropear el clímax del testimonio. Luego dio unos cuantos pasos arriba y abajo frente al estrado, como si necesitara estirar las piernas, se rascó la barbilla, levantó la vista hacia el techo y formuló otra pregunta.

—Cuando trabajaba para el Centro del Tabaco, ¿qué argumento utilizaba para desmentir que la nicotina causara adicción?

—Todas las tabacaleras utilizan el mismo. Yo ayudé a acuñarlo. Es algo así como: «Nadie fuma en contra de su voluntad. Por lo tanto, se trata de una cuestión de libre elección. Los cigarrillos no causan adicción; pero si así fuera, la primera premisa seguiría siendo válida. Seguiría tratándose de una cuestión de libre elección.» En aquella época yo podía conseguir que resultara convincente, y ellos hacen lo mismo hoy en día. Lo malo es que no es verdad.

—¿Por qué dice que no es verdad?

—Porque estamos hablando de adicción, y los adictos no eligen nada. Además, los más jóvenes se convierten en adictos mucho más deprisa que los adultos.

Por una vez y sin que sirviera de precedente, Rohr reprimió el impulso abogadesco de saturar al jurado. Robilio tenía el don de la palabra, pero, al cabo de una hora y media de esforzarse en hablar alto y claro, estaba cansado. Así pues, Rohr lo dejó en manos de Cable para el turno de repreguntas. El juez Harkin decidió que necesitaba una taza de café y ordenó un receso.

Aquel lunes por la mañana Hoppy Dupree puso los pies en el edificio del juzgado por primera vez. Entró en la sala cuando el testimonio de Robilio ya había empezado, y su mirada se cruzó con la de Millie en una pausa del interrogatorio. Millie estaba encantada de que su marido se hubiera dignado pasar por el juzgado, pero también le extrañaba ese súbito interés por el juicio. La noche anterior no habían hablado de otra cosa durante las cuatro horas de visita.

Al cabo de los veinte minutos que duró la pausa, Cable se dirigió al estrado con la intención de desbaratar el testimonio de Robilio. Utilizó un tono estridente, casi mezquino, como si considerara al testigo un traidor a la causa, un renegado. Cable se anotó un punto fácil al revelar al jurado que Robilio había cobrado por su testimonio, que había sido él quien se había puesto en contacto con los abogados de la demandante, y que había cobrado un adelanto por declarar en otros dos juicios similares.

—Pues sí, cobro por estar aquí. Igual que usted, señor Cable —dijo Robilio. Era la típica réplica de un experto, pero la mención del dinero ya había salpicado su reputación.

Cable logró que confesara que había empezado a fumar cuando tenía casi veinticinco años, estando ya casado y con dos hijos. Nada que ver, pues, con el adolescente engatusado por los astutos publicistas de Madison Avenue. Robilio tenía mal genio —los abogados habían podido comprobarlo durante los dos días que duró su maratoniana declaración de cinco meses atrás—, y Cable estaba dispuesto a sacar partido de este hecho.

Formulaba las preguntas seca y rápidamente, con ánimo de provocar una reacción violenta por parte del testigo.

—¿Cuántos hijos tiene? —preguntó Cable.

—Tres.

—¿Alguno de ellos es o ha sido fumador?

—Sí.

—¿Cuántos?

—Los tres.

—¿Cuántos años tenían cuando empezaron a fumar?

—Depende.

—¿De media?

—Diecisiete, dieciocho...

—¿Qué anuncios considera culpables de la adicción de sus hijos?

—No recuerdo cuáles fueron exactamente.

—¿No puede decir al jurado qué anuncios hicieron que sus propios hijos se engancharan al tabaco?

—Había tantos que... Tantos como ahora, de hecho. Es imposible adivinar cuántos y cuáles surtieron efecto.

—Pero insiste en que fue culpa de los anuncios...

—Estoy seguro de que los anuncios funcionaron. Igual que ahora.

—¿Quiere decir que usted no tuvo la culpa?

—Yo nunca los animé a fumar.

—¿Está seguro? ¿Pretende que este jurado crea que sus propios hijos, los hijos de un hombre que dedicó veinte años de su vida a convertir fumadores, empezaron a fumar por culpa de la publicidad engañosa?

—Estoy seguro de que los anuncios tuvieron mucho que ver. Estaban diseñados para eso precisamente.

—¿Fumaba usted en casa, delante de sus hijos?

—Sí.

—¿Y su mujer?

—También.

—¿Pidió alguna vez a alguien que no fumara dentro de su casa?

—No. No en aquella época.

—¿Estaría de acuerdo conmigo en que el ambiente que se

respiraba en su casa en aquellos momentos era favorable al tabaco?

—Sí. En aquel entonces lo era.

—Pero usted insiste en que sus hijos empezaron a fumar por culpa de las malas artes de los publicistas. ¿Es eso lo que quiere que crea el jurado?

Robilio respiró hondo y contó despacio hasta cinco.

—Ojalá no hubiera hecho muchas de las cosas que hice, señor Cable. Ojalá nunca hubiera encendido el primer cigarrillo.

—¿Han dejado de fumar sus hijos?

—Dos lo han conseguido, aunque con gran dificultad. El tercero lleva diez años intentándolo.

Cable había hecho esta última pregunta sin pensar y ya se había arrepentido. Era el momento de seguir adelante y cambiar de tema.

—Señor Robilio, ¿está usted al corriente de los esfuerzos que hacen las compañías tabacaleras por frenar el consumo de tabaco entre los adolescentes?

Robilio soltó una carcajada que su pequeño micrófono convirtió en una especie de gárgara amplificada.

—Dudo que se esfuercen mucho —replicó el testigo.

—¿Qué me dice de los cuarenta millones de dólares de la campaña «Niños sin humo» del año pasado?

—Muy propio de las tabacaleras. Llegan a caerle simpático a uno, ¿verdad?

—¿Sabía usted que el sector está a favor de que no se permita la instalación de máquinas expendedoras en áreas frecuentadas por jóvenes?

—Eso he oído, sí. Enternecedor, ¿no le parece?

—¿Sabía usted que el año pasado el sector donó diez millones de dólares al estado de California para poner en marcha un programa preescolar diseñado para prevenir el consumo de tabaco entre menores de edad?

—No. ¿Y qué me dice de los mayores de edad? ¿Les dijeron a los niños que fumar después de cumplir los dieciocho estaba bien? Seguramente.

Cable tenía una lista de preguntas, y parecía satisfecho con irlas tachando sin hacer caso de las respuestas.

—¿Sabía usted que el sector apoya la propuesta de prohibir el consumo de tabaco en todos los restaurantes de comida rápida de Tejas frecuentados por un público juvenil?

—Sí. ¿Y sabe usted por qué hace el sector ese tipo de cosas? Yo se lo diré. Porque así puede contratar a gente como usted para que se lo cuente a jurados como éste. Por eso y por nada más. Porque queda bien decirlo en los juicios.

—¿Sabía usted que el sector apoya la propuesta de imponer sanciones penales a los establecimientos que expenden tabaco a menores de edad?

—Sí, creo que también he oído algo de eso. Sólo son operaciones de cara a la galería. Invierten unos cuantos dólares aquí y allá en campañas de imagen para adquirir cierta respetabilidad. Y lo hacen porque saben la verdad. Y la verdad es que dos mil millones de dólares anuales invertidos en publicidad garantizan la adicción de las nuevas generaciones. Y si no me cree, es que es usted imbécil.

El juez Harkin se inclinó hacia delante.

—Señor Robilio, ese comentario ha estado fuera de lugar. Que no se repita. Que no conste en acta.

—Perdóneme, Su Señoría. Y perdóneme también usted, señor Cable. Sé que se limita a hacer su trabajo. Es su cliente quien me saca de quicio.

El incidente hizo que Cable perdiera momentáneamente los papeles. Por eso cometió el error de responder a la última frase de Robilio con un modesto «¿Por qué?».

—Porque son demasiado astutos. Esa gente de las tabacaleras son unos zorros: inteligentes, refinados e implacables. Y son capaces de mirarle a uno a los ojos y decirle con total desfachatez que los cigarrillos no crean adicción, sabiendo como saben que es mentira.

—No hay más preguntas —dijo Cable a medio camino de su mesa.

Gardner era una población de dieciocho mil habitantes situada a una hora de Lubbock. Pamela Blanchard vivía en el casco antiguo de la ciudad, a dos manzanas de la calle Mayor, en una casa de finales de siglo restaurada con acierto. Arces dorados y rojos montaban guardia frente al edificio mientras unos cuantos niños jugaban en la calle con sus monopatines y sus bicicletas.

Antes de las diez del lunes Fitch ya tenía conocimiento de los hechos siguientes: Pamela Blanchard era la esposa del presidente de un banco local que se había casado con ella en segundas nupcias tras enviudar diez años atrás. Dicho hombre no era el padre de Nicholas Easter, Jeff o comoquiera que se llamase en realidad. El banco de Blanchard había estado al borde de la quiebra durante la crisis del petróleo de principios de los ochenta, y muchos vecinos de Gardner aún tenían cierto reparo en hacer uso de sus servicios. El marido de Pamela era oriundo de Gardner. Ella, en cambio, debía de haber nacido en Lubbock o en Amarillo. La boda había tenido lugar en México hacía ocho años y el semanario local apenas se había hecho eco del evento. No había ninguna foto de la boda. Sólo un anuncio al lado de las necrológicas indicando que N. Forrest Blanchard Jr. se había casado con Pamela Kerr. Después de una breve luna de miel en Cozumel, el matrimonio fijaría su residencia en Gardner.

La mejor fuente de información de Gardner era un investigador privado llamado Rafe que había trabajado para la policía durante veinte años y decía conocer a todos los habitantes de la ciudad. Previo cobro de un adelanto sustancioso en efectivo, Rafe trabajó sin descanso toda la noche del domingo. Sin descanso, pero con mucho bourbon. A la mañana siguiente apestaba a malta agria. Mientras trabajaban codo con codo con él en su asquerosa oficina de la calle Mayor, Dante y Joe Boy tuvieron que rechazar repetidas veces la botella.

Rafe se entrevistó con todos los policías de Gardner y al final dio con uno que podía hablar con cierta dama que vivía enfrente de los Blanchard. Bingo. Pamela tenía dos hijos de un matrimonio anterior que había acabado en divorcio. No hablaba mucho de ellos, pero se sabía que uno estaba en Alaska y que el otro era abogado o quería serlo. O algo así.

Como ninguno de los dos hijos de Pamela había crecido en Gardner, la pista no dio mucho de sí. Nadie los conocía. Es más, Rafe no pudo encontrar a nadie que los hubiera visto siquiera.

Entonces llamó a su abogado, un tipo de aspecto desagradable especializado en divorcios que utilizaba asiduamente los rudimentarios servicios de vigilancia de Rafe. El abogado conocía a una secretaria que trabajaba en el banco de Blanchard. La secretaria en cuestión habló con la secretaria personal del señor Blanchard, y así se descubrió que Pamela no era ni de Lubbock ni de Amarillo, sino de Austin. Allí había trabajado para una asociación de banqueros, y así fue como conoció a Blanchard. La secretaria tenía noticia del anterior matrimonio de Pamela y era de la opinión que no había durado mucho. No, nunca había visto a los hijos de Pamela. El señor Blanchard nunca hablaba de ellos. El matrimonio llevaba una existencia pacífica y casi nunca recibía visitas.

Durante todo el día, Fitch estuvo recibiendo informes de Dante y Joe Boy cada hora. A mediodía del lunes llamó a un conocido suyo de Austin, alguien con quien había trabajado seis años atrás en otro juicio contra las tabacaleras celebrado en Marshall, en el estado de Tejas. Fitch dijo que se trataba de una emergencia. Al cabo de pocos minutos, una docena de detectives se había puesto a escudriñar guías telefónicas y a hacer llamadas. No pasó mucho rato antes de que uno de los sabuesos diera con el dato que buscaban.

Pamela Kerr había sido secretaria ejecutiva de la Asociación de Banqueros de Tejas, con sede en Austin. De llamada en llamada, los investigadores localizaron a una ex compañera de Pamela que trabajaba de orientadora vocacional en una escuela privada. Con la falsa excusa de que Pamela era candidata a formar parte del jurado de un caso de asesinato para el que la fiscalía pedía la pena de muerte, el detective se presentó como ayudante del fiscal del distrito y dijo estar reuniendo información fidedigna sobre los jurados. La mujer se sintió obligada a responder unas cuantas preguntas, aunque hacía años que no veía a Pamela.

Pamela Kerr tenía dos hijos, Jeff y Alex. Alex era dos años mayor que Jeff y había vivido en Austin hasta completar su educación secundaria; luego se había marchado a Oregón. Jeff también había ido al instituto en Austin —y había sacado muy buenas notas, por cierto—, pero después se había trasladado a

Rice para seguir estudiando. El padre de los chicos había abandonado la familia cuando ellos todavía eran muy pequeños, y Pamela había sido una madre ejemplar.

Dante, recién apeado del reactor privado, visitó la escuela de enseñanza secundaria de Austin en compañía de otro investigador. Allí obtuvieron permiso para hurgar entre los viejos anuarios guardados en la biblioteca. La foto de Jeff Kerr correspondía a la promoción de 1985: esmoquin azul, gran pajarita del mismo color, pelo corto y una cara agradable que miraba directamente a la cámara, la misma que Dante había estado estudiando durante horas enteras en Biloxi.

—Éste es nuestro hombre —dijo sin asomo de duda.

Dante procedió a arrancar la página correspondiente del anuario sin hacer ruido y, a continuación, escondido entre las estanterías repletas de libros, se puso en contacto con Fitch a través del teléfono móvil.

Tres llamadas telefónicas a Rice bastaron para averiguar que Jeff Kerr se había diplomado en psicología en el año 1989. Haciéndose pasar por el representante de una empresa interesada en contratar a Kerr, el autor de la llamada dio con un profesor de ciencias políticas que lo había tenido en su clase. Aún se acordaba de él y dijo que se había ido a estudiar derecho a Kansas.

A cambio de la promesa de una gran suma de dinero, Fitch localizó por teléfono una empresa de seguridad dispuesta a dejar a un lado todos sus demás casos para empezar a escudriñar Lawrence, en el estado de Kansas, a la busca del mínimo rastro de Jeff Kerr.

En comparación con el joven risueño que solía ser, Nicholas estuvo bastante reservado durante la hora de comer. Sin decir ni media palabra, dio cuenta de una patata rellena preparada en la charcutería de O'Reilly. Parecía triste y evitaba las miradas de sus compañeros.

Pero Nicholas no era el único miembro deprimido del jurado. En sus oídos seguía resonando la voz de Leon Robilio, aquella voz robótica que sustituía la que había perdido a causa del tabaco y que había difundido la misma información nauseabunda que antaño ayudara a ocultar. Sí, aún podían oírlo. Tres mil niños cada día, un tercio condenados a morir por culpa de su adicción. ¡Enganchar a las nuevas generaciones!

Loreen Duke se cansó de remover su ensalada de pollo. Levantó la vista hacia el otro lado de la mesa, donde se sentaba Jerry Fernandez, y dijo:

—¿Puedo hacerle una pregunta? —Su voz rompió un silencio abrumador.

—Adelante —dijo Jerry.

—¿Cuántos años tenía cuando empezó a fumar?

—Catorce.

—¿Por qué empezó?

—El hombre Marlboro. Todos los chicos con los que salía fumaban Marlboro. Éramos chicos de campo, nos gustaban los caballos y los rodeos. El hombre Marlboro era irresistible, el no va más.

Todos los jurados se imaginaron lo mismo: la cara curtida, el mentón prominente, el sombrero, el caballo, el cuero gastado, puede que las montañas y algo de nieve a lo lejos, la libertad de encender un Marlboro como si el resto del mundo no existiera... ¿Por qué no iba a querer un chico de catorce años parecerse al hombre Marlboro?

—¿Es usted adicto? —preguntó Rikki Coleman mientras seguía jugueteando con su habitual plato *light* de lechuga y pavo hervido. Había pronunciado la palabra «adicto» como si estuvieran hablando de heroína.

Jerry reflexionó durante un instante y se dio cuenta de que sus amigos lo escuchaban con atención. Querían saber qué podía impulsar a un hombre a quedarse enganchado.

—No lo sé —respondió—. Supongo que podría dejarlo. Ya lo he intentado unas cuantas veces. Me gustaría dejarlo, por supuesto. Es un vicio asqueroso.

—¿No lo disfruta? —preguntó Rikki.

—Bueno, hay veces en que un cigarrillo sienta bien, pero ahora estoy en dos paquetes diarios, y eso es demasiado.

—¿Qué dices tú, Angel? —preguntó Loreen a Angel Weese, que estaba sentada a su lado y que normalmente hablaba lo menos posible—. ¿Cuántos años tenías cuando empezaste?

—Trece —contestó Angel avergonzada.

—Yo tenía dieciséis —confesó Sylvia Taylor-Tatum antes de que se lo preguntaran.

—Yo empecé a los catorce —dijo Herman desde el extremo de la mesa para que no decayera la conversación—. Y lo dejé a los cuarenta.

—¿Alguien más? —preguntó Rikki para dar por terminadas las confesiones.

—Yo empecé a fumar a los diecisiete años —declaró el coronel—, cuando me alisté en la Marina. Pero hace treinta años que lo dejé —añadió, tan orgulloso como siempre de su autodisciplina.

—¿Alguien más? —insistió Rikki después de un largo silencio.

—Yo. Empecé a los diecisiete y lo dejé dos años después —mintió Nicholas.

—¿Alguien empezó a fumar después de los dieciocho? —preguntó Loreen.

No hubo respuesta.

Nitchman, vestido de paisano, salió al encuentro de Hoppy para comer con él un bocadillo rápido. A Hoppy no le hacía ninguna gracia que lo vieran en público en compañía de un agente del FBI, así que respiró aliviado al verlo aparecer con unos vaqueros y una camisa a cuadros. No es que los amigos y conocidos de Hoppy pudieran reconocer a simple vista a los federales de la zona, pero de todas maneras no le hacía ni pizca de gracia. Además, Nitchman y Napier pertenecían a una unidad especial de Atlanta. Al menos eso es lo que le habían contado.

Hoppy refirió fielmente lo que había oído en la sala de vistas aquella misma mañana, dijo que el testimonio de Robilio había causado un gran impacto y añadió que le había parecido que se metía al jurado en el bolsillo. Nitchman demostró poco interés en el juicio, y no precisamente por primera vez, y repitió que él se limitaba a hacer lo que le ordenaban los jefazos de Washington. Acto seguido entregó a Hoppy un mensaje que acababa de recibir, de parte de Cristano: una hoja de papel blanco con cifras y letras pequeñitas en los márgenes superior e inferior. Los del Departamento de Justicia querían que Hoppy lo viera.

En realidad, se trataba de una falsificación realizada por los expertos en documentos de Fitch, dos agentes retirados de la CIA que se entretenían haciendo travesuras en Washington.

El mensaje era una copia en papel de fax de un informe de aspecto siniestro referente a Leon Robilio. No tenía remite ni fecha; sólo cuatro párrafos escritos bajo el ominoso titular de MEMORANDO CONFIDENCIAL. Hoppy lo leyó rápidamente mientras masticaba patatas fritas. Robilio cobraba medio millón de dólares por testificar. Lo habían despedido del Centro del Tabaco por malversación de fondos y habían llegado incluso a acusarlo formalmente, aunque al final los cargos fueron retirados. Tenía un largo historial psiquiátrico y había acosado sexualmente a dos secretarias del Centro. La causa del cáncer de laringe de Robilio había que buscarla no tanto en los cigarrillos como en el fondo de las botellas. Robilio era un reputado mentiroso que odiaba el Centro y quería vengarse de él a toda costa.

—¡Caramba! —exclamó Hoppy mostrando un amasijo de patatas fritas.

—El señor Cristano piensa que debería pasárselo a su mujer —dijo Nitchman— para que se lo enseñe a los miembros del jurado que sean de su confianza. Sólo a los de confianza.

—Más le vale —replicó Hoppy mientras doblaba el papel para guardárselo en el bolsillo. Luego echó un vistazo al comedor abarrotado como si fuera culpable de no se sabe qué.

A partir de los anuarios y de los pocos datos que el secretario de admisiones puso a su disposición, los hombres de Fitch averiguaron que Jeff Kerr se había matriculado en el primer curso de derecho de la Universidad de Kansas durante el otoño de 1989. En la foto correspondiente al segundo curso, que era de 1991, también aparecía su semblante serio. Después ya no había ni rastro de él. Al parecer, no se había sacado el título.

Durante su segundo año en Kansas, Jeff Kerr jugó al rugby

con el equipo de la facultad. En una de las fotos del anuario se lo veía del brazo de dos compañeros de equipo: Michael Dale y Tom Ratliff, que sí habían acabado los estudios al año siguiente. En aquellos momentos Dale trabajaba para el turno de oficio en Des Moines y Ratliff esperaba la oportunidad de convertirse en socio de un bufete de Wichita. Sendos grupos de investigadores fueron enviados a localizarlos.

Una vez en Lawrence, Dante fue a la Facultad de Derecho para confirmar la identidad de Kerr con ayuda de los anuarios. Luego estuvo una hora mirando una por una todas las fotos correspondientes a las promociones de los años 1985 a 1994, pero no vio a ninguna chica que se pareciera a la que él conocía con el nombre de Marlee. Había sido un palo de ciego. Dante sabía que muchos estudiantes se negaban a hacerse las fotos porque salir en los anuarios les parecía cosa de adolescentes inmaduros cuando ellos eran ya adultos serios y responsables. Pero ¿qué era el trabajo de Dante sino una continua sucesión de palos de ciego?

A última hora del lunes, un investigador llamado Small encontró a Tom Ratliff enfrascado en el trabajo en su minúsculo y mal ventilado despacho del bufete Wise & Watkins, uno de los más grandes del centro de Wichita. Quedaron en encontrarse en un bar al cabo de una hora.

Small aprovechó la espera para hablar con Fitch y enterarse de tantos antecedentes como pudo, o como Fitch quiso darle. Small era un ex policía con dos ex esposas. Se hacía llamar especialista en seguridad, lo que en Lawrence significaba que hacía de todo, desde espiar adúlteros hasta aplicar el detector de mentiras. Small no tenía muchas luces, y Fitch se dio cuenta enseguida.

Ratliff acudió a la cita con retraso. Una vez juntos, Small y él pidieron una ronda de bebidas. El investigador hizo lo imposible por parecer informado, y se echó más de un farol. Ratliff desconfiaba un poco y prefirió no hablar mucho, una precaución lógica ante un desconocido que se le había acercado por las buenas para averiguar cosas de un antiguo compañero de estudios.

—Hace cuatro años que no lo veo —se excusó Ratliff.

—¿No ha hablado con él?

—No, ni una palabra desde que se marchó de la universidad después del segundo curso.

—¿Eran buenos amigos?

—Nos vimos bastante el primer año, pero nunca fuimos grandes amigos. Después él se marchó y... ¿Se ha metido en algún lío?

—No, nada de eso.

—Tal vez debería decirme por qué está tan interesado en saber cosas de Jeff Kerr.

Small repitió en términos generales lo que Fitch le había dicho que dijera. No lo hizo mal del todo y se acercó bastante a la verdad. Jeff Kerr era uno de los candidatos al jurado de un juicio importante, y él, Small, había sido contratado por una de las partes para escarbar un poco en su pasado.

—¿Dónde se celebrará el juicio? —preguntó Ratliff.

—No se lo puedo decir, pero le aseguro que todo esto es perfectamente legal. Bueno, usted es abogado, así que sabe perfectamente a lo que me refiero.

Desde luego. Ratliff se había pasado buena parte de su breve carrera trabajando como un esclavo para una de las partes de un litigio, y en ese espacio de tiempo había aborrecido para siempre la investigación previa de los candidatos a miembros del jurado.

—¿Cómo puedo verificar esa información? —preguntó en tono profesional.

—No estoy autorizado a divulgar datos sobre el juicio. Hagamos una cosa. Si yo le pregunto algo que cree que puede perjudicar a Kerr, no me conteste y en paz. ¿De acuerdo?

—Bueno, se puede probar. Pero si me pone nervioso, me iré por donde he venido.

—Me parece muy bien. ¿Por qué abandonó el derecho Jeff Kerr?

Ratliff tomó un traguito de cerveza y trató de recordar.

—Era un buen estudiante, muy inteligente. Después del primer curso, de repente, dijo que ya no quería ser abogado. Aquel verano había estado trabajando en un gran bufete de Kansas City, y creo que eso lo quemó. Además, se había enamorado.

Fitch quería saber a toda costa si había alguna chica en el pasado de Jeff Kerr.

—¿De quién? —preguntó Small.

—De Claire.

—Claire ¿qué más?

Otro traguito de cerveza.

—Ahora mismo no me acuerdo.

—¿Llegó a conocerla?

—La conocía de vista. Claire trabajaba en un bar del centro de Lawrence, un local adonde los estudiantes de derecho íbamos a trasnochar. Creo que es allí donde se conocieron.

—¿Sería capaz de darme una descripción de esa tal Claire?

—¿Para qué? Creía que quien le interesaba era Jeff.

—Me han pedido una descripción de su novia de la universidad. No me pregunte más. —Small se encogió de hombros como si la cosa no fuera con él.

Los dos hombres escrutaron mutuamente sus intenciones durante unos segundos. Qué demonios, pensó Ratliff, de todas maneras nunca volvería a verlos. Jeff y Claire ya formaban parte de un pasado remoto.

—Estatura mediana, uno sesenta y cinco. Delgada. Pelo oscuro, ojos castaños. Bonita, simpática...

—¿También era estudiante?

—No sabría decirle. Creo que lo había sido. Puede que ya estuviera licenciada.

—¿Por la Universidad de Kansas?

—No lo sé.

—¿Cómo se llamaba el local?

—Mulligan's. Está en el centro.

Small lo conocía bien. Más de una vez había ido él mismo a ahogar las penas y a ver a las universitarias.

—La de copas que me habré tomado yo en Mulligan's —dijo.

—Sí, lo echo de menos —añadió Ratliff con nostalgia.

—¿Qué hizo después de colgar los libros?

—No estoy seguro. Oí decir que él y Claire se habían ido de viaje. Nunca más volví a saber de ellos.

Small le dio las gracias y le preguntó si podía llamarlo a la oficina en caso de que tuviera más preguntas. Ratliff dijo que estaba muy ocupado, pero que por probar...

El jefe de Small tenía un amigo en Lawrence que conocía al

tipo que había regentado Mulligan's durante los últimos quince años. Ventajas de las ciudades pequeñas. Revelar el nombre de un antiguo empleado no era nada del otro mundo, sobre todo para el dueño de un bar que declaraba menos de la mitad de sus ingresos. La chica se llamaba Claire Clement.

Fitch se frotó las manos con regocijo al oír el informe de Small. Le encantaba la persecución. Marlee se había convertido en Claire, una mujer con un pasado que, por lo visto, tenía mucho interés en ocultar.

—Conoce a tu enemigo —dijo Fitch a las paredes. La primera regla del buen estratega.

24

Las cifras volvieron por sus fueros el lunes por la tarde de la mano de un economista, un hombre capaz de repasar la existencia del difunto Jacob Wood y resumirla en una cantidad seguida del símbolo del dólar. Se llamaba Art Kallison, era doctor en ciencias económicas y había dado clases en una escuela privada de Oregón de la que nadie había oído hablar. Los cálculos no eran muy complicados y, de todas maneras, el testigo tenía las tablas suficientes —era obvio que aquélla no era su primera aparición en una sala de vistas— para hacerlos comprensibles a todos. Su vena didáctica se hizo aún más patente cuando echó mano de la tiza y empezó a efectuar operaciones en una pizarra.

En el momento de producirse su prematuro deceso, Jacob Wood contaba cincuenta y un años y cobraba 40.000 dólares al año de salario base. Además era beneficiario, entre otras prestaciones, de un plan de pensiones financiado por su empresa. Kallison calculó que, de haber vivido y trabajado hasta la edad de sesenta y cinco años, Wood habría acumulado unos ingresos de 720.000 dólares. Si a esa cantidad se añadía, tal como contemplaba la ley, la previsión de inflación, la cifra se elevaba a 1.180.000 dólares. También por imperativo legal, se debía reducir el total obtenido a lo que Kallison llamó su valor actual, un concepto que enturbió un poco la exposición. Consciente de la dificultad, el testigo ilustró al jurado con una breve y amena conferencia sobre el significado de dicho término. La suma adeudada a la demandante era de 1.180.000 dólares pagados a lo largo de quince años. A efectos legales, sin embargo, era necesario determinar la equivalencia de esa cifra en el momento de celebrarse el juicio. La cantidad resultante, siempre menor, ascendía en aquel caso a 835.000 dólares.

Kallison hizo gran hincapié en el carácter parcial de su reclamación: él se había limitado a calcular única y exclusivamente el dinero que la familia Wood dejaría de ingresar en concepto de salarios. Un economista, al fin y al cabo, no era quién para poner precio a la vida de una persona; la larga agonía de Jacob Wood y el dolor que había causado su pérdida quedaban fuera de su competencia.

El turno de repreguntas sirvió para que se estrenara en el juicio uno de los miembros más jóvenes del equipo de la defensa. Felix Mason trabajaba en el bufete de Cable y estaba especializado en previsiones económicas. Por desgracia para él, su breve intervención de aquel día resultaría ser también la única. Mason inauguró el turno de réplica preguntando a Kallison cuántas veces al año testificaba.

—Desde que dejé de dar clases, me dedico sólo a esto —respondió Kallison. En todos los juicios le preguntaban lo mismo.

—¿Ha cobrado usted por testificar en este juicio? —preguntó Mason.

—Sí. He cobrado por estar aquí. Igual que usted. —La respuesta era tan original como la pregunta.

—¿Cuánto?

—Cinco mil dólares por asesoramiento y testimonio. —Kallison era el perito más barato del juicio; de eso no cabía duda.

Mason no estaba de acuerdo con el índice de inflación utilizado por Kallison en sus cálculos, y la discusión sobre el aumento diacrónico del índice de precios al consumo se prolongó durante media hora. Si Mason logró imponer su punto de vista al cabo de esos treinta minutos, nadie más que él se dio cuenta. El letrado quería que Kallison reconociera que 680.000 dólares era una cantidad más razonable en concepto de salario no percibido.

Peccata minuta. Rohr y su selecto equipo de abogados estaban dispuestos a aceptar cualquiera de las dos cifras. Las operaciones de Kallison servían sólo para establecer el punto de partida. Rohr se encargaría de calcular el monto final teniendo en cuenta conceptos más subjetivos: el dolor, el sufrimiento, la felicidad malograda, la compañía no disfrutada, etcétera. También habría que tomar en consideración otras partidas menores como el coste de la atención médica recibida por Jacob Wood y el precio de sus exequias. Por último, y ya para subir nota, Wendall Rohr explicaría al jurado cuánto dinero ganaba Pynex y reclamaría para el demandante un porcentaje de esos ingresos, alegando la necesidad de imponer a la tabacalera un castigo ejemplar.

Una hora antes de levantarse la sesión, un orgulloso Wendall Rohr anunció al tribunal que el demandante llamaba a declarar a su último testigo, la señora Celeste Wood.

El jurado no había sido informado de las intenciones de Rohr, y las palabras del letrado les quitaron un gran peso de encima. De repente, el aire enrarecido de la sala se volvió más respirable. Varios miembros del jurado fueron incapaces de reprimir una sonrisa. Otros desfruncieron el entrecejo. El balanceo de las sillas indicaba la resurrección de la tribuna.

Aquella noche se cumplían siete de aislamiento. Según la última teoría de Nicholas, la defensa no los retendría más de tres días. Todos los jurados hicieron los cálculos mentalmente. ¡Pasarían el fin de semana en casa!

Durante las tres semanas que llevaba sentada entre todos aquellos abogados, Celeste Wood apenas había abierto la boca. Había demostrado, por otra parte, una habilidad especial para escuchar fríamente las declaraciones de los testigos sin hacer caso de los letrados ni de la reacción del jurado. Su vestuario había recorrido todas las gamas del negro y el gris, y siempre había llevado medias y zapatos negros.

Jerry la había apodado Viuda Wood desde el comienzo del juicio.

Celeste Wood tenía cincuenta y cinco años, la misma edad que tendría su marido de no haber sido por el cáncer de pulmón. Era muy delgada, casi diminuta, y tenía el pelo gris. Trabajaba para una biblioteca regional y había criado tres hijos. El jurado tuvo ocasión de ver varios retratos de familia.

Había transcurrido un año entero desde su primera declaración, y todo ese tiempo había estado ensayando su testimonio con ayuda de varios preparadores profesionales contratados por Rohr. Celeste dominaba la situación; estaba algo nerviosa, pero no demasiado, y no tenía intención de exteriorizar sus sentimientos. No en vano habían pasado cuatro años desde la muerte de su marido.

Rohr y su testigo escenificaron a las mil maravillas el guión del interrogatorio. Celeste habló de su vida al lado de Jacob, de lo felices que habían sido juntos, de los primeros años de casados, de los hijos, de los nietos, de lo que soñaban con hacer cuando se jubilaran. A lo largo de los años habían sufrido algún que otro contratiempo, pero nada serio. Hasta la enfermedad de Jacob, se entiende. El pobre quería dejar de fumar con todas sus fuerzas y lo había intentado muchas veces, siempre sin éxito. La adicción era más fuerte que él.

Celeste dio la impresión de estar afectada por la muerte de su marido sin recurrir a ningún tipo de exageración. No hubo quiebros ni lágrimas de cocodrilo. Dejando a un lado el hecho de que la viuda de Wood no era ya de por sí proclive al llanto, Rohr supuso, y con razón, que el jurado no acogería favorablemente una actitud lastimera.

Cable renunció al turno de réplica. ¿Qué podía preguntar?

—Su Señoría —dijo con el semblante triste y el tono humilde—, la defensa no hará ninguna pregunta.

A Fitch sí se le ocurrían muchas cosas que preguntar, pero Cable estaba obligado a respetar los límites impuestos por el procedimiento judicial. Después del natural período de luto —más de un año en este caso—, Celeste Wood había empezado a salir con un hombre divorciado, siete años más joven que ella. Según fuentes bien informadas, ambos planeaban contraer matrimonio de forma discreta una vez acabado el juicio. Fitch sabía que el retraso de la boda se debía a una oportuna intervención de Rohr.

Los planes de Celeste no serían divulgados en la sala, pero Fitch estaba tratando de hallar la manera de ponerlos en conocimiento del jurado.

—La parte demandante no llamará a más testigos —anunció Rohr cuando Celeste hubo regresado a la mesa. Los abogados de ambos litigantes se reunieron en varios corros para conferenciar en voz baja.

El juez Harkin consideró el volumen de papel acumulado sobre su mesa antes de dirigirse a los aburridos miembros del jurado:

—Damas y caballeros, tengo buenas y malas noticias para ustedes. Las buenas, ya se las imaginan. El letrado Rohr no llamará a más testigos y, por tanto, el final se acerca; si no hay ninguna sorpresa, la defensa aportará menos testimonios que la otra parte. Las malas noticias son que, llegados a este punto del juicio, hay un gran número de peticiones que debatir. Dedicaremos a ello el día de mañana, probablemente toda la jornada. Lo siento, pero no hay más remedio que hacerlo.

Nicholas levantó la mano. Harkin lo miró en silencio unos segundos antes de darle la palabra.

—¿Sí, señor Easter?

—¿Quiere eso decir que nos pasaremos todo el día encerrados en el motel?

—Me temo que sí.

—No veo por qué, la verdad.

Los abogados se separaron y dejaron de cuchichear para mirar embobados a Easter. No era habitual que un miembro del jurado tomara la palabra en plena sesión.

—Porque el jurado no puede estar presente durante el debate de las peticiones.

—Eso ya lo sé. Lo que no entiendo es por qué tenemos que quedarnos en el motel.

—¿Se le ocurre otra solución?

—Se me ocurre más de una. Podríamos alquilar un barco y hacer una excursión por el Golfo. Ir a pescar, si nos apetece.

—No puedo pedir a los contribuyentes de este condado que sufraguen ese tipo de gastos, señor Easter.

—Tenía entendido que nosotros también éramos contribuyentes...

—La respuesta es no. Lo siento.

—Déjese de contribuyentes. Estoy seguro de que a los letrados aquí presentes no les importaría aflojar la mosca. ¿Por qué no pide a las partes que pongan unos mil dólares cada una?

Con eso podríamos alquilar un buen barco y pasarlo de maravilla.

Cable y Rohr reaccionaron prácticamente a la vez, pero Rohr fue más rápido a la hora de ponerse en pie y responder.

—Cargaremos con la mitad de los gastos con mucho gusto, Su Señoría.

—Me parece una gran idea, Su Señoría —añadió Cable a voz en cuello.

Harkin levantó las palmas de las manos.

—No tan deprisa —suplicó. Luego se frotó las sienes y buscó un precedente en su memoria. No lo había, por supuesto. Ningún reglamento o ley prohibía expresamente las excursiones del jurado. Tampoco había conflicto de intereses entre las partes.

Loreen Duke llamó la atención de Nicholas dándole unos golpecitos en el brazo. Acto seguido le susurró algo al oído.

—En fin —dijo Harkin—, esta situación no tiene precedentes. Me temo que entra dentro de la categoría de lo discrecional. ¿Letrado Rohr?

—Es un acuerdo inofensivo, Su Señoría. Cada parte paga la mitad de los gastos. No veo ningún inconveniente.

—¿Letrado Cable?

—No se me ocurre ningún estatuto ni norma de procedimiento que lo prohíba explícitamente. Estoy de acuerdo con el señor Rohr. Si ambos litigantes se reparten los gastos, ¿qué hay de malo en ir de excursión?

Nicholas volvió a levantar la mano.

—Disculpe, Su Señoría. Acabo de ser informado de que algunos jurados preferirían ir de compras a Nueva Orleans en vez de ir a pescar al Golfo.

Rohr volvió a tomar la delantera a su colega.

—Contribuiremos con mucho gusto a pagar los gastos del autocar, Su Señoría. Y del almuerzo.

—Lo mismo digo —añadió Cable—. Y de la cena también.

A Gloria Lane le faltó tiempo para acercarse a la tribuna del jurado carpeta en mano. Nicholas, Jerry Fernandez, Lonnie Shaver, Rikki Coleman, Angel Weese y el coronel Herrera optaron por el barco. El resto se decantó por el Barrio Francés.

Incluyendo la declaración grabada en vídeo de Jacob Wood, Rohr y su equipo habían presentado al jurado diez testigos a lo largo de trece días. Las pretensiones de la parte demandante habían quedado perfectamente claras. Al jurado correspondía a partir de aquel momento determinar no si los cigarrillos eran peligrosos, sino si había llegado el momento de imponer un castigo a las empresas que los fabricaban.

De no ser por el aislamiento a que estaba sometido el jurado, Rohr habría llamado a declarar al menos a tres peritos más: un experto en psicología aplicada al análisis de la publicidad, otro experto en adicciones y un tercero capaz de describir con todo detalle el uso de pesticidas e insecticidas en las hojas del tabaco.

Pero el jurado estaba aislado —y mucho—, y Rohr sabía que había llegado el momento de bajar el telón. Le constaba, además, que aquél no era un jurado corriente ni mucho menos: un ciego, un chalado que hacía yoga a la hora de comer, dos huelgas, nuevas exigencias a cada momento, platos de porcelana y cubiertos de verdad para el almuerzo, cerveza gratis a cargo de los contribuyentes, visitas personales, interludios comunitarios y un largo etcétera. Al juez Harkin empezaba a resultarle difícil conciliar el sueño.

Tampoco le parecía un jurado corriente a Fitch, el hombre con más experiencia en sabotaje de juicios de toda la historia de la jurisprudencia estadounidense. Las trampas habituales estaban preparadas y los trapos sucios de rigor esperaban el momento de ser ventilados. Todas sus intrigas avanzaban a buen paso. Un incendio y ningún hueso roto eran el balance de su actuación hasta el momento. Fitch tenía que reconocer, sin embargo, que la chica, Marlee, lo había cambiado todo. Ella le brindaría la ocasión de comprar el veredicto, una sentencia desestimatoria que humillaría definitivamente a Wendall Rohr y ahuyentaría de una vez por todas a aquella cohorte de abogados carroñeros que perseguían a las tabacaleras como buitres hambrientos.

El juicio Wood era la mayor amenaza planteada hasta la fecha contra la industria tabacalera; la parte demandante había reunido el mejor plantel de abogados y el presupuesto más abultado de su historia. Pero todos sus esfuerzos serían en vano, porque la dulce Marlee ofrecería a Fitch el veredicto deseado en bandeja de plata. Fitch confiaba a pie juntillas en el poder de Marlee, y aquella fe ciega lo consumía. Se pasaba el día pensando en ella, y hasta la veía en sueños.

Claro que, de no ser por Marlee, Fitch ni siquiera habría podido pegar ojo desde hacía tiempo. Todo parecía haberse confabulado para favorecer a la parte demandante: la sala de vistas, el juez, el ambiente... Los peritos de Rohr eran, con mucho, los mejores con que Fitch había tenido que vérselas a lo largo de sus nueve años al frente de la defensa. Nueve años, ocho juicios, ocho sentencias desestimatorias. A pesar del odio visceral que le inspiraba el letrado, Fitch sabía —aunque jamás lo habría admitido— que Wendall Rohr era el abogado idóneo para asestar el golpe definitivo a la defensa.

Por otra parte, derrotar a Wendall Rohr en Biloxi equivaldría a levantar una barricada contra futuros pleitos, y podría muy bien significar la salvación de la industria tabacalera.

El voto de Rikki Coleman era el primero que computaba Fitch a la hora de traducir en números el estado de ánimo del jurado. Por lo del aborto. Fitch tenía el voto de Rikki en el bolsillo, aunque ella no lo supiera todavía. Luego venían el de Lonnie Shaver y el del coronel Herrera. Millie Dupree también sería fácil de convencer. De Sylvia Taylor-Tatum, los expertos en psicología decían que era incapaz de sentir compasión por nadie; y para colmo de bienes, fumaba. Pero los psicólogos no sabían que Sylvia se estaba acostando con Jerry Fernandez, y que Jerry y Easter eran amigotes. Fitch estaba seguro de que los tres —Sylvia, Jerry y Nicholas— votarían lo mismo. Loreen Duke se sentaba al lado de Nicholas, y a menudo se los veía cuchichear durante el juicio. Fitch era de la opinión que Loreen seguiría a Easter. Y con Loreen también lo haría Angel Weese, la otra mujer de raza negra del jurado. Los expertos se declaraban incapaces de predecir el voto de Weese de cualquier otra manera.

Nadie dudaba de que Easter dominaría las deliberaciones. Y desde que sabía que el joven tenía dos cursos de derecho en su haber, a Fitch no le cabía la menor duda de que esa información ya habría sido compartida con el resto del jurado.

El voto de Herman Grimes era imposible de adivinar. Fitch, por si acaso, no contaba con él. Y lo mismo pasaba con el de Phillip Savelle. Gladys Card, en cambio, podría decantarse a favor de la defensa llegado el momento. Era una anciana conservadora y lo más probable era que reaccionase mal ante una reclamación de veinte millones de dólares.

En resumen, Fitch tenía a cuatro jurados en el bolsillo, cinco si contaba a Gladys Card. Herman Grimes tanto podía salir cara como cruz. Con Savelle era mejor no contar: cualquiera que estuviera en semejante estado de comunión con la naturaleza tenía que aborrecer por fuerza las tabacaleras. Así pues, quedaban sólo Easter y sus cinco satélites. Para que el veredicto del jurado fuera válido, era necesario que hubiese al menos nueve votos en firme en un sentido u otro. Un voto menos equivalía a un jurado indeciso, y ese resultado obligaría a Harkin a declarar nulo el proceso. Y un juicio anulado era un juicio pospuesto, algo que Fitch quería evitar en este caso.

El enjambre de analistas y jurisperitos que seguía de cerca el juicio coincidía en muy pocas cosas, pero una de ellas era que un voto unánime del jurado a favor de Pynex enfriaría —por no decir que congelaría definitivamente— la ambición de los picapleitos durante al menos una década.

Y ése y no otro era el veredicto que Fitch estaba dispuesto a conseguir a toda costa.

El ambiente que se respiraba en el cuartel general de Rohr el lunes por la noche era mucho más distendido que en días precedentes. Completada la declaración del último testigo, la tensión había remitido momentáneamente. Buena prueba de ello era el whisky escocés que se servía en la sala de conferencias junto con un piscolabis de galletitas saladas y queso. Rohr era de los pocos que preferían el agua mineral.

Había llegado el turno de Cable. Para el letrado de la defensa y su equipo empezaban los largos días de ensayo con los testigos y de preparación de pruebas documentales. Rohr se limitaría a contraatacar durante el turno de repreguntas, y no temía que se produjera ninguna sorpresa; por algo había visto las grabaciones de las declaraciones de los testigos al menos una docena de veces.

Jonathan Kotlack, el abogado encargado de las investigaciones relacionadas con los miembros del jurado, especulaba sobre las inclinaciones de Herman Grimes con un botellín de agua mineral en la mano. Tanto él como Rohr tenían la impresión de que el portavoz estaba de su parte. Y se mostraban optimistas en cuanto a Millie Dupree y al excéntrico Savelle. Herrera, en cambio, los tenía preocupados. Los tres jurados de color —Lonnie, Angel y Loreen— estaban en el bote. No en vano se trataba del enfrentamiento de un ciudadano corriente contra una todopoderosa sociedad anónima. A buen seguro los negros estarían de parte del más débil; siempre lo estaban.

Nicholas Easter era el elemento clave; él era el auténtico líder del jurado, todo el mundo lo sabía. Rikki le haría caso. Jerry era amigo suyo. Sylvia Taylor-Tatum tenía una actitud pasiva y se limitaría a imitar a los demás. Lo mismo que Gladys Card.

Sólo hacían falta nueve votos para dar validez al veredicto, y Wendall Rohr estaba convencido de que los tenía.

25

En Lawrence, mientras tanto, el detective Small investigaba uno tras otro todos los indicios de su lista sin llegar, de momento, a ninguna parte. El lunes por la noche estuvo haciendo el vago en Mulligan's, bebiendo en contra de las órdenes recibidas, y charlando de vez en cuando con las camareras y los estudiantes de derecho sin conseguir otra cosa que despertar sospechas entre los jóvenes.

El martes por la mañana temprano Small hizo otra de sus visitas, y esta vez se pasó de listo. La mujer se llamaba Rebecca y, años atrás, había trabajado en Mulligan's con Claire Clement mientras seguía un curso de posgrado en la Universidad de Kansas. Según cierta fuente consultada por el jefe de Small, Claire y ella se habían hecho amigas. Small encontró a Rebecca en la céntrica sucursal bancaria donde trabajaba como encargada. Su manera de presentarse fue tan poco convincente que Rebecca sospechó de él enseguida.

—¿Es cierto que trabajó usted con Claire Clement hace varios años? —preguntó el detective sin apartar la vista de su bloc de notas. Rebecca estaba ocupada y no le había invitado a entrar ni a tomar asiento, así que Small se quedó de pie durante el resto de la entrevista, igual que ella.

—Tal vez. ¿Quién quiere saberlo? —contraatacó Rebecca con los brazos cruzados y la cabeza gacha. Detrás de ella sonaba un teléfono. A diferencia de Small, Rebecca parecía una persona elegante y perspicaz.

—¿Conoce el paradero actual de su amiga?

—No. ¿Por qué me lo pregunta?

Small repitió la historia que se había aprendido de memoria. No podía hacer otra cosa.

—Porque forma parte de la lista de candidatos a jurado de un juicio importante, y mi empresa se encarga de llevar a cabo una investigación exhaustiva sobre su pasado.

—¿Dónde se celebra el juicio?

—No puedo facilitarle esa información. Es cierto que trabajaron juntas en Mulligan's, ¿verdad?

—Sí, pero ya hace mucho tiempo.

—¿De dónde era su amiga?

—¿Qué importancia puede tener eso?

—Pues, a decir verdad, no lo sé. Yo sólo leo las preguntas de la lista. Es una comprobación de rutina. ¿Tiene idea de dónde había nacido su amiga?

—No.

Era una pregunta crucial. Si quedaba sin respuesta, el rastro de Claire moriría en Lawrence.

—¿Está segura?

Rebecca ladeó la cabeza y fulminó con la mirada a aquel ganso que insistía en importunarla.

—No sé de dónde era Claire. Cuando la conocí, trabajaba en Mulligan's; y la última vez que la vi, seguía trabajando en Mulligan's.

—¿Ha hablado con ella últimamente?

—No he hablado con ella desde hace cuatro años.

—¿Conocía usted a un tal Jeff Kerr?

—No.

—¿Qué otros amigos tenía Claire Clement aquí, en Lawrence?

—No lo sé. Oiga, tengo muchas cosas que hacer y usted está perdiendo el tiempo. Claire y yo no éramos lo que se dice amigas. Era buena chica y eso, pero nunca fuimos íntimas.

Cuando acabó de hablar, ya estaba señalando la puerta. Small salió del despacho a regañadientes. Cuando calculó que

Small ya estaba lo bastante lejos, Rebecca cerró con llave la puerta de su despacho y marcó el número de un apartamento de St. Louis. La voz grabada que le respondió al otro lado del hilo telefónico pertenecía a su amiga Claire. Rebecca y ella hablaban regularmente una vez al mes, y en aquel momento hacía un año que no se veían. Claire y Jeff llevaban una vida un poco extraña, siempre de un lado a otro y sin domicilio fijo, y su paradero era siempre un misterio; aquel apartamento de St. Louis era el único punto de contacto. Claire había avisado a Rebecca de que algún desconocido podía acercársele algún día para sonsacarle información, y más de una vez le había dado a entender que Jeff y ella trabajaban para el Gobierno, sin especificar en calidad de qué.

Al oír la señal, Rebecca dejó un breve mensaje relativo a la visita del detective Small.

Marlee escuchaba los mensajes de su contestador todas las mañanas, y las noticias de Lawrence le bajaron la sangre a los talones. Después de oírlas tuvo que pasarse un paño húmedo por la cara para intentar recobrar la calma.

Luego llamó a Rebecca. A pesar de tener la boca seca y el corazón en un puño, Marlee se las apañó para no dejar traslucir su estado de nervios. Sí, el tal Small había preguntado específicamente por Claire Clement y había mencionado a Jeff Kerr. Con la ayuda de Marlee, Rebecca acabó reproduciendo de cabo a rabo la conversación mantenida con el detective.

La amiga de Marlee sabía que no debía hacer demasiadas preguntas.

—¿Va todo bien? —fue a todo cuanto llegó su indiscreción.

—Sí, estamos muy bien. Viviendo en la playa una temporada.

Habría sido agradable saber exactamente en qué playa, pero Rebecca supo controlar su curiosidad. Tratándose de Claire, además, de nada servía preguntar. Las dos amigas se dijeron adiós y se prometieron seguir en contacto.

Tanto Marlee como Nicholas estaban convencidos de que nadie podría relacionarlos jamás con el Jeff y la Claire de Lawrence. Evidentemente, se equivocaban. En un instante, las preguntas se multiplicaron. ¿Quién había conseguido dar con ellos? ¿Cuál de las partes, Fitch o Rohr? Seguramente Fitch; por algo tenía más dinero y más materia gris. ¿En qué se habían equivocado? ¿Qué pista los había llevado más allá de Biloxi? ¿Cuánto sabían en realidad?

Y lo que era más importante: ¿hasta dónde serían capaces de llegar? Marlee necesitaba desesperadamente hablar con Nicholas, pero en aquel momento su amigo estaba en alguna parte del Golfo pescando caballas y trabando amistad con sus colegas del jurado.

Fitch, ni que decir tiene, no estaba pescando. De hecho, no se había tomado un día de descanso desde hacía tres meses. Estaba sentado ante su mesa, intentando poner orden entre un sinfín de papeles, cuando le pasaron la llamada.

—Hola, Marlee —dijo a la chica de sus sueños.

—Ha perdido a otro, Fitch.

—¿A otro qué? —preguntó. Tuvo que morderse la lengua para no llamarla Claire.

—A otro jurado. Parece que ese Robilio le llegó al alma a Loreen Duke. Desde que lo oyó, está al cien por cien a favor del demandante.

—Pero aún no ha escuchado a nuestros testigos.

—En eso tiene razón. Tiene usted a cuatro fumadores, Fitch: Easter, Weese, Fernandez y Taylor-Tatum. Adivine cuántos empezaron a fumar después de los dieciocho.

—No lo sé.

—Ninguno. Todos empezaron de muy jóvenes. Herman y Herrera también fumaban en otros tiempos. Adivine a qué edad empezaron.

—Me rindo.

—Catorce y diecisiete respectivamente. Son la mitad del jurado, Fitch, y todos empezaron a fumar siendo menores de edad.

—¿Y qué se supone que debo hacer al respecto?

—Seguir mintiendo, supongo. Fitch, ¿cree usted que podríamos encontrarnos para hablar un rato? A solas, quiero decir, sin gorilas asomando la nariz por detrás de las macetas.

—Lo creo fervientemente.

—¿No se cansa nunca de decir mentiras? Haremos lo siguiente. Nos encontraremos donde yo le diga. Si mi gente ve a alguno de sus hombres merodeando por la zona, ésta habrá sido nuestra última conversación.

—¿Su gente?

—Usted no es el único que puede contratar gorilas, Fitch. Debería saberlo mejor que nadie.

—Trato hecho.

—¿Ha estado alguna vez en Casella's? Es una pequeña marisquería que hay al final del embarcadero de Biloxi. Tiene mesas fuera.

—La encontraré.

—Yo ya estoy aquí. Lo veré llegar cuando se acerque por el embarcadero, Fitch. Si veo a algún tipo sospechoso, ya no habrá trato.

—¿A qué hora?

—Ahora mismo. Llevo un minuto esperándolo.

José redujo la velocidad al llegar al aparcamiento cercano al pequeño puerto deportivo de Biloxi, y Fitch prácticamente saltó del coche en marcha. José se alejó a bordo del vehículo familiar mientras su jefe, solo y sin micrófonos, descendía por el embarcadero. La corriente balanceaba ligeramente los tablones de la pasarela. Marlee estaba sentada en una mesa de madera protegida por una sombrilla, de espaldas al Golfo y de cara al embarcadero. Aún faltaba mucho para la hora del almuerzo, y el restaurante estaba desierto.

—Hola, Marlee —dijo Fitch antes de llegar junto a la chica y tomar asiento.

Marlee iba vestida con pantalón vaquero, camisa tejana, gorra de pescador y gafas de sol.

—Qué alegría verle, Fitch —respondió ella.

—¿Siempre es tan simpática? —preguntó él con ironía.

Fitch acomodó sus grandes posaderas en una de las estrechas sillas del restaurante. Trataba de sonreír y fingir camaradería.

—¿Lleva micrófonos?

—Por supuesto que no.

Sin prisas, Marlee sacó del bolso un aparatito negro parecido a un dictáfono en miniatura y, tras pulsar un botón, lo colocó sobre la mesa justo enfrente del barrigón de Fitch.

—Disculpe, Fitch, sólo estoy comprobando si le ha dado tiempo a colocarse un micro en alguna parte.

—Ya le he dicho que no llevo micrófonos —protestó Fitch aliviado. Konrad había sugerido el uso de un diminuto transmisor corporal conectado a una furgoneta aparcada en las cercanías, pero Fitch, apremiado por el reloj, se había negado.

Marlee echó un vistazo a la pantallita digital que había en un extremo del sensor y devolvió el aparato al interior de su bolso. Fitch sonrió durante unas décimas de segundo.

—Me han llamado de Lawrence esta mañana —anunció Marlee. Fitch tragó saliva—. Por lo visto ha enviado a unos cuantos pazguatos a aporrear puertas y dar patadas a los cubos de la basura.

—No sé de qué me está hablando —mintió Fitch sin demasiada convicción.

¡Era él! Lo habían traicionado los ojos. Fue apenas un parpadeo, una mirada extraviada antes de atreverse a levantar la cabeza, pero Marlee no necesitaba más. Fitch notó que le faltaba el aliento y contrajo los hombros de manera casi imperceptible. Lo habían descubierto.

—Como usted quiera. Otra llamada de Lawrence y no volverá a oír mi voz.

Fitch no se dejó acobardar.

—¿Qué pasa con Lawrence? —preguntó como si alguien hubiera dudado de su integridad.

—Déjelo, Fitch. Y haga volver a sus matones.

Fitch suspiró ostensiblemente mientras se encogía de hombros como si fuera el ser más sorprendido del planeta.

—De acuerdo, lo que usted diga. Pero sigo sin saber de qué me está hablando.

—Lo sabe de sobra. Otra llamada y se acabó. ¿Entendido?

—Entendido. Lo que usted diga.

Fitch no podía ver los ojos de la chica, pero los sentía brillar tras los cristales de las gafas. Marlee guardó silencio unos instantes. Un camarero despejó una mesa cercana sin hacer ademán de servirlos.

Cansado de esperar, Fitch se inclinó hacia la chica y preguntó:

—¿Cuándo dejaremos de jugar al ratón y al gato?

—Ahora mismo.

—Espléndido. ¿Qué es lo que quiere?

—Dinero.

—Eso ya lo supongo. ¿Cuánto?

—Ya hablaremos del precio más tarde. ¿Debo entender que está dispuesto a llegar a un acuerdo?

—Yo siempre estoy dispuesto a llegar a todos los acuerdos que haga falta. Pero primero tengo que saber qué me están ofreciendo.

—Muy fácil, Fitch. Eso depende de lo que usted quiera. El jurado puede hacer cuatro cosas. Puede pronunciarse a favor del demandante. Puede no ponerse de acuerdo y aquí no ha pasado nada; entonces usted tendría que volver dentro de un año para más de lo mismo, porque le aseguro que Rohr no se dará por vencido. También puede votar nueve a tres a favor de usted y darle una gran victoria. Y también puede votar doce a cero; entonces sus clientes podrían respirar tranquilos durante unos cuantos años.

—Todo eso ya lo sé.

—Faltaría más. Si descartamos un veredicto favorable a la parte demandante, aún le quedan tres opciones.

—¿Cuáles están a su alcance?

—Todas. Incluido el veredicto favorable al demandante.

—¿Quiere eso decir que la otra parte también está dispuesta a pagar?

—Digamos que estamos hablando del tema.

—¿Qué es esto? ¿Una especie de subasta? ¿La puja más alta se lleva el veredicto?

—Lo será si yo quiero.

—Me sentiría más tranquilo si se mantuviera alejada de Rohr.

—Le confieso que no me importa mucho lo que usted sienta o deje de sentir, Fitch.

Otro camarero pasó cerca de la mesa y los vio. De mala gana, les preguntó si querían beber algo. Fitch pidió un té helado; Marlee, una Coca-Cola *light* en lata.

—Cuénteme cómo funciona el trato —dijo Fitch cuando se marchó el camarero.

—Muy sencillo. Primero nos ponemos de acuerdo sobre el veredicto: usted mira el menú y pide el que más le apetezca. Luego nos ponemos de acuerdo sobre el precio, y usted reúne el dinero. Entonces esperamos hasta el final, hasta que los abogados hayan leído sus conclusiones y el jurado se haya retirado a deliberar. Llegado el momento le doy instrucciones para que haga una transferencia bancaria a, digamos, Suiza. En cuanto yo reciba confirmación de que el dinero ha llegado a su destino, el jurado anuncia el veredicto que usted haya elegido.

Fitch había pasado horas imaginando un desenlace parecido, pero oír los términos del acuerdo de labios de Marlee, enunciados con tanta precisión y tanta sangre fría, hizo que el corazón le latiera a toda velocidad y la cabeza le diera vueltas. ¡Aquél podía ser el veredicto más fácil de su carrera!

—No saldría bien —dijo con aires de suficiencia, como si hubiera participado en muchas negociaciones parecidas.

—¿No? Su amigo Rohr no opina lo mismo.

¡Por todos los demonios! No había quien pudiera con ella. Esa chica sabía meter el dedo en la llaga.

—¿Cómo puedo estar seguro de que cumplirá su parte del trato? —objetó Fitch.

Marlee se ajustó las gafas y se inclinó hacia delante sin levantar los codos de la mesa.

—¿No confía usted en mí, Fitch?

—No he querido decir eso. Pero me está pidiendo que haga una transferencia, de lo que estoy seguro que será una gran suma de dinero, a cambio de la vaga esperanza de que su amigo pueda controlar las deliberaciones. Y los jurados son tan impredecibles...

—Fitch, mi amigo está controlando las deliberaciones en este mismo instante. Tendrá a sus colegas del jurado en el bolsillo mucho antes de que los letrados cierren el pico.

Fitch estaba dispuesto a pagar. Hacía ya una semana que había decidido pagar lo que Marlee le pidiera, y sabía perfectamente que, una vez que el dinero salía del Fondo, no había garantías de ninguna clase. Pero no le importaba. Él confiaba en su Marlee. Ella y su amigo Easter —o como diablos se llamara— habían seguido pacientemente los pasos de las Cuatro Grandes para llegar hasta donde estaban, y le proporcionarían con gusto el veredicto deseado a cambio de la suma adecuada. Quién sabe cuánto tiempo llevaban esperando aquel momento.

¡Cielos! ¡Había tantas cosas que le habría gustado preguntarle! Primero sobre Easter y ella. ¿De quién había sido la idea? ¿A cuál de los dos se le había ocurrido aquel ingenioso y maléfico plan? Aprenderlo todo sobre los litigios, seguir el desarrollo de los juicios por todo el país y, finalmente, colarse en un jurado para poder vender el veredicto. Era simplemente brillante. Hubiera podido interrogarla durante horas, durante días incluso, sobre los detalles de la operación. Pero sabía que no habría obtenido ninguna respuesta.

Fitch también sabía que Marlee cumpliría su parte del trato. Había invertido demasiado en aquel plan y llegado demasiado lejos para conformarse con un fracaso.

—Yo tampoco soy ningún pardillo en lo que a jurados se refiere —replicó.

—Me consta. Y estoy segura de que ha preparado trampas para al menos cuatro jurados. ¿Quiere que le diga cuáles?

El camarero llevó las bebidas y Fitch dio cuenta de su té sin apenas respirar. No, no quería que le dijera cuáles. No estaba dispuesto a jugar a las adivinanzas con alguien que conocía los hechos de primera mano. Hablar con Marlee era como hablar con el cabecilla del jurado, y aunque Fitch había soñado con ese momento, la verdad es que la conversación corría el peligro de convertirse en un monólogo. ¿Cómo podía saber él si Marlee decía la verdad o si se estaba marcando un farol? No era justo, caramba.

—Tengo la impresión de que duda usted de mi capacidad de manipular la decisión del jurado —dijo Marlee.

—Yo dudo de todo. Por sistema.

—¿Estaría usted más tranquilo si consiguiera que echasen a uno de los jurados?

—Ya consiguió que echaran a Stella Hulic —le recordó Fitch. Marlee respondió con una leve sonrisa; la primera y la última.

—Puedo volver a hacerlo. ¿Y si decidiera enviar de vuelta a casa a... Lonnie Shaver, por ejemplo? ¿No se quedaría impresionado?

Fitch estuvo a punto de atragantarse.

—Estoy seguro de que a Lonnie le encantaría —farfulló mientras se secaba los labios con el dorso de la mano—. Creo que es el que está más aburrido de los doce.

—¿Hago que lo echen?

—No. Lonnie es inofensivo. Además, ya que estamos en el mismo bando, le diré que nos conviene conservar a Lonnie.

—Nicholas y él hablan mucho, ¿lo sabía?

—¿No habla su amigo con todo el mundo?

—Sí, pero a diferentes niveles. Déle algo de tiempo.

—Se la ve muy confiada.

—No confío en la pericia de sus abogados, si se refiere a eso. Pero sí confío en Nicholas, que es lo que cuenta al fin y al cabo.

Fitch y Marlee esperaron en silencio hasta que dos camareros acabaron de servir a los clientes de una mesa cercana. La hora del almuerzo empezaba a las once y media, y el restaurante resucitaba por momentos.

—No puedo cerrar un trato —dijo Fitch cuando los camareros se hubieron esfumado— si no estoy al tanto de las condiciones.

—Y yo no puedo cerrar un trato —replicó Marlee sin vacilar un solo instante— si hay un montón de sabuesos escarbando en mi pasado.

—¿Tiene algo que esconder?

—No. Pero tengo amigos, y no me gusta que me llamen para decirme según qué. Dése por vencido ahora y volveremos a vernos. Otra llamada y no volveremos a hablar nunca más.

—No diga eso ni en broma.

—Lo digo en serio, Fitch. Haga volver a sus hombres.

—No son mis hombres. Se lo juro.

—Hágalos volver de todas maneras o empezaré a frecuentar la oficina del señor Rohr. Puede que él sí quiera cerrar un trato.

Entonces usted se quedará sin trabajo y sus clientes perderán miles de millones de dólares. No creo que pueda permitirse ese lujo, Fitch.

Marlee tenía toda la razón del mundo. Fuera cual fuera la suma que tenía en mente, no sería nada comparada con el coste a largo plazo de una sentencia estimatoria.

—Tenemos que darnos prisa —dijo Fitch—. El juicio no durará mucho más.

—¿Cuánto más? —preguntó Marlee.

—Los testimonios de la defensa llevarán tres o cuatro días a lo sumo.

—Fitch, empiezo a tener hambre. ¿Por qué no se va por donde ha venido? Volveré a llamarle dentro de un par de días.

—¡Qué casualidad! Yo también tengo hambre.

—No, gracias. Prefiero comer sola. Y no quiero verle merodeando por aquí.

—Como usted quiera, Marlee —cedió Fitch poniéndose en pie—. Que tenga un buen día.

La chica lo siguió con la mirada mientras él se dirigía con aire despreocupado hacia el aparcamiento cercano a la playa. Al llegar junto a los coches se detuvo y llamó a alguien por el teléfono móvil.

Tras repetidos intentos de ponerse en contacto con Hoppy por vía telefónica, Jimmy Hull Moke se presentó sin avisar en la inmobiliaria el martes por la tarde. Una recepcionista de ojos somnolientos le dijo que el señor Dupree estaba en su despacho y se levantó para anunciarle la visita. Al cabo de quince minutos volvió de vacío con la disculpa de que se había equivocado. El señor Dupree no estaba en su despacho, sino que había salido para asistir a una reunión muy importante.

—Ése de ahí es su coche —arguyó Jimmy Hull visiblemente enojado, mientras señalaba el pequeño aparcamiento que había junto a la puerta de la calle. Tenía razón, era la vieja ranchera de Hoppy.

—Se ha ido en el coche de otra persona —mintió descaradamente la recepcionista.

—¿Y puede saberse adónde ha ido? —preguntó Jimmy Hull como si estuviera dispuesto a ir a buscarlo en aquel mismo momento.

—Cerca de Pass Christian, no sé exactamente adónde.

—¿Por qué no contesta a mis llamadas?

—No lo sé. El señor Dupree es un hombre muy ocupado...

Jimmy Hull hundió ambas manos en los bolsillos de sus vaqueros y fulminó a la mujer con la mirada.

—Dígale que he venido, que estoy muy enfadado y que me llame. ¡Por la cuenta que le trae! ¿Estamos?

—Sí, señor.

Moke salió de la oficina como si tal cosa, se montó en su camioneta Ford y se alejó. La recepcionista esperó hasta que no hubo moros en la costa y volvió corriendo a la trastienda para sacar al pobre Hoppy del armario de las escobas.

El barco de dieciocho metros de eslora que gobernaba el capitán Theo se adentró cincuenta millas en aguas del Golfo antes de detenerse. Bajo un cielo totalmente despejado y la acción refrescante de una suave brisa marina, la mitad del jurado se entregó en cuerpo y alma a la pesca de la caballa y de varias especies autóctonas. Angel Weese nunca había estado en un barco y no sabía nadar, y se mareó con sólo alejarse doscientos metros de la costa. Sin embargo, con la ayuda de un experto lobo de mar y de una botella de Dramamine, no sólo se recuperó, sino que fue, de hecho, la primera en cobrar una pieza de tamaño respetable. A las piernas bronceadas de Rikki les sentaban de maravilla los pantalones cortos y las zapatillas Reebok. Napo y el capitán no tardaron en descubrir que eran almas gemelas, y juntos en el puente de mando intercambiaron batallitas y hablaron a sus anchas de estrategia naval.

Dos miembros de la tripulación prepararon un almuerzo exquisito a base de gambas hervidas, bocadillos fritos de ostra, patas de cangrejo y sopa de pescado. La primera ronda de cervezas se sirvió con la comida. Rikki fue la única que prefirió beber agua.

La cerveza siguió corriendo a raudales a lo largo de toda la tarde, mientras los pescadores aficionados pasaban de la histeria al más profundo aburrimiento y viceversa. El sol empezó a dar de lleno en la cubierta. El barco era lo bastante grande como para que todos pudieran encontrar un rincón donde disfrutar de unos momentos de intimidad. Nicholas y Jerry se aseguraron de que a Lonnie no le faltara en ningún momento una cerveza fría en la mano. De aquel día no pasaba. Estaban decididos a tirarle de la lengua.

Un tío de Lonnie había trabajado muchos años en la pesca de la gamba, hasta que un día su barco naufragó durante una tormenta y él desapareció junto con el resto de la tripulación. Cuando era niño, Lonnie solía salir a pescar con su tío en aquellas mismas aguas y, la verdad, había pescado bastante para el resto de sus días. De hecho, odiaba la pesca, y no había vuelto a pisar un barco desde hacía años. Con todo, el paseo por el Golfo no le había parecido tan malo como repetir la excursión en autocar a Nueva Orleans.

Habían sido necesarias cuatro cervezas para que Lonnie se sintiera relajado y empezara a darle a la sin hueso. Los tres hombres se habían instalado cómodamente en un pequeño camarote de la cubierta superior abierto por los cuatro costados. Desde la cubierta principal, a sus pies, Rikki y Angel seguían con atención la labor de los marineros, ocupados en clasificar la captura del día.

—Me pregunto a cuántos peritos llamará a declarar la defensa. —Nicholas llevaba rato intentando desesperadamente cambiar de tema y dejar de hablar de pesca. Jerry estaba echado en un catre de plástico, se había quitado los zapatos y los calcetines, y tenía una cerveza en la mano.

—Por mí, como si no llaman a ninguno —dijo Lonnie con la mirada fija en el mar.

—¿Ya has oído todo lo que tenías que oír? —lo provocó Nicholas.

—Hay que tener morro. Pasarse treinta y cinco años fumando como un cosaco y luego querer dejar una herencia de no sé cuántos millones.

—¿Ves como tenía razón? —dijo Jerry sin abrir los ojos.

—¿En qué? —preguntó Lonnie.

—Jerry y yo te habíamos etiquetado como jurado de la defensa —explicó Nicholas—. Y no creas que fue fácil, porque con lo poco que hablas...

—¿Y cómo os etiquetáis vosotros? —se interesó Lonnie.

—Yo aún no me he decidido, y Jerry se inclina por la defensa. ¿Verdad, Jerry?

—No he hablado del caso con nadie. No he mantenido contactos ilícitos. No he aceptado ningún soborno. El juez Harkin puede sentirse orgulloso de mí.

—Lo que yo te diga —insistió Nicholas—. Se inclina por la defensa. Porque es adicto a la nicotina y no puede dejar el vicio, pero está convencido de que podrá hacerlo cuando quiera. Y no puede, porque es un calzonazos, pero quiere ser un hombre de pelo en pecho como el coronel Herrera.

—¿Y quién no? —intervino Lonnie.

—Jerry cree que, como él podría dejarlo si realmente quisiera, cualquiera debería ser capaz de dejarlo, cosa que ni él mismo puede hacer... Por lo tanto, Jacob Wood debería haber dejado de fumar mucho antes de contraer cáncer.

—Más o menos —admitió Jerry—. Pero protesto por el uso del término «calzonazos».

—Estoy de acuerdo con él —confesó Lonnie—. ¿Cómo puedes no haber tomado todavía una decisión?

—Pues... no sé, porque aún no he oído todos los testimonios, supongo. Sí, por eso. Porque la ley dice que no debemos tomar una decisión hasta que se hayan presentado todas las pruebas... Perdón.

—Estás perdonado —dijo Jerry—. Pero te toca ir por otra ronda.

Nicholas vació su lata y bajó por la escalerilla hasta la cubierta principal donde estaba la nevera. Jerry se volvió hacia Lonnie.

—No te preocupes por él. Cuando llegue la hora de la verdad, estará de nuestra parte.

26

El barco regresó a puerto pocos minutos después de las cinco. El grupo de grumetes bajó tambaleándose de la cubierta al embarcadero, donde se hizo unas cuantas fotos con el capitán Theo y sus trofeos. La captura más importante del día resultó ser un tiburón de cuarenta kilos al que Rikki había echado el anzuelo y que uno de los miembros de la tripulación se encargó de desembarcar. Los dos agentes que esperaban a los jurados en tierra los acompañaron fuera del muelle. Vista la poca utilidad que tendrían en el motel, el grupo decidió dejar sus capturas.

El autocar de los aficionados a las compras tardaría aún una hora en regresar. Su llegada, igual que la del barco, sería debidamente observada, consignada y comunicada a Fitch. El por qué se tomaban tantas molestias no estaba nada claro. Fitch quería estar al corriente de todo y no había nada más que hablar. Además, una cosa u otra tenían que vigilar. Era un día de poca actividad, sin juicio, y no se podía hacer otra cosa que esperar hasta que el jurado estuviera de vuelta.

Fitch, mientras tanto, permanecía reunido en su oficina con Swanson, el ex agente del FBI, que se había pasado casi toda la tarde al teléfono. Los «pazguatos» —en palabras de Marlee— habían sido relevados de sus obligaciones. En su lugar, Fitch enviaba a los auténticos profesionales: varios empleados de la misma firma de Bethesda que ya estaba utilizando para la operación Hoppy. Swanson había trabajado para ellos, y podía dar fe de que la mayoría de sus compañeros eran también ex agentes del FBI o de la CIA.

Los resultados estaban garantizados. La tarea que les habían encomendado era casi demasiado fácil: investigar el misterioso pasado de una mujer. Swanson cogería un avión al cabo de una hora para supervisar la operación personalmente desde Kansas City.

Los de Bethesda también garantizaban que nadie se daría cuenta siquiera de su presencia. Fitch se enfrentaba a un serio dilema: por una parte, quería retener a Marlee; por otra, quería saber quién era.

Dos factores, sin embargo, lo impulsaban a seguir investigando. El primero era que ella hubiera insistido tanto en que dejara de hacerlo, señal inequívoca de que ocultaba algo crucial. El segundo era que Marlee se hubiera tomado tantas molestias para no dejar rastro.

Marlee se había marchado de Kansas hacía cuatro años, después de haber vivido tres en Lawrence. No se hacía llamar Claire Clement hasta que llegó allí, y adoptó otro nombre en cuanto se marchó. Mientras estuvo en la ciudad, conoció y reclutó a Jeff Kerr, que ahora había adoptado el nombre de Nicholas Easter y estaba haciendo Dios sabe qué con el jurado.

Derrick Maples, el hombre de quien Angel Weese estaba enamorada y con quien tenía intención de casarse, era un robusto joven de veinticuatro años que, en aquel momento de su vida, se hallaba temporalmente sin trabajo y sin matrimonio. Antes de que la empresa donde trabajaba se fusionara y él recibiera su carta de despido, Derrick se dedicaba a vender teléfonos para automóviles. En el ámbito personal, se hallaba en trámites de divorcio de su primera esposa y malogrado amor adolescente. Tenían dos hijos de corta edad. Su mujer y el abogado de ésta le reclamaban seiscientos dólares al mes en concepto de manutención de hijos menores. Derrick y su abogado, por su parte, enarbolaban su condición de desempleado como si de un estandarte se tratara. Las negociaciones habían ido degenerando hasta convertirse en una lucha sin cuartel, y el divorcio se haría esperar varios meses.

Derrick era la única persona a quien Angel había confiado su estado; estaba embarazada de dos meses.

El hermano de Derrick, Marvis, había abandonado su cargo de ayudante del sheriff para ejercer durante media jornada como pastor y durante la otra media como activista cívica. Marvis fue abordado por un hombre llamado Cleve, que dijo estar interesado en conocer a Derrick. Marvis accedió a hacer las debidas presentaciones.

A falta de una definición más exacta, podría decirse que Cleve era lo que se conoce con el nombre de «corredor». La mercancía que ofrecía, sin embargo, no era otra que los servicios de Wendall Rohr. La tarea de Cleve consistía en localizar reclamaciones por muerte o lesiones que tuvieran un buen fundamento y posibilidades de éxito en los tribunales, y encargarse de que acabaran sobre la mesa de Rohr. El trabajo de Cleve era un auténtico arte y, por supuesto, él era todo un maestro; Rohr no se habría conformado con menos. Como todos los buenos corredores, Cleve trabajaba en la sombra. La búsqueda de clientes por parte de los bufetes seguía siendo técnicamente una práctica alejada de la ética profesional, por más que cualquier accidente de coche atrajera más corredores que personal de primeros auxilios. Según su tarjeta de visita, Cleve se dedicaba simplemente a la investigación.

Cleve también se ocupaba a veces de hacer recados, entregar citaciones judiciales, investigar la vida de testigos y candidatos a jurado, espiar a otros abogados..., en fin, las funciones secundarias habituales de cualquier trabajador de su gremio. Cleve recibía un salario a cambio de su labor de investigación, pero Rohr le pagaba primas en metálico cada vez que tropezaba con un caso particularmente jugoso.

Derrick y Cleve llevaban un rato charlando en una taberna, ante a un par de cervezas. El hombre de Rohr se dio cuenta enseguida de que el joven pasaba apuros financieros e intentó desviar la conversación hacia Angel. Cleve preguntó a Derrick si alguien se le había adelantado. No, era la primera persona que se interesaba por el juicio. Aunque tampoco era de extrañar, ya que Derrick había estado viviendo con su hermano y tratando de no dejarse ver para evitar a su mujer y al avaricioso abogado que ésta se había buscado.

Cleve respondió que se alegraba de oírle decir eso, ya que él trabajaba en calidad de asesor para una de las partes y, en fin, aquel juicio era de una gran importancia. Luego pidió otra ronda de cervezas y siguió hablando durante un rato sobre la trascendencia del juicio Wood.

Derrick era un muchacho inteligente, había estudiado un año en la universidad y tenía ganas de abrirse camino en la vida. No le llevó mucho tiempo darse cuenta de que había gato encerrado.

—¿Y si fuéramos al grano de una vez? —sugirió.

Cleve estaba a punto de hacerlo.

—Mi cliente está dispuesto a comprar su influencia a cambio de dinero en efectivo. Sin papeles de ninguna clase.

—¿Mi influencia? —repitió Derrick antes de tomar un buen trago de cerveza. La sonrisa que se adivinaba en su rostro animó a Cleve a cerrar el trato cuanto antes.

—Cinco mil dólares en efectivo —anunció Cleve mientras echaba un vistazo a su alrededor—. La mitad ahora y la mitad cuando se acabe el juicio.

La sonrisa de Derrick se amplió con otro sorbo de cerveza.

—¿Por hacer qué?

—Hablar con Angel cuando la vea durante las visitas personales y asegurarse de que ella entiende la importancia que este caso tiene para la parte demandante. No le diga nada sobre el dinero, ni sobre mí, ni sobre esta charla. Al menos, no de momento. Luego ya veremos.

—¿Por qué no?

—Porque lo que hacemos es totalmente ilegal. Si el juez llegara a saber que estoy aquí hablando con usted, ofreciéndole dinero a cambio de convencer a Angel, los dos iríamos a parar a la cárcel. ¿Me sigue?

—Perfectamente.

—Es importante que comprenda lo peligroso que es todo esto. Si no quiere seguir adelante, dígalo ahora.

—Diez mil.

—¿Cómo dice?

—Diez mil dólares. Cinco mil ahora y cinco mil cuando acabe el juicio.

Cleve refunfuñó como si el regateo lo hubiera contrariado un poco. ¡Si Derrick hubiera sabido las cantidades que estaban en juego!

—Usted gana. Diez mil.

—¿Cuándo podré disponer de ellos?

—Mañana.

Cleve y Derrick pidieron unos bocadillos y estuvieron hablando otra hora sobre el juicio, el veredicto y la mejor manera de convencer a Angel.

La ardua tarea de mantener a D. Martin Jankle alejado de su amado vodka recayó en Durwood Cable. Fitch y Jankle habían discutido agriamente sobre si este último debía o no probar el alcohol el martes por la noche, la víspera de su testimonio. Fitch, alcohólico redimido, acusaba a Jankle de tener problemas con la bebida. Jankle, por su parte, echaba los perros a Fitch por atreverse a decirle a él, el presidente de Pynex, una de las empresas más importantes del país, cuánto y cuándo podía beber.

Cable intervino en la controversia a instancias de Fitch. El letrado insistió en que Jankle acudiera a su oficina aquella noche para preparar el testimonio del día siguiente. El ensayo del interrogatorio fue seguido por un largo turno de repreguntas del que Jankle consiguió salir más o menos airoso. Sólo más o menos. A continuación, Cable lo obligó a ver su declaración grabada en vídeo en compañía de un grupo de expertos.

Cuando por fin lo acompañaron hasta la habitación de su hotel ya eran más de las diez, y Jankle se encontró con la desagradable sorpresa de que Fitch había sustituido todo el alcohol del minibar por refrescos y zumos de fruta.

El presidente de Pynex soltó unas cuantas maldiciones en voz alta y fue a buscar consuelo en su bolsa de viaje, donde guardaba siempre una petaca escondida en una funda de piel. Por obra y gracia de Fitch, sin embargo, la petaca también había desaparecido.

A la una de la madrugada, Nicholas abrió sin hacer ruido la puerta de su habitación y echó un vistazo al pasillo. No había ni rastro del celador. Sin duda estaba durmiendo.

Encontró a Marlee esperándolo en una de las habitaciones del primer piso. Hubo besos y abrazos, pero aquella noche la cosa no pasó de ahí. Marlee ya había dejado entrever por teléfono que había algún contratiempo, y una vez junto a Nicholas quiso desahogarse enseguida. Lo primero que le contó fue la charla que había mantenido aquella misma mañana con Rebecca, su amiga de Lawrence. Nicholas no se alarmó demasiado.

Aparte de la lógica pasión demostrada por dos jóvenes amantes cualesquiera, la relación entre Nicholas y Marlee no se caracterizaba precisamente por su carga emotiva. Si las emociones afloraban alguna vez a la superficie, era siempre de la mano de Nicholas, que tenía cierto mal genio. Muy poco, de hecho, pero aun así más que ella. A diferencia de Marlee, Nicholas podía llegar a levantar la voz cuando se enfadaba de veras, cosa que muy pocas veces ocurría. Marlee no era fría, sólo calculadora. Nicholas nunca la había visto llorar, excepto al final de una película que él detestaba. Nunca habían reñido por nada importante, y sus peleas de enamorados duraban poco porque Marlee le había enseñado a morderse la lengua. Marlee no soportaba el sentimentalismo, no hacía pucheros ni era rencorosa, y no demostraba ninguna comprensión hacia Nicholas cuando él caía en esos vicios.

Después de repetir lo dicho por Rebecca, Marlee intentó reproducir palabra por palabra su entrevista con Fitch.

Darse cuenta de que los habían descubierto —aunque sólo fuera a medias— supuso un duro golpe. Estaban seguros de que el responsable de las indagaciones era Fitch, y se preguntaban cuánto habría averiguado ya. Si la teoría que habían mantenido siempre era cierta, había tenido que descubrir primero a Jeff Kerr para llegar hasta Claire Clement. El pasado de Jeff era inofensivo. El de Claire, en cambio, debía permanecer fuera del alcance de miradas curiosas a toda costa. De lo contrario, más les valía poner pies en polvorosa en aquel mismo instante.

Poco podían hacer, sin embargo, aparte de esperar.

Derrick entró en la habitación de Angel a través de la rendija inferior de la ventana, que sólo se abría unos centímetros hacia afuera. No se habían visto desde el domingo, es decir, desde hacía casi cuarenta y ocho horas, y Derrick no había podido esperar hasta la noche siguiente porque estaba locamente enamorado, la echaba mucho de menos y necesitaba tenerla entre sus brazos más que cualquier otra cosa en el mundo. Angel se dio cuenta enseguida de que su novio había estado bebiendo. Cuando Derrick acabó de dar explicaciones, los dos estaban ya en la cama, a punto de consumar en silencio una relación conyugal no autorizada.

Aquella noche Derrick durmió profundamente.

Cuando se despertaron, al amanecer, Angel tuvo miedo. Había un hombre en su habitación y eso, naturalmente, iba en contra de las órdenes del juez. Derrick no se inmutó siquiera. Dijo que esperaría hasta que todos hubieran salido hacia el juzgado y después se escabulliría sin ser visto. La propuesta de Derrick no sirvió para tranquilizar a Angel, que decidió probar suerte con una larga ducha.

Derrick había estado ocupado haciendo mejoras sustanciales en el plan de Cleve. Después de salir de la taberna, había comprado un paquete de seis cervezas y se había pasado varias horas paseando en coche por la Costa del Golfo. Había conducido despacio, en uno y otro sentido de la autopista 90, pasando de largo los hoteles, los casinos y los muelles, desde Pass Christian hasta Pascagoula, bebiendo cerveza y perfeccionando su plan de acción. Después de unas cuantas copas, a Cleve se le había escapado que los abogados de la parte demandante pensaban pedir un veredicto millonario. Hacían falta nueve de los doce votos para que el veredicto fuera válido, y algo le decía a Derrick que el voto de Angel valía mucho más que diez mil dólares.

Diez mil dólares le habían parecido una cifra extraordinaria en la taberna, pero si esos abogados estaban dispuestos a pagar tanto y tan deprisa, Derrick estaba seguro de que, sometidos a la presión adecuada, pagarían todavía más. Cuanto más avanzaba el cuentakilómetros, más aumentaba el valor del voto de Angel. En aquel momento estaba a cincuenta mil, y seguía subiendo.

Derrick también había estado fantaseando con la idea de los porcentajes. ¿Y si el veredicto establecía una indemnización de diez millones, por ejemplo? Un uno por ciento de esa cifra, un miserable uno por ciento, equivaldría a cien mil dólares. ¿Y si el veredicto otorgaba veinte millones? Doscientos mil dólares. Derrick consideró la posibilidad de proponer un trato a Cleve: una cantidad en metálico por adelantado más un porcentaje del veredicto. ¿Qué mejor motivación para él y para su novia a la hora de presionar a los demás jurados durante las deliberaciones? Así serían parte interesada en el asunto. Aquélla era una oportunidad única.

Angel salió del baño en albornoz y encendió un cigarrillo.

27

La defensa del buen nombre corporativo de Pynex empezó con mal pie, y no precisamente por culpa de Jankle. El miércoles por la mañana, un analista llamado Walter Barker publicó en *Mogul* —un popular semanario financiero— un pronóstico funesto para la empresa. Según él, las apuestas estaban dos a uno a favor de que el jurado de Biloxi votaría en contra de Pynex y a favor de un veredicto millonario. La influencia de Barker no podía tomarse a la ligera. De sólida formación jurídica, Barker había logrado ganarse una reputación extraordinaria en Wall Street; cuando algún litigio afectaba a la economía, su opinión sentaba cátedra. La especialidad de Barker consistía en seguir de cerca el desarrollo de vistas, apelaciones y resoluciones, para luego adelantarse al resultado de las mismas. Pocas veces se equivocaba, y gracias a su labor de investigación había llegado a amasar una fortuna considerable. Barker tenía un gran número de lectores, y el hecho de que se pronunciara en contra de Pynex pilló a Wall Street por sorpresa. Las acciones empezaron el día a setenta y seis, cayeron en picado a setenta y tres, y a media mañana habían bajado hasta setenta y un dólares y medio.

El público volvió a llenar la sala de vistas durante la sesión del miércoles. Los cachorros de Wall Street, todos con un ejemplar de *Mogul* bajo el brazo, regresaron a sus puestos de vigilancia con la convicción unánime y repentina de que Barker tenía razón. Una hora antes, mientras desayunaban, habían estado igualmente de acuerdo en que Pynex había sabido capear los testimonios de la parte demandante y llegaría al final del juicio en una posición de fuerza. La lectura del artículo, sin embargo, les había ensombrecido el semblante y les obligaría a corregir los informes redactados para sus respectivas oficinas. Barker había estado en la sala la semana anterior y se había sentado solo en la última fila. ¿Qué había visto él que a ellos se les había escapado?

Los miembros del jurado aparecieron puntuales a las nueve. Lou Dell les abrió la puerta con el orgullo del pastor que ha vuelto a reunir el rebaño desperdigado, y Harkin les dio la bienvenida como si no se hubieran visto desde hacía un mes. Después de hacer un comentario socarrón sobre la pesca, Su Señoría procedió a leer a toda prisa su lista de preguntas sobre los contactos ilícitos y prometió a los jurados una pronta resolución del caso.

Jankle fue llamado al banco de los testigos. El turno de la defensa había llegado. Libre de los efectos del alcohol, el presidente de Pynex dio la impresión de ser una persona preparada e inteligente. Sonreía con facilidad, y pareció agradecer la oportunidad que se le brindaba de defender a su empresa. Cable lo ayudó a superar los prolegómenos sin ningún problema.

Sentado en la segunda fila estaba D.Y. Taunton, el abogado negro de Wall Street que se había entrevistado con Lonnie en Charlotte. Taunton escuchó al testigo sin dejar de mirar a Lonnie por el rabillo del ojo, y las miradas de ambos no tardaron en encontrarse. Lonnie se volvió hacia el abogado y no pudo evitar hacerlo una segunda y una tercera vez. Al final incluso le sonrió y le saludó con la cabeza. Eso era lo que se esperaba de él, ¿no? El mensaje estaba claro. Taunton era una persona importante que se había tomado la molestia de trasladarse hasta Biloxi para asistir personalmente a un momento crucial del juicio. La defensa estaba en el uso de la palabra, y era fundamental que Lonnie entendiera que debía escuchar y creer a pie juntillas todo lo que se dijera a partir de entonces en el estrado. Por Lonnie no había inconveniente.

La primera ofensiva de Jankle fue en el campo de la libre

elección. El presidente de Pynex admitió la existencia de la opinión, bastante difundida, de que los cigarrillos creaban adicción. Pero si lo hizo fue solamente porque Cable y él mismo habían llegado a la conclusión de que sería absurdo negarlo. Ahora bien, se trataba solamente de una opinión. Tal vez los cigarrillos no crearan dependencia. Nadie lo sabía a ciencia cierta, y eso incluía también a los investigadores. Había estudios para todos los gustos, pero Jankle dijo no haber visto todavía ninguno que estableciera de forma fehaciente una relación directa entre el tabaco y los problemas de adicción. Personalmente, él no creía que dicha relación existiera. El presidente de Pynex había fumado durante veinte años, sí, pero sólo porque disfrutaba haciéndolo. Fumaba veinte cigarrillos al día, pero porque él lo había querido así, y además había escogido una marca con un bajo nivel de alquitrán. No, él no se consideraba adicto al tabaco. De ninguna manera. Podía dejarlo en cuanto quisiera. Y si fumaba era porque le gustaba. Jankle jugaba al tenis cuatro veces por semana, y su chequeo anual no revelaba ninguna alteración preocupante.

Una fila por detrás de Taunton estaba Derrick Maples. Aquélla era su primera visita al juzgado. Había salido del motel minutos después de que lo hiciera el autocar, y su primera intención había sido pasar el día buscando trabajo. En vez de eso, sin embargo, estaba sentado en la sala de vistas soñando con dinero fácil. Angel reparó en la presencia de su novio, pero no apartó los ojos del testigo. El súbito interés de Derrick por el juicio resultaba desconcertante. Si desde el primer día de aislamiento no había hecho otra cosa que quejarse...

Jankle describió las diversas marcas de cigarrillos que fabricaba su empresa. Para hacerlo bajó del estrado y mostró a los presentes un gráfico a todo color donde aparecían representadas las ocho marcas de Pynex, cada una junto a la indicación correspondiente de contenido en alquitrán y nicotina. Jankle explicó al jurado por qué unos cigarrillos llevan filtro y otros no, y por qué unos tienen más alquitrán y nicotina que otros. Tal como él lo contaba, todo se reducía a una cuestión de gustos, es decir, de libre elección. El presidente se sentía orgulloso de la línea de productos que comercializaba su empresa.

Aquél era un argumento crucial, y Jankle supo exponerlo con acierto. Mediante su amplia oferta de marcas, Pynex hacía posible que cada persona decidiera cuánto alquitrán y cuánta nicotina quería consumir. Elegir. Elegir. Elegir. Entre varios niveles de alquitrán y nicotina. Entre fumar tantos o tantos otros cigarrillos al cabo del día. Entre tragarse el humo o no tragárselo. Saber elegir qué se hace al propio cuerpo con los cigarrillos.

Jankle señaló un dibujo a todo color de la cajetilla roja de Bristol, la marca con el segundo nivel más alto de nicotina y alquitrán. Acto seguido admitió que «abusar» de los Bristol podía perjudicar la salud.

Los cigarrillos, consumidos con mesura, eran un producto inocuo. Ahora bien, como muchos otros productos —el alcohol, la mantequilla, el azúcar y las armas de fuego, por nombrar sólo unos cuantos—, su abuso podía resultar peligroso.

Sentado junto a Derrick, al otro lado del pasillo, estaba Hoppy, que había asomado la nariz en el juzgado para ver qué tal iban las cosas. También quería ver a su mujer y dedicarle una sonrisa. Millie se alegró mucho de verlo, pero no se sorprendió menos por esa repentina obsesión suya con el juicio. El miércoles era noche de visita, y Hoppy no veía ya el momento de encerrarse con Millie en la misma habitación durante tres horas seguidas. Y lo que le estaba pasando por la cabeza no tenía nada que ver con el sexo.

Cuando el juez Harkin ordenó el receso del mediodía, Jankle estaba acabando de exponer su punto de vista sobre la publicidad. Y sí, su empresa invertía muchísimo dinero en anunciar sus productos, pero menos que las marcas de cerveza, las de automóviles o la Coca-Cola, sin ir más lejos. En un mundo tan competitivo como el nuestro, la publicidad era un elemento crucial a la hora de garantizar la supervivencia de una empresa, fuera cual fuese el producto ofrecido. Sí, por supuesto que los niños veían los anuncios de sus marcas. ¿Acaso se había diseñado una valla publicitaria que quedara fuera del alcance de los niños? ¿Cómo se podía impedir que un niño mirase las revistas a las que estaban suscritos sus padres? Era imposible. Jankle no dudó en admitir que había visto esas estadísticas según las cuales el ochenta y cinco por ciento de los fumadores menores de edad compraban alguna de las tres marcas más anunciadas. ¿Y qué? ¿Acaso no lo hacían también los adultos? Ya estaban otra vez en lo mismo. Era imposible diseñar una campaña publicitaria para los adultos que no llegase de una manera o de otra a los más jóvenes.

Fitch siguió con atención el testimonio íntegro de Jankle desde una de las últimas filas. A su derecha se sentaba Luther Vandemeer, el presidente de Trellco, la empresa tabacalera más importante del mundo. A Vandemeer se le reconocía extraoficialmente como el líder de las Cuatro Grandes, y era el único miembro del clan que no sacaba de quicio a Fitch. Vandemeer, por su parte, había sido agraciado con el raro don de no encontrar a Rankin Fitch insoportable.

Los dos hombres almorzaron en el restaurante de Mary Mahoney, solos y en una mesa discreta. Se sentían aliviados por la buena marcha del testimonio de Jankle hasta el momento, pero sabían que lo peor aún estaba por llegar. La columna de Barker en *Mogul* los había dejado inapetentes.

—¿Con qué influencia cuenta dentro del jurado? —preguntó Vandemeer con el tenedor en la mano.

Fitch no tenía la menor intención de contarle toda la verdad al respecto, y Vandemeer tampoco esperaba que lo hiciera. De los trapicheos de Fitch sólo estaban al tanto sus propios agentes.

—La de costumbre —respondió Fitch.

—Puede que esta vez no baste con la de costumbre.

—¿Qué quiere decir?

Vandemeer no respondió. En vez de eso, se limitó a contemplar las piernas de una joven camarera que estaba tomando nota de lo que iban a tomar los clientes de otra mesa.

—Hacemos todo lo posible —se defendió Fitch en un tono extrañamente humano.

Vandemeer estaba asustado, y hacía bien en estarlo. Fitch era consciente de la enorme presión que soportaba en aquellos momentos el líder de las tabacaleras. Un veredicto generoso a favor de la parte demandante no arruinaría a Pynex ni a Trellco, pero las consecuencias tanto a corto como a largo plazo serían desagradables y de gran trascendencia. Un informe redactado por la propia empresa predecía una caída inmediata del veinte por ciento en el valor de las acciones de las cuatro compañías implicadas. Y eso era sólo el principio. Dentro del mismo estudio, otro panorama más pesimista hablaba de un millón de pleitos promovidos a lo largo de los cinco años siguientes, y calculaba en un millón de dólares el coste medio de cada juicio, teniendo en cuenta solamente los honorarios profesionales de los abogados correspondientes. Los autores del informe no se habían atrevido a calcular el importe de un millón de sentencias estimatorias. En el peor de los casos, las tabacaleras tendrían que enfrentarse con una acción popular, es decir, una demanda colectiva interpuesta por todas aquellas personas que hubieran fumado al menos una vez en la vida y se consideraran por ello lesionadas en sus derechos. Si las cosas llegaban a este extremo, la bancarrota sería una posibilidad que se debía tener muy en cuenta. Y no había que olvidar las movilizaciones que intentarían forzar al Congreso a declarar ilegal la fabricación de cigarrillos.

—¿Tiene bastante dinero? —dijo Vandemeer.

—Creo que sí —contestó Fitch mientras se preguntaba por enésima vez qué cifra tendría en mente su querida Marlee.

—El Fondo debería estar en buena forma.

—Lo está.

Vandemeer masticó un pequeño bocado de pollo a la brasa.

—¿Por qué no escoge a nueve jurados y les da un millón de dólares a cada uno? —sugirió Vandemeer riendo, como si el juicio no fuera más que una broma.

—No crea que no lo he pensado. Pero es demasiado arriesgado. Más de uno acabaría entre rejas.

—Era una broma.

—Hay otras maneras.

Vandemeer dejó de sonreír.

—Tenemos que ganar, Rankin. Lo entiende, ¿verdad? Tenemos que ganar. No repare en gastos.

Una semana antes, y como resultado de otra solicitud presentada por escrito por Nicholas Easter, el juez Harkin había alterado ligeramente las normas del almuerzo para que los dos jurados suplentes pudieran comer en compañía del resto. Nicholas argüía en su nota que, teniendo en cuenta que los catorce vivían juntos, veían la televisión juntos, desayunaban y cenaban juntos, rayaba en lo ridículo que los obligaran a almorzar separados. Los dos suplentes eran Henry Vu y Shine Royce, ambos varones.

La historia de Henry Vu empezaba en sus días de piloto de caza survietnamita y en un amerizaje forzoso en el mar de China veinticuatro horas después de la caída de Saigón. Recogido por un barco de rescate americano, Henry recibió tratamiento en un hospital de San Francisco. Un año más tarde, después de salir clandestinamente de su país y de atravesar Laos y Camboya, su mujer y sus hijos llegaron a Tailandia, desde donde fueron trasladados hasta San Francisco. La familia Vu residió durante dos años en California, y se estableció definitivamente en Biloxi en 1978. Una vez en la Costa, Henry compró un barco y se unió a una creciente colonia vietnamita que parecía decidida a desbancar a los pescadores nativos. El año anterior al juicio, la hija menor de Vu había sido la encargada de pronunciar el discurso de despedida durante la ceremonia de graduación celebrada en su instituto. En aquel momento estudiaba en Harvard con una beca. Henry acababa de comprar el cuarto barco de su pequeña flota.

Henry Vu había aceptado la tarea de formar parte del jurado sin rechistar. Se sentía tan patriota como el que más, incluido el coronel.

Nicholas, por supuesto, había cultivado su amistad desde el primer día. Y lo que es más, había decidido que Henry Vu se sentaría entre los doce elegidos cuando llegara el momento de las deliberaciones.

Con el jurado aislado, lo último que quería Durwood Cable era alargar innecesariamente el juicio. Por eso redujo su lista de testigos a cinco nombres y se propuso que las declaraciones correspondientes no ocuparan más de cuatro días.

La sobremesa es la peor hora del día para un interrogatorio. Cuando se reanudó la sesión después de comer, Jankle volvió a subir al banco de los testigos para completar su testimonio.

—¿Qué hace su empresa para combatir el consumo de cigarrillos entre los menores de edad? —preguntó Cable.

La respuesta de Jankle duró una hora: que si un millón donado a esta buena causa, que si un millón invertido en aquella otra campaña... Once millones gastados sólo durante el año anterior.

A veces Jankle daba la impresión de ser uno de los mayores detractores del tabaco.

Después de una larga pausa para tomar café decretada por Su Señoría a las tres, Jankle tuvo que vérselas por vez primera con Wendall Rohr.

El letrado inauguró el turno de réplica con una pregunta capciosa, y a partir de ese momento las cosas fueron de mal en peor para la defensa.

—¿No es verdad, señor Jankle, que su empresa invierte cientos de millones en tratar de convencer a sus conciudadanos de que fumen, y que después se lava las manos cuando éstos se ponen enfermos por culpa del tabaco?

—¿Es eso una pregunta?

—Por supuesto que sí. Conteste.

—No, no es verdad.

—Bien. ¿Cuándo fue la última vez que Pynex se hizo cargo del importe del tratamiento médico de alguno de sus clientes?

Jankle se encogió de hombros y masculló algo entre dientes.

—Lo siento, señor Jankle, no he entendido su respuesta. Le repetiré la pregunta. ¿Cuándo fue la última vez que...?

—Ya he oído la pregunta.

—En ese caso, responda, por favor. Cite algún caso concreto en que Pynex se haya ofrecido a sufragar total o parcialmente los gastos ocasionados por el tratamiento médico de algún usuario de cualquiera de sus productos.

—No recuerdo ninguno.

—¿Significa eso que su empresa no da la cara por sus productos?

—Por supuesto que no.

—Me alegro. Cuente al jurado un solo caso en que Pynex haya aceptado la responsabilidad de los daños causados por sus cigarrillos.

—Nuestros productos no son defectuosos.

—¿Quiere decir que no provocan enfermedades y a veces hasta la muerte? —preguntó Rohr con incredulidad y profusión de aspavientos.

—Así es. En absoluto.

—A ver si lo he entendido. ¿Está usted diciendo al jurado que sus cigarrillos no provocan enfermedades y a veces hasta la muerte?

—Sólo si se hace mal uso de ellos.

Rohr soltó una carcajada y repitió las palabras «mal uso» con evidente repulsión.

—¿Tiene uno que encender los cigarrillos de las marcas que usted produce antes de fumarlos, señor Jankle?

—Pues claro.

—¿Y tiene uno que aspirar el humo producido por la combustión del tabaco y del papel a través del extremo del cigarrillo opuesto al extremo encendido?

—Sí.

—Y este humo, ¿tiene que entrar en la boca?

—Sí.

—¿Y llegar hasta el aparato respiratorio?

—Eso depende de la libre elección del fumador.

—¿Se traga usted el humo, señor Jankle?

—Sí.

—¿Está usted al corriente de los estudios que demuestran que el noventa y ocho por ciento de los fumadores se tragan el humo?

—Sí.

—¿Me equivoco, pues, al presumir que es usted consciente de que los fumadores se tragan el humo de los cigarrillos que usted fabrica?

—Supongo que no.

—¿Diría usted que los fumadores que se tragan el humo están haciendo mal uso de los cigarrillos?

—No.

—Entonces, díganos, señor Jankle, ¿qué tiene uno que hacer para hacer mal uso de un cigarrillo?

—Fumar demasiados.

—¿Y cuántos son «demasiados»?

—Supongo que eso depende de cada persona.

—No estoy hablando con una persona cualquiera, señor Jankle. Estoy hablando con usted, con el presidente de Pynex, una de las empresas productoras de cigarrillos más importantes del mundo. Y le estoy preguntando cuántos cigarrillos son, en su opinión, demasiados cigarrillos.

—Yo diría que más de dos paquetes al día.

—¿Más de cuarenta cigarrillos al día?

—Sí.

—Ya veo. ¿Y en qué estudio se basa para afirmar tal cosa?

—En ninguno. Yo sólo le he dado mi opinión personal.

—Fumar menos de cuarenta cigarrillos no es peligroso. Fumar más de cuarenta es hacer un mal uso del producto. ¿Es ése su testimonio, señor Jankle?

—Ésa es mi opinión.

Jankle había empezado a ponerse nervioso y a lanzar miradas de auxilio a Cable, que estaba demasiado enfadado para devolvérselas. La teoría del mal uso era una novedad, una idea del propio Jankle que él mismo había insistido en utilizar.

Rohr había olfateado algo. El letrado bajó la voz y echó un vistazo a sus apuntes. No quería apresurarse y ahuyentar a la presa.

—¿Le importaría explicar al jurado los pasos que ha dado, en calidad de presidente de Pynex, para advertir al público de que fumar más de cuarenta cigarrillos al día es peligroso?

A Jankle se le ocurrió una réplica sarcástica, pero decidió no complicar aún más las cosas.

Había abierto la boca para responder, y estuvo un rato pensando qué decir antes de volver a cerrarla. Fue una pausa larga y dolorosa.

—Creo que no me ha entendido bien —dijo demasiado tarde.

Rohr no tenía intención de darle la oportunidad de enmendarse.

—Será eso, sin duda. No recuerdo haber leído nunca, en

ninguno de los productos que comercializa su empresa, ninguna advertencia en el sentido de que fumar más de dos paquetes al día constituya una práctica errónea y peligrosa. ¿Por qué?

—No estamos obligados a hacer ninguna advertencia a ese respecto.

—¿Obligados por quién?

—Por el Gobierno.

—Dicho con otras palabras: si el Gobierno no les obliga a advertir a sus conciudadanos del riesgo que corren al hacer un mal uso de sus productos, ustedes no tienen ninguna intención de hacerlo de manera voluntaria. ¿Me equivoco?

—Nosotros cumplimos la ley.

—¿Dice la ley que Pynex tuviera que gastarse el año pasado cuatrocientos millones de dólares en publicidad?

—No.

—Pero lo hicieron, ¿no es verdad?

—Más o menos.

—Por la misma regla de tres, si hubieran querido advertir a los fumadores de los perjuicios potenciales de sus productos, también podrían haberlo hecho, ¿no es verdad?

—Supongo que sí.

Rohr cambió de tema rápidamente y se puso a hablar del azúcar y de la mantequilla, dos de los productos que Jankle había mencionado para ejemplificar su teoría del abuso. Para el letrado de la parte demandante fue un auténtico placer señalar al jurado las diferencias existentes entre tales productos y los cigarrillos, y de paso dejar a Jankle como un tonto.

Pero Rohr había reservado su mejor golpe para el final. Aprovechando un breve receso, los monitores de vídeo volvieron a hacer acto de presencia en la sala. Cuando el jurado regresó a la tribuna, las luces se apagaron y la imagen de Jankle apareció en la pantalla. Tenía la mano derecha levantada y estaba jurando decir la verdad y nada más que la verdad. La escena correspondía a una audiencia de cierto subcomité del Congreso. De pie junto a Jankle estaban Vandemeer y los otros dos presidentes de las Cuatro Grandes, todos obligados a comparecer en contra de su voluntad ante un puñado de políticos. Parecían cuatro capos de la mafia dispuestos a contar al Congreso que el

crimen organizado era un invento de la prensa. El interrogatorio era despiadado.

La cinta había sufrido numerosos cortes y había quedado
reducida a lo esencial. Uno por uno, los cuatro presidentes fueron interrogados a bocajarro sobre el poder adictivo de la nicotina. Uno por uno, respondieron que no. Jankle fue el último en
hablar. Cuando se oyó su airada negativa, el jurado, lo mismo
que el subcomité de la pantalla, estaba seguro de que mentía.

28

En el transcurso de una tensa entrevista que se prolongó durante cuarenta y cinco minutos, Fitch recriminó a Cable muchas de las cosas que le preocupaban sobre la manera en que se estaba llevando la defensa del caso. Por de pronto, Jankle y su brillante e innovadora teoría sobre el abuso de los cigarrillos, un error garrafal que podía costarles nada más y nada menos que la derrota. Cable, que no estaba de humor para aguantar regañinas de nadie y menos de un leguleyo que le caía peor que una patada en el estómago, se defendió repetidamente diciendo que él y otros miembros de su equipo habían suplicado a Jankle que no sacara a relucir el tema del abuso. Pero Jankle había sido abogado en otra época de su vida, y se las daba de pensador original elegido por la divina providencia como paladín de la causa de las tabacaleras.

En aquellos momentos, por cierto, Jankle ya iba a bordo de un reactor camino de Nueva York.

Otro de los puyazos de Fitch fue que tal vez el jurado se hubiera cansado de Cable. Rohr había repartido las funciones de portavoz de la parte demandante entre sus cuarenta ladrones. ¿Por qué no dejaba Cable que algún otro abogado de la defensa interrogara a unos cuantos testigos? Por no tener donde escoger seguro que no sería. ¿Tan vanidoso era? Fitch y Cable se tiraron los trastos a la cabeza de un lado a otro de la mesa.

El artículo de *Mogul* había venido a exasperar aún más los ánimos y a aumentar una presión ya de por sí asfixiante.

Cable recordó a Fitch que el abogado era él, y que tenía a sus espaldas una carrera nada mediocre y treinta años de juicios. Así pues, estaba más capacitado que él para interpretar el estado de ánimo del jurado.

Fitch, por su parte, recordó a Cable que aquél era el noveno juicio que dirigía —por no mencionar las dos anulaciones en su haber— y que, sin lugar a dudas, había visto tácticas más eficaces que las que estaba empleando él.

Cuando por fin los gritos y los insultos remitieron, ambos hicieron un heroico esfuerzo por controlarse y hasta llegaron a estar de acuerdo en una cosa: la defensa debía ser breve. Cable pensaba liquidar el caso en tres días, incluyendo los turnos de réplica de Rohr. Tres días. Ni uno más, apostilló Fitch.

Fitch salió del despacho de Cable dando un portazo. José lo esperaba en el pasillo. Juntos recorrieron atropelladamente los demás despachos, donde un sinfín de abogados en mangas de camisa seguían trabajando febrilmente, otros ayudantes comían pizza y un enjambre de secretarias atribuladas acababan sus quehaceres a toda prisa para poder regresar a su casa cuanto antes y ver a sus hijos. La mera presencia de aquel arrogante torbellino llamado Fitch y del corpulento José guardándole las espaldas bastaba para que hombres hechos y derechos corrieran a esconderse tras las puertas.

Una vez dentro del coche, José entregó a Fitch un pliego de mensajes recibidos por fax. Fitch les echó una ojeada mientras el automóvil se dirigía a toda velocidad hacia el cuartel general. El primer fax contenía una lista de todos los movimientos de Marlee desde la reunión en el embarcadero del día anterior. Nada fuera de lo normal.

El siguiente era un resumen de lo acontecido en Kansas. Habían localizado a una tal Claire Clement en Topeka, pero la pista les había llevado hasta una residencia de la tercera edad. Otra Claire Clement residente en Des Moines se puso al teléfono en la concesionaria de coches usados de su marido. Swanson decía que estaban siguiendo otras muchas pistas, pero el informe era bastante parco en detalles. También habían encontrado a un ex compañero de facultad de Kerr en Kansas City, y estaban intentando concertar una entrevista con él.

El coche pasó por delante de una tienda de comestibles. Unas letras de neón que anunciaban cierta marca de cerveza en el escaparate llamaron la atención de Fitch. El recuerdo del aroma y el sabor de la cerveza fría se apoderó de su voluntad. Fitch se moría de ganas de echar un trago. Sólo uno. Sólo una cerveza dulce y espumosa servida en vaso largo. ¿Cuánto tiempo había pasado desde la última vez?

Fitch sintió el impulso incontenible de pedir a José que detuviera el coche. Cerró los ojos y trató de pensar en otra cosa. ¿Y si enviaba a José a comprarle una cerveza? Sólo una bien fría y nada más. Nada más. Después de nueve años de abstinencia, estaba seguro de poder beber una copa sin que la cosa pasara a mayores. ¿Por qué no podía tomarse una cerveza?

Porque sería la primera de un millón. Y porque si José paraba delante de esa tienda también pararía delante de otra dos manzanas más allá. Y porque cuando llegaran a la oficina el coche estaría lleno de botellas vacías, y él estaría utilizándolas como proyectiles contra los demás vehículos. Fitch sabía que tenía mal beber.

Tal vez una no le haría daño. Una sola que lo ayudara a calmarse y a olvidar aquel día aciago.

—¿Se encuentra bien, jefe? —preguntó José.

Fitch gruñó una respuesta y dejó de pensar en la cerveza. ¿Dónde estaría Marlee? ¿Por qué no lo había llamado? El juicio estaba dando los últimos coletazos, y las negociaciones y la ejecución del trato llevarían su tiempo.

Pensó en la columna de Barker y echó de menos a Marlee. Recordó la estúpida voz de Jankle exponiendo su original teoría del abuso y echó de menos a Marlee. Cerró los ojos y vio las caras de los jurados. Y echó de menos a Marlee.

Derrick se consideraba ya una pieza imprescindible de todo aquel mecanismo, y decidió escoger un escenario a su medida para el encuentro del miércoles por la noche con Cleve. Se inclinó por un local poco recomendable del sector negro de Biloxi, un bar donde Cleve ya había estado. Derrick supuso que le sería más fácil imponer su voluntad si la entrevista se celebraba en su terreno. Cleve insistió en que se encontraran en el aparcamiento.

Apenas cabía otro coche cuando llegó Cleve, con algo de retraso por cierto. Derrick lo vio aparcar desde donde estaba y se acercó a hablar con él.

—No me parece buena idea entrar ahí —protestó Cleve a través de la ventanilla entreabierta, sin apartar la vista de aquella lúgubre construcción de hormigón con barrotes de acero en las ventanas.

—No pasa nada —lo tranquilizó Derrick, que no las tenía todas consigo pero no estaba dispuesto a admitirlo—. No hay ningún peligro.

—¿Ningún peligro? ¡Pero si en lo que llevamos de mes se han cargado a tres tíos a navajazo limpio! Aparte de que soy el único rostro pálido en un kilómetro a la redonda, ¿de verdad espera que entre ahí con cinco mil dólares en el bolsillo y luego se los entregue en mano? Adivine a quién pincharían primero. ¿A usted o a mí?

Derrick comprendía perfectamente los reparos de Cleve, pero no le parecía conveniente dar su brazo a torcer tan pronto. El joven se acercó más a la ventana y echó una ojeada al aparcamiento, que de repente cobró un aspecto aún más amenazador.

—Andando —ordenó con lo que pretendía ser voz de matón.

—Ni hablar —dijo Cleve—. Si quiere el dinero, venga a buscarme al Waffle House, en la autopista 90.

Cleve puso en marcha el motor y subió el cristal de la ventanilla. Derrick lo vio alejarse con sus cinco mil dólares al alcance de la mano y corrió a buscar su coche.

Derrick y Cleve acabaron comiendo crepes y bebiendo café en la barra. Hablaban en voz baja porque el cocinero estaba friendo huevos y salchichas en la plancha de la cafetería, a menos de tres metros de donde ellos estaban, y daba la impresión de que tenía la antena puesta.

Derrick estaba nervioso y le temblaban un poco las manos. Cleve, en cambio, como buen corredor, estaba acostumbrado a pagar comisiones a diario. Y comparada con otras, la misión de aquella noche no presentaba ninguna dificultad.

—Se me ha ocurrido que tal vez diez de los grandes no sean suficiente. —Derrick repetía por enésima vez la frase que había estado ensayando frente al espejo casi toda la tarde.

—Creía que habíamos hecho un trato —protestó Cleve sin inmutarse y con la boca llena.

—Algo me dice que están intentando estafarme.

—¿Es ésta su manera de negociar?

—Su oferta no es lo bastante buena. He estado pensando, ¿sabe? Hasta he ido al juzgado esta mañana a echar un vistazo. Ahora ya sé de qué va el asunto.

—¿Ah, sí?

—Sí. Y sé de unos que no están jugando limpio.

—No le oí quejarse ayer por la noche, y le recuerdo que dijimos diez mil.

—Las cosas han cambiado. Ayer por la noche me pilló desprevenido.

Cleve se limpió la boca con una servilleta de papel y esperó hasta que el cocinero fue a servir a un cliente del otro extremo de la barra.

—¿Qué es lo que quiere? —preguntó.

—Mucho más.

—No tenemos tiempo para jugar a las adivinanzas. Dígame cuánto quiere.

Derrick tragó saliva y comprobó si había alguien detrás de él.

—Cincuenta mil —susurró—. Más un porcentaje del veredicto.

—¿Qué porcentaje?

—Creo que me conformaré con el diez por ciento.

—No me diga. —Cleve dejó la servilleta sobre el plato—. Usted está chalado, amigo —dijo mientras depositaba un billete de cinco dólares en la barra—. Quedamos en diez mil. Diez mil y basta. Un dólar más y nos pillaremos los dedos.

Cleve salió apresuradamente del restaurante. Derrick rebuscó en todos sus bolsillos y no encontró más que unas pocas monedas. El cocinero apareció de repente frente a él al ver cómo buscaba desesperadamente dinero.

—Creí que iba a invitar él —se excusó el joven mientras se metía la mano en el bolsillo de la camisa.

—¿Cuánto tiene? —preguntó el cocinero con el billete de cinco dólares de Cleve en la mano.

—Ochenta centavos.

—Con eso basta.

Derrick salió disparado hacia el aparcamiento. Cleve lo esperaba con el motor en marcha y la ventanilla abierta.

—Estoy seguro de que la otra parte pagará mejor —dijo el joven mientras se inclinaba hacia el conductor.

—Es usted muy libre de intentarlo. Mañana mismo se va derechito hacia la defensa y les dice que quiere cincuenta mil dólares a cambio de un solo voto.

—No se olvide del diez por ciento.

—No tiene usted ni idea, amigo. —Cleve apagó el motor y salió del coche sin prisas—. No entiende nada de nada —dijo mientras encendía un cigarrillo—. Un veredicto favorable a la defensa significa que el dinero no cambia de manos. Cero para el demandante significa cero para la defensa. Significa que nadie cobra porcentajes. Los abogados del demandante cobran el cuarenta por ciento de cero. ¿Me sigue?

—Sí —dijo Derrick a pesar de que era más obvio lo contrario.

—Mire, lo que le estoy ofreciendo es totalmente ilegal. No sea avaricioso. Si se pasa de listo, acabaremos todos en chirona.

—Diez mil dólares no son nada en un caso como éste.

—No se lo tome así. Considérelo desde este otro punto de vista. Según la ley, su amiga no tendría que cobrar nada. Cero. Está cumpliendo con su deber cívico, y el condado ya le paga quince dólares al día por ser una buena ciudadana. Esos diez mil dólares de más son un soborno, un regalito que hay que olvidar tan pronto como se recibe.

—Pero, si cobrara un porcentaje, estaría más motivada y podría presionar a los demás jurados.

Cleve dio una calada al cigarrillo y luego expulsó el humo despacio. Iba diciendo que no con la cabeza.

—Sigue sin entender nada. Si el veredicto es favorable al demandante, el dinero tardará años en cambiar de manos. Mire, Derrick, se está usted complicando la vida. Coja el dinero. Hable con Angel. Sea bueno.

—Veinticinco mil.

Una última calada y el cigarrillo acabó en el asfalto, donde Cleve lo pisó con la punta de la bota.

—Tendré que consultarlo con mi jefe.

—Veinticinco mil por cada voto.

—¿Por cada voto?

—Sí. Angel puede conseguir más de uno.

—¿Por ejemplo?

—No puedo decírselo.

—Deje que hable con mi jefe.

En la habitación cincuenta y cuatro, Henry Vu leía las cartas enviadas desde Harvard por su hija. Su mujer, Qui, mientras tanto, se informaba sobre nuevas pólizas de seguros para su flota de pesqueros. En la habitación número cuarenta y ocho no había nadie porque Nicholas estaba viendo una película al fondo del corredor. En la cuarenta y cuatro, Lonnie y su mujer retozaban bajo las sábanas por primera vez desde hacía un mes. Lástima que tuvieran que darse prisa porque los niños se habían quedado en casa de su tía. En la cincuenta y ocho, la señora Grimes veía un culebrón mientras Herman archivaba descripciones en su ordenador. La habitación número cincuenta estaba vacía porque el coronel se había ido a pasar la velada a la sala de fiestas, otra vez solo porque la señora Herrera estaba en Tejas, de visita en casa de unos primos. Y la cincuenta y dos también estaba vacía porque Jerry estaba bebiendo cerveza con Nicholas y el coronel. Ya habría ocasión de escabullirse hasta la habitación de Caniche un poco más tarde. En la habitación cincuenta y seis, sentado frente al televisor, Shine Royce, el segundo suplente, daba cuenta de los panecillos y la mantequilla que se había llevado del comedor. Desde que había empezado el juicio no hacía otra cosa que dar gracias a Dios por su buena estrella. Royce tenía cincuenta y dos años, estaba en paro, vivía en un remolque alquilado con una mujer más joven que él y madre de seis hijos, y no había ganado quince dólares diarios desde hacía años. Hasta que un buen día el condado había decidido no sólo remunerarlo a cambio de presenciar un juicio, sino mantenerlo a pan y cuchillo durante cuatro semanas. En la habitación cuarenta y seis, Phillip Savelle y su amiga paquistaní bebían infusiones y fumaban marihuana con la ventana abierta.

Al otro lado del pasillo, en la habitación número cuarenta y nueve, Sylvia Taylor-Tatum hablaba por teléfono con su hijo. En la cuarenta y cinco, Gladys Card jugaba al gin rummy con Nelson Card, el de la próstata. En la cincuenta y uno, Rikki Coleman esperaba a Rhea, que aquella noche llegaría tarde o tal vez no llegaría porque la canguro no se había presentado a la hora convenida. En la cincuenta y tres, Loreen Duke comía bizcocho de chocolate y nueces sentada en la cama, oído al parche y muerta de envidia mientras Angel Weese y su novio hacían temblar las paredes de la habitación contigua, la número cincuenta y cinco.

Y por último, tras la puerta de la habitación cuarenta y siete, Hoppy y Millie Dupree hacían el amor como no lo habían hecho en años. Hoppy había llegado temprano cargado con una bolsa llena de comida china y una botella de champán barato, una estrategia que no utilizaba desde hacía años. En circunstancias normales, Millie hubiera protestado por el consumo de alcohol, pero de aquellas últimas semanas podía decirse todo menos que habían sido normales. Millie bebió unos cuantos sorbitos de champán de un vaso de plástico del motel y se comió una generosa ración de cerdo agridulce. Hoppy se lanzó al ataque.

Después se quedaron un rato en la cama, a oscuras, hablando en voz baja de los chicos, de sus estudios y de varias cuestiones domésticas. Millie empezaba a estar harta de aquel suplicio, y se moría de ganas de regresar a casa al lado de su familia. Hoppy habló con tristeza de su ausencia. Los chicos estaban de mal humor. La casa estaba hecha una pocilga. Todos echaban de menos a Millie.

Hoppy se vistió y encendió la tele. Millie se puso el albornoz y se sirvió otro dedito de champán.

—Ha pasado algo increíble —anunció Hoppy después de extraer una hoja de papel doblada del bolsillo interior de su chaqueta.

—¿Qué es esto? —preguntó Millie mientras desdoblaba el papel que había cogido de manos de Hoppy.

Era una copia del falso memorando de Fitch, y contenía una lista de los muchos pecados de Leon Robilio. Millie lo leyó despacio antes de volverse con suspicacia hacia su marido.

—¿De dónde lo has sacado?

—Lo enviaron ayer por fax —confesó Hoppy. Había estado practicando su respuesta porque no soportaba la idea de mentir a Millie. Aquella situación le hacía sentirse muy desdichado, pero sabía que Napier y Nitchman estaban al acecho.

—¿Quién te lo envió? —indagó Millie.

—No lo sé. Alguien de Washington, parece.

—¿Y por qué no lo has tirado a la papelera?

—No sé, porque...

—Hoppy, sabes de sobra que no deberías habérmelo enseñado. —Millie arrojó el papel sobre la cama y se acercó a su marido con los brazos en jarras—. ¿Puede saberse qué estás tramando?

—Nada. Lo enviaron por fax a la oficina. A mí qué me cuentas...

—¡Qué casualidad! Resulta que alguien de Washington sabía tu número de fax, sabía que tu mujer forma parte de un jurado, sabía que Leon Robilio es uno de los testigos del juicio, y sabía que, si te enviaba esto, ¡serías tan tonto como para traérmelo y tratar de influir en mi decisión! Quiero saber qué está pasando aquí.

—Nada, mujer... —dijo Hoppy retrocediendo ante el avance de Millie.

—¿A qué viene de repente tanto interés en el juicio?

—¿A ti no te parece fascinante?

—Fue igual de fascinante las tres primeras semanas y entonces te importaba un rábano. ¿Qué pasa, Hoppy?

—Nada, cálmate.

—A mí no me engañas. Sé que estás preocupado por algo.

—No te lo tomes así, mujer. Tienes los nervios a flor de piel. Y yo también. Esto del juicio nos tiene a todos alterados. Siento haber traído el papel.

Millie apuró su vaso de champán y se sentó al borde de la cama. Hoppy fue a sentarse a su lado. El señor Cristano, del Departamento de Justicia, había insistido mucho en que Millie enseñara el memorando a todos sus amigos del jurado. A Hoppy le daba miedo pensar qué diría Cristano cuando supiera lo que había ocurrido. Aunque, pensándolo bien, ¿cómo podía llegar a saber Cristano adónde había ido a parar el dichoso papelito?

Mientras Hoppy daba vueltas a todo esto, Millie se echó a llorar.

—Quiero volver a casa —farfulló. Tenía los ojos enrojecidos y le temblaba el labio inferior. Hoppy la abrazó con todas sus fuerzas.

—Lo siento —se disculpó. Millie empezó a llorar desconsoladamente.

Hoppy también tenía ganas de llorar. Sexo aparte, había sido una noche desperdiciada. Según Cristano, el juicio se acabaría muy pronto, y Millie tenía que convencerse enseguida de que el único veredicto posible era el que pediría la defensa. Dado el poco tiempo que podían pasar juntos, Hoppy no iba a tener más remedio que contarle la verdad, por más desagradable que ésta fuera. No en aquel momento, ni tampoco aquella noche, pero sí durante la próxima visita.

29

El coronel Herrera era un animal de costumbres. Como todo buen soldado, se levantaba cada día a las cinco y media en punto para hacer sus cincuenta flexiones y sus cincuenta abdominales, seguidos de una rápida ducha fría. A las seis salía de su habitación y se dirigía hacia el comedor, donde, por la cuenta que le traía a la persona responsable, le estarían esperando un café recién hecho y la prensa del día. El coronel desayunaba tostadas con mermelada y sin mantequilla, y daba los buenos días a todos y cada uno de sus camaradas con idéntico entusiasmo castrense. A esas horas de la mañana, sus legañosos compañeros del jurado sólo pensaban en regresar a su habitación con una taza de café entre las manos para ver las noticias a solas. Qué habían hecho ellos, se preguntaban, para tener que empezar la jornada saludando al coronel y correspondiendo a su diarrea verbal. Cuanto más se prolongaba el aislamiento, más hiperactivo estaba Herrera antes de la salida del sol. Más de un jurado evitaba poner los pies en el comedor antes de las ocho, la hora en que el coronel volvía puntualmente a su habitación.

El jueves por la mañana, a las seis y cuarto, Nicholas dio los buenos días al coronel, se sirvió una taza de café y soportó con entereza una breve discusión sobre el tiempo. Luego salió del comedor improvisado y recorrió sin hacer ruido el corredor, vacío y oscuro. Ya se oían varios televisores, y alguien estaba hablando por teléfono. Nicholas abrió la puerta de su habitación, dejó el café sobre la cómoda, sacó un puñado de periódicos de un cajón y volvió a salir.

Utilizando la llave que había sustraído del mostrador de recepción, Nicholas entró en la habitación número cincuenta, la del coronel. El olor de la loción de afeitar barata que usaba Herrera aún flotaba en el aire. Sus zapatos formaban junto a la pared. Su ropa almidonada estaba colgada en perfecto orden dentro del armario. Nicholas se arrodilló, levantó un extremo de la colcha y escondió bajo la cama los periódicos y las revistas que llevaba, incluido el último número del semanario *Mogul*.

Acto seguido abandonó la habitación de Herrera y regresó a la suya en silencio. Una hora más tarde llamó a Marlee.

—¿Se puede poner Darlene? —se limitó a decir. Ambos daban por sentado que Fitch escuchaba todas las llamadas de la chica.

—Se equivoca —respondió ella.

Colgaron. Nicholas esperó cinco minutos antes de marcar el número del teléfono móvil que Marlee guardaba escondido en un armario. Fitch debía de haber pinchado los teléfonos e instalado micrófonos por todo el apartamento.

—Misión cumplida —anunció.

Treinta minutos más tarde Marlee salió de casa y llamó a Fitch desde el teléfono público de una tienda de chucherías.

—Buenos días, Marlee —dijo Fitch cuando la llamada llegó por fin a su despacho.

—Me encantaría charlar un rato, pero sé que lo está grabando todo.

—Se equivoca. Se lo juro.

—Y dale con decir mentiras. Hay un Kroger en la esquina de la calle Catorce con Beach Boulevard, a cinco minutos de su oficina. Al lado de la puerta principal, a mano derecha, hay tres cabinas. Vaya a la de en medio. Volveré a llamar dentro de siete minutos. Dése prisa, Fitch.

—¡Mierda! —exclamó Fitch mientras dejaba caer el auricular y salía disparado hacia la puerta. José acudió con presteza a los gritos de su jefe. Segundos más tarde ambos salían por la puerta trasera y se metían en el coche.

Como era de prever, el teléfono ya estaba sonando cuando Fitch llegó a la cabina.

—¿Qué tal, Fitch? Nicholas empieza a estar harto de ese tal Herrera, el número siete. Creo que hoy será su último día de jurado.

—¿Qué?

—Ya me ha oído.

—No lo haga, Marlee.

—Es un pelmazo. Todo el mundo está hasta la coronilla de él.

—¡Pero está de nuestra parte!

—Fitch, ¿aún no se ha dado cuenta de que todos estarán de nuestra parte cuando llegue el momento? En fin, esté en el juzgado a las nueve si no quiere perdérselo.

—Marlee, escuche, Herrera es vital...

Un clic al otro lado del cable telefónico anunció el final de la comunicación. Marlee lo había dejado con la palabra en la boca. Fitch agarró el auricular con fuerza y tiró de él varias veces, como si quisiera arrancarlo y llevárselo al coche. Luego, sin gritos ni blasfemias, regresó tranquilamente al vehículo y le dijo a José que lo llevara de vuelta a la oficina.

Que Marlee hiciese lo que quisiera. A él ya le daba igual.

El juez Harkin vivía en Gulfport, a quince minutos del juzgado. Por razones obvias, su número particular no aparecía en la guía telefónica. Lo único que le faltaba era recibir llamadas de los maleantes que enviaba a la cárcel a cualquier hora del día y de la noche.

Cuando Su Señoría se disponía a besar a su mujer y tomarse un café para despejarse antes de coger el coche, sonó el teléfono de la cocina. La señora Harkin atendió la llamada.

—Es para ti, cariño —anunció mientras pasaba el auricular al juez, que dejó taza y cartera y consultó rápidamente el reloj.

—¿Diga?

—Juez, siento llamarlo a su casa a estas horas —susurró una voz nerviosa—. Soy Nicholas Easter. ¿Quiere que cuelgue?

—Todavía no. ¿Qué ocurre?

—Aún no hemos salido del motel, estamos a punto de irnos y... Bueno, creo que será mejor que hablemos cuanto antes.

—¿Qué pasa, Nicholas?

—Siento haberlo llamado a su casa, pero es que tengo miedo de que los demás jurados empiecen a sospechar con tanta nota y tanta charla a puerta cerrada.

—Sí, tal vez tenga razón.

—Por eso he llamado. Así no podrán saber que hemos estado hablando.

—Bueno, ya veremos qué pasa. Si creo que nos pasamos de la raya, se lo diré. —Harkin tenía ganas de preguntarle cómo se las apañaba un jurado aislado para averiguar el número de teléfono de un juez, pero prefirió esperar.

—Se trata del coronel Herrera. Me parece que está leyendo cosas que no figuran en su lista.

—¿Por ejemplo?

—*Mogul.* Esta mañana, cuando he entrado en el comedor, me lo he encontrado allí solo. Al verme ha intentado esconder lo que estaba leyendo. Es una revista de economía, ¿verdad?

—Sí.

Harkin también había leído la columna de Barker. Si Easter decía la verdad, y no había motivos para creer lo contrario, Herrera abandonaría la tribuna inmediatamente. El acceso a lecturas no autorizadas no sólo era motivo de expulsión, sino que podía acarrear una acusación de desacato. Que un jurado hubiera leído el último número de *Mogul* prácticamente justificaba la anulación del juicio.

—¿Cree que habrá hablado con alguien? —preguntó el juez.

—Lo dudo. Ya le he dicho que ha intentado esconder la revista en cuanto me ha visto. Precisamente eso es lo que me ha hecho sospechar. No creo que se atreva a hablar con nadie, pero estaré al tanto.

—Muy bien. Yo llamaré al señor Herrera esta mañana para interrogarlo. Supongo que habrá que registrar su habitación.

—No le diga que me he chivado yo, por favor. Bastante mal me siento haciéndolo.

—Descuide.

—Si los otros jurados se enteraran de que estamos en contacto, adiós credibilidad.

—No se preocupe.

—Lo siento, es que estoy un poco nervioso. Todos estamos cansados. Tenemos ganas de volver a casa.

—Ya casi hemos llegado al final, Nicholas. Y me consta que los abogados se están dando prisa.

—Lo sé, juez. Pero, por favor, que nadie se entere de quién es el topo. No sé cómo puedo estar haciendo esto.

—Usted se limita a cumplir con su deber, Nicholas. Y le doy las gracias por ello. Nos veremos dentro de unos minutos.

Harkin dio un beso a su mujer y salió de casa. Desde el coche llamó por teléfono al sheriff para decirle que fuera al motel y esperara órdenes. A continuación llamó a Lou Dell, algo que hacía casi todas las mañanas mientras se dirigía hacia el juzgado, y le preguntó si la revista *Mogul* estaba a disposición del público en el motel. No, no lo estaba. Por último, Su Señoría llamó a la secretaria del juzgado y le pidió que localizara a ambos letrados y los convocara sin tardanza a una reunión en su despacho. Luego sintonizó una emisora de música *country* y se preguntó cómo demonios se las habría ingeniado un jurado aislado para tener acceso a un ejemplar reciente de una revista de economía que ni siquiera se encontraba fácilmente en los quioscos de Biloxi.

Tal como Su Señoría había dispuesto, Cable, Rohr y Gloria Lane ya lo estaban esperando en su despacho cuando él llegó. Harkin cerró la puerta, se quitó la chaqueta, tomó asiento y resumió a los presentes los cargos que pesaban contra Herrera. En ningún momento hizo referencia a la fuente de información. Cable se enfurruñó porque el voto de Herrera se venía adjudicando unánimemente a la defensa desde el principio del juicio, y Rohr se enfadó porque la pérdida de otro jurado representaba un paso más hacia la anulación.

Harkin se sintió aliviado al ver que ambos letrados reaccionaban con idéntico mal humor ante la noticia. Gloria Lane salió entonces a buscar a Herrera, que estaba en la sala del jurado bebiendo su enésima taza de café descafeinado y hablando con Herman mientras éste tecleaba en su ordenador braille. Frank miró desconcertado a sus compañeros cuando Lou Dell lo llamó por su nombre para que saliera de la habitación y acompañara al agente Willis a través del laberinto de pasillos que había justo detrás de la sala de vistas. Willis se detuvo al llegar a una puerta de servicio, que él mismo abrió tras anunciarse con unos golpecitos.

El juez y los letrados saludaron efusivamente al coronel y lo invitaron a sentarse en una silla, uno de los pocos espacios libres de la habitación. Casualmente, en el asiento de al lado se encontraba una relatora armada con su máquina estenográfica.

El juez Harkin anunció al coronel que tenía que hacerle una serie de preguntas que él debería contestar bajo juramento. Al punto, los letrados echaron mano de sendos cuadernos de hojas amarillas y empezaron a escribir. Herrera se sintió como un vulgar delincuente.

—¿Ha leído usted alguna publicación que no haya sido previa y expresamente autorizada por mí? —preguntó el juez.

Hubo una pausa. Los abogados miraron al coronel. La secretaria, la relatora y también el juez parecían dispuestos a abalanzarse sobre el pobre jurado según cuál fuera su respuesta. Incluso Willis, desde la puerta, seguía la escena con los ojos bien abiertos y cierta atención.

—No. No, que yo sepa —respondió el coronel con toda sinceridad.

—Se lo preguntaré más concretamente. ¿Ha leído usted un semanario de economía llamado *Mogul*?

—No. No desde que empezó el aislamiento.

—¿Lo lee habitualmente?

—Un par de veces al mes.

—¿Hay en su habitación del motel alguna publicación no autorizada por mí?

—No, que yo sepa.

—¿Se opondría usted a que se efectuara un registro en su habitación?

Frank se ruborizó y se irguió de repente.

—¿Qué está usted insinuando? —exigió saber.

—Tengo razones para creer que ha estado usted leyendo publicaciones no autorizadas, y que tal hecho ha tenido lugar durante su permanencia en el motel. Creo que un registro nos sacaría de dudas rápidamente.

—¡Está usted poniendo en duda mi integridad! —protestó Herrera ofendido. Para él, la integridad era algo de suma importancia. Una ojeada al resto de presentes le hizo comprender que todos lo creían culpable de un crimen atroz.

—Se equivoca, señor Herrera. Simplemente creo que un registro nos permitiría seguir adelante con el juicio.

No era más que la habitación de un motel, nada que ver con una casa llena de escondrijos y de objetos privados. Y además, Frank estaba seguro de que en su habitación no había nada que pudiera incriminarlo.

—Adelante entonces —concedió entre dientes.

—Gracias.

Willis condujo a Frank fuera del despacho del juez y esperó con él en el pasillo. Su Señoría, mientras tanto, llamó al motel y habló con el sheriff. Después de que el encargado abriera la puerta de la habitación número cincuenta, el sheriff y dos de sus ayudantes practicaron un registro a fondo del armario, la cómoda y el cuarto de baño. Debajo de la cama del coronel había varios ejemplares del *Wall Street Journal* y de la revista *Forbes*, y también el último número de *Mogul*. Finalizado el registro, el sheriff llamó al juez Harkin y le contó lo que habían encontrado. Su Señoría dio órdenes de transportar de inmediato todo el material confiscado al juzgado.

Pasaban quince minutos de las nueve y el jurado seguía sin dar señales de vida. Fitch esperaba sentado en uno de los asientos del fondo de la sala con la espalda rígida y los ojos medio ocultos tras un periódico, clavados en la puerta contigua a la tribuna del jurado. No le cabía ninguna duda de que, cuando esa puerta se abriera, el jurado número siete habría dejado de ser el coronel Herrera. Henry Vu no era del todo mal visto por la defensa gracias a unos orígenes asiáticos que lo hacían, al menos en teoría, poco propenso a regalar el dinero ajeno en casos de daños y perjuicios. Pero de nada servía engañarse; Vu no era Herrera, y los asesores de Fitch llevaban semanas diciendo que el coronel estaba de su parte y que sería una voz decisiva durante las deliberaciones.

Marlee y Nicholas se habían deshecho de Herrera por puro capricho. ¿Quién sería el próximo?, se preguntaba Fitch. Si los movía solamente el propósito de llamar la atención, podían darse por más que satisfechos.

El juez y los letrados contemplaron incrédulos la selección de periódicos y revistas expuesta sobre la mesa. El sheriff dictó a la relatora una breve descripción del cómo y el dónde habían sido halladas las pruebas y los dejó a solas.

—Caballeros, no me queda otra salida que prescindir del señor Herrera —sentenció Su Señoría ante el silencio de los abogados.

El coronel fue conducido de nuevo al despacho del juez, donde se le invitó a tomar asiento en el mismo lugar de antes.

—Que conste en acta —indicó el juez a la relatora—. Señor Herrera, ¿qué habitación ocupa usted en el Siesta Inn?

—La cincuenta.

—Estas publicaciones han sido halladas bajo la cama de la habitación número cincuenta hace escasos minutos —dijo Harkin señalando las pruebas—. Todos los ejemplares corresponden a números recientes, la mayoría fechados con posterioridad al inicio del aislamiento.

Herrera se había quedado sin habla.

—Huelga decir que ninguna de estas publicaciones cuenta con mi autorización, y que más de una interfiere gravemente en su labor como jurado.

—No son mías —silabeó el coronel, visiblemente enojado.

—Entiendo.

—Alguien las ha puesto debajo de mi cama.

—¿Tiene idea de quién puede haber sido?

—No. Tal vez la misma persona que le ha dado el soplo.

A Harkin le pareció que aquélla no era en absoluto una idea descabellada, pero, por desgracia para el coronel, no había tiempo que perder. Cable y Rohr se volvieron hacia Su Señoría como si tuvieran intención de preguntarle precisamente quién le había dado el soplo.

—No podemos negar el hecho de que las pruebas fueron

halladas en su habitación, señor Herrera. Por esta razón, me veo obligado a eximirlo de su tarea como jurado a partir de este momento.

Poco a poco, al coronel empezaron a aclarársele las ideas. Mil preguntas lo asaltaron de repente, y ya estaba en un tris de levantar la voz y plantar cara al juez cuando se dio cuenta de que tenía la libertad al alcance de la mano. Después de cuatro semanas de juicio y de nueve noches en el Siesta Inn, por fin estaba a punto de salir de aquel dichoso juzgado y volver a casa. Si se daba prisa, podía estar en el club de golf antes de la hora del almuerzo.

—No me parece justo —protestó sin convencimiento.

—Lo siento mucho. Más adelante veré si ha habido o no delito de desacato. De momento, hay que seguir adelante con el juicio.

—Como mande Su Señoría —dijo Frank. Aquella misma noche cenaría en Vrazel's: marisco fresco y carta de vinos. Al día siguiente iría a ver a su nieto.

—Dispondré que un agente lo acompañe al motel para que pueda recoger su equipaje. Le prohíbo que hable de esto con nadie y muy especialmente con la prensa. Queda usted obligado por el secreto de sumario hasta nueva orden. ¿Entiende lo que significa eso?

—Sí, señor.

El coronel y su escolta bajaron por la escalera de servicio y salieron del juzgado por la puerta de atrás. El sheriff lo esperaba en la calle para acompañarlo en su último y rápido viaje al Siesta Inn.

—En vista de los hechos, solicito que este juicio sea declarado nulo —anunció Cable volviéndose hacia la relatora—. El artículo aparecido ayer en la revista *Mogul* puede haber influido negativamente en el jurado.

—Petición denegada —resolvió el juez Harkin—. ¿Algo más?

Los abogados dijeron que no con la cabeza y se pusieron en pie.

Poco después de las diez, los once jurados y los dos suplentes ocuparon sus puestos en medio del más absoluto silencio. El asiento de Frank Herrera, el primero de la segunda fila empezando por la izquierda, estaba vacío, y todos los presentes se dieron cuenta de ello inmediatamente. La expresión del juez Harkin denotaba preocupación. Su Señoría decidió no andarse con rodeos: mostró al jurado un ejemplar del último número de *Mogul* y preguntó si alguno de sus miembros lo había visto o leído, o si había oído hablar de su contenido. Nadie levantó la mano.

—Por razones que ya han sido suficientemente explicadas a puerta cerrada y que constan debidamente en acta —anunció a continuación—, el jurado número siete, Frank Herrera, será sustituido a partir de ahora por el segundo suplente, señor Henry Vu.

A instancias de Willis, Henry dio los cuatro pasos que separaban su silla plegable del asiento número siete, el que le correspondía como miembro oficial del jurado. Ya sólo quedaba un suplente, Shine Royce.

Impaciente por seguir adelante con el juicio y por desviar la atención del jurado, el juez Harkin pidió a Cable que llamara a declarar al siguiente testigo.

Fitch dejó caer el periódico sobre el pecho y contempló boquiabierto la nueva composición del jurado. Le daba miedo pensar que Herrera se había ido, pero le entusiasmaba saber que Marlee podía cumplir sus promesas con sólo agitar en el aire su varita mágica. Fitch no pudo evitar mirar a Easter, que debió de darse cuenta, porque se volvió un poco y lo sorprendió. Durante unos cinco o seis segundos que a Fitch le parecieron una eternidad, ambos midieron sus fuerzas a una distancia de casi treinta metros. La expresión de Nicholas era engreída y orgullosa, como si estuviera diciendo: «¿Ves de lo que soy capaz? ¿A que estás impresionado?» La de Fitch respondía: «Sí, pero ¿cuándo vais a decirme cuál es vuestro precio?»

Antes de empezar el juicio, Cable había proporcionado al tribunal una lista con los nombres de los veintidós posibles testigos de la defensa, la mayoría de ellos con el título de doctor delante y absolutamente todos respaldados por sólidas credenciales. El regimiento incluía a veteranos con amplia experiencia en el frente legal, a investigadores quisquillosos financiados por las Cuatro Grandes y a un sinfín de hombres de paja reunidos para contradecir todo lo que el jurado había oído hasta entonces.

A lo largo de los dos años anteriores al juicio, los veintidós testigos potenciales habían ido declarando en presencia de Rohr y de su equipo. No habría sorpresas.

La opinión general era que los golpes más duros los habían asestado, en nombre de la parte demandante, Leon Robilio y su teoría de que la industria tabacalera se cebaba en los niños. Cable pensó que aquel testimonio era el primero que debía ser rebatido.

—La defensa llama a declarar a la doctora Denise McQuade —anunció.

Denise McQuade entró en la sala por una puerta lateral, y la reacción que provocó entre los asistentes al juicio —hombres de mediana edad en su mayoría— no puede calificarse de indiferente. La doctora McQuade atravesó el estrado, correspondió con una sonrisa a la que le ofrecía Su Señoría desde la tarima y ocupó su sitio en el banco de los testigos. Era una mujer guapa, alta y delgada. Llevaba un vestido rojo que no le cubría las rodillas y un sobrio recogido que deslucía su rubia melena. La doctora prestó juramento con una hermosa sonrisa en los labios, y nadie pudo resistirse a mirarla cuando cruzó las piernas al sentarse. Parecía demasiado joven y demasiado bonita para tener nada que ver con aquella guerra sucia.

Los seis varones del jurado, sobre todo Jerry Fernandez y Shine Royce, el suplente, se la comieron con los ojos mientras ella se acercaba el micrófono a la boca. Lápiz de labios rojo. Uñas largas del mismo color.

Los que esperaban encontrarse sólo con una cara bonita se llevaron una buena sorpresa. Con una voz ronca y característica, Denise habló al jurado de su educación, sus orígenes, su formación y su actividad profesional. Trabajaba en su propio gabinete psicológico de Tacoma, era autora de cuatro libros y había publicado más de tres docenas de artículos. Wendall Rohr no pudo alegar nada en contra cuando Cable solicitó del tribunal que se aceptara la opinión de la doctora McQuade como experta en la conducta humana.

La testigo no se anduvo por las ramas. La publicidad —dijo— está presente en todos los ámbitos de nuestra cultura. Los anuncios dirigidos a una edad o clase determinada son vistos y oídos también por el resto de la ciudadanía. Es inevitable. Los niños ven anuncios de cigarrillos porque los niños ven los periódicos, las revistas, las vallas publicitarias y las luces de neón que hay en los escaparates de las tiendas; pero eso no significa que toda la publicidad vaya dirigida a ellos. Los niños también ven anuncios de cerveza en televisión, anuncios que a menudo protagonizan sus ídolos deportivos. ¿Significa eso que, subliminalmente, las empresas cerveceras están intentando enganchar a la generación más joven? Por supuesto que no. Sólo tratan de vender más cerveza. Los niños se ven afectados indirectamente, pero eso no se puede evitar a no ser que se prohíba la publicidad de todos los productos potencialmente peligrosos: los cigarrillos, la cerveza, el vino, los licores... ¿Y qué hay del té, del café, de los condones y de la mantequilla? ¿Acaso los anuncios de tarjetas de crédito animan a la gente a gastar más y ahorrar menos? La doctora McQuade insistió repetidas veces en que, en una sociedad que se preciaba de valorar la libertad de expresión, las restricciones impuestas a la publicidad debían ser resultado de un examen muy cuidadoso.

Los anuncios de cigarrillos no son diferentes de los demás. Su objetivo es acrecentar nuestro deseo de comprar y usar el producto. Los buenos anuncios reafirman nuestra respuesta natural de salir a comprar la cosa anunciada. Los anuncios que no surten ese efecto son ineficaces y, por tanto, suelen durar poco en los medios de comunicación. La doctora puso el ejemplo de McDonald's, una empresa que había estudiado a fondo y sobre la cual, casualmente, había redactado un informe que ponía a disposición del jurado. Todos los niños que han cumplido los tres años ya son capaces de tararear, silbar o cantar la tonadilla de turno de McDonald's. La primera visita de un niño a un restaurante de la cadena McDonald's ha llegado a convertirse en una ocasión memorable. Y no por casualidad. La empresa invierte miles de millones en atraer la atención de los niños antes de que lo haga la competencia. Los niños estadounidenses consumen más grasas y colesterol que los de la generación precedente. Comen más hamburguesas, más patatas fritas y más pizzas; beben más refrescos y más zumos azucarados. ¿Acusamos a McDonald's y a Pizza Hut de prácticas ilícitas porque su publicidad va dirigida a los jóvenes? ¿Los llevamos a juicio porque nuestros hijos están más gordos?

No. Como consumidores, elegimos con conocimiento de causa la comida con la que alimentamos a nuestros hijos, y nadie es quién para decirnos que nos equivocamos.

Pues bien, con el tabaco pasa lo mismo. La verdad es que nos bombardean con anuncios de miles de productos diferentes, pero nosotros respondemos solamente a aquellos que reafirman necesidades y deseos ya existentes.

La doctora cruzaba y descruzaba las piernas cada veinte minutos más o menos, y todos sus cambios de postura eran seguidos de cerca por los abogados de ambas mesas y por los seis jurados varones. Y por la mayoría de las mujeres también.

La doctora McQuade era un regalo para la vista y para los oídos, y, gracias a la solidez de sus argumentos, logró conectar con la mayoría de los jurados.

Rohr mantuvo un cortés tira y afloja con ella a lo largo de sesenta minutos, pero el turno de réplica acabó sin que el letrado hubiera conseguido minar seriamente la credibilidad de la testigo.

30

Según Napier y Nitchman, el señor Cristano del Departamento de Justicia insistía en recibir un informe completo sobre lo ocurrido durante la última visita de Hoppy al motel.

—¿Completo? —preguntó Hoppy.

Sentados alrededor de una mesa minúscula y desvencijada, él y los dos agentes del FBI bebían café aguado en vasos de papel y esperaban la llegada de sus respectivos bocadillos de queso.

—Puede ahorrarse las intimidades —respondió Napier dudando de que hubiera muchas intimidades que ahorrarse.

«Si ellos supieran», pensó Hoppy lleno de orgullo.

—Bueno, le enseñé a Millie el memorando sobre Robilio —dijo sin saber todavía si debía contar o no toda la verdad.

—¿Y?

—Y ella lo leyó.

—Eso ya nos lo imaginamos. ¿Qué hizo después de leerlo? —preguntó Napier.

—¿Cómo reaccionó? —insistió Nitchman.

A Hoppy le quedaba la posibilidad de mentir y decir que Millie se había quedado atónita, que había creído el contenido del memorando a pie juntillas, y que estaba impaciente por enseñarlo a sus amigos del jurado. Eso era, ni más ni menos, lo que el FBI quería oír. Pero Hoppy no sabía qué hacer. Quizá mentir sólo serviría para empeorar las cosas.

—No demasiado bien —confesó antes de relatar el resto de lo sucedido.

Cuando llegaron los bocadillos, nadando en un charco de grasa, Nitchman se levantó para llamar a Cristano. Hoppy y Napier comieron sin dirigirse la palabra. Hoppy se sentía una nulidad; estaba convencido de haber dado un paso más hacia la cárcel.

—¿Cuándo volverá a verla? —preguntó Napier.

—No lo sé todavía. El juez no lo ha decidido. Puede que el juicio se acabe este fin de semana.

Nitchman volvió a la mesa y ocupó de nuevo su asiento.

—Cristano está en camino —anunció con voz fúnebre. Hoppy sintió retortijones en el estómago—. Llegará esta noche a última hora y quiere entrevistarse con usted mañana a primera hora.

—Entendido.

—Y no está lo que se dice precisamente contento.

—Tampoco lo estoy yo.

Rohr se pasó la hora del almuerzo encerrado en su despacho. Cleve y él estuvieron haciendo el trabajo sucio del que nadie más estaba al corriente. Casi todos los colegas de Rohr contrataban los servicios de corredores como Cleve para efectuar pagos en efectivo, encontrar nuevos clientes y llevar a cabo alguna que otra maniobra de las que no se enseñan en las facultades de derecho. Con todo, ningún abogado estaría dispuesto a admitir jamás una conducta semejante: los picapleitos se guardaban muy mucho de divulgar sus pequeños quebrantos de la ética profesional.

El letrado de la parte demandante tenía varias opciones entre las que escoger. Podía decir a Cleve que mandara a Derrick Maples a paseo. Podía desembolsar veinticinco mil dólares en efectivo y prometer al joven otros tantos por cada voto favorable del veredicto final, siempre y cuando hubiera al menos nueve. Eso elevaría los gastos a doscientos veinticinco mil dólares, una suma que Rohr estaba más que dispuesto a pagar. Pero el letrado dudaba mucho de que Angel Weese pudiera conseguir más de dos votos —el suyo y tal vez el de Loreen Duke—, por la sencilla razón de que no era una persona carismática. También podía hacer que Derrick tanteara a los abogados de la defensa para intentar sorprenderlos con las manos en la masa. Aunque eso probablemente acabaría implicando a Angel y expulsándola del jurado, algo que Rohr consideraba de todo punto indeseable.

Otra posibilidad era enviar a Cleve con un micrófono oculto, incriminar a Derrick y amenazarlo con la cárcel si se negaba a presionar a su novia. Lo peor del caso era que el plan de soborno había sido urdido bajo aquel mismo techo.

Rohr y Cleve estudiaron todas y cada una de las opciones posibles con la prudencia que dan los años de experiencia, y al final se decidieron por una solución híbrida.

—Haremos lo siguiente —anunció Rohr—. Le daremos quince mil ahora y le prometeremos diez mil más después del veredicto. De paso, lo grabaremos y marcaremos unos cuantos billetes para cubrirnos las espaldas. También podemos prometerle veinticinco mil por los demás votos. Si el veredicto nos favorece, siempre estamos a tiempo de mandarlo a paseo cuando reclame el resto. Si se pone pesado, lo amenazamos con enviar la cinta al FBI y listos.

—Me gusta la idea —dijo Cleve—. Nosotros conseguimos nuestro veredicto y él se queda con el dinero y con un palmo de narices. Me parece justo.

—Ve a buscar el dinero y un micrófono. Hay que poner manos a la obra esta misma tarde.

Pero los planes de Derrick eran muy otros. Cleve y él se encontraron en un salón del Resort Casino, un antro lúgubre frecuentado por jugadores que intentaban olvidar sus pérdidas a base de alcohol barato. Al otro lado de las puertas del bar brillaba un sol radiante y la temperatura rozaba los veinte grados.

Derrick no tenía intención de dejarse tomar el pelo. Exigía cobrar los veinticinco mil dólares del voto de Angel en efectivo y de inmediato, más un «depósito» por cada uno de los demás votos. El depósito previo al veredicto también debía ser pagado en efectivo, naturalmente, y ascendería a una cantidad tan razonable y justa como, por ejemplo, cinco mil dólares por cabeza. Cleve se equivocó al calcular el total de memoria. Derrick tenía en mente un veredicto unánime, de manera que la operación de multiplicar los cinco mil dólares del depósito por los once jurados restantes daba como resultado la bonita cifra de cincuenta y cinco mil dólares. Si a esta cantidad se añadía el soborno de Angel, Derrick sólo pedía la friolera de ochenta mil dólares en efectivo.

Al parecer, Derrick conocía a alguien que trabajaba en la oficina de la secretaria del juzgado, y esta amiga le había hecho el favor de echar un vistazo al expediente.

—Sé que van a pedir a la tabacalera cien millones de pavos —declaró mientras el micrófono que llevaba Cleve en el bolsillo de la camisa no perdía detalle—. Ochenta mil dólares no son nada comparados con esa cifra.

—Es usted un iluso —dijo Cleve.

—Y usted un fullero.

—No podemos pagarle ochenta mil dólares en efectivo. Ya le he dicho que, cuando hay demasiado dinero en circulación, se corre el riesgo de acabar entre rejas.

—Usted lo ha querido. Iré a hablar con los de la tabacalera.

—Por mí no se prive. Ya lo leeré en los periódicos.

Ninguno de los dos hombres apuró su bebida. Cleve volvió a salir primero, pero esta vez Derrick no lo siguió.

El desfile de bellezas continuó el sábado por la tarde con la subida al estrado de la doctora Myra Sprawling-Goode, de raza negra, investigadora y catedrática de Rutgers para más señas. Todos los asistentes al juicio volvieron sus pervertidas cabezas cuando la doctora entró en la sala y fue presentada como testigo. Sprawling-Goode medía casi un metro ochenta, y era igual de esbelta, elegante y despampanante que la testigo anterior. Su piel de color café con leche se arrugó sólo lo justo cuando sonrió al jurado y, muy especialmente, a Lonnie Shaver, que correspondió a su atención con otra sonrisa.

En el momento de abrirse la veda de peritos, Cable tenía a su disposición un presupuesto ilimitado. Eso le había permitido prescindir de todos aquellos expertos que no supieran expresarse con la elocuencia o la sencillez necesarias para conectar con el ciudadano medio. Antes de contratar los servicios de la doctora Sprawling-Goode, Cable había mantenido dos entrevistas con ella; tanto estos encuentros como la posterior declaración de la doctora en la oficina de Rohr habían sido grabados en vídeo. Como todos los demás testigos de la defensa, un mes antes del juicio Myra había estado dos días ensayando en un escenario que reproducía una sala de vistas. Cuando la doctora cruzó las piernas, la sala entera tuvo que contener la respiración.

Sprawling-Goode era catedrática de mercadotecnia. También era doctora por partida doble y, como ya era de esperar a esas alturas del juicio, poseedora de un currículo impresionante. Al salir de la universidad había trabajado ocho años en agencias publicitarias de Madison Avenue, pero al cabo de ese tiempo había decidido regresar al mundo académico, donde se sentía como pez en el agua. Su especialidad era la relación existente entre publicidad y consumo, materia que impartía en cursos de posgrado y sobre la que no se cansaba de investigar. Su misión en el caso Wood no tardó en hacerse evidente.

Un observador cínico habría podido decir que la función del testimonio de la doctora era alegrar la vista al respetable y, al mismo tiempo, conectar con Lonnie Shaver, Loreen Duke y Angel Weese; hacer que los tres jurados negros se sintieran orgullosos de ver a otro afroamericano actuando como perito en un juicio de aquellas características.

Lo cierto, sin embargo, es que su presencia obedecía a una idea de Fitch. Seis años antes del caso Wood, un jurado de Nueva Jersey había estado tres días deliberando antes de volver a la sala y anunciar un veredicto favorable a la defensa. A raíz de aquel susto, Fitch había trazado el siguiente plan: dar con una científica atractiva, a ser posible adscrita a una universidad de prestigio, y ofrecerle una beca generosa que le permitiera dedicarse en cuerpo y alma a estudiar los anuncios de cigarrillos y su efecto sobre el público adolescente. Los parámetros del proyecto estarían vagamente definidos por la fuente de la financiación, y Fitch confiaba en que los resultados de dicho estudio resultarían útiles en los tribunales algún día.

Huelga decir que la doctora Sprawling-Goode nunca había oído hablar de Rankin Fitch. Ella se había limitado a aceptar una beca de ochocientos mil dólares de manos del Instituto de Productos de Consumo, un comité asesor de orígenes oscuros con sede en Ottawa. Según rezaban sus estatutos, la razón de existir del Instituto era el estudio de las tendencias de mercado de miles de productos de consumo. La doctora sabía poco de sus mecenas, lo mismo que Rohr. El letrado de la parte demandante y su equipo habían estado investigando sin éxito durante dos años. Gracias al amparo de la ley canadiense, las actividades y la composición del Instituto se mantenían en el más estricto secreto. Al parecer, era financiado por grandes empresas fabricantes de productos de consumo, pero no se había podido demostrar que entre ellas hubiera ninguna tabacalera.

Las conclusiones de la doctora estaban contenidas en un volumen bellamente encuadernado de casi cinco centímetros de grosor. El tribunal no tuvo inconveniente en aceptar el informe Sprawling-Goode, que constó en acta como prueba número ochenta y cuatro y pasó a engrosar la cifra de más de veinte mil páginas archivadas que esperaban la atención del jurado y el momento de influir en su decisión durante las deliberaciones.

Después de una presentación tan eficaz como poco espontánea, la doctora ofreció al jurado un breve resumen de sus investigaciones. Los resultados de las mismas no dejaban de ser previsibles. Salvo contadas excepciones, obviamente, toda la publicidad de los productos de consumo se dirigía a la franja de población que denominamos «jóvenes adultos». Coches, dentífricos, jabones, cereales, cervezas, refrescos, ropa, perfumes... Todos los productos más anunciados tenían a los jóvenes adultos como usuarios potenciales. Y lo mismo podía decirse de los cigarrillos. Nadie podía negar que la publicidad representaba a los fumadores como individuos esbeltos y agraciados, activos y despreocupados, ricos y sofisticados; pero lo mismo ocurría con los consumidores ideales de muchos otros productos.

La doctora pasó revista a continuación a una serie de casos concretos, empezando por los automóviles. ¿Cuándo se había visto en un anuncio para la televisión un coche deportivo con un cincuentón barrigudo al volante? ¿O una furgoneta conducida por una oronda ama de casa con seis hijos y un perro pulgoso asomados a la ventanilla? Jamás. ¿Y qué decir de los anuncios de cerveza? Diez tipos repantigados están viendo la final de la Super Bowl en la tele; todos con pelo, mentón de acero, vaqueros impecables y estómagos de gimnasta olímpico. Este tipo de imágenes —explicó la doctora— nada tienen que ver con la realidad, pero forman parte de cualquier campaña publicitaria de éxito.

El testimonio de la doctora Sprawling-Goode fue ganando en sentido del humor a medida que se acortaba la lista de productos. ¡Dentífricos! ¿Cuándo había visto el jurado a una persona fea con una mala dentadura sonriendo al otro lado de la cámara? Nunca, naturalmente. Todos los modelos tienen dentaduras perfectas. ¡Si hasta los atribulados adolescentes de los anuncios de productos antiacné no tenían más que un par de espinillas!

La doctora sonreía con facilidad e incluso se reía de vez en cuando de sus propias ocurrencias. El jurado también sonreía. Los argumentos de la testigo dieron en el clavo más de una vez. Las agencias de publicidad eran conscientes de que, para que una campaña publicitaria tuviera éxito, era imprescindible dirigirla al colectivo de los jóvenes adultos. ¿Por qué obligar a las tabacaleras a ir contra corriente?

Las sonrisas se acabaron cuando Cable sacó a relucir el tema de las víctimas inocentes, los niños. Después de haber estudiado miles de anuncios de cigarrillos realizados durante los últimos cuarenta años, ni la doctora ni su equipo habían encontrado pruebas en contra de las tabacaleras. Y ello pese a haber visto, analizado y catalogado todos los anuncios de la era televisiva. Lo más curioso del caso —comentó la doctora haciendo un inciso— era que el consumo de tabaco hubiera aumentado desde la prohibición de anunciar cigarrillos en televisión. Durante casi dos años, el equipo de Sprawling-Goode había estado buscando infructuosamente pruebas que demostraran que las tabacaleras consideraban clientes potenciales a los menores de edad. Lo cierto es que habían partido de un prejuicio subjetivo y que, al final, los hechos les habían sacado de su error.

En opinión de la testigo, la única manera de eliminar la influencia de las campañas de las tabacaleras en la población infantil sería eliminar por completo los anuncios mismos, y eso incluiría vallas, autobuses, periódicos, revistas y hasta cupones. Pero esa prohibición —siempre según la doctora— no haría disminuir en absoluto las ventas de cigarrillos ni el consumo de tabaco entre los menores de edad.

Cable dio las gracias a la doctora como si ésta hubiera ofrecido su testimonio de forma voluntaria. La cruda realidad es que había cobrado sesenta mil dólares por subir al estrado, y que aún enviaría a la defensa otra factura por valor de quince mil dólares más. Rohr, que era todo un caballero, no ignoraba los inconvenientes de maltratar a una dama en un estado del Sur, por lo que limitó sus repreguntas a un delicado sondeo. El letrado expuso sus múltiples dudas sobre el Instituto de Productos de Consumo y los ochocientos mil dólares invertidos en el proyecto. La doctora le contó todo cuanto sabía, es decir, que el Instituto era una institución académica fundada con el propósito de fomentar el estudio de tendencias y la formulación de políticas de acción, y que lo financiaba la iniciativa privada.

—¿Alguna empresa tabacalera?

—No, que yo sepa.

—¿Alguna filial de una empresa tabacalera?

—No sabría decirle.

Rohr le preguntó sobre otras compañías relacionadas con las tabacaleras, sobre sociedades matriz, empresas hermanas, divisiones y conglomerados. La doctora no sabía nada.

Y no sabía nada porque Fitch lo había dispuesto así.

La investigación sobre Claire dio un giro imprevisto el jueves por la mañana. El ex novio de una amiga suya aceptó mil dólares contantes y sonantes a cambio de revelar cierta información. Su ex novia se había trasladado a Greenwich Village y trabajaba de camarera a la espera de una oportunidad en el mundo de la televisión. Su ex novia y Claire habían trabajado juntas en Mulligan's y, al parecer, habían sido buenas amigas. Swanson llegó a Nueva York aquella misma tarde. En el aeropuerto cogió un taxi que lo llevó hasta un pequeño hotel del

Soho. Swanson pagó una noche en efectivo y se encerró en su habitación para llamar por teléfono. Localizó a Beverly en la pizzería donde trabajaba. La chica se puso al aparato en un momento de mucho movimiento.

—¿Beverly Monk? —preguntó Swanson intentando imitar la voz de Nicholas Easter. No en vano había escuchado las grabaciones decenas de veces.

—Sí. ¿Con quién hablo?

—¿La misma Beverly Monk que trabajaba en el Mulligan's de Lawrence?

Una pausa.

—Sí. ¿Quién eres?

—Soy Jeff Kerr, Beverly. Cuánto tiempo, ¿verdad? —Swanson y Fitch partían de la incierta base de que Claire y Jeff no se habrían mantenido en contacto con Beverly una vez lejos de Lawrence.

—¿Quién? —preguntó la chica. Swanson respiró aliviado.

—Jeff Kerr. ¿No te acuerdas? El que salía con Claire, el estudiante de derecho.

—Ah, sí —dijo sin dejar claro si se acordaba o no.

—Hola, he venido a pasar unos días a Nueva York, ¿sabes? Y se me ha ocurrido que a lo mejor tú habías tenido noticias de Claire últimamente.

—¿Qué? —Era evidente que Beverly estaba tratando de relacionar nombres y caras. Aún no sabía quién era quién ni qué quería aquel tipo.

—Es una larga historia, pero el caso es que Claire y yo rompimos hace seis meses y... Bueno, estoy intentando dar con ella.

—No he hablado con Claire desde hace lo menos cuatro años.

—Vaya...

—Oye, estoy muy ocupada. Ya hablaremos en otro momento, ¿eh?

—Claro.

Swanson colgó y llamó a Fitch. Ambos estuvieron de acuerdo en que valía la pena correr el riesgo de abordar a Beverly Monk dinero en mano y preguntarle sobre Claire. Si no había hablado con ella desde hacía cuatro años, era imposible que pudiera localizar a Marlee y dar la voz de alarma. Swanson decidió seguirla y esperar hasta el día siguiente.

Fitch exigía de todos sus asesores la presentación de un informe diario sobre el desarrollo del juicio. Una sola página mecanografiada a doble espacio y redactada con un estilo directo, sin palabras altisonantes, que expusiera lisa y llanamente la impresión de cada cual sobre los testimonios del día y la reacción del jurado. Fitch quería opiniones honestas, y había reprendido a más de uno por andarse con demasiados remilgos. Era preferible pecar por exceso de pesimismo que por lo contrario. Los informes debían estar en la mesa del jefe exactamente una hora después de que el juez Harkin levantara la sesión.

Los informes del miércoles habían puntuado el testimonio de Jankle entre lo regular y lo pésimo. Los del jueves, en cambio, dejaban por las nubes a las doctoras Denise McQuade y Myra Sprawling-Goode. No sólo habían llevado un poco de vida a un cementerio lleno de hombres aburridos vestidos de gris, sino que habían hecho un buen papel en el banco de los testigos. El jurado les había prestado atención, y muy probablemente se había dejado convencer. Sobre todo el sector masculino.

Con todo, Fitch seguía preocupado. Nunca había llegado a aquellas alturas de un juicio con tantos cabos sueltos. Por de pronto, con la marcha de Herrera la defensa había perdido a uno de sus mejores aliados en el jurado. Además, la prensa financiera de Nueva York se había puesto de acuerdo para decretar, de la noche a la mañana, que la defensa estaba contra las cuerdas y que había motivos para temer un fallo millonario. La columna publicada por Barker en la revista *Mogul* era el tema estrella de la semana. El testimonio de Jankle había sido un desastre. Luther Vandemeer, presidente de Trellco, el directivo más inteligente e influyente de las Cuatro Grandes, le había cantado las cuarenta por teléfono a la hora de comer. El jurado estaba aislado, y cuanto más se alargaba el juicio, más inquina alimentaba contra la parte que actuaba en último lugar.

Durante la décima noche de aislamiento no se registró ningún incidente. Nada de amores clandestinos, ni de escapadas al casino, ni de ejercicios de yoga a voz en grito. Nadie echó de menos a Herrera, que apenas había tardado unos minutos en recoger sus cosas y salir del motel, sin cansarse, eso sí, de repetir al sheriff que allí había gato encerrado y que estaba dispuesto a llegar hasta el fondo del asunto.

Después de cenar, el comedor se convirtió en el escenario improvisado de un campeonato de ajedrez. Herman tenía un tablero braille con casillas numeradas, y la noche anterior le había dado una paliza a Jerry: once victorias consecutivas. Hechas las apuestas de rigor, la señora Grimes fue a buscar el tablero de su marido para que diera comienzo el espectáculo. En menos de una hora, Herman encajó tres derrotas seguidas frente a Nicholas, tres más de Jerry, tres de Henry Vu —que no había jugado al ajedrez en su vida— e incluso tres de Willis, y estaba a punto de jugar de nuevo contra Jerry por menos dinero cuando apareció Loreen Duke en busca de las sobras del postre. De pequeña había jugado al ajedrez con su padre. Cuando Loreen consiguió derrotar a Herman en la primera partida, nadie sintió conmiseración por el jurado ciego. El campeonato no se interrumpió hasta el toque de queda.

Phillip Savelle, como de costumbre, no se dignó salir de su habitación. El miembro más excéntrico del jurado sólo hablaba muy de tarde en tarde durante las comidas o los recesos. Fuera de eso, prefería concentrarse en la lectura y hacer como que el resto del mundo no existía.

Nicholas ya había intentado entablar conversación con él dos veces, pero hasta el momento no lo había conseguido. A Phillip Savelle no le gustaba hablar por hablar, y no quería que nadie supiera nada de él.

31

Después de dedicarse durante casi veinte años a la pesca de la gamba, Henry Vu había perdido la costumbre de dormir más allá de las cuatro y media de la madrugada. El viernes por la mañana se levantó temprano y fue a prepararse una taza de té. Como el coronel ya no estaba, se sentó solo a la mesa y se puso a hojear un periódico. Nicholas no tardó en aparecer y, como era habitual en él, no se anduvo por las ramas. El joven preguntó a Henry por la hija que tenía en Harvard. El retoño de Vu era una fuente de inmenso orgullo para su progenitor, tal como demostraba la mirada encendida con la que éste refirió el contenido de su última carta.

Al cabo de un rato otros miembros del jurado empezaron a entrar y salir del comedor. Poco a poco, la conversación se desvió hacia Vietnam y la guerra. Nicholas confesó a Henry algo que no había contado a nadie: su padre había muerto en combate en 1972. La historia del joven no era cierta, pero consiguió conmover profundamente a Henry. Cuando volvieron a quedarse a solas, Nicholas le preguntó:

—Y bien, ¿qué le parece el juicio?

Henry bebió un buen trago de té con leche y se relamió.

—¿No pasa nada si hablamos del tema?

—¡Qué va! ¿Quién se va a enterar? Además, quien más quien menos, todo el mundo lo hace. Todos menos Herman, claro. Por algo somos el jurado, ¿no?

—¿Qué piensan los demás?

—Creo que la mayoría seguimos abiertos a todo. Lo que cuenta es que nos mantengamos unidos, porque lo más importante es que el jurado alcance un veredicto. Unánime, a ser posible, pero al menos de nueve contra tres gane quien gane. Un jurado indeciso sería un desastre.

Henry tomó otro sorbo de té y rumió la respuesta de Nicholas. Vu entendía perfectamente el inglés, y lo hablaba bien a pesar del acento, pero como la mayoría de los ciudadanos de a pie —nativos e inmigrantes por igual— era lego en materia de derecho.

—¿Por qué? —preguntó al fin. Vu confiaba en Nicholas, igual que casi todos los demás jurados, porque el joven había estudiado derecho y parecía tener una habilidad excepcional para entender cosas que a los demás se les escapaban.

—La explicación es muy sencilla. Este juicio es la madre de todas las batallas legales que ha librado la industria tabacalera. Es su Gettysburg, su Iwo Jima, su Apocalipsis. Las dos partes han venido a Biloxi dispuestas a poner a prueba su armamento más potente. Tiene que haber un ganador y un perdedor. Claros y definitivos. El debate sobre si las empresas tabacaleras están sujetas o no a responsabilidad extracontractual por la fabricación de cigarrillos tiene que acabarse aquí. Y nosotros somos los encargados de hacer que eso pase. Para eso nos han escogido. De nosotros depende que haya o no veredicto.

—Ya entiendo —mintió Vu mientras asentía con la cabeza.

—Lo peor que podemos hacer es no decidir nada, dividirnos en dos facciones y que el juez tenga que declarar el juicio nulo.

—¿Qué tendría eso de malo?

—Que sólo sería una manera de escurrir el bulto. Le estaríamos cargando el muerto a otro jurado. Si nos vamos a casa sin haber tomado una decisión, las dos partes habrán perdido varios millones de dólares, porque dentro de dos años tendrán que volver a repetir la misma historia. Con el mismo juez, los mismos abogados, los mismos testigos... Todo será igual menos el jurado. Sería tanto como admitir que no fuimos lo bastante inteligentes como para ponernos de acuerdo, y el próximo jurado del condado de Harrison no será tan tonto.

Henry se inclinó un poco hacia su derecha para acercarse más a Nicholas.

—¿Qué va a hacer usted? —preguntó en el preciso instante en que Millie Dupree y Gladys Card entraban riendo a buscar su café. Las dos señoras charlaron un rato con los hombres y luego se retiraron para no perderse el programa matinal de Katie. ¡Cómo les gustaba esa Katie!

—¿Qué va a hacer usted? —susurró de nuevo Henry sin apartar la vista de la puerta.

—Aún no lo sé. Pero eso no importa; lo importante es que nos mantengamos unidos. Todos.

—Tiene razón —concedió Henry.

En el transcurso del juicio Fitch había adquirido el hábito de sentarse ante su escritorio las horas precedentes al inicio de la sesión mirando fijamente el teléfono. Pocas veces desviaba la vista de él. Era viernes por la mañana y Fitch sabía que Marlee llamaría, aunque no tenía ni idea de qué estaría tramando ni de con qué nueva diablura le cortaría la respiración.

A las ocho en punto, la voz de Konrad anunció por el interfono:

—Es ella.

Fitch se abalanzó sobre el teléfono.

—¿Diga? —respondió en un tono cordial.

—¿Qué hay, Fitch? Adivine quién le cae gordo a Nicholas.

Fitch ahogó un gemido y cerró los ojos con fuerza.

—No lo sé —admitió.

—Nicholas dice que está hasta las narices de aguantarlo. Puede que también tengamos que deshacernos de él.

—¿De quién? —suplicó Fitch.

—De Lonnie Shaver.

—¡No! ¡Mierda! ¡No! ¡No pueden hacer eso!

—Caramba, Fitch...

—¡No lo haga, Marlee! ¡Por todos los...!

Marlee le concedió unos segundos para que expresara a sus anchas su desesperación.

—Pues sí que le tiene cariño a ese Lonnie.

—Marlee, esto no puede seguir así. Así no vamos a ninguna parte. —Fitch era consciente de la impotencia que dejaban traslucir sus palabras, pero reconocía que la cosa se le había escapado de las manos.

—Nicholas necesita que haya armonía en el jurado. No pasa nada. Lonnie se ha convertido en un estorbo.

—No lo hagan, por favor. Hablemos, ¿quiere?

—Ya estamos hablando, Fitch, pero no nos queda mucho tiempo.

Fitch respiró hondo dos veces.

—El juego está a punto de terminar, Marlee. Ya se ha divertido bastante. ¿Por qué no me dice qué es lo que quiere?

—¿Tiene un lápiz a mano?

—Sí.

—Apunte. Calle Fulton, número 120. Es un edificio antiguo de ladrillo blanco, con dos pisos; lo han dividido en oficinas. El despacho número 16 del piso de arriba es el mío; al menos hasta dentro de un mes. No es muy bonito, pero es donde nos encontraremos.

—¿Cuándo?

—Dentro de una hora. Los dos solos. Lo estaré vigilando, y si veo a alguno de sus matones merodeando por el barrio, tenga por seguro que no volveré a dirigirle la palabra.

—Descuide. Lo que usted diga.

—Y comprobaré si lleva micrófonos.

—No los llevaré.

Todos los abogados del equipo de Cable estaban de acuerdo en afirmar que Rohr había dedicado demasiado tiempo a la ciencia: nueve días entre una cosa y otra. Con el agravante de que, durante los siete primeros días, al menos los jurados habían podido volver a su casa a dormir. El estado de ánimo de la tribuna había cambiado mucho desde entonces. Así pues, la defensa decidió escoger a sus dos mejores peritos y hacerlos pasar por el estrado lo más rápidamente posible.

Cable y los suyos también tomaron la decisión de eludir el tema de la adicción, un cambio radical respecto de la estrategia habitual de la defensa en casos precedentes. Después de analizar los dieciséis juicios anteriores al de Biloxi y de hablar con muchos de los jurados que habían participado en las deliberaciones correspondientes, Cable y su equipo habían llegado a la conclusión de que el punto más débil de la defensa era su insistencia en demostrar, con todo tipo de teorías, a cual más rebuscada, que la nicotina no creaba adicción, cuando al parecer todo el mundo sabía que no era verdad. La cosa estaba tan clara que no valía la pena intentar convencer al jurado de lo contrario.

Una decisión de ese calibre, sin embargo, requería la aprobación de Fitch, y éste la otorgó a regañadientes.

El testigo a quien correspondió abrir la sesión del viernes por la mañana fue un pelirrojo greñudo y excéntrico que lucía barba rala y gafas bifocales de muchas dioptrías. Todo parecía indicar que el concurso de belleza había terminado. El perito en cuestión se llamaba Gunther y, en contra de lo que otros creían, opinaba que el consumo de cigarrillos no estaba relacionado con el cáncer de pulmón. Sólo el diez por ciento de los fumadores contraen cáncer. ¿Quién tiene en cuenta al noventa por ciento restante? Como era de esperar, el doctor Gunther llegó al estrado armado con un buen fajo de estudios e informes, e impaciente por plantarse ante el jurado con su caballete y su puntero para dar cumplida cuenta de sus últimas contribuciones científicas.

La misión de Gunther no era demostrar absolutamente nada. Su función consistía más bien en contradecir sistemáticamente a los doctores Hilo Kilvan y Robert Bronsky, peritos de la parte demandante, con objeto de confundir al jurado y sembrar dudas sobre la peligrosidad del tabaco. Gunther no podía demostrar que el tabaco no provoca cáncer de pulmón, así que se limitó a argüir que, hasta la fecha, ninguna investigación había demostrado lo contrario de forma incontestable.

—Hay que seguir investigando —decía cada cinco minutos.

Por si Marlee lo estaba vigilando, Fitch se apeó del coche una manzana antes de llegar al número 120 de la calle Fulton y dio un agradable paseo otoñal bajo los árboles. La guarida de

Marlee estaba en la parte vieja de la ciudad, a sólo cuatro manzanas del Golfo, entre otros edificios parecidos y recién pintados con aspecto de albergar gran número de oficinas. José recibió instrucciones de esperar a su jefe tres calles más abajo.

Nada de micrófonos. Marlee lo había curado de golpe durante su última reunión en el embarcadero. Fitch estaba solo, sin micrófonos, sin transmisores, sin cables de ninguna clase, sin cámaras ni agentes en las inmediaciones. Se sentía como si le hubieran quitado un peso de encima. Se vería obligado a salir adelante con la única ayuda de su inteligencia y su ingenio, un desafío interesante para variar.

Fitch subió los combados escalones de madera que conducían al primer piso, se detuvo ante la puerta de la oficina que buscaba, echó un vistazo a las demás puertas del mismo corredor —todas identificadas solamente por un número, igual que la de Marlee—, y llamó.

—¿Quién es? —respondió la voz de Marlee.

—Rankin Fitch —susurró él.

El crujido de un cerrojo dejó paso a la imagen de Marlee, vestida con un jersey gris y pantalones vaqueros. No hubo sonrisas ni saludos de ninguna clase. La joven hizo pasar a Fitch y después cerró la puerta con llave. A continuación volvió a la silla que había dejado vacante frente a una mesa plegable. Fitch tomó nota de las características de la habitación, un cuchitril sin ventanas, con una sola puerta, las paredes desconchadas, tres sillas y una mesa.

—Buen sitio —dijo al ver las manchas parduscas de humedad que adornaban el techo.

—Al menos está vacío. No hay teléfonos que pinchar, ni respiraderos donde esconder cámaras, ni cables en las paredes. Comprobaré todas las mañanas que sigue así y, si encuentro el menor rastro de Rankin Fitch, saldré por esa puerta y nunca más volveré.

—Veo que no tiene muy buen concepto de mí.

—Ni más ni menos que el que se merece.

Fitch volvió a examinar el techo y el suelo de la oficina.

—Me gusta el sitio.

—Cumple su cometido.

—¿Qué es...?

El bolso de Marlee era el único objeto que había sobre la mesa. La joven sacó de él el mismo sensor de la vez anterior y registró a Fitch de la cabeza a los pies.

—Marlee, por favor —protestó Fitch—. Se lo he prometido, ¿no?

—Sí, está bien, no lleva nada. Siéntese —dijo señalando una de las dos sillas plegables que había al otro lado de la mesa. Fitch abrió una de las sillas, un mueble bastante enclenque que tal vez no resistiría su peso, y se sentó. Luego se inclinó hacia delante y apoyó los codos en la mesa, que tampoco era un ejemplo de estabilidad. La verdad es que no se lo estaban poniendo fácil.

—¿Vamos a hablar de dinero de una vez? —preguntó con una desagradable sonrisa.

—Sí. De hecho, es un trato muy simple. Usted hace una transferencia a mi nombre y yo le prometo el veredicto que usted quiera.

—Creo que deberíamos esperar hasta saber el veredicto.

—Usted sabe que no soy tan tonta, Fitch.

La mesa plegable medía menos de un metro de ancho y los dos tenían los codos apoyados sobre el tablero, así que sus caras no estaban muy lejos la una de la otra. Fitch utilizaba a menudo su envergadura, su mirada y su perilla siniestra para intimidar a la gente que tenía a su alrededor, sobre todo a los abogados más jóvenes de los bufetes que contrataba. Si el aspecto de Fitch había surtido ese mismo efecto en Marlee, desde luego la chica lo disimulaba muy bien. Fitch admiraba el aplomo de la joven, capaz de la heroicidad de mirarlo a los ojos sin pestañear.

—¿Qué otra garantía puede ofrecerme si no? Los jurados son siempre impredecibles. Usted podría coger el dinero y...

—Basta, Fitch. Sabe tan bien como yo que el dinero cambiará de manos antes de saberse el veredicto.

—¿Cuánto dinero exactamente?

—Diez millones de dólares.

Fitch respondió con un sonido gutural, como si acabara de tragarse una pelota de golf. Luego tosió, levantó los codos de la mesa, puso los ojos en blanco y se quedó boquiabierto.

—¿Está de guasa? —dijo al fin con voz áspera, mirando a su

alrededor en busca de una botella de agua, un frasco de píldoras o cualquier otra cosa que pudiera ayudarlo a sobreponerse de aquel sobresalto.

Marlee contempló el espectáculo sin inmutarse, sin parpadear, sin quitarle los ojos de encima.

—Sólo diez millones, Fitch. Es una ganga. Y no hay nada que negociar.

Fitch volvió a toser. Tenía la cara un poco más colorada que antes. Luego recuperó la compostura y trató de buscar una respuesta. Él mismo había supuesto que la cifra de Marlee tendría seis ceros, y habría sido ridículo ponerse a regatear como si su cliente no pudiera permitirse aquel dispendio. De todas maneras, lo más probable era que Marlee estuviera al corriente de las finanzas de las Cuatro Grandes.

—¿Cuánto hay en el Fondo? —preguntó Marlee. Fitch entrecerró los ojos instintivamente. Estaba dispuesto a jurar que la chica no había parpadeado ni una sola vez.

—¿En el Fondo? —repitió. ¡Nadie conocía la existencia del Fondo!

—En el Fondo, Fitch. No se haga el tonto conmigo. Lo sé todo sobre su pequeño fondo de reptiles. Quiero que transfiera diez millones del Fondo a una cuenta bancaria de Singapur.

—No creo que pueda hacerlo.

—Usted puede hacer todo lo que le dé la gana, Fitch. Déjese de tonterías y cerremos el trato de una vez. Los dos tenemos cosas que hacer.

—¿Y si lo dejamos en cinco millones ahora y cinco después del veredicto?

—Olvídelo, Fitch. He dicho diez millones de dólares y los quiero ahora. No me imagino persiguiéndolo después del juicio para cobrar el último plazo. Algo me dice que sería una pérdida de tiempo.

—¿Cuándo quiere que se efectúe la transferencia?

—Me da lo mismo, siempre y cuando el dinero esté en Singapur antes de que empiecen las deliberaciones. De lo contrario, no hay trato.

—¿Qué pasa si no hay trato?

—Pueden pasar dos cosas. Que Nicholas divida al jurado

para que el juicio sea declarado nulo, o bien que consiga nueve votos para la parte demandante.

La fachada de imperturbabilidad de Fitch comenzó a desmoronarse justo encima de sus cejas. Dos profundas arrugas surcaron su frente y se fundieron en una mientras él intentaba asimilar las amenazas que Marlee formulaba con total naturalidad. Fitch no dudaba de la capacidad de Nicholas porque Marlee tampoco lo hacía. El todopoderoso Rankin Fitch se frotó los ojos despacio. No había por qué seguir jugando. Ya no habría más reacciones exageradas ante las palabras de Marlee ni más incredulidad fingida ante sus exigencias. Era ella quien estaba al mando.

—Trato hecho —dijo—. Efectuaremos la transferencia según sus instrucciones. Pero debo advertirle que las transferencias pueden llevar algún tiempo.

—Sé más de transferencias que usted, Fitch. Ya le explicaré exactamente cómo tiene que hacerlo. Más tarde.

—Como la señora guste.

—¿Trato hecho, entonces?

—Trato hecho —repitió Fitch mientras tendía una mano que Marlee estrechó sin entusiasmo. Ambos sonrieron al darse cuenta de lo absurdo de la situación: dos sinvergüenzas dándose la mano para sellar un acuerdo que ningún tribunal de justicia podría obligarles a cumplir porque —entre otras cosas— ningún tribunal de justicia llegaría nunca a saber de su existencia.

Beverly Monk vivía en un *loft* del cuarto piso de un almacén destartalado del Village. Lo compartía con otras cuatro actrices al borde de la inanición. Swanson la siguió hasta una cafetería y esperó hasta que se hubo sentado en una mesa junto a la ventana con un café exprés, una rosquilla y un periódico abierto por la página de los anuncios clasificados. Entonces entró y se le acercó dando la espalda a las otras mesas.

—Perdone —dijo—, ¿es usted Beverly Monk?

La joven levantó la vista sorprendida.

—Sí —respondió—. ¿Quién es usted?

—Un amigo de Claire Clement —mintió Swanson mientras se sentaba en la silla de enfrente.

—Siéntese, por favor —ironizó ella—. ¿Y puede saberse qué quiere? —No las tenía todas consigo, pero el local estaba lleno y eso la hacía sentirse segura. Además, el tipo no parecía peligroso.

—Información.

—Usted es el mismo que llamó ayer, ¿verdad?

—Sí. Pero no dije la verdad. No me llamo Jeff Kerr.

—¿Cómo se llama?

—Jack Swanson. Trabajo para un bufete de Washington.

—¿Se ha metido Claire en algún lío?

—No, no se trata de eso.

—Pues ¿a qué viene tanto jaleo?

Swanson repitió una versión abreviada de la misma historia de siempre: Claire había sido citada para actuar como jurado en un juicio muy importante, y él tenía que investigar el pasado de varios candidatos. Swanson inventó para la ocasión un caso de vertidos tóxicos en Houston con miles de millones en juego, lo que justificaba que se tomaran tantas molestias en la selección del jurado.

Dos cosas habían animado a Swanson y Fitch a dar un voto de confianza a Beverly: la primera, que hubiera tardado tanto en reconocer el nombre de Jeff Kerr el día anterior; la segunda, su afirmación de que hacía cuatro años que no hablaba con Claire. Tanto Fitch como el ex agente del FBI partían de la base de que la chica había sido sincera.

—Estoy dispuesto a pagar por la información —explicó Swanson.

—¿Cuánto?

—Mil dólares al contado por decirme todo lo que sabe sobre Claire Clement. —Swanson se sacó rápidamente un sobre del bolsillo de la chaqueta y lo depositó sobre la mesa.

—¿Seguro que no se ha metido en ningún lío? —preguntó Beverly sin apartar los ojos de la mina de oro que tenía frente a ella.

—Segurísimo. Coja el dinero. Además, si hace cuatro o cinco años que no la ve, ¿qué más le da?

«Bien dicho», pensó Beverly mientras cogía el sobre y se lo guardaba en el bolso.

—No hay mucho que contar.

—¿Cuánto tiempo trabajaron juntas?

—Seis meses.

—¿Cuánto tiempo fueron amigas?

—Seis meses. Yo ya trabajaba de camarera en Mulligan's cuando ella llegó. Entonces nos hicimos amigas. Luego yo dejé Lawrence y me vine al Este. La llamé un par de veces cuando vivía en Nueva Jersey, pero luego fuimos perdiendo el contacto.

—¿Conocía a Jeff Kerr?

—No. En aquella época aún no salían juntos. Claire me habló de él algún tiempo después, cuando yo ya no vivía en Lawrence.

—¿Recuerda si Claire tenía otros amigos o amigas?

—Sí, claro, pero no me pregunte cómo se llamaban. Me fui de Lawrence hace cinco o seis años. Ni siquiera recuerdo exactamente cuándo.

—¿No recuerda el nombre de ninguna de sus amistades?

Beverly bebió un sorbo de café exprés e intentó hacer memoria. Al cabo de un minuto dijo los nombres de tres personas que habían trabajado con Claire. Una ya había sido sondeada sin resultados. A otra le estaban siguiendo la pista. La tercera no había podido ser localizada.

—¿Sabe a qué universidad fue Claire?

—A alguna del Medio Oeste.

—¿No recuerda el nombre de la universidad?

—No creo que lo mencionara. Claire no hablaba mucho de su pasado. Una siempre tenía la impresión de que le había ocurrido algo desagradable y no quería hablar de ello. Nunca llegué a saber de qué se trataba. Tal vez fuera un desengaño amoroso, o un matrimonio fracasado, o una familia con problemas, o una infancia desgraciada... Nunca me lo contó.

—¿Sabe si se lo contó a alguna otra persona?

—Que yo sepa, no.

—¿Sabe de dónde era su amiga?

—Claire decía que había vivido en muchos sitios. Nunca quise insistir.

—¿Sabe si era de Kansas City?

—No, no lo sé.

—¿Está segura de que su verdadero nombre era Claire Clement?

Beverly se quedó pensativa y frunció el entrecejo.

—¿Cree que no lo era?

—Tenemos razones para pensar que se llamaba de otra manera antes de llegar a Lawrence. ¿Recuerda algo sobre otro nombre?

—Caramba. Yo nunca dudé de que se llamara Claire. ¿Por qué iba a cambiar de nombre?

—Eso es lo que nos gustaría saber. —Swanson se sacó una libretita del bolsillo y repasó una lista. Beverly era otra pista que no llevaba a ninguna parte.

—¿Estuvo alguna vez en su apartamento?

—Sí, un par de veces. Cocinábamos y veíamos películas. Claire no iba a muchas fiestas, pero de vez en cuando invitaba a sus amigos.

—¿Recuerda haber visto algo raro en el apartamento?

—Sí, que era muy bonito. Era un piso moderno y bien amueblado. Era evidente que Mulligan's no era su única fuente de ingresos. Imagínese, ¡ganábamos tres dólares por hora más propinas!

—¿Tenía dinero, eh? —Swanson disponía de una fotocopia del último contrato de alquiler de aquel piso. Claire pagaba novecientos dólares al mes y en Mulligan's sólo ganaba doscientos a la semana.

—Sí, mucho más que nosotros. Pero ése era otro de sus secretos. Claire no tenía amigos íntimos. Era una chica divertida, y la verdad es que no invitaba a hacer preguntas.

Swanson intentó sonsacarle más información sin éxito. Al final de la entrevista le dio las gracias por su ayuda y ella le dio las gracias por el dinero. Cuando ya se iba, Beverly se ofreció a hacer algunas llamadas. Quería más dinero, naturalmente. Swanson estuvo de acuerdo, pero la advirtió sobre los riesgos de contar a otros lo que estaba haciendo.

—Está hablando con una actriz. Esto es pan comido, hombre.

Swanson le dejó una tarjeta de visita con el número de su hotel de Biloxi escrito al dorso.

A Hoppy le pareció que Cristano actuaba con demasiada rudeza, pero lo atribuyó al deterioro de la situación y a la presión que debían de ejercer sobre él sus misteriosos jefes de Washington.

En el Departamento de Justicia ya se hablaba, al parecer, de cancelar todo el proyecto y enviar el caso de Hoppy al jurado de acusación federal.

Si Hoppy ni siquiera era capaz de persuadir a su propia esposa, ¿cómo demonios iba a convencer a un jurado entero?

Cristano y Hoppy se sentaron en el asiento de atrás del mismo Chrysler negro de siempre y dieron un paseo por el Golfo, sin rumbo fijo pero en dirección a Mobile. Nitchman iba al volante y Napier hacía de guardia armado, y ambos actuaban con total indiferencia ante el acoso a que estaba siendo sometido Hoppy en el asiento de atrás.

—¿Cuándo volverá a verla? —preguntó Cristano.

—Esta noche, creo.

—Hoppy, ha llegado el momento de decir la verdad. Cuéntele lo que ha hecho. Cuénteselo todo.

A Hoppy se le llenaron los ojos de lágrimas y empezó a temblarle el labio inferior. En el cristal ahumado de la ventanilla vio entristecerse los bonitos ojos de su mujer al enterarse de todo.

Se maldijo por su estupidez. Si hubiera tenido una pistola a mano, habría considerado la posibilidad de matar a Todd Ringwald y a Jimmy Hull Moke. Para suicidarse no habría tenido siquiera que pensárselo. Tal vez se hubiese llevado a aquellos tres payasos por delante, pero sin duda se habría volado la tapa de los sesos.

—Eso parece —masculló.

—Su mujer tiene que convertirse en otro abogado defensor, Hoppy. ¿Se da cuenta? Millie Dupree tiene que llevar la voz cantante en esa sala. Ya que ha sido incapaz de convencerla con argumentos, ahora tendrá que motivarla con la amenaza de sus cinco años de cárcel. No hay otra salida.

En aquellos momentos Hoppy casi habría ido con gusto a la cárcel con tal de no contar la verdad a Millie. Pero sabía que no podía escoger.

Además, si no la convencía, Millie se iba a enterar de todas maneras cuando lo metieran entre rejas.

Hoppy empezó a llorar. Se mordió el labio, se tapó los ojos e intentó contener las lágrimas, pero sus esfuerzos fueron en vano. Mientras el Chrysler negro recorría en silencio kilómetro tras kilómetro de la autopista, lo único que se oía dentro del coche era el gimoteo de un hombre destrozado.

Nitchman no pudo reprimir una tímida sonrisa.

32

La segunda reunión del día entre Fitch y Marlee empezó una hora después del término de la primera. Fitch volvió a llegar a pie, esta vez con una cartera y un café en la mano. Luego contempló divertido cómo Marlee buscaba dispositivos ocultos en el maletín.

Cuando la joven se dio por satisfecha, Fitch cerró la cartera y bebió un sorbo de café.

—Tengo una pregunta —anunció.

—¿Cuál?

—Hace seis meses ni usted ni Easter vivían en este condado, y probablemente tampoco en este estado. ¿Se mudaron aquí para poder asistir al juicio?

Fitch sabía de sobra la respuesta, pero quería ver cuánto estaba dispuesta a admitir Marlee ahora que ambos eran socios y que, al menos en teoría, estaban del mismo lado.

—Podría decirse que sí —contestó la joven.

Marlee y Nicholas daban por sentado que Fitch les había seguido la pista hasta Lawrence, lo que no dejaba de ser positivo. Fitch no podía sino admirar la habilidad con que habían tramado su plan y el compromiso con que lo estaban llevando a cabo. Lo que le quitaba el sueño era la Marlee de antes de Lawrence.

—Los dos utilizan nombres falsos, ¿verdad?

—No. Utilizamos nuestros nombres legítimos. Basta de preguntas, Fitch. Nosotros no somos importantes. Tenemos poco tiempo y muchas cosas que hacer.

—Quizá debería empezar por contarme si ha llegado muy lejos con la otra parte. ¿Cuánto sabe Rohr?

—Rohr no sabe nada. Tonteamos un poco, pero la cosa no pasó de ahí.

—¿Habría llegado a un acuerdo con él si no hubiera podido hacerlo conmigo?

—Desde luego. Lo que me interesa es el dinero, Fitch. Nicholas forma parte de ese jurado porque así lo planeamos. Hemos trabajado mucho para llegar hasta aquí, y nuestro plan saldrá bien porque la corrupción está a la orden del día. Usted está corrompido, sus clientes están corrompidos, mi socio y yo estamos corrompidos..., pero somos listos. Nos infiltramos en el sistema de manera que sea imposible detectarnos.

—¿Qué hay de Rohr? Sospechará algo en cuanto oiga el veredicto. De hecho, sospechará que ha llegado usted a un acuerdo con la tabacalera.

—Rohr no me conoce. Nunca nos hemos visto.

—Marlee...

—Se lo juro, Fitch. Le hice creer lo contrario, pero nunca hablé con él. Aunque lo habría hecho si usted no se hubiera avenido a razones.

—Pero usted sabía que me avendría.

—Claro. Sabíamos que no tendría inconveniente en comprar el veredicto.

¡Cuántas preguntas! ¿Cómo se enteraron de que Rankin Fitch existía? ¿Cómo consiguieron sus números de teléfono? ¿Cómo se las arreglaron para que Nicholas recibiera una citación del juzgado? ¿Cómo consiguieron que llegara a formar parte del jurado? ¿Y cómo demonios sabían de la existencia del Fondo?

Se las haría algún día, cuando todo aquello hubiese quedado atrás y ya no hubiera motivos para preocuparse. Cuánto le gustaría compartir una larga velada con Marlee y Nicholas y ver satisfecha su curiosidad. La admiración que Fitch sentía por aquellos dos jóvenes crecía por momentos.

—Prométame que no se desharán de Lonnie Shaver —dijo.

—Se lo prometeré si usted me cuenta por qué le tiene tanto cariño.

—Porque está de nuestra parte.

—¿Cómo lo sabe?

—Tengo mis métodos.

—Oiga, Fitch, si los dos queremos el mismo veredicto, ¿por qué no podemos ser sinceros?

—¿Sabe una cosa? Tiene razón. ¿Por qué se deshicieron de Herrera?

—Porque era un imbécil, ya se lo dije. Nicholas no lo tragaba y a él tampoco le gustaba Nicholas. Además, se ha hecho muy amigo de Henry Vu. No hemos perdido nada.

—¿Por qué se deshicieron de Sylvia Hulic?

—Para sacarla de la sala del jurado. Era un ser repugnante. Sólo causaba problemas.

—¿Quién será el próximo?

—No lo sé. Aún nos queda otro suplente. ¿A quién cree que deberíamos quitar de en medio?

—Mientras no sea Lonnie...

—Dígame por qué.

—Digamos que Lonnie está comprado. Tenemos cierta influencia sobre su jefe.

—¿A quién más han comprado?

—A nadie.

—Vamos, Fitch. ¿Quiere ganar o no?

—Por supuesto que sí.

—Pues déjese de tapujos. Yo soy el camino más rápido para llegar al veredicto que usted quiere.

—Y el más caro.

—Usted ya sabía que no le saldría barata. ¿Qué gana con ocultarme información?

—¿Qué gano con compartirla?

—Eso está más que claro. Usted me lo cuenta a mí, yo se lo cuento a Nicholas, y así él sabe mejor a qué atenerse y no tiene que perder el tiempo predicando a los conversos. ¿Qué le parece Gladys Card?

—Seguirá al rebaño. No tenemos nada sobre ella. ¿Qué piensa Nicholas?

—Lo mismo. ¿Qué me dice de Angel Weese?

—Fuma y es negra. Podría hacer cualquier cosa, pero también seguirá al rebaño. ¿Qué opina Nicholas?

—Que hará caso a Loreen Duke.

—¿Y a quién hará caso Loreen Duke?

—A Nicholas.

—¿Con cuántos seguidores cuenta en este momento? ¿Quiénes son los miembros de su pequeña secta?

—Por de pronto, Jerry. Y como Jerry se acuesta con Sylvia, podemos contar también con ella. Luego está Loreen y, de propina, Angel.

Fitch contuvo la respiración e hizo la suma a toda velocidad.

—Eso hacen cinco. ¿Nadie más?

—Seis con Henry Vu. Seis en el bote. Haga los cálculos, Fitch. Seis y subiendo. ¿Qué sabe de Phillip Savelle?

Fitch echó un vistazo a sus notas, como si no se las supiera de memoria. Antes de la reunión había leído una docena de veces todo lo que contenía aquel maletín.

—Nada —confesó con tristeza, como si sus intentos de encontrar la manera de coaccionar a Savelle hubieran fracasado incomprensiblemente—. Es un bicho raro.

—¿Y de Herman? ¿Algún trapo sucio?

—No. ¿Qué opina de él Nicholas?

—Dice que el jurado respetará su opinión, pero no necesariamente hasta el punto de compartirla. Herman no ha hecho muchos amigos, pero tampoco tiene enemigos. Probablemente se quedará solo.

—¿De qué lado está?

—Es muy difícil adivinar sus intenciones, porque está decidido a seguir las órdenes del juez y no hablar del caso.

—Lo que nos faltaba...

—Nicholas tendrá nueve votos antes de que los letrados lean las conclusiones. Puede que más. Aún tiene que apretar las tuercas a alguno de sus amigos.

—¿A quién, por ejemplo?

—A Rikki Coleman.

Fitch bebió un poco más de café sin mirar el vaso. Luego lo dejó sobre la mesa y se acarició los bigotes que le salían de las comisuras de la boca. Marlee no le quitaba la vista de encima.

—Bueno, puede que ahí tengamos algo...

—¿A qué vienen tantos rodeos, Fitch? O sabe algo o no lo sabe. O me lo dice para que yo se lo cuente a Nicholas y él pueda hacerse con otro voto, o se guarda sus papeles para usted solito y espera hasta que Rikki vea la luz.

—Digamos que es algo personal, un secreto desagradable que no le gustaría que su marido supiera.

—¿Por qué no confía en mí, Fitch? —protestó Marlee enfadada—. ¿Somos socios o no?

—Sí, pero no estoy seguro de que haga falta contárselo todo en este momento.

—Fantástico, Fitch. Una mancha en su pasado, ¿no? ¿Una aventura, un aborto, antecedentes penales...?

—Ya se verá.

—Eso es, Fitch. Usted siga con sus jueguecitos y yo seguiré con los míos. ¿Qué hay de Millie?

Bajo su máscara de calma y autocontrol, Fitch se debatía en un mar de dudas. ¿Cuánto debía contarle? Su instinto le decía que no se precipitara. Volverían a encontrarse al día siguiente, o al otro, y habría tiempo de sobra para hablar de Rikki, de Millie y hasta de Lonnie si era preciso. Despacito, se dijo.

—Nada —mintió mientras consultaba el reloj y pensaba en el pobre Hoppy, encerrado en un coche negro con tres agentes del FBI y llorando a moco tendido.

—¿Está seguro, Fitch?

Nicholas se había encontrado con Hoppy en el pasillo del motel, justo enfrente de su habitación, hacía una semana. Hoppy acababa de llegar y aún llevaba en la mano las flores y los bombones para su mujer. Sólo charlaron unos minutos, pero al día siguiente Nicholas reconoció a Hoppy entre los espectadores de la tribuna: una cara nueva y llena de asombro, una cara nueva con un interés repentino en el juicio al cabo de casi tres semanas de andadura.

Conociendo a Fitch, Nicholas y Marlee sabían que ningún miembro del jurado estaba a salvo de influencias externas. Por eso Nicholas vigilaba de cerca a todos sus compañeros. A veces merodeaba por el pasillo cuando llegaban las visitas; otras veces a la hora en que se marchaban. Trataba de estar al corriente de todos los rumores que circulaban por la sala del jurado; escuchaba tres conversaciones distintas a la vez durante los paseos de la sobremesa; se fijaba en todas las personas que frecuentaban la sala de juicios, e incluso tenía apodos y nombres en clave para la mayoría.

Lo de Millie era sólo una corazonada. Tal vez Fitch estuviera tratando de coaccionarla a través de Hoppy. Parecían una pareja tan encantadora y bondadosa... Exactamente la clase de personas a las que Fitch podría hacer caer en una de sus insidiosas trampas con los ojos cerrados.

—Segurísimo. Nada sobre Millie.

—Últimamente está un poco rara —mintió Marlee.

Espléndido, se dijo Fitch. La operación Hoppy estaba dando resultado.

—¿Qué piensa Nicholas del último suplente, ese tal Royce? —preguntó.

—Que es un don nadie sin dos dedos de frente. Fácil de manipular. El tipo de persona que se vendería a cambio de cinco de los grandes. Es otra de las razones por las que Nicholas quiere deshacerse de Savelle. Entonces tendríamos a Royce, y todo sería más fácil.

La naturalidad con que Marlee hablaba del soborno resultaba conmovedora. A menudo, en otros juicios, Fitch había soñado con encontrar un ángel como Marlee, un mesías de manos sucias que se prestara a apañarle el veredicto deseado. ¡Casi no podía creerlo!

—¿Quién más estaría dispuesto a aceptar dinero? —se interesó Fitch.

—Jerry está sin blanca. Tiene muchas deudas de juego y un divorcio complicado a la vuelta de la esquina. Necesitará unos veinte mil dólares. Nicholas aún no ha llegado a un trato con él, pero lo hará durante el fin de semana.

—Este veredicto nos va a costar un ojo de la cara —se quejó Fitch tratando de ponerse serio.

Marlee soltó una sonora carcajada, y luego siguió riéndose hasta que Fitch se vio obligado a celebrar su propia ocurrencia. Acababa de prometerle diez millones de dólares, estaba dispuesto a gastarse otros dos para redondear el trabajo de la defensa, y sus clientes formaban una red valorada en unos once mil millones de dólares. ¿Qué importancia podían tener veinte mil dólares más o menos?

La risa remitió y hubo un momento de silencio.

—Apunte lo que voy a decirle, Fitch —dijo Marlee después de mirar el reloj—. Son las tres y media, hora de la costa atlántica. El dinero no va a ir a Singapur. Quiero que transfiera los diez millones al Hanwa Bank de las Antillas Holandesas, y quiero que lo haga inmediatamente.

—¿El Hanwa Bank?

—Sí, es coreano. El dinero no será ingresado a mi nombre, sino en su propia cuenta.

—No tengo ninguna cuenta en ese banco.

—La abrirá cuando haga la transferencia. —Marlee sacó unos papeles de su bolso y los dejó frente a Fitch—. Aquí tiene los impresos y las instrucciones.

—Hoy ya es demasiado tarde —protestó él mientras cogía los papeles—. Y mañana es sábado.

—Cállese, Fitch. Limítese a leer las instrucciones. Todo irá como una seda si hace lo que le digo. El Hanwa no cierra nunca para los buenos clientes. Quiero que el dinero pase el fin de semana en su cuenta.

—¿Cómo sabrá que ha llegado?

—Porque usted me enseñará el resguardo de la transferencia. El dinero estará en las Antillas hasta que el jurado se retire a deliberar. Entonces saldrá del Hanwa Bank camino de mi cuenta. Eso será el lunes por la mañana.

—¿Y si el jurado se retira antes?

—Fitch, le aseguro que no habrá veredicto hasta que el dinero haya llegado a mi cuenta. Se lo prometo. Y por si se le ocurre hacer alguno de sus trapicheos, también le prometo que el veredicto podría ser a favor de la parte demandante. Un veredicto generoso.

—No hablemos de eso.

—No, tiene razón. Hemos planeado todo esto con mucho cuidado, Fitch. No lo estropee. Haga lo que le digo. Muévase.

Wendall Rohr se pasó una hora y media vociferando preguntas al doctor Gunther. Cuando acabó, todos los presentes tenían los nervios a flor de piel. Es muy probable que Rohr fuera la única excepción, porque, como es natural, a él no le molestaban sus propias bravatas. El resto de la sala estaba harto de él. Eran casi las cinco, era viernes, y la cuarta semana de juicio estaba llegando a su fin. En el horizonte, otro fin de semana en el motel Siesta Inn.

El juez Harkin estaba preocupado por el jurado. Era evidente que estaban aburridos y enfurruñados, cansados de sentirse prisioneros y de tener que oír cosas que ya no les interesaban lo más mínimo.

Los abogados estaban preocupados por la misma razón. El jurado no estaba respondiendo a los testimonios de la manera prevista. Cuando paraban de moverse era porque se habían quedado traspuestos. Cuando no miraban las musarañas era porque se estaban pellizcando para no quedarse dormidos.

A Nicholas, en cambio, la conducta de sus colegas no le parecía en absoluto preocupante. Así era como él los quería: cansados y a punto de amotinarse. Todas las masas necesitan un líder.

Aprovechando un receso a última hora de la tarde, Nicholas redactó una carta en la que pedía al juez Harkin que la sesión se reanudara el sábado en vez del lunes. Los miembros del jurado habían debatido la cuestión durante el almuerzo; mejor dicho, durante parte del almuerzo, porque Nicholas ya tenía todas las respuestas a punto. ¿Por qué quedarse en el motel cuando podían estar en la tribuna tratando de poner fin a aquella maratón?

Los otros doce se prestaron enseguida a añadir su firma a la de Nicholas, con lo que Harkin se vio obligado a acceder. Las sesiones sabatinas eran poco frecuentes, pero había varios precedentes, sobre todo en juicios con el jurado aislado.

Su Señoría interrogó a Cable para saber qué depararía la sesión del día siguiente, y éste anunció su intención de dar por terminada la intervención de la defensa. Rohr, por su parte, dijo que no habría refutaciones. En cuanto a la petición de una sesión dominical, el juez se negó en redondo.

—El juicio debería haber terminado el lunes por la tarde

—comunicó Harkin al jurado—. La defensa tiene intención de acabar mañana. El lunes por la mañana oiremos las conclusiones, y todo parece indicar que podrán retirarse a deliberar antes del mediodía. Es todo cuanto puedo decirles.

Hubo sonrisas en la tribuna. Con el final tan cerca, la perspectiva de otro fin de semana en común parecía más llevadera.

El viernes por la noche el jurado cenaría en un célebre restaurante de Gulfport. Luego habría cuatro horas de visita, igual que el sábado por la noche. El juez se disculpó por no haber podido hacer más y se despidió de los jurados hasta el día siguiente.

Una vez despejada la tribuna, el juez Harkin retuvo a los abogados durante dos horas más para discutir una docena de peticiones presentadas por ambas partes.

33

Aquella noche llegó tarde, sin flores ni bombones bajo el brazo, sin besos ni champán. Tenía el corazón en un puño. La cogió de la mano en cuanto le abrió la puerta, la acompañó hasta la cama, se sentó en el borde, y estaba a punto de decir algo cuando rompió a llorar con el rostro escondido entre las manos.

—¿Qué pasa, Hoppy? —preguntó Millie alarmada, convencida de que se avecinaba una terrible confesión. Su marido llevaba unos días bastante raro.

Millie se sentó a su lado, le dio unas palmaditas en la rodilla y se dispuso a escucharle. Hoppy farfulló que había sido un estúpido, que ella nunca creería lo que había sido capaz de hacer, y siguió insultándose hasta que ella lo atajó con voz firme:

—¿Qué es lo que has hecho, Hoppy?

De pronto, Hoppy pareció enfadado, enfadado consigo mismo por haber mordido el anzuelo. Entonces apretó los dientes, hizo un mohín de desprecio, frunció el entrecejo y descargó su ira contra el señor Todd Ringwald, el Grupo Inmobiliario KLX, Stillwater Bay y Jimmy Hull Moke. ¡Le habían tendido una trampa! Él estaba tan tranquilo en su despacho, sin meterse en líos, trabajando duro con sus pequeñas propiedades, intentando ayudar a los recién casados a comprar su primer nidito de amor, cuando aquel tipo entró por la puerta con sus aires de Las Vegas, su traje caro y un fajo de planos que a él le parecieron una mina de oro.

¡Cómo había podido ser tan tonto! Hoppy volvió a perder la compostura y empezó a sollozar.

Cuando la historia llegó al punto en que los agentes del FBI llamaban a la puerta de su casa, Millie no pudo contenerse:

—¿A nuestra casa?

—Sí.

—¡Dios mío! ¿Dónde estaban los chicos?

Hoppy le contó cómo había ocurrido todo, con qué destreza había llevado a los agentes Napier y Nitchman de casa a la oficina, y que al llegar allí le enseñaron la cinta. ¡Aquella cinta!

Era horrible. Hoppy siguió adelante.

En aquel punto Millie empezó a llorar también, y Hoppy se sintió algo aliviado. A lo mejor la reprimenda no sería tan fuerte. Pero aún había más.

Hoppy le habló de la llegada de Cristano y de la entrevista que mantuvieron en el yate. En Washington había mucha gente, buena gente, preocupada por el juicio. Estaba lo de los republicanos y lo de la delincuencia, y, en fin, llegaron a un acuerdo.

Millie se secó las lágrimas con el dorso de la mano y dejó de llorar de repente.

—Pero yo no estoy segura de querer votar a favor de la tabacalera —dijo aturdida.

Hoppy también dejó las lágrimas a un lado.

—¡Estamos listos! A la señora le importa un bledo que me pase cinco años en la cárcel. Lo que ella quiere es votar según le dicte la conciencia... Abre los ojos, Millie.

—No es justo —protestó ésta mientras veía su imagen reflejada en el espejo de la cómoda. No daba crédito a sus oídos.

—Pues claro que no es justo. Pero tampoco será justo que el banco nos embargue la casa mientras yo estoy encerrado. ¿Has pensado en los chicos, Millie? Hazlo por ellos. Tenemos a tres en la universidad y a dos en el instituto. Lo de la cárcel sería humillante de por sí, pero piensa en la educación de los chicos. ¿Quién se haría cargo de las facturas?

Hoppy contaba con la ventaja de haberse pasado muchas horas ensayando. La pobre Millie, en cambio, se sentía como si acabara de atropellarla un autobús. Estaba tan confundida que ni siquiera le daba tiempo a pensar en las cosas que debía preguntar. Si las circunstancias hubieran sido otras, Hoppy se habría compadecido de ella.

—Es que no me lo puedo creer —dijo.

—Lo siento, Millie. Lo siento de veras. He obrado mal, y no es justo que tú cargues con las consecuencias. —Hoppy estaba inclinado hacia delante, con los codos apoyados en las rodillas y la cabeza gacha, en señal de rendición.

—No es justo para las demás personas implicadas en el juicio.

A Hoppy le importaban un rábano las demás personas implicadas en el juicio, pero se guardó muy mucho de decirlo.

—Lo sé, cariño, lo sé. Soy un desastre.

Millie le cogió la mano y apretó con fuerza. Hoppy decidió quemar su último cartucho.

—Tal vez no debería contártelo, Millie, pero cuando los del FBI vinieron a casa, estuve a punto de coger la pistola y acabar con todo allí mismo.

—¿Matarlos?

—Matarme. Volarme la cabeza.

—Dios mío, Hoppy...

—Lo digo en serio. Le he estado dando muchas vueltas esta semana. Preferiría apretar el gatillo antes que deshonrar a mi familia.

—No seas tonto —se compadeció ella, otra vez con lágrimas en los ojos.

La primera reacción de Fitch fue falsificar el recibo de la transferencia, pero después de hablar del asunto —dos llamadas y dos fax— con sus hombres de Washington, le pareció que era demasiado arriesgado. Marlee parecía saberlo todo sobre transferencias bancarias, y él ignoraba qué clase de contactos podía tener en aquel banco de las Antillas Holandesas. Conociéndola, lo más probable es que hubiera alguien allí esperando la transferencia. ¿Por qué correr un riesgo innecesario?

Fitch tuvo que hacer un sinfín de llamadas antes de conseguir localizar a un ex funcionario del Tesoro que había establecido su propio gabinete de consultas en Washington. Según se decía, aquel hombre era capaz de mover el dinero más deprisa que nadie. Fitch le dio por teléfono los datos esenciales, contrató sus servicios por fax y luego le envió una copia de las instrucciones de Marlee. El hombre dijo que estaba claro que la chica sabía de qué iba la cosa, y aseguró a Fitch que su dinero estaría a salvo, al menos durante el primer tramo de la operación. La nueva cuenta pertenecería a Fitch, y ella no tendría acceso al dinero. Como Marlee exigía ver el resguardo de la transferencia, el hombre advirtió a Fitch que no le enseñara los números de cuenta, ni del banco de origen, ni de la sucursal caribeña de Hanwa.

En el momento de cerrar el trato con Marlee, el Fondo tenía un saldo de seis millones y medio de dólares. Fitch llamó inmediatamente a los presidentes de las Cuatro Grandes y les ordenó que transfirieran dos millones más por cabeza. Por desgracia, no tenía tiempo para responder sus preguntas. Ya se explicaría más adelante.

A las cinco y cuarto del mismo viernes, el dinero salió de la cuenta anónima que el Fondo tenía abierta en un banco de Nueva York. En sólo cuestión de segundos había llegado a su destino, el Hanwa Bank de las Antillas Holandesas. La nueva cuenta, con número pero sin titular, fue abierta automáticamente al llegar el dinero, y el banco de origen recibió la confirmación correspondiente de inmediato.

Marlee llamó a las seis y media. Como era de esperar, ya sabía que la transferencia había sido efectuada. Fitch recibió instrucciones de borrar el número de cuenta del resguardo, algo que pensaba hacer de todas maneras, y enviarlo por fax a la recepción del Siesta Inn a las siete y cinco minutos exactamente.

—¿No le parece un pelín arriesgado? —preguntó Fitch.

—Hágame caso, Fitch. Nicholas estará esperando al lado del fax. Le cae muy bien a la recepcionista.

A las siete y cuarto Marlee volvió a llamar para decir que Nicholas había recibido el fax y que todo parecía estar en regla. A continuación, Fitch recibió instrucciones de presentarse en su oficina a las diez de la mañana, y no se hizo de rogar.

Aunque el dinero aún no había cambiado de manos, Fitch estaba totalmente eufórico. Fue a buscar a José y los dos dieron un paseo en silencio, algo fuera de lo habitual. El aire era frío y vigorizante. Las aceras estaban desiertas.

En aquel preciso instante, había un jurado aislado en poder de un documento donde se podía leer dos veces la cifra de diez millones de dólares. Aquel jurado —y los otros once— pertenecían a Rankin Fitch. El juicio había terminado. Ni que decir tiene que la defensa no dormiría ni respiraría tranquila hasta que oyera el veredicto de boca del portavoz, pero a efectos prácticos aquel juicio había terminado. Fitch había ganado una vez más. Había vuelto a escapar de las garras de la derrota para imponer su voluntad cuando ya todo parecía perdido. Había costado más dinero que otras veces, eso sí, pero también había más dinero en juego que nunca. Tendría que aguantar las protestas de Jankle y compañía a propósito del coste de la operación, pero sería una pura formalidad. Era lógico que protestaran por el precio de la operación. Por algo eran ejecutivos.

Fitch estaba seguro de que no hablarían del precio de la derrota: ni del coste de un veredicto favorable a la parte demandante —fácilmente superior a los diez millones de dólares—, ni del coste incalculable de la posterior avalancha de pleitos.

Se había ganado aquellos instantes de regocijo, pero sabía que aún tenía mucho que hacer. No estaría tranquilo hasta saber más de la auténtica Marlee, de sus orígenes, de sus móviles, del cómo y el porqué de aquella intriga. Había algún secreto en el pasado de la joven que él debía conocer a toda costa, y los misterios le daban mucho miedo. Cuando encontrara a la auténtica Marlee —si es que eso llegaba a suceder—, hallaría también las respuestas a sus preguntas. Hasta entonces, aquel precioso veredicto seguiría en el aire.

Cuatro manzanas más lejos, Fitch era de nuevo el mismo ser cascarrabias y atormentado de siempre.

Derrick estaba a punto de asomar la cabeza por la puerta abierta de uno de los despachos cuando una joven salió al vestíbulo y le preguntó amablemente qué se le ofrecía. Llevaba un montón de carpetas en la mano y parecía ocupada. Era viernes, eran casi las ocho de la noche, y sin embargo el bufete seguía en plena actividad.

Lo que Derrick quería era un abogado, uno como los que había visto en el juzgado representando a la tabacalera, alguien con quien pudiera charlar y llegar a un acuerdo a puerta cerrada. El joven se había estado preparando para la ocasión y había memorizado los nombres de Durwood Cable y de algunos de sus socios. Había encontrado el bufete y aparcado en la puerta hacía dos horas, el tiempo necesario para ensayar lo que iba a decir, tranquilizarse y reunir el coraje que le faltaba para salir del coche y entrar en el edificio.

Era el único negro a la vista.

¿No era del dominio público que todos los abogados eran un atajo de sinvergüenzas? Derrick supuso que, si Wendall Rohr le había ofrecido dinero, era lógico que los demás abogados implicados en el juicio también quisieran hacerlo. Él tenía algo que vender y había gente ahí fuera dispuesta a pagar mucho dinero a cambio de su mercancía. Era una ocasión de oro.

Por desgracia para él, a la hora de la verdad le fallaron las palabras. La secretaria seguía esperando una respuesta, y ya había empezado a mirar a su alrededor como si necesitara ayuda. Cleve le había repetido más de una vez que aquello era totalmente ilegal, y que acabaría mal si se volvía avaricioso. De repente sintió pánico.

—¿Está..., está el señor Gable? —preguntó vacilante.

—¿Gable? —repitió la secretaria con las cejas arqueadas.

—Eso es.

—Aquí no hay ningún señor Gable. ¿Quién es usted?

Un grupo de rostros pálidos en mangas de camisa acudieron a proteger las espaldas de la chica, y miraron a Derrick de arriba abajo con la certeza de que él no pintaba nada en aquel lugar. Derrick no sabía qué más decir. Estaba seguro de que aquél era el bufete que buscaba, pero se había equivocado de persona, de estrategia, y no tenía ganas de ir a la cárcel.

—Debo de haberme equivocado de sitio —se disculpó.

La secretaria respondió con una sonrisita eficiente. Pues claro que se había equivocado, ¿a qué esperaba para irse? Derrick se detuvo un momento en el mostrador y cogió cinco tarjetas de una bandejita de bronce. Se las enseñaría a Cleve como prueba de su visita.

Derrick dio las gracias a la secretaria y salió del bufete a toda prisa. Angel lo estaba esperando.

Millie estuvo llorando y dando vueltas y más vueltas en la cama hasta la medianoche. Entonces se levantó, se puso su ropa preferida —un enorme chándal rojo que uno de los chicos le había regalado por Navidad hacía un montón de años— y abrió la puerta de su habitación sin hacer ruido. Chuck, que montaba guardia al fondo del pasillo, la llamó en voz baja. Millie le dijo que sólo iba a comer algo y atravesó la penumbra en dirección a la sala de fiestas. Antes de llegar oyó un ruido apagado. Solo, sentado en un sofá con un bol de palomitas en una mano y un vaso de gaseosa en la otra, estaba Nicholas. Se había quedado a ver un partido de rugby retransmitido desde Australia. El toque de queda impuesto por Harkin había pasado a la historia hacía días.

—¿Qué hace levantada a estas horas? —le preguntó el joven mientras hacía enmudecer el televisor con el mando a distancia.

Millie se sentó en una silla, cerca del sofá, de espaldas a la puerta. Se notaba que había estado llorando, e iba muy despeinada, pero no parecía importarle su aspecto. Millie vivía en una casa llena de adolescentes que entraban, salían, dormían, comían, miraban la tele y saqueaban la nevera a cualquier hora. Estaba acostumbrada a que la vieran vestida con su chándal rojo, y no lo sentía en absoluto. Millie era la madre de todo el mundo.

—No podía dormir. ¿Y usted? —dijo la mujer.

—No es fácil conciliar el sueño en un sitio como éste. ¿Le apetecen unas palomitas?

—No, gracias.

—¿Ha venido a verla Hoppy esta noche?

—Sí.

—Tiene aspecto de ser un buen hombre.

—Lo es —dijo Millie tras reflexionar unos instantes.

Hubo una pausa mayor. Nicholas y Millie continuaron sentados en silencio pensando en algo que decir.

—¿Le apetece ver una película? —preguntó Nicholas.

—No. ¿Puedo hacerle una pregunta? —dijo ella muy seria. Nicholas apretó un botón del mando a distancia y apagó el televisor. Una lámpara de sobremesa alumbraba la habitación con una luz muy tenue.

—Claro. Parece preocupada.

—Lo estoy. Es una pregunta sobre derecho.

—Haré lo que pueda.

—De acuerdo. —Millie respiró hondo y se retorció las manos—. ¿Qué pasa si un jurado se da cuenta de que no puede tomar una decisión justa e imparcial? ¿Qué debe hacer?

Nicholas miró a la pared, luego al techo, y tomó un sorbo de gaseosa.

—Creo —empezó— que depende de las circunstancias que hayan llevado a esa persona hasta esa situación.

—No entiendo qué quiere decir. —Nicholas era un chico encantador, e inteligente además. El benjamín de los Dupree quería ser abogado, y a Millie le gustaba pensar que se parecería a Nicholas.

—Será más fácil si nos dejamos de hipótesis —dijo el joven—. Digamos que este jurado es usted misma, ¿de acuerdo?

—De acuerdo.

—Eso significa que, desde que empezó el juicio, ha ocurrido algo que limita su capacidad de ser justa e imparcial...

—Sí —reconoció Millie.

Nicholas reflexionó un momento.

—Creo —dijo entonces— que depende de si ha sido por algo que ha oído en la sala o por algo que ha pasado fuera del juzgado. Es normal que los jurados vayan tomando posiciones a medida que avanza el juicio. Así es como llegamos al veredicto final. No hay nada de malo en eso. Forma parte del proceso de toma de decisiones.

—¿Y si no se trata de eso? ¿Y si es algo que ha pasado fuera del juzgado? —preguntó Millie mientras se frotaba el ojo izquierdo.

La pregunta pareció sorprender a Nicholas.

—Bueno, eso es mucho más serio.

—¿Cómo de serio?

Para conseguir un mayor efecto dramático, Nicholas se levantó y fue a buscar una silla que colocó frente a la de Millie. Los pies de ambos casi se tocaban.

—¿Qué ocurre, Millie? —preguntó en voz baja.

—Necesito ayuda y no tengo a nadie a quien recurrir. Estoy encerrada en este sitio horrible, lejos de mi familia y de mis amigos, y no tengo a nadie a quien recurrir. ¿Querrá ayudarme, Nicholas?

—Lo intentaré.

Los ojos de Millie se llenaron de lágrimas por enésima vez en lo que iba de noche.

—Usted es un joven tan amable, y sabe tanto de derecho, y yo no tengo a nadie más con quien hablar...

Millie se puso a llorar. Nicholas le ofreció una servilleta de papel y ella le contó toda la historia.

Lou Dell se despertó por casualidad a las dos de la madrugada y salió a echar un vistazo al pasillo vestida con su camisón de algodón. Al llegar a la sala de fiestas, vio a Nicholas y a Millie enfrascados en una conversación y compartiendo un gran bol de palomitas.

El televisor estaba apagado. Nicholas le explicó que no podían dormir, y que sólo estaban hablando de la familia. No había ningún problema. Lou Dell volvió a su habitación no del todo convencida.

Nicholas sospechó enseguida que Hoppy estaba siendo víctima de un engaño, pero no se lo dijo a Millie. Cuando la mujer dejó de llorar, le hizo unas cuantas preguntas y tomó nota de los detalles.

Millie le prometió no hacer nada al respecto sin hablar con él primero, y se dieron las buenas noches.

Nicholas fue a su habitación y marcó el número de Marlee. Cuando ella respondió con voz de sueño, colgó. Esperó dos minutos y volvió a marcar el mismo número. Lo dejó sonar seis veces y colgó de nuevo. Al cabo de dos minutos más marcó el número del teléfono móvil. Marlee habló desde el armario.

Nicholas le contó la historia de Hoppy. Marlee ya no volvió a meterse en la cama. Había mucho que hacer, y el tiempo apremiaba.

Los dos estuvieron de acuerdo en empezar a investigar a partir de los nombres de Napier, Nitchman y Cristano.

34

El sábado no hubo cambios en la sala de vistas. El mismo personal de juzgado llevaba la misma ropa y resolvía el mismo papeleo de siempre. La toga del juez Harkin era tan negra como en días precedentes. Las caras de los abogados se confundían las unas con las otras, lo mismo que de lunes a viernes. Los celadores estaban igual de aburridos, o puede que algo más. Pocos minutos después de que los miembros del jurado ocuparan sus puestos en la tribuna y el juez Harkin acabara de formular sus preguntas, la monotonía se apoderó de la sesión, como había pasado el resto de la semana.

Después de la tediosa intervención del viernes a cargo del doctor Gunther, Cable y compañía pensaron que lo mejor era empezar el día con un poco de acción. La defensa llamó a declarar al doctor Olney, y la parte demandante lo aceptó como testigo pericial. Olney era un científico que había logrado hacer cosas increíbles con ratones de laboratorio. Entre otros argumentos, disponía de un vídeo en el que sus encantadoras criaturitas aparecían vivas y llenas de energía, sin un solo ejemplar enfermo o moribundo. Los ratones estaban divididos en varios grupos y encerrados en jaulas de cristal. La tarea de Olney consistía en aplicar diversas cantidades de humo a cada jaula, y llevaba años haciéndolo diariamente. Las dosis de humo habían sido ingentes y, sin embargo, la exposición prolongada no había producido ni un solo caso de cáncer de pulmón. Olney lo había intentado todo menos asfixiar a los ratones con sus propias manos, y aun así habían sobrevivido. Disponía de estadísticas y de datos que corroboraban sus palabras, y de muchos argumentos para demostrar que los cigarrillos no causan cáncer de pulmón, ni en los hombres ni en los ratones.

Hoppy escuchaba al testigo desde lo que se había convertido en su asiento habitual en la sala. Le había prometido a Millie pasar a verla, hacerle guiños, darle apoyo moral, darle a entender una vez más cuánto sentía todo lo ocurrido. Era lo mínimo que podía hacer. Y aunque era sábado, un día movido para las inmobiliarias, Hoppy sabía que su oficina pocas veces se animaba antes de última hora de la mañana. Desde el desastre de Stillwater Bay, además, había perdido el empuje. La idea de pasar varios años en la cárcel había minado su fuerza de voluntad.

Taunton volvió a hacer acto de presencia en el juzgado de Biloxi. Se sentó en la primera fila, justo detrás de Cable, vestido como siempre con un inmaculado traje oscuro, y se dedicó a tomar notas importantes y a echar miraditas a Lonnie, quien no necesitaba que le recordaran lo que estaba en juego.

Derrick escogió un asiento al fondo de la sala desde donde poder observarlo todo y urdir un plan. El marido de Rikki, Rhea, se sentó en la última fila con sus dos hijos, que insistieron en saludar a su madre con la mano cuando ésta ocupó su asiento en la tribuna con los demás jurados. Nelson Card estaba al lado de la señora Grimes. Las dos hijas adolescentes de Loreen también asistieron a la vista.

Los familiares de los miembros del jurado habían acudido al juzgado a dar ánimos a los suyos y a satisfacer su curiosidad. A aquellas alturas del juicio ellos también se habían formado una opinión sobre el caso, los abogados, las partes, los peritos y hasta el mismo juez. Querían escuchar los argumentos de primera mano para así tal vez entender mejor la decisión de sus parientes.

A media mañana Beverly Monk despertó del estado comatoso en que se encontraba, aún bajo los efectos de la ginebra, el *crack* y sabe Dios qué más. La luz del día la cegaba, y tuvo que taparse la cara con las manos. Entonces se dio cuenta de que había estado durmiendo en el suelo, un suelo de madera. Se envolvió en una manta sucia, pasó por encima de un tipo que roncaba y al que no conocía de nada, y fue a buscar las gafas de sol que guardaba en un cajón de madera que hacía las veces de cómoda. Con las gafas puestas veía mucho mejor. El *loft* estaba hecho un desastre, había gente durmiendo en las camas, gente tirada por los suelos y botellas vacías en todos los rincones. ¿Quiénes eran? Beverly se arrastró hasta una de las pequeñas ventanas del *loft* esquivando a compañeras de piso y perfectos desconocidos. ¿Qué había hecho aquella noche?

La ventana estaba cubierta de escarcha. Al otro lado del cristal habían empezado a caer los primeros copos de nieve de la temporada, que se fundían nada más tocar la acera. Beverly ajustó la manta alrededor de su cuerpo descarnado y se sentó en una especie de puf que había junto a la ventana. Mientras contemplaba la nieve, pensó cuánto debía de quedar de los mil dólares de Swanson.

La joven acercó la cara al cristal y tomó una bocanada de aire helado que empezó a aclararle la vista. Aún le dolían las sienes, pero al menos ya no estaba tan mareada. Antes de conocer a Claire, hacía ya muchos años, había sido amiga de una estudiante de la Universidad de Kansas llamada Phoebe, un bicho raro con problemas de adicción que había pasado una temporada en un centro de rehabilitación pero que estaba siempre a punto de volver a caer en la tentación. Phoebe había trabajado brevemente en Mulligan's con Claire y Beverly, y luego se había esfumado. Phoebe era de Wichita, y una vez le contó a Beverly que sabía algo sobre el pasado de Claire, un secreto revelado por un ex novio de la chica. No, no se llamaba Jeff Kerr. Si no le hubiera dolido tanto la cabeza, tal vez habría podido recordar alguna otra cosa.

Había llovido mucho desde entonces.

Se oyó un gruñido procedente de debajo de un colchón y luego volvió a reinar el silencio. Tiempo atrás Beverly había pasado un fin de semana con Phoebe y su familia en Wichita. Eran una familia numerosa y católica. El padre era médico, fácil de localizar. Si aquel gentil sabueso llamado Swanson estaba dispuesto a apoquinar mil dólares a cambio de unas cuantas respuestas inofensivas, ¿cuánto pagaría por información sustanciosa sobre el pasado de Claire Clement?

Beverly decidió encontrar a Phoebe. Lo último que había oído de ella es que estaba en Los Ángeles haciendo lo mismo que ella hacía en Nueva York. Después de hablar con Phoebe, sacaría a Swanson cuanto pudiera y cambiaría de alojamiento. Se había acabado eso de vivir con chusma.

¿Dónde había metido la tarjeta de Swanson?

Fitch dejó de oír el testimonio de la mañana para asistir a una reunión informativa, algo que odiaba profundamente. La calidad del ponente, sin embargo, justificaba el sacrificio. Se llamaba James Local y dirigía el gabinete de investigadores privados a los que Fitch estaba pagando en aquellos momentos una auténtica fortuna. Desde su escondite en Bethesda, el gabinete de Local contrataba a muchos ex agentes de los servicios secretos. En circunstancias normales, una excursión al corazón del país para localizar a una joven norteamericana sin antecedentes penales habría representado un engorro. No en vano la especialidad del gabinete era el control de envíos ilegales de armas, la vigilancia de terroristas y cosas por el estilo.

Pero Fitch tenía mucho dinero y, al fin y al cabo, la operación implicaba poco riesgo. El hecho de que dicha operación no hubiera dado los frutos esperados era precisamente lo que había llevado a Local hasta Biloxi.

Swanson y Fitch dejaron que Local, sin disculparse en ningún momento por el fracaso de sus gestiones, les explicara con pelos y señales los movimientos de sus agentes durante los últimos cuatro días. Claire Clement no existía antes de llegar a Lawrence el verano de 1988. Su primer alojamiento había sido un piso de dos habitaciones por el que pagaba un alquiler mensual en efectivo. Los recibos —agua, electricidad y gas— estaban a su nombre. Si había recurrido a los juzgados de Kansas para cambiar de nombre, no había quedado constancia oficial de ello. Los archivos que contenían esa información eran confidenciales, pero de todas maneras ellos habían conseguido consultarlos. Claire Clement no se apuntó al censo electoral, no matriculó ningún vehículo ni adquirió ningún bien inmueble. Sí solicitó, en cambio, un número de Seguridad Social que le permitiera trabajar legalmente, cosa que hizo en dos establecimientos distintos: Mulligan's y una boutique cercana al campus. Una tarjeta de la Seguridad Social es relativamente fácil de conseguir, y hace mucho más sencilla la vida de un fugitivo. Los agentes de Local habían obtenido una copia del impreso de solicitud de la joven, pero su examen no había revelado ningún dato útil. Nadie había solicitado un pasaporte a nombre de Claire Clement.

La opinión de Local era que Claire Clement había adoptado ese nombre en otro estado —en cualquiera de los otros cuarenta y nueve— y que ya estaba en poder de su nueva identidad al llegar a Lawrence.

Los investigadores también habían consultado los recibos telefónicos correspondientes a los tres años que Claire Clement había vivido en Lawrence, y se habían encontrado con que entre sus llamadas no había ni una sola conferencia. Local repitió el dato para que Swanson y Fitch se hicieran cargo de la magnitud del problema. Ni una sola conferencia en tres años. En aquella época, además, la compañía telefónica no archivaba las conferencias recibidas sino sólo las efectuadas, de manera que los listados sólo daban cuenta de las llamadas hechas desde el piso de Claire. Local aseguró que sus hombres estaban estudiando todos los números del listado, pero que no albergaba muchas esperanzas al respecto: Claire usaba poco el teléfono.

—¿Cómo puede vivir alguien sin poner ni una sola conferencia? ¿Qué hay de la familia, de los viejos amigos? —preguntó Fitch incrédulo.

—Hay otras maneras de ponerse en contacto en ellos —contestó Local—. Muchas, de hecho. Puede que fuera a un motel una vez a la semana, a algún establecimiento barato que le cargara las llamadas en la factura de la habitación. Es una buena manera de no dejar rastro.

—Esto es increíble —murmuró Fitch.

—Tengo que admitir, señor Fitch, que esa Claire sabía lo que hacía. Si cometió algún error, aún no hemos sido capaces de detectarlo —confesó con respeto—. Parece la clase de persona que planea todos sus movimientos desde el punto de vista de quien la persigue.

—Sí, ésa es Marlee —ratificó Fitch con el mismo orgullo con el que se habla de una hija.

Claire Clement tenía dos tarjetas de crédito: una Visa y otra de gasolina Shell. Su historial bancario no revelaba ningún dato notable ni de utilidad. Era evidente que la chica prefería pagar en efectivo. Tampoco utilizaba el crédito telefónico. Un error semejante habría sido indigno de ella.

Lo de Jeff Kerr ya era otra historia. Había sido fácil seguirle la pista hasta la Facultad de Derecho de la Universidad de Kansas. De hecho, hasta los primeros esbirros que contrató Fitch habían sido capaces de hacerlo. Todo parecía indicar que su gusto por el misterio arrancaba de su encuentro con Claire.

Los dos jóvenes abandonaron Lawrence el verano de 1991, al final del segundo curso de derecho de Jeff, pero los hombres de Local aún no habían conseguido averiguar ni la fecha exacta de su partida ni su nuevo paradero. Claire pagó en efectivo el alquiler del mes de junio y luego desapareció. Habían estado buscando el rastro de Claire Clement en una docena de ciudades a partir del mes de mayo de 1991, pero hasta el momento no habían encontrado nada. Por razones obvias, no les era posible hacer lo mismo en todas las ciudades del país.

—Mi hipótesis es que dejó de utilizar el nombre de Claire tan pronto como salió de Lawrence —dijo Local.

Fitch ya había llegado a esa conclusión hacía mucho tiempo.

—Mire, hoy es sábado. El jurado se retirará a deliberar el lunes. Dejemos a un lado qué pasó después de Lawrence y concentrémonos en averiguar quién demonios es.

—Estamos en ello.

—Más les vale.

Fitch consultó el reloj y anunció que tenía que irse. Marlee lo esperaba al cabo de pocos minutos. Local volvió rápidamente a Kansas City a bordo de su avión privado.

Marlee había llegado a su minúscula oficina a las seis de la mañana, y casi no había dormido desde la llamada de Nicholas a las tres. Antes de que él saliera para el juzgado habían hablado cuatro veces más.

La operación Hoppy presentaba todos los indicios de haber sido orquestada por Rankin Fitch. ¿A qué venía si no el interés de Cristano en el voto de Millie? Marlee había llenado páginas y páginas de notas y diagramas, y había hecho decenas de llamadas desde su teléfono móvil. Poco a poco había ido reuniendo la información que buscaba. El único George Cristano que figuraba en la guía telefónica del área metropolitana de Washington vivía en Alexandria. Marlee había marcado su número a eso de las cuatro de la madrugada con el pretexto de que trabajaba para las líneas aéreas Delta y de que uno de sus aparatos se había estrellado cerca de Tampa con un tal Cristano a bordo. ¿Vivía allí el mismo George Cristano que trabajaba para el Departamento de Justicia? No, gracias a Dios él trabajaba para Sanidad y Servicios Sociales. Marlee había pedido disculpas y, después de colgar, había sonreído al pensar en las prisas de aquel pobre hombre por sintonizar la CNN y ver el reportaje de la catástrofe.

Decenas de llamadas parecidas la habían llevado a la conclusión de que no había ningún agente del FBI con el nombre de Napier o Nitchman trabajando en el área de Atlanta. Y lo mismo podía decirse de Biloxi, Nueva Orleans, Mobile y otras ciudades cercanas. A las ocho se había puesto en contacto con un investigador de Atlanta y le había dado instrucciones de seguir la pista de Napier y Nitchman. Marlee y Nicholas estaban casi seguros de que se trataba de dos nombres supuestos, pero tenían que estar completamente seguros.

Fitch llegó puntualmente a su cita de las diez. Para entonces la mesa de la oficina ya estaba vacía, y el teléfono, escondido en un armario. Apenas si se saludaron. Fitch no dejaba de preguntarse quién era Marlee antes de haber sido Claire, y ella seguía pensando en cuál debía ser su próximo paso para poner al descubierto el engaño de que era víctima Hoppy.

—Será mejor que acaben de una vez, Fitch. El jurado ya no se entera de nada.

—Habremos terminado antes de las cinco de la tarde. ¿Le parece demasiado tarde?

—Esperemos que no lo sea. No le están poniendo las cosas fáciles a Nicholas, ¿sabe?

—Le he dicho a Cable que se dé prisa. No puedo hacer más.

—Tenemos problemas con Rikki Coleman. Nicholas ha estado hablando con ella y cree que será dura de pelar. Los otros miembros del jurado respetan su opinión, tanto hombres como mujeres, y Nicholas dice que cada vez se hace oír más. Y no se lo esperaba, la verdad.

—¿Está a favor de un veredicto millonario?

—Eso parece, aunque no han discutido el tema abiertamente. Nicholas ha detectado en ella cierto rencor hacia la industria por lo de la adicción infantil. En cambio, no parece que simpatice demasiado con la familia Wood. Se la ve más inclinada a castigar a las tabacaleras por enganchar a la nueva generación. De todos modos, usted dijo que tal vez tuviéramos algo contra ella.

Sin comentarios ni formalidades, Fitch sacó una hoja de papel de su maletín y la dejó frente a Marlee. La joven le echó una ojeada rápida.

—Conque un aborto, ¿eh? —dijo mientras leía, sin demostrar ninguna sorpresa.

—Ajá.

—¿Está seguro de que es la misma Rikki?

—Completamente. Entonces aún estaba en la universidad.

—Con esto deberíamos tener bastante.

—¿Tendrá su amigo el valor de enseñárselo?

Marlee soltó el papel y lanzó una mirada hostil contra Fitch.

—¿No lo tendría usted a cambio de diez millones de pavos?

—Desde luego que sí. Y no tendría ningún escrúpulo. Rikki ve el papelito, vota en consecuencia, todos nos olvidamos del tema y su pequeño secreto sigue a salvo. Si se inclina hacia donde no debe, se la amenaza y punto. Fácil.

—Exacto. —Marlee dobló la hoja y se la guardó—. No se preocupe por el valor de Nicholas. Llevamos mucho tiempo planeando este golpe.

—¿Ah, sí? ¿Cuánto?

—Eso no tiene importancia. ¿Tiene algo contra Herman Grimes?

—Nada. Nicholas tendrá que arreglárselas solito durante las deliberaciones.

—Pues qué bien.

—París bien vale una misa, ¿no le parece? A cambio de diez millones, ¿qué menos que trabajarse unos cuantos votos?

—Los votos ya los tiene, Fitch. Los tiene en el bolsillo en este preciso instante. Pero quiere que la votación sea unánime, y puede que Herman suponga un problema.

—Pues líbrense de él de una puñetera vez. Parece que eso les divierte.

—Estamos considerando esa posibilidad.

Fitch hizo un gesto de incredulidad.

—¿Se da cuenta de lo ilegal que es todo esto?

—Sí, creo que sí.

—Me encanta.

—Pues vaya a encantarse a otra parte, Fitch. Por hoy ya hemos terminado, y tengo cosas que hacer.

—Como usted quiera, querida —obedeció Fitch poniéndose en pie al instante y cerrando el maletín.

El sábado por la tarde, a primera hora, Marlee consiguió localizar por casualidad a un agente del FBI de Jackson, en el estado de Misisipí, que estaba poniendo al día el trabajo atrasado cuando sonó el teléfono de su oficina. Marlee se presentó con un nombre falso y dijo que trabajaba para una inmobiliaria de Biloxi y que sospechaba que dos hombres se estaban haciendo pasar por agentes del FBI. Los dos tipos en cuestión habían estado acosando a su jefe, esgrimiendo sus placas doradas y profiriendo amenazas. Marlee dijo sospechar que se trataba de algún asunto turbio relacionado con los casinos, y para redondear la actuación dejó caer el nombre de Jimmy Hull Moke. El agente le dio el número de teléfono particular de un joven colega de Biloxi llamado Madden.

Madden estaba en cama con gripe, pero no le importó atender a Marlee, sobre todo cuando ésta mencionó la posibilidad de ofrecer cierta información confidencial sobre Jimmy Hull Moke. Madden nunca había oído hablar de Napier ni de Nitchman, y menos de ese tal Cristano. Tampoco le constaba que ninguna unidad especial de Atlanta estuviera operando en la Costa en aquellos momentos. Cuanto más hablaba Marlee, más interés demostraba Madden. El agente se ofreció a hacer algunas pesquisas y Marlee prometió volver a llamarlo al cabo de una hora.

Madden parecía otro hombre cuando Marlee habló con él por segunda vez. No había ningún agente del FBI llamado Nitchman. Había un Lance Napier en la oficina de San Francisco, pero no tenía nada que ver con la Costa. Cristano también era un nombre falso. Madden había hablado con el agente encargado de la investigación de Jimmy Hull Moke, quien le confirmó que Nitchman, Napier y Cristano, quienesquiera que fuesen, no eran agentes del FBI. Madden dijo que estaría muy interesado en mantener una charla con aquellos tipos, y Marlee le prometió que intentaría concertar una entrevista.

La defensa dio por concluida su intervención a las tres de la tarde del sábado.

—Damas y caballeros —anunció un orgulloso juez Harkin—, han escuchado ustedes al último testigo.

Había peticiones y alegatos de última hora a los que él y los abogados debían atender, pero los jurados eran libres de marcharse. Para el sábado por la noche había previstas dos salidas: una era ir en autocar a ver un partido de fútbol americano de la liga universitaria; la otra, una excursión al cine. Después habría visitas hasta la medianoche. Al día siguiente los jurados podrían abandonar el motel desde las nueve hasta la una para asistir a los oficios religiosos, y no se les controlaría si prometían no decir una palabra sobre el juicio. El domingo por la noche habría más visitas de las siete a las diez. El lunes a primera hora escucharían las conclusiones de ambas partes, y antes del almuerzo podrían retirarse a deliberar.

35

Explicar a Henry Vu las reglas del fútbol americano era una tarea cuando menos ingrata. Por suerte para él, sin embargo, todos sus colegas resultaron ser auténticos expertos en el tema. Nicholas, por ejemplo, había formado parte del equipo de su instituto. Y eso sucedió en Tejas, nada menos, donde la línea que separa el fútbol de la religión no es lo que se dice gruesa. Jerry veía veinte partidos cada semana, y lo hacía con el billetero en la mano, cosa que le daba cierta credibilidad. Lonnie, que estaba sentado detrás de Henry, también había jugado al fútbol en el instituto, y cada dos por tres se inclinaba hacia delante para apuntar algo a su compañero. Caniche, sentada al lado de Jerry, lo había aprendido todo sobre el fútbol cuando sus dos hijos lo practicaban. Incluso Shine Royce, que no había jugado al fútbol en su vida pero que veía mucho la televisión, no dudaba en meter baza de cuando en cuando.

Los jurados formaban un grupito compacto en las gradas del equipo visitante, en la fría tribuna descubierta de aluminio, lejos de la multitud. El partido enfrentaba a una escuela de Jackson con otra de la Costa del Golfo, y las condiciones eran inmejorables: tiempo fresco, muchos seguidores del equipo de casa, una banda de música animando el cotarro desde la tribuna, unas animadoras la mar de monas y un marcador ajustado.

Henry, por su parte, hizo todas las preguntas tabú: ¿por qué llevaban los jugadores aquellos pantalones tan ajustados?, ¿qué se decían cuando se agrupaban entre una jugada y la siguiente?, ¿por qué se cogían de las manos?, ¿por qué se apilaban de aquella manera? Si decía la verdad, aquél era el primer partido de su vida.

Al otro lado del pasillo, Chuck y otro celador seguían el partido vestidos de paisano y totalmente ajenos a seis miembros del jurado del proceso civil más importante del país.

Todos los miembros del jurado tenían estrictamente prohibido mantener contacto alguno con las visitas de cualquiera de sus compañeros. Dicha prohibición constaba por escrito desde el principio del aislamiento, y el juez Harkin se la había recordado repetidas veces. Pero era prácticamente inevitable intercambiar algún que otro saludo en el corredor, y Nicholas había hecho todo lo posible por violar esa norma a la mínima oportunidad.

Millie no había querido ir al cine, y menos al partido de fútbol. Hoppy llegó al motel con una bolsa llena de comida mexicana, y ambos pasaron la velada comiendo burritos y sin apenas dirigirse la palabra. Después de cenar intentaron ver un poco la tele, pero al final desistieron y se pusieron a hablar otra vez del lío en que se había metido Hoppy. Hubo más lágrimas, más disculpas, e incluso varias referencias al suicidio, algo que Millie encontró bastante fuera de lugar. Al cabo de un rato Millie confesó haberse desahogado con Nicholas Easter, un joven encantador que sabía de leyes y en quien se podía confiar sin reservas. Hoppy reaccionó con sorpresa e ira, pero al final se dejó vencer por la curiosidad y quiso saber qué pensaba de aquella situación una tercera persona. Sobre todo si, como decía Millie, esa persona era un experto en derecho. No era la primera vez que Millie mencionaba su admiración por el joven Nicholas.

Nicholas había prometido hacer un par de llamadas. Eso alarmó a Hoppy en gran manera. ¡Con la de sermones sobre la discreción que había tenido que aguantar de Nitchman, Napier y Cristano! Millie no se cansó de repetir que el joven Nicholas era de fiar, y Hoppy acabó por convencerse de ello.

A las diez y media sonó el teléfono. Era Nicholas, que ya había vuelto del partido y estaba en su habitación, impaciente por hablar con los Dupree. Millie abrió la puerta. Willis contempló con gran sorpresa desde el fondo del pasillo cómo Easter entraba a hurtadillas en la habitación de Millie. ¿Seguía dentro el señor Dupree? Ya no se acordaba. Muchas de las visitas no se habían marchado todavía, pero él había estado traspuesto un buen rato... ¿Se habrían liado Easter y Millie? No, imposible. Willis tomó nota del incidente y volvió a cerrar los ojos.

Hoppy y Millie estaban sentados al borde de la cama, y Nicholas de pie frente a ellos, apoyado en la cómoda, cerca del televisor. Lo primero que les dijo fue lo importante que era mantener aquel encuentro en secreto, lo último que Hoppy quería oír después de aquellas dos últimas semanas. Estaban contraviniendo las normas del juez, y con eso estaba dicho todo.

Nicholas les comunicó la noticia con suavidad. Napier, Nitchman y Cristano eran tres peones de un juego mucho más importante: una conspiración orquestada por la tabacalera para presionar a Millie. No eran agentes del Gobierno, y los nombres que utilizaban eran falsos. Hoppy había sido víctima de un engaño.

Hoppy no lo encajó del todo mal. Al principio se sintió más estúpido si cabe. Luego la habitación empezó a dar vueltas a su alrededor y él se sumió en un mar de dudas. ¿Eran buenas noticias o malas? ¿Qué pasaba con la cinta? ¿Qué tenía que hacer a continuación? ¿Y si Nicholas se equivocaba? Su pobre cerebro tuvo que enfrentarse con un centenar de preguntas. Millie, mientras tanto, le acariciaba la rodilla con lágrimas en los ojos.

—¿Está seguro de lo que dice? —preguntó con un hilo de voz.

—Completamente. Esos tipos no tienen nada que ver con el FBI ni con el Departamento de Justicia.

—Pero llevaban placas...

Nicholas levantó las manos y asintió con la cabeza para demostrar su comprensión.

—Lo sé, Hoppy, pero créame: eso no tiene ningún mérito. Les fue fácil inventarse una identidad falsa.

Hoppy se frotó la frente e intentó poner en orden sus ideas. Nicholas siguió con la historia. El Grupo Inmobiliario KLX de Las Vegas era una farsa. No se tenía noticia de la existencia de ningún Todd Ringwald, lo que no era de extrañar teniendo en cuenta que con toda seguridad utilizaba un nombre falso.

—¿Cómo sabe todo esto? —preguntó Hoppy.

—Buena pregunta. Tengo un amigo al que se le da muy bien eso de buscar información. Y es de toda confianza, no se preocupen. Le llevó tres horas y unas cuantas llamadas de teléfono averiguar todo esto. No está mal, ¿verdad? Teniendo en cuenta que es sábado...

Tres horas. En sábado. ¿Por qué no se le había ocurrido a él hacer unas cuantas llamadas?, pensó Hoppy. ¡Él había tenido diez días enteros! Hoppy se encorvó todavía más, hasta que los codos le tocaron las rodillas. Millie se secó las lágrimas con un pañuelo de papel. Hubo un minuto de silencio.

—¿Qué hay de la cinta? —preguntó Hoppy.

—¿La cinta de Moke?

—Sí, esa cinta.

—Eso no me preocupa —afirmó Nicholas con seguridad, como si fuera el abogado de Hoppy—. Legalmente, tendrían muchos problemas para utilizarla.

«¿Por qué?», se preguntó Hoppy.

—Por de pronto, la obtuvieron de manera fraudulenta —siguió Nicholas—. Es un caso claro de incitación a la comisión de un delito. Además, está en poder de dos hombres que han violado la ley, no fue obtenida por agentes de la ley, no había orden de registro ni autorización del juez... Olvídela, Hoppy, como si no existiera.

¡Qué regalo para los oídos! Hoppy se irguió de repente y suspiró aliviado.

—¿Lo dice en serio?

—Sí, Hoppy. Esa cinta no irá a ninguna parte.

Millie se inclinó hacia su marido y lo estrechó entre sus brazos. Ambos se abrazaron sin vergüenza. Millie seguía llorando, pero de alegría. Hoppy se puso en pie y empezó a dar saltos por la habitación.

—¿Cuál es el plan? —dijo haciendo chasquear los nudillos, dispuesto a entrar en combate.

—Hay que andarse con mucho cuidado.

—Usted dígame sólo a quién hay que disparar. Hijos de...

—¡Hoppy!

—Lo siento, cariño, pero es que no veo el momento de pegarles una patada en el culo.

—¡Hoppy! ¿Qué pensará el señor Easter?

El domingo empezó con un pastel de cumpleaños. Loreen Duke había comentado a Gladys Card que se acercaba su trigésimo sexto aniversario, y ésta lo había comunicado a su hermana, quien el domingo por la mañana temprano se presentó en el motel, procedente del mundo exterior, con un gran pastel de chocolate y caramelo con tres capas de bizcocho y treinta y seis velitas. Los jurados se reunieron en el comedor a las nueve y se comieron el pastel para desayunar. La mayoría tuvo que irse enseguida para no llegar tarde a los ansiados oficios religiosos, que sin duda los mantendrían ocupados durante las cuatro horas siguientes. Algunos miembros del jurado no habían pisado una iglesia desde hacía años, pero ya se sabe que los caminos del Señor son inescrutables.

Uno de los hijos de Caniche pasó a recoger a su madre, y Jerry se unió a la excursión familiar. Al principio pusieron rumbo a cierta iglesia no identificada, pero en cuanto se dieron cuenta de que nadie los vigilaba se desviaron hacia un casino. Nicholas y Marlee fueron a misa. Gladys Card hizo una entrada triunfal en su iglesia baptista del calvario. Millie se fue a casa con intención de cambiarse de ropa e ir a la iglesia, pero la emoción de volver a ver a sus hijos fue más fuerte que ella. De todos modos, ¿quién iba a enterarse? Al final se pasó la mañana en la cocina, preparando comida, limpiando y mimando a su prole. Phillip Savelle no salió del motel.

Hoppy llegó a la inmobiliaria a las diez. Había llamado a Napier a las ocho de la mañana para decirle que tenía algo importante de que hablar en relación con el desarrollo del juicio. También le había dicho que había conseguido convencer a su mujer y que ella ya había empezado a trabajarse a otros miembros del jurado. Hoppy quería entrevistarse con Napier y Nitchman en la inmobiliaria para informarlos con más detalle y recibir instrucciones.

Napier atendió la llamada de Hoppy desde el apartamentucho destartalado que Nitchman y él estaban utilizando como tapadera desde el principio de la operación. Se habían hecho instalar de forma temporal dos líneas telefónicas: uno de los números correspondía a su oficina; el otro a su residencia particular mientras durara aquella arriesgada misión contra la corrupción de la Costa del Golfo. Napier habló con Hoppy y, acto seguido, llamó a Cristano para saber cuáles eran sus órdenes. Cristano, que se hospedaba en un Holiday Inn cercano a la playa, llamó a su vez a Fitch, que se alegró mucho al recibir la noticia. ¡Por fin habían obligado a Millie a tomar posición a su favor! Fitch, que había empezado a dudar de la rentabilidad de la operación Hoppy, dio luz verde a la entrevista en la inmobiliaria.

Ataviados con el traje oscuro y las gafas de sol de rigor, Napier y Nitchman llegaron a la inmobiliaria a las once. Hoppy estaba de un humor excelente y había empezado a preparar café. Los dos hombres se sentaron a esperar. Hoppy dijo que, en aquellos momentos, Millie estaba en el motel luchando a brazo partido por salvar a su marido de la cárcel, y que le constaba que ya había convencido al menos a la señora Gladys Card y a Rikki Coleman. Les había enseñado el memorando, y las dos mujeres estaban horrorizadas ante la desfachatez de ese tal Robilio.

Hoppy sirvió el café mientras Napier y Nitchman tomaban nota de todo lo que él iba diciendo. Un cuarto hombre entró sigilosamente en la inmobiliaria por la puerta de la calle, que Hoppy había dejado abierta. El intruso dejó atrás el mostrador de recepción y siguió por el pasillo, procurando no hacer ruido al pisar la moqueta gastada, hasta llegar frente a una puerta de madera con una placa en la que se leía HOPPY DUPREE. El hombre aguzó el oído un momento y luego llamó vigorosamente.

Napier se sobresaltó y Nitchman dejó el café sobre la mesa. Hoppy los miró con cara de sorpresa.

—¿Quién es? —gritó.

La puerta se abrió de repente.

—¡FBI! —respondió el agente especial Alan Madden una vez dentro de la habitación.

Madden se dirigió hacia la mesa y dedicó miradas de hostilidad a los tres reunidos. Hoppy se levantó y casi derribó la silla. Parecía a punto de levantar las manos para dejarse cachear.

Napier no se desmayó porque estaba sentado. Nitchman se quedó boquiabierto. Los dos se habían quedado lívidos y sin pulso.

—Agente Alan Madden, del FBI —se presentó el intruso mientras mostraba su placa—. ¿Es usted el señor Dupree? —preguntó.

—Sí, pero el FBI ya está aquí —dijo Hoppy volviéndose primero hacia Madden, luego hacia los otros dos y a continuación otra vez hacia el agente.

—¿Ah, sí? ¿Dónde? —preguntó Madden mirando a Napier y Nitchman con el entrecejo fruncido.

—Aquí —señaló Hoppy haciendo gala de grandes dotes interpretativas. Estaba realmente inspirado—. Éste es el agente Ralph Napier y éste es el agente Dean Nitchman. ¿No se conocían?

—Es fácil de explicar —empezó Napier como si estuviera seguro de que podía dar una explicación satisfactoria.

—¿Agentes del FBI? —dudó Madden—. Sus placas —ordenó mientras extendía bruscamente la palma de la mano.

Napier y Nitchman vacilaron, y Hoppy se lanzó al ataque.

—Vamos, ¿por qué no le enseñan las placas? Las mismas que me enseñaron a mí...

—Identifíquense, por favor —insistió Madden cada vez más enfadado.

Napier intentó ponerse en pie, pero Madden se lo impidió sujetándolo del hombro.

—Puedo explicárselo todo —dijo Nitchman. Su voz era más aguda que de costumbre.

—Hágalo —ordenó Madden.

—Verá, en realidad no somos agentes del FBI, sino...

—¿Qué...? —gritó Hoppy desde el otro lado de la mesa. Tenía los ojos fuera de las órbitas y parecía a punto de lanzarles algún objeto contundente—. ¡Embusteros de mierda! ¡Llevan diez días diciéndome que son agentes del FBI!

—¿Es eso cierto? —preguntó Madden.

—No, en realidad, no —respondió Nitchman.

—¿Qué...? —volvió a gritar Hoppy.

—Cálmese —le espetó Madden—. Continúe —ordenó a Nitchman.

Nitchman no quería continuar; quería salir disparado por aquella puerta, dejar atrás Biloxi y desaparecer de la faz de la tierra para siempre.

—Somos investigadores privados y, en fin...

—Trabajamos para una agencia de Washington —lo socorrió Napier.

Napier estaba a punto de añadir algo más cuando Hoppy se abalanzó sobre uno de los cajones de su escritorio, lo abrió de golpe y sacó de él dos tarjetas de visita: una con el nombre de Ralph Napier y otra con el de Dean Nitchman; ambas los presentaban como agentes del FBI, para ser más exactos, como agentes de la Unidad Regional del Sudeste con sede en Atlanta. Madden leyó el contenido de ambas tarjetas y también vio los números de teléfono garabateados al dorso.

—¿Qué está pasando aquí? —protestó Hoppy.

—¿Quién es Dean Nitchman? —preguntó Madden sin obtener respuesta.

—Él es Nitchman —gritó Hoppy señalándolo.

—¿Yo? —disimuló Nitchman.

—¿Qué...? —gritó Hoppy.

Madden dio dos pasos hacia Hoppy y le señaló una silla.

—Siéntese y cierre la boca, ¿de acuerdo? No quiero oír una palabra más si no le pregunto.

Hoppy se dejó caer en la silla sin dejar de mirar amenazadoramente a Napier y Nitchman.

—¿Es usted Ralph Napier? —preguntó Madden.

—No —contestó Napier con la cabeza gacha, tratando de esquivar la mirada de Hoppy.

—Cabrones... —masculló Hoppy.

—¿Y bien? ¿Cómo se llaman? —insistió Madden. Esperó unos segundos, pero tampoco obtuvo respuesta.

—¡Esas tarjetas me las dieron ellos! —intervino Hoppy, que no parecía resignarse al silencio—. Me presentaré ante el gran jurado y juraré sobre todas las Biblias que haga falta que fueron ellos los que me dieron esas tarjetas. ¡Se han hecho pasar por agentes del FBI y exijo que los detengan!

—¿Cómo se llama? —preguntó Madden en vano al hombre conocido con el nombre de Nitchman.

Llegados a aquel punto, Madden sacó su arma reglamentaria —cosa que a Hoppy le causó gran impresión— e hizo que los dos se levantaran, separaran las piernas y apoyaran las manos sobre la mesa. Un rápido cacheo demostró que sólo llevaban encima unas cuantas monedas, llaves y algunos billetes. Nada de carteras, nada de placas de mentirijilla. Ninguna clase de identificación. Los habían entrenado demasiado bien como para que cometieran semejante error.

Madden esposó a los falsos agentes y los condujo hasta la calle, donde le esperaba otro miembro del FBI con un café en la mano. Juntos hicieron entrar a Napier y a Nitchman en la parte trasera de un auténtico coche del FBI. Madden se despidió de Hoppy prometiéndole que volvería a ponerse en contacto con él y se alejó de la inmobiliaria con los dos farsantes maniatados en el asiento de atrás. El otro agente del FBI lo siguió a bordo del coche de los falsos agentes.

Hoppy dijo adiós con la mano.

Madden cogió la autopista 90 en dirección a Mobile. Napier, más ingenioso que su compañero, se inventó una historia bastante verosímil a la que Nitchman sólo tuvo que añadir algunos detalles. Ambos explicaron a Madden que cierto casino había contratado los servicios de su agencia para investigar varias parcelas de terreno de la Costa. Así es como habían conocido a Hoppy, un inmobiliario corrupto que había intentado sacarles dinero. Una cosa había llevado a la otra y, en fin, al final su jefe les había aconsejado que se hicieran pasar por agentes del FBI. En realidad no habían hecho nada malo.

Madden escuchó la historia sin decir apenas una palabra. Según contaron luego a Fitch, Napier y Nitchman habían tenido la impresión de que el FBI no sabía nada sobre Millie ni sobre su participación en el juicio. Madden era un agente joven, que no podía ocultar su satisfacción por haber atrapado a dos malhechores pero que tampoco sabía exactamente qué hacer con ellos.

A Madden le pareció que el delito de los falsos agentes no era grave, que no valía la pena llevarlos ante los tribunales y que, desde luego, el caso no merecía ningún otro esfuerzo por su parte. Ya tenía más trabajo del que podía hacer. Sólo le faltaba tener que perder el tiempo denunciando a dos embusteros de poca monta. En cuanto cruzaron la frontera de Alabama, Madden empezó a castigar a sus pasajeros con un discurso sobre las penas por suplantación de identidad de un agente federal. Napier y Nitchman se mostraron profundamente arrepentidos y prometieron no reincidir.

Madden detuvo el coche en una estación de servicio, quitó las esposas a los dos farsantes, les devolvió el coche y les dijo que no volvieran a poner los pies en el estado de Misisipí. Napier y Nitchman le dieron las gracias, prometieron no volver jamás y se largaron con viento fresco.

Fitch rompió una lámpara de un puñetazo cuando recibió la llamada de Napier. Dejó que los nudillos le sangraran mientras echaba sapos y culebras y Napier le contaba lo sucedido desde una ruidosa parada de camiones en algún rincón perdido de Alabama. Pang recibió órdenes de ir a recogerlos.

Tres horas después de haber sido esposados, Napier y Nitchman estaban sentados en una habitación contigua al despacho de Fitch, en la trastienda del baratillo. Cristano también estaba presente.

—Empezad por el principio —dijo Fitch—. Quiero saberlo todo.

Fitch pulsó una tecla y el magnetófono empezó a grabar. Napier y Nitchman ofrecieron una relación conjunta y prácticamente exhaustiva de los hechos.

Cuando acabaron, Fitch los despidió y los envió de vuelta a Washington. Luego, a solas, apagó las luces y se enfrentó a oscuras con su enfado. Hoppy se lo contaría a Millie aquella misma noche, y la defensa habría perdido otro jurado. De hecho, la reacción de la señora Dupree sería tan airada que probablemente pediría miles de millones para la pobre viuda Wood.

Sólo una persona podía sacarlo de aquel atolladero. Sólo Marlee.

36

¿No le parecía raro?, dijo Phoebe al poco de atender la llamada sorpresa de Beverly. Hacía sólo un par de días a ella también la había llamado un tipo haciéndose pasar por Jeff Kerr y diciendo que buscaba a Claire. Phoebe se había dado cuenta enseguida de que el tipo mentía, pero le había seguido la corriente un rato para ver qué quería. Hacía cuatro años que no hablaba con Claire.

Beverly y Phoebe compararon sus llamadas, aunque aquélla se guardó de mencionar su entrevista con Swanson y el juicio para el que él estaba investigando. Luego se pusieron a hablar de los días pasados en Lawrence. Qué lejos quedaba ya la universidad. Ambas mintieron sobre sus carreras artísticas y sobre la velocidad a la que progresaban. Prometieron verse en cuanto a las dos les fuera posible y, por último, se despidieron.

Beverly volvió a llamar una hora más tarde, como si se le hubiera olvidado preguntar algo. Había estado pensando en Claire. La última vez que se vieron estaban algo enemistadas, y tenía cargo de conciencia. Se habían peleado por una tontería y ya no habían vuelto a poner las cosas en claro. Beverly quería ver a Claire y hacer las paces con ella, al menos para dejar de sentirse culpable. Lo malo es que no tenía ni idea de dónde encontrarla. Claire había desaparecido sin dejar rastro, y tan de repente...

Beverly decidió arriesgarse. Swanson había mencionado la

posibilidad de que Claire hubiera cambiado de nombre, y ella misma recordaba perfectamente el misterio que rodeaba el pasado de su amiga. Así pues, echó el anzuelo para ver si Phoebe lo mordía.

—¿Sabías que Claire no era su verdadero nombre? —dijo recurriendo a su formación de actriz.

—Sí —respondió Phoebe.

—Una vez me lo dijo, pero ya no me acuerdo.

Phoebe vaciló.

—Sí, tenía un nombre precioso. Y no es que Claire sea feo, pero...

—¿Cómo era?

—Gabrielle.

—Ah sí, Gabrielle. ¿Y de apellido?

—Brant. Gabrielle Brant. Era de Misuri, de Columbia. Allí es donde fue a la universidad. ¿No te contó la historia?

—Puede, pero ya no me acuerdo.

—Por lo visto tenía un novio muy bruto, un pirado. Claire intentó romper con él, pero el tío la seguía a todas partes. Por eso se fue y cambió de nombre.

—No tenía ni idea. ¿Sabes cómo se llamaban sus padres?

—Brant. Creo que su padre había muerto. Su madre era profesora de estudios medievales en la universidad.

—¿Crees que aún seguirá dando clases?

—Pues no lo sé.

—Bueno, lo intentaré. Tal vez ella pueda decirme dónde encontrar a Claire. Gracias, Phoebe.

Beverly tardó una hora en localizar a Swanson por teléfono. Lo primero que hizo fue preguntarle cuánto estaba dispuesto a pagar por la información. Swanson llamó a Fitch, que necesitaba oír buenas noticias tanto como el aire que respiraba. El tope serían cinco mil dólares. Swanson telefoneó a Beverly inmediatamente y le ofreció la mitad de ese precio. La chica quería más. Tras diez minutos de regateo, se pusieron de acuerdo en la cifra de cuatro mil dólares. Beverly se negó a soltar prenda antes de tener el dinero en sus manos.

Los presidentes de las Cuatro Grandes se habían trasladado a Biloxi para escuchar las conclusiones de las partes y el veredicto del jurado, así que Fitch se encontró con una flotilla de lujosos reactores privados a su entera disposición. Swanson fue a Nueva York en el avión de Pynex.

Swanson llegó a la ciudad de los rascacielos al atardecer y se registró en un pequeño hotel cercano a Washington Square. Según una de sus compañeras de piso, Beverly no estaba en casa. No, no estaba trabajando. Tal vez estuviera en una fiesta. Swanson llamó a la pizzería donde trabajaba la chica y alguien le dijo que la habían despedido. Luego volvió a hablar con la compañera de piso, que le colgó el teléfono cuando consideró que ya había hecho bastantes preguntas. Swanson soltó el auricular contrariado y se puso a dar zancadas por la habitación. ¿Cómo demonios se hace para encontrar a alguien que está en «algún lugar» de Greenwich Village? Decidió salir a la calle a probar suerte. Anduvo cuatro manzanas en dirección al apartamento de Beverly, pero hacía mucho frío, llovía, y se le quedaron los pies helados. Entonces entró en la misma cafetería donde se había entrevistado con la chica y permaneció allí hasta que se le secaron los zapatos. Llamó a la misma compañera de piso de antes desde un teléfono público, pero tampoco sacó nada en limpio.

Marlee quería celebrar una última reunión antes del gran lunes. Quedaron en verse de nuevo en su pequeño despacho. A Fitch le faltó poco para besarle los pies cuando la vio.

Había decidido contarle toda la historia de Hoppy y Millie y de cómo había fracasado su gran operación. Nicholas tenía que ponerse manos a la obra inmediatamente para apaciguar a Millie antes de que ésta pudiera influir negativamente en los demás jurados. Al fin y al cabo, el domingo por la mañana Hoppy había contado a Napier y a Nitchman que Millie estaba desempeñando a la perfección su papel de abogado defensor, y que hasta había enseñado el memorando sobre Robilio a otros miembros del jurado. Suponiendo, claro, que Hoppy hubiera dicho la verdad. Si lo había hecho, ¿cómo iba a reaccionar Millie al saber la verdad? Sólo Dios lo sabía. Se pondría furiosa, de eso estaba seguro. Y cambiaría radicalmente de opinión. Probablemente contaría a sus amigos las atrocidades que había cometido la defensa en su deseo de presionarla.

Sería un desastre, no le cabía la menor duda.

Marlee escuchó el relato de Fitch con cara de póquer. No estaba sorprendida, obviamente, pero no dejaba de ser curioso ver a aquel hombre en un aprieto.

—Creo que lo mejor sería deshacernos de ella —concluyó Fitch.

—¿Tiene alguna otra copia de ese memorando sobre Robilio? —preguntó Marlee sin dejar traslucir ningún sentimiento.

Fitch sacó el papel de su maletín y se lo entregó a Marlee.

—¿Es obra suya? —preguntó Marlee después de leerlo.

—Sí. Es todo mentira. De principio a fin.

La joven dobló el papel y lo guardó debajo de la silla.

—Un buen truco...

—Sí, fue bonito mientras duró.

—¿Hacen lo mismo en todos los juicios contra las tabacaleras?

—Lo intentamos. Eso, desde luego.

—¿Por qué escogieron al señor Dupree?

—Estudiamos a fondo su situación y decidimos que sería una presa fácil. Dueño de una pequeña inmobiliaria, siempre con problemas para llegar a fin de mes, con todo el dinero de los casinos cambiando de manos delante de sus narices, frustrado porque sus amigos se habían enriquecido... Mordió el anzuelo al instante.

—¿Los habían descubierto alguna vez?

—Hemos tenido que cancelar alguna que otra operación, pero nunca nos han pillado con las manos en la masa.

—Hasta ahora, querrá decir.

—No necesariamente. Puede que Hoppy y Millie sospechen que nuestros agentes trabajaban para la tabacalera, pero no saben quiénes son. En lo que a eso se refiere, aún contamos con el beneficio de la duda.

—¿Mejora eso las cosas?

—En absoluto.

—Tranquilícese, Fitch. Creo que el marido de Millie ha estado exagerando sus hazañas. Nicholas y ella son bastante íntimos, y no me consta que se haya convertido en abogada de su cliente.

—De nuestro cliente.

—Como prefiera. De nuestro cliente. Nicholas no ha visto ese memorando.

—¿Cree que Hoppy mentía?

—¿Le parece raro? Sus hombres le habían convencido de que estaba a las puertas de la cárcel.

Fitch respiró algo más tranquilo y casi sonrió.

—Es imprescindible que Nicholas hable con ella esta noche. Hoppy llegará al motel dentro de un par de horas y se lo contará todo. ¿Cree que Nicholas podrá moverse lo bastante deprisa?

—Fitch, Millie votará lo que Nicholas quiera. Cálmese.

Fitch se calmó. Retiró los codos de la mesa y trató de sonreír otra vez.

—Sólo por curiosidad, ¿cuántos votos tenemos ahora mismo?

—Nueve.

—¿Y quién falta?

—Herman, Rikki y Savelle.

—¿Aún no ha hablado con Rikki de su pasado?

—No, aún no.

—Entonces ya son diez —dijo Fitch con los ojos encendidos y jugueteando con los dedos—. Y tal vez lleguemos a once si nos libramos de alguien y podemos contar con Shine Royce, ¿no es verdad?

—Oiga, Fitch, usted se preocupa demasiado. Ahora ya ha hecho lo que tenía que hacer: ha pagado, ha contratado a los mejores. Relájese y prepárese para oír su veredicto. Está en buenas manos.

—¿Unánime? —preguntó Fitch en tono jovial.

—Nicholas se ha empeñado en que así sea.

Fitch bajó a brincos la escalera del maltrecho edificio y siguió así por la acera hasta que pisó la calzada. Luego recorrió seis manzanas silbando, respirando el aire nocturno y casi dando saltitos. José se reunió con él e intentó seguir su paso. Nunca había visto a su jefe de tan buen humor.

Un lado de la sala de conferencias lo ocupaban siete abogados que habían desembolsado un millón de dólares por cabeza a cambio del privilegio de participar en aquel acontecimiento. No había nadie más en la habitación. Nadie excepto Wendall Rohr, claro, que tenía el otro lado de la mesa para él solo porque necesitaba espacio para pasearse arriba y abajo. Se estaba dirigiendo, sin gritos y con palabras mesuradas, al jurado. Su voz sonaba cálida y profunda, llena de compasión o repentinamente áspera cuando hacía referencia a la tabacalera. Era sentencioso y zalamero, a ratos bromeaba y a ratos se enfurruñaba. De vez en cuando mostraba fotografías y disponía de una pizarra donde escribir sus cifras.

El discurso duró cincuenta y un minutos, el mejor tiempo conseguido en todos los ensayos realizados hasta la fecha. Por orden del juez Harkin, la lectura de las conclusiones no podía durar más de una hora. Los colegas de Rohr se apresuraron a hacer comentarios, y los hubo de todo signo, incluso halagüeños, aunque la mayoría apuntaban a algún tipo de mejora. No había en el mundo un público más exigente. Juntos, aquellos siete abogados sumaban cuatrocientas conclusiones; conclusiones que habían logrado casi quinientos millones de dólares en veredictos. Sabían exactamente cómo arrancar grandes sumas de dinero de un jurado.

Los ocho miembros del equipo que representaba a la parte demandante habían acordado dejar a un lado la vanidad antes de atravesar la puerta de la sala de conferencias. Rohr aceptó las críticas de sus colegas, algo que le resultaba extremadamente difícil, y se comprometió a realizar un último ensayo.

Todo tenía que ser perfecto. La victoria estaba demasiado cerca.

Cable tuvo que pasar por un calvario similar al de su rival. Su público era mucho más amplio: una docena de abogados, varios especialistas en jurados y un ejército de subalternos. El ensayo fue grabado en vídeo para que él mismo pudiera verse luego en acción. Estaba decidido a leer las conclusiones de la defensa en media hora. El jurado se lo agradecería. Y no le cabía duda de que Rohr emplearía más tiempo en leer las suyas. El contraste jugaría a su favor: Cable, el técnico, se remitía a los hechos; Rohr, el charlatán, apelaba a las emociones.

Cable pronunció su discurso y vio la grabación correspondiente. Así una y otra vez durante toda la tarde y parte de la noche del domingo.

Cuando llegó a la casa de la playa, Fitch ya volvía a ser el mismo ser pesimista y cauteloso de costumbre. Lo esperaban los cuatro presidentes de las tabacaleras, que acababan de dar cuenta de un exquisito festín. Jankle estaba sentado junto a la chimenea, borracho y aislado del resto del grupo. Fitch aceptó un poco de café y se puso a analizar las últimas acciones emprendidas por la defensa. Pronto se vio sometido a una avalancha de preguntas sobre las transferencias del viernes. ¿Para qué necesitaba dos millones más por cabeza?

Antes del viernes, el saldo del Fondo ascendía a seis millones y medio de dólares, más que suficiente para pagar los gastos de lo que quedaba de juicio. ¿Para qué iban a servir aquellos ocho millones de más? ¿Cuánto dinero quedaba en el Fondo en aquel momento?

Fitch se justificó diciendo que la defensa había tenido que hacer frente a un desembolso considerable e inesperado.

—Basta de rodeos, Fitch —lo atajó Luther Vandemeer, presidente de Trellco—. ¿Ha conseguido comprar el veredicto o no?

Fitch intentaba no decir mentiras a los cuatro presidentes de las tabacaleras. Al fin y al cabo, ellos pagaban su sueldo. Por otra parte, también es cierto que nunca les decía toda la verdad y que ellos tampoco lo esperaban. Sea como fuere, ante una pregunta tan directa y trascendente como aquélla, se sintió obligado a hacer un esfuerzo en pro de la sinceridad.

—Más o menos —respondió.

—¿Tiene ya los votos, Fitch? —preguntó otro de los presidentes.

Fitch guardó silencio y analizó las caras de cada uno de sus anfitriones, incluida la de Jankle, que de repente parecía algo más despejado.

—Eso creo —dijo.

Jankle se levantó de golpe y avanzó hacia el centro de la habitación, tambaleante pero decidido.

—Repita eso —exigió.

—Ya me ha oído —replicó Fitch—. El veredicto está comprado —añadió con un toque de orgullo en la voz.

Los otros tres presidentes también se pusieron en pie y se acercaron a Fitch hasta formar un semicírculo a su alrededor.

—¿Cómo lo ha conseguido? —preguntó el más curioso.

—Eso no llegarán a saberlo jamás —contestó Fitch sin inmutarse—. El cómo no es de su incumbencia.

—Exijo saberlo —protestó Jankle.

—Ni hablar. Mi trabajo consiste en hacer el trabajo sucio sin involucrarles a ustedes ni a sus empresas. Si quieren prescindir de mis servicios, me parece perfecto, pero me niego a ponerles al corriente de los pormenores de mi labor.

Los cuatro hombres lo miraron fijamente durante un largo instante. El semicírculo se hizo más estrecho. Los presidentes sorbieron sus bebidas y admiraron a su héroe. Ocho veces habían estado al borde del abismo, y ocho veces Rankin Fitch se había ensuciado las manos para sacarlos del apuro. Y acababa de hacerlo por novena vez. Era invencible.

Sin embargo, en ninguna de las ocasiones anteriores les había prometido la victoria de antemano. Al menos, no con aquella seguridad. Al contrario. Siempre se había mostrado angustiado hasta el momento de anunciarse el veredicto, siempre les había pronosticado una derrota y se había divertido viéndolos sufrir. Tanto optimismo no era propio de Rankin Fitch.

—¿Cuánto? —preguntó Jankle.

Era un dato que Fitch no podía ocultarles. Por razones obvias, aquellos cuatro hombres tenían derecho a saber adónde iba a parar su dinero. El control del Fondo se ejercía mediante un sistema de contabilidad algo rudimentario: las cuatro empresas aportaban la misma cantidad de dinero cada vez que Fitch lo creía conveniente, y los cuatro presidentes recibían un informe mensual de todos los gastos.

—Diez millones —declaró Fitch.

El borracho fue el primero en expresar su enfado.

—¿Ha comprado a un miembro del jurado por diez millones de dólares?

Los otros tres no estaban menos sorprendidos.

—No. A un miembro del jurado, no. Se lo explicaré de otra manera. Digamos que he comprado el veredicto por diez millones de dólares. Es todo cuanto pienso decir. El saldo del Fondo ha quedado en cuatro millones y medio. Y no tengo intención de responder ninguna pregunta sobre la manera en que el dinero cambió de manos.

Un fajo de billetes pagado bajo mano les podría haber parecido aceptable. Cinco, diez mil dólares como mucho. Pero les resultaba imposible imaginar que alguno de aquellos paletos del jurado fuera lo bastante listo como para soñar siquiera en poseer una fortuna de diez millones de dólares. Era imposible, pues, que todo aquel dinero hubiera ido a parar a las manos de una sola persona.

Ninguno de los atónitos presidentes se movió del lado de Fitch. Ninguno de ellos sabía qué decir, pero todos pensaban lo mismo. Seguro que ese Fitch había utilizado sus artimañas con diez jurados a la vez. Eso sí era verosímil. Tenía a diez jurados y les había ofrecido un millón a cada uno. Sí, eso sí que era verosímil. A partir del lunes habría diez nuevos millonarios en la Costa del Golfo. ¿Cómo se las apañarían para disimular tanto dinero?

Fitch saboreó aquel momento.

—Por supuesto, no hay nada garantizado, dijo. Hasta que el jurado anuncia el veredicto, nunca se sabe.

Pues por diez millones de dólares, más le valía que hubiera algo garantizado, pensaron los presidentes. Luther Vandemeer fue el primero en alejarse del corro. Se sirvió un coñac doble y se sentó en la banqueta del piano de media cola. Fitch ya se lo contaría más adelante. Esperaría un par de meses, lo convocaría a una reunión en Nueva York con algún pretexto, y le sonsacaría la historia.

Fitch dijo que tenía cosas que hacer. Quería que los cuatro estuvieran presentes en la sala de vistas durante la lectura de las conclusiones. Antes de irse les recordó que no se sentaran juntos.

37

La mayoría de los miembros del jurado tenían la impresión de que la noche del domingo iba a ser la última de su aislamiento. En susurros se dijeron que, si se retiraban a deliberar el lunes al mediodía, podían muy bien tener un veredicto a última hora de la tarde y pasar la noche en casa. No se podía hablar abiertamente del tema, sin embargo, porque hacerlo significaba especular sobre el veredicto y Herman siempre estaba a punto para atajar ese tipo de charla.

Con todo, imperaba el buen humor, y muchos de los jurados recogieron sus cosas e hicieron el equipaje sin comentarlo con nadie.

Querían que su último viaje desde el juzgado hasta el Siesta Inn fuera lo más breve posible: el tiempo justo de agarrar las maletas y recoger los cepillos de dientes.

La del domingo era la tercera noche de visitas consecutiva, y en general los jurados ya habían visto bastante a sus parejas. Sobre todo los casados. Tres noches seguidas de intimidad en una pequeña habitación de motel eran más de lo que muchos matrimonios podían soportar. Incluso los solteros necesitaban una noche libre. La amiga de Savelle, por ejemplo, no apareció. Derrick dijo a Angel que tal vez pasara más tarde, pero que antes debía atender a ciertos asuntos de importancia. Loreen no tenía novio, pero la dosis de hijas adolescentes del fin de semana le parecía más que suficiente. Jerry y Caniche atravesaban su primera pequeña crisis.

El domingo por la noche el motel estuvo silencioso. No hubo fútbol ni cervezas en la sala de fiestas, ni tampoco campeonatos de ajedrez. Marlee y Nicholas estuvieron comiendo pizza en la habitación del joven jurado. También pasaron revista a su lista de quehaceres y ultimaron sus planes. Los dos estaban tensos y nerviosos, y ni siquiera la triste historia de Fitch y Hoppy consiguió ponerlos de buen humor.

Marlee se marchó a las nueve. Subió a su coche alquilado, llegó a su piso de alquiler y se puso a hacer el equipaje.

Nicholas se reunió con Hoppy y Millie al otro lado del pasillo. Los Dupree lo estaban esperando como una pareja de luna de miel; no encontraban palabras para expresar su inmenso agradecimiento. Nicholas había destapado aquella horrible conjura y les había devuelto la libertad. Costaba creer hasta dónde era capaz de llegar la industria tabacalera para presionar a un solo jurado.

Millie estaba preocupada por su continuidad en el jurado. Hoppy y ella ya habían hablado del tema, y a ella le parecía que no podría ser justa e imparcial sabiendo lo que habían hecho con su marido. Nicholas se había preparado para hacer frente a aquella contingencia. En su opinión, Millie era imprescindible porque Shine Royce era un indeseable. Con toda sinceridad, aquel tipo era demasiado tonto para formar parte de un jurado, y si Millie hacía que el juez la relevara de sus obligaciones, Shine ocuparía su puesto durante las deliberaciones.

Y aún había otra razón de peso. Si Millie contaba al juez Harkin la historia de Napier y Nitchman, lo más probable era que Su Señoría declarara nulo el juicio. Eso sería una auténtica tragedia. Una anulación significaría repetir el juicio al cabo de un par de años: el mismo caso con un jurado distinto. Ambas partes volverían a gastarse una fortuna en hacer lo mismo que estaban haciendo en aquel momento.

—Está en nuestras manos, Millie. Nos han escogido para que impartamos justicia en este caso, y creo que es nuestro deber llegar a un veredicto. ¿Qué puede tener el próximo jurado que no tengamos nosotros?

—Estoy de acuerdo con Nicholas —intervino Hoppy—. Además, mañana se termina el juicio. Sería una lástima declararlo nulo en el último minuto.

Así pues, Millie se mordió la lengua y tomó la determinación de llegar hasta el final. Al lado de su amigo Nicholas, todo era más fácil.

El domingo por la noche Cleve estuvo con Derrick en el bar del Nugget Casino. Bebieron cerveza, vieron el partido de fútbol y hablaron, aunque poco, porque Derrick estaba enfurruñado y quería demostrar su contrariedad ante el robo del que se declaraba víctima. Los quince mil dólares en efectivo estaban en un sobre marrón que Cleve dejó sobre la mesa y que Derrick se metió en el bolsillo sin dar las gracias. Según las últimas condiciones del trato, diez mil dólares más cambiarían de manos después del veredicto. Suponiendo, claro está, que Angel votara a favor de la parte demandante.

—¿Por qué no se marcha ya? —sugirió Derrick pocos minutos después de colocar el dinero junto a su corazón.

—Me parece una gran idea —concedió Cleve—. Y usted vaya a ver a su novia. Asegúrese de que se hace cargo de la situación.

—Mi novia es cosa mía.

Cleve cogió su vaso y se esfumó.

Derrick apuró su cerveza y corrió a refugiarse en el lavabo de caballeros, donde se puso a contar el dinero dentro de uno de los compartimientos. Ciento cincuenta billetes nuevecitos de cien dólares. Derrick apretó el fajo con las manos y se sorprendió de lo poco que abultaba: sólo un par de centímetros. Luego lo dividió en cuatro partes, dobló cada fajo por la mitad, y repartió el dinero entre los cuatro bolsillos de sus vaqueros.

Había mucho movimiento en el casino. Un hermano mayor que estuvo en el Ejército había enseñado a Derrick a jugar a los dados, y el joven se sintió atraído por la mesa de los dados como por un imán. Allí estuvo viendo jugar a otros un rato, hasta que decidió resistir la tentación e ir a ver a Angel. Por el camino se paró a beber una cervecita rápida en una barra instalada cerca de la ruleta. A pocos metros de él se ganaban y se perdían auténticas fortunas. Dinero llama a dinero, se dijo. Y aquélla era su noche de suerte.

Derrick volvió a la mesa de los dados, compró fichas por valor de mil dólares y disfrutó de la atención de que son objeto los que gastan mucho dinero. El encargado de la mesa contempló los billetes nuevos y sonrió a su dueño. Una camarera rubia surgió de la nada. Derrick pidió otra cerveza.

Apostó fuerte, más fuerte que cualquiera de los blancos sentados a la misma mesa. El primer montón de fichas desapareció al cabo de un cuarto de hora. Derrick no dudó en cambiar mil dólares más.

A éstos pronto siguieron otros tantos. Entonces su suerte cambió y se hizo con mil ochocientos dólares en sólo cinco minutos. Compró más fichas. Las cervezas no paraban de llegar. La rubia empezó a flirtear con él. El jefe de mesa le preguntó si quería ser miembro de honor del Nugget.

Derrick perdió la cuenta del dinero que había gastado. Estuvo sacándolo indiscriminadamente de los cuatro bolsillos, y sólo lo recuperó en parte. Compró más fichas. Al cabo de una hora llevaba perdidos seis mil dólares y quería dejarlo ya. Pero antes su suerte tenía que cambiar. Los dados lo habían favorecido hacía un rato, y estaba seguro de que volverían a hacerlo. Decidió seguir apostando fuerte para recuperar todo el dinero de golpe cuando cambiara su suerte. Una última cerveza antes de pasarse al whisky.

Al final de una mala racha, Derrick se alejó de la mesa y volvió al lavabo de caballeros, al mismo compartimiento de antes. Se encerró y sacó todos los billetes que le quedaban. Sólo había siete mil dólares. Sintió ganas de llorar, pero se controló y se dijo que debía recuperar el dinero a toda costa. Apuró las últimas gotas de un vaso de whisky y decidió salir y ganar el dinero perdido. Probaría suerte en otra mesa. Cambiaría de estrategia. Y fuera cual fuera su suerte, pondría pies en polvorosa si, Dios no lo quisiera, su fortuna menguaba hasta los cinco mil dólares. Nada en el mundo le haría perder los últimos cinco mil dólares.

Al salir del lavabo pasó al lado de una ruleta donde no había ningún jugador. Se dejó llevar y apostó cinco fichas de cien dólares al rojo. El empleado hizo girar la ruleta. Rojo gana. Derrick había doblado sus quinientos dólares. Dejó las fichas en la misma casilla y volvió a ganar. Sin dudarlo siquiera, volvió a dejar las veinte fichas de cien dólares en el rojo y ganó por tercera vez consecutiva. ¡Cuatro mil dólares en menos de cinco minutos! El joven recogió sus ganancias, pidió una cerveza en el bar y se puso a mirar un combate de boxeo. Los gritos que se oían en la mesa de los dados le advertían que debía mantenerse alejado de ella. Se sentía afortunado de tener casi once mil dólares en el bolsillo.

Ya había pasado la hora de las visitas, pero tenía que ver a Angel. Con aire decidido, se dirigió hacia la salida pasando entre las máquinas tragaperras y alejándose lo máximo posible de las mesas de dados. Caminaba deprisa, con la esperanza de llegar a la puerta antes de cambiar de opinión y abalanzarse sobre los dados. Lo consiguió.

Llevaba sólo un minuto en la carretera cuando le pareció ver unas luces azules detrás de él. Era un coche patrulla de la policía de Biloxi, y le estaba haciendo señas de detenerse con las luces. Los llevaba pegados al parachoques. Derrick no tenía ningún chicle ni ningún caramelo de menta. Se paró, salió del coche y esperó las instrucciones del policía, que se acercó a él y notó enseguida el olor del alcohol.

—¿Ha estado bebiendo? —preguntó el agente.

—Bueno, ya sabe, un par de cervezas en el casino.

El policía cegó a Derrick con una linterna y luego lo hizo caminar sobre la línea continua y tocarse la punta de la nariz con el dedo. Derrick estaba como una cuba. El agente lo esposó y se lo llevó a la comisaría. El joven aceptó someterse a un control de alcoholemia y dio 18.

Le hicieron muchas preguntas sobre el dinero que llevaba en los bolsillos. Su explicación era verosímil —una noche de suerte en el casino—, pero no tenía trabajo. Vivía con un hermano. No tenía antecedentes penales. El celador tomó nota del dinero y los efectos personales de Derrick y los guardó en una caja fuerte.

Derrick no hizo caso de las protestas de los dos borrachines que había tumbados en el suelo y se acomodó en una de las literas de arriba de la celda de los beodos. Un teléfono no le habría servido de nada porque no podía llamar a Angel directamente. La ley obligaba a los conductores borrachos a permanecer cinco horas en el calabozo. Tenía que ver a Angel antes de que se fuera al juzgado.

El teléfono despertó a Swanson a las tres y media de la madrugada del lunes. Al otro extremo del hilo, una voz pastosa que arrastraba las palabras como si su dueña estuviera grogui le sirvió para identificar inmediatamente a Beverly Monk.

—¡Bienvenido a la Gran Manzana! —gritó antes de echarse a reír como la loca que era.

—¿Dónde se había metido? —protestó Swanson—. He traído el dinero.

—Luego —dijo Beverly. De fondo se oían las voces de dos hombres enfadados—. Ya hablaremos luego. —Alguien subió el volumen de la música.

—Necesito esa información ahora mismo.

—Y yo el dinero.

—Magnífico. Dígame cuándo y dónde.

—¡Y yo qué sé! —replicó la chica antes de dedicar una serie de palabras soeces a alguna de las personas que estaban en la misma habitación.

Swanson agarró el auricular con fuerza.

—Oiga, Beverly, escúcheme bien. ¿Recuerda la cafetería donde nos encontramos la última vez?

—Sí, creo que sí.

—En la Octava, cerca de Balducci's.

—Ah, sí.

—Bien. Reúnase allí conmigo en cuanto pueda.

—¿Qué hora es ésa? —preguntó entre carcajadas.

Swanson se armó de paciencia.

—¿Qué le parece a las siete?

—¿Qué hora es ahora?

—Las tres y media.

—Caramba...

—Oiga, ¿y si paso a recogerla ahora mismo? Dígame dónde está y cogeré un taxi.

—No, me encuentro bien. Sólo estoy divirtiéndome un rato.

—Está borracha.

—¿Y?

—Si quiere sus cuatro mil pavos, tendrá que estar lo bastante sobria para encontrarme.

—Allí estaré, cariño. ¿Cómo dijiste que te llamabas?

—Swanson.

—Muy bien, Swanson. Estaré allí a las siete. Más o menos.

Beverly colgó de nuevo entre carcajadas y Swanson no se tomó la molestia de volver a conciliar el sueño.

A las cinco y media Marvis Maples se presentó en la comisaría y pidió permiso para llevarse a su hermano Derrick. Las cinco horas ya habían pasado. El celador sacó al joven de la celda de los borrachos, abrió una caja de seguridad y depositó una bandeja metálica sobre el mostrador. Derrick pasó revista al contenido de la bandeja —once mil dólares en efectivo, las llaves del coche, una navaja y una barra de protector labial— mientras su hermano se esforzaba en dar crédito a sus ojos.

Una vez en el aparcamiento, Marvis preguntó a su hermano por la procedencia del dinero. Derrick le contó que había tenido suerte con los dados, le dio doscientos dólares y le pidió prestado el coche. Marvis cogió el dinero y aceptó esperar en la comisaría hasta que trajeran el coche de Derrick del depósito municipal.

Derrick condujo a toda velocidad hasta Pass Christian. Aparcó detrás del Siesta Inn justo cuando los primeros rayos de sol aparecían sobre el horizonte. Agachado, por si había alguien al acecho, se escabulló entre los arbustos hasta llegar bajo la ventana de Angel. Estaba cerrada, claro, así que dio unos golpecitos en el cristal. Como no obtenía respuesta, cogió una piedra y golpeó un poco más fuerte. Empezaba a hacerse de día, y él empezaba a ser presa del pánico.

—¡Quieto! —gritó una voz a su espalda.

Derrick se dio la vuelta y se encontró cara a cara con Chuck.

El agente uniformado le estaba apuntando a la frente con un pistolón negro y reluciente.

—¡Aléjese de esa ventana! —ordenó Chuck moviendo el arma—. ¡Manos arriba!

Derrick puso las manos en alto y retrocedió entre los arbustos.

—¡Al suelo! —fue la orden siguiente. Derrick se tumbó boca abajo en la acera con las piernas separadas y las manos a la espalda. Chuck pidió refuerzos por radio.

Marvis aún estaba merodeando por la comisaría a la espera del coche de Derrick cuando vio aparecer de nuevo a su hermano. Era el segundo arresto en una sola noche.

Angel seguía durmiendo.

38

Era una lástima que el jurado más diligente, el que más atención había prestado, el que más recordaba de todo cuanto se había dicho en la sala y el que había obedecido todas y cada una de las normas impuestas por el juez Harkin tuviera que ser el tercero en abandonar la tribuna y no pudiese, por tanto, tomar parte en las deliberaciones.

Puntual como un reloj, la señora Grimes entró en el comedor a las siete y quince minutos, ni uno más ni uno menos. Allí cogió una bandeja y fue eligiendo las mismas cosas que había estado eligiendo durante casi dos semanas: cereales con salvado, leche desnatada y un plátano, para Herman; copos de avena, leche semidesnatada, un poco de tocino y un zumo de manzana, para ella. Como pasaba a menudo, Nicholas coincidió con ella en el bufé y se ofreció a ayudarla. El joven seguía siendo el encargado de prepararle el café a su marido en la sala del jurado, y se sentía obligado a colaborar también por la mañana. Dos terrones y leche para Herman; solo para la señora Grimes. Los dos hablaron de dejar o no las maletas hechas y a punto para salir. La señora Grimes parecía emocionada ante la perspectiva de cenar en casa aquella noche.

El ambiente había sido festivo durante toda la mañana. Nicholas y Henry Vu, sentados a la mesa del comedor, iban saludando a los más madrugadores. ¡Pronto estarían en casa!

Cuando la señora Grimes se volvió para coger los cubiertos, Nicholas aprovechó la ocasión para echar cuatro tabletas en el café de Herman mientras comentaba algo sobre los abogados. No era un veneno letal; simplemente Methergine, un medicamento poco frecuente que se utilizaba sobre todo en las salas de urgencias para reanimar cuerpos casi al borde de la muerte. Herman estaría enfermo cuatro horas y luego se recuperaría por completo.

Como pasaba no menos a menudo, Nicholas acompañó a la señora Grimes por el pasillo para llevarle la bandeja y darle conversación. Al llegar a la puerta de su habitación, ella le dio las gracias más de una vez, como de costumbre. Qué joven tan simpático ese Nicholas.

La conmoción se produjo media hora más tarde, y Nicholas, casualmente, se encontró en medio del alboroto. La señora Grimes salió al pasillo y llamó a gritos a Chuck, que estaba en su puesto tomando café y leyendo el periódico. Nicholas la oyó y salió corriendo de su habitación. ¡Algo malo le ocurría a Herman!

Lou Dell y Willis acudieron atraídos por el griterío. Muy pronto, la mayoría de los jurados se había reunido ante la puerta abierta de la habitación de los Grimes, de donde no paraba de entrar y salir gente. Herman estaba en el suelo del cuarto de baño, doblado por la cintura y sufriendo terribles dolores de estómago. La señora Grimes y Chuck se agacharon para atenderlo. Lou Dell se abalanzó sobre el teléfono y llamó al 911. Nicholas comentó a Rikki Coleman que Herman tenía dolores en el pecho y que podía tratarse de un ataque al corazón. Herman ya había sufrido un amago de infarto seis años atrás.

En cuestión de minutos todo el mundo estaba al corriente de que Herman había sufrido un paro cardíaco.

Los de la ambulancia llegaron con una camilla, y Chuck hizo que los demás jurados despejaran el pasillo. Los enfermeros dieron oxígeno a Herman y consiguieron estabilizarlo. Tenía la presión un poco más alta de lo normal. La señora Grimes no paraba de decir que aquello le recordaba el primer ataque al corazón de su marido.

Los camilleros sacaron a Herman de la habitación y se lo

llevaron a toda prisa por el pasillo. En medio de la confusión, Nicholas se las apañó para derramar el café del portavoz.

El ruido de las sirenas acompañó la marcha precipitada de Herman. Los jurados se retiraron a sus respectivas habitaciones para intentar tranquilizarse. Lou Dell llamó al juez Harkin para comunicarle lo sucedido. La opinión general es que Herman había tenido otro ataque al corazón.

—¡Están cayendo como moscas! —exclamó la celadora antes de comentar que, en sus dieciocho años de experiencia, nunca había perdido a tantos jurados. Harkin la dejó con la palabra en la boca.

La verdad es que no esperaba que llegase puntualmente a las siete para tomarse un café y coger el dinero. Le constaba que pocas horas atrás la chica estaba totalmente borracha y, lo que es peor, decidida a seguir bebiendo. ¿Cómo iba a presentarse puntual a la cita? Swanson pidió un buen desayuno y se puso a leer el primero de varios periódicos. Así le dieron las ocho. Luego se sentó en una mesa al lado de la ventana para poder ver a la gente que pasaba por la calle.

A las nueve, Swanson llamó al apartamento de Beverly y volvió a pelearse con la misma compañera de piso de siempre. No, Beverly no estaba en casa, no había dormido en casa y tal vez no volvería nunca a casa.

Aquella chica era la hija de alguien, se dijo Swanson. Hoy en un *loft*, mañana en otro, viviendo al día, gorreando dinero para comer y para pagarse otra ronda de pastillas... ¿Sabían los padres de Beverly qué clase de vida llevaba su hija?

Swanson tuvo tiempo de sobra para reflexionar sobre la cuestión. A las diez pidió un tentempié porque el camarero no le quitaba el ojo de encima. Era evidente que no le hacía ninguna gracia que se hubiera instalado de aquella manera en la cafetería.

Rumores al parecer bien fundados hicieron que las acciones de Pynex abrieran la sesión con fuerza. Después de haber cerrado el viernes a setenta y tres, habían saltado a setenta y seis nada más empezar la jornada, y alcanzado los setenta y ocho dólares al cabo de pocos minutos. Habían llegado buenas noticias de Biloxi, aunque nadie parecía saber de qué fuente. El intenso movimiento de las primeras horas de la mañana hizo subir rápidamente las acciones de todas las tabacaleras.

El juez Harkin no entró en la sala de vistas hasta las nueve y media, y cuando por fin subió al estrado se dio cuenta de que la tribuna del público estaba abarrotada. No le extrañó. Acababa de mantener una acalorada discusión con los letrados de ambas partes. Cable pedía la anulación del juicio basándose en la pérdida de un tercer jurado. Sus argumentos, sin embargo, no eran suficientes. Harkin había estudiado a fondo la cuestión. Incluso había encontrado un caso de hacía muchos años en que se había permitido a once jurados emitir su veredicto al final de un proceso civil. El juez había exigido al jurado un mínimo de nueve votos, y el Tribunal Supremo había confirmado el veredicto.

Como era de esperar, la noticia del paro cardíaco de Herman se extendió rápidamente por la tribuna del público. Los asesores de la defensa declararon en voz baja que la marcha de Herman era una gran victoria para ellos, ya que el portavoz estaba claramente a favor de la parte demandante. Los asesores contratados por el equipo de Rohr dijeron exactamente lo contrario. Los expertos de uno y otro lado también vieron con buenos ojos la llegada de Shine Royce, aunque les resultó difícil explicar el porqué.

Fitch estaba anonadado. ¿Cómo se las apaña uno para provocar un ataque al corazón a otra persona? ¿Habría sido capaz Marlee de envenenar a sangre fría a un ciego? Fitch dio gracias a Dios por el hecho de que la joven estuviera de su parte.

La puerta contigua a la tribuna se abrió y los jurados entraron en la sala en fila india. Todos los miraban para ver si, efectivamente, Herman ya no estaba entre ellos. El asiento del portavoz permaneció vacío.

El juez había hablado con uno de los médicos del hospital, y lo primero que hizo fue explicar a los jurados que Herman estaba respondiendo bien al tratamiento y que, con un poco de suerte, la cosa no sería tan grave como parecía en un principio. Los jurados, y sobre todo Nicholas, respiraron aliviados. Shine Royce se convirtió en el jurado número cinco y pasó a ocupar el asiento de Herman en la primera fila, entre Phillip Savelle y Angel Weese.

Shine se sentía orgulloso de sí mismo.

Cuando el nuevo jurado se hubo instalado y la sala quedó en silencio, Su Señoría indicó a Wendall Rohr que podía proceder a la recapitulación, no sin antes recordarle que bajo ningún concepto debía exceder los sesenta minutos de tiempo. Rohr, ataviado con su chaqueta más chabacana, una camisa bien planchada y una pajarita limpia, empezó su intervención en voz baja, disculpándose por la larga duración del juicio y halagando la vanidad del jurado. Una vez cumplidas las formalidades, el letrado atacó despiadadamente «... el producto de consumo más letal jamás fabricado, el cigarrillo, que mata a cuatrocientos mil norteamericanos cada año, diez veces más que las drogas ilegales. Ningún otro producto lo iguala».

Rohr recordó los momentos estelares de los testimonios de los doctores Fricke, Bronsky y Kilvan, pero sin insistir demasiado. Luego pidió al jurado que no olvidara a Lawrence Krigler, el hombre que había trabajado para la industria tabacalera y conocía sus trapos sucios. A continuación invirtió diez minutos en glosar la figura de Leon Robilio, el hombre sin voz que había trabajado veinte años para promocionar la venta del tabaco y al cabo de ese tiempo se había dado cuenta de lo corrompidos que estaban sus amos.

Pero cuando de verdad se lució fue al llegar al tema de los niños. La supervivencia de las Cuatro Grandes exigía la adicción de los adolescentes, la única garantía de que la generación más joven seguiría comprando sus productos. Como si un pajarito le hubiera contado lo que sucedió en su día en la sala del jurado, Rohr pidió a los ocupantes de la tribuna que se preguntaran cuántos años tenían cuando empezaron a fumar.

Tres mil niños fuman su primer cigarrillo cada día. Y una tercera parte de estos tres mil niños morirá algún día por culpa de ese primer cigarrillo. ¿Qué otra cosa quedaba por decir? ¿Acaso no había llegado la hora de obligar a aquellas grandes empresas a cargar con las consecuencias de sus actos? ¿De darles un toque de atención? ¿De salvar de sus garras a nuestros hijos? ¿De hacerles pagar por los daños causados por sus productos?

Rohr adoptó un tono más agresivo para hablar de la nicotina y de la resistencia de las tabacaleras a admitir su poder adictivo. Varios drogadictos rehabilitados habían declarado que les había resultado más fácil dejar la marihuana o la cocaína que el tabaco. Rohr se enfadó todavía más al comentar la intervención de Jankle y su teoría del abuso.

De repente, un parpadeo y Wendall Rohr se había convertido en una persona distinta. Habló de su cliente, Celeste Wood, esposa, madre y amiga ejemplar, víctima inocente de la industria tabacalera. Habló del marido de la demandante, el difunto Jacob Wood, adicto a los cigarrillos Bristol —el producto estrella de la gama de Pynex—, que durante veinte años había intentado sin éxito dejar de fumar. Jacob Wood había dejado viuda, hijos y varios nietos. Jacob Wood había muerto a la edad de cincuenta y un años sin haber cometido otro pecado que el de usar correctamente un producto legalmente fabricado.

Rohr se acercó a una pizarra blanca montada sobre un caballete y efectuó algunos cálculos rápidos. Digamos que el valor monetario de la vida de Jacob Wood era, por ejemplo, de un millón de dólares. Después de añadir daños diversos, el total se convirtió en dos millones. Y ésos eran sólo los daños materiales, el dinero que la familia de Jacob Wood merecía recibir en compensación por su muerte.

Pero en realidad, aquel caso no tenía que ver solamente con los daños materiales. Rohr pronunció un minidiscurso sobre el concepto del castigo ejemplar y su importancia a la hora de mantener a raya a las grandes empresas del país. La cuestión era: ¿cómo se castiga a una empresa que dispone de una liquidez de ochocientos millones de dólares?

Dándole un toque de atención.

Rohr tuvo cuidado de no sugerir ninguna cifra, aunque, legalmente, habría podido hacerlo. Se limitó a dejar en la pizarra la inscripción $800.000.000 EN EFECTIVO mientras volvía a su sitio frente a la tribuna y compartía con el jurado unas últimas consideraciones. Al final dio de nuevo las gracias al jurado y se sentó. Cuarenta y ocho minutos.

Su Señoría ordenó un receso de diez minutos.

Beverly llegó con cuatro horas de retraso, pero cuando por fin la vio entrar en la cafetería, Swanson habría sido capaz de darle un abrazo. No lo hizo, sin embargo, porque le daban miedo las enfermedades infecciosas y porque la chica llegó escoltada por un joven mugriento, enfundado en cuero negro de la cabeza a los pies, con el pelo y la perilla de color negro azabache, teñidos, por cierto. El tipo llevaba la palabra JADE tatuada en plena frente, y lucía una hermosa colección de pendientes a ambos lados de la cabeza.

Sin decir una sola palabra, Jade acercó una silla y se puso a montar guardia igual que un dobermann.

Beverly tenía aspecto de haber recibido una paliza: el labio inferior partido e hinchado, un hematoma en la mejilla —que había intentado disimular con maquillaje— y el ojo derecho a la funerala. Olía a marihuana rancia y a bourbon barato, y había tomado algo, probablemente anfetaminas.

A poco que lo hubiera provocado, Swanson habría estado encantado de partirle la cara a aquel tal Jade y arrancarle uno por uno todos los pendientes que llevaba.

—¿Ha traído el dinero? —preguntó Beverly mirando de reojo a Jade, probable destinatario del dinero. El tipo no perdía de vista a Swanson.

—Sí. Hábleme de Claire.

—Déjeme ver el dinero.

Swanson se sacó del bolsillo un sobre pequeño y lo abrió lo suficiente para que se vieran los billetes. Luego lo cubrió con ambas manos.

—Cuatro mil pavos. Hable de una vez —ordenó Swanson mientras fulminaba a Jade con la mirada.

Beverly consultó a su amigo, que asintió como un mal actor y dijo:

—Adelante.

—Su auténtico nombre es Gabrielle Brant. Nació en Columbia, en el estado de Misuri. Se graduó en la Universidad de Misuri, la misma donde su madre daba clases de historia y literatura medieval. No sé nada más.

—¿Qué hay de su padre?

—Creo que está muerto.

—¿Algo más?

—No. Déme el dinero.

Swanson le entregó el sobre y se puso en pie de inmediato.

—Gracias —fue lo último que dijo antes de desaparecer.

Durwood Cable empleó poco más de media hora en ridiculizar la ocurrencia de solicitar varios millones de dólares para compensar a la familia de un hombre que había fumado voluntariamente durante treinta y cinco años. Aquel juicio era poco menos que un atraco a mano armada.

Pero lo que más le había dolido de la estrategia empleada por la parte demandante era su intento de desviar la atención de Jacob Wood y sus vicios para convertir el juicio en un debate lacrimógeno sobre los fumadores adolescentes. ¿Qué tenía que ver Jacob Wood con las últimas tendencias publicitarias? La parte demandante no había demostrado en absoluto que la conducta del difunto señor Wood hubiera sido influenciada en lo más mínimo por una sola campaña publicitaria. Si había empezado a fumar era porque le había dado la gana.

¿Por qué había querido la parte demandante mezclar a los niños en aquel debate? Porque quería explotar los sentimientos del jurado. Por ésa y no por otra razón. Todos reaccionamos con ira cuando pensamos que alguien hace daño o manipula a un niño. Es natural. Y antes de convencerlos a ellos, al jurado, de que otorgaran una fortuna a su cliente, la parte demandante necesitaba provocar su ira.

Cable apeló al sentido de la justicia de los miembros del jurado. Había que decidir teniendo en cuenta los hechos, no los sentimientos. Cuando acabó su intervención, el letrado de la defensa había conseguido que el jurado fuera todo oídos.

Mientras Cable volvía a su asiento, el juez Harkin le dio las gracias y se dirigió al jurado:

—Damas y caballeros, el caso está en sus manos. Les sugiero que elijan un nuevo portavoz para sustituir al señor Grimes, que, por cierto, está mucho mejor. He hablado con su mujer durante el último receso y me ha dicho que Herman aún se encuentra mal, pero que se recuperará del todo. Si necesitan hablar conmigo por alguna razón, comuníquenselo a la celadora. El resto de las instrucciones les espera en la sala del jurado. Buena suerte.

Mientras Harkin se despedía del jurado, Nicholas se volvió ligeramente hacia la tribuna del público y buscó la mirada de Rankin Fitch, sólo para saber cómo estaban las cosas en aquel momento. Fitch asintió con la cabeza y Nicholas se puso en pie igual que el resto de sus compañeros.

Era casi mediodía, y el tribunal había levantado la sesión hasta nueva orden del estrado. Eso significaba que aquellos que así lo desearan podían moverse libremente hasta que el jurado emitiera un veredicto. Los cachorros de Wall Street salieron disparados de la sala para llamar a sus oficinas. Los presidentes de las Cuatro Grandes confraternizaron brevemente con sus subordinados antes de abandonar la sala, con un poco de suerte, para siempre.

Fitch también fue de los primeros en marcharse. Cuando volvió a su oficina se encontró a Konrad peleándose con un laberinto de teléfonos.

—Es ella —anunció Konrad con inquietud—. Llama desde un teléfono público.

Fitch aceleró aún más el paso y atendió la llamada en su despacho.

—¿Diga?

—Fitch, hay nuevas instrucciones para la transferencia. No cuelgue y eche un vistazo al fax.

—Lo tengo aquí delante —dijo Fitch—. ¿A qué vienen las nuevas instrucciones?

—No haga preguntas, Fitch. Muévase, y deprisa.

Fitch agarró el fax de la bandeja e interpretó el mensaje escrito a mano. El dinero tenía que dirigirse a Panamá, al Banco Atlántico de la capital. Marlee le daba el número de cuenta y las instrucciones necesarias para efectuar la transferencia.

—Tiene veinte minutos, Fitch. El jurado está almorzando.

Si no he recibido confirmación de la transferencia a las doce y media, nuestro contrato se habrá roto y Nicholas inclinará la balanza a favor de la otra parte. Lleva un teléfono móvil en el bolsillo y está esperando mi llamada.

—Vuelva a llamar a las doce y media —dijo Fitch antes de colgar. Luego ordenó a Konrad que no le pasara ninguna llamada. Sin excepciones.

Fitch envió inmediatamente a su experto en transferencias de Washington el mensaje de Marlee. El experto, a su vez, envió la autorización correspondiente al Hanwa Bank de las Antillas Holandesas. Los de Hanwa habían estado a la espera de sus instrucciones toda la mañana, y en menos de diez minutos el dinero dejó la cuenta de Fitch y atravesó el Caribe hasta llegar al banco de la capital panameña indicado por Marlee. El Banco Atlántico ya había sido advertido de la llegada del dinero. Fitch recibió la confirmación del Hanwa Bank por fax, y se la habría enviado inmediatamente a Marlee si hubiera sabido a qué número hacerlo.

A las doce y veinte Marlee llamó a su banquero panameño, quien le confirmó la recepción de diez millones de dólares.

Marlee estaba en la habitación de un motel situado a unos siete kilómetros de Biloxi y trabajaba con un fax portátil. Al cabo de cinco minutos volvió a llamar al mismo banquero y le dio instrucciones de transferir el dinero a otro banco de las islas Caimán. Todo el dinero. Una vez hecha la transferencia, podía cancelar la cuenta del Banco Atlántico.

Nicholas llamó a las doce y media en punto desde el lavabo de caballeros. El jurado había terminado de comer y había llegado la hora de empezar las deliberaciones. Marlee le dijo que el dinero estaba a buen recaudo y que se iba.

Fitch tuvo que esperar la llamada de Marlee hasta casi la una. La llamada procedía de otro teléfono público.

—El dinero ya ha llegado, Fitch —anunció.

—Fantástico. ¿Quedamos para almorzar?

—Tal vez luego.

—¿Para cuándo esperamos el veredicto?

—A última hora de la tarde. Confío en que no estará usted preocupado, Fitch.

—¿Yo? ¡Nunca!

—Cálmese. Y prepárese para lo mejor. Doce a cero, Fitch. ¿Qué tal le suena eso?

—Suena a música celestial. ¿Por qué se deshicieron del pobre Herman?

—No sé a qué se refiere...

—Ya. ¿Cuándo celebraremos el triunfo?

—Volveré a llamar más tarde.

Marlee subió a un coche de alquiler y se alejó a toda velocidad sin perder de vista el retrovisor. El otro coche estaba aparcado delante de su piso, abandonado. En el asiento de atrás llevaba dos bolsas llenas de ropa, los únicos efectos personales que le había dado tiempo a recoger aparte del fax portátil. Los muebles del piso serían para quien los comprara de segunda mano en el mercadillo.

El coche de Marlee serpenteó a través de varios solares siguiendo la ruta que ella misma había estado practicando el día anterior en previsión de que alguien quisiera averiguar adónde se dirigía. No había ni rastro de los hombres de Fitch. Marlee zigzagueó por varias calles secundarias hasta llegar al aeropuerto municipal de Gulfport, donde la esperaba un pequeño reactor bautizado con el nombre de Lear. Cogió sus dos bolsas y dejó las llaves dentro del coche cerrado.

Swanson llamó una vez, pero no consiguió hablar con Fitch. Luego llamó a su supervisor, que estaba en Kansas City. Local envió inmediatamente tres agentes a Columbia, a una hora de camino. Otros dos cogieron sendos teléfonos y se pusieron rápidamente en contacto con la Universidad de Misuri, con la esperanza de que en el Departamento de Estudios Medievales hubiese alguien que supiera algo y además estuviera dispuesto a contarlo. En la guía telefónica de Columbia había seis personas apellidadas Brant. Todas recibieron más de una llamada y todas afirmaron no conocer a ninguna Gabrielle Brant.

Swanson no consiguió hablar con Fitch hasta después de la una. Fitch había estado encerrado en su despacho durante una hora, sin atender ninguna llamada. Swanson iba ya camino de Misuri.

39

Cuando la mesa del almuerzo estuvo despejada y todos los fumadores hubieron regresado a la sala, se hizo patente que había llegado el momento de hacer lo que llevaban un mes haciendo en sueños. Los doce jurados ocuparon sus puestos alrededor de la mesa y se quedaron mirando el asiento vacío de la presidencia, el que Herman estaba tan orgulloso de haber hecho suyo.

—Parece que necesitamos un nuevo portavoz —sugirió Jerry.

—Y yo propongo que sea Nicholas —añadió rápidamente Millie.

En realidad, no había ninguna duda sobre quién sería el nuevo portavoz. Nadie más quería desempeñar el cargo, y Nicholas parecía saber tanto de aquel juicio como los mismos letrados. Así pues, fue elegido por unanimidad.

Nicholas se colocó de pie junto a la silla de Herman y resumió la lista de sugerencias hechas por el juez Harkin.

—Su Señoría quiere que examinemos con atención todas las pruebas, tanto materiales como documentales, antes de empezar a votar. —Nicholas se volvió hacia su izquierda y contempló el cúmulo de informes y estudios acumulados durante las cuatro semanas anteriores.

—Yo no tengo intención de quedarme aquí tres días —dijo

Lonnie mientras todos los demás miraban la mesa donde habían sido depositadas las pruebas documentales—. Es más, estoy dispuesto a votar ahora mismo.

—No tan deprisa —intervino Nicholas—. Éste es un caso complicado y muy importante, y no estaría bien que nos precipitáramos y pasáramos por alto las deliberaciones.

—Yo propongo que votemos —insistió Lonnie.

—Y yo propongo que hagamos lo que dice el juez. Si hace falta, lo llamaremos para discutir el tema.

—No tendremos que leernos todo eso, ¿verdad? —preguntó Sylvia Caniche. La lectura no era uno de sus pasatiempos favoritos.

—Tengo una idea —anunció Nicholas—. ¿Por qué no cogemos un informe cada uno, le echamos una ojeada y luego lo resumimos a los demás? Entonces podremos decirle al juez Harkin con toda sinceridad que hemos tenido en cuenta todas las pruebas.

—¿De verdad crees que le importa? —preguntó Rikki Coleman.

—Probablemente. Nuestro veredicto debe basarse en las pruebas y los testimonios que ambas partes han presentado durante el juicio. Lo mínimo que podemos hacer es poner algo de nuestra parte y seguir las órdenes del juez.

—Yo estoy de acuerdo con Nicholas —intervino Millie—. Ya sé que todos tenemos ganas de irnos a casa, pero nuestro deber exige que examinemos con atención las pruebas.

Eso acabó con las protestas. Millie y Henry Vu se levantaron para ir a buscar los mamotretos en cuestión y los colocaron en el centro de la mesa. Cada miembro del jurado fue escogiendo el suyo.

—Basta con que les echen una ojeada —dijo Nicholas, repitiendo sus instrucciones igual que un profesor aturullado. Luego cogió el volumen más grueso, un estudio del doctor Milton Fricke acerca de los efectos del humo de los cigarrillos en las vías respiratorias, y se puso a leerlo como si no hubiera visto prosa más dinámica en toda su vida.

Algunos curiosos asomaron la nariz en la sala con la esperanza de oír un veredicto rápido. Era algo que pasaba a menudo:

se enviaba al jurado a la trastienda, se les daba de comer, se les concedía el tiempo suficiente para votar y listos, ya había veredicto. El jurado había decidido su voto antes de escuchar siquiera al primer testigo.

Pero ése no era el caso.

A doce mil metros de altura y setecientos cincuenta kilómetros por hora, el Lear cubrió la distancia entre Biloxi y George Town, la mayor de las islas Caimán, en sólo noventa minutos. Marlee pasó la aduana con un flamante pasaporte canadiense a nombre de Lane MacRoland, un atractiva señorita de Toronto que había ido a las islas a pasar una semana de vacaciones. No, nada de negocios. Tal como requerían las leyes de las Caimán, Lane también estaba en poder de su billete de vuelta: al cabo de seis días embarcaría en un vuelo de la compañía Delta rumbo a Miami. A las autoridades de las islas les encantaba el turismo, pero no pensaban lo mismo de la inmigración.

El pasaporte formaba parte de un juego completo de papeles que Marlee había adquirido de un prestigioso falsificador de Montreal: pasaporte, carnet de conducir, dirección, certificado de nacimiento y tarjeta del censo electoral. Todo por el módico precio de tres mil dólares.

Nada más poner los pies en George Town, Marlee cogió un taxi y visitó su banco, el Royal Swiss Trust, con sede en un edificio antiguo y majestuoso a pocos metros de la línea de playa. Marlee nunca había estado en las islas Caimán, pero ya se sentía como si fueran su segundo hogar: no en vano llevaba dos meses haciéndose una composición de lugar. Hasta entonces había llevado sus asuntos financieros vía fax.

El aire tropical era cálido y pesado, pero Marlee apenas si se dio cuenta. No era el sol ni las playas lo que la había llevado hasta allí. En George Town y en Nueva York eran las tres. En Misisipí, las dos.

Una recepcionista la saludó y la condujo hasta un pequeño despacho donde tuvo que rellenar un último impreso, un trámite que no se podía hacer por fax. Al cabo de pocos minutos, un hombre llamado Marcus se presentó directamente. Marlee y él habían hablado muchas veces por teléfono. Marcus era un joven delgado, pulcro, bien vestido y muy europeo, y hablaba un inglés perfecto con un ligerísimo acento.

El dinero había llegado sin novedad, la informó. Marlee no se inmutó ante la noticia; no hubo sonrisas. Había sido complicado, pero todos los papeles ya estaban en orden. Marlee siguió a Marcus por la escalera hasta su despacho. El cargo de Marcus era vago, como la mayoría de los cargos bancarios en las islas Caimán, pero era vicepresidente de alguna cosa, y llevaba carteras de acciones.

Una secretaria entró en el despacho con sendas tazas de café. Marlee pidió un bocadillo.

Las acciones de Pynex estaban a setenta y nueve; sin duda se habían beneficiado del intenso movimiento del día, informó Marcus mientras consultaba su ordenador. Trellco había subido tres puntos y cuarto y estaba a cincuenta y seis; Smith Greer había subido dos puntos y estaba a sesenta y cuatro y medio; ConPack se mantenía constante alrededor de los treinta y tres.

Marlee leyó unas notas prácticamente memorizadas y efectuó la primera transacción: vender cincuenta mil acciones de Pynex a setenta y nueve dólares. Con un poco de suerte, podría volver a comprarlas muy pronto a un precio mucho más bajo. Sólo los inversores más experimentados se atrevían a especular en el mercado de futuros. Si el precio de una cartera estaba a punto de bajar, las reglas bursátiles permitían que las acciones se vendieran al precio más alto para luego ser recompradas a un precio inferior.

Disponiendo de diez millones en efectivo, Marlee podría vender acciones por un valor aproximado de veinte millones de dólares.

Marcus confirmó la transacción pulsando gran número de teclas a toda velocidad, y pidió disculpas por ponerse los auriculares. La víctima de la segunda operación, de idénticas características a la primera, fue Trellco: treinta mil acciones del mercado de futuros vendidas a cincuenta y seis dólares y cuarto. Marcus confirmó la segunda transacción desde su terminal. Marlee siguió vendiendo: cuarenta mil acciones de Smith Greer a sesenta y cuatro y medio; sesenta mil más de Pynex a setenta y nueve y un octavo; treinta mil más de Trellco a cincuenta y seis y un octavo; y cincuenta mil de Smith Greer a sesenta y cuatro y tres octavos.

Llegados a este punto, Marlee decidió hacer una pausa. Marcus recibió instrucciones de no perder de vista a Pynex. Marlee acababa de desprenderse de ciento diez mil acciones de su cartera imaginaria, y estaba muy interesada en observar la reacción de Wall Street. Pynex se estancó en setenta y nueve, cayó a setenta y ocho y tres cuartos y volvió a setenta y nueve.

—Creo que ya se ha estabilizado —anunció Marcus, que llevaba semanas viendo fluctuar esas mismas acciones.

—Venda otras cincuenta mil —ordenó Marlee sin vacilar.

Marcus tuvo un pequeño sobresalto, pero obedeció sin rechistar y completó la transacción.

Pynex bajó hasta setenta y ocho y medio, y luego descendió otro cuarto de punto. Marlee bebía café y jugueteaba con sus notas mientras Marcus observaba y Wall Street reaccionaba. Marlee pensó en Nicholas y en lo que estaría haciendo en aquel momento, pero eso no la preocupaba. De hecho, estaba sorprendida de ver lo tranquila que se sentía.

Marcus se quitó los auriculares.

—Eso hace aproximadamente veintidós millones de dólares, señora MacRoland. Creo que deberíamos dejarlo aquí. Más ventas requerirían la aprobación de mis superiores.

—Con eso bastará —aceptó Marlee.

—El mercado cierra dentro de quince minutos. Si lo desea, puede usted esperar con los demás clientes en la sala.

—No, gracias. Prefiero ir al hotel. Tal vez salga a tomar un poco el sol.

Marcus se puso en pie y se abrochó la chaqueta.

—Sólo una pregunta. ¿Cuándo prevé que se producirá movimiento en la contratación?

—Mañana. A primera hora.

—¿Un movimiento significativo?

Marlee se puso en pie y recogió sus notas.

—Sí. Y si quiere que sus demás clientes crean que es usted un genio, haga lo mismo por ellos con cualquier tabacalera.

Marcus hizo llamar a un coche de la empresa, un Mercedes pequeño que llevó a Marlee hasta un hotel de Seven Mile Beach, no lejos del centro ni del banco.

El pasado de Marlee parecía estar a punto de convertirse en algo tan claro como su presente. Uno de los esbirros contratados por Fitch que se había trasladado a la Universidad de Misuri encontró los viejos archivos de la secretaría en la biblioteca principal. En el anuario de 1986 aparecía el nombre de una tal doctora Evelyn Y. Brant acompañado de una escueta descripción que la convertía en catedrática de historia y literatura medieval. El nombre no volvía a aparecer en el anuario de 1987.

El investigador se puso en contacto de inmediato con un colega suyo que andaba husmeando entre los archivos tributarios del condado de Boone. El segundo esbirro se fue derecho a la oficina de la secretaria del juzgado y en cuestión de minutos tuvo acceso al registro de últimas voluntades. La última voluntad de Evelyn Y. Brant había sido recibida para proceder a su autenticación en abril de 1987. Un empleado del juzgado ayudó al investigador a dar con la ficha que buscaba.

La información no podía ser más jugosa. La señora Brant había muerto en Columbia el 2 de marzo de 1987, a la edad de cincuenta y seis años. En el momento de producirse su fallecimiento, era viuda y madre de una hija de veintiún años. El testamento de la señora Brant, firmado tres meses antes de su muerte, nombraba heredera universal a su hija Gabrielle Brant.

El expediente Brant tenía dos dedos de grosor, por lo que el agente tuvo que conformarse con una primera hojeada superficial. El inventario de los bienes de la testadora incluía una casa valorada en ciento ochenta mil dólares e hipotecada por la mitad de dicha cantidad, un coche, una lista impresionante de muebles y otros artículos, un depósito bancario con un saldo de treinta y dos mil dólares, y una cartera de acciones por valor de doscientos dos mil dólares más. El testamento sólo hacía referencia a dos acreedores; era evidente que la doctora Brant sospechaba su muerte inminente y había buscado asesoramiento legal. Previa aprobación de Gabrielle, se procedió a vender la casa y a liquidar el patrimonio. Después de pagar los impuestos correspondientes, los honorarios profesionales y las costas judiciales, la suma de ciento noventa y un mil quinientos dólares se constituyó en fideicomiso. Gabrielle era la única beneficiaria.

La gestión del patrimonio Brant no había presentado ningún problema. El abogado encargado parecía haber actuado con diligencia y notable destreza. Trece meses después de la muerte de la doctora, los trámites de la sucesión se daban por terminados.

El investigador volvió a hojear el expediente para tomar algunas notas. Al llegar a cierto punto tuvo que separar con cuidado dos hojas que se habían pegado. Una de ellas, media cuartilla, ostentaba un sello oficial.

Era el certificado de defunción. La doctora Evelyn Y. Brant había muerto de cáncer de pulmón.

El investigador salió al pasillo para llamar por teléfono a su superior.

Cuando Fitch recibió la noticia, se había podido averiguar bastante más. Una lectura exhaustiva del expediente a cargo de otro agente —un ex agente del FBI licenciado en derecho— había revelado una serie de donaciones a entidades tales como la Asociación Pulmonar Americana, la Coalición por un Mundo sin Humo, el Grupo Operativo contra el Tabaco, la Campaña por un Aire más Limpio y media docena más de causas contrarias a los intereses de la industria tabacalera. Una de las dos únicas facturas pendientes ascendía a casi veinte mil dólares y correspondía a la última estancia hospitalaria de la señora Brant. El nombre de su marido, el difunto doctor Peter Brant, figuraba en una vieja póliza de seguros. Una rápida consulta del registro reveló que su testamento había sido leído en 1981. Su expediente estaba en el otro extremo de la misma oficina. Peter Brant había muerto en junio de 1981 a la edad de cincuenta y dos años. Dejaba viuda y una hija, Gabrielle, de quince años. Según el certificado de defunción correspondiente, el doctor había muerto en su casa. El médico que firmaba el certificado era el mismo que firmaría años después el de la señora Brant: un oncólogo.

Así pues, Peter Brant también había sufrido los devastadores efectos del cáncer de pulmón.

Swanson se encargó de hacer la llamada fatídica, pero sólo después de estar completamente seguro de la veracidad de los hechos.

Fitch atendió la llamada desde su despacho, a solas y con la puerta cerrada. Si no reaccionó con la violencia que cabía esperar fue por la sencilla razón de que estaba demasiado sorprendido. Se encontraba sentado tras su escritorio, en mangas de camisa, con el nudo de la corbata deshecho y los zapatos desabrochados. Apenas abrió la boca.

El padre y la madre de Marlee habían muerto de cáncer de pulmón.

Fitch llegó incluso a tomar nota del dato en su libreta. Luego dibujó un círculo alrededor de los nombres y varias líneas divergentes, como si la noticia pudiera convertirse en un diagrama susceptible de análisis. Tal vez habría alguna manera de hacer compatible aquella información con la promesa de Marlee de brindarle el veredicto en bandeja.

—¿Sigue usted ahí, Rankin? —preguntó Swanson después de un largo silencio.

—Sí —respondió Fitch. Hubo otra pausa. El diagrama se hacía cada vez más grande, pero no llegaba a ninguna parte.

—¿Dónde está la chica? —preguntó Swanson, que llamaba desde el exterior del juzgado de Columbia y mantenía un auricular de dimensiones ridículas pegado a su mejilla.

—No lo sé. Habrá que encontrarla —dijo Fitch sin la menor convicción. Swanson comprendió enseguida que la chica se había esfumado.

Varios segundos más de silencio.

—¿Qué quiere que haga? —preguntó Swanson.

—Volver, supongo —contestó Fitch antes de colgar sin previo aviso. Las cifras de su reloj digital le parecieron borrosas. Cerró los ojos. Se frotó las sienes, se estiró la perilla, contempló la posibilidad de desahogarse arrojando la mesa contra la pared y arrancando los teléfonos, pero se contuvo. Lo que necesitaba era mantener la cabeza fría.

Aparte de incendiar el juzgado o lanzar granadas a la sala del jurado, no se le ocurría manera humana de interrumpir las deliberaciones. Los últimos doce elegidos estaban encerrados en una habitación vigilada por las fuerzas de seguridad. Tal vez las deliberaciones llevaran más de un día. Entonces los jurados tendrían que volver a pasar una noche de aislamiento y eso le daría a Fitch la oportunidad de sacarse algún as de la manga y conseguir la anulación del juicio.

Una amenaza de bomba era una de las posibilidades que había que tener en cuenta. El jurado tendría que ser evacuado, permanecería más tiempo aislado, y sería conducido hasta un lugar remoto donde pudiera proseguir con las deliberaciones.

Las líneas del diagrama se multiplicaron. Fitch escribió listas de posibles acciones: todas arriesgadas, ilegales y condenadas al fracaso.

El tiempo apremiaba.

Los doce elegidos, once discípulos y su maestro.

Fitch se puso en pie y agarró la lámpara de cerámica con ambas manos. Konrad ya había sugerido que se retirara aquel objeto de la mesa de Fitch, un lugar donde reinaban el caos y la violencia más absolutos.

Konrad y Pang aguardaban instrucciones en el pasillo. Sabían que había pasado algo nefasto. La lámpara se estrelló con gran fuerza contra la puerta. Fitch gritó. Las paredes de contrachapado empezaron a temblar. Otro objeto fue lanzado por los aires y se hizo añicos. Un teléfono, tal vez. Fitch gritó algo sobre el dinero. El escritorio fue a parar contra una de las paredes.

Konrad y Pang se echaron atrás. No entendían qué estaba ocurriendo y no querían estar junto a la puerta cuando Fitch se decidiera a abrirla. ¡Bum! ¡Bum! ¡Bum! Sonaba como un martillo neumático. Fitch estaba aporreando las paredes a puñetazo limpio.

—¡Buscad a la chica! —gritó angustiado.

¡Bum! ¡Bum!

—¡Buscad a la chica!

40

Tras una ingrata sesión de concentración forzada, Nicholas tuvo la impresión de que había llegado el momento de iniciar el debate. Así pues, se ofreció voluntario y procedió a resumir a sus compañeros el informe del doctor Fricke sobre el estado de los pulmones de Jacob Wood. También les enseñó las fotos de la autopsia, pero ni aun así consiguió atraer su atención; ya estaban hartos de oír hablar de aquel tema.

—Según el informe del doctor Fricke —anunció Nicholas con su habitual diligencia—, fumar cigarrillos durante un largo período de tiempo provoca cáncer.

—Tengo una idea —intervino Rikki Coleman—. ¿Por qué no comprobamos si todos estamos de acuerdo en que los cigarrillos provocan cáncer de pulmón? Así ahorraremos tiempo. —Rikki llevaba un rato esperando el momento de meter baza, y se la veía dispuesta a presentar batalla.

—Me parece muy bien —la secundó Lonnie, que era con mucho el más inquieto y frustrado del grupo.

Nicholas se encogió de hombros en señal de aprobación. Él era el portavoz, es cierto, pero su voto valía lo mismo que el de los demás.

El jurado podía hacer lo que le viniera en gana.

—Por mí, de acuerdo —dijo—. Quien crea que los cigarrillos provocan cáncer de pulmón que levante la mano.

Doce manos se alzaron al punto.

Se había dado un paso de gigante hacia la consecución del veredicto.

—Sigamos. ¿Qué hay de la adicción? —preguntó Rikki mirando por turno a todos los miembros del jurado—. ¿Quién cree que la nicotina crea adicción?

Otro sí unánime.

Rikki saboreó el éxito de su intervención y se dispuso a entrar en el terreno más resbaladizo de la responsabilidad extracontractual.

—Conservemos la unanimidad de momento —la interrumpió Nicholas—. Es fundamental que salgamos de aquí unidos. Si nos dividimos, habremos fracasado.

La mayoría de los miembros del jurado ya habían oído con anterioridad el lema de Easter y, aunque se les escapaban las razones legales que justificaban aquella cruzada en pos de un veredicto unánime, ninguno ponía en duda la opinión del estudiante de derecho.

—Acabemos con los resúmenes. ¿Quién quiere seguir?

El informe que había escogido Loreen Duke era el atractivo volumen de la doctora Myra Sprawling-Goode. La introducción prometía un estudio detallado de las prácticas publicitarias de la industria tabacalera y, en especial, de la relación existente entre éstas y el consumo de tabaco entre los menores de dieciocho años; y la conclusión absolvía a la industria de toda sospecha de intentar hacerse con ese sector del mercado. Las doscientas páginas que había entre el primer capítulo y el último estaban intactas.

Loreen resumió el resumen:

—Pues aquí dice que no han podido encontrar ninguna prueba que demuestre que las empresas tabacaleras hacen anuncios pensando en los chicos.

—¿Y usted se lo ha creído? —preguntó Millie.

—No. Creía que ya habíamos decidido que la mayoría de la gente empieza a fumar antes de los dieciocho. ¿Verdad que hicimos una encuesta sobre eso?

—Verdad —respondió Rikki—. Y todos los fumadores habían empezado en su primera adolescencia.

—Y si no recuerdo mal, la mayoría también lo había dejado —intervino un Lonnie evidentemente resentido.

—Sigamos —se impuso Nicholas—. ¿Quién va a ser el siguiente?

Jerry no hizo un gran esfuerzo que digamos por amenizar las aburridas tesis del doctor Hilo Kilvan, el genio de las estadísticas que había demostrado que los fumadores corren un riesgo mayor de contraer cáncer de pulmón. La intervención de Jerry no despertó ningún interés entre sus compañeros, no hubo preguntas ni opiniones encontradas, y él mismo acabó por salir de la sala para fumar un pitillo rápido.

Siguió un rato de silencio durante el que los jurados continuaron cumpliendo con el penoso deber de leer los informes periciales acumulados. El juez les había dado permiso para entrar y salir de la sala a discreción para fumar, estirar las piernas o ir al lavabo. Lou Dell, Willis y Chuck montaban guardia ante la puerta.

Gladys Card había sido profesora de biología en una escuela y tenía conocimientos de ciencia. De ahí su soberbia disección del informe del doctor Robert Bronsky sobre la composición del humo de los cigarrillos, con sus trescientos compuestos, las dieciséis sustancias cancerígenas conocidas, los catorce alcalinos, los irritantes y un largo etcétera. La señora Card hizo uso de su mejor dicción docente y mantuvo la atención de los presentes con la ayuda de su mirada, aunque la excesivamente larga exposición acabó por aburrirles también.

Cuando Gladys Card dio por terminada su intervención, Nicholas —aún despierto— le dio las gracias efusivamente y se levantó para prepararse una ansiada taza de café.

—¿Y qué opinión le merece lo que ha leído? —preguntó Lonnie desde la ventana, de espaldas al resto del jurado, con un puñado de cacahuetes en una mano y un refresco en la otra.

—Creo que demuestra que el humo de los cigarrillos es perjudicial para la salud —respondió la mujer.

Lonnie se volvió para mirarla.

—Genial. ¿No estábamos ya de acuerdo en eso? Propongo

—dijo mirando a Nicholas— que sigamos votando. Llevamos casi tres horas leyendo, y les aseguro que si el juez me pregunta si he leído todos los informes, estoy dispuesto a jurárselo.

—Eres muy libre de hacerlo —contraatacó Nicholas.

—¿A qué esperamos, pues? Votemos.

—¿Sobre qué? —preguntó Nicholas. Los dos estaban de pie en extremos opuestos de la mesa, con el resto del jurado sentando entre ellos.

—Veamos qué piensa cada uno. Empiezo yo.

—Adelante.

Lonnie respiró hondo mientras todos se volvían hacia él.

—El caso me parece de lo más evidente. Por un lado, creo que los cigarrillos son productos peligrosos; que son adictivos y letales. Por eso no fumo. Todo el mundo lo sabe, y nosotros también hemos estado de acuerdo en eso. Por otro lado, creo que hay algo llamado derecho de elección. Nadie puede obligarnos a fumar, pero, si lo hacemos, tenemos que aceptar las consecuencias de nuestros actos. Lo que no se puede hacer es fumar como un cosaco durante treinta años y luego pedir millones a cambio. Alguien tiene que acabar con tanto pleito disparatado.

Lonnie hablaba casi a voz en cuello y consiguió que su mensaje llegara a todos los que lo escuchaban.

—¿Has terminado? —preguntó Nicholas.

—Sí.

—¿Quién quiere ser el siguiente?

—Yo quisiera hacer una pregunta —dijo Gladys Card—. ¿Cuánto dinero pide la parte demandante? El señor Rohr no lo ha dejado muy claro.

—Pide dos millones de dólares en concepto de daños reales. Lo del castigo ejemplar corre de nuestra cuenta —explicó Nicholas.

—Entonces, ¿qué hacían esos ochocientos millones escritos en la pizarra? ¿Por qué los ha dejado ahí?

—Porque estaría encantado de recibirlos —respondió Lonnie—. La cuestión es: ¿está usted dispuesta a dárselos?

—Me parece que no —contestó la señora Card—. Ni siquiera sabía que pudiera haber tanto dinero en el mundo. ¿Y sería todo para Celeste Wood?

—¿Ha visto cuántos abogados había ahí fuera? —preguntó Lonnie en tono sarcástico—. Celeste Wood tendrá suerte si le dejan ver un solo billete. Este juicio no tiene nada que ver con ella ni con su difunto marido. Este juicio tiene que ver con una pandilla de abogados que quieren hacerse de oro llevando a los tribunales a las empresas tabacaleras. Seríamos tontos si nos dejáramos convencer.

—¿Sabe cuántos años tenía cuando empecé a fumar? —preguntó Angel Weese a Lonnie, que seguía de pie.

—No, no lo sé.

—Pues yo me acuerdo perfectamente. Tenía trece años. Un día vi un cartel en Decatur Street, cerca de mi casa, con la foto de un chico negro guapísimo, alto y delgado, con los bajos de los vaqueros remangados, chapoteando en la playa con una chica despampanante en hombros. Los dos muy sonrientes, con sus dentaduras perfectas. Salem mentolados. Qué divertido. Eso sí que es vida, me dije. A mí también me gustaría ser así. De modo que fui a casa, abrí un cajón, cogí dinero y bajé a comprar un paquete de Salem mentolados. A mis amigos les pareció genial. Desde entonces nunca he dejado de fumar. —Angel hizo una pausa, miró a Loreen Duke y luego otra vez a Lonnie—. Y no me venga con eso de que sólo es cuestión de proponérselo. ¡Somos adictos! No es tan fácil como parece. Tengo veinte años, fumo dos paquetes al día y sé que, si no lo dejo, no llegaré a los cincuenta. Y no me diga que no intentan vender cigarrillos a los niños. Intentan vendérselos a los negros, a las mujeres, a los niños, a los vaqueros, a los palurdos del Sur y a quien sea. Y usted lo sabe tan bien como yo.

El rencor que dejaban traslucir las palabras de Angel después de cuatro semanas de expresión hermética sorprendió a los demás miembros del jurado. Lonnie la fulminó con la mirada, pero no dijo nada.

Loreen salió en ayuda de su compañera:

—Una de mis hijas, la que tiene quince años, llegó la semana pasada diciendo que había empezado a fumar en la escuela porque todos sus amigos lo hacían. Estos críos son demasiado jóvenes para darse cuenta del peligro de la adicción, pero cuando lo entiendan ya será demasiado tarde: ya estarán enganchados.

¿Y sabe qué me contestó cuando le pregunté dónde compraba los cigarrillos?

Lonnie no respondió.

—En las máquinas expendedoras. Hay una cerca del salón de juegos recreativos del centro comercial, allí donde se reúnen los chavales. Y otra en el vestíbulo del cine adonde van. Un par de sus hamburgueserías favoritas también las tienen. ¿Aún quiere que crea que no intentan vender cigarrillos a los críos? Me pone enferma. No veo el momento de volver a casa y darle una buena zurra.

—¿Y qué hará cuando empiece a beber cerveza? —preguntó Jerry—. ¿Les meterá un pleito de diez millones a los de Budweiser porque los chavales compran cerveza sin permiso?

—No hay pruebas de que la cerveza cree adicción física —intervino Rikki.

—No me dirá que es inofensiva...

—No es lo mismo.

—¿Ah, no? ¿Por qué no? —dijo Jerry. El debate se había centrado en dos de sus vicios favoritos. Quién sabe, tal vez acabaran discutiendo de apuestas y mujeres.

Rikki reflexionó unos instantes antes de pronunciar una apología —improbable, viniendo de ella— del alcohol.

—El tabaco es el único producto que mata si se usa correctamente. El alcohol debe ser consumido, se supone, en pequeñas cantidades. Si se toma con moderación, no es un producto peligroso. Ya sé que la gente se emborracha y acaba matándose de mil maneras, pero en esos casos siempre se puede argüir que el usuario no estaba siguiendo el modo de empleo.

—¿Me está diciendo que una persona que bebe alcohol durante cincuenta años no se está suicidando?

—No, si bebe con moderación.

—Pues no sabe cuánto me alegro de oírle decir eso.

—Y la cosa no acaba ahí. El alcohol lleva incorporada una advertencia natural: cuando el producto se ingiere, la respuesta del organismo es inmediata. El tabaco es distinto. Hay que fumar durante años para darse cuenta del daño que se le está haciendo al cuerpo. Y cuando eso pasa, uno ya está enganchado y no puede dejarlo.

—La mayoría sí puede —dijo Lonnie desde la ventana, sin mirar a Angel.

—¿Se han parado a pensar por qué todo el mundo intenta dejar de fumar? —preguntó Rikki sin perder la calma—. ¿Creen que es por lo mucho que disfrutan fumando? ¿Por lo jóvenes y sofisticados que el tabaco les hace sentirse? No, si quieren dejarlo es para evitar contraer cáncer de pulmón y otras enfermedades.

—En resumidas cuentas —la atajó Lonnie—, ¿qué piensa votar?

—Creo que es bastante evidente —respondió Rikki—. Cuando empezó el juicio, no tenía nada decidido, pero poco a poco me he ido dando cuenta de que la única manera de que las tabacaleras den la cara es que nosotros las obliguemos a hacerlo.

—¿Qué dices tú? —preguntó Lonnie a Jerry con la esperanza de encontrar en él a un aliado.

—Aún no lo sé. Creo que antes de decidirlo escucharé a todos los demás.

—¿Y usted? —preguntó a Sylvia Taylor-Tatum.

—La verdad es que me cuesta entender por qué tenemos que convertir a esa mujer en una multimillonaria.

Lonnie dio una vuelta a la mesa para ver de cerca las caras de sus compañeros, aunque la mayoría de ellos trataron de evitar su mirada. No cabía duda de que Lonnie estaba disfrutando con su papel de líder rebelde.

—¿Qué opina usted, señor Savelle? No parece muy hablador.

La cosa se ponía interesante. Ninguno de sus once compañeros tenía ni la más remota idea de la opinión de Savelle.

—Yo creo en la libre elección —empezó—. Absolutamente libre. Me parece repugnante lo que estas empresas hacen con el medio ambiente y odio sus productos, pero creo que cada persona tiene la capacidad de elegir qué quiere y qué no quiere hacer.

—¿Señor Vu? —preguntó Lonnie.

Henry carraspeó, reflexionó unos momentos y por fin dijo:

—Aún le estoy dando vueltas a la cuestión. —Henry seguiría a Nicholas, que, en contra de lo que cabía esperar, permanecía en silencio.

—¿Qué hay del presidente? —preguntó Lonnie.

—Podemos acabar de resumir los informes en media hora. Hagámoslo y luego empecemos a votar.

Después de la primera escaramuza seria, aquel rato de lectura serviría para serenar los ánimos. Era evidente que el tiroteo final no estaba lejos.

Al principio le entraron ganas de recorrer las calles en coche, con José al volante, y de dejarse llevar por la autopista 90 sin rumbo fijo, sin ninguna posibilidad de dar con la chica. Al menos así le quedarían el consuelo de estar haciendo algo y la esperanza de encontrarla por casualidad.

Pero sabía de sobra que se había ido.

Por eso decidió permanecer solo en su despacho, al lado del teléfono, rezando porque volviera a llamar para decirle que el trato se mantenía en pie. A lo largo de la tarde fue recibiendo los informes que esperaba oír de boca de Konrad: el coche de Marlee seguía aparcado frente a su apartamento, igual que durante las últimas ocho horas; no se había registrado ningún indicio de actividad en el piso ni en los alrededores; y no había ni rastro de la chica; se había esfumado.

Curiosamente, cuanto más tardaba el jurado en llegar a un acuerdo, más esperanzas concebía Fitch. Si lo que Marlee pretendía era huir con el dinero y castigarlo con un veredicto favorable a la parte demandante, ¿a qué venía el retraso? Tal vez el jurado no se lo estaba poniendo fácil; tal vez Nicholas había encontrado más dificultades de las que esperaba a la hora de conseguir los votos.

Fitch nunca había perdido un juicio como aquél, y procuraba recordarse a sí mismo que no era la primera vez que esperaba la decisión del jurado con el alma en vilo.

A las cinco en punto, el juez Harkin reanudó la sesión y mandó comparecer al jurado. Los abogados se apresuraron a ocupar sus puestos, y la tribuna del público prácticamente volvió a llenarse.

Los miembros del jurado tomaron asiento. Parecían cansados, pero eso no tenía nada de extraordinario.

—Sólo quiero hacerles unas preguntas —anunció Su Señoría—. ¿Han elegido ya a un nuevo portavoz?

Los jurados asintieron con la cabeza mientras Nicholas levantaba la mano.

—El honor ha recaído en mí —confesó en voz baja y sin el menor rastro de orgullo.

—Bien. Para su información, les diré que he hablado con Herman Grimes hace cosa de una hora y que ya se encuentra bien. Parece ser que no se ha tratado de un ataque al corazón y que podrá volver a casa mañana. Les envía recuerdos.

La mayoría de los jurados respondieron con una expresión agradecida.

—Bueno, llevan ustedes cinco horas deliberando, y me gustaría saber si han hecho algún progreso.

Nicholas se puso en pie como si le diera vergüenza y metió las manos en los bolsillos del pantalón.

—Creo que sí, Su Señoría.

—Bien. Sin explicar el signo de las deliberaciones, ¿cree usted que el jurado conseguirá emitir un veredicto?

—Creo que sí, Su Señoría —respondió Nicholas después de mirar brevemente a sus compañeros—. Sí, confío en que llegaremos a un veredicto.

—¿Cuándo, aproximadamente? No me malinterpreten, no les estoy metiendo prisa. Pueden ustedes deliberar tanto tiempo como deseen. Si se lo pregunto es porque debo organizar las cosas en caso de que haya que pasar parte de la noche aquí.

—Queremos irnos a casa, Su Señoría. Estamos decididos a emitir el veredicto esta misma noche.

—Espléndido, gracias. Su cena viene de camino. Yo estaré en mi despacho si me necesitan.

41

Era la última visita del señor O'Reilly, su última misión y la ocasión indicada para despedirse de los que, a aquellas alturas, consideraba ya sus amigos. Tres de sus empleados y él mismo los habían alimentado y servido como si fueran miembros de la realeza.

La cena terminó a las seis y media, y los miembros del jurado no veían el momento de irse. Acordaron efectuar una primera votación sobre la cuestión de la responsabilidad extracontractual. Nicholas fue el encargado de plantear la pregunta de manera que fuera comprensible para todos:

—¿Consideran a Pynex responsable de la muerte de Jacob Wood?

Rikki Coleman, Millie Dupree, Loreen Duke y Angel Weese dijeron rotundamente que sí. Lonnie, Phillip Savelle y Gladys Card respondieron con un no irrevocable. El resto del jurado parecía indeciso. Caniche no estaba segura todavía, pero se inclinaba del lado del no. Jerry fue presa de dudas repentinas, pero lo más probable es que también se inclinara del mismo lado. Shine Royce, la última incorporación al jurado, no había abierto la boca en todo el día y se limitaba a dejarse llevar; se montaría en el primer carro que viera pasar por delante de sus narices. Henry afirmó estar indeciso, pero la verdad es que esperaba el voto de Nicholas, a quien precisamente correspondía hablar el último. El joven se mostró decepcionado ante aquella división de opiniones.

—Creo que ha llegado el momento de que el portavoz desvele su opinión —dijo Lonnie a Nicholas en tono provocador.

—Sí, tiene razón —lo apoyó Rikki Coleman, también dispuesta a pelear. Todos los ojos estaban clavados en el portavoz.

—Muy bien —aceptó Nicholas.

La sala quedó en silencio. Después de años de planificación, había llegado el momento de la verdad. Nicholas dio la impresión de estar escogiendo con cuidado las palabras, aunque la verdad es que le había dado más de mil vueltas a aquel discurso.

—Estoy convencido de que los cigarrillos son peligrosos y mortales de necesidad; de que matan a cuatrocientas mil personas al año; de que contienen grandes dosis de nicotina a pesar de que los fabricantes saben desde hace mucho tiempo que esa sustancia es adictiva; de que podrían ser un producto más inocuo si las tabacaleras quisieran, pero que no quieren porque eso significaría reducir la nicotina y las ventas. Creo que los cigarrillos mataron a Jacob Wood; eso está fuera de toda duda. También estoy convencido de que las tabacaleras están dispuestas a mentir, hacer trampas, encubrirse mutuamente y hacer todo lo que esté en sus manos para que los niños fumen. En definitiva, creo que son una pandilla de sinvergüenzas sin escrúpulos y que deberíamos hacerles pagar por ello.

—Estoy de acuerdo —dijo Henry Vu.

Rikki y Millie tenían ganas de ponerse a aplaudir.

—¿Quieres decir que estás a favor de un castigo ejemplar? —preguntó Jerry con incredulidad.

—El veredicto tiene que ser importante para que sea significativo, Jerry. Tiene que ser enorme. Un veredicto por daños reales se interpretaría como que no hemos tenido el valor de castigar a la industria tabacalera por sus pecados colectivos.

—Tiene que dolerles —añadió Shine para aparentar inteligencia. Ya había encontrado un carro en el que montarse.

Lonnie miró a Shine y a Vu sin dar crédito a sus ojos. Hizo rápidamente la suma de votos: siete a favor de la parte demandante.

—Aún es pronto para hablar de dinero. Aún no tienes tus nueve votos.

—No son mis votos —se defendió Nicholas.

—A mí no me engañas —replicó Lonnie resentido—. Éste es tu veredicto.

El jurado repitió la votación: siete para la parte demandante y tres para la defensa; Jerry y Caniche seguían sin tomar posiciones. De repente, Gladys Card alteró la cuenta con una pregunta:

—No me hace ninguna gracia votar a favor de las tabacaleras, pero tampoco veo la necesidad de dar todo ese dinero a Celeste Wood.

—¿Cuánto dinero estaría dispuesta a darle? —preguntó Nicholas.

—No lo sé —confesó la señora Card, nerviosa y aturdida—. Me parecería bien darle algo, pero, en fin, no sé.

—¿En qué cifra estás pensando? —preguntó Rikki al portavoz. La sala volvió a quedar en silencio, en completo silencio.

—Mil millones —respondió Nicholas sin inmutarse. La cifra cayó como una bomba sobre la mesa. Los demás jurados se quedaron boquiabiertos y con los ojos desorbitados.

Nicholas quiso explicarse antes de que alguien más pudiera intervenir:

—Si queremos enviar a la industria tabacalera un mensaje que no pueda olvidar, no tenemos más remedio que provocar un *shock*. Nuestro veredicto debería marcar un hito. El día de hoy debería pasar a la historia como el día en que la opinión pública norteamericana, representada por un jurado, plantó cara a la industria del tabaco y dijo basta.

—Tú te has vuelto loco —dijo Lonnie expresando una opinión momentáneamente bastante difundida.

—Conque quieres pasar a la historia, ¿eh? —comentó Jerry en tono sarcástico.

—Yo no. El veredicto. Nadie se acordará de nuestros nombres la semana que viene, pero todos recordarán nuestro veredicto. Si hay que hacerlo, ¿por qué no hacerlo bien?

—Me gusta la idea —intervino Shine Royce, a quien con sólo pensar en aquella cantidad de dinero le daba vueltas la cabeza. Shine era el único jurado dispuesto a pasar otra noche en el motel con tal de poder comer de gorra y recoger quince dólares más a la mañana siguiente.

—Cuéntenos qué pasaría —pidió Millie, aún sin salir de su asombro.

—Habría una apelación, y algún día, probablemente dentro de un par de años, un puñado de vejestorios vestidos con togas negras reducirían el veredicto a una cifra más razonable. Dirían que había sido un veredicto absurdo emitido por un jurado desquiciado, y le pondrían remedio. El sistema funciona así casi siempre.

—Entonces, ¿para qué molestarse? —preguntó Loreen.

—Para variar. Este juicio sería un primer paso en el proceso de responsabilizar a las tabacaleras de la muerte de muchas personas. No olviden que nunca han perdido ni uno solo de estos juicios. Se creen invencibles, pero nosotros podemos demostrarles que no lo son, y hacerlo de manera que otros afectados pierdan el miedo a enfrentarse con el sector.

—Dicho de otro modo —intervino Lonnie—, quieres reducirlos a la bancarrota.

—La verdad es que no me importaría en absoluto. Pynex está valorada en mil doscientos millones, y obtiene casi todos sus beneficios a costa de gente que compra sus productos pero que desearía no hacerlo. Sí, ya que me lo preguntas, creo que el mundo estaría mejor sin Pynex. ¿Quién lloraría su desaparición?

—¿Sus empleados, tal vez? —respondió Lonnie.

—Sí, comprendo lo que quieres decir, pero me importan más los miles y miles de personas adictas a sus productos.

—¿Cuánto cobraría Celeste Wood después de la apelación? —preguntó Gladys Card. No acababa de gustarle la idea de que una de sus conciudadanas, por más que fuera una desconocida, pudiera enriquecerse de la noche a la mañana. Era cierto que Celeste había perdido a su marido, pero el suyo había sobrevivido a un cáncer de próstata y no tenía intención de demandar a nadie.

—No lo sé —contestó Nicholas—. Y no creo que debamos preocuparnos por eso. Ya lo decidirán otro día en alguna otra sala. Además, habría que tener en cuenta las normas aplicables en los casos de reducción de grandes veredictos...

—Mil millones de dólares —repitió Loreen en voz baja, aunque no lo suficiente para no ser oída.

Era curioso: costaba lo mismo que decir «un millón de dólares». Pronto otros miembros del jurado miraron fijamente la mesa y repitieron las palabras «mil millones».

Nicholas se felicitó —y no por primera vez— por la ausencia del coronel Herrera. En un momento como aquél, con mil millones sobre la mesa, Herrera se habría puesto como una fiera y habría empezado a lanzar objetos por los aires. Sin él, la sala estaba en silencio. Lonnie era el único baluarte que le quedaba a la defensa, y el pobre no paraba de contar votos.

La ausencia de Herman también era importante, probablemente más aún que la del coronel, porque a diferencia de éste, el primer portavoz del jurado habría sabido hacerse escuchar. Herman era considerado y calculador, poco propenso a exteriorizar sus sentimientos y sin duda contrario a los veredictos desorbitados. ¿Qué más daba? Él y el coronel ya no formaban parte del jurado.

Nicholas había desviado la conversación de la responsabilidad a los daños y perjuicios, un cambio crucial que sólo él había notado. Al mencionar la cifra de mil millones había conseguido que sus compañeros empezaran a hablar de dinero y dejaran a un lado la discusión de la culpa. En vista del éxito obtenido, decidió seguir con la misma táctica.

—Es una cifra como otra cualquiera —dijo—. De lo que se trata es de darles un toque de atención.

—Es demasiado para mí —intervino Jerry a un guiño de Nicholas. Su estilo de vendedor de coches causó el efecto esperado—. Me parece..., en fin, exorbitante. Estoy de acuerdo en que haya que pagar daños y perjuicios, pero... ¡Caray, mil millones son una barbaridad!

—No es una cifra exorbitante —se defendió Nicholas—. La empresa dispone de ochocientos millones de dólares en efectivo. Todas las tabacaleras son como una fábrica de dinero; parece que se impriman sus propios billetes.

Con Jerry iban ocho. Lonnie se retiró a una esquina, donde empezó a morderse las uñas.

Y con Caniche, nueve.

—Sí que es exorbitante —se quejó—. Yo no puedo estar de acuerdo con una cantidad como ésa. Si fuera menos, tal vez, pero nada de mil millones.

—¿Cuánto menos? —preguntó Rikki.

Sólo quinientos millones de dólares. Sólo cien millones. Nadie se atrevía a pronunciar aquellas ridículas sumas de dinero.

—No lo sé —admitió Sylvia—. ¿Qué piensas tú?

—Me gusta la idea de poner a estos tipos contra las cuerdas —dijo Rikki—. Si queremos que las tabacaleras entiendan el mensaje, no debemos andarnos con chiquitas.

—¿Mil millones? —preguntó Sylvia.

—Sí, ¿por qué no?

—Por mí, de acuerdo —dijo Shine, que se sentía rico con sólo estar allí.

Hubo un largo silencio. El único sonido perceptible era el que hacía Lonnie al morderse las uñas.

—¿Quién está en contra de cualquier compensación en concepto de daños y perjuicios? —preguntó por fin Nicholas.

Savelle levantó la mano. Lonnie no hizo caso de la pregunta, pero su opinión era de sobra conocida.

—Diez contra dos —informó Nicholas mientras tomaba nota del resultado de la votación—. Este jurado se ha pronunciado sobre la cuestión de la responsabilidad extracontractual. Queda por decidir la contabilización de los daños. ¿Estamos los diez de acuerdo en que los sucesores de Jacob Wood tienen derecho a percibir dos millones de dólares en concepto de daños reales?

Savelle se levantó y abandonó la sala con cajas destempladas. Lonnie se sirvió una taza de café y se sentó junto a la ventana, de espaldas al grupo pero oído avizor.

Aquellos dos millones sonaban a poco más que calderilla después de la discusión anterior, y ninguno de los diez jurados tuvo inconveniente alguno en dar su visto bueno. Nicholas tomó debida nota de la decisión en un impreso facilitado a tal efecto por el juez Harkin.

—¿Estamos los diez de acuerdo en que ha lugar la imposición de un castigo ejemplar, sea cual fuere la cantidad establecida?

Nicholas miró uno por uno a sus nueve compañeros y fue cosechando un sí tras otro. Gladys Card vaciló. Aún estaba a tiempo de cambiar de opinión, pero eso no afectaría el veredicto final. De hecho, bastaba con nueve votos.

—Muy bien. Sólo nos queda llegar a un acuerdo sobre la cantidad de la multa impuesta en concepto de castigo ejemplar. ¿Alguna idea?

—Yo tengo una —propuso Jerry—. Que cada uno escriba su cifra en un papel y la guarde en secreto. Luego las sumamos todas y dividimos el resultado por diez. Así veremos cuál es la media.

—¿Vinculante?

—No, sólo para tener una idea de entre qué cifras nos movemos.

La idea de una votación secreta resultó muy atractiva. Todos los jurados se apresuraron a garabatear números en varios trocitos de papel.

Nicholas desplegó los papelitos y fue leyendo las cantidades a Millie, que se encargó de tomar nota de las mismas.

—Mil millones, un millón, cincuenta millones, diez millones, mil millones, un millón, cinco millones, quinientos millones, mil millones y dos millones.

Millie obtuvo la media aritmética de las diez cifras.

—El total es de tres mil quinientos sesenta y nueve millones de dólares, que, dividido entre diez, da una media de trescientos cincuenta y seis millones novecientos mil dólares.

Los jurados tardaron unos instantes en procesar todos aquellos ceros. Lonnie se levantó de pronto y pasó junto a la mesa.

—Os habéis vuelto todos locos —dijo en voz baja pero audible antes de salir de la habitación dando un portazo.

—No puedo —se rindió Gladys Card, visiblemente alterada—. Yo vivo de una pensión, una buena pensión, y... estas cifras no me caben en la cabeza.

—Pues no son ninguna fantasía —intervino Nicholas—. Pynex dispone de ochocientos millones de dólares en efectivo y de más de mil millones de patrimonio neto. El año pasado nuestro país gastó seis mil millones de dólares en financiar atención médica directamente relacionada con el consumo de tabaco, y la cifra aumenta sin parar. El año pasado las cuatro tabacaleras más importantes sumaron ventas por valor de casi dieciséis mil millones, y esa cifra también va subiendo. ¡Deben tener en cuenta que estamos hablando de miles de millones de dólares! Esos tipos se echarían a reír ante un veredicto de cinco millones de dólares. No serviría de nada, no dejarían de hacer lo que están haciendo. Seguirían vendiendo cigarrillos a los niños, seguirían mintiendo al Congreso. Todo seguirá igual si no les damos un buen susto.

Rikki apoyó los codos en la mesa y miró fijamente a Gladys Card, que estaba sentada justo enfrente de ella.

—Si no se siente capaz de seguir, váyase como han hecho los demás.

—No se burle de mí.

—No me estoy burlando, pero si no tiene agallas... Nicholas tiene razón. Si no les damos una bofetada y los ponemos de rodillas, nada cambiará. Esa gente no tiene escrúpulos.

Gladys Card había empezado a temblar y parecía a punto de sufrir un ataque de nervios.

—Lo siento —se disculpó—. Me gustaría ayudarlos, pero no puedo hacer lo que me piden.

—No se preocupe, señora Card —dijo Nicholas tratando de tranquilizar a la pobre mujer, que estaba deshecha y necesitaba oír una voz amiga. Aún le quedaban nueve votos. Podía permitirse el lujo de ser amable, pero no el de perder ni un solo voto más.

El resto del jurado esperó en silencio la reacción de Gladys Card: ¿se reintegraría al grupo o se emanciparía? La señora Card respiró hondo, proyectó la barbilla hacia delante y sacó fuerzas de flaqueza.

—¿Puedo hacer una pregunta? —dijo Angel a Nicholas, como si él fuera la única fuente de sabiduría.

—Pues claro que sí —contestó el joven encogiéndose de hombros.

—¿Qué pasará con la industria tabacalera si emitimos un veredicto multimillonario como el que ha salido antes?

—¿Desde el punto de vista legal, económico o político?

—Desde todos los puntos de vista.

Nicholas reflexionó durante un par de segundos, aunque se moría de ganas de responder.

—Al principio cundirá el pánico. Habrá una conmoción, y muchos ejecutivos se asustarán y se preocuparán por su futuro: se esconderán y esperarán a ver si los abogados los inundan con demandas. Las tabacaleras no tendrán más remedio que replantearse su estrategia publicitaria. No habrá bancarrotas, al menos a corto plazo, porque tienen muchísimo dinero. Acudirán al Congreso y pedirán que se promulguen leyes especiales, pero sospecho que Washington las tratará cada vez peor. En resumidas cuentas, Angel, el sector no volverá a ser el mismo si nosotros cumplimos con nuestro deber.

—Y con un poco de suerte —añadió Rikki—, algún día los cigarrillos serán ilegales.

—O bien las tabacaleras dejarán de fabricarlos porque ya no serán rentables —dijo Nicholas.

—¿Y qué nos pasará a nosotros? —preguntó Angel—. ¿Estaremos en peligro? Dijiste que han estado vigilándonos desde antes de que empezara el juicio.

—No te preocupes, no nos pasará nada —la tranquilizó Nicholas—. No pueden hacernos ningún daño. Además, como he dicho antes, dentro de una semana ya no se acordarán de nuestros nombres. Aunque todo el mundo se acordará de nuestro veredicto...

Phillip Savelle volvió a entrar en la sala y a ocupar su asiento.

—¿Y bien? ¿Qué han decidido Robin Hood y su pandilla? —preguntó.

Nicholas no le hizo caso.

—Tenemos que ponernos de acuerdo en una cifra si queremos ir a dormir a casa.

—Creía que ya lo habíamos hecho —dijo Rikki.

—¿Tenemos nueve votos como mínimo? —preguntó Nicholas.

—¿Sería mucha indiscreción preguntar de qué cifra están hablando? —se burló Savelle.

—Trescientos cincuenta millones. Dólar arriba, dólar abajo —respondió Rikki.

—Vaya, la vieja teoría de la distribución de la riqueza. Es curioso, porque no tenéis mucha pinta de marxistas que digamos.

—Tengo una idea —intervino Jerry—. ¿Por qué no redondeamos la cifra y les pedimos cuatrocientos millones, la mitad de lo que tienen en efectivo? Eso no los arruinará. Bastará con que se aprieten el cinturón, suban el nivel de nicotina, enganchen a unos cuantos niños más y, ¡hala!, habrán recuperado el dinero en un par de años.

—Pero ¿qué es esto? —protestó Savelle—. ¿Una subasta?

—A mí me parece bien —asintió Rikki.

—Votemos.

A la voz de Nicholas se levantaron nueve manos. Luego el portavoz preguntó uno por uno a sus compañeros si estaban de acuerdo en imponer al demandado un veredicto de dos millones de dólares en concepto de daños reales, más cuatrocientos millones como castigo ejemplar. Todos dijeron que sí. Nicholas rellenó el impreso correspondiente y recogió las firmas del resto de los jurados.

Lonnie volvió a la sala después de una larga ausencia.

—Ya tenemos el veredicto —le anunció Nicholas.

—¡Qué sorpresa! ¿Cuánto?

—Cuatrocientos dos millones de dólares —se adelantó Savelle—. Millón arriba, millón abajo.

Lonnie miró a Savelle y luego a Nicholas.

—¿Estás de broma? —preguntó con un hilo de voz.

—No —respondió Nicholas—. Va en serio, y tenemos nueve votos. ¿Quieres ser el décimo?

—Por nada del mundo.

—¿Increíble, verdad? —dijo Savelle—. Y además seremos famosos, ¿te lo imaginas?

—Esto es inaudito —masculló Lonnie mientras apoyaba la espalda en la pared.

—No tanto —replicó Nicholas—. La Texaco tuvo que hacer frente a un veredicto de diez billones de dólares hace unos cuantos años.

—O sea, que esto es una ganga... —se burló Lonnie.

—No —dijo Nicholas mientras se ponía en pie—. Esto es justicia.

El joven se dirigió a la puerta, la abrió y pidió a Lou Dell que informara al juez Harkin de que el jurado ya estaba listo.

Mientras esperaban las órdenes de Su Señoría, Lonnie se llevó a Nicholas aparte.

—¿No hay manera de no verse involucrado en esto? —le preguntó en voz baja y más nervioso que enfadado.

—Claro que sí. Tú, tranquilo. El juez nos preguntará uno por uno si estamos de acuerdo con el veredicto. Cuando te llegue el turno, tú di bien claro que no has tenido nada que ver.

—Gracias.

42

Lou Dell cogió la nota de manos de Nicholas tal como había hecho en ocasiones precedentes y la confió a Willis, cuya mole se alejó por el pasillo hasta perderse de vista tras una esquina. Willis entregó el mensaje en mano a Su Señoría, que en aquel momento se hallaba hablando por teléfono e impaciente por oír el veredicto. Harkin había oído muchos veredictos en su vida, pero algo le decía que aquél sería especial. Su Señoría estaba seguro de que algún día presidiría un juicio civil más importante que el del caso Wood, pero en aquellos instantes le costaba imaginárselo.

La nota del portavoz decía lo siguiente: «Juez Harkin: ¿Podría disponer que uno de sus agentes me escoltara lejos del juzgado tan pronto como se levante la sesión? Tengo miedo. Ya se lo explicaré más tarde. Nicholas Easter.»

Su Señoría dio las instrucciones correspondientes a un agente que montaba guardia junto a la puerta de su despacho y a continuación se dirigió, con paso decidido, a la sala de vistas. La inquietud flotaba en el ambiente. Los abogados, que en su mayoría no se habían alejado demasiado de la sala por temor a no oír la llamada del juez, regresaban a toda prisa a sus puestos con los nervios a flor de piel y los ojos fuera de las órbitas. La tribuna del público se iba llenando paulatinamente. Eran casi las ocho.

—Acaban de informarme de que el jurado ha emitido un veredicto —anunció Su Señoría hablando a través del micrófono. Desde el estrado veía temblar a los abogados—. Háganlo pasar, por favor.

Los doce jurados entraron en la sala en fila india y con expresión solemne, algo común a todos los juicios. Lleven buenas o malas noticias para una u otra parte, estén o no unidos, los jurados siempre mantienen la mirada baja. Eso hace que las dos partes se desanimen y empiecen instintivamente a pensar en la apelación.

Lou Dell tomó el impreso de manos de Nicholas y lo entregó a Su Señoría, que consiguió leerlo sin inmutarse y sin que la expresión de su cara revelase en lo más mínimo el sentido de las noticias que contenía. El veredicto lo sorprendió sobremanera, pero ateniéndose al procedimiento judicial no había nada que él pudiera hacer al respecto, ya que, técnicamente, era correcto. Más adelante habría peticiones de reducción, pero en aquel momento tenía las manos atadas. Harkin dobló de nuevo la cuartilla y la devolvió a Lou Dell para que se la llevara a Nicholas. El joven ya estaba de pie, listo para proceder al anuncio del veredicto.

—Señor portavoz, lea el veredicto del jurado.

Nicholas desdobló su obra maestra, carraspeó, echó una ojeada a la sala para ver si Fitch estaba presente y, cuando vio que no estaba, leyó sin más:

—Este jurado otorga a la demandante, Celeste Wood, la cantidad de dos millones de dólares en concepto de compensación por daños y perjuicios.

La primera parte del veredicto ya creaba precedente. Wendall Rohr y su pandilla de abogados soltaron un enorme suspiro de alivio. Acababan de pasar a la historia.

—Y este jurado otorga a la demandante, Celeste Wood, la cantidad de cuatrocientos millones de dólares para que sirva como castigo ejemplar.

Desde el punto de vista de un abogado, la recepción de un veredicto es algo similar a una obra de arte. No hay que mover un solo músculo, no hay que volverse en busca de consuelo ni de quien comparta el propio júbilo, no hay que dirigirse al cliente ni para felicitarlo ni para confortarlo, hay que fruncir el entrecejo y ponerse a escribir en silencio en un cuaderno, y hay que actuar como si uno no hubiera dudado jamás de que el veredicto sería precisamente el que se acababa de anunciar.

Pues bien, todas estas reglas sagradas de la abogacía fueron profanadas el día en que se leyó el veredicto del caso Wood. Cable se desplomó como si hubiera recibido un disparo en el estómago. Sus colegas miraban la tribuna del jurado boquiabiertos, sin poder retener el aire en los pulmones y con los ojos entrecerrados de pura incredulidad.

—¡Dios mío! —exclamó uno de los abogados defensores de segunda categoría que se sentaban detrás de Cable.

Rohr se deshizo en sonrisas y abrazó a Celeste Wood, que se había echado a llorar. Los demás miembros de su equipo se felicitaron mutuamente sin levantar la voz. ¿Y cuál era el pensamiento que presidía el momento glorioso de la victoria? Más que ningún otro, la perspectiva de repartirse el cuarenta por ciento de la compensación económica otorgada por el veredicto.

Nicholas se sentó y dio unas palmaditas en la pierna a Loreen Duke. El juicio había terminado. ¡Por fin!

El juez Harkin atajó las escenas distendidas como si aún tuviera que anunciarse otro veredicto.

—Damas y caballeros, a continuación les preguntaré uno por uno si están de acuerdo con el veredicto. Empezaré por la señora Loreen Duke. Por favor, declare para que conste en acta si ha votado usted o no a favor de este veredicto.

—Sí —respondió orgullosa.

Algunos abogados tomaron notas. Otros prefirieron mirar las musarañas.

—Señor Easter, ¿ha votado usted a favor de este veredicto?

—Sí.

—¿Señora Dupree?

—Sí, señor.

—¿Señor Savelle?

—No.

—Señor Royce, ¿ha votado usted a favor?

—Sí.

—¿Señora Weese?

—Sí.

—¿Señor Vu?

—Sí.

—¿Señor Lonnie Shaver?

Lonnie se puso medio en pie y dijo en voz muy alta, para que lo oyera todo el mundo:

—No, Su Señoría, no he votado a favor de este veredicto porque no estoy en absoluto de acuerdo con él.

—Gracias. Señora Rikki Coleman, ¿ha votado usted a favor de este veredicto?

—Sí, señor.

—¿Gladys Card?

—No, señor.

Un resquicio de esperanza se abrió ante los ojos de Cable, Pynex, Fitch y la industria tabacalera en general. Tres jurados se habían opuesto al veredicto. Otro voto en contra y el jurado tendría que seguir deliberando. Todos los jueces pueden contar historias de jurados cuya unidad se ha desintegrado en aquel momento, después de que el portavoz procediera a la lectura del veredicto y mientras el juez interrogaba individualmente a los miembros del jurado. A veces el veredicto sonaba completamente distinto en la sala de vistas, con los abogados y las partes presentes, que en la seguridad de la sala del jurado apenas unos minutos antes.

Sin embargo, las posibilidades de que se produjera el milagro se desvanecieron con los votos de Caniche y Jerry. Ambos se declararon favorables al veredicto.

—Nueve contra tres —resumió Harkin—. Parece que todo lo demás está en orden. ¿Señor Rohr?

Rohr hizo un gesto negativo con la cabeza. No se sentía capaz de agradecer el veredicto al jurado en aquellos momentos. Y aunque le habría encantado saltar la barandilla de la tribuna y besarles los pies, se limitó a continuar sentado con aires de suficiencia y a rodear con un fuerte brazo a Celeste Wood.

—¿Señor Cable?

—No, señor —fue todo cuanto Cable consiguió articular. ¡Cuántas cosas, sin embargo, habría querido decir a aquel atajo de imbéciles!

El hecho de que Fitch no estuviera en la sala de vistas preocupaba inmensamente a Nicholas. Su ausencia significaba que estaba ahí fuera, acechando en la oscuridad, esperándolo. ¿Cuánto sabría Fitch en aquel momento? Demasiado, seguramente. Nicholas no veía el momento de salir de la sala de vistas y de la ciudad.

Harkin empezó a soltar una perorata de agradecimiento —salpicada de alusiones al patriotismo y al deber cívico— que contenía todos los clichés escuchados durante su carrera de juez. Su Señoría advertía a los miembros del jurado que sobre ellos pesaba la prohibición de hablar sobre las deliberaciones y sobre el veredicto, los amenazaba con una acusación de desacato si se atrevían a desobedecer sus órdenes y les comunicaba que estaban a punto de efectuar su último viaje al motel para recoger sus cosas.

Fitch había visto y oído la sesión desde la sala de proyección contigua a su despacho. Estaba solo. Hacía horas que todos los asesores habían sido despedidos y devueltos a Chicago.

Podía retener a Easter. Había discutido largamente del asunto con Swanson, a quien había puesto al corriente de todo apenas llegado de Kansas City. Pero ¿de qué le iba a servir? Easter se negaría a hablar y ellos se arriesgarían a cometer un delito de secuestro. Y ya tenían bastantes problemas sin tener que cumplir condena en la cárcel de Biloxi.

Fitch y Swanson decidieron seguir a Nicholas con la esperanza de que los llevara hasta la chica, lo cual, naturalmente, les planteaba otro dilema: ¿qué harían con Marlee si conseguían dar con ella? No podían denunciarla a la policía, porque había tenido la idea genial de robar el dinero de un fondo de reptiles. ¿Qué diría Fitch en su declaración jurada al FBI? ¿Que él le había pagado diez millones de dólares a cambio de un veredicto y que ella había tenido la cara dura de engañarlo? ¿Y que por favor la detuvieran?

Cuanto más pensaba en ello, peor se encontraba.

Fitch siguió contemplando el vídeo a través de la cámara oculta de Oliver McAdoo. Los jurados se levantaron y fueron saliendo lentamente de la tribuna hasta que ésta quedó desierta.

Los doce miembros del jurado volvieron a reunirse en la sala de espera para recoger libros, revistas y labores de punto. Nicholas no estaba de humor para trivialidades y se escabulló por la puerta. Chuck, un viejo amigo a aquellas alturas, lo detuvo en el corredor y le dijo que el sheriff estaba esperándolo fuera.

Sin cruzar una sola palabra con Lou Dell, ni con Willis, ni con ninguna de las personas con las que había compartido aquellas cuatro últimas semanas, Nicholas desapareció —precedido de Chuck— a través de la puerta trasera del juzgado. El sheriff en persona lo aguardaba al volante de su gran Ford marrón.

—El juez me dijo que necesitaba usted ayuda —dijo el sheriff desde el asiento del conductor.

—Sí. Coja la autopista 49 hacia el norte. Ya le enseñaré por dónde tiene que ir. Y asegúrese de que no nos siguen.

—Entendido. ¿Quién iba a querer seguirlo?

—Los malos.

Chuck cerró de golpe la portezuela del copiloto para que el Ford pudiera arrancar. Nicholas echó un último vistazo al exterior de la sala del jurado, en el primer piso. Millie estaba abrazando a Rikki Coleman.

—¿No tiene que recoger nada del motel?

—No se preocupe por eso, ya iré a buscarlo en otro momento.

El sheriff cogió el micro de la radio y dio instrucciones a dos coches patrulla de que lo siguieran y comprobasen si alguien andaba tras ellos. Veinte minutos más tarde, mientras atravesaban Gulfport a toda velocidad, Nicholas empezó a indicar el camino al sheriff. Pronto le pidió que se detuviera ante la pista de tenis de un gran complejo de apartamentos al norte de la ciudad. Nicholas anunció que se apeaba allí y bajó del coche.

—¿Está seguro de que no tiene ningún problema? —preguntó el sheriff.

—Segurísimo. Me quedaré en casa de unos amigos. Gracias.

—Llámeme si necesita ayuda.

—Descuide.

Nicholas se perdió en medio de la oscuridad y observó desde una esquina cómo se alejaba el coche patrulla. Entonces se apostó junto a la piscina, una posición estratégica que le permitía controlar todos los coches que entraban y salían del complejo. No vio nada sospechoso.

El coche que utilizaría para huir era un vehículo de alquiler que Marlee había dejado aparcado allí dos días antes, igual que había hecho con dos coches más en otros puntos de las afueras de Biloxi. Nicholas tardó una hora y media en llegar hasta Hattiesburg. No apartó la vista del retrovisor en todo el camino, pero no tuvo ningún problema.

El Lear lo esperaba en el aeropuerto de Hattiesburg. Nicholas dejó las llaves dentro del coche cerrado y se dirigió despreocupadamente hacia la pequeña terminal.

Poco después de la medianoche pasó como una exhalación por la aduana de George Town gracias a su nueva documentación canadiense. Nicholas era el único pasajero; el aeropuerto estaba prácticamente desierto. Marlee lo recibió en la sección de recogida de equipajes con un abrazo apasionado.

—¿Ya lo has oído? —preguntó el joven mientras ambos salían de la terminal al aire húmedo del exterior.

—Sí. La CNN no habla de otra cosa —respondió Marlee—. Podrías haberte lucido un poco más, ¿no? —bromeó mientras se fundían en otro abrazo.

Con Marlee al volante, ambos se dirigieron hacia George Town a través de un laberinto de callejuelas vacías y dejando atrás modernas sucursales bancarias apiñadas junto al embarcadero.

—Ése es nuestro —comentó la chica señalando el edificio del Royal Swiss Trust.

—No está mal.

Más tarde fueron a sentarse en la arena, a la orilla del mar, y a chapotear entre la espuma mientras las olas rompían suavemente contra sus tobillos. En el horizonte se divisaba la tenue luz de los faroles de unos cuantos pesqueros. A su espalda quedaban los hoteles y los apartamentos silenciosos. En aquel momento la playa les pertenecía por completo.

Y qué momento. El proyecto en el que habían estado trabajando durante cuatro años había llegado por fin a buen puerto.

Sus planes habían funcionado a la perfección. Quién sabe cuánto tiempo llevaban soñando con una noche como aquélla, cuántas veces habían tenido que renunciar a su sueño.

Las horas pasaban como segundos.

Ambos llegaron a la conclusión de que sería mejor que Marcus, el corredor de Bolsa, no viera a Nicholas. Era más que probable que las autoridades empezaran a hacer preguntas al cabo de poco tiempo, y cuanto menos supiera Marcus, mejor. Marlee se presentó a la recepcionista del Royal Swiss Trust a las nueve en punto. La empleada la acompañó hasta la planta superior, donde esperaban Marcus y su curiosidad insatisfecha. El corredor ofreció un café a Marlee y cerró la puerta del despacho.

—Parece que la operación de futuros con Pynex no ha sido un mal negocio —bromeó el banquero con una sonrisa en los labios.

—Sí, eso parece —asintió Marlee—. ¿Cuándo abrirá?

—Buena pregunta. He estado hablando por teléfono con Nueva York y me ha dado la impresión de que la situación es bastante caótica. El veredicto ha pillado por sorpresa a todo el mundo. Excepto a usted, supongo. —Marcus tenía muchas preguntas que hacer, pero sabía que no obtendría respuesta a ninguna de ellas—. Puede que ni siquiera abra, que suspenda la cotización durante un par de días.

Marlee pareció hacerse cargo de la situación perfectamente. Un empleado llegó con los cafés. Marcus y la chica los bebieron a sorbos mientras repasaban las cotizaciones de cierre del día anterior. A las nueve y media, Marcus se colocó los auriculares y se concentró en los dos monitores que ocupaban el lateral de su mesa.

—El mercado está abierto —anunció mientras esperaba.

Marlee escuchaba con toda su atención, pero a la vez intentaba aparentar tranquilidad. Nicholas quería dar un golpe rápido, visto y no visto, para luego huir con el dinero a algún paraje remoto que no hubieran visitado todavía. En aquel momento tenían ciento sesenta mil acciones de Pynex que cubrir, y Marlee estaba impaciente por deshacerse de ellas.

—Han suspendido la cotización —dijo Marcus a la pantalla.

Marlee no pudo reprimir un gesto de contrariedad. El corredor empezó a tocar teclas y se enfrascó en una conversación con alguien de Nueva York mientras murmuraba números y puntos.

—Las ofrecen a cincuenta y no hay compradores. ¿Sí o no? —preguntó a la chica.

—No.

Pasaron dos minutos. Los ojos de Marcus no se despegaban del monitor.

—En el tablero a cuarenta y cinco. ¿Sí o no?

—No. ¿Qué hay del resto?

Los dedos de Marcus ejecutaron una danza sobre el teclado.

—¡Caramba! Trellco ha bajado trece puntos y está a cuarenta y cinco; Smith Greer ha bajado once puntos y está a cincuenta y tres y un cuarto; ConPack ha bajado ocho y está a veinticinco. Es una masacre. Están bombardeando todo el sector.

—¿Qué está haciendo Pynex?

—Sigue cayendo. A cuarenta y dos, con pequeños inversores.

—Compre veinte mil acciones a cuarenta y dos —ordenó Marlee mientras consultaba sus notas.

—Confirmado —dijo Marcus al cabo de unos segundos—. Ha subido a cuarenta y tres. Allá arriba saben lo que se hacen. La próxima vez será mejor quedarse por debajo de las veinte mil.

Deducidas las comisiones correspondientes, la sociedad Marlee/Nicholas acababa de embolsarse la friolera de setecientos cuarenta mil dólares.

—Ha vuelto a bajar a cuarenta y dos —informó Marcus.

—Compre veinte mil acciones a cuarenta y uno —dijo ella.

—Confirmado —anunció el corredor al cabo de un minuto.

Otros setecientos sesenta mil dólares en beneficios.

—Se mantiene en los cuarenta y uno... medio punto arriba —notificó Marcus como un robot—. Han visto su operación.

—¿Hay alguien más comprando? —preguntó Marlee.

—Todavía no.

—¿Cuándo empezarán?

—Quién sabe. Pero no creo que tarden mucho. Esta empresa cuenta con demasiado líquido para irse a pique. El valor nominal de las acciones ronda los setenta. A cincuenta son una auténtica ganga. Yo recomendaría a todos mis clientes que compraran con los ojos cerrados.

Marlee compró otras veinte mil acciones a cuarenta y uno; luego esperó media hora para comprar otras tantas a cuarenta. Cuando Trellco bajó hasta cuarenta, una caída de dieciséis puntos, compró veinte mil títulos más de esta empresa, lo que le reportó unos beneficios de trescientos veinte mil dólares.

El golpe rápido iba sobre ruedas. A las diez y media Marlee pidió que le dejaran utilizar el teléfono y llamó a Nicholas, que tenía la nariz pegada a la pantalla de televisión para seguir los acontecimientos en riguroso directo por la CNN. La cadena de noticias había desplazado una unidad móvil a Biloxi para conseguir entrevistas con Rohr, Cable, Harkin, Gloria Lane o cualquiera que pudiera saber algo, pero nadie quería hablar con ellos. A través de un canal de información financiera Nicholas seguía las evoluciones del mercado de valores.

Pynex tocó fondo una hora después de abrirse la sesión. A treinta y ocho aparecieron interesados, y Marlee aprovechó para deshacerse de las ochenta mil acciones que le quedaban.

Cuando Trellco se resistió a bajar de cuarenta y uno, Marlee compró cuarenta mil acciones. Luego se desprendió de toda la cartera. Con buena parte de la operación cubierta, y cubierta con notable brillantez, Marlee se volvió menos avariciosa y dejó de acechar otras carteras. En vez de eso, se concentró en la espera. Había ensayado aquel plan muchas veces, y sabía que la oportunidad no volvería a presentarse nunca más.

Pocos minutos antes del mediodía, con los mercados aún sumidos en el desconcierto, Marlee consiguió cubrir el resto de las acciones de Smith Greer. Marcus se quitó los auriculares y se secó la frente.

—No ha estado mal la mañana, señora MacRoland. Ha ganado más de ocho millones, menos comisiones. —El zumbido de una impresora anunció la salida de las confirmaciones.

—Quiero que el dinero sea transferido a un banco de Zúrich.

—¿El nuestro?

—No. —Marlee le entregó una hoja de papel con las instrucciones relativas a la transferencia.

—¿Cuánto? —preguntó Marcus.

—Todo. Menos su comisión, claro.

—De acuerdo. Supongo que hay que dar prioridad a la operación.

—Sí, por favor.

Marlee hizo el equipaje a toda prisa. Nicholas se limitó a mirar porque no tenía nada que guardar, excepto dos polos y un par de vaqueros que había comprado en una tienda del hotel. Marlee y él se prometieron sendos guardarropas nuevos cuando llegaran a su destino. Por el dinero no había que preocuparse.

Nicholas y Marlee tenían billetes de primera clase hasta Miami. En Florida esperaron dos horas antes de embarcar en un vuelo que los llevaría a Amsterdam. El servicio de noticias de a bordo reproducía, qué casualidad, la información de la CNN y del canal financiero. Ambos jóvenes contemplaron divertidos el despliegue informativo de la CNN en Biloxi y la confusión que reinaba en Wall Street. Los expertos proliferaron como hongos. Los catedráticos de derecho se dedicaron a hacer predicciones temerarias sobre el futuro de las tabacaleras ligado a la responsabilidad extracontractual. Los analistas de Bolsa ofrecían opiniones encontradas. El juez Harkin no tenía nada que decir. Cable se había esfumado. Sólo Rohr se decidió por fin a salir de su despacho y reconocer el mérito de la victoria. Por desgracia, nadie sabía de la existencia de Rankin Fitch. ¡Con lo que a Marlee le hubiera gustado ver la cara de sufrimiento que debía de tener en aquellos momentos!

Vista con la perspectiva del tiempo, la operación no podía haber coincidido con mejores circunstancias. El mercado empezó a remontar posiciones poco después de tocar fondo. Tanto es así que al llegar el final de la jornada Pynex ya estaba cómodamente instalada en los cuarenta y cinco.

De Amsterdam fueron a Ginebra, y allí estuvieron viviendo durante un mes en la suite de un hotel.

43

Tres días después del veredicto, Fitch dejó atrás Biloxi para volver a su residencia de Arlington y a su trabajo de Washington. Aunque su futuro como administrador del Fondo estaba en tela de juicio, su pequeña y discreta empresa disponía de clientes suficientes para garantizar su supervivencia. También hay que decir, en honor a la verdad, que ninguno de estos clientes era tan rentable como el Fondo.

Una semana después de la lectura del veredicto, Fitch mantuvo una reunión con Luther Vandemeer y D. Martin Jankle en Nueva York. En el transcurso de la entrevista, que resultó ser una experiencia francamente desagradable, Fitch se vio obligado a revelar con pelos y señales el trato al que había llegado con Marlee.

También se entrevistó con varios abogados neoyorquinos conocidos por su falta de escrúpulos para discutir con ellos cuál podía ser la manera más eficaz de recurrir el veredicto. El hecho de que Easter hubiera desaparecido sin dejar rastro inmediatamente después del juicio daba pie a sospechar alguna irregularidad. Herman Grimes ya había accedido a presentar su historial clínico para demostrar que, en la época del juicio, no corría ningún riesgo de sufrir un ataque al corazón. Bien al contrario, se había sentido fuerte y sano hasta la mañana de su hospitalización. Herman recordaba haber notado un sabor extraño en el café y haberse desplomado de repente. El coronel retirado Frank Herrera ya había firmado una declaración jurada en la que rechazaba cualquier responsabilidad sobre las publicaciones que habían sido encontradas bajo la cama de su habitación. No había recibido visitas, y *Mogul* no se vendía en las inmediaciones del motel. El misterio que rodeaba el caso Wood se iba ampliando con nuevos datos cada día.

Los abogados de Nueva York nunca fueron —y nunca serán— informados del pacto entre Fitch y Marlee.

Cable ya había preparado y estaba casi a punto de presentar una petición solicitando permiso para interrogar a los jurados; el juez Harkin parecía conforme con la idea. ¿De qué otra manera podrían averiguar si no qué era lo que había pasado con el caso Wood? Lonnie Shaver demostraba un gran interés en colaborar en la investigación. Para entonces ya había sido ascendido, y no veía la hora de defender a la empresa norteamericana.

La defensa albergaba esperanzas de conseguir algo con las maniobras posteriores al juicio. El proceso de apelación sería largo y difícil.

En cuanto a Rohr y al grupo de abogados que, junto a él, habían financiado la demanda, el futuro les ofrecía un abanico de infinitas posibilidades. Tras el juicio tuvieron que contratar personal sólo para atender la avalancha de llamadas de otros abogados y de potenciales víctimas, e incluso pusieron a disposición del público un número de información gratuita. Se estaba considerando la posibilidad de recurrir a la acción popular.

Wall Street también se mostró más comprensivo con Rohr que con la industria tabacalera. Durante las semanas que siguieron a la emisión del veredicto, Pynex no pudo llegar a los cincuenta puntos de cotización, y las otras tres tabacaleras bajaron al menos un veinte por ciento. Los grupos antitabaco predecían abiertamente la bancarrota de la industria y la posible liquidación de todo el sector.

Seis semanas después de haber salido de Biloxi, Fitch se hallaba almorzando en un pequeño restaurante indio cerca de DuPont Circle, en Washington. Acababan de servirle un bol de sopa picante, y aún no se había quitado el abrigo: dentro del local hacía mucho frío y fuera nevaba.

Surgió de la nada, igual que un ángel, igual que en la terraza del St. Regis de Nueva Orleans dos meses atrás.

—Hola, Fitch —dijo.

Fitch soltó la cuchara y echó un vistazo a su alrededor. El restaurante estaba oscuro, y no se veían más que grupitos de indios encorvados sobre boles humeantes. Nadie más hablaba en inglés en doce metros a la redonda.

—¿Qué ha venido a hacer aquí? —preguntó Fitch sin mover los labios. Marlee llevaba un abrigo con las solapas levantadas y forradas de piel. Fitch aún recordaba lo bonita que era, y se dio cuenta enseguida de que se había cortado el pelo.

—Sólo he pasado a decir hola.

—Pues ya lo ha dicho.

—Y a comunicarle que el dinero le está siendo devuelto en este preciso instante. Lo estoy transfiriendo a su cuenta del Hanwa Bank en las Antillas Holandesas. Los diez millones íntegros.

A Fitch no se le ocurría qué decir. No podía hacer otra cosa que contemplar el hermoso rostro de la única persona que había sido capaz de derrotarlo. Y que seguía dándole sorpresas.

—Qué considerada —dijo.

—Empecé a regalarlo, a hacer donaciones a grupos antitabaco y esas cosas, pero al final cambiamos de opinión.

—¿Cambiamos? ¿Cómo está Nicholas?

—Estoy segura de que lo echa de menos.

—No se imagina hasta qué punto.

—Está bien.

—Así que están juntos...

—Por supuesto.

—Pensé que tal vez se habría escapado con el dinero y lo habría dejado tirado.

—No sea malo, Fitch.

—No quiero el dinero.

—Mejor. Regálelo a la Asociación Pulmonar Americana.

—No me veo haciendo de hermanita de la caridad. ¿Por qué me devuelve el dinero?

—Porque no es mío.

—Vaya, Marlee, ha encontrado la ética y la moral. Tal vez incluso a Dios...

—No pretenda darme lecciones, Fitch. Dichas por usted, esas cosas suenan falsas. La verdad es que nunca tuve intención de quedarme el dinero. Sólo quería tomarlo prestado.

—Si no le importa mentir y hacer trampas, ¿a qué viene tanto reparo con robar?

—No soy una ladrona. Mentí e hice trampas porque ése era el lenguaje que entendía su cliente. Dígame, Fitch, ¿encontraron a Gabrielle?

—Sí.

—¿Y a sus padres?

—Sabemos dónde están.

—¿Lo entiende ahora, Fitch?

—Bueno, digamos que tiene más sentido.

—Los dos eran personas extraordinarias. Inteligentes, fuertes, llenos de amor por la vida. Los dos habían empezado a fumar en la universidad. Yo fui testigo de cómo intentaron dejarlo hasta el final. No podían perdonarse su debilidad, pero tampoco podían dejarlo. Tuvieron una muerte horrible, Fitch. Yo los vi sufrir y marchitarse y ahogarse hasta que dejaron de respirar. Yo era su única hija, Fitch. ¿Le contaron eso sus matones?

—Sí.

—Mi madre murió en casa, en el sofá de la sala de estar. No pudo llegar hasta su habitación. Estábamos solas ella y yo. —Marlee hizo una pausa y miró a su alrededor. Fitch se dio cuenta de lo claros que eran sus ojos. La de Marlee era una triste historia, pero la compasión no tenía lugar en la vida de Rankin Fitch.

—¿Cuándo se le ocurrió la idea? —preguntó con la primera cucharada de sopa.

—Durante un curso de posgrado. Estudié economía, luego consideré la posibilidad de estudiar derecho, y al final salí con un abogado una temporada. Entonces oí hablar por primera vez de los juicios contra las tabacaleras. De ahí surgió la idea.

—Un plan magnífico.

—Gracias, Fitch. Viniendo de usted, es todo un cumplido.

Marlee se ajustó los guantes como si estuviera a punto de irse.

—Sólo quería saludarlo, Fitch, y estar segura de que sabía por qué pasó lo que pasó.

—¿Van a dejarnos en paz?

—No. Seguiremos la apelación paso a paso, y si sus abogados se acercan demasiado al éxito utilizaremos las copias de las transferencias. Tenga cuidado, Fitch. La verdad es que nos sentimos orgullosos de ese veredicto, y permanecemos alerta.

Marlee se quedó de pie junto a la mesa.

—Y recuerde, Fitch, la próxima vez que su cliente acuda a los tribunales, volveremos a vernos.